Für Amadeo

Bibliografische Informationen der Deutschen Bibliothek:
Die Deutsche Bibliothek verzeichnet diese Publikation in der Deutschen Nationalbibliografie; detaillierte Dateien sind im Internet über http://dnb.ddb.de abrufbar

Impressum:

Autor: Christoph Hinkel

Herstellung: Verlag Kern, Bayreuth, www.verlag-kern.de
Umschlag und Satz: Brigitte Winkler, www.winkler-layout.de
Druck: Ellwanger Bayreuth
ISBN 978-3-939478-13-3

Für Amadeo

Roman
in Buchstaben und Bildern

von
Christoph Hinkel

Verlag Kern

Prolog

Hier liege ich nun, umgeben von den Menschen die mich lieben. Im Augenwinkel den einen Menschen, für den ich sterbe. Er ist es, der die Härte des Asphalts nicht mehr hart wirken lässt, der die Luft für mich erwärmt und Licht in die Dunkelheit bringt. Bis ich mich auflöse, ohne mich zu vergessen und in tausend Variationen des Lebens, neu geboren werde. Ich danke euch, ich danke dir Welt, ich danke für alles.

Seduco Timid

Seduco Timid, Tagebuch – 07. Oktober 1998

Ein seltsames Geschenk für einen Jungen, ein Tagebuch. Eigentlich hatte ich nie vor eines zu führen. Es ist hübsch. Auf dem Umschlag, der so gestaltet wurde, als sähe er aus wie altes Leder, hat jemand Shakespeares Handschrift geprägt. Leere Seiten, neu, jungfräulich und strahlend. Was hält man fest, was schreibt man hinein in ein solches Buch, auf dessen Mantel Worte eines so großen Meisters prangen, verfasst in seiner ureigensten Handschrift? Werde ich schreiben, nur um des Schreiben willens? Wäre dies nicht eine schamlose Ausbeute junger Seiten? Aber mit Worten will ich suchen, die flüchtigen Gedanken, Erlebtes, Empfundenes, Verstandenes, Schönes und Missverstandenes einzufangen, zu bannen auf dieses Papier. Doch wie fange ich an? Klassisch, mich vorstellend? Nun gut, heute ist der siebte Oktober neunzehnhundertachtundneunzig, und ich bin ... ja wer bin ich? Das ist eine gute Frage! Die eine Frage. Nicht wahr?

Mein Name ist Seduco Timid, ich bin der Autor dieses Eintrags. Ich bin der Sohn von Constance Timid und David Timid. Aber, wer bin ich? Ich weiß, dass ich der Sohn von Constance und David bin. Ich weiß, dass ich Seduco Timid heiße. Ich weiß fast alles über mich, was in den fast vierzehn Jahren meines Lebens mit mir oder um mich herum geschehen ist. Doch wer bin ich? Bin ich eine Spielfigur des Gottes, an den ich nicht glaube? Ist das, was mir bis jetzt widerfahren ist, nur der langweilige Vorspann irgendeines Buches? Was ist, wenn es so wäre? Wenn all das, was ich tue, von einem Autor geschrieben wird? Welche Rolle habe ich dann? Die des Helden, oder vielleicht die des Bösewichts? Oder die einer unbedeutenden Nebenfigur, die eigentlich nur ein-, zweimal in dem Buch auftaucht. Oder bin ich die Hauptfigur, dessen Leben studiert wird? Der Protagonist. Dann wäre alles, was ich mache oder tue, von unbeschreiblicher Bedeutung. Doch was geschieht, wenn die letzte Seite gelesen ist?

Oder bin ich doch nur eine Masse aus biologischer Technologie? Elektrische Impulse, eine Anzahl von Blutkörperchen. So winzig klein im Vergleich zur Erde. So winzig klein im Kosmos, dass man mich selbst nicht erkennen könnte, wenn man sich den Kosmos als Murmel vorstellt und mit dem besten Mikroskop der Welt versuchen würde zu erkennen, ob irgendetwas darin wirklich existiert. Begibt man sich mit

solchen ubiquitären Fragen auf gefährliches Terrain? Aber wie könnte man das? Wo sie einen doch so sehr interessieren. Wo sie mich doch so sehr interessieren. Genauso wie die Frage: Woher kommt die Welt?
Ich weiß, was die Wissenschaft glaubt zu wissen.
Die Welt ist vor 15 Milliarden Jahren bei einer Explosion von Gas und Materie entstanden. Doch damals war sie klein, winzig im Vergleich zu dem, was sie jetzt ist. Und wo geschah es? Was war davor? War es laut? Wenn noch nichts da war, konnte auch noch kein Schall existieren, oder? Und wer bin ich in diesem Aufstieg, Bestand und Untergang? Soll mein Leben, meine Existenz heißen, ein ganz normaler, alltäglicher Mensch im ganz normalen und alltäglichen Lauf der Dinge zu sein? Nur hier, dafür dass es nicht endet. Dass eben jene Flamme des Lebens nicht herunterbrennt, und damit weiterhin aus Leben neues Leben entsteht? Nach einem festen Plan, der dem alltäglichen folgt, wie ein Hund seinem Herrn? So grau und gleich jedem anderen? Aber das bin ich ja gar nicht, oder? Jeder Mensch, so auch ich, hat etwas Göttliches in sich. Ich bin Erschaffer dieses Dokumentes. Ich bin der Gott meiner Gedanken. Denn selbst wenn jemand in mein Gehirn schauen könnte, so sähe er nie einen einzigen Gedanken. Aber wenn ich das so sage, wäre es dann nicht auch eine Erklärung für den Glauben an Gott? Wie oft haben wir Sonden ins All geschickt, wie oft waren Menschen dort oben? Doch nie haben sie nur eine Spur eines Gottes gesehen. Gut, die christliche Heilslehre zu einem Glauben, an einen alten Mann auf Wolke zu degradieren, ist wohl auch etwas sehr kindlich verfasst. Was ich anmerken wollte, ist folgende Frage: Wenn man in ein menschliches Gehirn sieht, sieht man dort jemals einen Gedanken? Nein. Und doch sind sie da und das wissen wir alle. Vielleicht sind die Menschen des Prozentsatzes der Weltbevölkerung, welcher an ein höheres Wesen glaubt, die Klügeren und somit auch klüger als ich. Oder? Mehrfach erwähne ich in diesem Text ein Lichtwesen, ist es damit psychologisch nicht sehr interessant, ob ich wirklich an keine leitende Macht glaube? Aber wer weiß, vielleicht klammern sich die Menschen, die zu glauben im Stande sind, nur an die Vorstellung eines Beschützers, weil sie sonst Angst empfinden und das Gefühl haben, allein zu sein. Doch wir sind nie allein, keiner von uns, niemals gewesen, wenn es auch beim ersten verzweifelten Hinsehen so aussieht. Aber wer bin ich schon, um darüber urteilen zu können?
Ich glaube an so Vieles, an das andere nicht glauben, und wieder glauben andere an soviel, an das ich nicht glaube. Und so sehen wir alle dieselbe

Welt auf die unterschiedlichste Art und Weise. Ich sehe die Welt so, wie sie kein Anderer sieht. Und es wäre unnütz meine Sichtweise zu beschreiben, da der Rezipient sowieso alles nach seinen Vorstellungen sähe, und wieder eine ganz andere Welt vor Augen hätte. Antoine de Saint-Exupéry sagte einmal mit der Stimme des *kleinen Prinzen*, dass wir mit den Augen nicht genug sehen. Genug für unseren Alltag, aber nicht genug für die Wahrheit. Dazu müssen wir mit unserem Herzen, mit unserer Seele sehen. Um richtig sehen zu können, brauchen wir all unsere Sinne. Damit wir die Wahrheit aus der Illusion unseres Lebens herausfiltern können. Doch ob die Wahrheit das Schönere ist, darüber lässt sich streiten. Genauso wie über den Sinn des Lebens, oder warum wir hier sind, warum wir Menschen erschaffen wurden und existieren. Existieren wir, um zu lernen, und wenn wir unsere Höchstleistung erreicht haben, wieder zu sterben? In einem weiteren großen Massensterben, wie jene, die vor uns kamen? Soll das der Sinn des Lebens sein, für eine Person, wie auch für die Menschheit als Gesamtheit?

Aufsteigen, leben, lernen, wachsen, sterben. Ein ewiger Teufelskreis. Wenn ich ehrlich sein soll, möchte ich das unter gar keinen Umständen akzeptieren. Ich meine, in einer bereits errechneten Zukunft ist sowieso alles Leben auf diesem Planeten ausgelöscht, weil die Sonne zur Supernova mutiert. Also warum Zeit verschwenden und Trübsinn blasen? Wir sollten an das glauben, an was wir wollen, doch wir sollten jeden anderen Glauben akzeptieren. Doch kein Glaube oder Tun sollte mehr jemandem schaden. Wir sollten aufhören uns selbst zu vernichten und *älter* werden, um die Fragen unserer Welt, unseres Universums eines Tages beantworten zu können, sei es der Letzte! Und dazu kann jeder Mensch beitragen, jeder sucht in seinem Fachgebiet und in seiner Glaubensrichtung. Wenn wir alle in verschiedene Richtungen suchen, und doch dasselbe Ziel verfolgen, ohne uns gegenseitig zu behindern, ist es vielleicht möglich, irgendwann den Sinn unseres Daseins zu erkennen. Und was ist, wenn der fragwürdige Sinn allein in der Suche danach geboren ist? Oder ein Sinn für die Suche nach dem Sinn gar nicht existiert?

Ich kenne die Bedeutung des Lebens nicht, ich kann nur daran glauben, dass es sie gibt. Und vielleicht ist es der Sinn für den einzelnen Menschen, einfach zu leben. Und der Sinn der Menschheit, leben zu lassen. Ich hoffe, wir finden ihn eines Tages. Amadeo ist da sehr zuversichtlich und versteht eigentlich nicht, warum mich so etwas interessiert und so beschäftigt, wie es dies eben tut. Mein Name ist Seduco Timid, heute ist der siebte Oktober, es ist einundzwanzig Uhr und zwei Minuten.

Seduco Timid, Tagebuch – 08. Oktober 1998

Diese Nacht träumte ich von der Entstehung der Welt. Daraufhin las ich mir das Geschriebene von gestern Abend noch einmal durch. Ich sann darüber nach und befand, dass ich zufrieden mit meinem ersten Eintrag war, auch, wenn dieser sehr ethisch und idealistisch geworden ist. Neumalklug beschreibt er Einsteigerphilosophien, ohne das Denken zu hinterfragen. Ohne an Schiller, Descartes, Nietzsche oder Steiner zu denken, welche die Letzten waren, die sich mit diesen Dingen auf großartige Weise beschäftigten. Damit hatte der Eintrag den typischen Teenagerbeigeschmack erhalten. Jener der sagt: »Hey, seht mich an, hört was ich weiß.« Mir ist das klar und doch bin ich richtig stolz auf meinen Artikel über das große *Warum*. So habe ich, Anerkennung suchend, selbigen meiner Mutter vorgelesen. Ihre Reaktion? Sie stellte mir genau diese Frage. Warum? Sie wollte wissen, ob es einen Grund dafür gibt, dass ich mich mit so etwas beschäftige. Es klang besorgt, deshalb verneinte ich.

Nun, das war gelogen. Es gab allerdings einen Grund.

Es hat immer eine Ursache, wenn sich Menschen plötzlich mit solchen Fragen beschäftigen, auch wenn diese stets allgegenwärtig sind, so auch bei mir.

Meine Oma, Elisabeth Vyries, geborene Sapien, verstarb vor etwa zwei Wochen. Sie stand mir sehr nahe, noch weit mehr allerdings meiner Mutter, immerhin war es die ihre und sie hatten ein sehr gutes Verhältnis zueinander. Sie wurde von allen Momi genannt, sowohl von ihren Enkeln, als auch von ihren Töchtern. Ein Grund hierfür ist vielleicht, weil sie so unendlich weise und unglaublich liebenswürdig war. Über die makabre Note des Namens, dass er nach Mumie klang, waren wir uns absolut bewusst. Doch war sie eine Person, welche morbiden Humor, eher förderlich entgegen stand, als vernichtend.

Sie war es auch, die mir, als ich sie in den letzten Ferien besuchte, dieses Tagebuch gab, in welchem ich fortan ein paar meiner Gedanken einfangen will.

Meine Mom und ich sind zum Begräbnis gefahren, Roland blieb zu Hause, er mag unsere Familie nicht. Aber das war uns eigentlich nur Recht. Die Beerdigung hat mich sehr berührt, sie hatte etwas Magisches, etwas, das einen zu verzaubern im Stande war. Auch wenn es ein paar Dinge gab, die mir nicht gefielen.

Die Sonne stand schon tief, als wir an jenem Abend zum Begräbnis von Momi schritten. Der Himmel war ein bewölktes Farbenspiel aus Blutrot, Orange, Kobaltblau, übergehend zu Grau und Schwarz. Die Farben griffen ineinander und der Wind ließ sie mit den Wolken zu den schönsten Gemischen verschmelzen. Sehr traurig zwar, aber entzückt, reckte ich mein Gesicht in den Wind, meine Mutter beobachtete mich dabei.
»Ja, der Wind, offensichtlich, ist er der Begleiter in den Zeiten, in welchen mir schwerste Prüfungen auferlegt werden«, meinte sie und hatte einen sehr wehmütigen Blick in ihren großen, grünen Augen, welche ich von ihr vererbt bekommen habe. Sie sah wunderschön aus an diesem Tag. Ihr rückenlanges, lockiges, blondes Haar mit den dunklen Strähnchen bewegte sich geschmeidig mit dem Wind. Das Gesicht, war trotz der Zeichen die, die Feder des Lebens, der Erfahrung und des Leides auf ihr hinterlassen hatte, so voller Liebe. Nicht einmal die nur dezent aufgetragene schwarze Farbe um die Augen, die durch die Tränen zerlaufen war, konnte diesen Eindruck entkräften.
Mit Ausnahme jener wenigen Worte schwiegen wir, wie es verlangt wurde, während wir hinter den Urnenträgern herliefen. Düsternis herrschte in meinem Herzen vor, doch die Geister des Windes schickten mir farbenprächtige Blätter von den Laubbäumen, die uns und den kleinen, alten Friedhof mit der neuen, hölzernen Kapelle umschwirrten. Ich habe nie so viele Blätter fliegen sehen. Es war, als würden die Bäume um unseren Verlust weinen, diesen an meiner statt betrauern. Denn obgleich ich sie sehr liebte, wagte ich es nicht, auch nur eine Träne zu vergießen. Stark musste ich sein, stark für meine Mom, die diese Last zusammen mit ihrem Vater zunehmend zu tragen hatte. Eigentlich schämte ich mich für meine Kälte, andererseits war ich der Meinung, dass Trauer etwas sehr Egoistisches ist, da man nur wegen des eigenen Verlustes weint und nicht wegen der Person an sich. Aber die Etikette verlangte nun einmal traurige Gesichter und irgendwie war es die Schönheit des Augenblicks, weswegen ich hätte weinen mögen. Insgeheim hoffte ich, dass Amadeo

für mich trauerte, er für mich die Blätter fliegen ließ. Dieser Gedanke wohl, der mir das Gefühl gab, dass wenigstens jemand mir die Last der Trauer abnahm, half mir, die christliche Zeremonie zu überstehen.
Der Priester sprach in Latein, was Bernhard, meinen Opa, offensichtlich ärgerte, da keiner von uns der Sprache mächtig war und wir somit nicht verstanden, was er sagte. Aber meine Tante hatte diese Beerdigung organisiert, welche, nun ja, eine sehr eigene Person ist. Mir war das nicht wichtig, denn der Mann war fremd und kannte weder Momi noch unsere Familie, sonst hätte er gewusst, dass wir nicht nur nicht katholisch, sondern nicht mal Christen waren. Wichtig war nur, dass sie ehrenvoll bestattet wurde, und alle die sie liebten anwesend waren. In einem Traum, einen kurzen Augenblick, vielleicht auch nur eine Sinnestäuschung, sah ich Momi, wie sie in einem Regen aus Kirsch- und Lilienblüten durch den Garten ihrer Träume schritt, mir zulächelte und sich mit dem Licht vermählte.
Die Realität sah etwas anders aus.
Der leblose Körper war verbrannt worden. Amadeo stand schweigend neben mir, und hielt mich fest an der Hand, er war wie eine menschliche Stütze, einem Engel gleich, welcher schweigend Beistand leistet und meiner Seele Trost spendet. Nur brauchte ich diesen nicht, denn ich hatte das Gefühl mich schon verabschiedet zu haben, wollte um der anderen- und um meinetwillen stark sein, und ich fand sein Erscheinen hier unpassend, er war irgendwie deplatziert. Die Urne mit der Asche von Elisabeth wurde in die ausgehobene Grube, die ihre letzte Ruhestätte werden sollte, hinab gelassen. Man würde diese Stelle nie wieder finden. Kein Stein, nicht einmal ein schlichtes Kreuz markierte das Stück Rasen, unter welchem die sterblichen Überreste der uns geliebten Person nun ewigten. Mehr noch als alles andere, erfüllte mich dieser Umstand mit Wut, gleichsam mit Trauer, denn es hatte etwas vom Geschmack des Vergessens.
Ich hatte nach dem Verlassen der Kapelle und dem Weg hier herauf eine Kette aus wilden Blumen geflochten, als Ersatz für die Bernsteinkette, die Momi so geliebt hatte, die aber mein Großvater Bernhard, ihr nun verwitweter Mann, als Erinnerung einbehalten wollte. Vorsichtig ließ ich die Blumenkette in die Grube fallen. Ich hatte ein flaues Gefühl im Magen, dies war meine erste Beerdigung und folglich fand ich das Ereignis auf eine gewisse Weise sonderbar. Dann nahm ich noch eine handvoll Blüten, welche in zwei großen Amphoren bereitstanden, und

warf sie mit dem Gruß »gute Reise« hinein. Nachdem sich alle nach der Reihe verabschiedet hatten, wurde das Loch mit Erde gefüllt.
Amadeo blies mit Zauberhand, eine Schicht rote Blätter über die Urne. Es sah aus, als würde sie von Neuem brennen. Blätter anstatt der Flammen, die nach ihrem Körper geleckt haben und ihre schon entseelte Hülle im Sarg spirituell reinigten und weihten. Der warme Wind, der den nahenden Winter scheinbar zu trotzen beabsichtigte, hatte während der ganzen Zeremonie nicht nachgelassen, wofür ich sehr dankbar war. Denn die weinroten Blätter meiner Fantasie, beerdigten nicht nur Momi Elisabeth, sondern alles und jeden von uns.
Es war ein unglaublich ergreifender Augenblick und dennoch hatte ich, im Nachhinein, nur Sinn für den Ärger den ich empfand. Denn eines missfiel mir an dieser Zeremonie besonders. Die Leute, die sich hier versammelt hatten.
Mein Blick bei der Betrachtung der Trauergäste fiel auf so viele verbitterte, böse Gesichter; Unzufriedenheit unter so wenigen lieben, wahrlich Trauernden. Es war schockierend. Doch ich war nicht wegen dieser Menschen gekommen, sie hätten mir gleichgültig sein sollen. Ich war hier, weil ich mich von Momi verabschieden wollte und Großvater Bernhard und Mom eine Stütze brauchten, und als nichts anderes sah ich mich.
Die Sonne war untergegangen und wir entzündeten unsere weißen Trauerkerzen. Gedankenverloren zupfte ich an dem Papierkränzchen am Kerzenhals, der meine Hände vor den all zu heißen Zungen des Wachses schützte. Somit, während sich die letzte Wärme allmählich vom sonnigen Tag verabschiedete und auch wir uns verabschiedet hatten, marschierte ein leuchtender Trauerzug, die Flämmchen vor dem Wind mit den Händen schützend, über den Friedhof, weit im Osten dieses Landes. Und Nacht und Stille legten sich über alles. Nur in meinem Kopf war noch keine Ruhe eingekehrt. Es spukte die Frage herum, was dies ist, dieses Leben hier auf der Erde, diesem leuchtenden Punkt auf einer schwarzen Bühne. Ich fragte mich nach dem Plan, nach dem Sinn des Ganzen. Gab es einen? Waren wir am Beginn der Zeit schon Teil dieses Plans? Existiert eine Macht, die sich alles ausdenkt? Etwas, das den Tollkühn dafür besaß? Wird sich das Geheimnis eines Tages offenbaren? Mein erster Eintrag in Momis Buch behandelte diese Gedanken. Ich weiß es noch nicht und bin mir nicht einmal sicher, ob ich es wirklich wissen will. Wie viel schöner ist doch manchmal die Unwissenheit. Sie fördert

die Fantasie und verhilft Gedanken zum fliegen. Mein Name ist Seduco Timid, heute war der achte Oktober neunzehnhundertachtundneunzig.

Seduco Timid, Tagebuch – 10. Oktober 1998

Gewohnte Gänge. Manche weisen noch das Grau in Grau auf, welches für Schulen so typisch scheint. Doch einige Flure und Zimmer sind verändert worden, verändern sich alljährlich, wenn am Projekttag die Schülerschaft mit Pinseln und Abtönpasten anrückt.
Am vierzehnten September hatte die Schule wieder begonnen, und mit ihr die achte Klasse und ein neues Jahr mit neuen Herausforderungen und schwierigen Situationen, die es noch zu meistern gilt. Wenn ich Glück habe, halten mich dieses Jahr zur Abwechslung mal nicht alle für irre. Vielleicht fällt ja auch jemand, der ab und an mit jemand anderen, unsichtbaren redet, dieses Mal gar nicht so auf. Immerhin ist meine neue Klasse der bunteste und schrägste Haufen, den ich bisher gesehen habe. In mir breitet sich das hoffende Gefühl aus, dass ich mich dieses mal richtig wohlfühlen werde. Es ist eine neue Klasse, denn dieses Jahr wurden wir in unsere künftigen Ausbildungszweige eingeteilt. Meiner liegt in der Kunst, dem leider auch *Haushalt und Ernährung* angehört. Zunächst war ich etwas schockiert, dass es eine so große Klasse ist. Wir sind zweiunddreißig Schüler, aber dann merkte ich, dass sie alle sehr aufgeweckt und im Allgemeinen freundlich sind. Aber auf jeden Fall extrem lustig und vielfältig. Wir haben einen Punk dabei, ein paar typische Skatefreaks, Hip Hopper, ein paar zugewanderte Ausländer, zwei Mädchen, die sich dem Gothic zugeschrieben haben, ein paar ›Normallos‹. Aber alle mit kreativem Humor. Wenn ich es schaffe, mal nicht ebenso unsichtbar wie Amadeo zu sein, bekomme ich vielleicht sogar etwas von ihrem Humor mit.
Es klingelte, und wir machten uns Richtung Biosaal auf. Plötzlich ein Kribbeln im Nacken. Blickkontakt. Flüchtig, aber da war er. Jasmin, sie hat etwas Anziehendes. Sie und Alexander sind irgendwie unfassbar, nicht greifbar. Dieses Jahr würden sie in meine Parallelklasse gehen, sie wiederholen beide die achte Jahrgangsstufe. Nichts Ungewöhnliches, sie gehören einfach zu den durchschnittlichen fünfundzwanzig Prozent der Schüler, welche die Achte wiederholen müssen.

Aber sie sind nicht durchschnittlich. Ich bin gewillt zu behaupten, dass ihnen ein Leuchten innewohnt, wie ich es zuvor noch bei keinem Menschen gesehen habe. Amadeo hat für diese Behauptung nur ein breites Grinsen übrig, er nervt mich manchmal. Sie sehen so zufrieden aus, glücklich. Schon letztes Jahr waren sie mir aufgefallen, aber die Schüler der niederen Jahrgänge haben nur sehr, sehr selten etwas mit denen der höheren Stufen zu tun. Ich glaubte damals, die zwei wären ein Paar, aber als jemand sie das fragte, meinten sie:
»Nein, wir kennen uns nur schon seit Sandkastentagen.« Schade, sie würden gut zusammenpassen. Beide sind sehr hübsch, und das obwohl Jasmin Brillenträgerin ist. Sie hat schulterlanges, gewelltes, blondes Haar, ist sehr schlank und hat ein fröhliches, ovales Gesicht. Alex ist ebenfalls sehr ... drahtig, hat sehr weiche Züge und wilde, derzeit magentafarbene Locken, die relativ kurz geschnitten waren. Noch letzte Woche waren diese allerdings blau, er sagt, dass sich dies öfter ändert. Am Sommerfest im letzten Jahr zeigte sich, dass er ein Gesangstalent ist. Ich muss zugeben, dass ich eine Gänsehaut hatte. Und ich musste mich an meine kläglichen Versuche erinnern, die richtigen Töne zu halten. Ich kann überhaupt nicht singen und in Musik kommt einmal im Jahr die Zeit, dass jeder vor der Klasse vorsingen muss. Jedes Jahr dasselbe, ich hasse vorsingen seit meinem Stimmbruch, denn ich kann es nicht mehr. Dabei ist Musik etwas Wunderschönes.

In den Jahren meiner sexuellen Jugend ersetzt mir häufig die Musik die körperliche Liebe. Regelrecht in Ekstase geraten von Stücken der Klassik, Musicals oder Musik die speziell für die Blockbuster komponiert wurden, träume ich durch die Nacht. Es ist fast immer Nacht, wenn ich trunken von den schmeichelnden Melodien, die samten den Körper streicheln und mit dunklen Klängen die Seele zum Weinen bringen, mich in meinen fernsten Träumen verliere. Die Noten sind lebendig, fast stofflich, körperlich und lassen in meinen Kopf Farben zu Bildern verschmelzen. Sie lenken mich fern von jeglichen Schulproblemen oder Ärger mit Roland, durch eine Welt, die aus eine der ältesten Drogen besteht. Geister lassen sich angeblich durch Musik einfangen, weil es sie berauscht. Meine Seele berauscht es ebenfalls, ganze Filme und Geschichten ersinn ich mir – zu was ich ohne diesen unerschöpflichen Quell der Inspiration zwar auch fähig bin, aber mit Musik ist es anders, wird es anders, dann sind die Welten bewegter. Und Amadeo ist dann auch anders. Manchmal tanzen wir zwei einfach durch die Leere. In der

Wirklichkeit möchte mich niemand tanzen sehen und ich würde es auch nicht. Ich hätte Angst jemanden dabei zu verletzen.

Aber Musik liebe ich dennoch. Wenn so die Rauschmittel der Mode sind, kann ich verstehen, warum einige derart danach süchtig werden. Doch bin ich auch ein Mensch, dem die Dinge, welche ich ganz in mich aufnehme, schon bald langweilen. So komme ich von dieser kleinen Sucht recht schnell wieder ab, stets auf der Suche nach neuen, unbekannten Ebenen des Bewusstseins, die ebenso köstlich süß, tröstend, verletzend und unendlich rührend, melancholisch sind. Sie führen mich durch meine Träume und füllen die Stille der Nacht.

Ein dem sehr ähnliches Gefühl ereilt mich, wenn ich an Jasmin und Alex denke.

Nun wie gesagt, klingt irgendwie komisch, aber diese Zwei haben etwas an sich, was auf mich eine faszinierende Wirkung ausstrahlt. Mein Name ist Seduco Timid, heute war der zehnte Oktober, es ist dreiundzwanzig Uhr zehn.

Der Gesundheitsberg

Wind und trockene Blätter, die darin tanzen den Reigen.
Ein offenes Fenster, im großen Saal für Speisen.
Ein altes Gebäude, betagt und lebendig.
Promenaden, Liegeterrassen und frische Luft, gekleidet in herbstliches Sonnengold.
Nette und weniger nette Menschen, darunter interessante und weniger interessante.
Engel in weiß und bettliegende Menschen. Patienten und Heilshelfer.
Was ist dies wohl?
Ein Sanatorium, eine Klinik, welche hier liegt, hoch droben auf dem Hügel,
den stadtüberschattenden Berg. Hohe Genesung genannt.
Zurück am Zauberberg.
Denn stets fühle ich mich daran erinnert, an den Autor der davon schrieb;
ich der Leser, der davon las.
Thomas Mann und sein Zauberberg sind lebendig geworden.
Bald schon verlässt der Herbst dies Land und Frau Winter hält Einzug.
Doch der Herbst blieb lang, Vatergott Sonne ist längst verabschiedet worden.
Wandelt, nach altem Glauben, bereits in der Unterwelt und wir bereiten uns
gemächlich auf Jul vor, wenn die Welt, in wenigen Tagen nur, ihr weißes
Festgewand erhält. Eben jenes, welches hier am Berg, von Menschen ohne
Unterlass getragen.
So sei Phantasie Wirklichkeit und ich, Seduco Timid sei Hans Castorp und ein
Krankenhaus, welches in den Sechzigern der Gesundheitsberg genannt, sei für
mich der Zauberberg.
Ich bin gespannt was mich erwartet. Bin gespannt ob Schmerzmittel dies schreiben,
oder doch ich selbst.

Seduco Timid, Tagebuch 24. November 1998

Seduco Timid, Tagebuch – 15. November 1998

Mein Name ist Seduco Timid und heute vor vierzehn Jahren wurde ich an einem verschneiten, kalten Novembertag um dreizehn Uhr dreizehn im Krankenhaus geboren. Selbstverständlich erinnere ich mich an dieses Ereignis nicht mehr. Aber meine Mutter offenbarte mir viele Jahre später, dass sie in jenem Augenblick sich als Ganzes fühlte und einen Sinn in ihrem Sein erkannte.

Dies schien, trotz Schmerzen, ein sehr glücklicher Tag gewesen zu sein, wenn auch ich ihn als solchen vielleicht gar nicht empfand, immerhin wurde ich aus dem warmen, wohlbehüteten Ort in dem ich bis Dato verweilte, herausgerissen und in den kalten Kreissaal eines DDR-Krankenhauses geschmissen. Ich begegnete der Welt, nackt wie ich war, mit einem protestierenden Schrei. Damit war das erste Leben meines Lebens meiner Leben schon vorbei. Mein Leben als winziges Geschöpf, das in einem Ort verweilte, dessen Verlassen Tod bedeutet und zugleich die Geburt darstellt. Und als dieses Wesen machte ich alle Stadien der Evolution durch. Vom Einzeller zum Mehrzeller, bis zum Fisch, zur Kaulquappe und Vögelchen, zum Äffchen und schließlich zum Menschlein. Glücklich. Denn ich war eins mit allem. Mehr als neun glückliche Monate als Parasit, glückliche Tage.

Anders als heute. Heute ist eigentlich kein glücklicher Tag.
Mein Großvater ist zu Besuch. Was allerdings nicht wirklich als Besonderheit anzusehen ist. Seit dem Tod von Momi lebt er wie ein Zigeuner. Mal bei uns, mal bei meiner durchgeknallten Tante. Trotzdem, dass es eigentlich eher gewöhnlich als selten war, freute ich mich über sein Erscheinen, wir haben gemütlich Kaffee gehalten, mit Kuchen und allem was dazu gehört.
Und doch, war ich eigentlich alleine. Nur Joe war da. Er war mal mein bester, mein einziger Freund. Das Kind der Familie mit der wir dem Sozialismus entflohen sind. Allerdings ist er unwichtig. Er ist nur noch da, ein Freund ist er nicht mehr, schon seit einigen Jahren. Wir kennen uns schon seit dem Tag, da er geboren wurde, nicht ganz zwei Monate später wie ich selbst. Dasselbe Krankenhaus, dieselbe graue Stadt. Als ich meinen neunten Geburtstag feierte, hatte sich etwas an ihm verändert. Oder an mir, wer weiß das schon. Menschen kommen und gehen im

Leben, manche werden geboren, andere sterben. Und manche verlieren und gewinnen wir durch den Weg den wir beschreiten. Irgendwann im Leben gabelt sich der Weg und Freunde oder Verwandte entscheiden sich für ihren und du dich für den Deinigen. Und irgendwann kommt der Punkt, da man sie in der Ferne nicht mehr sehen kann, sie nicht mehr erkennt und ihre Rufe nicht mehr versteht. Man entfremdet sich eben. Denn die Erfahrungen die jeder von uns auf seinen eigenen Weg macht, sind so unterschiedlich, oder prägen einander so unterschiedlich, dass man sich nicht mehr versteht. Seelisch eine andere Sprache spricht. Das ist nur natürlich, doch manchmal auch sehr traurig. Mir geschah es mit Joe. Schwamm drüber, das war und muss nicht mehr sein. Unsere Wege trennten sich und das Verständnis füreinander schwand und wurde nur noch durch freundliche Masken aufrechterhalten. Traurig, aber solche Dinge geschehen nun mal, und es wird noch häufiger geschehen, da bin ich mir sicher. Nun sieh sich das einer an. Schon wieder so eine Poesiealbenweisheit. Um Himmels Willen. Egal, weiter. Was ich sagen wollte war, dass Joe und ich uns nicht mehr so nah sind, wie wir es einmal waren.
Dennoch haben wir ab und an noch Spaß miteinander. Aber heute nicht, ich bin verwirrt, was an der Schule liegt. Die Fächer Kunst und Haushalt und Ernährung überschneiden sich mit denen unserer Parallelklasse. Eben jener Parallelklasse in welche Jasmin auch geht. Und Alex.

Ich wage es kaum auszusprechen, aber ich glaube, ich habe mich in Jas verliebt. Nun, nein. Eigentlich weiß ich, dass ich das habe. Ständig kribbelt es in mir, vom Magen ausgehend bis in jede Vene, wenn ich sie sehe. Das Herz erhitzt sich beim Schlagen und rutscht zwischen Hals und Hose hin und her. Denke an sie, stelle mir kitschige Postkartenszenarien mit ihr vor, sitze selbst bei Kälte im Garten und spüre den Frost nicht, denn ich bin in Träume mit ihr verwickelt. Träume in denen stets auch eine andere Person auftaucht. Diese Dinge beschäftigen mich, helfen mir die Tage zu überstehen, wo doch gerade dadurch die Tage so unerträglich schwer sind. Mein Gefühlschaos wechselt von beschwingt zu deprimiert. Ich kann gar nicht beschreiben wie ich Teenager hasse.

Die große problematische Welt der Teenies, von der sie selbst nichts weiter verlangen als gleichzeitig in Ruhe gelassen und bemuttert zu werden. Absolut disharmonisch. Manchen Morgen möchte man singen, die ganze

Welt umarmen und an anderen scheint die Welt zusammenzubrechen. Sie gerät vollkommen aus den Fugen und man möchte sich fragen: Warum? Was ist der Sinn des Ganzen? Wäre es nicht besser, dem Allem hier möglichst schnell ein Ende zu setzen. Aber dann schaltet sich der Hypothalamus ein und überschüttet den Körper mit freudigen Hormonen, und man erinnert sich an die vielen, glücklichen Augenblicke des Lebens. Man stellt fest, dass es tausende sind. Große und kleine. Und dass es sich allein für diese zu leben lohnt. Wichtig ist nur, sich zu erinnern. Denn was der Liebe die Wertschätzung, ist der Erinnerung die Einsicht. So muss ich als Teenie auch Folgendes einsehen: Es passiert irgendwann. Dann, wenn man selbst von den ganzen Primaten in ihrer Zwischenphase so genervt ist, dass es schmerzt, sieht man in den Spiegel und es grinst einem ein ebenso pickliges Gesicht entgegen wie jenes, welches man an dem Anderen verabscheut. Der Schock: Man ist selbst so ein Primat. Man möchte sich selbst für neunzig Prozent des am Tag Gesagten ohrfeigen und man ist selbst Opfer seiner Hormone und wird sich über kurz oder lang in so etwas verlieben.
Schwer zu akzeptieren. Doch, wenn meine Gefühle auch voller Zweifel sind und meine Träume von einer anderen Person infiltriert werden, so bin ich doch gewillt zu versuchen, diese dunklen Augenblicke ebenso zu genießen und in mich aufzunehmen, wie die hellen. Mein Name ist Seduco Timid.

Seduco Timid, Tagebuch – 19. November 1998

Seit geraumer Zeit beschäftigt mich der Gedanke, dass ich mich, trotz erster Zweifel und auch Widerstrebens, nun tatsächlich in Jasmin Lord verguckt habe. Ich weiß, dass ich dies bereits neulich groß verkündete, sicher bin ich mir aber eigentlich erst seit etwa drei Tagen. Typisch für diese Hormonüberschüttung – zumindest sagt dies die Literatur der Welt – kann sich mein Herz nicht entscheiden, ob dies Anlass zur Freude und zu einem ›Gott sei Dank‹ oder eher zu einem seufzenden ›Leider Gottes‹ ist.
Degoutant sehe ich dabei zu, wie eine meiner scheinbar so zahlreichen Seelenqualitäten dazu übergeht, in diesem Büchlein ein Fandungsprofil der Angebeteten zu erstellen:

Jassy ist ein Jahr älter als ich, hat blonde, kurze Haare und trotz fehlen jeglicher Gothicäußerlichkeiten, einen Vampirfimmel. Sie ist hübsch, kennt scheinbar keine Traurigkeit – auch dies widerspricht dem Vampirimage – und lacht offensichtlich für ihr Leben gerne. Ist im Schulgeschehen weniger stark involviert, als ich es mir für mich wünschte und ist wohl meine erste Idee von Liebe. Oder vielleicht auch nur Bewunderung, welche sich in ein leicht flatterndes Gefühl der Hitze ausdrückt. Ob sie einen Freund hat, weiß ich bisher noch nicht. Mutmaßen würde ich es allerdings. Selbst wenn kein adretter, junger Mann ihr zur Seite steht, ist da ja immer noch Alexander Ville. Zu welchem sie einen außergewöhnlich engen Kontakt pflegt, eine ziemlich starke und seltsame Beziehung, möchte man dies meiner Urteilskraft überantworten. Sie sagen, sie seien weit entfernt davon ein Liebespaar zu sein, doch der flüchtige Beobachter mag dies schmunzelnd als kindliche Unwissenheit abtun. Ich halte mich allerdings nicht für flüchtig. Alex funkelt Kerle, die es wagen mit Durchlaucht in seinem Beisein zu reden, auf sonderbare Weise an. Bei mir, sofern er mich wahrnimmt, ist es Hochmut, bei anderen, etwas seltsam anderes. Ich habe hierzu meine Vermutung, behalte sie aber vorerst in meiner Welt. Stattdessen, vermerke ich die Geschichte, die mir erzählt, welche ich ebenfalls bereits im Oktober erzählte: König und Königin kennen sich seit Geburt an, bauten lustige Schlösschen im gemeinsamen Sandkasten und bestaunten sporadisch ihre körperliche Entwicklung, beim Spiel mit den Puppen des anderen.
Amadeo, du magst mir meinen zynischen Unterton verzeihen.

Ich will versuchen, niemanden im Weg zu stehen und nicht aufdringlich zu sein. Schön devot. Wie gewohnt. Unauffällig und mit Abstand.

Das sagst du so leicht, Amadeo! Unsichtbarkeit hat mir bisher stets den größeren Schutz geboten. Schon vergessen? Ich denke, Alex und Jassy sind weit mehr als ein Teenager-Paar mit Liebesgefühlen. Man mag es meinem pubertären Hang, den Dingen Gewichtung zu verleihen, zuschreiben, doch ich möchte behaupten, sie seien Seelenverwandte. Da kann ich doch nicht plötzlich aus dem Schatten meiner Existenz auftauchen und mich in ihrem Licht präsentieren. Noch dazu als ungewollter Affront *zwischen* ihnen. Oder? Du schlägst ein Öffnen meinerseits vor? Bist du verrückt? Ihr meine Gefühle gestehen? Ich bin mir nicht mal sicher, inwiefern sie existieren. Zumal ich sie darum bitten müsste, es mit der nötigen Diskretion zu behandeln. Sie ist fünfzehn, wie viel Diskretion, kann eine fünfzehnjährige, beliebte Schulblondine wohl aufbringen?

Nerv nicht Amadeo, sieh mich doch mal bitte an. Ich bin tollpatschig, wenn ich überhaupt mit jemanden in der Schule rede, dann rede ich zu viel und zu schnell, ich denke über viel zu viele unwichtige Dinge nach, versinke für Stunden in Buchstabendimensionen oder ganz anderen Welten, bin ein Jahr jünger, nicht gerade gut gebaut, kann nicht Tanzen und mache mir nicht in der Weise etwas aus Musik, in welcher andere Teenies sich etwas daraus machen. Sie hingegen, kann mit anderen reden, sorgt sich auch noch ums Wohl dieser, siehe Alex, hat Verständnis, eine aufbauende Art, eine warme Stimme, ein zauberhaftes Lächeln, einen angenehmen Humor, eine hübsche Gestalt ... du meine Güte, da wird einem ja schlecht. Wer hätte gedacht, dass ich mich doch noch infiziere?
... Gut okay, ich werde sie anrufen.
Auch wenn es wahrscheinlich hoffnungslos ist.

Mein Name ist Seduco Timid, heute ist Donnerstag der neunzehnte November neunzehnhundertachtundneunzig.

Seduco Timid, Tagebuch – 23. November 1998

Ich liege im Krankenhaus, soll zur Beobachtung meiner Gehirnerschütterung hier verweilen. Mir ist es verboten zu lesen, fernzusehen, zu schreiben oder auch nur zu denken. Jede Kopfarbeit könnte die furchtbaren Schmerzen hinter der Stirn, von neuem entfachen. Ich sollte nicht schreiben, ständig explodiert etwas in meinem Schädel und tausend Glassplitter durchbohren mein Gehirn und Blut beginnt zu kochen, zu brodeln und entflammt sich, entzündet neue Explosionen. Alles dreht sich dann, Schmerz verwandelt sich zu Tränen und Tränen zu Feuer. Aber ich kann nicht anders, mir ist langweilig. Ich verabscheue Krankenhäuser.

Mein Name ist Seduco Timid, heute ist der dreiundzwanzigste November und seit dem Fünfzehnten bin ich stolze vierzehn Jahre alt. Wie bin ich hier gelandet?

Freitag Abend, dem Einundzwanzigsten kamen wir von Freunden, die bei E. wohnen, zurück nach Hause. Es war eigentlich alles in allem ein schöner Tag, doch am späten Abend, nach dem Essen, nach ein paar Glas Wein von Mom und Roland, ich ein paar Glas Cola, geschah es wieder. Mein leeres Glas steht noch auf dem Tisch, sowie eine zweite leere Flasche Wein zusammen mit einer angebrochenen, und einer Flasche Ouzo. Ich habe schon im Bett gelegen, war vom Lärm aufgewacht. Bin aus meinem großen Metallbett gestiegen, durch Zimmer und Flur zum Wohnzimmer gelaufen. Sah das schweißnasse Gesicht Rolands, in welchem sich der Alkohol abzeichnete, sah die Variation an Flaschen auf dem Tisch, sah das Gesicht meiner Mutter, den Ausdruck der verriet, dass sie nicht wusste, welche Reaktion jetzt die klügste wäre – noch Gedanken spielend. Roland hingegen ließ seine cholerische Ader sprechen, durch verschwommenes Brüllen, das ich längst gewöhnt, welches ich gar nicht mehr höre. Die Gleichgültigkeit von Constance, meiner Mutter, veranlasste ihn gänzlich auszurasten. Mit verwässertem, irren Blick in den hervorquellenden Augen des Ethanols ging er auf sie zu, sie, die sie noch ruhig auf dem Stuhl saß, leicht vom Esstisch weggerückt, die Beine übereinander geschlagen und ihn unberührt ansah. Ging auf sie zu, brüllte ihr ins Gesicht, sie würde ihn nur benutzen und nicht wirklich lieben, sie sei eine Schlampe, unfähig zu fühlen, würde nicht einmal merken, wenn er in sie eindringe, sei verdorrt – und weitere Widerlichkeiten. Schlug sie dann, so dass sie vom Stuhl fiel, weinte dann wie ein kleines Kind, dass wir ihn nicht bräuchten, wickelte sich in den Vorhang ein und vergaß darauf das Weinen wieder, war wieder wütend und am toben.
Ich wollte einschreiten, half ihr auf. Wollte mich ihm entgegenstellen, zunächst mit Worten, dann mit Gewalt, doch er schubste mich weg, als wäre ich gewichtlos. Meine Mutter feuerte ihm eine zurück und schüttete den Rotwein in sein zornverzerrtes Gesicht, drehte sich um und ging. Der nächste Schlag, sie fiel in die Couch im Flur, er schimpfte weiter. Roland griff erneut an, zog sie an den Haaren und rammte ihren Kopf immer wieder gegen die Sofalehne, nahm mich – nach einem erneuten Einschreiten meinerseits – in den Schwitzkasten und fragte wie es mir gefällt. Ich roch seinen Alkoholdunst. In meiner Verzweiflung flehte ich Amadeo an, mir zu helfen. Das war der Fehler. Es war der Föhn im brennenden Unterholz, Roland entflammte in Wut. Seine Faust landete in meinem Gesicht, er brüllte mich an, schimpfte mich einen Schwachkopf und Träumer. Sagte, ich sei erbärmlich und zu dumm mir echte Freunde

zu suchen. Verfluchte Amadeo, schrie erneut meine Mom an, dass sie zu bescheuert sei, mich zu erziehen, schlug sie wieder. Hass und tiefe Abscheu lagen in ihrem Blick, als sie durch die trockenen, tränenlosen Augen zu ihm aufsah. Wie sehr sie ihn hassen musste – oder bemitleiden? –, dass sie selbst den Schmerz davor vergaß. Warum tun wir uns ihn eigentlich an? Nur weil wir noch in finanzieller Schuld stehen, weil er uns vor langer Zeit mal half?

Mir war von dem Schlag schwindelig, schwarz vor Augen. Doch man sagt das nur so, vor meinen Augen war kein schwarzer, sondern ein roter Schleier, welcher die Sicht vernebelte. Das Rot umfing die Situation und Gedanken in jener Farbe schossen durch meine pochenden Schläfen.

Zornig und ungestüm quält der apokalyptische Reiter sein rotes Ross und treibt es voran, auf das es alles niederringt und niederzwingt. Rot ist der Krieg, Herr des Rosses. Die Zunge der Rache leckt mit infernaler Leidenschaft an Ares, an Mars. Rot ist die Welt in den zornvertrübten Augen der Aggression. Mit zerstörerischer Macht reitet es die Welt in Hitze und Flammen, Moloch wartet mit geöffneten Maul auf seine Opfer und die Hölle rührt die Farbe im Vesuv zusammen und übergießt Pompeji mit einem tödlichen Rot, jene Stadt die diese Farbe liebte und in dunklen Tönen ihre Fresken tünchte. Welche diese Farbe nun für alle Zeit zu ihrer Ehre festhalten. Ja, das ist Rot! Krieg, Zorn, Hitze und Feuer, welches alles verschlingt.

Der Schleier wurde durchsichtiger und legte sich. Vor etwa sieben Jahren trat er, Roland Smiet, in unser Leben. Er, Restaurator im Möbelhaus, in dem meine Mom als Dekorateurin noch vor kurzem gearbeitet hat, blaue Augen, schwarze Locken, und drei Wochen Bart. Relativ gut gebaut, aber auch relativ klein. Er stammt ursprünglich aus einer wohlhabenden Unternehmerfamilie aus S.. Wohnt aber heute auf dem Land, nahe der Stadt. Ich mag seine Eltern und seine fünf Geschwister. Mir ist stets unklar, wie eine so nette Familie einen solchen Sohn hervorbringen konnte. Schwarzes Schaf.

Was soll ich sagen, sie hatte sich verliebt und gestand es meinem Vater. Durch die Enttäuschung die er dadurch erlitt, fand er allerdings trotz ihrer Bitte nicht die Kraft sie zu halten, sich und ihr zu helfen und so verließ er uns. Im eigentlichen Sinne, war es keine Liebe gewesen die Roland in unser Leben brachte. Sie fühlte sich wohl geborgen bei ihm. Meine Eltern hatten Schwierigkeiten gehabt und er bildete die Flucht, die Atempause, die sie brauchte. Aber Roland war nicht nur unreif und drei

Jahre jünger als meine Mom, sondern auch schneller in dem gemachten Nest, als es irgendwem lieb sein konnte. Mit seinen Siebenundzwanzig hatte er bisweilen noch im Haus seiner Tante gelebt.
Er war ja ganz nett, doch als er eine gewisse Sicherheit spürte, veränderte er sich und mit der Zeit wurde es zusehends schlimmer. Eigenschaften kamen zu Tage, die vorher nicht aufgefallen waren.
Sie warf ihn raus, verließ ihn. Doch er kam zurückgekrochen, behauptete Krebs zu haben, dass er nur noch ein paar Monate zu leben habe. Meine Momi riet ihr, ihm beizustehen, aber vorsichtig zu sein. Aus den Monaten sind inzwischen Jahre geworden. Er war nie bei einem Arzt, außer wenn er eine Grippe hatte und es geht ihm blendend, mal abgesehen von seinem Geisteszustand. Das Wort Krebs wurde außer im Zusammenhang mit Essen nie wieder erwähnt. Zu Anfang entschuldigte er seine Aussetzer noch mit der vermeintlichen, unheilbaren Erkrankung, doch irgendwann nicht mehr, es blieben einfach die Entschuldigungen aus.
Constance, meine Mom, hielt ihn auf Distanz, doch immer wieder brach er zu uns durch. Zudem hat sie noch das Gefühl, eine Schuld materieller Art begleichen zu müssen. Was soll man sagen? Wir kamen aus der DDR, die Grenzen machten auf, kurz nachdem wir aus dem Bundesgrenzschutz entlassen waren. Somit wurde uns die Starthilfe, welche die BRD den Flüchtlingen zur Verfügung stellte nicht gewährt und wir standen vor dem Nichts. Folglich, um uns eine Existenz aufzubauen, suchten sich Mom und Dad Arbeit, egal was, hauptsache Geld verdienen. Dennoch, so ganz ohne Kapital wurden ›Startschulden‹ gemacht. Die nachdem mein Vater verschwand, Roland für meine Mom beglich und die sie ihm nun zinslos zurückerstattet, womit sie sich die Zinsen der Bank eben sparte. Doch nun ja, irgendwie zahlt Mom sie ja trotzdem.

Nach dem erwähnten Schlag in mein Gesicht, welcher diese Gedankenfetzen heraufbeschwor, bekam ich nur noch alles sehr dumpf mit, bis auch das verging. Ich kann nur erahnen, was dann wirklich geschah. Aber mit Sicherheit weiß ich, dass ich in diesem Moment glaubte, trotz der Unmöglichkeit dessen, dass Amadeo mich in Brand steckte. Davon ausgehend, dass dies unbeabsichtigt geschah. Ich war mir auch sicher, dass jeder der Beteiligten behaupten würde, dass es eine umgefallene Kerze war, die meinen Frottéschlafanzug in Flammen steckte. Was sehr gut möglich ist und wesentlich wahrscheinlicher noch dazu. Was ich heute auch glaube. Doch ich konnte es in jenem Moment spüren, Amadeos Zorn, die Hitze die in ihm Feuer spie. Die Luft war wie elektrisiert und doch bleibt es meinem Wissen verborgen, wie genau der Unfall vonstatten ging, in meiner Welt gibt es soviel Unsichtbares, dass ich nicht behaupten kann, zu wissen, dass es Amadeo nicht war.

Tatsache bleibt, ich stand mit einem Mal in Flammen und unter Schock. Meine Mom schlug mit flacher Hand auf mich ein, damit die Flammen ausgingen. Sie schaffte es, ich brannte ja schließlich nicht lichterloh, aber es hätte so enden können. Nachdem das Feuer erstickt war, erwachte ich aus meiner Lähmung, aber nicht aus meinem Schockzustand. Ständig stammelte ich: »Amadeo war es, Amadeo hat das getan!«

Meine Mom wollte mich in den Arm nehmen, mich beruhigen. Aber ich wich vor ihr zurück, stolperte und fiel. Dabei habe ich mir wohl den Kopf am marmornen Konsoltisch im Flur aufgeschlagen.

Mom erzählte mir später, dass Roland mich, nach dem Schlag, aus der Umklammerung heraus geschubst hatte. Dabei war ich in den Kerzen gelandet. Wir lieben Kerzenlicht und zünden stets überreichlich an. Nun, der Rest ist Geschichte.

An das Nächste, woran ich mich wirklich erinnere, ist Übelkeit, höllische Migräne und die Notaufnahme des Klinikums. Damit ende ich wie ich begann, im Krankenhaus, nur dass ich jetzt auf der Kinderstation liege. Amadeo hat sich noch nicht zu der Sache geäußert, sitzt nur auf dem Bett und erzählt Geschichten, macht Quatsch und Witze ...

... Oh, ich höre die Nachtschwester kommen...

Seduco Timid, Tagebuch - 26. November 1998

»Man könnte meinen du geniest deinen Aufenthalt hier.«

»Was? Amadeo spinnst du? Ich langweile mich zu Tode. Schon vergessen? Kein Buch, kein Film, kein gar nichts.«

»Ich glaube trotzdem, dass du die Auszeit gar nicht so schlecht findest.«

»Wie kommst du da drauf?«

»Du hast dich auf deine ganz eigene Art mit dem Krankenhaus vertraut gemacht. Nachdem du die Erlaubnis eingeholt hast, herum zu spazieren, hast du dir die alten Bilder vom Gebäude angesehen, über die Wände gestrichen, warst auf den Liegeterrassen und hast die klare Luft tief

eingeatmet, hast im Speisesaal den Herbst verabschiedet und Gedichte geschrieben.«
»Ja, ich habe mich an den Zauberberg erinnert gefühlt. Aber all diese Dinge sind mir eigentlich untersagt. Das weißt du. Ich habe auf meine Bitte um Ausgang eine Absage erhalten und habe mich heimlich davon gemacht. Hätte ich das nicht, hätte ich vermutlich angefangen die Raufasertapeten nach geheimen Botschaften abzusuchen oder mir die Haare in Brand gesteckt und mit einem Vorschlaghammer gelöscht. ... Lach nicht! Das meine ich ernst!«, erwiderte ich, selbst unter Schmunzeln.
»Ja klar. Deshalb habe ich dir ja die blaue Blume geschenkt.«
»Welche blaue Blume?«
»Na die blaue Blume. Die Fähigkeit alles zu romantisieren, mit Vorstellung zu füllen. Die Welt ist meine Bühne und du bist mein Auditorium.«
Kurz flammte, vor meinem geistigen Auge, die damalige Szene auf. Amadeo streckte mir seine Hände entgegen, aus deren Flächen drei schöne, bläuliche Knospen sprossen, die sogleich aufplatzten und zu herrlichen Blütenkelchen heranwuchsen. Immer mehr solcher Knospen begannen zu gedeihen, auf seinen Handgelenken, seinem Arm, auf seiner Kleidung, in seinem Gesicht. Und alle leuchteten sie im Licht der Musen.
»Ja. Das macht es leichter. Komm, lass uns zurückgehen. Sonst fesseln die mich womöglich ans Bett.«
»Ich wette, auch dann hätten wir Spaß.«
»Das wage ich zu bezweifeln.«

Roland spielt bei jeder Röntgenaufnahme, jeder Untersuchung, jeder Unterredung mit dem amtierenden Arzt den liebvollen, sich sorgenden Übervater. Ich könnte kotzen, so speiübel wird mir davon. Dass er überhaupt hier ist, zeigt mal wieder seine Tücke. Er benutzt mich um bei Mom, die sich wirklich sorgt, gut da zu stehen. Sie ignoriert ihn, glaube ich. Zumindest zeigt sie eine sehr frostige Schulter. Seit dem *Unfall* scheint wohl der Haussegen auch für Roland mehr als schief zu hängen. Mom hat tiefe Schuldgefühle, redet mit mir, während Roland den Arzt nervt.
Entschuldigt sich ständig und verspricht, dass es besser wird, dass wir Roland rausschmeißen. Keine Ahnung warum es diesmal funktionieren sollte. Immerhin ist sie die Erfinderin des Plurals von Ultimatum. Wer weiß was sie glaubt, für sie zählt nur die Tatsache, dass ich hier liege. Im Krankenhaus.

Aber ich darf bald gehen, morgen schon. Die Schmerzen sind nicht schlimmer geworden und der Doktor meint, dass sie bald vollkommen verschwinden. Das ist sehr gut, ich mag keine Krankenhäuser. Als ich noch klein war und wir noch in der DDR lebten, war ich fast ausschließlich im Krankenhaus. Man kann getrost sagen, dass ich mich dort im Zwei-Wochen-Takt aufhielt. Zweimal wegen einer lebensbedrohlichen Lungenentzündung, bei der die Ärzte zu Constance gesagt hatten, dass ich sie vermutlich nicht überleben werde. Dann mussten mir mal die Mandeln herausgenommen werden. Und ein anderes Mal, war es etwas anderes. Aber nachdem wir hier waren, war es vorbei. Außer einem Unfall mit dem Fahrrad, bei dem ich mir eine kleine Kinnnarbe zuzog, geschah nie wieder etwas, weswegen ich hätte kurz oder lang in eine Klinik gemusst. Dennoch, ich mag Krankenhäuser einfach nicht. Mom auch nicht, dem ungeachtet muss sie fast immer mit Gewalt vom Pflegepersonal entfernt werden. Oft sitzt sie nur an meinem Bett, wir reden nicht einmal oder höchstens über Belanglosigkeiten. Während ich mich dann oft mit Amadeo verziehe, scheint sie in ihrer eigenen Welt versunken zu sein. Fixiert irgendeinen Punkt im Zimmer und lässt ihre Zahnrädchen rotieren. Apropos Zahnrädchen. Mein Kopf fängt wieder zu schmerzen an, ich hör lieber auf zu schreiben. Außerdem macht Amadeo ständig Faxen, so dass ich vor lauter Lachen gar nicht richtig schreiben kann. Er hilft mir immer die Langeweile zu verjagen. Gestern sind wir durch die Gänge geflogen, dank der weißen Krankenhaushemdchen echt *spooky*. Dann haben wir die Ärzte erschreckt. Das hat irren Spaß gemacht und ich konnte eine ganze Stunde verstreichen lassen, ohne dass ich etwas davon gemerkt habe. Aber dann hat der Schädel wieder gedröhnt. Mein Name ist Seduco Timid, heute ist der sechsundzwanzigste November, ein verregneter Donnerstag.

Seduco Timid, Tagebuch - 27. November 1998

Etwas Seltsames geht hier vor. Mit einem Mal ist es sehr, sehr kalt im Zimmer. Ausgehend von Amadeos dunkler und bedrohlicher Aura, die sich auch auf seine Kleidung auswirkt, die anders ist als sonst, weniger friedlich und nüchtern. Wenn er so ist, ist er gefährlich. Die kleine Narbe unter seinem linken Auge ist neu, oder?

»Was meinen Sie damit, Sie können mich heute noch nicht entlassen? Gestern sagte man mir doch das Gegenteil. Mom?«
»Doktor. Was soll das? Klären Sie uns bitte auf.«
»Seduco wird lediglich verlegt. Auf eine andere Station.«
»Was für eine andere Station?«
»Station zweiundzwanzig, Station für Schädel-Hirn-Verletzungen und Frührehabilitation Phase B.«
»WAS? Wollen Sie mich auf den Arm nehmen? Würden Sie bitte auf die Frage meiner Mutter antworten und uns endlich erklären, warum ich verlegt werde.«
»Seduco, beruhigen Sie sich erst einmal. Ich würde das gerne mit Ihrer Mutter allein klären.« Seine Stimme war höflich, ließ aber auch vernehmen, dass ihm nicht oft widersprochen wird.
»Das kommt überhaupt nicht ...«
»Seduco! Doktor, ich verheimliche meinem Sohn nichts.«
»Dennoch, bitte.«
Ein Stöhnen. »Gut.«
»Mom!«
Und sie gehen einfach aus dem Zimmer. Unglaublich.
»Amadeo, bin ich im falschen Film?«
Station zweiundzwanzig, Station für Schädel-Hirn-Verletzungen und Frührehabilitation. Haben die doch noch was auf den Röntgenbildern festgestellt? Ich habe Angst. Ich wollte heute nach Hause, endlich wieder in meinem Zimmer sein, umgeben von den Dingen die mir Freude machen, an denen meine Erinnerungen hängen. Ich vermisse meine Spielsachen, auch wenn ich weiß, dass ich zu alt dafür bin. Ich vermisse mein eigenes Bett. Vermisse die Wärme unserer farbenfrohen Räume, die meine Mom mit so viel Liebe eingerichtet hat. Ich vermisse es, dann zu essen wenn ich Hunger habe und nicht wenn ich es muss. Ich vermisse es sogar aufs Klo zu gehen, weil ich hier ja nicht aufstehen durfte und immer nur die Bettpfanne oder diese blöde Flasche bekommen habe. Nur heimlich gehen konnte in einem Raum, den man nicht verschließen kann. Was ist, wenn ich ernsthaft krank bin? Mom kommt zurück.
»Mom?« – Keine Reaktion. Sie beginnt meine Sachen aus dem Schrank zu räumen.
»Constance!« – Jetzt. Ein kurzes Innehalten. Dann Klamotten zusammenlegen in Fließbandmanier. Ich warte.
»Du wirst gegen fünfzehn Uhr auf diese andere Station verlegt.«

»Warum?«
»Ich ...«
»Mom, ich habe Angst. Würdest du mir bitte sagen was los ist? Haben die einen Schatten oder so was auf den Bildern gesehen?«
»Nein. Es ist nichts dergleichen.«
»Was dann?«
»Die Zweiundzwanzig ist eine Station, die schwere Schlaganfallpatienten hat oder Menschen, die einen neuronalen Zusammenbruch nach Alkohol- oder Drogenmissbrauch hatten. Sie behandelt aber auch Menschen, die Wahnvorstellungen oder andere psychische Störungen haben...«
»Du steckst mich in ne Klapse? Spinnst du?«
»Nein, mach ich nicht und das *›spinnst du‹* verbitte ich mir. Sie wollen nur sicher gehen, dass der Sturz keine psychischen Auswirkungen hatte.«
»Mom, ich bin zwar erst vierzehn, aber nicht bescheuert. Das war bis vor zwanzig Minuten eine ganz normale Gehirnerschütterung.«
»Gott Seduco, du standest hier unter Beobachtung für gerade mal fünf Tage. Fünf Tage! Hättest du nicht mal eine Woche auf Amadeo verzichten können?«
»Wie bitte?«
»Die Schwestern haben dich mit ihm reden gehört und haben oft nicht nur nachts gesehen, was passiert, wenn du dich ihm zu sehr hingibst. Dass, hat das Interesse der Neuropsychologie an dir geweckt. Sie wollen eine Differenzialdiagnose zu der Gehirnerschütterung erstellen. Für die bist du jetzt eine Art Fall, deshalb sollst du noch hier bleiben.«
»Wegen Amadeo? Was ist daran so ungewö...?«
»Das du mit ihm redest? Vermutlich nicht viel. Dies ist wohl eher uninteressant, auch wenn du dafür eigentlich schon zu alt bist. Uninteressant, ist aber nicht, die Art und Weise, wie du dich fallen lässt. Ende der Diskussion. Ich habe mir deswegen auch schon mehr als einmal Sorgen gemacht. Wenn es sich dabei um eine Krankheit handelt, die man behandeln kann, umso besser. Wenn es nichts ist, tut es mir Leid und du solltest mal dein Verhalten überdenken.«
»Mutter, ...«
»Nein Seduco, Schluss jetzt!«
Das ist doch ein Witz. *Amadeo guck nicht so verwirrt, überleg dir lieber was.*
Punkt sechs nach drei kam der Transport-Zivi und schiffte mich um. Erst von Bett in Rollstuhl und dann Aufzug runter und rauf, diesen

Gang lang und den nächsten. Gleiche Farbe an den Wänden. Überall Leuchtstoffröhren. Amadeo lief dem Rolli ständig hinterher. Nur ab und zu musste er wohl die Treppe nehmen, da der Aufzug zu voll war. Ich setzte die ganze Zeit eine Zornesmiene auf. Der Piepser des Kriegsdienstverweigerers machte permanent ein ekliges Geräusch und neue Aufträge wurden ihm genannt. Hat ja viel zu tun der Kerl.
Meine Miene änderte sich vor den Flügeltüren der Station, als sie sich nicht automatisch öffneten und der Zivi einen Türcode eingab, den ich leider nicht gesehen habe. Ich war vor Schrecken ganz starr.
Eine Schwester drang durch meinen Schleier durch, stellte sich als Sandra vor und übernahm den Rollstuhl. Ich bekam einen Platz im Vierbettzimmer am Fenster. Es war mit mir nun halb besetzt. Der alte Mann im anderen Bett hatte eine Fixierung an den Handgelenken und blickte mit leeren, ausdruckslosen Augen zum Schrank. Das ist doch nicht deren Ernst, oder? Mom hatte wohl ähnliche Gedanken. Aber sie sagte nichts. Räumte den Schrank ein, umarmte mich und verabschiedete sich mit:
»Ist ja nicht für lange.« Kuss. Tschüss.

Und ich, ich saß allein auf einem riesigen, grauen Planeten, mit grauer, greller Atmosphäre und meinem langen Schatten.

Seduco Timid, Tagebuch - 28. November 1998

»Komm mein Großer, nimm noch mal einen Happs.«
Schleimiges Zeug wird mir von meinem Dad in den Mund geschoben. Passierte Krankenhauskost. Ich bin etwas über zwei Jahre alt. 1987. Weshalb ich im Krankenhaus bin, weiß ich nicht. Wir sind im Urlaub. Dad, Mom, Momi und Opa. Haben einen Bungalow in Trebič gemietet. Aber ich war nur einen Tag dort, dann musste ich schon wieder ins Krankenhaus. Inzwischen kenne ich das. Es ist zwar mein erster Aufenthalt in einer Klinik in der ČSSR, aber letztlich sind doch alle Sanatorien gleich. Ich glaube, ich habe Lungenentzündung. Warum sonst die passierte Kost?
Ah, die deutsch sprechende Schwester.
»Herr und Frau Timid?«
»Ja!«

»Sie müssen jetzt gehen. Es ist nicht gut für das Kind, wenn es durch Sie keine Ruhe bekommt. Der kleine Mann muss sich doch schnell erholen und nach dem Essen ist nun mal Schlafenszeit.«
»Selbstverständlich. Wann können wir wiederkommen?«
»Heute nicht mehr. Wäre gut, wenn Sie nur kommen, wenn wir Sie informieren.«
»Das kommt überhaupt nicht in Frage. Wir kommen spätestens morgen wieder.«
»Nein. Wenn überhaupt, dann kommt nur einer von Ihnen.«
»Wir sind aber beide seine Eltern!«
»Ist schon gut Constance. Geh du oder wir wechseln uns ab.«
»Nein David. Das ist unser Sohn ...«
»Wir können Ihnen das Besuchsrecht auch verweigern. Ihr störrisches Verhalten trägt nicht dazu bei, dass das Kind schnell gesund wird. Es stört unsere Stationsorganisation!«
»Mäßigen Sie gefälligst Ihren Ton.«
»Frau Timid!«
Ein Zungenschnalzen, ein Durchschnaufen. Das Zeichen, dass sie aufgab.
»Na gut.«
»Sehr gut. Aber nur, wenn der Kleine nicht weint.«
»Wie bitte? Können Sie das noch mal wiederholen? Das hat sich nämlich so angehört als...«, sie wurde unterbrochen. Sie hasst das.
»Wenn er weint, heißt das, er regt sich auf. Das ist nicht gut. Wenn er weint, dürfen Sie ihn bis zur Entlassung nicht mehr sehen.«
»Das ist doch ein Witz.«
»Nein Herr Timid. Ich will Sie nicht noch einmal an ihr Besuchsrecht erinnern müssen.«

Das Gesicht meiner vierundzwanzigjährigen Mom, vor meinem eigenen.

»Schatzi, jetzt hör der Mami mal gut zu ja. Papa und ich müssen jetzt gehen.«
»Nein!«
»Doch. Leider. Und wenn Papa und ich jetzt gehen, darfst du nicht weinen Spatz, ja?! Machst du das für Daddy und mich? Heute mal ein ganz großer Seduco sein, ja.«
»Aber...«

»Nein. Wenn du jetzt tapfer bist und nicht weinst, dann kommt die Mama morgen wieder. Sonst darf sie das nämlich nicht. Hast du das verstanden?«
»... Ja.«

Ein Kuss, dann gehen beide. Die Schwester nimmt mich auf den Arm und trägt mich zum Fenster.
»Komm, wink der Mama und dem Papa.«
Mom dreht sich auf dem Kiesweg vor dem Krankenhaus um, sie heult was das Zeug hält. Mit Mühe halte ich die Tränen zurück. Sie sieht entsetzt darüber aus, dass die Schwester mich zum Winken ans Fenster gehoben hat. Sie versucht ein Lächeln auf die Lippen zu zaubern. Zwinkert mir zu. Doch sie weint trotzdem. Aber ich darf nicht. Nicht weinen, nicht weinen, nicht weinen. Dann kommt sie wieder, dann kommt sie wieder, dann kommt sie wieder. Nicht weinen, sonst kommt die Mami nie wieder, nicht weinen, ...
... Plötzlich ein Gesicht umrahmt mit schwarzem Wuschelhaar.
»Du schaffst das. Ich helfe dir dabei.«

Heute.
»Seduco. Ich habe da so eine Ahnung.«
»Was für eine Ahnung?«
»Komm mit, ich zeig es dir.«
»Wäre besser, wenn ich hier bliebe, Amadeo.«
»Vertrau mir, es wird dir helfen zu verstehen. Es dauert auch nicht lange.«
»Okay. Wohin gehen wir?«
»In eine Geschichte. Aber du musst dafür etwas hier lassen.«
»Und was?«
»Für einen Augenblick, deine eigene.«
»Nur zu gern.«

Ein letztes Mal blitzte die letzte von mir wahrgenommene Szenerie von zu Hause vor meinem inneren Auge auf, dann ließ ich mich fallen.
Vorbei waren die Freude und das Glück. Denn jene Flammen die vorerst an meinem wütenden Herzen zehrten, hatten nun in tödlicher Freude mein Heim erfasst.

Vor des Mondes Antlitz schossen mit Fackeln bewaffnet die Silhouetten dreier Reiter jäh durch die Nacht davon. Doch im Fackelschein erkannte ich einen von ihnen wieder. Es war er, jener hobelschwingende Dämon, der sich meiner Mutter bediente, als sei sie eine Hure. Roland.
Wie vom Teufel gepackt stürmte ich ins Haus und ich blickte in meines Vaters graue Augen. Denn da hing er, in der Mitte des kleinen Raumes wo sonst unser Tisch stand, an dem wir zu speisen pflegten. Hing mit einem Strick um den Hals am Balken, der das Dach stützte, welches nun lichterloh brannte.
Und ich stand nur da und betrachtete das Szenario, wie gelähmt, geistesabwesend.
Die Luft brannte mir in Augen und Kehle. Und das brennende Stroh, welches nun in immer größeren, flammenden Bündeln vom Dach regnete, verbrannte mir hie und da die Haut und versenkte mein struppeliges, kurzes Haar.
Doch mit einem Schlag traf es mich. Mom. Stolpernd und staksend, gebückt und die Arme schützend um den Kopf gelegt, rannte ich ins nächste Zimmer zu meiner Rechten. Es war der Schlafraum, in dem wir uns mit den Hunden, auf die drei Strohmatten zur Nacht niederließen. Zwei der Matten brannten bereits lichterloh, die Hitze war nicht auszuhalten. Die Hunde waren nirgends zu sehen oder zu hören.
Hustend näherte ich mich Constances Schlafplatz, jener der noch kaum brannte. Schnell begriff ich, warum dieser noch vom Feuer weitestgehend verschont geblieben war. Denn die Stätte war von ihrem Blut durchtränkt, welches noch unablässig aus ihrer aufgeschlitzten Kehle ran.
Ich übergab mich an Ort und Stelle. Während ich noch versuchte den sauren Geschmack loszuwerden, brach die Frontseite des Hauses unter der Brunst zusammen. Und ich mit ihr.

Als ich wieder erwachte, war ich in der Wirklichkeit. Imaginärer Rauch qualmte durch meine Lunge und ich keuchte und hustete mir die Seele aus dem Leib.
»Verstehst du, Seduco?«
»Ich war älter und kräftiger als ich es jetzt bin. Sah eigentlich auch anders aus, glaube ich.«
»Stimmt. Verstehst du das Gesehene?«
»Nein. Aber ich weiß, was ich auf einer anderen Ebene, als der traumhaften spürte, während dieser *kleinen Geschichte.*«

»Und was?«
»Mir wurde plötzlich klar, dass dies nur bedeuten konnte, was ich schon längst fühlte. Ich habe das Vertrauen in meine Familie verloren und verurteile meinen Vater für seine Schwäche und auch meine Mutter. Roland ist für mich zum *Bad Boy*, zum Sündenbock geworden.«
»Was ist falsch daran?«
»Meine Eltern haben sich nicht wegen *ihm* getrennt, nicht wirklich.«
»Das ist doch Quatsch. Hat Roland nicht permanent mit den Ärzten geredet. Vielleicht ist es seine Schuld, dass wir noch hier sind.«
»Was? Das glaube ich nicht. Was hätte er denn davon?«
»Finde es raus. Du hasst ihn, glaube mir, ich weiß es. Die Dinge werden klar vor dir stehen, wenn du diesen Hass überwindest.«
»Wie soll ich das machen?«
»Du musst noch einmal in diese Welt, die an ein grobes Land aus längst vergangenen Tagen erinnert. Eines musst du unternehmen, etwas muss geschehen, damit du mit den Dingen hier in der Wirklichkeit klar kommst und du mit deinem Hass Frieden schließen kannst.«
»Ich bin mir nicht sicher Amadeo, ob das wirklich sein muss. ... Aber ich habe keinen Gegenvorschlag. Vielleicht hast du ja Recht.«
»Logo«, und das breite Grinsen, das ich über die Jahre so an ihm lieb gewonnen habe.

Und so versank ich erneut in unseren Tagtraum. Tiefer, tiefer und tiefer, bis die äußere Welt nicht mehr wirklich war und es nur noch mich und die innere Welt gab. So stellte ich mir vor, dass Roland mit seinen drei Gesichtern von Bösartigkeit, Liebenswürdigkeit und ängstlicher Kindlichkeit, nach dem Gemetzel in einer Gastwirtschaft im nächsten Dorf Einzug gehalten hatte, und ich war auch schon auf dem Weg dorthin, mit Pferd und Feuer, Decken, Waffen und Hass...

... Ich ritt zur Schenke, sah vorsichtig durch die Ritzen in der Wand, als ich angekommen war.
Die drei schwarzen Todbringer waren fort, saßen nicht mehr da und betranken sich nicht länger. Ich hüllte mich nun fester in die Decken ein, so dass man mein Gesicht kaum noch sah, stieg die kleine Treppe empor und trat in das Gasthaus. Ich fragte den Wirt höflich, wo denn die drei Herren seien und in welche Richtung sie geritten waren, als sie das Wirtshaus verließen. Der Wirt wollte nicht gleich antworten, erst als

ich ihn weiter drängte und eine Flasche seines überteuerten Whiskeys kaufte, sagte er mir, dass die drei Herren nicht gegangen seien, sondern stattdessen sich in eines seiner beiden Gastzimmer einquartiert hätten. Ich dankte ihm für die Information und bat ihn, seinem Besuch nicht zu sagen, dass nach ihnen gefragt worden war.
Ich sah mich um, nur noch zwei alte Männer saßen hier an einem Tisch, zusammen mit Anna, der Dorfhure.
Um zu verstehen, was ich da tat, muss man wissen, dass ich so vor Hass glühte, und mein Rachedurst mich schier zerriss, dass mir jedweder moralischer Einwandsgrund, vollkommen egal war. Ja, ich dachte nicht einmal mehr darüber nach. Der einzige Gedanke, den ich hegte, schrie Vergeltung. Doch glaube ich, dass jemand anderer dies vermutlich überhaupt nicht verstehen kann. So etwas kann man nur nachvollziehen, wenn man es selber fühlt und nicht einmal dann gelingt einem dies immer.
Ich war im Begriff zu gehen, als mir etwas Wichtiges einfiel.
»Ach, Herr Wirt, könnte ich eine Fackel an Ihrem Kamin entzünden, draußen ist es kalt und ich habe keine Möglichkeit, ein Feuer zu entfachen?«
»Mach nur mein Junge, pass aber auf!«
Ich ging aus dem Gasthaus raus. Sah mich um. Die Schenke hatte noch ein Stockwerk, in diesem vermutete ich die Gästeräume, sowie einen Anbau zur linken Seite, die nach der Größe und dem Schmuck zu urteilen, das Wohngebäude der Familie des Wirtes war.
Die Tür der Schenke ging nach außen auf, was keine große Besonderheit war, das hatten viele Häuser, damit man innen mehr Platz hatte und nicht auf den Schwungkreis der Tür acht geben musste.
Ich holte die Doppelaxt vom Pferd und schlug sie in den Türrahmen, so, dass sie die Tür versperrte. Dann entzündete ich mit meiner Fackel auch noch die Anderen und feuerte die erste auf das Dach, die zweite und dritte durch die Fensterläden der Gästezimmer. Glas hielt mich nicht auf, Glas war teuer und das konnte sich eine einfache Dorfschenke in dieser Zeit nicht leisten.
Die Flasche hochprozentigen Whiskeys schmetterte ich an die Seite des Hauses und entzündete ihn. Zu meinem Glück hatte es über den ganzen Tag nicht geschneit, und die spätherbstliche Sonne hat die Welt um uns wieder getrocknet.
Ich hatte sechs Fackeln. Zwei verteilte ich noch in und am Haus. Es dauerte nicht lange, und die Schenke stand in Flammen, was mich durch die Erinnerung an mein Heim nur noch mehr in Rage brachte.

Ich vernahm ein Klopfen an der Schenkentür, vom Inneren des Gasthauses. Langsam nahm ich die Axt heraus, hob diese zum Schwung an und ließ die Insassen heraus.
Zuerst kam der Wirt, dann die Hure und schließlich einer der beiden betrunkenen Gäste. Als nächstes einer der Reiter, es war weder das erwachsene Kind noch die Bösartigkeit, die ich in der Nacht gesehen hatte, sondern ihr Begleiter. Er hatte Panik. Seine dunklen Haare waren zerzaust, und er muss bereits geschlafen haben, denn er trug nur eine Hose, kein Hemd oder Wams und keine Schuhe. Das hatte er alles in seine Ziegenledertasche gestopft, die er über dem Rücken trug.
Die Axt noch immer erhoben, setzte ich den Hieb bereits in Gang, als er die Tür aufstieß, und enthauptete ihn mit einem Schwung. Sein kopfloser Leib sank nieder. Erneut setzte ich die Axt zum Schwung an, dem Gekreische der Hure keine Beachtung schenkend.
Der Wirt war nicht mehr da, entweder hat er Wasser geholt oder ist ins Nebengebäude zu seiner Familie gerannt.
Der zweite Betrunkene taumelte raus, beinahe hätte ich ihn niedergestreckt. Doch konnte ich die Axt gerade noch halten, als diese auf seinen Nacken zusauste. Zu meinem Pech, denn er wurde dicht gefolgt von dem Mörder meiner Familie, beziehungsweise von dem Roland den ich des nächtens gesichtet hatte. Ich hielt meine Waffe, durch das vorherige Abbremsen zu tief, so rammte ich sie ihm in den Bauch, doch waren meine Kräfte offenbar schon ermüdet. Es verletzte ihn schwer, tödlich, doch konnte er sich auf den Beinen halten. Die gleiche Wut wie sie in meinen Augen brennen musste, entflammte sich bei ihm.
Meine Axt steckte noch fest in seinem Unterleib, doch mit einem schnellen Griff würgte er mich und drückte mich ans hölzerne Geländer der Treppe, die zum Eingang der Schenke führte.
Nach Luft ringend, trat ich auf ihn ein. Doch es half nichts, schon fast besinnungslos griff ich nach einem der Messer, die in meinem Gürtel steckten. Das war nicht so leicht, die Decken behinderten mich. Aber irgendwie schaffte ich es. Ich stieß ihm das Messer in sein linkes Auge. Er stolperte zurück und ich fiel rückwärts über das Geländer.
Das erwachsene Kind Rolands, hatte die letzten Sekunden des Spektakels noch gesehen. Er ging zu seinem toten Freund und riss die Axt aus dessen Leib.

Anna die Hure, kreischte immer noch. Das Gasthaus brannte inzwischen lichterloh und mit ihm die Luft.
›Kann denn die Frau nicht endlich still sein?‹, dachte ich so bei mir. Er griff meinen Gedanken auf.
»Dämliches Weib halt endlich den Rand!« Und plötzlich war sie ruhig.
Der lächerliche Mann hatte ihr beim Vorbeigehen die Kehle aufgeschlitzt. Sie röchelte nur noch kurz, sank dann nieder wie die anderen beiden Toten.
Mein Verstand schaltete sich wie durch ein Wunder wieder ein, ich wusste, dass ich nun, da mein Hinterhalt verloren war, keine Chance gegen Roland hatte. Ich rannte los, merkte aber, dass er die Sachen fallen ließ und mir durch die Rauchschwaden folgte.
Der Wirt war auch wieder da.
»Halt ihn auf, halt ihn auf.« schrie er.
Die Hetzjagd ging um die Schenke rum, ich rief nach Amadeo, dann nach meinem Pferd. Es graste ein Stück weit vom Feuer. Gottlob, es gehorchte und kam.
Schnell sprang ich auf. Doch Roland war mir nahe, er hatte mich am Bein gefasst. Bäuchlings lag ich auf dem Sattel, versuchte mein freies Bein auf die gegenüberliegende Seite zu schwingen, was mir auch gelang, und das andere Bein frei zu bekommen.
Der Gaul lief los, unruhig vom nahen Feuer und der Strapazen auf seinem Rücken.
Ich griff nach dem Messer, das sich in der Satteltasche befand und durchbohrte damit, mit einer gewagten Akrobatik, des Mannes Hand, welche mich so umklammerte. Er ließ los und ich preschte davon.
Entmutigt, fertig. Der Wunsch nach Vergeltung brodelte weiterhin in mir, doch mein Rachedurst war fürs erste gestillt. Die Welt bestand nur noch aus grauem Rauch. Langsam hellte es auf. Das Pferd löste sich im gleichen Moment auf, in dem ich das Gefühl hatte, mich in einem Bild William Turners zu befinden. Mit einem Schnaufen erwachte ich.
»Amadeo?«
»Mmmh.«
»Und nun kann ich mit der Übernahme meiner Familie, durch fremde Hand und deren Zerstörung ein wenig besser umgehen? Durch Mord? Und mehr Bewusstsein über meine eigene Dunkelheit?«
»Kannst du es denn nicht?«
»Das weiß ich noch nicht. Aber versprich mir eins.«

»Was denn?«
»Nettes, unrealistisches Filmchen, aber mach so etwas nie wieder!«
»Ich mache gar nichts. Ich bin nur hier, bei dir. Du bewirkst, was du siehst.«
Damit ging er einfach, ließ mich allein. Den ganzen, restlichen, zweiten Tag auf Station zweiundzwanzig. Warum nur, bin ich hier? Mein Name ist Seduco Timid, heute ist, so glaube ich, der achtundzwanzigste November neunzehnhundertachtundneunzig.

Seduco Timid, Tagebuch - 30. November 1998

»Wow. Noch gruseliger hättest du das hier nicht gestalten können, oder?«
Seine Onyxaugen glitzerten hellwach und das versteckte Lächeln in der linken, hinteren Ecke seines rechten Mundwinkels begann zu zucken, bis es sich zu einem breiten Grinsen öffnete.
»Warum? Gefällt es dir nicht? Ist doch irgendwie passend, oder?«
»Klar, wenn man auf Horrorstreifen steht, die in spinatgrünen, alten Folterkammern spielen.«
»Ach komm, streng dich an - das ist eine etwas schrägere Version eines Krankenhauses und es handelt sich um medizinische Instrumente aus den vergangenen Jahrhunderten.«
»Das kommt aufs Gleiche raus.«
Ich setzte mich auf den Operationstisch.
»Erzähl mir von deinem Tag.«
»Häh? So was wolltest du ja noch nie. Gehört das zu deiner Geisterbahn dazu, oder war das ernst gemeint.«
»Das war ernst gemeint. Ich war hier beschäftigt und habe nur ein paar flüchtige Empfindungen mitbekommen.«
Ich sah ihn an und machte ein leicht skeptisches *›Ah ha‹*-Geräusch.

Also gut. Man sollte ja meinen, im Krankenhaus hat man die Ruhe sich zu erholen. Aber weit gefehlt. Um sieben Uhr früh, sprich kurz nach Mitternacht, kam die Schwester mit einem Wagen voller Waschschüsseln aus Edelstahl und allerlei Badeutensilien reingedonnert und rief zum Appell.

Sie begann den Mann in meinem Zimmer zu waschen und zu drehen, wechselte die Windeln – böser Geruch –, rasierte ihn, bezog das Bett neu – was sie irgendwie schaffte, während er darin lag – und hängte ihm eine neue Sondenkost an den Regulator. Der Zivi kam rein, wollte was wissen, verzog sich dann wieder und nahm gleich den vollen Wäschesack mit. Ab dem Zeitpunkt habe ich tatsächlich allmählich die Augen aufbekommen und sah voller Schrecken den arbeitslüsternen Blick der Schwester. Die hatte ja wohl hoffentlich nicht mit mir das Gleiche vor, oder?
»So junger Mann, nun aber aufgewacht. Die haben mir bei der Übergabe gesagt, du wärst ansprechbar.«
»Sind Sie tatsächlich schon mal auf einen Vierzehnjährigen gestoßen, der um diese Nachtzeit ansprechbar war?«
»Sehr gut, also doch keine Aphasie und Sinn für Humor. Das verspricht ein Patient zu werden, der Spaß macht.« Sie klang davon selbst nicht überzeugt.
»Sinn für Sarkasmus am frühen Morgen, trifft es eher und was für eine ›Afa-Dingsda‹ habe ich nun schon wieder nicht?«
»Aphasie. Das haben viele unserer Patienten hier. Das ist eine zentrale Sprachstörung infolge neurologischer Erkrankungen.«
»Sprachverlust also? Jetzt verstehe ich Ihren zynischen Ton.«
Ich sprach immer noch schlaftrunken in mein Kissen hinein.
»Yeap! Also magst du dich selber waschen oder ...?«
Hellwach.
»Nein danke, dass mache ich selbst! Kann ich auch duschen?«
»Ähm, logo. Es ist ungewöhnlich für uns, einen so fitten Patienten zu haben. Normalerweise verlassen die unsere Station, wenn sie sich klar darüber sein können, dass sie aufs Klo müssen.«
»Das klingt tatsächlich nach jeder Menge Spaß.«

Ich ging also in die winzige Dusche. Meine Vermutung ist, dass die Pflege den Patienten samt Rollstuhl über das Klo schiebt und dann die Dusche aufdreht. Denn der Duschkopf war nahezu direkt über der Schüssel montiert. Kein Wunder, dass hier keiner allein duschen geht.
Die Schwester, welche sich noch als Amanda vorstellte, hatte derweil mein Bett gemacht und das Zimmer auf Vordermann gebracht.

»Frühstücken kannst du vorne mit den Rolli-Patienten; das bedeutet sie sitzen im Rollstuhl, ist so ein Stationsbegriff. Dein Essen steht im

Speisewagen und hat ein Namensschild. Kann aber sein, dass Tobi, der Zivi, es dir schon gerichtet hat. Ach, ich muss dich übrigens darum bitten, wenigstens am Anfang, die Flasche zum pinkeln zu benutzen, wir brauchen Proben und müssen wissen wie viel du machst. Stuhlprobe erübrigt sich erstmal, aber wäre gut, wenn du uns über die Konsistenz bescheid gibst oder uns rufst, bevor du spülst.«
»Mmmh. Frühstück und Stuhlgang in einem Atemzug. Ja, ich bin im Krankenhaus und ich vermute, Sie meinen das alles auch noch ernst, ja?«
»Ja. Guten Appetit und du darfst ruhig *du* sagen.«
»Danke.«
Noch während der Cornflakes wurde mir Blut abgenommen, bis mir schwindlig war und mit einem Stäbchen in der Nase herumgefuhrwerkt, was einen multiresistenten Krankenhauskeim nachweisen kann, wenn einer da ist. Dann müsste ich unter Quarantäne gestellt werden. War toll.
Der weitere Ablauf, war von langem hin- und herlaufen auf dem Gang, mir selbst Tee kochen in der Teeküche und endloser Langeweile geprägt. Zu Mittag begann ich dem Zivi und der Pflege beim Füttern der Patienten zu helfen, die das selbst nicht schafften. Davor gab es allerdings noch etwas Grusliges – *dagegen ist dein Spinatgrün hier ein Witz* – die so genannte Orientierungsgruppe. *–Splatter-Movie Geräusche aus dem Off.*

Ein ganzer Haufen Patienten sitzt um den Essenstisch herum und am Kopfende thront der Neuropsychologe und stellt Fragen über Datum und Uhrzeit, Gewohnheiten hier auf Station, Namen, wieder Datum, wo man sich befindet, wieder Namen der einzelnen Teilnehmer, etc. Eine echte Zeitschleife in persona. Das tolle daran war, dass ich dazu gezwungen wurde, dabei mitzumachen. Am Anfang dachte ich: Hey Abwechslung, super! Aber nach zehn Minuten habe ich inbrünstig darum gebeten, dass ein Amboss oder ein Piano von der Decke gestürzt kommen möge und entweder mich oder den *Neuropsi* erschlagen würde. Doch nichts geschah.
»Nicht mal du bist gekommen, *shame on you*.«

Offenbar sieht das Tagesprogramm nach dem Lunch eine Mittagsruhe vor. Davon wurde ich allerdings befreit. Der Neuropsi wollte zusammen mit dem Stationsarzt mit mir reden. Erstmal, der Stationsarzt ist eine

Ärztin, Oberärztin um genau zu sein und heißt Dr. Helga Aliqua. Sie hat eine verrauchte Stimme, ist etwas stämmig, nicht besonders groß, hat blondes, lockiges Haar und ist scheinbar fasziniert von ihrer eigenen Ausdruckskraft. Mit anderen Worten: ich könnte jetzt ihren Lebenslauf verfassen. Sie hat sich nach ihrem Grundstudium der Medizin auf Schädelhirnverletzungen und ihre psychischen Auswirkungen spezialisiert. 1985 verbrachte sie ein Jahr in einem Krankenhaus in Seattle, kam dann aber wieder zurück, da sie Deutschland und ihre starken Familienbande vermisste...
Schließlich wusste sie auch noch zu erwähnen, dass jeden Dienstag Chefarztvisite auf Station ist und mich morgen folglich mehrere Weißkittel umringen und Fragen stellen werden. Zudem, Überraschung: Ich habe heute noch eine CT. Dann stampfte sie davon.
Der Neuropsi heißt eigentlich Dr. John Nitzl. Von ihm weiß ich nur, dass ich jeden Donnerstag einen Termin bei ihm habe.

»... Du siehst also, dass ich jede Menge Spaß heut hatte.«

Ich stand vom Tisch auf, ging auf die schmutzige Glastür zu und sah hindurch.
»Amadeo. Hast du das Krankenhauskonstrukt in eine Kanalisation gebaut? Da draußen sieht es aus wie auf dem Spielplatz der *Turtles*!«
»Ich fand es irgendwie passend. Willst du runter? Wir können eine Treppe hinter der Glastür entstehen lassen oder sie zum Aufzug machen!«
»Wird das da draußen eine olfaktorische Beleidigung sein? Das hatte ich heute früh schon mal.«
»Nein. Höchstens etwas modrig.«
»Ach was soll's ... lass uns runtergehen. Nichts gegen dein Freakhaus hier, aber von Krankenhäusern habe ich eigentlich genug.«
Geschmeidig, mit der Anmut einer Schlange, glitt er von der Liege und ging vor. Bei jedem Schritt, ehe sein Fuß aufsetzte, entstand vor ihm eine neue Treppenstufe, bis der steinige Boden der Katakomben erreicht war. Sein schwarzer Zauselkopf mit den Struppelhaaren bewegte sich leicht, immer im Takt mit dem rhythmischen Rauschen des Bachs, der sich nur wenige Schritte von uns, durch die Tunnel grub.
»Wie war das CT?«
»Es war eine beängstigende Sache, fand ich. Man kennt es ja aus zig Filmen. Jemand wird in eine Röhre geschoben und die Kameraeinstellung

ist so, als ob man aus den Augen der Person guckt. Meistens handelt es sich bei den Maschinen im Fernsehen um Kernspintomographen, die noch mal wesentlich größer und beklemmender sind als der ›kleine‹ Computertomograph. Aber trotzdem. Du liegst da und bist ausgeliefert. Das Ding bewegt sich um dich rum, kippt etwas nach hinten, summt laut in deinem Schädel und es werden permanent Aufnahmen gemacht, von denen du befürchten musst, dass sie irgendetwas zeigen könnten, was dich dazu verdammt, ewig dort zu bleiben. Die Untersuchung ist in ein paar Minuten vorbei, aber es kommt einem vor wie Stunden.
Aber alles in allem war das dann doch der spannendste Teil, meines ersten Montags auf Station zweiundzwanzig. Der erste Tag, an dem man sich mit mir wirklich beschäftigt hat. Zudem ließ Tobi, der Zivi, verlauten, dass es jetzt jeden Tag so sein wird. Wenn er damit Recht hat, bringe ich mich um, glaube ich. Kann ja nur hoffen, dass ich nicht mehr lange dort bin. Mom kommt fast jeden Tag zu Besuch. Ich freu mich zwar, bin aber immer noch verärgert, dass sie mir nichts Genaues sagt, von wegen, was ich hier mache und weshalb du so interessant für die bist. Bisher hat niemand nach dir gefragt.«
»Genieße die Ruhe vor dem Sturm. Ich vermute, wir werden noch früh genug diese Dinge in Erfahrung bringen. Denn, wenn es etwas Unerfreuliches ist, kann es ja zumeist gar nicht erwarten, sich zu offenbaren.«
»Damit fühle ich mich doch gleich gefasster.«

Amadeo und ich durchwanderten die Katakomben noch eine ganze Weile und stiegen dann eine lange schmiedeeiserne Wendeltreppe hinauf in freundlichere und wärmere Räume. Mein Name ist Seduco Timid, heute war der letzte Tag im November neunzehnhundertachtundneunzig.

Seduco Timid, Tagebuch – 08. Dezember 1998

Untersuchungen, Medikamente, neue Untersuchungen, neue Medikamente, ... So ruhig es zu Anfang war, so nervig ist es jetzt. Permanent werde ich an irgendwelche Geräte angeschlossen oder hineingeschoben. Inzwischen bin ich ein Fan des Computertomographen, nachdem ich heute Vormittag mein zweites Date mit dem MRT

hatte, sprich dem gespenstischen Krankenhausserien-Kernspin. Und davor immer dieses Kontrastmittel. Warum die heute noch einmal Aufnahmen machten? Vorsicht, die Erklärung war ein großes Wort: MPI -Fluoroskopie.
Heißt wohl soviel, dass die Scanzeit der Aufnahme auf wenige Millisekunden beschleunigt wurde, damit man durch die Bilder, die Bewegung der Organe in Echtzeit sehen kann. Und: Ja! Sie suchen nicht nur in meinem Hirn nach Gründen für Amadeo. *Strange!* Mein Name ist Seduco – die Laborratte – Timid und trotz, dass mir versichert wurde, dass diese Untersuchungen nichts damit zu tun haben, habe ich das Gefühl, bald plutoniumfarben zu leuchten. Heute ist Dienstag der achte Dezember neunzehnhundertachtundneunzig.

Seduco Timid, Tagebuch – 10. Dezember 1998

...

Nur manchmal schiebt der Vorhang der Pupille

sich lautlos auf -. Dann geht ein Bild hinein,

geht durch der Glieder angespannte Stille -

und hört im Herzen auf zu sein.

(Rainer Maria Rilke, 06.11.1902, Jardin des Plantes, Paris)

Die Möglichkeit zu haben, zu träumen, empfinde ich als eines der größten Geschenke an die Menschheit. Die Träume der Nacht, sind voller Erinnerungen und Symbole. Die Träume des Tages, sind Flucht, Phantasie und Kreativität. Die Träume, die Wünsche formulieren, sind voller Sehnsucht und vorfreudiger Erwartung.

Wie heilsam es doch sein kann, sich in die sanfte Tiefe der Fiktion hineinfallen zu lassen, erfahre ich jeden Tag aufs Neue, und jeden Tag intensiver. Es ist der einzige Abgrund der Welt, in den man hineinstürzt und keine Angst vor einem Aufprall hat. Es ist Ruhe, Meditation, Besinnung, Wünschen und Balsam.

Wenn ich daraus wieder auftauche, komme ich meist mit etwas wieder. Einer Idee, einem Gedanken, bisweilen Trost und Wissen. Allerdings, gibt es Menschen, die wachen daraus nie wieder auf. Hier auf Station, gibt es einen solchen Menschen. Eine junge Frau, sie ist einundzwanzig und hatte einen furchtbaren Autounfall. Seither liegt sie im Wachkoma. So wurde für sie innere Freiheit, zu einem grenzlosen Gefängnis.
Als ich heute an ihrem Bett stand und sie ansah, fiel mir wieder die letzte Strophe ein, aus Rilkes *Panther.* Die flüchtige Aufnahme eines Bildes, die in diesen Zeilen vom Panther aufgenommen wird, unterstützt den Eindruck, dass die Außenwelt kaum noch vorhanden scheint. Eben dies, ist ein Gefühl, was ich mehr als nur kenne und dieser Tage, im Krankenhaus sehr viel intensiver erfahre, als noch vor einiger Zeit.

Seit vierzehn Tagen bin ich nun schon auf dieser Station, mit den vorherigen Tagen auf der Kinderstation, kommt schon einiges zusammen. Zu Beginn, war ich zu abgelenkt von meiner Aufregung, es könnte etwas Schlimmes mit mir sein, dass ich ernsthaft hätte über die Schule nachgedacht. Dann, als zur Gewissheit wurde, dass ich wohl in Ungewissheit verweile, sah ich die Zeit als Verlängerung der Herbstferien. Doch jetzt verabschiede ich mich innerlich bereits von der Hoffnung, dieses Jahr mal nicht für einen Freak gehalten zu werden oder als Außenseiter aufzutreten, wenn ich jemals wieder zur Schule gehen darf. Gut, was sind schon zwei Wochen? Vielleicht neige ich auch dazu, die Situation überspitzt zu betrachten, doch viel Zerstreuung gibt es gegenwärtig nicht. Außer Amadeo natürlich.
Allerdings habe ich mir die Möglichkeit eingeräumt, hier etwas zu lernen, wenn schon die Schule nicht fortgeführt wird. Dass niemand von dort mich besuchen kommt, wundert mich hingegen nicht, wäre das Gegenteil der Fall, wüsste ich, dass ich ernsthaft krank bin.

Wie gesagt, ich versuche etwas zu lernen. Ich beobachte die Menschen, die hier Patienten sind. In den zwei Wochen hat sich von der Belegung her nicht viel getan, im Gegensatz dazu wuchs in mir schon eine Veränderung. Ich begann eine gewisse Verbundenheit zu spüren. Mit den Patienten und mit der Pflege. Die Station stellte sich mir dar, als ein pulsierendes Organ, lebendig und voller Aktivität, voller Helfer die es am Leben halten, ein rhythmisches Ein- und Ausatmen. Eine Station, die sich der heilenden Fürsorge Schädel-Hirn-Verletzter und Patienten der Frührehabilitation verschrieben hat.

Und in mir regte sich nach wenigen Tagen der Langweile, der Wunsch jenes Bewusstsein, jene Atmosphäre zu ertasten, die Menschen hinterlassen, die Tag für Tag für andere kämpfen, nebst ihrer eigenen Windmühlen.
So habe ich begonnen in meinen sogenannten *Wachphasen* zu zuhören und dabei Worte zu lernen wie: Retardiert, apraxisch, agnostisch, aphasisch, tracheotomiert, multiresistent, hoffen, helfen, ziehen lassen, ...
In den letzten Tagen begann ich zu verstehen, was es heißt Menschen jeden Standes, jeden Alters, jeden Charakters, ob hoch intelligent oder einfach strukturiert fallen zu sehen, wie sie versuchen zu verstehen, lernen und helfende Hände ergreifen und wieder aufstehen können.
Das wurde mir ganz besonders durch einen Patienten vermittelt. Ich glaube nicht, dass ich mich auf irgendeine Weise hätte mit diesem Mann identifizieren können, wenn ich ihn gesund auf der Straße getroffen hätte. Er ist Mitte vierzig. Als ich hier ankam, sah ich ihn zum ersten Mal in meiner ersten Orientierungsgruppe. Er konnte nicht sprechen und war wegen seiner hohen Fluchttendenz an den Rollstuhl fixiert. Sein Name ist Samuel und er ist ein ziemlicher Bulle, weshalb er es auch mehr als einmal schaffte sich loszureißen, doch brachte ihm das nicht viel, denn das mit dem Laufen klappte gar nicht. Man möge sich mal mein Gesicht vorgestellt haben, als er mir gestern im Gang entgegenkam und »Hallo, Seduco« sagte. Ich wäre fast aus den Latschen gekippt und so muss ich wohl auch ausgesehen haben, nachdem Andy, ein Pfleger und Sandra losprusteten.
Als sie sich beruhigt hatten erklärten sie mir, dass ihm eine Ventrikeldrainage gelegt worden war. Damit wird wohl Hirnwasser oder so was abgelassen, dies nahm den Druck vom Gehirn, welcher das Sprachzentrum und auch die Motorik beeinträchtigte.
»Wahnsinn, und so was erlebt ihr jeden Tag?« murmelte ich.
»Na ja, nicht jeden aber oft würde ich sagen« meinte Andy, »weißt du Seduco, das große Ziel der Station ist klein, für Menschen die unbetroffen sind. So klein, alltäglich und unbeachtet, dass man den Aufwand darum, selbst als offener Mensch, oft nicht im vollem Maße erfassen kann. Oder Sandy, sehe ich das falsch?« übergab er im Moderatortonfall.
»Nein, siehst du nicht. Das *sich wieder einigermaßen verständlich machen können*, ja selbst essen zu können, wissen, wann ein Toilettengang nötig ist, zu wissen wo man ist, wer man ist, welche Zeit ist, ja im besten Fall wieder laufen können, Menschen die man liebte, wieder zu erkennen,

scheinen Dinge, denen es im normalen Leben keiner Achtung bedarf. Weil sie selbstverständlich sind. Nein, wenn die eigene Welt so funktioniert wie sie soll, ist man schnell geblendet und übersieht die Dankbarkeit, die man für eben dieses zuverlässige Funktionieren, seinem Körper entgegenbringen sollte. Wir machen dies, im Namen all der Patienten denen geholfen werden konnte und die es uns gestatteten zu helfen. Verstehst du das einigermaßen?«

»Klar, ich denke schon. Es klingt vor allem sehr nobel und aufopfernd.«

»Oh man, das ist es. Aber wir alle versuchen hiervon so wenig wie möglich mit nach Hause zu nehmen. Hey, hier ist es nicht perfekt, dann gäbe es mehr Personal, bessere räumliche Verhältnisse, kein MRSA, einen Professor, der auch Mitarbeitern ohne akademischen Titel Respekt zollt, Therapeuten die nicht wie auf der Jagd durch die Gänge hetzen müssen, um alles zu schaffen, was der Stundenplan abverlangt, kein Ausfallen von Gerätschaften, keine Behinderung durch Baumaßnahmen oder finanzielle Angelegenheiten, aber ...«

... mehr als vierzig Pflegekräfte, ein Geschwader an Therapeuten, Logopäden, Neuropsychologen, Masseuren und Ärzten, Schüler und auch Praktikanten, versuchen hier täglich Hand in Hand, mit Humor, Lachen und Tränen gegen die Trümmer ergrauender und zerstörter Zellen anzukommen und geben ihr Bestes, um zerfallene Gebäude der Menschlichkeit neu zu errichten und eben einfach da zu sein, an Orten, wo die medizinische Epistemologie ihre Einschränkung findet, um selbst dort, wo Dunkelheit ist, noch auf Licht zu verweisen. Das hat mich in den letzten Wochen tief gerührt. Nach wie vor möchte ich raus aus dem Krankenhaus und das alles hinter mir lassen, aber jetzt ist es nicht mehr wegen den Menschen, die hier Patienten sind und hier arbeiten, sondern weil ich mein zu Hause vermisse, weil dies hier nicht mein privates Refugium ist, weil hier nicht mein Herz ist.

Ich habe vergangene Woche angefangen mit dem Zivi mit zu laufen, zumindest dann wenn er auf Station zu tun hatte. Es war am Anfang Beschäftigungstherapie. Doch dann mochte ich diese Sekundärtätigkeiten richtig. In den meisten Fällen ist das natürlich nur Essensausgabe und so was, aber man glaubt gar nicht wie lieb, man eine solch triviale Tätigkeit gewinnen kann. Dennoch bleibt jeder Tag wie der andere, die gleichen Aufgaben, die gleichen Besucher, die gleichen Muster, deshalb gehe ich oft fort.

Die Zeit, die ich nicht auf Station verbringe, verbringe ich bei Amadeo. Es mag an der Schwere der Erkrankungen liegen, die die Patienten hier haben, aber je mehr ich hier etwas helfe, desto häufiger brauche ich selbst Auszeiten, die auch von mal zu mal länger werden. Besonders heftig ist so etwas, wenn ich wieder von irgendeiner Untersuchung zurückkomme, EEG, ET oder Vergleichbares. Dann ziehe ich mich für mehrere Stunden zurück, Amadeo braucht mich dafür nicht einmal mehr abzuholen, ich verschwinde von selbst immer tiefer. Wir rauschen dann oft gemeinsam durch die Welten, die mir von mal zu mal vielschichtiger erscheinen. Es sind oft so immens viele Eindrücke, dass ich in den vergangenen Tagen gar nicht erst versucht habe, sie aufzuschreiben. Trotzdem ich mich hier zum Aushilfspseudozivi ernannt habe und mit dem Personal gut Kirschen essen weiß, würde ich nichts davon schaffen oder überstehen, ohne den Wuschelkopf mit den schwarzen Augen und dem breiten Grinsen an meiner Seite. Manchmal komme ich nur wieder, um sicher zu gehen, dass ich mich nicht auch verfangen habe, so wie das Wachkoma-Mädchen in Zimmer dreihundertsechzehn.

Mom kommt jetzt nicht mehr jeden, sondern nur noch jeden zweiten Tag. Sie kann nichts Neues von zu Hause berichten. Roland war den Göttern sei Dank noch nicht hier gewesen, wenn, habe ich ihn nicht gesehen, dann wäre es während meiner eigenen *Abwesenheit* gewesen. Führe ich diesen Gedanken weiter aus, bin ich froh, dass sich *nur manchmal der Vorhang der Pupille lautlos aufschiebt ...*
Mein Name ist Seduco Timid. Heute ist der zehnte Oktober neunzehnhundertachtundneunzig, es ist sechs nach halb sieben.

Seduco Timid, Tagebuch – 11. Dezember 1998

»Amadeo sieh nur, diese Verkrampfungen. Versucht man wirklich, durch den Schmerz der überdehnten Sehnen wieder ans Licht zu kommen? Oder ist es vielmehr der Versuch des Körpers, nach dem Bewusstsein zu suchen und es durch die Erinnerung an Schmerz zu fangen?« Wir waren wieder in dem Patientenzimmer der jungen Frau, die im Wachkoma lag. Gefangen frei. Ich habe eine Geschichte über sie in mein Tagebuch geschrieben.

»Was man wohl sieht? Wenn man ist, wie sie ist. Dunkelheit? Die stete Erinnerung an den Unfall der einen hierher brachte? Ein wirres Geflecht aus Puzzlestücken, dessen komplettes Bild, sollte es einmal fertig gestellt werden, dass alles hier noch mehr verdeckt als die Gitterstäbe vorher. Die, die erwachen, verlieren oft etwas. Die, die erlöst werden, sterben. Es ist gruslig.«
»Das ist es nur, weil es so ungreifbar ist, Seduco. Sie schwebt irgendwo zwischen dem Leben hier und dem Sommerland.«
»Dem Sommerland?«
»Eine Bezeichnung für das, was nach dem Diesseits kommt.«
»Das heißt sie hängt fest? Zwischen Leben und Tod?«
»Ja, es ist nun an ihr, sich zu entscheiden. Sie muss nur endlich eine Entscheidung treffen, muss aufhören Angst zu haben und entweder sagen, dass sie erwachen möchte oder sterben und damit auf andere Art erwachen.«
»Weiß sie das?«
»Sie könnte, wenn sie auf sich selbst hören würde, anstatt sich vor diesem Selbst von sich zu verstecken. Vielleicht bräuchte sie Hilfe.«
»Ja, sie braucht jemanden wie dich. Als ich mich habe das erste Mal tief fallen lassen – und ich erinnere mich nicht mal mehr daran, wann das war, sondern nur noch an das Empfinden – war ich desorientiert und ängstlich. Bis du gekommen bist und mir diese Welt gezeigt hast.«
»Stimmt, deine erste Frage war: Wo bin ich? Das ist lang her. Ja, vielleicht bräuchte sie jemanden wie mich, doch wer sagt dir, dass sie so jemanden nicht hat?«

Seduco Timid, Zettel der ins Tagebuch eingeklebt worden war,
14. Dezember 1998

Doc John, so darf ich Doktor Nitzl den *Neuropsi* nennen, ist krank. Er wird vertreten, aber der Ersatz bewältigt nur das Nötigste. So hatte ich erst eine Sitzung mit ihm. Allerdings weiß ich nicht, was selbige für einen Zweck gehabt hatte, denn wir haben uns nur ganz normal unterhalten. Wenn er dadurch wollte, dass das Eis bricht und die Situation etwas freundschaftlicher wird, ist ihm das, denke ich, gelungen. Er hat mir erzählt, dass er mit einer der Logopädinnen zusammen ist und sie bald

heiraten wollen, was sehr lustig ist, da er einen kleinen Sprachfehler hat. Vielleicht schafft sie es ja, ihn zu therapieren.
Ich habe erfahren, dass er Gitarre spielt, bisweilen auch singt und die Bücher von Oliver Sacks verschlingt, was mir nun weniger gesagt hat. Aber sonst, befragte er mich nur über Schule und Freunde, nie über die Familie. Auch stellte er keine Forschungen über Amadeo an, mit keiner Silbe. Ich glaubte schon allmählich, dass es damals Mom's Einfall war, mir zu sagen, ich werde wegen Amadeo verlegt.
Dieser Eindruck änderte sich vorgestern schlagartig.
Constance kam noch am Vormittag zu mir, zusammen mit Professor Fiorn. Beide kamen unerwartet. Mom taucht in der Regel nur nachmittags auf, da die Besuchszeit erst um vierzehn Uhr beginnt und der Professor kommt sonst nur Dienstag zur Visite, was ich nur begrüße, mich friert es in seiner Umgebung stets und seine Selbstbeweihräucherung und Arroganz ist nicht immer leicht zu ertragen. Wie dem auch sei, sie überraschten mich, als ich gerade mit Tobi die Pflegeschränke in den Patientenzimmern auffüllte.
Mom kam als erstes auf mich zu »Hey Schatz, was machst du denn da?«
»Hi Mom. Das habe ich dir doch erzählt, wenn mir langweilig ist, darf ich Tobi helfen. Er ist Zivi hier.« Dann stellte ich ihn ihr persönlich vor.
»Hallo, Frau Timid.«
»Guten Tag, Tobi.« Ihr Blick streifte ihn kurz, musterte rasend schnell seine Erscheinung, dann war ich wieder an der Reihe »Der Professor und ich müssen mit dir reden. Lass Tobi seine Arbeit machen, er wird immerhin dafür bezahlt.«
»Hallo? Darf ich ihm deswegen nicht helfen?« vernichtender Blick ihrerseits und mein kleinlautes »Worum geht es denn?«
»In deinem Zimmer, komm.«
Daraufhin gingen wir in besagte Räumlichkeiten. Das Gespräch war nicht lang und sehr kühl, ein »Nein« meinerseits hätte niemals Gültigkeit gefunden, daher kapitulierte ich recht schnell.
Sie wollten, dass ich mein Tagebuch aushändige, das heißt, eigentlich wollte das nur der Professor, Mom hatte sichtlich Bedenken darüber, es könnte unsere Familiensituation offenbaren. Dennoch hielt sie zu dem Mann in Weiß – es ist doch nur zu meinem Besten.
»Wir versichern Ihnen, dass Sie es bald wiederbekommen. Doch wir müssen langsam anfangen, uns ein Bild von Ihnen zu machen. Die

Visiten waren bisher nicht besonders erfolgreich, Sie verstecken Ihre Wahnvorstellungen inzwischen und versuchen sich, wenigstens zeitweise, in den Krankenhausalltag zu integrieren. Allerdings sind Sie auch täglich für mehrere Stunden unansprechbar, sitzen oder liegen in diesem Zimmer und antworten nur sehr reserviert oder gar nicht, wenn man Sie anspricht. Ihre Augen fixieren irgendeinen Punkt, zeigen aber keine Reaktion auf Blendung oder durch das Verdecken des Fixpunktes. Da Doktor Nitzl derzeit noch ausfällt und Ihre Eltern uns zur Eile bewegen, haben wir überlegt, ob wir nicht in Ihren Aufzeichnungen etwas finden, was während dieser Abwesenheiten vor sich geht. Ich denke, es steht auch in Ihrem Interesse...«

Ich verstand nur Bahnhof, was für Aussetzer? Wann wurde mir je mit einer Lampe in den Augen rumgefuchtelt? Was bringt diesen Quacksalbern mein Tagebuch. *Amadeo!*
Ein Blitz im Schädel.
»Oh verdammt, es geht um ihn nicht wahr?« nuschelte ich gebannt in der plötzlichen Erleuchtung, dass wenn sie Amadeo in dem Tagebuch finden, sie mich hier anbinden, bis ich schwarz werde. Doch diese Erkenntnis kam wohl etwas spät. Meine Hand hielt das Buch bereits dem Professor entgegengestreckt.
»Was meinen Sie Seduco?«
»Ähm, nichts. Mir ist nur gerade was eingefallen, nicht so wichtig.«

Nachdem er sich verabschiedet hatte und auch Mom wieder verschwunden war, übermannte mich eine Panikwelle.
»Scheiße, Scheiße, Scheiße!«
»Was ist denn los?« da war er, mein Engel. Während ich noch neben dem Nachtkästchen am Bettrand saß und meinen Bauch umklammerte, ging er ums Bett herum, setzte sich neben mich und krabbelte dann ans Fußende, um dort im Schneidersitz seine finale Position zu finden.
»Der Professor meint, sie wollen mich kennen lernen und hat dafür gerade mein Tagebuch kassiert.« meinte ich, immer noch unter starkem Schwindelgefühl zu ihm. »Aber diese Ärzte hier wollen gar nicht so genau wissen, wer ich bin oder ob ich jemanden zum Reden benötige. Sie interessieren sich nur für dich, Amadeo. Bin ich verrückt, nur weil ich Fantasie habe? Sag mir bitte, was ist so falsch daran?«

»Ich weiß es nicht. Vorstellen kann ich mir, dass man es als krank bezeichnen könnte, das *Zuvielfantasiehaben*. Aber erst, wenn die Person nicht mehr zwischen der allgemeingültigen Wirklichkeit und seiner eigenen unterscheiden kann. Aber diese Menschen sind einfach verängstigt vor dem Potential solcher Schöpfungskraft.«

»Wieso können sie es nicht verstehen? Nur weil man etwas nicht kennt, muss man sich doch nicht davor fürchten oder es zerstören. Sie müssen es doch auch sehen können.

An den Tagen, wenn die Stunden mit dem Licht der Sonne kopulieren und sich der Himmel mit der Erde die Hände reicht, ist die Welt mehr noch eine Bühne als jemals sonst. Dann scheint die Welt wie ein Traum und der Eigenbeobachter wird zum Wächter über alles andere. Er ist plötzlich nicht mehr länger Bestandteil dieser Welt, sondern schwebt, subjektiv betrachtet in einer anderen, entrückten Sphäre des Seins und die Welt wird zu einer weißen Leinwand, auf welche alles projiziert wird.

Man selbst sitzt auf dunklem Stuhl, in dunklem Raum, im gemütlichen Auditorium seiner Gedanken und man beginnt sich zu fragen, da die Vorstellung an Gespräch sehr mager ist: Was geht in den Menschen vor? Was denken die Leute, die da um dich herum sind? Vielleicht sitzt man gerade in einem Café, im Sonnenschein und genießt French Toast oder Schoko-Bananen-Crêpes oder man wartet auf seine Lachs-Bagel und blickt von der Sonne geblendet in die Runde. Man sieht der dicken, betagten Frau mit den kurzen blonden Haaren dabei zu, wie sie ebenso allein wie du ihren Kaffee umrührt und melancholisch in der Gegend herumstarrt; als warte sie schon seit Jahren auf den Menschen, der sich zu ihr setzt und sie in die Arme nimmt. Oder man nickt seinem Schräggegenüber mit der Strickjacke und den dicken Brillengläsern zu, wenn er niest und sich peinlich berührt die Nase putzt und in dem Versuch, es möglichst unauffällig für seinen Tischnachbarn zu machen, eine umso aufwendigere, mit wilder Gestikulierung ausgemalte Komposition aufführt. Was denken diese Menschen? Freut sich der kleine Junge in Gedanken wirklich nur auf sein zweites Eis? Schweigt das junge Glück in der hinteren Ecke sich an, weil sie selbe Gedankengänge haben wie ich? Weil sie im Streit sind? Oder weil sie den Augenblick genießen und diesen nicht durch schnöde Worte entweihen wollen?«

»Wenn man derart entrückt Beobachter ist, dass es einem vorkommt, als träume man selbst, hat man – nur für sich – die Macht über all diese Leute. Man kann ihnen nach eigenem Belieben Gedanken in den Kopf setzen, da man die echten vermutlich nie erfahren wird. In Taten und Reaktionen, könnte man Dinge hineininterpretieren, von denen diese lieben Menschen nie etwas wissen werden. Man ist Puppenspieler und Fantasie ist der Faden einer jeden Marionette. Die Bühne ist die Welt um einen herum – und man fängt sich selbst«, stimmte Amadeo mir zu und ich fuhr fort:

»Nun ja, die süßen und herben Köstlichkeiten, die in einem Café nochmals sinnlich jedes Gefühl unterstreichen, habe ich hier in diesem Pseudo-Sanatorium natürlich nicht. Aber ich kann mir vorstellen, was ich will! *Die Gedanken sind frei.* Am interessantesten sind dazu die Dinge, die sich eigentlich deinem Blickfeld entziehen! Man kann sich zum Beispiel – zurück im Café – denken, dass die Kinder die so begeistert in den Kanal sehen, nicht etwa nur trübes Flusswasser in einem sandsteinernen Gefängnis erblicken, sondern in Wahrheit die Blicke von neugierigen Nixen erwidern. Wenn die Beamten, in Anzug und mit Sonnenbrille aus der Bank kommen und über die Ränder ihrer teuren Prestigebrillen sehen, sind das nicht langweilige, unfreundliche Bankiers, sondern die italienische Mafia, die in dem nebenliegenden Opernhaus eine Leiche hinterlassen haben und durch alte, längst vergessen geglaubte Geheimgänge durch das Bankgebäude geflohen sind.

Die Welt ist voller Fantasie, Wunder und Geheimnisse, und in seiner Freizeit, darf auch der Erwachsene sie wieder mit Kinderaugen erblicken und zu ergründen suchen. Aber die sorgen sich um die Abnormität solcher Gedanken. – *›Wenn das rauskommt, die Leute würden ja denken ich sei verrückt! Niemand würde mich mehr ernst nehmen! ...‹* – Alles Quatsch! Angst davor, ein wenig Lebensfreude zu spüren. *Die Gedanken sind frei,* dass ist wohl das größte Geschenk an die Menschheit. In Gedanken kann der Welt die Schönheit verliehen werden, welche wir uns nur allzu häufig in der Realität wünschen.

Aber dieser Ort hier, die Panik die mit ihm verbunden ist, fällt allerdings schon etwas schwer zu euphemisieren!

Und dennoch, warum können so viele Menschen die Welt nicht mit meinen Augen sehen? Wenn man im Job ist, oder in der Schule oder sonst wo, ist Realität gefragt, zumindest das, was die Masse darunter versteht. Das weiß ich und handhabe es auch so. Amadeo, du bist nun einmal real, auch wenn es für andere nicht so aussieht. Doch wenn man frei hat und leider nichts anderes vor, kann man doch seine Gedanken fliegen lassen, bis man sich in der Welt der Kindertage befindet, wenn das die Menschen täten, würden sie mich eher verstehen. Man darf diese Zeit und die Fähigkeit die man hatte nicht vergessen! Dafür ist sie viel zu wertvoll. Und wenn ich ehrlich bin, hoffe ich sogar der Realität noch eine Weile widerstehen zu können und folge meiner eigenen Predigt. Selbst jetzt.

Doch hier, in dieser Anstalt sind die Gedanken eben nicht frei, und ich hänge mit dem Kopf viel zu sehr in den Wolken, als das ich es wagen könnte, überhaupt den Mund zu öffnen. Ich weiß nicht was passieren wird, aber vielleicht ist es besser zu schweigen.«

»Was meinst du damit?«

»Dich verleumden, wenn sie danach fragen.«

»Mmmh. Ich weiß nicht was hier richtig ist. Aber ich bin zuweilen sehr zuversichtlich, dass auch diese Tage vergehen werden und Licht aus Dunkelheit geboren wird.«

»Danke dir, Sorgen mache ich mir schon. Je länger ich hier bin, desto mehr bin ich bei dir. Desto deutlicher wirst du und umso blasser die gegenwärtige Situation und genau deshalb komme ich ja zu dir. Du bist mein Anker in der Wirklichkeit, durch deine Lüge ertrage ich es *da* zu sein. Wer garantiert mir, dass ich nicht wirklich gestört bin.«

»...Kann das jemand? Ich nicht und das irritiert mich ebenso wie dich.«

1999

Er passt nicht, er passt nicht! Vorfreude ist tot.
Keine Luft, Atemnot.
Amadeo! Das Luftschloss gerät ins wanken - und zerfällt!
Bin ich falsch? Das falsche Haus? Die falsche Wohnung?
Bin ich gar nicht hier, gar nicht entkommen?
Bin nun auch gefangen im Gewebe des Wahns?

Was einst zu Hause war, verblasst.
Obgleich es direkt vor Augen liegt.
Verlassen in Kälte und Dunkelheit.
Bis auch dies Gefühl versiegt.
Das Neue, gefeiert in greller Fröhlichkeit,
in Finsternis ward es, für mich geboren.
Geborgenheit bleibt verwehrt,
Amadeo, Mutter und Welt haben uns betrogen.

Eine gläserne Wand aus Luft und Eis
Steht zwischen mir und dem Außen,
werd' begafft, von jenen in Weiß.

Blinde, die mich doch am Ende finden,
Doch ertrinke ich in Tränen,
werd' verschwinden.
Gequälter Geist wird Frieden wähnen,
werd' vergehen ohne Wiederkehr'.
Bleibe gefangen in Ketten aus Teer.

Seduco Timid, beschriebenes Taschentuch, welches nachträglich ins Tagebuch eingeklebt worden war, 01. Januar 1999

Seduco Timid, Tagebuch – 05. Januar 1999

Ich habe mein Tagebuch zurück, es ist Dienstag, der fünfte Januar. Vierzigster Tag auf der Station zweiundzwanzig. Chefvisitentag. Somit meine sechste Oberarztvisite, seit dem ich hier bin. Aber wer zählt schon mit?

Am liebsten würde ich gar nicht mehr reagieren, auf die immer gleichen Fragen. Bisweilen habe ich das Gefühl, dass ich mir hier den Schaden erst hole, statt davon zu genesen.
Wissen Sie welcher Tag heute ist? Wer diese Frau und jener Herr ist? Haben Sie Schmerzen? Sind Sie wach? Ist noch jemand hier, außer ...? Ist Amadeo hier mit im Raum? Ist etwas anderes hier, was Sie für ungewöhnlich halten? Führen Sie noch ihr Tagebuch? Darf ich es sehen? Erinnern Sie sich warum Sie hier sind / wie Sie hier her gekommen sind? Welchen Beruf übt dieser Herr hier aus? Haben Sie ausreichend abgeführt? Schlafen Sie gut? Glauben Sie, dass Sie jetzt gerade träumen? Lügen Sie uns an? Haben Sie Drogen konsumiert bevor Sie hier eingewiesen wurden? Ist Ihr Realitätsverlust periodisch? Sind Ihre Halluzinationen optisch? Akustisch? Olfaktorisch? Gustatorisch? Et cetera, et cetera, et cetera.
Und schon klopft es.

...

Wow, Professor ›ich hasse alle Leute die keinen akademischen Titel haben‹ hat heute eine neue Seite in seinem imaginären Fragebogen aufgeschlagen. Hier unser neuer kleiner Dialog, welcher sich mit Sicherheit in den nächsten Wochen, bei jeder Visite Wort um Wort wiederholen wird:
»Seduco, erzählen Sie uns bitte, wie Sie in diese Welten reisen, wenn Sie es bewusst steuern. Sie schildern Ihre Welten immer sehr farbenfroh in Ihren Aufzeichnungen, aber über das Thema: *Wie*, haben Sie sich noch nicht ausgelassen.«
»Oh (Überraschung über diese neue Wendung), das ist ganz einfach. Zunächst ist der Wunsch da, von der Umgebung nichts mehr wahrnehmen zu wollen. Also blende ich sie aus, verschließe meine Augen vor der Wirklichkeit.«, beginne ich monoton und werde unterbrochen, »schließen Sie dabei wirklich die Augen? Die physischen meine ich?«

»Nein, nicht immer. Das ist eigentlich nicht nötig.«
»Und dann? Was machen Sie dann?«
»Dann warte ich einfach bis mich die Bilder umfangen, ich die Dinge spüren und riechen kann. Schließlich verliere ich mich ganz in dieser bunten Welt, dieser fremden Realität, in der alles möglich scheint.«
Applaus und Ende.
Dann wollte ich weg, geriet ins Träumen, riss mich aber zusammen und blickte wieder hellwach in das Gesicht des Professors. Dieses ovale Gesicht eines kleinen Mannes, der nicht mehr viele Jahre bis zur Pensionierung hat. Seine schwarzen Knopfaugen, die mir oft so böse erscheinen, durchdringen mich ebenso, wie die warmherzigen des Neuropsychologen, der mich inzwischen ebenfalls wöchentlich ausfragt. Augen die mich anschauen als wäre ich, ein zwar liebenswertes Kind, aber eines, zu dessen Welt sie weder ein Verhältnis noch Zugang haben. Das heißt als liebenswert würde er mich wohl außer unter Folter, nie bezeichnen. Er mag mich nicht, mag Teenager generell nicht, dass kann man ihm ansehen. Er empfindet unsere präadoleszenten Gewohnheiten als abstoßend, wenn er sich erinnern könnte, dass das Teenies ebenfalls tun, wäre er wohl überrascht. Zudem ist er der Meinung, ich habe einen sehr tiefen Sprung in der Schüssel und sei abnorm. Mit diesem Wissen der Verachtung, wartete ich bis sie aus dem Zimmer raus waren, diese »Götter in Weiß« um dann vom Stuhl aufzustehen und ins Bett zu steigen um die Tür der Wachheit, wieder zu schließen.
Ein Blick aus dem Fenster ... es schneit draußen ... Wind trieb uns voran, als wolle er uns schneller, noch weiter von diesem Ort entfernen. Wir liefen ganz gewollt ohne Hast den ganzen Tag hindurch, machten dennoch kaum eine Pause. Doch als die Nacht hereinbrach, suchten wir einen Rastplatz, welchen wir unter einem Baumstamm fanden, der umgeknickt und auf das Unterholz gekracht war. Er war dick und bot uns beiden ein Dach vor dem Schnee, welcher uns bereits genug Wunden geschlagen hatte.
Jasmin und ich waren aus dem Kopfweidenwald mit den roten Ästen und schwarzen Stämmen schnell geflohen, zu erschreckend war, was im Herzen dessen lauerte, dort wo Bäume Masken trugen, und Felsen Masken trugen, der Schnee eine Maske war, die sprach, und die Welt aus Masken bestand, nur um eine Maske zu bilden und spiegelnde Flächen uns mit Masken zeigten. Dort wo sich Jasmins Haar rot gefärbt hatte und ihre blauen Augen grün. Dort wo tausend Stimmen säuselten. Wir

waren gerannt ohne uns umzusehen, bis wir nicht mehr konnten. Dann sind wir einfach weitergelaufen ins Unbekannte, wohl wissend, dass uns die weißen Dämonen noch verfolgten, mit anklagenden Blicken des Abscheus.
In der Nacht träumte ich von diesen Dingen, sah mich kniend vor ihnen ausgeliefert. Sie versprachen mir die Freiheit zu gewähren, wenn ich nur ihre Fragen zur Zufriedenheit beantwortete. Ich versuchte es stets, doch meine Worte erreichten nichts, sie erreichten noch nicht einmal mich.
Als ich am Morgen fröstelnd und mit aufgesprungenen Lippen erwachte, aus einem, trotz der Albträume wegen, tiefen Schlafs den ich wohl der Kälte verdankte, sah ich Rot. Blickte aus unserer kleinen, hölzernen Höhle hervor, auf die irdene Anhöhe auf welcher die Krone des Baumes ruhte. Sah roten Schnee. Ein Mädchen beugte sich darüber und berührte ihn. Dann sah sie auf. Mir in die Augen.
Ich hielt Jasmin fest im Arm.
Das Mädchen sah mich fragend an, mit blattgrünen Pupillen und hellen Haaren, die einen leichten Rotschimmer hatten. Sie war so weiß wie Canovas Marmorstatuetten und trug ein schlichtes Kleid von gleicher Farbe. Sie berührte ihren Hals, ihre Brust und ihren Bauch, dann zeigte sie mir ihre Hände. Sie waren blutig, und ich begriff, warum der Schnee rot war. Sie weinte nicht, sagte kein Wort. Sondern stand auf und fing an zu tanzen.
Ich versuchte Jasmin zu wecken, damit sie dieses monströse, irre Kind sah. Doch schien sie noch fest zu schlafen.
Das Mädchen bewegte sich so graziös und dabei so schnell, das ich hätte weinen mögen. Mal schien sie hundert Meter entfernt und im nächsten Augenblick, bewegten sich ihre Füße direkt vor meinen Augen. Dann blieb sie stehen, machte den Mund auf und ließ einen tonlosen Schrei in die Welt entweichen. Man hörte nichts, nicht einmal das Rascheln der gefrorenen Blätter.
Noch während sie dieses gutturale Flüstern entließ, veränderte sich ihr Bildnis. Ihre Kehle, und der Brustkorb, sowie auch der Bauch waren klaffende Wunden, schrecklich anzusehen. Das alabasterne Gesicht war mit schwarzem Dreck beschmiert, so dass sie aussah, als hätte sie sich nur Minuten zuvor in Ruß gebadet.
Dann schloss sie den Mund wieder und erstrahlte erneut in überirdischem Glanz. Lächelte mir zu, wandte sich um und zerstob zu einem hellen, wunderschönen Licht, welches Wärme und Geborgenheit ausstrahlte.

Nie habe ich so ein Licht gesehen.
Ich war noch von Entsetzen, Verwunderung und Trauer gepackt, als ich Begriff, wen ich da, ins Licht habe gehen sehen. Um meinem schrecklichen Verdacht Gewissheit zu geben, entließ ich Jasmin aus meinen Armen, ihr Rücken hatte sich an meine Brust geschmiegt. Ich drehte sie um, so dass ich ihr Gesicht sehen konnte, und unter Tränen rief ich immer fort ihren Namen. Schließlich verstummte ich, als ihr starrer Blick den meinen traf.
Sie war tot. Wie ich befürchtet hatte.
Sie sah genauso aus, wie die Erscheinung, als sie sich dem stummen Schrei entledigte.
Ihr Gesicht war vor Dreck schwarz, und ihr dünnes Gewand war von Blut durchtränkt.
Ihre Augen sahen glasig und grau zum Himmel auf, grau wie auch die Haut unter dem verkrusteten Blut und dem angebackten Schlamm war.
Ich ließ sie nicht los und heulte wie ein kleines Kind. Mit einem Zipfel meines Ärmels wischte ich ihr den Dreck aus dem Gesicht und in der gleichen Bewegung, ungewollt, neuen hinein.

Nach etwa einer Stunde hatte ich sie verlassen. Hatte sie liegen gelassen, nur nach christlichen Brauch, zwei Stöckchen zu einem Kreuz zusammengebunden und zu ihrem Kopf in den Boden gesteckt. Sie war Christin gewesen.
Frierend, mehr von der Trauer, als vom Schnee ging ich durch den Wald. Der Wind war wieder bei mir. So lief ich nun, scheinbar Stunden und ohne zu merken, dass mir jemand folgte. Bis dieser Jemand sich entschied mir einen Stein in den Rücken zu werfen.
Daraufhin drehte ich mich um und blickte in das Gesicht von Sandra.
»Na Dornröschen, aufgewacht?«
Sie war wohl ins Zimmer gekommen und hat meinen Blutzuckerwert getestet und dabei das Döschen mit den Sticks, auf meinen Rücken fallengelassen. Na ja, immerhin ist mein Zuckerwert in Ordnung und ich bin wieder wach. Kann darüber nachgrübeln, warum ich Jasmin tot sehe, warum ich sie überhaupt sehe. Klar, wir haben uns neulich getroffen, doch allein deswegen? Sie und viele Masken ...
Mein Name ist Seduco Timid, heute ist Dienstag der fünfte Januar neunzehnhundertneunundneunzig, es ist dreizehn Uhr vierunddreißig.

»Nettes Loft. Kühl, hart, schwarzer Schieferboden, Glas, Chrom, indirekte Beleuchtung, Weiß, keine Schnörkel, stielsicher und pragmatisch. Hätt' nicht gedacht, dass dir so etwas gefällt.«
»Hallo Amadeo!«
Ich saß auf einem der riesigen, schlichten Sofas dieser Luxuswohnung. In der Hand einen Kelch mit Cola, den Blick auf die namenlose Megametropole gerichtet, die sich unter meinem Panoramafenster ergoss. Amadeo war ungefähr sechs Jahre alt, sah zumindest so aus. Er setzte sich im Lotussitz neben mich und verfolgte meinen Blick.
»Was machen wir hier?« fragte er mich nach einer Weile.
»Wir warten.«
»Worauf?«
»Bis das Lorazepam aufhört zu wirken.«
»Du bist sediert? Was ist passiert? – Hey, das reimt sich!« grinste er glücklich.
»Ich bin ein wenig ausgerastet. Auf der Suche nach Tobi bin ich unter anderem ins Büro von Doktor Aliqua gestolpert. Es war offen, da Tobi gerade dabei war, ihr ein paar Akten auf den Tisch zu legen. Er wollte mich relativ schnell aus dem Büro wissen, was seltsam war. Deshalb sah ich mich um und bemerkte auch das schwarze Brett, auf dem ausschließlich Dinge über mich standen. Meine Aufnahmen, Aussagen, Fotos von äußeren Nebenwirkungen der Medikamente, welche sie unablässig in mich hineinpumpen, etc.«
»Also eine Art Detektei über dich. Gruselig, aber wohl für ein Krankenhaus nicht so ungewöhnlich oder?«
»Mmmh. Der eigentliche Auslöser meines kleinen Tobsuchtanfalls war eine lange Liste mit möglichen Krankheiten. Eine sehr, sehr lange Liste.«
»Zeig mal!«
»Wie ›zeig mal‹? Die war auf die Tafel geschrieben und ich hatte keine Gelegenheit, sie mir abzuschreiben. Und merken is nicht. Die Wörter sind viel zu kompliziert.«
»Ja, aber du hast es doch gesehen, oder? Und du bist hier bei mir.«
»Und?«
»Oh Seduco, komm schon! Die Leute sagen, du hast eine übersteigerte Aufnahmefähigkeit, wenn es um Dinge geht, die dich irgendwie interessieren. Woran glaubst du, liegt das?«

»Weil du alle Sinneseindrücke neu abrufen kannst, besonders die, welche mich emotional forderten«, dämmerte es mir. Wir hatten nie so über die Physik dieser Welt geredet. Könnte daran liegen, dass es bisher nie eine Rolle gespielt hat. Und schon hielt er mir einen Zettel unter die Nase. Als ich ihn entgegennahm und aufklappte, fand ich dort besagte Liste neu verzeichnet.
»Danke.«
»Nix danke, das war nicht ich, sondern du. So und jetzt zeig!« bettelte er. Ich gab sie ihm zurück. Etwas verwundert über dies hin und her.
»Wow! Das sind viele Namen und Fragezeichen. Und alles durchgestrichen oder erst umkringelt und dann durchgestrichen. Mmmh. Hirnödem, Psychose, Manie, Depression, Schizophrenie, Enzephalitis, bipolare Störung, Absence-Epilepsie, Epilepsie des Kindesalters mit occipitalen Paroxymen, Idiopathie, Zönästhesien, Depersonalisation, unipolare Depression, Derealisation, Dissoziation, und so weiter. Und alle Ideen und Ansatzpunkte verworfen oder gleich wieder ausgeschlossen. Nur ›Er lügt‹ ist noch eingekringelt. Meinst du sie meint dich?«
»Wen den sonst?«
»Keine Ahnung. Aber war es nicht so, dass diese Station das Interesse an dir hatte und du deshalb verlegt wurdest und nicht umgekehrt? Die Frau scheint ziemlich hartnäckig zu sein. Meinst du wirklich, sie sucht sich so einen leichten Ausweg? Unwahrheit deinerseits?«
Darauf wusste ich keine Antwort. So hatte ich das noch nicht gesehen.
»Und warum wurdest du jetzt auf Sparbetrieb geschalten?«
»Nun ja, nachdem ich diese Auflistung gesehen hatte, war mir klar, dass diese Quacksalber keine Ahnung haben, was mir fehlt. Beziehungsweise, ob mir überhaupt etwas fehlt. Ich begriff mich als Versuchskaninchen. Deshalb packte ich meine Sachen und spazierte raus. Drückte den Notfallknopf damit die Tür aufgeht, es gab natürlich Alarm, und wollte einfach gehen.«
»Und du wurdest natürlich aufgehalten.«
»Selbstverständlich. Nur bin ich diesmal nicht brav mitgegangen, sondern habe mich gewehrt.«
»Hast du um dich geschlagen?« er riss die Augen groß auf und sah mich mit offenem, lachenden Mund an.
»Ja. Und Dinge nach den Leuten geworfen und sie angebrüllt.«
»Angebrüllt?« Er gluckste.

»Sachen wie, dass ich kränker bin als je zuvor, seit ich hier bin: Rötungen der Haut, ich kotze und scheiße mir fast die Eingeweide raus, werde eine Woche fett, sehe die nächste wieder aus, als hätte ich Magersucht und so weiter. Und das liegt alles an den Nebenwirkungen oder der Unverträglichkeit der Medikamente gegen Krankheiten, die ich alle nicht habe. Für die es keine Beweise auf den Untersuchungsaufnahmen gibt. Ich beschimpfte sie als Idioten, als Nachkommen von Mengele, dass sie ein untragbares, falsches Interesse an mir zeigen und sie meine Mutter nicht ausreichend unterrichten, sonst hätte sie mich schon längst hier rausgeholt.«
»Offenbar waren sie unbeeindruckt.«
»Keine Ahnung, aber es kamen noch zwei Pfleger hinzu, unter anderem Andy und so trugen sie mich zu viert in mein Bett, fixierten und sedierten mich. Und schwups, schon war ich hier.«
»Andy auch, das ist hart. Er war nett zu uns.«
»Sie waren alle nett zu uns. Doch ich fürchte, sie behandeln mich nur so freundschaftlich, weil sie erhoffen, dadurch mehr zu erfahren. Vielleicht weil sie herausfinden wollen, ob ich lüge.«

Seduco Timid, Tagebuch – 14. Januar 1999/ immer noch KH, St. 22

»Guten Morgen Seduco.«
»Guten Morgen John.« Ganz klar, ich bin *Garfield* an einem Montagmorgen!

Wieder Donnerstag, wieder ein Termin mit dem Neuropsychologen.
Hier unser Gespräch, aus dem Gedächtnis zitiert. Warum ich das aufschreibe? Weil im Fernsehen nichts läuft und ich mich erinnern muss, was ich wie erzählt habe. Also beginnen wir mit Unschuldsmiene und Unschuldsfrage seinerseits: »Und, worüber wollen wir uns heute unterhalten?«
»Was wollen Sie denn heute wissen?«
»Ich weiß nicht. Vielleicht fängst du einfach an zu erzählen.«
»Worüber?«
»Zum Beispiel über den achten Januar.«

»Vergessen Sie's! Machen wir lieber wieder so einen Acht-Wort-Gedächtnistest oder so, das hat zwar keinen Sinn, ist aber ein weit besserer Zeitvertreib.«
»Nein, tut mir Leid. Wie du eben schon sagtest, dies hätte wohl wenig Sinn. Gut, wenn du mir nichts über den achten Januar erzählen möchtest, dann erzähle mir doch einfach etwas über dich.«
»Wie soll ich beginnen?«
»Sagt dir der Autor Charles Dickens etwas?«
»Ja, er hat Oliver Twist geschrieben und Nicholas Nickleby auch, und noch vieles andere«, antwortete ich brav.
»Er hat auch David Copperfield geschrieben. Kennst du das?«
»Ja, aber nur vom Titel. Ich habe es bisher weder gelesen noch in einer Verfilmung gesehen. Warum fragen Sie?«
»Nun, der erste, etwas umständliche Satz aus diesem Werk lautet: ›*Um mein Leben mit dem Anfang meines Lebens anzufangen, so verbuche ich zunächst, dass ich, wie mir gesagt worden ist und wie ich glaube, an einem Freitag geboren worden bin und zwar um zwölf Uhr nachts.*‹ Nun und dann erzählt der Protagonist seine ganze Geschichte.«
»Sie haben tatsächlich den ersten Satz von dem Buch auswendig gelernt? Warum? Oder kennen Sie etwa die ganze Seite? Das wäre erschreckend.«
Er lachte und verneinte, er habe nur den ersten Satz gelernt und das erst heute früh, um mich genau so aufzufordern wie er es eben getan hat. Wenn ich auch in seiner Version gar nicht gefragt hatte, wie ich beginnen sollte. – Mann, und mich nennen die Leute ›*Freak*‹.
»Und dergleichen erwarten Sie jetzt von mir? Ich meine ganz am Anfang zu beginnen, von der Geburt an?«
»Nein, ich erwarte es nicht. Ich bitte dich darum und würde mich freuen, kämst du dieser Bitte nach.«
Ich stöhnte. »Ich bin mir nicht sicher, ob das wichtig ist.«
»Das können wir nicht feststellen, wenn du deine Geschichte nicht erzählst, also lass es uns herausfinden.«
»Nein, Sie verstehen nicht. Erzähle ich meine Geschichte, mache ich sie wichtig. Aber der Akt des Erzählens ist es, der so unwichtig ist. Damit erlaube ich etwas, was bereits vergangen ist, den Rückweg in die Gegenwart. Was sollte das bezwecken? Etwas das war, ist nicht. Das wäre genauso unwirklich wie Sie meine Welt beschreiben.«
Da machte er eine Pause, wir sahen uns an und er überlegte dabei wohl

etwas. Schien etwas abzuwägen und er entschied sich dafür, dass ich ihm doch berichten solle.
»Erlaube es zu sein. Bitte. Ich würde gerne herausfinden was Amadeo ist und warum. Und dies hängt wiederum mit deiner Geschichte zusammen.«
»Dann bin ich also ein Dickens-Kind.«
»Ein was? War das eine Frage?«
»Ein Kind Dickens und nein, ich denke nicht das es eine Frage war.«
»Was ist das für ein Kind?«, wollte er wissen.
»Also Doc John, ich dachte Sie sind Dickensleser. Kinder sind die Helden Charles Dickens. Es sind hilflose, herzzerreißende und unerschütterliche, engelsgleiche Wesen, die einsam sind, elternlos und freundlos und in einer grauen, gefährlichen Welt leben und dennoch im Gewirr der Möglichkeiten niemals vom Pfad der Tugend weichen. Seine Geschichten sind Mahnungen über die moralische Verantwortung, somit also sozialkritische Bücher ihrer Zeit, heute zu Kindergeschichten verkommen, die kein Kind mehr freiwillig liest.«
»Und warum bist du eines von Dickens Kindern?«
»Entrissen der Wärme der Familie, heimatlos, vaterlos, ohne Freunde, oft mutterlos; gefangen in der tristen Welt der Erwachsenen und ihrem Hang, alles Schöne dazu zu verwenden etwas Furchtbares daraus zu machen. Nur um sich darüber beklagen zu können und sich selbst zu fürchten. Meine Person und Geschichte, ist die Kritik dessen, die nicht wahrgenommen wird«, die überzogen dramatische Antwort meinerseits.
»Okay, interessant. Fahre fort.«
»Ich komme gut damit klar, es ist nicht nötig eine solche Pforte der Zeit neu zu öffnen.«
»Du bist mehr als ungewöhnlich!«
»Oder Sie halten andere Kinder und Teenager fälschlich für gewöhnlich, weil diese nie hier in Ihrem Stuhl sitzen. Weil Sie, wie die meisten, wie ich selbst mitunter, dafür zu ephebiphobisch sind«, maulte ich neunmalklug.
»Gut, dann bist du eben gewöhnlich und ich blind. Aber ich glaube nicht, dass du wirklich im Stande bist mit deiner Welt umzugehen, sonst könntest du mir schließlich ohne derart zu zögern, von deinem Leben erzählen.«
»Ist das die Zwickmühle, durch welche ich nun meine Steine verliere? So bewegen Sie mich dazu Ihnen zu geben, wonach Sie sich so sehnen?

Durch das Zerkratzen jugendlichen Stolzes? Nun gut, Sie gewinnen. Doch lassen Sie es uns kurz halten und nicht zu weit ausschmücken. Ich will mich nicht in toter Geschichte verlieren. Wo Sie mich doch genau davor bewahren wollen, vor meinen Verlust in Stories.«
»Da hast du Recht, aber ich will gar keine Stories von dir haben, sondern die Wahrheit über dich und deinen Hintergrund.«
»...Sie kennen meinen Namen und mein Geburtstag. Mein Vater war bei der Armee und konnte zu meiner Geburt nicht bei meiner Mutter sein. Sie hat mir erzählt wie es war, die Kühle des Krankenhauses und des dortigen Personals, die Inkompetenz. Vor und nach der Geburt. Es gibt Geschichten, bei denen man mir als Säugling die Arme weggeschnürt hat, um zu verhindern, dass ich mir das Gesicht zerkratze. Die Schwestern hatten sich nicht getraut, den winzigen Säuglingen die Nägel zu schneiden. Meine Mutter hat die Kinder damals von ihren Fesseln befreit und allen die Nägel geschnitten, bevor uns die Arme abstarben. Es gibt viele solcher Geschichten. Grauenhaft - damals wie heute. Und sicher kamen wir irgendwann nach Hause. Aufgenommen in der großen Familie. Nun, trotzdem alles eine Myriade Augenblicke hat, so ereignislos oder ereignisschwer, vergehen manche Jahre schier im Wind der Gewohnheit und nichts bleibt, was Geschichte schreibt. Andere wiederum bieten Schauplatz für eine große Erzählung und sind dabei die überfüllte Gauklergasse, in welcher sich die Eindrücke dicht an dicht drängen, um als erstes wahrgenommen zu werden. Und doch, so sind es gerade die stillen Wanderer magerer Jahre, welche die Geschehnisse des Überfüllten grundlegend beeinflussen. Doch dies, ist eine Art die Welt zu sehen, von der ich nicht wissen kann, ob ich sie damals schon hatte. So erinnere ich mich nur bruchstückhaft an die ersten Jahre, so wie ich denke, dass es jeder Mensch tut. Was verbleibt? Was überlebt den reinigenden Regen des Vergessens, im Verstand eines Kindes?«
»Die tiefen Eindrücke.«
»Die Schmerzhaften. Ich erinnere mich an Geläster und fragwürdige Blicke, immer wenn ich in der Schürze meiner Momi herumlief. Mein Gott, ich war ein kleines Kind, ein Baby fast. Ich erinnere mich auch an sehr viel Krankenhaus. Nicht erinnere ich mich daran, was ich alles hatte. Aber, dass meiner Mutter oft mein Tod prophezeit war. Das ich nicht weinte, als sie mich hielt, damit sie nicht noch mehr weinte.
In einem Urlaub, ich war keine drei, wurde ich wieder krank und erst gesund als der Urlaub vorüber war. Die Schwester sagte zu mir, meine

Mutter dürfe mich nur besuchen, wenn ich bei ihrem Abschied nicht weinte. Sie meinte es ernst, gleiches sagte sie zu meiner Mom, wenn ich weinte, dürfe sie erst zu meiner Entlassung wieder kommen. Die Schwester hob mich ans Fenster, damit ich der Mama zum Abschied winke. Ich sah sie unter Tränen flüstern: ›Nicht weinen mein Schatz, nicht weinen.‹ Ich wurde gesund, vorübergehend und wieder verflog die Zeit ein Stück.

Irgendwann kam die Nacht, in welcher wir flohen. Dad war nicht dabei. Mom hatte mir damals erzählt, er sei Stiefel kaufen in Ungarn. Dies sollte auch die Antwort sein, die ich zu geben hatte, wenn Leute mich fragten, wo er denn sei. In Wahrheit nutzte er das eine Urlaubsvisum, welches wir bekommen hatten, und fuhr tatsächlich nach Ungarn, allerdings nicht um Stiefel zu kaufen, sondern um über die Grenze zu kommen, welche die Österreicher geöffnet hatten. Wir hingegen, wurden von Bekannten, in ihrem beigefarbenen Wartburg, nach Prag gefahren. Eben diese Bekannten, waren Joes Eltern und hatten sich kurzerhand entschlossen, mit abzuhauen.

Wir wurden angehalten, meine Mutter trug mich auf dem Arm. Ihr wurde eine Waffe an den Kopf gehalten. Nur Einschüchterung. Wir durften weiter. Das nächste Puzzlestück ist der große Schlafsaal. Manchmal sehe ich ihn noch in meinen Träumen, ein Vielfaches größer als er damals schon für mich war. Nur Frauen und Kinder, die Männer mussten draußen schlafen. Es war laut, jeden Tag und jede Nacht. Kinder, älter und jünger als ich, die weinten, nach Hause wollten. Ich war krank, mal wieder.

Nächstes Bild: Meine Mutter die mit mir zur Toilette hastest, viele stehen an und ich hatte Diarrhö. Und wieder der Schlafsaal.

In meinen Träumen ist das Licht anders, und es ist ganz still. Der Schlafsaal im Traum hat eine Kuppel wie der Petersdom, ob der reale eine hatte, weiß ich nicht. Ich vermute nicht, dass die deutsche Botschaft in der goldenen Stadt so groß ist, wie in meiner Erinnerung. Im Traum geht mein jetziges Ich durch den Saal, tritt vorsichtig zwischen die Decken, die am Boden ausgebreitet liegen, bahnt sich einen Weg durch die Schlafenden und findet mich. Den kleinen Seduco, der zu mir aufblickt. Dann endet der Traum. Es kamen richtige Betten, Doppelstockbetten. Ich habe mich gefreut darin zu schlafen, doch durfte ich dies nie, denn an diesem Tag kam Genscher und *rettete* uns. Wir waren im Bundesgrenzschutz, hier in dieser Stadt und irgendwann, kam mein Vater zu uns, der nach Österreich, zunächst in Augsburg gelandet war.

Wir bezogen eine Einzimmerwohnung auf dem Land und lebten von etwa siebzig Mark im Monat. Das war eine große Belastung, es war ja nicht so, dass wir mit offenen Armen empfangen wurden. Im Gegenteil, meine Eltern wurden recht ausgebeutet soweit ich weiß, zumindest was das Verhältnis zwischen Arbeitszeiten und Gehalt anging. Doch da sie es nicht besser wussten, protestierten sie nicht.
Dann wurde es immer besser. Bessere Wohnung, bessere Arbeit. Aber irgendwie, hatte die Belastung die Familie zusammengeschweißt und als geglaubt wurde, es wäre geschafft, kamen andere Probleme. Von einer Art, welche Fehler der Menschen waren und nichts mit mir zu tun hatten. Doch das Prinzip ist hinlänglich bekannt: Eifersucht bindet den Partner nicht, sondern treibt ihn erst in die Richtung, vor welche man sich beschützen wollte.
Die Last der gesamten Situation, war wohl doch größer als bisher angenommen, so etwas erkennt man oft erst, wenn der eigentliche Schlag schon vorüber ist. Jedenfalls gab es viel Streit, was mit dafür verantwortlich war, dass sich meine Mutter verliebte. Einen Hort der Geborgenheit suchte, wo es nicht nur Ärger gab. Zumal meine Eltern vorher nie gestritten hatten. Mein Vater und sie hätten es vielleicht schaffen können, aber wer weiß, was dann passiert wäre, was dann über uns hergefallen wäre. Die Scheidung kam mit meiner Einschulung. Es bestand und besteht dennoch ein gutes Verhältnis. Ich sehe meinen Dad regelmäßig, meine Eltern streiten sich nicht, unterhalten sich normal. Lediglich Roland war gekommen. Er, die vermeintliche Liebe, Hort der Geborgenheit...« ich sah auf, suchte nach dem richtigen Wort, fand es: »...vernichtet uns. Er brach wie ein Sturm über uns ein. Er war plötzlich einfach da. Nach und nach zeigte sich, dass er zu Wutanfällen und Alkoholismus neigte. Schwer hat es jener, der versucht ist Roland zu beschreiben. Er ist schwierig, unantastbar, er ist kindisch, gut im Job, trotz seiner Unordentlichkeit. Nie äußert er sich. Nie kritisiert er oder verteilt Lob, nie zeigt er Freude oder Anerkennung. Nur im Suff, da wird er wütend und es offenbart sich, wie verdreht er die Dinge aufnimmt. Er vertauscht Tatsachen und zwar immer so, dass er als Opfer und Märtyrer erscheint. Ihm geht jegliche Fähigkeit abhanden etwas zu pflegen, von materiellem Besitz bis zu Freundschaften und Beziehung. Roland ist chaotisch und gleichzeitig pingelig bei anderen. Seine Versprechungen sind groß, doch halten kann er nicht mal die kleinsten. Zahlen sind seine einzigen Freunde. Doch Zahlen können niemandes Freund sein.

Zahlenmensch. Er misst selbst seine Beziehungen an ihnen, die Jahre die er überstanden hat. Ich könnte die Liste schier endlos fortsetzen, von seiner Unkoordiniertheit bis zu seinem Rückzug, der mit dem Ausbruch endet, wenn Alkohol ihm vortäuscht, ihn aus seiner, sich selbst erschafften Isolation zu befreien. Kurz, ich sehe es in seinem Fall so, dass durch ihn eine tyrannische Herrschaft für uns folgte, die sich sowohl auf meine Mom – die dadurch zur Koalkoholikerin wird, weil sie hinter Roland aufräumt und ihm die Möglichkeit gibt, sein Leben so zu leben, wie er es eben macht – als auch auf mich auswirkte und wirkt. Doch wir beide – sie redete immer über alle ihre Probleme mit mir, was mich sehr mit Stolz erfüllte – waren der Ansicht, dass wir es ohne jemanden, der uns hilft, nicht schaffen können, in dieser *neuen Welt*. Das war natürlich Blödsinn, Constance hat eigentlich eine enorme Stärke in sich, sie wusste nur nichts mehr von dieser. Aber das ist zu verstehen, oder? Verlassen sie einmal ihre Familie, alles was sie sich in ihrem jungen Leben schon aufgebaut haben, ihre Freunde, eigentlich auch ihr Land.«

»Du hast also ein gutes Verhältnis zu deiner Mutter?«

»Ja, ich denke schon. Erst seit meiner Zeit hier, hat sich das zwischen uns irgendwie geändert. Sie hat Angst, dass ich ihr verloren gehe, ich ärgere mich, dass sie nicht mehr mit mir redet, ... aber das ist, denke ich, eine Kleinigkeit, nichts Ernstes. Jedenfalls nichts, was wir nicht in den Griff bekämen.«

»Okay, klingt doch gut. Fahre bitte fort.«

»Gut. Manchmal stellt man fest, dass gerade die Menschen, welche dieselbe Sprache sprechen, sich eigentlich gar nicht verstehen. Kurzum, sie war mit Sicherheit verunsichert. Sie klammerte sich an mich, als einzig verbliebenen Menschen und ich klammerte mich an meine Träume. Die Jahre vergingen und wir wurden Roland nicht los, bezogen Prügel und hassten ihn. Bis heute, und ich muss nach Hause, denn meine Mom braucht mich, können Sie das nicht verstehen?«

»Warum musst du nach Hause? Du sagtest doch, deine Mutter sei eine starke Frau, kein Kind sollte seine Eltern tragen müssen. Abgesehen davon, könnte sie dich relativ leicht hier rausholen.«

»Meine Mutter *war* eine starke Frau, aber irgendwann, werden ihre Schultern brechen, wenn sie sich nicht ein letztes, entscheidendes Mal erhebt.« endete ich.

»Was wollen Sie mehr hören? Sie wissen genauso gut wie ich, dass ich wegen einer nichtigen Verletzung her kam, und noch hier bin, damit

ich aus dem Weg bin. Sie werden in dieser Geschichte Amadeo nicht finden.«
»Doch ich denke schon, dass man ihn hier finden kann«, sagte er ruhig und schraubte dabei die Kappe seines Füllers zu und wieder auf »wem solltest du aus dem Weg sein?«
»Roland natürlich.«
»Wie kommst du darauf.«
»Ich habe so eine dumpfe Ahnung, dass er hiermit etwas zu tun hat, damit, dass ich so lange in Behandlung bin. Mich würde sehr interessieren, was den Ärzten bei meiner Einweisung erzählt wurde.«
»Das du auf Grund deiner Wahnvorstellungen suizidgefährdet bist.«
Schock, Wut, Hass, Zorn, Tobsucht. Alles herunterschlucken und ruhig bleiben, versuchen gelassen zu wirken und sagen: »War ja klar. Was wirft man mir denn vor, in Sachen Selbstmordversuche?«
»Dass du dich in Brand gesteckt hast, deinem imaginären Freund dafür die Schuld gegeben hast und dann versuchtest, gemeingefährlich auf deinen Stiefvater einzuschlagen, als dieser versuchte, dich von dieser Dummheit abzuhalten.«
Mir blieb wohl kurz der Mund offen stehen.
»Deshalb bin ich seit November vergangenen Jahres hier *inhaftiert*? Hat man meine Mutter auch dazu befragt, es war ein Unfall!«
»Sie hat deinen imaginären Freund bestätigt und den Rest kann sie nicht dementieren, sie hat es nicht gesehen.«
»Logisch, sie hatte ja auch gerade eine gefangen und zwar so, dass sie im Flur auf dem Sofa gelandet war, mit Gesicht nach unten und sich erstmal wieder sammeln musste. Es war ein Unfall.«
»Tut mir Leid Seduco, aber noch steht damit Aussage gegen Aussage. Dir muss doch klar sein, dass es immer *ein Unfall* ist, wenn solche Dinge geschehen.«
»Ich will jetzt gehen.«
»Nein, noch nicht.«
»Lassen Sie mich hier raus, sofort!«
»Nein, damit machst du es nicht besser. Aber Vorschlag zur Güte: Lass uns über etwas anderes reden.«
»Über was denn?« knurrte ich.
»Warum hattest du keine Freunde?«
»Das war ja sehr subtil und sensibel eingeleitet, Herr Doktor! Ein Baseballschläger hätte es nicht besser machen können!«

»Du drängst mich ja zur Eile. Je schneller wir voran kommen, desto schneller kannst du gehen.« Erneut zwang ich mich zu innerer Ruhe. Ich begann Amadeos Anwesenheit zu spüren, seine Hand ruhte beschwichtigend auf meiner Schulter.
»Ich habe mich mit Kindern nicht gut verstanden, heute verstehe ich mich mit Kindern, dringe aber nicht zu den Teenagern durch.«
»Das ist aber ungewöhnlich.«
»Ihr Lieblingswort? Ich bin es nicht freiwillig, aber es gibt immer Außenseiter.«
»Letzten Donnerstag kam etwas dazwischen und wir konnten unseren Termin nicht wahrnehmen, was mir im Übrigen Leid tut. Aber ich habe gehört, dass du Damenbesuch hattest. Schon am Montag davor, dem vierten Januar, erinnerst du dich?«

Selbstverständlich erinnerte ich mich. Wenn ich daran denke, schlägt mein Herz jetzt noch irgendwo über dem Kopf. Jasmin war da. Wir haben uns auf dem Gang getroffen, ich kam gerade von meinem ixten CT und sie hatte wohl jemanden auf einer weniger krassen Station besucht. Natürlich hatte ich Wachhunde dabei, aber wenigstens meine zwei liebsten, Sandra und Andy. Sie waren so nett, Jasmin nicht gleich zu sagen, dass ich ohne Begleitung außerhalb der Station nirgends hin darf. Sie war richtig freundlich zu mir! Andy lud sie ein, noch mit auf Station zu kommen, angeblich, weil es sich dort besser quatschen lässt, als auf dem Gang. Entspricht ihr zwar nicht, war aber weniger beängstigend als die Wahrheit, trotz des Türcodes. Zu meiner grenzenlosen Überraschung kam sie tatsächlich mit. Wir unterhielten uns kurz über Belanglosigkeiten. Sie erzählte allerdings auch, dass man in der Schule in etwa eine Vorstellung von meinem Aufenthalt hatte, dass habe sogar sie, in der Parallelklasse mitbekommen. Die Lehrer, die über die *Wahrheit* selbstverständlich informiert waren, sind damit nicht gerade mit der nötigen Diskretion umgegangen. Alles in allem war es ein netter Plausch gewesen, das allein ist schon so merkwürdig für meine Person, dass ich hätte schwören können, ich habe es geträumt. Dem war wohl nicht so.
»Ja, ich erinnere mich.«
»Ist sie vielleicht doch eine Freundin von dir?«
»Sie kam nicht mich besuchen, wir haben uns nur zufällig getroffen. Zudem, wenn ich mich recht entsinne, haben wir zum ersten Mal persönlich miteinander gesprochen. Ich würde diese Frage also mit ›nein‹ beantworten.«

»Was ja nicht ist...«
Wohl durch meinen Blick entschied er sich, auch diesen Faden nicht aufzunehmen, stattdessen suchte er ein Thema, was näher in der Gegenwart lag, meine Hoffnung war, dass es sich um ein Schlussplädoyer handle.
»Du warst über Weihnachten zu Hause, vor deinem Fluchtversuch. Wie war es? Du hast nichts davon erzählt und auch nichts darüber geschrieben. Überhaupt schreibst du nicht mehr sehr viel in letzter Zeit, woran liegt das?«
»Der Fluchtversuch schlug fehl und ich wurde danach einige Tage lang unter den Drogeneinfluss eures Sedativums gestellt...«
»Das war doch...«
»So sehr ich Sie mag John, aber wenn Sie jetzt sagen, dass es nur zu meinem Besten war, schwöre ich, dass ich mich vergesse und ihnen mit Ihrem Briefbeschwerer hier, den Schädel einschlage. Ob ich jetzt hier verrotte, oder in einem anderen Irrenhaus ist doch auch schon egal.«
»Ist ja gut. Fahre einfach fort.«
»Danke. Wo war ich? Ach ja, Fluchtversuch. Abgehakt! Also zurück zu Weihnachten und meine Unlust etwas zu schreiben: Das Fest war eine Farce, alle gaben sich devot und spielten schöne Bescherung. Was lohnt sich davon in Worte zu fassen? Zumal ihre Kollegen sehr lang mein Buch für sich beanspruchten. Außerdem, ist sonst nichts passiert.«
»Gab es wirklich nichts zu erzählen oder nur nichts, was du uns anvertrauen würdest?«
»Was denn, kommen Sie plötzlich auf die Idee, dass manch einer ein Tagebuch führt um *persönliche* Dinge darin festzuhalten? Na so was, klingt nach `ner Erleuchtung, weiter so John!«
»Kann ich davon ausgehen, dass ich zu dieser Thematik nichts weiter hören werde?«
»Ja, das können Sie. Kann ich gehen.«
»Gleich, eins noch. Ich wollte dich noch fragen, was ich dir getan habe? Du bist mir gegenüber heute sehr aggressiv geworden, eine Seite die sich vorher nicht eröffnet hatte.«
»Bislang, waren Sie der einzige Doktor, der von dieser Haltung verschont geblieben war, aber Sie müssen verstehen, die einzige Hilfe die ich erhoffe und erwarte, ist meine Entlassung und wir haben zwar inzwischen nett und viel geplaudert, aber ich sitze immer noch hier, Woche um Woche und muss nur zwei Schritte zur Tür rausgehen um in dem anderen weißen Gefängnis zu landen, meinem Zimmer. Wieso sollte ich also noch weiter

in irgendetwas vertrauen, was vorgibt real zu sein, wenn mir der Traum doch so viel mehr Trost spendet.«
»Aber gerade das ist es, weswegen du noch hier bist.«
»Nein, ich bin noch hier, weil jemand es möchte.«
»Wenn überhaupt, ist dies Amadeo. Da bin ich mir sicher. Dein Stiefvater macht auf mich nicht den Eindruck, dass er dich hier wissen möchte.«
»Für jemand der sich mit dem Wesen des Menschen beschäftigt, sind Sie reichlich naiv John. Bis nächste Woche«, verkündete ich und stand schon bei der Tür, als Doc John den zweifelhaften Versuch startete, die Oberhand zu behalten, indem er mir die Erlaubnis einräumte.
»Ja, du darfst gehen. Bis dann. Ich freu mich schon auf unser Gespräch.«

Vor mich hin meckernd in meinem Zimmer.
Gespräche, Gespräche, Gespräche.

Ich zückte nun doch wieder meinen Bleistift und begann noch beim Überlegen zu schreiben.
Was ist ein Gespräch? Im Sinne des Wortes ist es Rede und Gegenrede, Unterredung, Unterhaltung, Dialog, ... also Kommunikation.
Kommunikation wiederum ist der Austausch von Informationen und Geschichten und ein in-Kontakt-treten.
Aber hier, findet kein Austausch statt, so scheint es wenigstens. Für gewöhnlich, stellen sich drei Fragen: *Wer kommuniziert? Womit? Was ist Inhalt des Gesagten?*
Für die erste Frage muss man nicht lange nachdenken, die Antwort lautet: Alles.
Jedes wahrnehmende Bewusstsein tauscht Informationen aus. Jeder Körper, der ja eine Welt für sich ist, tauscht in sich selbst Informationen aus, wie sonst würde dein Kopf vom Schmerz im Fuß erfahren? Jedes Insekt welches auf einer Pflanze landet, jede Pflanze untereinander führt einen stillen Austausch von Informationen. Denn letztendlich, ist ein Gespräch nichts anderes, als das Wahrnehmen einer oder mehrerer weiterer Individuen. Die Pflanze weiß, dass die Sonne verschwunden ist, weil es ihr die Dunkelheit und die Kühle verrät. So ist die ganze Welt, sehr geschwätzig.
Die zweite Frage – womit? – ist kniffliger. Aber ebenso unendlich, wie die erste. Da wir Menschen sind, will ich nicht jede einzelne Variation aufgreifen die eine Kommunikation darstellt, sondern bei uns bleiben. Womit unterhalten wir uns in einem Gespräch?

Zuerst wäre da das Offensichtliche, der Mund, die Zunge, die Zähne auch, die Stimmbänder, der Verstand. Dann kommen die groben Details dazu: der Blick, die Augen, sogar die Augenfarbe, welche ja sehr launisch sein kann, die Augenbrauen, die Stirn, die Hände, ob sie ruhen oder gestikulieren.
Dann die Feinheiten: die Haltung des Körpers in Verbindung mit der Ruhe, Nervosität, Verkrampfung, etc., das Beben der Nasenflügel, die Form der Lippen – sind sie geschürzt?, die Muskeln die das Lächeln bilden, Lachfalten an Mund und Augen – treten sie hervor?, die Stimme selbst – bebt sie?, und noch vieles mehr.
Die letzte Frage, der Inhalt. Über was reden die Menschen?
Gott und die Welt? Nein, darüber reden sie nie. Für Menschen gibt es eigentlich nur ein Gesprächsthema: *Ich*.
Man erzählt seinen Freunden entrüstet von den Dingen der Arbeit, um Mitgefühl *für sich* zu gewinnen. Es wird von neuen Anschaffungen berichtet, um *sich* von anderen abzuheben. Der Nachrichtensprecher tritt als Globalinformant auf, unfehlbar und *er* weiß darum. Der Vorgesetzte wird immer zeigen wo *er* steht, über welches Wissen *er* verfügt und wird ohne es selbst zu merken, *sich* stets selbst brüsten. Gespräche über andere, dienen dazu *sich* über sie zu erheben, Ideen vorbringen heißt immer auch: »Seht was *mir* eingefallen ist«, usw. Jeder ist stets darum bemüht *seine* Geschichte zu erzählen, und sei sie erfunden. Die Menschheit verfügt über ein gewaltiges Ego. Und jene, die keine zwischenmenschlichen Kontakte pflegen, reden mit *sich*. Manche, finden sich dadurch. *Imaginärer Freund.*
Bist du das Amadeo? Ich habe mir darüber noch nie Gedanken gemacht. Seltsam, wo ich sonst alles analysiere, habe ich dich als selbstverständlich betrachtet, eher als Geistwesen gesehen, anstelle eines Erdachten.
Vielleicht, bist du ja wirklich nur so etwas wie ein Spiegel.
Der Spiegel galt schon immer als Kommunikationsmittel und Erkenntnisinstrument. Die ägyptische Göttin Hathor hatte einen dunklen Spiegel, durch welchen sie Kontakt zu den Geisterebenen hatte. Zudem sind Spiegel faszinierend. Sie zeigen nie die Wirklichkeit, viele erschrecken sich im Spiegellabyrinth, wenn sie die Spiegelung einer Spiegelung von sich selbst sehen, dieser Anblick, ob verzerrt oder nicht, ist mehr als ungewohnt. Denn der Spiegel spiegelt nur eine Spiegelung der Realität wieder, er gaukelt eine solche nur vor, ist also letzten Endes eine Fälschung und damit eine Welt für sich. Wie jeder Mensch in einer Welt für sich lebt – ob zurückgezogen oder kontaktfreudig.

Und der Mensch, der ihm noch am nächsten ist, ist ein totes Spiegelbild und selbst dies *gleicht* ihm nur. Ausschließlich das Gesicht, welches einen ansieht, ist Träger des Ausdrucks, nur ein Gesicht verrät den Charakter und das Innere – immer!
Der Gedanke gefällt mir, der Spiegel als Sinnbild der Kommunikation, Mensch mit Mensch, mit allen Mitteln, gut selbst für jene die nur mit sich selbst reden, ohne das Innere zu verstehen und ohne die restliche Welt wahrnehmen zu müssen, verstehen zu müssen.
Ich ertrag das nicht mehr. Die Schwestern sind nett, einige Ärzte auch, der Neuropsychologe ist nett, ich darf fast alle duzen und jeder hat Mitleid mit mir. Doch das hilft mir nicht, genauso wenig, wie meine Aggressionen. Doch ab und zu, kann ich sie nicht mehr herunterschlucken, trotz des Wissens, dass niemand in meiner unmittelbaren Nähe etwas für meinen andauernden Aufenthalt im Krankenhaus kann. Ich werde mich also wieder versuchen zu beruhigen. Vermutlich sind das nur die Hormone, hey, ich bin mitten in der Pubertät. Da darf ich mich doch mal im Ton vergreifen oder?
Mein Name ist Seduco Timid, heute ist Donnerstag der vierzehnte Januar neunzehnhundertneunundneunzig, etwa zehn Uhr früh. Es schneit wieder.

Seduco Timid, Tagebuch – 15. Januar 1999

Er will also, dass ich etwas über meine Flucht schreibe, ja? Ich hatte zwar gesagt, dass es darüber nichts zu schreiben gibt, aber ich bin eben inkonsequent. Damit auf zu diesem Trauerspiel und das war es nicht nur, weil es am Ende nicht klappte.

Vorher noch eine kleine Info, es wurden neue Krankheiten ausgeschlossen, die im Übrigen immer absurder werden. Aber dank der ganzen Tests wissen wir jetzt, dass es keine Stoffwechselstörung ist, die Ammoniak im Blut ablagert, es ist nicht Morbus Addison, eine Krankheit, bei der ich gerade mal drei der in Frage kommenden Symptome hatte und diese auch nur als Nebenwirkungen von Medikamente und Überraschung: Auch die unwahrscheinliche Erkrankung des Nervensystems als Spätfolge der Masern wurde ausgeschlossen. Cool oder. So damit zum Fluchtversuch.

An Weihnachten, wusste ich nicht, welchen Ort ich mehr verabscheute. Zu Hause, einem Gespinst aus Lügen oder das Krankenhaus, einem Geflecht aus Wahnsinn.
Wenn ich daran denke, dass Roland für meinen Aufenthalt hier tatsächlich verantwortlich ist und die Frechheit hatte sich damit zu brüsten, dass er darum gebeten habe, mich für die Feiertage *raus* zu bekommen, wird mir schlecht. Aber es waren die drei Tage, in denen ich das Gefühl gewann, er habe etwas damit zu tun. Er erkundigte sich zu häufig nach meinen Fortschritten, nach den Aussagen der Ärzte, etc. Diese Art von Aufmerksamkeit, war mehr als verräterisch.
Es kam der Sechsundzwanzigste und dann der Morgen des Siebenundzwanzigsten und ich war wieder hier. Besuchszeit beendet. Danach, habe ich nichts mehr von Mom oder ihm gehört. Keine Besuche, keine Anrufe, gar nichts. Das machte mich kribbelig. Jeden Tag fragte ich am Schwesternstützpunkt nach Post oder Anrufen, jeden Tag bekam ich keine. Am Montag dem Achtundzwanzigsten, sollte ich in die neurologische Funktionsdiagnostik für eine weitere Untersuchung. Wie immer, wenn er da war, brachte mich Tobi dorthin. Sonst wurde ich von einer Schwester oder einem Pfleger hingeführt. Niemals alleine.
Also, runter in den zweiten Stock, der durch die Hanglage dem Keller des Altbaus entspricht, vorbei an den orangefarbenen Wäscheschränken, in denen Krankenhausklamotten in drei verschiedenen Größen liegen, nach links, durch die grüne Tür, rein in die, vom Personal als *NeuFu* bezeichnete Abteilung. Wie immer. Nicht wie immer war, dass ich nicht abgeholt wurde. Ich wartete, dann entschied ich mich dazu, selbst zurückzugehen. Immerhin kannte ich den Weg auswendig. Auf Höhe der Wäscheschränke hielt ich inne. Aus einem plötzlichen Impuls heraus, nahm ich mir Kleidung – die fast ein wenig zu groß war – und wollte mich wieder auf Station schleichen. Problem war dabei nur, dass ich den Tagestürcode nicht kannte.
»Nimm doch den Aufzug.« Das war Amadeo. Er hatte Recht. Jede Aufzugkabine hat zwei Türen, eine davon führt auf den Gang, den man wünscht. Die zweite ist für das Versorgungsteam, sie führt in das jeweilige Lager der Stationen, von welchem man durch eine unverschlossene Rolltür direkt auf Station landet. Ich wusste das nur zu gut, ich hatte Tobi vor ein paar Wochen geholfen, die Materiallieferung in besagtem Lager zu verstauen. Das sich dort ein Aufzug befand, war mir kaum aufgefallen.

So rief ich den Aufzug erneut, obwohl ich mich schon auf Ebene drei aufhielt. Von den zwei Reihen Druckknöpfen für die Stockwerkangabe, drückte ich nun – unüblich – den, welcher für Etage drei stand, allerdings die Versorgungstür öffnete. Mit Erfolg. Für einen kurzen Moment, waren beide Türen offen, bis sich die vordere mit einem Surren schloss und ich durch die hintere verschwand. Vom Lager war es kein Problem in mein Zimmer zu kommen.
Von da an ging mir die Idee abzuhauen und herauszufinden was los sei, nicht mehr aus dem Kopf. Silvester setzte ich meinen Plan in die Tat um. Am späten Nachmittag zog ich mir normale Kleidung an, darüber die Pflegersachen. Im Trubel der Angehörigen, die ihre verwandten Patienten mit letzten Glückwünschen für den Rutsch ins neue Jahr überhäuften, schlüpfte ich auf dem Weg durchs Lager nach draußen. Tobi hatte mir schon bei einem unserer ersten Treffen erzählt, dass es im Keller einen Gang gibt, der mit dem abseitigen Gebäude der Pathologie verbunden ist. Dahinten sei nie jemand, meinte er damals. Zwar hatte ich ein wenig Schiss, dass mir der Anblick von grauen Leichen nicht erspart bleiben würde, aber ich wählte diesen Weg für mein Vorhaben. Es war wahrscheinlich alles viel zu aufwendig. Selbst wenn ich in Zivilklamotten rausspaziert wäre, hätte das vermutlich niemanden interessiert. Aber mir pochten dennoch die Schläfen und ich wollte wirklich sicher rauskommen.
Anders als in meiner Vorstellung, kam ich nicht auf einen Gang, auf dem lauter Rollbahren mit Leichen standen. Der Gang endete vor einem Aufzug und einer Tür mit Treppensymbol. Ich wählte die Treppe und stand, nach erklimmen dieser, vor dem Eingang der Pathologie. Links davon, der erlösende Ausgang.
Dort verließ ich das Krankenhausgebäude erstmals wirklich und rannte durch das umliegende Wäldchen runter auf die Hauptstraße, entledigte mich noch im Gestrüpp meiner weißen Kleidungsstücke und kam erst wieder zum Stehen an der nächsten Bushaltestelle. Von da an, war ich ein ganz normaler Bürger der Stadt.
Nach zwei Linien, zweihundert Meter Fußweg und fünfundsechzig Treppenstufen nach oben stand ich vor unserer Wohnung und klingelte.

Etwa zur gleichen Zeit hat jemand auf Station das Postfach geleert und darin ein Schreiben meiner Mutter, adressiert an mich, gefunden. Von diesem Augenblick an, wurde ich gesucht. Erst um mir den Brief zu übergeben, dann um mich wirklich zu finden. Erst wurde das Haus auf

den Kopf gestellt, dann die Polizei eingeschaltet. Dieses Prozedere ist allen auf Schädelhirn hinlänglich bekannt. Es kommt fast monatlich vor, dass jemand versucht auszubrechen. In den seltensten Fällen, kommt diese Person bis zum Aufzug, noch seltener aus dem Krankenhaus raus. Aber es kam schon vor. Deshalb wird von jedem neuen *Insassen* am Tag der Ankunft, ein Foto gemacht und dann zu den Akten gelegt.
Von dem Augenblick meines Verlassens der Station, bis zum ersten Blickkontakt des Polizeibeamten mit mir, vergingen ziemlich genau sieben Stunden und vierundzwanzig Minuten. Nur neunundfünfzig davon, habe ich bis zu unserer Wohnungstür gebraucht.

Im Krankenhaus bin ich mit nichts los, außer Pulli und Jeans. Die Hosentaschen waren gefüllt mit fünf Mark, wovon drei für das Busticket drauf gingen, meinem Wohnungsschlüssel, einem Stift und ein gefaltetes Papiertaschentuch. Warum der Stift? Etwas zum schreiben oder zeichnen, gehört immer in die Hosentasche.
Ich klingelte noch mal. Doch wieder öffnete niemand. Durch die farbigen Glasscheiben in der Jugendstilholztür drang auch kein Licht vom Inneren der Wohnung nach draußen. Also ging ich davon aus, dass Mom und Roland vielleicht essen waren, möglicherweise bei seinen Eltern. So zückte ich den Schlüssel und steckte ihn ins Schloss. Das heißt, ich wollte ihn ins Schloss stecken. Erster Zahn, zweiter Zahn ... der Rest vom Bart ging nicht hinein. Ich probierte es wieder und wieder.
Schließlich ließ ich mich mit dem Rücken an der Tür, niedersinken. Ein Bein ausgestreckt, dass andere angewinkelt, mit dem Fuß auf der obersten Treppenstufe. Ich wartete, Stunde um Stunde um Stunde. Der Schlüssel steckte noch in der Tür, verkeilt von meinen Versuchen. Schließlich erlosch das Licht im Treppenhaus zum scheinbar tausendsten Mal. Diesmal ließ ich es aus.
Es war finster und zum ersten Mal spürte ich die Januarkälte richtig, die sich im Gemäuer eingenistet hatte. Zweifel und Angst kamen, übermannten mich. Ich war unfähig mich zu bewegen. Mein Gesicht war erstarrt und ausdruckslos, das weiß ich, weil der Polizeibeamte mich einige Male rüttelte und mit der Hand vor meinen Augen herumfuchtelte, bis ich ihn fixierte. Doch ich war nicht versunken, Amadeo war nicht da. Ich war lediglich schreckenstarr. Kurz nach Mitternacht, als die Raketen den Himmel längst durchschnitten und es neunzehnhundertneunundneunzig war, schrieb ich ein paar Zeilen auf mein Taschentuch um dann erneut zu

erstarren. Um Null Uhr fünfundzwanzig war ich gefunden worden. Im Polizeiauto döste ich und als ich am nächsten Morgen erwachte, lag ich mit einer Dreipunktfixierung im Bett. Ich wütete, tobte und schrie. Mir wurde ein Sedativ gespritzt und ich schlief wieder.
Beim nächsten Erwachen, blieb ich ruhig. Später wurde mir die Fixierung abgenommen und der Brief übergeben, in welchen Constance sich für die ausbleibenden Besuche entschuldigte und erwähnte, sie sei schon seit dem siebenundzwanzigsten Dezember im Frauenhaus. Sie habe am gleichen Tag, als Roland bei seinen Eltern war, seine Sachen vor die Tür geräumt und sei geflohen. Vom Frauenhaus aus, rief sie einen Fachmann an, der ein neues Türschloss einbauen sollte und unter allen Umständen niemand anderen den Schlüssel geben dürfe als ihr. Sie werde in den nächsten Tagen, wenn sie sich wieder auf die Straße traut kommen und mir alles genau erzählen.

Sie kam zwar und erzählte alles noch einmal, wohnt aber derzeit immer noch nicht wieder zu Hause. Selbstverständlich weiß sie von dem Fluchtversuch, doch sie verlor kein Wort darüber. So wie ich bisher auch nicht. Ich habe nicht vor, es nochmals zu versuchen, demnach, kann ich ja meinen *tollen* Plan offenbaren und meine Superärzte haben etwas zum lesen. – Ein Trauerspiel über einen missglückten Ausbruch, tiefer Verzweiflung vor verschlossenen Pforten und einem Brief, der zu spät kam.
Mein Name ist Seduco Timid, heute ist der fünfzehnte Januar.

Seduco Timid, ein Zettel der nachträglich ins Tagebuch geklebt worden ist - 24. Januar 1999, weiterhin im Krankenhaus Hohe Genesung

In einem Traum, sah ich mich in einer Art Gericht. Ich saß allein auf einem Stuhl, mir gegenüber, an einem langen Tisch, saßen Professor G. Fiorn, Frau Doktor Helga Aliqua und John Nitzl mein Neuropsychologe. Es war wie ein Verhör, dessen erhabenes Ziel für mich die Entlassung darstellte. In dem Traum richtet der Professor das Wort an mich, allerdings spiegelt sich in seiner Stimme wieder, dass er nicht gerade viel Hoffnung in diese Sitzung legt: »Wollen Sie heute mit uns über Amadeo reden? Möglicherweise hat ja die Zeit Ihren Willen gebrochen.«

»Warum sollte ich das tun? Sie halten mich hier fest, halten mir zum Vorwurf, dass ich meine Fantasie gebrauche. Ich sehe das weder als Verbrechen, noch als Schwäche«, erwidere ich etwas zögerlich, aber dennoch von meinen Worten offenbar überzeugt.
»Nun, wir sind uns da nicht so ganz sicher, was das angeht. Um ehrlich zu sein, befürchten wir eine Art Schizophrenie bei Ihnen.«
»*Sie sind sich nicht ganz sicher?* Oh, noch bin ich dem Lichte zugewandt, doch ein Schatten bemächtigt sich meiner. Dunkle Gedanken, geschmiedet in der Finsternis. Ich spüre es in jeder Phase meines Seins, die Zeit des seelischen Umbruchs ist nahe,...«
Wohl überrascht, dass ich überhaupt etwas sage und vom Gesagten schockiert, versucht Dr. Nitzl mir Einhalt zu gebieten: »Seduco, bitte.« Doch ich fahre unbeirrt fort: »...und keine Hexenkunst vermag es, mich vor meiner Selbst zu erretten! Schizophren nennen es diese Fachkundigen, von dunklen Dämonen besessen die Abergläubischen, das zweite Gesicht' raunt der Volksmund...«
Zunehmend verliere ich mich in meinem Theaterstück. Ich hoffe mit diesem Auftritt nicht das Gegenteil zu bewirken. Meine Gedanken flattern, ebenso meine Stimme. Ich bin aufgeregt, wie man es eben ist, wenn man vor einer Prüfung steht, die das Leben bedeuten kann. Die blonde Frau, mit dem strengen Haarknoten und der rahmenlosen Brille schalltet sich fragend ein, will wissen was ich damit glaube erreichen zu können. Aber mein Traum-Ich lässt sich nicht aus dem Konzept bringen, will auf etwas ganz bestimmtes hinaus.
»... Doch noch lebt Hoffnung in mir, sehr verehrte Doktor Aliqua, aber die Frage bleibt, welches ist des Rätsels Lösung? Wie kann ich mich der realitätslosen Seite meines Selbst entziehen? Mein Geist brennt und die Sphinx stellt Rätsel in der Dunkelheit.«
»Danke, Herr Timid. Aber von Ihrer poetischen Seite haben wir uns bereits zu überzeugen gewusst!«
»Professor, ich will Ihnen nicht meine poetische Ader unter Beweis stellen, ich verhöhne sie!« erwiderte ich bösartig. Im Nachhinein, bin ich von mir selbst entsetzt.
»Wie bitte?«
»Es kann ja wohl nicht ihr Ernst sein, oder? Schizophren? Sie sagen, ich sei poetisch veranlagt, was in Dreiteufelsnamen bringt Sie dann von der weit logischeren Überzeugung ab, dass ich an einem Buch arbeite oder dass es schlichtweg nur Fantasie ist.«

»So, drehen wir es heute also so herum? Seduco ich muss Sie doch nicht daran erinnern, wer hier am längeren Hebel sitzt, oder?« entgegnet der Professor gelangweilt.
»Das bin immer noch ich!« wirft Constance, meine Mutter plötzlich ein, sie erschien aus dem dunklen Nichts, das uns umgab. Diese wurde daraufhin nach draußen geleitet, sie darf die Unterredung nur noch am Monitor im Nebenzimmer verfolgen. Unter großem Protest ihrerseits, wird sie hinausmanövriert, mit der Androhung, dass diese Konferenz sofort beendet wird, wenn sie sich nicht raushielte. Als der Tumult zur Ruhe gekommen war, erinnerte dieser Seduco, der unmöglich ich war, höflich daran, dass man seine Frage nicht beantwortet hatte, von wegen, wer ihnen denn eigentlich sagte, dass er verrückt und nicht nur ein Kind mit zu viel Fantasie sei. Doktor Nitzl eröffnete ihm, beziehungsweise mir daraufhin, dass dies mein Vater täte.
»Welcher Vater?«
»Roland Smiet.«
»Roland ist nicht mein Vater, er ist ein Parasit im Körper unserer Familie.«
»Und was ist mit Amadeo?«
»Das ist der Name eines Stofftieres, es wurde zu unserem Codewort, wenn Roland dabei war und wir uns gegen ihn verschworen. Uns gegen ihn wappneten.«
»Und das ist die Wahrheit? Es gibt also gar kein Geistwesen namens Amadeo, kein unsichtbarer Gefährte der Sie zwingt Dinge zu tun, die sie nicht wollen?«
»Nein.«
»Was ist mit dem Feuer, hier in meinen Akten steht, Sie hätten behauptet Amadeo hat es entzündet?«
»Das war ein Unfall. Wir hatten vor, uns einen schönen Abend zu machen, mit einem leckeren Essen und Kerzenschein. Dann bezogen wir von Roland wieder Prügel und die Dinge gerieten außer Kontrolle. Die perfekte Hintergrundgeschichte für einen weiteren Angriff von Roland. Was glauben Sie, was er macht, wenn ich nicht da bin?«
»Warum haben Sie uns das nicht gleich erzählt?«
»Weil ich nicht wollte. Ich gebe zu, zum einen fühlte ich mich hier sicher vor ihm und wollte diese Atempause ausschöpfen. Doch nun plagt mich das schlechte Gewissen. Zum anderen, fand ich, dass Sie unsere Familiengeschichte nicht das Geringste angeht.«

»Gut, dann danke ich Ihnen dafür, dass Sie uns endlich haben teilhaben lassen.«
»Eine Bitte habe ich noch. Wenn Sie Ihre Ergebnisse meiner Familie mitteilen, erzählen sie nichts davon, dass ich Ihnen die Wahrheit erzählt habe. Meiner Mom könnten Sie es sagen, aber glauben Sie mir, wenn ich Ihnen sage, dass Briefe bei uns nicht gerade vertraulich behandelt werden.«
Danach verschwand der dunkle Raum, der Seduco stand auf und verwandelte sich schrittweise in Amadeo. Wir standen auf dem höchsten Punkt eines Triumphbogens, welcher zugleich eine Brücke zwischen zwei Portalen bildete. Denn dieses gewaltige Monument befand sich seinerseits in einem ebenso gigantischen kugelrunden Raum, der mich an Boullèes Entwurf zum Newtonkenotaph erinnern ließ. Der fast nachtdunkle Innenraum war mit Sternenbildern übersäht und die Seiten des Kugelinneren, wenn man in diesem Raum überhaupt von Seiten reden kann, wurden flankiert von kolossalen Atlanten. Hätte man nicht die Steinstruktur und Rippen der Decke gesehen, hätte man auch glauben können es wäre irgendwo draußen, denn die Wolken unter dem Nachthimmel bewegten sich sanft und das Licht des falschen Mondes wirkte so natürlich wie ein klarer Wintermond. Eben durch dieses Licht, war der ganze, gigantische Raum in ein lebendiges Silberblau getaucht, was Amadeos weiße Haut nur umso mehr zum Leuchten brachte.
Dieser stand, mit einem verführerischen, schiefen und siegessicheren Lächeln, welches einem den Atem nahm, mitten auf dieser Triumphbogenbrücke und wartete, gespannt auf eine Reaktion von mir.
»Was?« fragte ich ruhig.
»Das ist doch die Lösung, oder? Ich habe es mir selbst ausgedacht. Wenn du das so deinen Ärzten sagst, kommst du da raus.«
»Amadeo, wie erkläre ich dir das?« ich überlegte und sah ihm dabei in die unergründlichen Augen. Er wiederum regte sich nicht, blinzelte nicht einmal, ließ einfach sein Lächeln auf mich wirken.
»Ich glaube nicht, dass sie mich dort aus Bosheit solange einsperren und ich glaube auch nicht, dass so eine Art Gerichtsverhandlung stattfinden wird. Es wird nicht mal ein Kolloquium geben, das kannst du mir glauben. Mom hat bei John um einen Brief gebeten, in dem er ihr mein so genanntes Krankheitsbild erklärt. Er meinte, es dauert noch einige Tage, bis er dazu kommt ihn ihr vollständig abzuschicken. Doch darin steht, dass hat er mir gesagt – wie du wissen solltest – das er einer Entlassung eher positiv entgegensieht. Ich habe zu ihm gesagt, dass mich

das mit neuer Hoffnung erfüllt und ich daher Reisen wie diese nicht mehr brauche. Amadeo, bitte hilf mir dabei. Es kann nicht mehr lange dauern, vielleicht noch ein paar Wochen, einen Monat. Wenn sich bis dahin nichts ändert, können wir wieder in alte Gewohnheiten verfallen. Okay?« ich hoffte, er würde es verstehen. Auch, dass ich Doc John vertraute. Er hatte allerdings einen Einwand, der nicht zu verachten war: »Aber wir müssen versuchen hier so schnell wie möglich raus zu kommen, es dauert schon viel zu lange, deine Mom braucht dich.«

»Ich weiß, doch sie braucht mich gesund. Ich bin nicht krank, davon bin ich zumindest die meiste Zeit überzeugt, aber es ist niemandem geholfen, wenn mich weiterhin alle Welt dafür hält.«

Dies sah er wohl ein, denn sein Lächeln verschwand und er starrte betrübt ins Leere.

»Es wird eine harte Prüfung für uns beide, Amadeo. Mir ist schon jetzt, mehr als sonst, wenn ich mich zu Gedanken dieser Art hinreißen lasse, bewusst vor Augen getreten, dass ich im Grunde doch sehr allein bin.«

»Warum? Ich bin doch da.«

»Ja Amadeo, das bist du. Und das ist schön. Es sind auch nur kurze Momente in denen ich so empfinde, allerdings fällt es auf, dass ich keinen Besuch von Freunden bekomme.«

»Deshalb diese bitteren, schwefligen Wolken über unseren Spielwiesen deiner Kindheit und in den Gängen deiner Schulen.« erwog er überlegend.

»Was?«

»Ja, ich habe es gesehen. Sie sind ein Hinweis. Auf deinen Neid.«

»Das ist wohl wahr, es schmerzt. Daher schafft es auch der Neid einen Weg zu mir zu bahnen, dies muss ich wohl gestehen. Immer wieder, wenn ich die Freunde anderer sehe.«

Wir hatten uns auf den Boden gesetzt oder dem Dach, je nachdem. Jetzt allerdings, lagen wir Kopf an Kopf und beobachteten die Sterne und Wolken. Eine zeitlang sagte niemand von uns etwas. Ich genoss diese ruhige und besonnene Konversation mit ihm, so etwas gab es bisher nur selten. Oft sehe ich ihn gar nicht, er führt mich unsichtbar oder verkleidet durch seine Welt. Dann brach er das Schweigen:

»Wirst du *ihm* von diesem Treffen erzählen?«

»Wem?«

»Deinem Psychologen, du erzählst ihm viele Geheimnisse.«

»Bist du eifersüchtig?« der Gedanke brachte mich unweigerlich zum Schmunzeln, und ich war froh als ich sah, dass es ihm nicht anders ging.
»Vielleicht.«
»Nein. Werde ich nicht. Ich sagte ihm, ich werde nicht mehr fliehen. Zudem, haben wir noch nie direkt über dich geredet.«
»Aber du wirst es aufschreiben.« Es war keine Frage, sondern eine Feststellung.
»Ja.«
»Dann wird er es erfahren.«
»Nein, wird er nicht. Es gibt schon einige Dinge die ich aufschrieb, allerdings vor neugierigen Augen verborgen. Ich notiere es auf Zettel. Später kann ich sie immer noch einkleben.«
»Das ist gut. So habe ich das Gefühl, dass du mich doch noch beschützt.«
»Hast du daran gezweifelt?«
»Ja. Du hast viel erzählt.«
»Es tat gut.«
»Mmmh. Mich hat es geschwächt.«
Stirnrunzelnd setzte ich mich auf und sah ihn an.
»Vergiss es einfach. Es ist Zeit aufzuwachen.« Sagte er schlicht als Erwiderung meines Blickes und ich erwachte. Mein Name ist Seduco Timid, seiner ist Amadeo. Heute ist der vierundzwanzigste Januar neunzehnhundertneunundneunzig und in mir keimt Hoffnung, während draußen noch jeder Keimling im Eismantel erfriert. *Salut.*

Seduco Timid, Zettel der ins Tagebuch eingeklebt worden war, 04. Februar 1999

Diese weißen Räume in ihrer arroganten Makellosigkeit bringen mich um den Verstand, treiben mich in den Wahnsinn. Strahlend hell, und Bote der Weisheit. Die unschuldige, weise Frau, Orakel von Delphi. Weise Frau, in Weiß gekleidet, eingesponnen in fast allen Mythen und Legenden. Heilerin und Zauberin, begleitet vom weißen Pferd mit weißem Horn. Isis war es in Ägypten und aus ihrem Busen entspringt der weiße Quell, der das Harsiesis-Kind Horus zu Kräften verhilft.

Wie in der Mythologie, so hat die Farbe auch auf mich diese Wirkung. Doch neben Licht, Heilung und Heiligkeit, strahlt es für mich keine mütterliche Geborgenheit aus. Besonders seit den Tagen, in denen ich hier bin, ist das reine Weiß hart und unbeugsam. Machtvoll doch nicht machtbesessen. Und dennoch zwingt es den Betrachter automatisch auf die Knie. Und wenn es nur darum ist, um ihrer Schönheit willen zu weinen. Denn Schönheit geht nur häufig mit dem Tod einher. Engelstrompeten und weißer Oleander zeigen uns dies auf kalte Weise. Ebenso, kalt und todbringend sind diese Räume, in dieser *Anstalt*.
In ihrer Härte steht die Dame in Weiß dem Herren in Schwarz in nichts nach. Manchmal habe ich mir schon überlegt, ob ich nicht einfach mein Essen vom Teller nehme und es gegen die Wände schmiere, damit wenigstens ein wenig Farbe und Leben in diese Zelle Einzug hält. Gestern habe ich es nicht mehr ausgehalten, wurde rückfällig, floh wieder in Amadeos Arme, in seine Welt, meine Fantasie.
Die Tür schwang auf, und ich trat ein, in das Strahlen. Meine Augen konnten das Licht nicht durchdringen, so als stünde ich nicht im hellen Schein, sondern in tiefster Dunkelheit. Doch dem war nicht so. Dennoch möchte man meinen, dass jede Dunkelheit in diesem Augenblick sanfter wäre und heilendes Balsam für die Augen. Die Tür, durch welche ich so eben eingetreten war, schlug zu und in dem selben Augenblick, war sie verschwunden.
Eine leichte Brise umfing meine Nasenspitze und brachte mir in einem warmen Hauch den Duft von Lilien. Und ich sog ihn auf, als wäre es das erste Mal im Leben, dass meine Nase zu riechen im Stande ist. Das Licht, aus dem diese Welt zu bestehen schien, wurde durchsichtiger und Formen in der grellen Leere ließen sich erahnen. Bis der leuchtende Nebelvorhang beiseite gezogen wurde und den Blick auf eine ebene Fläche, eine Halle von gewaltigem Ausmaß freigab. Eine Stille lag in der Luft, welche nichts Bedrückendes an sich hatte, aber etwas Heiliges.
Keine Wand konnte ich ausmachen, weder hinter mir, noch vor mir oder gar an den Seiten. Die Größe dieses Gebäudes musste unendlich sein, und der Raum sich von einem Horizont zum anderen erstrecken. Und alles war weiß! Die Fließen und Mosaike des Bodens, die verschlungenen Ornamente, die Brunnen, welche sich hie und da aus dem Boden wanden, und die mächtigen Säulen, alles war weiß. Vor mir lagen drei Stufen, die in eine Senke im Boden führten. Ich ging die Stufen hinab und sah mich um. Die Senke war ein großes Quadrat, mehrere hundert Meter

im Durchmesser. In diesem Quadrat befand sich ein ebenfalls großer, ornamentierter Kreis. Im Zentrum des Kreises war durch Mosaik ein siebenstrahliger Stern gezeichnet. Und wiederum im Zentrum dessen war erneut ein Kreis. Ein kreisrundes Podest, welches aus dem Boden ragte. In diesem Quadrat befanden sich weder Säulen noch Brunnen oder Skulpturen. Aber außen herum! Der gesamte Saal war damit gefüllt! Eine gigantische Säulenhalle! Ganze Säulenwäldchen, die jeweils einem bestimmten Muster oder säulenarchitektonischen Stil unterlagen. Im Gesamten wirkte dieser Saal allerdings, wie die harmonische Verbindung, von gotischen und orientalischen Komponenten. Dies ließ mich an Spanien denken. Wo Byzanz noch lebte, als die Gotik schon geboren und Romanik nie beachtet ward. Durch das Fehlen jeglicher Farbigkeit, wurde die Schwere dieser beiden Stile schlichtweg aufgehoben. Doch eine Decke schienen die Säulen nicht tragen zu müssen, da auch kein Kapitell in der Schwindel erregenden Höhe auszumachen war. Doch dann erkannte ich sie doch und sah auch, dass es sich in der Ferne mit den begrenzenden Wänden des Saales gleich zu verhalten schien. Sie waren wie aus Glas. Das Weiß der Säulen wurde immer milchiger, und schließlich farblos klar. Als ob das verwendete Material, sei es nun Marmor, Kalk oder gar Elfenbein, sich in Glas verwandeln würde, und auf dem Weg dorthin an Farbigkeit verlor. So das schließlich ein gläserner Säulenabschluss das klare Gewölbe trug, dessen Zentrale Kuppel sich über dem Kreis am Boden befand. Auch, wenn das alles in einer Kolossalität vorhanden war, dass sämtliche Tempel der ältesten Zeiten vor Neid erblasst wären und winzig im Vergleich aussehen würden.
Durch die gläserne Decke erstrahlte aber nicht etwa die Sonne, welche das helle Weiß so aufleuchten ließ, sondern ein nächtlicher Himmel. Eine Sternenwelt, und es sah so aus, als ob das Gewölbe des Himmels mit dem des Saales verwachsen wäre und die Dunkelheit des Firmamentes mit dem Licht der Säulen in perfekter Symbiose verschmolzen waren. Wie zwei Körper in Liebe verschlungen und ewig ruhend sahen sie auf mich herab.
Umfang und Höhe einer der Säulen wagte ich nicht einmal zu schätzen. Doch waren die Säulenschafte nicht glatt poliert, sondern wiesen winzige Unebenheiten auf, wie ein winziges Wabengeflecht, welche sich spiralförmig um die Himmelsstütze wanden. Aber das alles interessierte mich, in diesem Augenblick, genauso wenig wie es mich beeindruckte oder imponierte. Auch, wenn ich mir eingestehen musste, dass die Größe

des Ganzen doch überwältigend war. Was mich nur beschäftigte war, dass dies alles, tot war! Toter Stein bildete das Ausmaß dieses Säulenwaldes. Und doch spürte ich in jeder Vene, in jeder Faser meines Körpers das Leben vibrieren, ausgehend von diesem Ort. Ich war nur hier. Und zwar mit einer ungeheuren Wut im Bauch und mit kaltem Herzen in der Brust. Ich war sauer auf mich selbst, dass ich es zugelassen hatte, dass ich mich wieder versinken ließ.

»Willkommen Seduco!«

Ich drehte mich um, wieder dem Zentrum des Kreises entgegen. Auf dem Podest stand ein junger Mann, Alexander Ville. Ich war mehr als überrascht, erschrocken fast.

»Alexander? ... Was machst du denn ... Egal, wo befinden wir uns?«

»In der Allegorie der Menschheit!«

»Wie meinst du das?«

»Jede dieser Säulen, steht für eine Seele, welche sich jetzt oder vormals in einem menschlichen Körper befand.«

»Dann müssen dies gut sechs Milliarden Säulen sein, nur allein für die Menschen, die jetzt auf der Erde leben!«

»Oh, es sind viel mehr!«

»Gibt es eine Säule für jeden Menschen der je existierte?«

»Ja aber auch nein. Und auf gewisse Weise keines von beidem, nicht so wie du es meinst. Es gibt für jede menschliche Seele, die je in allen Welten und Zeiten existierte eine Säule. Aber nicht jeder junge Körper erhält eine junge Seele, aber jede Seele, ob nun schon alt oder jung, erhält einen jungen Körper. Komm ich zeig es dir.« Alex ging auf die erstbeste Säule zu und winkte mich zu sich.

»Sieh her, hier unten an der Basis der Säule befindet sich ein großer, güldener Stern, siehst du ihn.«

»Er ist ziemlich groß, natürlich sehe ich ihn! Was hat er zu bedeuten?«

»Er symbolisiert die Geburtsstunde der Seele und siehst du, gleich daneben befindet sich ein silberner Stern, dieser ist der Beginn des Lebens der Seele, in einem neugeborenen menschlichen Körper.«

»Aber dort oben sind noch mindestens fünf oder sechs andere silberne Sterne!«

»Richtig, dass sind die Reinkarnationen bestimmter Aspekte der dort unten neugeborenen Seele. Und wenn du jetzt denkst, dass das viel ist, so irrst du. Manche Seelen leben ein Dutzend Leben oder noch viele mehr.«

»Was sind das für Unebenheiten, die von dem silbernen Stern ausgehen und immer bis zum nächsten reichen?«
»Das sind keine Unebenheiten, sieh genauer hin!«
Ich ging näher darauf zu und erkannte Menschen und Häuser und Bäume und vieles mehr. Ein Reliefband wie auf altrömischen Triumphsäulen, das sich von einem Stern bis zum nächsten zog.
»Auf dem Relief was du siehst, sind alle Menschen und Orte und Dinge in der Reihenfolge verzeichnet, wie die Seele sie traf und sah, begegnete und erlebte. Jeder Ort der besucht wurde, jeder Mensch mit dem geredet wurde und jede Tätigkeit die verrichtet wurde, alles ist darauf verzeichnet. Und endet und beginnt bei dem silbernen Stern, dem neuen Leben.« erklärte er und strahlte dabei in Ruhe.
»Was ist ganz oben? Was ist dort verzeichnet, warum ist das Kapitell aus Glas?«
»Weil, das dort oben noch nicht geschrieben wurde, dort oben ist die Zukunft, was noch nicht geschehen ist wird nicht aufgezeichnet, selbst wenn es absehbar ist was passiert.«
»Wer meißelt diese Reliefs, wer zeichnet das alles auf?«
»Das Leben! Die Säule wächst wie ein Baum, so wie das Leben blüht und welkt.«
»Warum zeigst du mir das alles, warum bin ich hier?«
»Weil du nicht richtig in deinem Leben stehst, nicht wirklich da bist. Komm ich zeig es dir.« Wir liefen eine lange Zeit schweigend. Bis Alexander vor einer Säule stehen blieb, die, soweit ich das sagen konnte, größer und breiter war als alle anderen. Diese Säule besaß sogar eine eigene Kuppel über dem gläsernen Kapitell. Unzählige silberne Sterne glänzten auf dem Säulenschaft. Nach etwa einem Viertel des bereits reliefvierten Schaftes, war ein breites goldenes Band eingelassen worden. Auf dem *Finis* und *Novum* stand. Das Hervorstechendste an der Säule war wohl, dass sie zwei Schafte besaß. Auf dem zweiten allerdings, war nur ein einziger silberner Stern, und die Figur auf dem Reliefband war die Seele selbst und die Abbildung zeigte sie schlafend. Und diese schlafende Haltung war tausendfach aneinandergereiht worden. Nur irgendwann einmal, erhob sich die Figur, es folgte ein kurzes Stück Begegnungen und Aktion und dann schlief sie wieder, bis sie sich wieder nach langer Zeit erhob.
»Wessen Säulen sind das?«
»Nein es ist eine, ein und dieselbe Person. Sie zeigt nur ein einziges

Leben und jeder Stern ist ein neuer Umbruch. Es ist die einzige Säule in diesem Wald, die auch in die Zukunft weist.«
»Wessen Säule ist es?« wollte ich wissen, wenn ich auch die Antwort schon erahnte. »Es ist eure Säule Seduco. Deine ist die Rechte, Amadeos die Linke!«
»Amadeos? Aber er schläft ja nur! Ich versteh das nicht!«
»Er schläft, wenn du wahrlich lebst. Wenn du wachst, ist dies sein Verderben. Wenn du versäumst, ist es seine Existenz. Verlierst du dich bis in den Tod, wird auch er vergehen.«
»Wer bist du?«
»Erkenntnis.«
Wach! Ich war wieder in der *Zelle*, meinem Krankenhauszimmer. Ich hatte gar nicht vorgehabt diesem Traum zu entfliehen, aber irgendetwas riss mich raus. Der Essenswagen draußen quietscht. Nun ja, wenigstens ist es nicht ganz unnütz, dass ich wach wurde. Zudem ärgerte ich mich, dass ich meinen guten Vorsatz nicht durchgehalten hatte. Aber seltsam war das schon. Die Art der Welt hat sich nicht besonders von den anderen unterschieden, doch habe ich das blöde Gefühl, dass Amadeo von diesem Raum nichts wusste. Warum Alex? Ich habe ihn seit Monaten nicht gesehen. Kaum mit ihm geredet. Dennoch tauchen er und Jasmin im Wechsel in meinen Träumen auf, seit sie mich hier traf. Sollte ich John davon erzählen? Immer neue Rätsel. Mein Name ist Seduco Timid, heute ist der vierte Februar neunzehnhundertneunundneunzig.

Seduco Timid, Tagebuch – 05. Februar 1999

Man merkt nichts. Es ist weder besonders ruhig, wie es das Sprichwort verheißt, noch von der Musik des Ungewöhnlichen angekündigt, wenn plötzlich der Blitz zuckt, der Sturm losbricht.
Stattdessen erhebt sich unerwartet und mit großem Getöse, die dich begrabene Welle der krampfenden Grausamkeiten: Zuerst ein donnernder Schmerz, eine Explosion der Bilder in lauten Farben, welche dich in die Knie zwingen. Dir die, sich ergebenden Beine wegziehen. Dann, du kauerst am Boden, die banale Tätigkeit, die vorher getan, schon vergessen, fällt das Atmen schwerer. Du keuchst und erfasst, was dies ist ...

Erinnerungsschübe. Oder die konservierten Eindrücke, die der Körper so fleißig gesammelt durch das Sehen, Hören und Empfinden der äußeren Dimension. Nun plötzlich aufgebart, für des Geistes Rückkehr aus der inneren Fülle. Wie vorher nie, werden jetzt die zwischengespeicherten, körperlichen Erfahrungen ins Bewusstsein gemeißelt; in feurigen, kreischenden Buchstaben des Appells, der da heißt:
Bleib der Wirklichkeit verhaftet!
Mit jeder der dargebrachten, vergifteten Gaben, erhalte ich eine neue Formulierung der Auflehnung. Ein Erflehen des Fleisches an den Geist, nicht wieder zu gehen.

Neuropsychologe Dr. John Nitzl, KH Station für Schädel-Hirn-Verletzte Brief an Constance Timid, 05. Februar 1999, wurde ins Tagebuch gelegt

Sehr geehrte Frau Timid,

Sie baten mich darum, mir die Zeit zu nehmen um Ihnen ein Bild zu vermitteln, wie es aus meiner Sicht derzeit um Ihren Sohn Seduco Timid steht.
Seduco ist auf Ihren und den Wunsch Ihres Lebensgefährten seit mehr als zwei Monaten hier. Ebenfalls auf den Wunsch von Ihnen, untersuche ich Seduco psychologisch hinsichtlich seines imaginären Freundes »Amadeo«.
Vorweg möchte ich erneut schicken, dass ich als Neuropsychologe vermutlich nicht die geeignete Person bin, Seduco zu untersuchen. Daher nehme ich die Sitzungen auf Band auf und beratschlage mich mit einem befreundeten Psychoanalytiker und einer Psychotherapeutin über die Settings. Wie ich bereits mehrfach zu Herrn Smiet gesagt habe, bin ich sogar der Meinung, dass dies nicht nur die falsche Station, sondern mindestens auch das falsche Krankenhaus für einen Fall wie den Seducos ist.

Nun zunächst gingen wir, ich muss sagen nicht zuletzt auf Grund der Erzählungen Ihres Lebensgefährten, Herrn Roland Smiet, von einer manischen Psychose oder einer indifferenten Form der Schizophrenie

aus, bei welcher Seduco in einer vollkommen anderen, von der Realität abgeschirmten Welt leben würde bzw. in einer schwächeren Variante, immer aufs Neue dort hineinrutschen würde. Gut ist, dass er keine Anzeichen von Paramnesie zeigt. All seine Erinnerungen scheinen nicht verfälscht und den wirklichen Begebenheiten nach wie vor zu entsprechen.
Unsere schlimmsten Ausgangspunkte waren anfangs: Hirnblutungen (z.B. ein Subdurales Hämatom) oder eine Schädigung der Schläfenlappen. Letztere Vermutung bestärkte sich, nach einer unserer Sitzungen, bei der ich mich mit Seduco unterhalten hatte und er gleichzeitig auf Reaktionen akustischer Art von Amadeo reagierte. Das war vor einigen Wochen. Doch EEG und CT entkräfteten diese Diagnose und zeigten, dass kein neurologischer Schaden vorliegt, dass es sich hier ausschließlich um psychische Belange handelt.
In Verlauf meiner Arbeit zusammen mit Seduco und auf Grund seiner umfangreichen schriftstellerischen Tätigkeit im Rahmen seiner Eigenbeobachtungen – welche ich nur gutheißen kann – ergab sich für mich folgendes Bild:

Die Persona Amadeo:

Seduco hat mir noch nichts darüber verraten, seit wann Amadeo ihn begleitet, und darüber steht auch nichts in seinen Aufzeichnungen, die wir dem Wunsch ihres Lebensgefährten gemäß eigenmächtig einsehen sollten. Aber es scheint wohl schon seit einigen Jahren diese »Verbindung« zu bestehen. Seduco führt allerdings erst seit Oktober vergangenen Jahres Aufzeichnungen darüber. Nach eigenen Aussagen, bereitet es ihm große Freude.

Amadeo kann als ersehntes Phantasiegebilde, als Einbildung und Sehnsucht und für Seduco als real erscheinende Person gesehen werden.
Der Name Amadeo setzt sich aus den lateinischen Worten *amãns* (liebend, liebevoll, Liebhaber), *amãrus* (bitter, verletzend) und *deus* (Gottheit) zusammen. Sie müssen wissen, das Gehirn speichert alle Sinneseindrücke, von der genauen Struktur der Raufasertapete, bis hin zum ersten wahrgenommenen Geruch. Allerdings treten diese Daten nicht mehr in das bewusste Gedächtnis. Durch eine Art Filter

werden sie aussortiert. Menschen bei denen das nicht so ist, sind ihr Leben lang Pflegefälle. Offenbar hat zwar Seduco, wie jeder gesunde Mensch, keinen Zugang zu diesen Informationen, Amadeo allerdings schon.

Ich vermute nicht, dass Seduco sich darüber im Klaren ist. So gehe ich davon aus, dass er den Namen Amadeo irgendwo gehört oder gelesen hat. Oder wenigstens die lateinischen Worte. Doch sein Unterbewusstsein entschied diesen Namen für sich zu erwählen bzw. in dieser Weise zusammenzusetzen.

Interessanterweise ist Amadeo genau das, worauf der philologische Hintergrund hindeutet. Umso verletzter Seduco ist, desto mehr wendet sich Amadeo ihm zu und Seduco verliert sich in seiner Welt häufiger. Einer Welt, in der Amadeo womöglich fast göttliche Kräfte hat.

In dieser Fantasiewelt ist für ihn alles möglich. Ab und an könnte man auch das Gefühl gewinnen, dass Amadeo die Emotionen Seducos auslebt, die dieser eigentlich empfinden müsste. Doch dies ist bisher nur Spekulation, da Seduco sehr zurückhaltend mit Gefühlen ist, mit Ausnahme einiger weniger Ausbrüche. Allerdings bestreite ich nicht, dass dies auch am Aufenthalt im Krankenhaus als solchen liegen kann.

Amadeo taucht in drei verschiedenen Charakteren auf. Zum einen, ist er wie ein Kind, ein irrer Geist der nie Zweifel über seine Gefühle zulässt, dann wiederum ist er ein kleiner Junge, der für Seduco ein Freund ist und ihm Welten voller Spiel und Vergnügen erschafft. Letzterer ist relativ neu – so Seduco – dort tritt er oft in Verkleidung einer ältlichen Person als Mentor auf.

Gesagt sollte allerdings auch werden, dass Seduco nach dem Entwenden der Tagebücher, mit niemanden hier auf Station, bewusst über Amadeo redete. Da ich erst danach die Möglichkeit hatte ihn zu befragen, ergaben sich meine Hypothesen durch das wenige was wir in den Tagebüchern fanden, durch Gespräche über allgemeine Vorkommnisse und über das Aufnehmen von Schlafgesprächen Ihres Sohnes, von deren Existenz er nichts weiß.

Die Fantasiewelt:

Soweit ich das bisher sagen kann, gibt es ebenfalls drei unterschiedliche Varianten von Seducos Fantasiereisen.
Die erste ist eine exakte Kopie der gegenwärtigen Umgebung Seducos, in der Amadeos Anwesenheit die einzige Ausnahme bildet. In welcher dieser dann befähigt ist, kleine Wunder zu vollbringen, wie etwa Seduco auf bestimmte Kleinigkeiten - nichtige Details - aufmerksam zu machen oder das Licht zu verändern. In dieser schwächsten Form seiner geistigen Abwesenheit, nimmt Ihr Sohn noch mit circa neunzig Prozent seine Umwelt wahr, beteiligt sich auch an Gesprächen real existierender Personen und reagiert auf fast alle Vorgänge.

Die zweite Variante in die er sich begibt, ist auch noch halbwegs der Wirklichkeit angepasst, allerdings, fällt es ihm dabei schon sehr viel schwerer auf seine gegenwärtige Umgebung zu reagieren. Denn er reist. Er reist in andere Länder, die er entweder schon bereist hat, in seiner realen Vergangenheit oder aus Bildbänden, Filmen, etc. her kennt. Alles was er von den realen Ländern nicht weiß, ergänzt sein Geist durch Fantasie oder Dinge, die er aus den Geschichten dieser Länder kennt. Hier hilft ihm sein breites Interesse an Legenden, Geschichten, Mythen, Sprachen, Kulturen, ... Auffällig ist auch, dass die bereisten Länder idealisiert werden, dass er nahezu ausschließlich die goldenen Zeiten der Kulturen besucht. Mitunter sind seine Reisen so real und auch für seinen gegenwärtigen Zeitpunkt vorstellbar, dass er Stunden, manchmal Tage braucht, um zu realisieren, dass die Dinge so nicht geschehen sind. Auf Grund dieser Tatsache untersuchten wir ihn auf die eingangs erwähnte Paramnesie.

Die letzte Ebene seines Versteckspiels, ist eine für uns gänzlich Unerreichbare. Sie ist derart surreal, dass Veränderungen sich dort sehr schnell abspielen, Szenen und Schauplätze schon wechseln, während er sie noch beschreibt. Dort verliert er oft selbst die Kontrolle und hält es auch nicht sehr lange aus. Die Realität existiert nur noch durch kaum wahrnehmbare Hinweise, wie Schlüssel eines Rätsels. Seduco selbst schrieb, dass dies die heimatlichen Sphären

Amadeos sind. Dort hat er die Kontrolle, dort kann er sich in jede beliebige Person verwandeln.

Abschließend ist zu sagen, dass diese Dreier-Variation in der Psychologie nichts Unbekanntes oder Ungewöhnliches ist. Siegmund Freud hat das Schema des »Ich«, »Es«, »Über-Ich« aufgestellt.
Möchte man sich daran orientieren, ist der *Mentor-Amadeo* gleichzusetzen mit dem »Über-Ich«- Modell. Und damit die erzieherische Komponente, das *ratio*, Gewissen und Moral der Gesellschaft.
Der *Freund-Amadeo* bildet das »Ich« Seducos, die Verbindung und Vermittlung zwischen »Es« und »Über-Ich«.
»Es« letztendlich ist der Amadeo, der vermutlich hauptsächlich in der surrealsten Ebene Seducos Phantasie existiert, dort wo er das irre Geistwesen, das Kind ist. Im freudschen Schema als »Will-Triebe« ohne Rücksicht, als Instinkte und Unbewusstheit bezeichnet. Es fällt auf, das er dort seltener an Seducos Seite erscheint, als in den anderen Ebenen des Traumhaften.

Bei Freud hat das »Ich« die Aufgabe alles unter einen Hut zu bringen, da dies fast nicht möglich ist, ergibt sich daraus für Seduco die extreme Bandbreite an Erfahrungen in seinem Innersten, wovon andere Menschen sonst nichts mitbekommen. Es scheint, als wäre ein wesentlicher Teil des Unterbewusstseins für Seduco nicht so unerreichbar wie für den Rest der Menschheit. Ich muss gestehen, dass ich mir nicht sicher bin, ob das so schlecht ist.
Das Seduco und Amadeo quasi Hand in Hand gehen, ist auch ein psychologischer Hinweis darauf, dass eben keine Schizophrenie vorliegt.
Schizophrenie ist das Scheitern des Verstandes zwei Einheiten aufeinander abzustimmen, doch dies trifft hier nicht zu, zumindest noch nicht. Und um weiter ehrlich zu sein, Frau Timid, muss ich sagen, dass ich von einem weiteren Krankenhausaufenthalt abrate. Nicht von weiterer psychologischer Betreuung, aber der Aufenthalt im Krankenhaus hat seine Entrücktheit nur verstärkt. Seduco entflieht allem was ihm Schmerzen zufügt, gerade die seelischer Art, in seine Fantasiewelt. Der Aufenthalt hier fördert diesen Vorgang und ich warne davor, ihn ganz zu verlieren. Es ist anzunehmen, dass er sich hier sehr abgeschoben fühlt. Auch hat er sich vorher nicht als krank betrachtet und

wusste das Amadeo und seine Welt, eine Phantastische ist. Doch dieser Zustand könnte sich ändern, sieht er sich weiterhin gezwungen, sich dieser Welt mehr zu zuwenden als der Realen. Denn dies ist inzwischen der Fall. Im Vergleich haben seine Wachphasen seit seiner Ankunft hier, systematisch abgenommen und zwar fast täglich. Während er in den ersten Tagen versuchte, sich in den Krankenhausalltag zu integrieren, machte er dies zwischenzeitlich überhaupt nicht mehr. Warum er es nun wieder begonnen hat, sogar verstärkt, kann ich nicht sagen. Er hatte sich wohl mit unserem Zivildienstleistenden angefreundet, doch dieser hatte vor fast drei Wochen, seinen letzten Dienst. Sein Vertrauen war absolut zerbrochen, als wir seine Aufzeichnungen lasen, selbst die auf lose Blätter verzeichneten, von denen er glaubte, wir würden sie nicht finden. Dies wirkt beim Abbau des Wunsches nach realer Existenz und des Vertrauens nur fördernd. Dennoch geht in den letzten Tagen eine Veränderung mit ihm vor. Kann sein, dass er sich wieder fängt. Aber wenn ich ehrlich bin, ist dies nur eine Tarnung. Zudem ist es selbst für einen gesunden Menschen, mit stabiler Psyche absolut unerträglich über einen so langen Zeitraum grundlos in einem Krankenhaus zu sein, das entspricht in etwa auch dem Gefühl von Seduco. Daher noch einmal, was ich auch Herrn Smiet schon sagte, ich halte es für das Beste, wenn Sie Seduco wieder nach Hause holen und sich mit ehrlichem Interesse für ihn und Amadeo präsentieren. Sollte Ihnen dann eine Veränderung auffallen, rate ich Ihnen Kontakt mit mir aufzunehmen. Zur Verdeutlichung schicke ich Ihnen einen von Seducos Zetteln, die er unter der Matratze aufbewahrte. Er stammt schon vom Dezember vergangen Jahres.

Mit freundlichen Grüßen

Neuropsychologie
Dr. J. Nitzl

Anlage:
Seducos Schreiben vom 28. Dezember ´98

Seduco Timid, Zettel der ins Tagebuch eingeklebt worden war, 28. Dezember 1998

Warum tun sie mir das an? Woche für Woche vergeht und ich übersteh es nur, indem ich mich in Amadeos Welt flüchte. Die Ärzte dieser Nervenheilanstalt sagen, ich leide an Wahnvorstellungen, einer indifferenten Form der Schizophrenie. Sie haben durch irgendwelche Mittel meine Zunge gelöst, ich weiß nicht mehr was ich ihnen erzählt habe, aber sie wissen viel über Amadeo. Wissen wie er aussieht, wissen dass er mich in seine Welt mitnehmen kann, wenn ich träume oder er mich in Trance versetzt.

Ich habe noch nie jemanden so etwas erzählt. Das macht mir Angst. Die weißen Räume und dieses sterile Gebäude mit so wenigen Fenstern erdrücken mich. Ich ertrage das nicht mehr, die ständige Wiederkehr immer gleicher Fragen, kein Schritt der nicht beobachtet, kein Wort das nicht analysiert wird. Doch schweigt man, so ist dies der nötige Stempel unter den Einweisungspapieren. Amadeo sei nicht real sagen sie, aber es ist die Wirklichkeit, die zunehmend verblasst. Er erscheint immer stofflicher und in meinen Träumen tauchen immer wieder Jasmin und Alexander auf, nur der Grund entzieht sich meiner.

Tag für Tag versuch ich mich aus diesem Sumpf herauszuziehen, will wissen, was mit mir los ist. Umgeben von diesen armen, kranken Menschen und blinden Ärzten, befürchte ich manchmal, im Dunkel meines Séparées, selbst schon krank zu sein. Oder bin es schon, die ganze Zeit? War es schon immer?

Ständig kommt jemand und sagt, dass Amadeo nicht real ist, dass ich nicht mit ihm aufgewachsen bin. Das bin ich auch nicht, er kam erst viel später, erst vor einigen Jahren zu mir. Aber er ist dennoch hier, real bei mir, nur unsichtbar für alle anderen. Ich würde ja sagen, dass er es nicht ist, nur um hier raus zu kommen. Doch dann sehe ich Amadeo, da hinter dem Arzt auftauchen, mit Tränen in den Augen, kopfschüttelnd und jammernd und flehend, dass ich es zum einen nicht übers Herz bekomme ihn zu ignorieren, zum anderen wird er oft so laut, dass ich den Doktor nicht mehr verstehe. Dann muss ich ihn ermahnen ruhig zu sein und damit beendet Professor Fiorn oder die Aliqua die Sitzung seufzend.

Ein knarrender Rollstuhl mit einer widerwärtig entstellten Seele rollt an meiner Zimmertür vorbei, darf nicht nach Hause. Die meiste Zeit versuch ich zu schlafen, flehe Amadeo an, mich für ein paar Stunden mit in seine Welt zu nehmen. Sehe dann schöne Räume, Paläste und bizarre Landschaften. Kann mit Figuren aus Büchern und Filmen reden und auf Drachen fliegen. Ich reite oft auf einem Pferd aus Perlmutt durch eine Wüste aus blauem Sand und dann hinunter zu einem See aus lebendigem Silber. Steige dort in ein gläsernes Boot und fahre bis zum Rand des Wasserfalls.

Aber das Boot stürzt nicht hinunter, sondern hält an einem durchsichten Steg. Denn über dem Abgrund erhebt sich, für das Auge nicht sichtbar, ein gewaltiger Tempel. Man muss viele Stufen hochsteigen und durch einen Lichthof gehen, um ins Innere des Gebäudes zu gelangen. Amadeo sagt, dass es dann, wenn ich dort hinaufsteige, immer aussieht als würde ich über dem Wasserfall schweben. Aber wenn man die Räumlichkeiten des Tempels erreicht hat, steht man in einem römischen Palast. Und manchmal schreite ich auf den Balkon, sehe hinunter in eine Arena, in der silberne Tiger spielen. So rette ich mich vor diesem schrecklichen Sanatorium.

Das Schlimme ist nur, dass die Welt von Amadeo genauso real ist, wie die Wirkliche. Früher war es nicht so, war er auch nicht so stark. Ich glaube, meine Angst vor dem Krankenhaus gibt ihm diese Kraft. Was passiert, wenn die Welt in welche ich zu fliehen gewillt bin, irgendwann so real wird, dass ich sie nicht mehr von der Wirklichkeit unterscheiden kann? Dann bekommen diese Weißkittel am Ende doch noch recht. Aber ich will versuchen auszuharren, nicht mehr in Amadeos Welt zu gehen, ihn auszuschimpfen, wenn er mich überreden will, ihm zu folgen. Auch nehme ich mir fest vor, mich zu betragen. Amadeo ignorierend nur noch auf die Worte des Arztes zu hören, mich nur noch auf das, was wirklich und greifbar ist, zu konzentrieren. Durchhalten lautet die Devise. Die Tage sind lang hier, so ganz ohne Beschäftigung, doch werde ich sie zu füllen wissen.

Ein Plan soll entstehen, irgendwie müssen wir es hier raus schaffen, auf legale Weise. Schwierig ist die Aufgabe dieser langen Stunden, und Verzweiflung so einfach, so greifbar in dieser Krankenhauswelt die soviel surrealer ist, als jedwede Fantasie. Doch ich will es schaffen, will mein Leben wieder finden und ich will in vollen Zügen darin versinken. Möchte den Menschen in meiner neuen Klasse begegnen, jenen von denen ich mir Freundschaft wünsche, jene die vielleicht Freunde werden können, nahe sein. Ist dies nicht ein guter Gedanke? Lohnt es sich nicht diesen festzuhalten, von ihm die Stärke herbei zu beschwören, die ich benötige um nicht länger von Amadeo zu leben? Constance braucht mich sagte sie, da draußen wartet keine Ruhe auf mich, sondern ein Krieg. Warum holt sie mich nicht hier raus?

Seduco Timid, Tagebuch – 11. Februar 1999

Der Frühling kommt dieses Jahr sehr früh, besonders zu mir. Es ist gerade mal Februar.

Die Fähigkeit allen Trübsinn, alles Schmerzhafte, alles Unschöne durch den unerschöpflichen Quell der Kreativität rein zu waschen und in den schwarzen Lettern einer eleganten Handschrift zu kultivieren, war nicht nur die Wunderwaffe, die mich am Leben erhielt, sondern auch jene unsichtbare Barriere, die mich von dem Rest der Welt trennte. Und so mag es sein, dass es meine schriftstellerische Tätigkeit war, welche die Augenbraue des Professors stets neu erheben ließ, wenn er mich kritisch, mit einem Blick, der Krankheit und nicht Genesung sucht, betrachtete. Denn man muss wissen, ich schrieb viel. Gerade in den ersten Wochen nach der Verlegung auf die Station zweiundzwanzig, schrieb ich sogar unglaublich viel.

So viel, das die medizinische Maschinerie – der Verstand unseres Professors – sich eine krankenhausgerechte Antwort auf jene, nie ausgesprochene Frage zurecht legte. Denn der Verstand der Menschheit, scheint zwar geboren aus einer Flamme, doch nicht selten driften die Funken so weit auseinander, dass sie gegenseitig nicht mehr verstehen, dass sie eigentlich eins waren. So war es dem alternden Hospitalsoberhaupt, welches seit 1968 die Leitung hatte, ein Rätsel, wie ein Junge wie ich dies schaffte. Mag sein, dass ich ihn auch heute noch falsch einschätze, aber dieses Bild bot sich wohl. Demnach, kam auch der Tag, an welchem er das Wort aussprach, was ihm lange im Geist herumschwirrte: *Graphospasmus*.

Der Schreibkrampf. Eine Krankheit, die jene, die Opfer dieser sind, zum Niederschreiben all ihrer wirren Gedanken zwingt und das Stunden um Stunden, unermüdlich.

Glücklich über die gefundene Erklärung, machte er sich daran mich zu heilen. Wofür er sich erst mal ein Bild über die Arbeiten verschaffen wollte und sich meine Traktate einverleibte.

Nun, ich beschrieb Augenblicke der Angst, dann wenn ich mich von Amadeo wirklich abwenden wollte, wenn ich selbst schon an meine vermeidliche Krankheit dachte, an sie glaubte oder wenn ich mir die Hilflosigkeit meiner Mutter ausmalte. Bisweilen lasse ich mich Seiten über Seiten über die Ungerechtigkeit dessen und meiner Vereinsamung aus. Auch beschrieb ich, wie peinlich es war, als ich nicht alleine aufs Klo gehen durfte, obwohl körperlich dazu wirklich im Stande. Schlicht aus dem Grund, weil das Pflegepersonal, andere Patienten als mich gewöhnt, Angst davor hatte, dass ich womöglich während meines Geschäfts in traumhafte Sphären verschwinden würde und stundenlang auf der sanitären Einrichtung verbrächte.

Wenn ich nichts über mich oder das Krankenhaus zu schreiben wusste, verfasste ich Poesien, romantisierte das Wetter, besonders wenn es schlecht war und dachte mir Erinnerungen an freudreichere Tage aus.

Es gibt des Weiteren zahllose Beschreibungen von anderen Patienten, wie ich helfe das Essen zu verteilen, wie ich mich für die Krankheitsbilder der anderen Patienten interessierte, wie ich versuchte dem Pflegepersonal – das stets über Personalmangel klagte – unter die Arme zu greifen und dies nach einiger Zeit auch durfte. Die Traktate beschreiben Frühstücksszenen im Schwesternzimmer, zu denen ich eingeladen wurde, beschreiben ihr scheinbar aufrichtiges Interesse an meiner Person und meine ehrlichen und doch zurückhaltenden Antworten. Auch erstellte ich Berichte über das, was ich bei meinen Therapien lernte, über das Therapieren oder was die Therapeuten mir erklärten, wenn ich ihnen über die Schultern sah. Mehr als alle anderen scheint Marc, der neue Stationszivi, Nachfolger von Tobi, mich eingesponnen zu haben, häufig nutzte er mich auch aus, doch war ich mir darüber mehr als im Klaren und freute mich insgeheim über die Arbeit, die Abwechslung und Ablenkung bot. Irgendwann gebe ich in einem meiner Texte sogar zu, dass das Krankenhaus bei weitem nicht mehr so schlimm ist. Man gewöhnt sich eben an alles. Schließlich kam es, dass ich nichts mehr schrieb. Ich hatte entweder jedes Detail ausgeschöpft, oder war aber der Ansicht, dass ich ohnehin hier nicht mehr raus kam und die Schreiberei daran nichts änderte.

So kam also die Zeit, in welcher ich nur noch vor mich hinstarrte, in Situationen in denen ich alleine sein wollte und früher für gewöhnlich Amadeo besuchte. Aber ich reiste dann nicht, hielt mich an mein Versprechen. Mit Ausnahme eines Ausrutschers. Nur meinen Gedanken gab ich mich hin, ebenso wie der Gedankenlosigkeit, die mich seltsam tröstete, ja glücklich machte.

Dies allerdings brachte den Professor nun gänzlich durcheinander, hatte er diesen Seduco ohne zutun schon von seinem Graphospasmus befreit? Oder war er gar nicht krank, war er jetzt vielleicht erst krank, seitdem er nicht mehr schrieb? Bei einer Konferenz der behandelnden Ärzte ging man meinen Fall noch mal durch, also hatte Amadeo doch recht, es gab eine Art Kolloquium.
Man stellte fest, dass ich nicht mehr über Amadeo geredet oder geschrieben hatte, man sah meine Integration in den Krankenhausalltag, sah meine ruhige Gelassenheit, sah meine Intelligenz und zufrieden stellende Mitarbeit bei Untersuchungen, die nicht mehr von Trotz geprägt waren. Ob ich nur aufgegeben hatte, mich verstellte oder schlichtweg gesund war, konnte zwar niemand beantworten, klar war jedoch allen, dass ich schon längst hätte entlassen werden müssen. Es war nicht nur unverantwortlich, sondern auch untragbar dass ich länger da blieb. Dieser Ansicht war nicht zuletzt auch Doc John und Fraudoktor Helga Aliqua. John erzählte sogar, dass der Professor wörtlich sagte, ich sei ohnehin ein untragbarer Kostenfaktor. Und so kam der sonnige und lang ersehnte Tag der Entlassung, heute am Donnerstag dem elften Februar neunzehnhundertneunundneunzig. Und wie ich mich fühle, wie überglücklich und froh, dass mein kleiner Plan aufgegangen war, brauche ich wohl nicht in Worte fassen. Gleichwohl muss wohl nicht erwähnt werden, dass eine sonnendurchflutete, farbenfrohe und melodiöse Welt in meinem Inneren wohnt, die sogar einen Amadeo aufatmen lässt. Mein Name ist Seduco Timid.

Seduco Timid, Tagebuch – 20. Februar 1999

So ich bin also wieder frei. Habe Lüge als Wahrheit verkauft und mich durch die Verleumdung Amadeos daraus befreit, obwohl er mir die ganze Zeit über geholfen hat, es zu überstehen. Constance und ich sind uns darüber einig, dass die Vorgehensweise der Ärzte in so manchem Fall seltsam war und beide schlossen wir eine Verbindung zu Roland nicht aus. Ja, sie hätte mich locker hier rausholen können, nein, sie hatte es die ganze Zeit über, bis zuletzt, nicht geschafft.
Auf eine Frage zum Abschied, habe ich ihnen erzählt, dass Amadeo nur ein Begriff war, zur Verständigung zwischen meiner Mom und mir. Dass ich

diesen etwas zu stark integrierte und im Krankenhaus noch verwendete, da ich mich ebenso bedroht fühlte wie zu Hause. In gewisser Weise, habe ich ihnen nur die Fakten serviert. Doch das stimmte natürlich so nicht ganz. Amadeo fühlte sich geehrt, dass ich doch seine Idee aufgriff, selbst wenn ich zu dem Zeitpunkt schon entlassen war.

Nun, da es mir solange verwehrt geblieben ist, möchte ich doch Einiges über ihn hier in meinem Tagebuch festhalten.

In meinem mir bewussten Gedächtnis, erschien Amadeo erstmals vor acht Jahren, nachdem mein Vater uns verlassen hatte. Es brannte sich ein, in mein Gehirn und ich erinnere mich, als wäre es gestern gewesen. Doch weiß ich auch, dass ich mich nach dem eigentlichen Ereignis, eine zeitlang gar nicht mehr darauf entsann. Es wohl für einen Traum hielt.

In jener Zeit schlief ich des nächtens öfter mit im Bett meiner Mom, das war, bevor wir umzogen und Roland endgültig bei uns einzog. Sie hielt mich dann oft lange im Arm, bis wir beide eingeschlafen waren. Vielleicht glaubte sie mich damit über den Verlust von Dad hinwegzutrösten, doch eigentlich glaube ich, dass auch ich ihr half sich selbst zu vergeben und die ganze tragische Geschichte zu vergessen, zu verdrängen. Und in eben einer dieser Nächte geschah es, dass ich Amadeo zum ersten Mal sah. Eine kurze Beschreibung des damaligen Zimmers in der alten Wohnung ist vielleicht angebracht. Wenn man zur Tür herein trat, befand sich rechterhand ein großer, für meine kindlichen Begriffe, riesiger Kleiderschrank mit drei Schiebetüren, welche jeweils verspiegelt waren. Auf der linken Seite stand das elterliche Ehebett, direkt unter dem Dachschrägenfenster. Sonst befand sich nur ein Hometrainer und verschiedene Pflanzen in dem Zimmer. Es war alles noch recht spartanisch. Irgendwann in jener Nacht, wachte ich auf. Auf meine rechte Seite gedreht, auf der linken Matratze des Bettes, blickte ich beim Aufwachen in den Spiegel, wie stets. Meine großen, grünen Augen musterten mich aus dem Spiegel heraus. Ich sah mir den siebenjährigen Knaben, der da in die Decke gekuschelt, mit einem Bein aus dem Bett hängend, lag und nicht schlafen konnte, ein wenig genauer an. Das aschblonde, in dem nächtlichen Licht grau wirkende Haar, war zerzaust, stand zu allen Seiten ab und umrahmte das unscheinbare, ovale Gesicht mit der schon etwas zu großen Nase. Ich weiß, dass ich für die Menschen, die mich mögen, die mich lieben, mit meinen auch heute noch weichen Zügen sehr hübsch war, ja eigentlich richtig schön. Aber für Menschen die ich nicht kannte, die nicht um mich und meine Art wissen, für die war ich stets uninteressant, manchmal sogar richtig unsichtbar. Was es sehr schwer macht, Menschen kennen zulernen. Aber meine kleinen Grübchen, die beim Lachen immer zum Vorschein kommen, gefallen den meisten Leuten, mir nicht und ich lachte als Kind auch wenig, wenn ich nicht musste. Das Interesse am Spiegelbild verlierend und unfähig wieder einzuschlafen, drehte ich den Kopf vom Spiegel weg und starrte an die Decke. Ich horchte auf den langsamen, gleichmäßigen Atem meiner Mutter und ersehnte den Schlaf, hoffte dass ihre Ruhe auf mich übergehen würde und meine Augen zu zuziehen vermochte. Doch es half nichts, wie unter Koffein gesetzt, starrte ich auf die billige Deckenlampe über mir. Dann drehte ich mich um, legte die Füße aufs Kopfkissen und den Kopf ans Fußende, damit ich die Sterne am Himmel sehen konnte. Kein Glück schien mir hold, das Fenster zwar klar, war es der Himmel jedoch nicht, wolkenverhangen und dunkel bis auf die reflektierenden Lichter der Stadt, zeigte mir die Nacht ihr Gesicht. Aber dann, plötzlich, spürte ich, dass mich jemand von der Seite direkt ansah. Meine Mom war es nicht, sie schlief tief und fest. Ein Kinderlachen zerriss die Stille, ich drehte mich wieder dem Spiegel zu, doch sah ich ihn nicht. An meinem Bett stand, etwas durchscheinend, ein kleiner Junge, etwa sechs oder sieben Jahre, so alt wie ich selbst. Mit offnem Mund, unfähig auch nur einen Ton herauszuwürgen, betrachtete ich das grinsende Gegenüber. Er war vielleicht etwas größer als ich, hatte große, glänzende, schwarze Augen. Ja die Pupillen waren so groß, dass man nur an den äußersten Rändern seiner Augen, etwas weiß erkennen konnte. Aber Iris und Pupille waren nicht voneinander zu unterscheiden und ich weiß bis heute nicht, ob er diese überhaupt hat. Er hatte eine kleine Stupsnase, etwas abstehende und seltsam kantig geformte Ohren. Unter der Nase war ein großer Mund, den er zu einem entzückenden, breiten Lächeln verzog. Aber seine Lippen waren nicht auszumachen, sie waren von derselben, seltsamen Farblosigkeit wie seine restliche Haut, auf der man so manche kleine Narbe erkennen konnte. Sein damals recht rundes Gesicht wurde von dem wild wuchernden Haaren eingerahmt, die aussahen, als hätte er in die Steckdose gegriffen. Stünden sie nicht zu allen Seiten weg, und in die Höhe, war es sicher sehr lang. Reichte gekämmt womöglich den Rücken hinunter. Ich musste glucksen, als ich sah, dass zwischen den schwarzen Büscheln, öligglänzende Federn in luftige Höhen griffen. Seine Haare hatten, wie seine unergründlichen Augen, die Farbe von flüssigem Pech, das wie Perlmut im Licht seltsam schillerte. Dieses Gewächs, das seinen Kopf überwucherte, verlieh diesem eine

abnorme Größe auf dem zierlichen, schlanken Körper. Seine Kleidung war nicht ganz auszumachen, sie schien aus allen möglichen schwarzen und dunkelblauen Stoffarten und –fetzen ohne große Nähkenntnis oder Befähigung zusammengeschneidert worden zu sein.
Langsam, ihn nicht aus den Augen lassend, setzte ich mich im Bett auf. Er empfand das offensichtlich als Aufforderung, denn schon im nächsten Augenblick, saß auch er im Schneidersitz auf meiner Bettdecke. Mit einem, zu einem nachdenklichen Ausdruck verzerrten Gesicht, hob er seinen rechten Zeigefinger und stupste mich an, so als ob gerade er testen müsse, ob ich auch echt sei. Er war mit der Zeit immer stofflicher geworden, hatte etwas von seiner durchscheinenden, geisterhaften Art verloren.
»Wer bist du?« fragte ich ihn flüsternd. Eine Zunge von der Farbigkeit abgestorbenen Fleisches, streckte er mir entgegen, ließ sie dann hinter seinen strahlendweißen Zähnen verschwinden, lachte und nannte mir mit glockenheller Stimme seinen Namen: Amadeo. Gerade als ich ihn fragen wollte, was er denn sei und woher er kam, legte er seine langen Zeige- und Mittelfinger der schlanken Hand, auf seinen Mund und hob sie sogleich nach oben an seine Augen. Damit fuhr er die unteren Wimpern seines linken Auges ganz zart nach, eine dunkle Träne bildete sich und perlte herab in seine geöffnete Linke, welche er sogleich schloss. Als er seine Hand wieder öffnete, hatte sich die Träne in eine Perle aus Eis verwandelt. Amadeo nahm sie mit Daumen und Zeigefinger auf und setzte sie genau zwischen uns in die Luft, wo diese auch, von unsichtbaren Fäden gehalten, gleich hängen blieb. Erwartungsvoll sah er mich an und ich blickte staunend von der Perle auf und erwiderte seinen Blick. Im nächsten Moment, scheinbar durch seinen Willen gelenkt, zerstob die Träne in tausend kleine Tropfen, die alle zu leuchten anfingen und langsam durch den so erhellten Raum schwebten.
»Du wolltest doch die Sterne sehen, Seduco, ich habe sie dir mitgebracht. Weißt du, manchmal genügt ein kleiner Funke um die Welt zum leuchten zu bringen.«
Überwältigt und ungläubig verfolgte ich die Bewegung dieser »Sterne« und freute mich aus voller Seele. Als ich wieder herunter sah, war er vom Bett verschwunden. Ich beobachtete, wie er in den Spiegel stieg, sich umdrehte und mir zuwinkte und sich dann in das Spiegelbild unseres Bettes legte und zudeckte. Erst jetzt war mir aufgefallen, dass dieses Bett im Spiegel leer gewesen war, auch die Sterne waren dort nicht zu sehen.

Und diese waren nun auch aus diesem, unserem realen Schafzimmer entschwunden. Im Spiegelbild saß nur noch ein kleiner blonder Junge auf dem Bett und sah mich an, ich selbst. Als ich am nächsten Morgen erwachte, hielt ich das für einen Traum, immerhin war es nicht möglich, durch Spiegel zu gehen und Tränen zum leuchten zu bringen. Ich war damals auch nicht wach, das weiß ich heute, denn nie wieder danach vollbrachte Amadeo solche Wunder. Auch war er selten so stofflich, meist spürte ich nur seine Anwesenheit. Es ging wohl so vonstatten, dass Amadeo sich in meine Traumwelt einnistete und mir so diese Dinge zeigte. Möglicherweise hatte er mich auch durch einen Trick in Trance versetzt. Ich hatte ihn schon ganz vergessen, als er die nächsten Male auftauchte, beziehungsweise ich ihn in meiner Nähe spürte, einfach wusste, dass er da war. Dies geschah immer dann, wenn ich Beinschmerzen hatte, die ich durch mein Wachstum, wie jedes andere Kind auch, durchmachte. Da dies meistens bei Vollmond der Fall war, glaubte ich Amadeo sei ein Geist, der an den Vollmond gebunden ist. Doch das ist er nicht. Was er wirklich ist, weiß ich nicht. Zwar habe ich eine Vermutung, aber die ist zu beängstigend, als dass ich sie ausspreche und harmoniert mit dem, was Doc John in seinem Brief geschrieben hatte.
Jedenfalls ist er mit mir gewachsen, je mehr ich reifte und mich körperlich veränderte, tat er das auch. So schien es zumindest. Doch wenn er kaum Kraft hat, sich aber dennoch zeigen will oder es ihm besser gefällt, ist er immer das Kind von damals. Irgendwie ist er an mich gebunden. Als er etwa ab neunzehnhundertsechsundneunzig nahezu dauerhaft in meiner Nähe blieb, wurde er mir zu einem Freund. Auch wenn ich feststellen musste, dass er eigentlich nur irgendein launisches, irres Geistwesen ist, dass von den Schranken und der Notwendigkeit eines materiellen Körpers nichts weiß. Für ihn gibt es nur Gefühl, darin geht er auf, alles andere ist ihm egal. Erschreckend traf es mich allerdings, als ich feststellte, dass nur ich ihn sah und fühlte, nur ich seine Stimme hörte und über seine Kaspereien lachen konnte. Aber so lustig er ist, so fürchte ich mich auch häufig vor ihm. Denn etwas Dunkles wohnt ihm inne, etwas, das vielleicht mit meinen dunklen Ahnungen, meinen dunklen Gedanken einhergeht. Amadeo hat etwas mit meinen Gefühlen zu tun, soviel glaube ich zu wissen. Nur was, hat sich noch nicht offenbart und der Gedanke an diese Offenbarung ängstigt mich. Die Zeit wird es zeigen...
Zunächst allerdings, bin ich endlich wirklich frei. Seit zwei Tagen. Am Elften wurde meine Entlassung bewilligt, am Achtzehnten war alles zum

Gehen fertig. Und ich, ich bin gerannt. Mein Name ist Seduco Timid, heute ist der zwanzigste Februar.

Seduco Timid, Tagebuch – 28. Februar 1999
Lago di Caldaro Südtirol / Italien

Es war ein Sommertag wie jeder. Der Tag ähnelte so erschreckend jedem anderen, dass es einen schon langweilte. Es war ein Schultag wie jeder. Man hörte zu, man hörte nicht zu. Machte sich mal Notizen und mal ließ man es bleiben. Man unterhielt sich kurz mit seinem Banknachbarn, und dann ignorierte man ihn wieder. Man beschmierte den Tisch, radierte es weg und zählte im Aufgabenheft die Tage, bis die Ferien beginnen mögen. Es war erst die dritte Stunde, und die dauerte schon Tage.
Heimweg, zu Fuß. Die Busse waren einfach zu voll und außerdem hatte ich wieder keine Fahrkarte und da ich nun schon seit drei Jahren schwarz fuhr, wollte ich mit meinem Glück nicht spielen. Dreiundvierzig Minuten und zwei Umwege später stand ich vor der Wohnungstür. Und irgendetwas stimmte mit diesem ganz normalen Tag plötzlich nicht mehr. Gewitter, ein Blitz in meinem Kopf, ein flaues Gefühl im Magen und ein Schauer über dem Rücken. Eine Ahnung, dass es gar nicht Sommer war, dass ich seit Monaten nicht mehr in der Schule war. Das Geräusch des Schlüssels in der Tür. Die Tür geht nach außen auf, wie gewohnt. Schuhe hallen auf dem blauen Laminat, wie gewohnt. Biege links in mein Zimmer ein, nehme den Rucksack ab, ziehe Schuhe aus, für Jacke war es zu warm, lege im Flur den Schlüssel neben den unbenutzten Radiowecker auf den Konsoltisch, wie gewohnt. Es ist vierzehn Uhr dreiundfünfzig wie erwartet. Gehe in die Wohnküche und lege die Post auf die Bar, wie ich es immer handhabe. Mom ist da, nicht erwartet, ungewohnt. Habe sie aus dem linken Augenwinkel gesehen. Lag auf dem Podest, am Boden, den Rücken ans Sofa gelehnt, wie sie es manchmal macht. Schauer.
»Mom du bist ja da! Gehst du heute gar nicht arbeiten. Es ist Post von Yves R ... Mom? Mom! ... Mom! … Mami?«
Sie lag da, atmete nicht.
Starrer Blick gerade aus. Blaulicht, Krankenhaus, ein freundlicher Arzt, graue Flure, eine Uhr.
Genau, Notruf. Ich stand auf und ging zum Telefon. Ich rannte nicht, stürzte nicht auf. Stand unter Schock. Eins, eins, zwei.

»Notruf, Feuer- und Rettungsleitstelle. Wie kann ich Ihnen helfen?« eine Frau am anderen Ende. Sie hat sich nicht vorgestellt.
»Meine Mutter, sie ... sie liegt am Boden, bewusstlos.«
»Hat sie Puls?«
»Das, Moment, das muss ich erst testen.«
»Gut, bleiben Sie ruhig, Nehmen Sie die Fingerbeeren ihres Zeige-, Mittel- und Ringfingers und tasten Sie am liegenden Arm an der D...«
»Ich weiß wie man Puls fühlt, danke«, sagte ich monoton. Vor einer Sekunde war es mir noch entfallen. Ich klemmte mir das Telefon zwischen Hals und Kiefer und begann den Puls am Hals zu testen.
»Gut, dann nennen Sie mir bitte Namen und Adresse, damit ich Ihnen einen Krankenwagen schicken kann.« Ich nannte ihr beides. Constance hatte keinen Puls.
»Sie hat keinen Puls«, ich hatte einen Kloß im Hals.
»Wissen Sie wie man reanimiert?«
»Das hab ich vergessen!« Panik überkam mich und Tränen rannten aus meinen Augen.
»Machen Sie alles mit, ich erkläre es Ihnen, der Krankenwagen ist sofort da. Öffnen Sie den Mund. Inspizieren Sie den Rachenraum und entfernen eventuell sichtbare Fremdkörper. Überprüfen Sie, ob die Zunge im vorderen Rachenraum liegt, nicht das sie sie verschluckt. Führen Sie eine Kreislaufkontrolle durch in dem Sie an beiden Seiten nacheinander, jeweils fünf Sekunden den Puls überprüfen.«
»Das habe ich vorhin schon getan, ich habe nicht am Arm gem..., weiter«
»Legen Sie Ihre Mutter gerade auf den Boden.«
Ich packte sie an den Beinen und zerrte sie Richtung Fernseher. Sie rutschte runter. Dann schob ich das Sofa zurück und legte vorsichtig ihren Kopf auf den Boden.
»Beatmen Sie sie zweimal Mund zu Nase.« Ich tat es.
»Dann knien Sie neben –tut, tut, tut, tut.«
»Hallo? Hallo!« Die Verbindung war unterbrochen. Ich starrte in das Gesicht meiner Mutter. Plötzlich kehrte wieder Farbe in ihre grauen Wangen zurück, sie drehte ihren Kopf in meine Richtung, öffnete die Augen und sagte: »Etwas stimmt nicht.«
Dann zerfiel sie in Rauchpartikel und die Wohnung und Welt um uns explodierte in Flammen und ich kniete mitten darin. Die Explosionswolke erstarrte und ich erhielt meine Erinnerung zurück, dass Februar war und

dass dies hier nicht real ist. Erstarrte Flammen sind kalt. Ich spazierte durch sie hindurch, erklomm manche und lief durch die zerstörte Wohnung. Einmal blieb ich stehen, weil ein Kristalllüster meine Aufmerksamkeit auf sich zog. Er hatte ein schwarzes Gestell und zwischen den schönen Tränen aus Swarowskikristallen, hingen schwarzglänzende Tropfen aus Glas, in denen sich die Flammen spiegelten. Vor ein paar Tagen hatte ich diese Lampe in einem Geschäft in der Stadt gesehen und fand sie sehr schön. Jetzt hing sie, eingeschaltet, von einer Flammenzunge herab, die sich irgendwo dort befand, wo einst unser Gästezimmer nachgestellt worden war.
In einer der Tränen spiegelte sich Amadeos Gesicht und ich dachte: *Zeit zum aufwachen.*
Als ich zu mir kam, stand ich noch immer in der Küche. Schwankte leicht, hatte Schlafshorts an und hielt in der einen Hand den Zettel, den meine Mutter mir geschrieben hatte, in der anderen die Müslipackung. Mir war leicht schwindlig. Seit ich aus dem Krankenhaus raus war, hatte ich Amadeo nicht mehr gesehen und auch nichts von dieser Welt zu spüren bekommen. Aber nun hatte ich etwas von meinem kurzen Trip mitgebracht: Das Gefühl, dass irgendwas nicht stimmte. Eine Vorahnung, wie man sie manchmal hat. Wie, wenn man weiß, wenn der Lehrer über die Klassenzimmerschwelle tritt, dass es heute einen selbst mit der Abfrage erwischt. So las ich mir ihren Zettel ein weiteres Mal durch.

Guten Morgen Schatz, gut geschlafen?
Ich wünsche Dir einen schönen Tag, mach was draus.
Wir sehen uns heute Abend, komme wie immer.
Hab Dich lieb, Mom.

Ich sah auf die Herduhr. Sechzehn Uhr zwei. Wow, hatte ich lang geschlafen! Gut wir haben auch lang geredet, aber so lang? Was soll's. *Komme wie immer.* Das hieß, sie würde um achtzehn Uhr Schluss machen und dann von der Firma losfahren.
Vor dem Frühstück, danach, vor dem duschen und danach, nach dem anziehen, nach dem Bettmachen und vor dem losgehen versuchte ich sie anzurufen. Doch sie ging nie ans Telefon. Ich hatte jetzt noch eine knappe Stunde, ich entschied, dass ich, wenn ich über die Schnellstraße fuhr, genügend Zeit hatte, mit dem Fahrrad zu ihr zu kommen, bevor sie

Feierabend machte. Das war zwar verboten und gefährlich, doch mein Gefühl ließ sich nicht durch Selbstüberzeugung, dass alles okay sei, verjagen. In Gedanken fürchtete ich, Roland könnte sie aufsuchen.
Die Autos hupten, jemand brüllte am Kreisel aus seinem Auto raus, ob ich verrückt sei, mir war es egal, denn ich war schon total fertig. Jeder der mich kennt weiß, dass ich nicht gerade als Sportskanone gelte. Doch es zählte nur, dass ich pünktlich kam. Ich schaffte es.
Mit hängender Zunge und außer Atem radelte ich über den Parkplatz auf den Firmeneingang zu. Durch die erste Tür, Gruß zur Empfangslady, Aufprall auf die zweite Glastür. Mann, von Glastüren, die mich aufhalten, habe ich dieses Jahr echt genug. Kurzes hin und her mit der Frau im Empfang, ein Surren – darf durch. Immer geradeaus, bis der rote Boden blau wird, Treppe runter, zu der Deko- und Werbeabteilung. Den Gang mit grauen Boden folgen, vorletzte Tür, rechts, fast gegen Mom prallen.
»Au, Hilfe. Was machst du denn hier? Hi.«
»Hi. Moment … vollkommen … aus der … Puste.«
»Das sehe ich. Ich wäre doch gleich nach Hause gekommen. Was denn los? Wolltest du mich überraschen?«
»Ich habe versucht dich anzurufen, so etwa Ein- bis Zweimillionen mal. Ja.«
Constance schließt ab und wir beginnen zum Ausgang zu laufen.
»Was wolltest du denn? Ich war die letzten zweieinhalb Stunden in einem Meeting gehangen, mit dem schwerwiegenden Thema, ob bescheuerte Displays mit seichten Sprüchen nicht doch effektiv in unserer Branche wären. Unglaublich.«
»Wollte dich warnen.«
»Wovor? Wenn du was von dem Meeting gewusst hast, reiße ich dir den Kopf ab.«
»Was? Quatsch. Blöder Witz. Nein, ich hatte so ein ätzendes Gefühl, dass irgendwas nicht stimmt. Mit dir.«
»Das ist ja nett formuliert.«
»Sorry, aber …«
»Schlimme Vorahnung? Kann es nicht sein, dass du allmählich Panik bekommst? Immerhin wird es langsam Zeit, dich zu resozialisieren und wieder in die Schule zu stecken.«
»Nein, das war anders. Kann ich nicht einen Privatlehrer bekommen oder so?«
»Wenn du das bezahlst, können wir drüber reden.«

»Ha ha.«
Parkplatz. Erstaunlich mild und sonnig für Februar. Blieb vorhin von mir unbemerkt. Sehe unser Auto.
»Womit bist du eigentlich da?«
»Mit dem Fahrrad.«
»Bist du krank? Soviel Sportsgeist kenne ich gar nicht von dir.«
»War auch wich…«
Weiter kam ich nicht. Ein ohrenbetäubender Knall und eine nicht zu verachtende Druckwelle riss uns beide zu Boden und ließ uns den Weg ein gutes Stück zurück schlittern. Die halbe Firma steht draußen oder an Fenstern. Autoteile landen hier und da auf den Rasenflächen. Ein Blick zu Mom, sie sieht mich ebenfalls an, ein Blick zum Parkplatz, klar – es war unser Auto. Kein anderes ist detoniert, aber einige sind beschädigt.
»Schatz, alles in Ordnung?«
»Schürfwunden, Kopfschmerzen, Tinnitus aber sonst alles heil. Bei dir?«
»Dito. Da hat anscheinend jemand etwas gegen mich. Wärst du nicht gekommen und hättest mich aufgehalten durch unser Gespräch, säße ich bereits im Auto.«
»Hast du ne Versicherung für Bombenanschläge.«
»Klar, die Unterlagen liegen im Geldspeicher neben den Goldbarren.«
»Wir sollten dringend an unserem sozialen Umfeld arbeiten Mom. Ich sollte schnell gute Freunde gewinnen und du solltest lieber gar nicht mehr rausgehen.«
Polizei, Feuerwehr, Krankenwagen, besorgte Mitarbeiter und Autobesitzer. Das ganze Szenario eines Actionstreifens. Jeder der Anwesenden musste der Polizei Name und Adresse hinterlassen, wir mussten tausendmal unsere Aussage machen. Der Krankenwagen fuhr weg, nachdem er unsere Schürfungen desinfiziert und mit Verbandsmaterial bearbeitet hatte. Das Mom und ich verhältnismäßig cool geblieben waren, lag wohl an dem Schock, denn als wir auf dem Revier waren und alles fast vorbei, lag ich schon flach und Mom wurde es richtig schlecht. Sie übergab sich sogar.
Dann ging alles sehr schnell, in den folgenden achtundvierzig Stunden wurden Telefonate und Gespräche geführt, zig Schreiben aufgesetzt, Dinge begonnen und beendet.
Es wurde eine Anzeige auf versuchten Mord gegen eine Gruppe erhoben, die sich *Passionisten* nennt. Mom wurde ihrer leitenden Position enthoben,

sprich entlassen. Es wurden Koffer gepackt und ein Auto gemietet. Es wurde ein Handy gekauft, dessen Nummer nur die Polizei bekam und mein Großvater erhielt einen Brief von meiner Mom, mein Dad einen von mir. Um zwanzig Uhr, Samstagabend dem siebenundzwanzigsten Februar verschwanden wir aus der Stadt der Musik, in Richtung Süden. Sieht wohl so aus, als ob Schule nun doch noch nicht auf dem Plan steht.
Mein Name ist Seduco Timid, es ist fünfzehn Uhr sechsundvierzig in Caldaro, auf der Terrasse der Pension am Weinberg, am Sonntag dem achtundzwanzigsten Februar. Mom schläft noch.

Alexander der Grosse

»Ich habe Roland betrogen.«
»Das freut mich für uns beide.«
»Seduco!«
»Mom, bitte erkläre mir, warum du bei diesem Mann bleibst?«
»Außer meiner Schulden bei ihm?«
»Ja.«
»Sieh, manchmal ... manchmal kann man beisammen sein, ohne glücklich zu sein, man hält daran fest, weil man weiß, dass man trotz allem noch erfüllter ist, als ohne dieses Beisammensein. Verstehst du?«
»Ja, es ist meine Einsamkeit, die du fürchtest!«

Seduco Timid, Tagebuch 04. November 1998

Seduco Timid, Tagebuch – 22. Februar 1999

»Mom, darf ich dich was fragen?«
»Klar, was denn?«
»Wo warst du die ganze Zeit? Im Januar warst du so gut wie nie im Krankenhaus. Wie bist du überhaupt ins Frauenhaus gekommen. Und, nicht das ich ihn vermissen würde, aber wo ist Roland?«
Der erste Samstag wieder zu Hause. Mom und ich putzen den vertrockneten Weihnachtsbaum ab, der sich über die lange Zeit hinweg, schon selbst von so einigen Kugeln befreit hatte. Es war der einundzwanzigste Februar und wir hatten endlich Zeit über diese Dinge zu reden. Ich für meinen Teil brannte schon die vergangenen zwei Tage darauf. Ich war überrascht gewesen, dass wir nach Hause fuhren, nach meiner Entlassung aus dem Krankenhaus. Irgendwie hatte ich damit gerechnet, im Frauenhaus zu landen.
»Um Roland brauchst du dir keine Sorgen mehr zu machen.«, sie begann das Miniaturholzspielzeug von den Ästen zu zupfen »Nie wieder, denke ich.«
»Hast du ihn umgebracht? Ehrlich, du kannst es mir sagen, ich würde es verstehen.«
»Quatsch. Für was hältst du mich eigentlich. Nein, ich habe einer Organisation sehr viel Geld dafür gegeben, dass sie dafür sorgt, dass Roland uns ein für alle mal fern bleibt.«

»Also hast du ihn doch umgebracht. Nur, das du es nicht selbst gemacht hast.«
»Seduco, wir sind nicht in einem Mafiafilm oder so was.«
»Was war das für eine *Organisation*?«
»Mmmh, weißt du, dazu solltest du wissen, dass ich nicht die ganze Zeit über im Frauenhaus war.« Ich hörte auf, Dinge vom kümmerlichen Rest einer Blautanne zu nehmen und sah sie an. »Ich weiß, ich weiß. Normalerweise erzählen wir uns solche Dinge. Ich hielt es allerdings für angebrachter, dir davon nichts zu erzählen. Denn eigentlich bin ich nur von einem Fehler in den nächsten gestolpert.«
»Mom, hör auf drum rum zu reden. Was war los. Komm, hab Erbarmen. Ich habe nicht sehr viel Klatsch im Krankenhaus bekommen. Du weißt, dass so was überlebenswichtig ist.«
»Klar weiß ich das, du bist ja auch *mein* Sohn. Also schön, von den vierundvierzig Tagen die ich nicht zu Hause war, verbrachte ich nur zehn im Frauenhaus. Es war in diesem gelben Haus mit den gotischen Fensterbögen, dass wir immer so schön fanden. Die restliche Zeit war ich bei dieser Organisation, deren Mitglieder sich als *Passionisten* bezeichneten.«
»Warum denn Passionisten?«
»Keine Ahnung, vielleicht eifern sie mit besonderer Leidenschaft ihrer Sache nach. Was auch immer. Jedenfalls gehörte eine der Frauen, die ich in meiner Zufluchtsstätte kennen lernte, dieser Gruppe an. Über die zehn Tage unterhielten wir uns sehr oft. Sie musste sich nicht besonders anstrengen, um mich für ihre Sache zu begeistern.«
»Ihre *Sache*?«
»Ja. Ihre Sache. Ein radikaleres Vorgehen gegenüber den Menschen, die uns schaden. Sie sicherte mir die Hilfe ihrer Gruppe zu. Meine Verpflichtung bestand nur darin, ihrem Verein beizutreten und finanzielle Unterstützung zu zusichern.«
»*Verein? Gruppe? Finanzielle Unterstützung?* Mom, hast du dich etwa einer Sekte rechtsextremistischer Frauen angeschlossen?« ich war völlig von den Socken.
»Rechtsextrem, ist vielleicht etwas ungenau, wenn nicht sogar falsch. Frauen sind es auch nicht nur. Aber *extrem* und *Sekte* trifft es wohl. Ich glaube eigentlich gar nicht, dass sie diese Absichten verfolgen. Das war wohl nur der Köder im Frauenhaus, um solche Dummchen wie mich zu erhaschen.«

»Was ist dann passiert? Wie viel hast du ihnen bezahlt?«
»Fünfzehntausend Mark.« Sie sah mich schuldbewusst an, mir stand der Mund offen.
»Wo zur Hölle hattest du soviel Geld her? Ich dachte, du warst nur so lange mit Roland zusammen, weil du noch Schulden bei ihm hattest.«
»Ja, das stimmte auch. Aber ich habe in den letzten Jahren ja auch nicht schlecht verdient. Dein Vater und ich haben auf ein Konto monatlich eine kleine Summe eingezahlt, seitdem wir hier neu angefangen hatten und es uns möglich war, etwas beiseite zu legen. Das sollte eigentlich deins sein. Für dein Studium oder die erste Wohnung oder ein Auto, je nachdem. Damit habe ich dich bestohlen und es tut mir Leid. Zudem, gehe bitte nicht davon aus, dass ich dir so viel zugemutet hätte, ginge es bloß um Geld. Roland war so lange beteiligt an unserem Leben, weil ich trotz allem, ein tiefes und irrationales Gefühl der Verbundenheit zu ihm hatte. Ob es Liebe war, weiß ich nicht. Roland war oder ist vielmehr, krank Seduco. Anders wüsste ich ihn nicht zu beschreiben. Vielleicht sah ich ihn als meine Lebensaufgabe. Seine Schale zu knacken und sein verzerrtes Bild zu heilen. Ich denke noch immer, dass er Potential hatte, uns auch glückliche Momente zu bescheren. In den ersten Jahren, glaubte ich die Stärke zu haben, dies zu bewirken. Doch ich schlug fehl wie du weißt. Ich hatte mich geirrt und als ich entschied ihn aufzugeben, gab ich auch irgendwo einen Teil von mir selbst auf. Das weiß ich jetzt und wusste es womöglich schon lange, deshalb hat es wohl auch so viel Zeit gebraucht, mich von ihm zu lösen. Das war ein harter Schlag, darum musste es wohl auch so brutal geschehen.« Aha. Ich starrte sie an. Die Worte hatte ich gehört, doch waren meine Gedanken immer noch beim ersten Satz.
»Du hast also das Geld genommen, das du und Dad über Jahre für mich zusammengespart habt, um es einer Sekte in den Rachen zu werfen?« ich musste mich setzen, allmählich kroch das ganze, von ihr so beiläufig Geäußerte in meinen Verstand. Für sie wiederum, schien das Thema bereits durch.
»Um Roland los zu werden. Ihm hatte ich nichts mehr zu geben. Er hat genügend von uns genommen. Das habe ich nach dem Vorfall mit dir und nach diesem seltsamen Weihnachten endlich kapiert.«
»Hat ja gedauert. Fünfzehntausend Mark. Wahnsinn. Na ja, bald kommt der Euro, dann wäre es eh nur noch die Hälfte oder so. *Fuck.* Fünfzehntausend. Ich hoffe, es hat funktioniert.« Entgegnete ich eher

trocken und stocherte damit nicht weiter in ihrer Gefühlswelt herum, obgleich mich die eigentlichen Gründe, warum sie bei Roland geblieben war doch brennend interessierten. Allerdings, wollte ich ihr nicht eine so junge Vergangenheit erneut heraufbeschwören. Offenbar war es ihr nah genug gegangen.

»Nachdem die Passionisten mit ihm *geredet* hatten, wie auch immer das aussah, habe ich ihn in seiner Restaurationswerkstatt besucht. Er schien Angst zu haben und versprach mich nicht mehr zu belästigen. Das war am dreiundzwanzigsten Januar. Danach wollte ich mich von den Leuten der Organisation verabschieden. Ich war immerhin schon eine ganze Weile da. Zwar teilte ich ihre oft sehr esoterische Auffassung der Dinge nicht immer mit ihnen, doch fühlte ich mich seit Jahren wieder geborgen und beschützt. Sie hatten mir geholfen, als ich drohte abzustürzen...«

»Was meinst du damit? Abstürzen?« Ich begann wieder damit am Baum herum zu nesteln, entschmückte weiter, fädelte langsam die erste Lichterkette auf.

»Als ich diese Geborgenheit fand, brach es über mir zusammen. All die Jahre nach der Flucht, Roland, die Jahre, in denen ich dir eine schlechte Mutter war, besonders zu der Zeit, als du im Krankenhaus warst und ich in der zweifelhaften Obhut einer zweifelhaften Gemeinschaft. Wäre es nicht so traurig, könnte man es für eine Sitcom halten. Tiefe Depressionen waren die Folge und sie halfen mir daraus. Als es mir besser ging, merkte ich, dass irgendwas nicht stimmte, mit diesen Leuten. Es kamen so viele Männer und Frauen, um ihr Vermögen loszuwerden. Manche gingen wieder, andere blieben, so wie ich. Aber die Geschichten, wollten einfach nicht immer in ihr Motto passen. Da dämmerte es mir langsam. Sie haben mir zweimal geholfen, dachte ich. Weg hier, bevor ich mit mehr als fünfzehn Riesen bezahlen muss. Am dritten Februar verließ ich das Mutterhaus und ging für die nächsten vier Tage zu deinem Großvater, bevor ich nach über fünf Wochen wieder nach Hause kam.«

»Und du hast nichts mehr von ihnen gehört?«

»Doch, sie riefen und schrieben mich einige Male an, baten mich zum Treffen zu kommen, erbaten Geld für dieses und jenes Projekt et cetera. Ich verneinte stets, dankte immer für ihre Unterstützung in meiner Notlage und erwähnte, dass ich froh wäre, wenn ich wieder mein Leben ohne *fremde Hilfe* auf die Reihe brächte, dann – so sagte ich und meinte es – könne mein Sohn endlich wieder heimkommen. Ein weiterer Gefangener.«

»Deswegen hast du mich so lange schmoren lassen?« ich klang anklagend. »Weil du meintest, dein Leben nicht mehr im Griff zu haben? Mom wer hat das schon, wir hätten es gemeinsam schaffen können.«
»Seduco werfe du mir ja nicht vor, dass ich mir eine *Auszeit* hab zu Schulden kommen lassen. Wie oft verschwindest du, unzugänglich für alles andere, in deine imaginären Séparées?« Das hat gesessen. Aber sie hatte ja auch recht oder? Meinen Teil unserer Gemeinschaft erfüllte ich nicht immer. Eine Mutter ist nun einmal in vielen Fällen auch in erster Linie ein Mensch.
»Sorry. War nicht so gemeint. Aber das war alles ja? Nichts weiter von deinen Spielgefährten?«
»Nein. Sie wurden zwar zum Ende hin immer dreister, mahnten mich zur Vernunft, sagten ich solle an die anderen Frauen denken, denen es ähnlich ging und die nicht die finanziellen Möglichkeiten hatten, wie ich sie angeblich habe. Aber sonst nichts.«
»Hast du darauf etwas geantwortet.«
»Du kennst mich doch. Ich sagte, dass ich zu der Überzeugung gekommen wäre, dass Menschen ohne finanziell sicheren Hintergrund, niemals Mitglieder bei den *Passionisten* werden können. Dann habe ich aufgelegt.«
»Das war gut.«
»Wie geht es Opa Bernhard?«
Wir plauschten danach über weniger brisante Dinge und gönnten dem Baum seinen seligen Frieden in Nachbars Winterholzvorrat.
Mein Name ist Seduco Timid, heute ist der zweiundzwanzigste Februar neunundneunzig und ich weiß nun, dass, sollte ich wirklich einen Sprung in der Schüssel haben, ich ihn von meiner Mutter habe.

Tagebuch – 18. März 1999 / Im Flugzeug, auf den Weg nach Deutschland

Vor genau einem Monat bin ich aus dem Krankenhaus Hohe Genesung, meinem Gesundheitsberg, entlassen worden und vor zwanzig Tagen sind Mom und ich nach Italien aufgebrochen, sind von Caldaro nach Riccione gefahren, schließlich nach Rom.

Dort gaben wir unser Auto ab und nach ein paar Tagen Aufenthalt, nahmen wir einen Flug an die französische Riviera.
In Antibes Juan-les-Pins an er Côte d'Azur hatten wir unser Hotel – wie zahlreich beschrieben – und machten von dort aus Ausflüge ins Hinterland und die Küste entlang, nach Cannes und Nizza. Über den Dächern von Nizza wurden zahlreiche Fotos geschossen und dann weiter im Klamotten- und Souvenirkaufrausch zur nächsten Location.
Von jedem Ort, den wir besuchten, schickte ich uns eine Karte nach Hause. In Frankreich blieben wir fünf Tage, am dreizehnten März, verließen wir Europa Richtung Afrika und landeten am Airport in Agadir. So waren wir bis heute morgen in Marokko. Mom hat hemmungslos ihre Kreditkarte überzogen, keine Ahnung wie sie das jemals wieder ausgleichen möchte. Vermutlich mit ihrer Abfindung. Aber seit Mitte unserer Ferien schien sie nicht mehr so viel Spaß am Geldausgeben zu haben, wie zu Beginn. Sie sah blass aus und hatte oft tiefe Augenringe.
Während der letzten Woche ging es ihr zunehmend schlechter. Zwar wechselten wir immer noch hin und her, zwischen Strandtag und Erkundungstour, doch gemerkt habe ich es trotzdem, dass etwas mit ihr nicht in Ordnung war.
Es war überall zu kalt zum schwimmen, in Italien, Frankreich und Marokko. Während das Mittelmeer allerdings nur sehr, sehr frostig war, ist der Atlantik eine Gefriertruhe gewesen. Aber am Strand, in leichten Leinenklamotten, war es dennoch schon sehr angenehm. Jedenfalls wärmer als es in Deutschland im März sein dürfte. Sehr kalt, war es mir auch heute früh geworden. Beim Frühstück auf der wunderschönen Hotelterrasse, bei der man über die Poollandschaft, die Palmengärten und den Strand, auf den Ozean hinausblicken konnte. Alles in eine wärmende Frühlingssonne getaucht. Die letzten Tage war Mom oft launisch gewesen, von traurig betrübt, bis hocherfreut und lustig, zu zornig und aggressiv. Als ich sie gestern Abend darauf angesprochen habe, hatte sie nicht geantwortet. Jetzt aber schon.

»Was machst du da Seduco?« fragte sie, als sie mit ihrem frischen Kaffee vom Buffet zurückkam.
»Ach nichts weiter. Ich habe nur noch nicht die Karte von Marrakesch *der Perle des Südens,* geschrieben und nach Hause geschickt. Die von Tafraout auch noch nicht. Ich bin fertig mit essen, also dachte ich, ich könnte sie schreiben, während du noch frühstückst.«

»Mmmh. Gut. Wenn du sie abschicken willst, musst du sie aber heute Vormittag noch einwerfen.« meinte sie, scheinbar beiläufig, beim öffnen ihres Eies.
»Warum? Reisen wir ab?« ich hatte so etwas schon geahnt, schon in Frankreich hatte uns die Polizei angerufen und mitgeteilt, dass ein Teil der *Passionisten* inhaftiert worden war. Keine Schlüsselfiguren der Organisation, aber Frauen und Männer, die als Zeugen fungieren konnten. Constance könne heimkommen, sie habe nichts mehr zu befürchten, sagten sie. Zudem wurde davon geredet, dass es bei einer möglichen Festnahme schneller von statten ginge, wenn Mom für die Gerichtsvorladung schon im Land wäre. Sie hatte zwar geantwortet, dass die Polizei dafür erst einmal Schuldige haben müsste und nicht nur Zeugen, versprach jedoch bald wieder in Deutschland zu sein.
»Ja, wir fliegen noch heute ab.«
»Wohin diesmal?«
»Nach Hause. Mir geht es nicht gut Seduco und ich fürchte, ich hatte mal wieder eine meiner berühmten, verzögerten Erleuchtungen.«
»Was ist denn los? Die letzten Wochen waren toll. Es kann unmöglich etwas passiert sein, was mir nicht aufgefallen wäre. Wir haben uns kaum aus den Augen gelassen.« Daraufhin stellte sie mir eine orangefarbene Dose auf den Tisch, in welcher sich ovale Pastillen befanden.
»Was ist das?«
»Tabletten zum Lutschen. Sie wirken gegen Depressionen und erheitern einen das Gemüht erstaunlich gut. Ich habe versucht, sie schrittweise abzusetzen, allerdings ging das gehörig in die Hose. Aus Verzweiflung habe ich die Dosis erhöht, habe teilweise zehn Stück davon am Tag genommen. Nicht immer gelutscht, die Teile entfalten ihre Wirkung auch beim zerkauen oder schlucken. Nur nicht so intensiv.«
»Gott, wie viele hast du davon bitte? Konntest du die überall kaufen?«
»Nein. Ich hatte eine ganze Ladung von denen dabei. Aber kapierst du, was ich sagte? Ich glaube, ich bin abhängig davon und das nicht in einem vertretbaren Rahmen. Ich möchte nach Hause und die Tabletten bei uns in der Stadt, in der Uni untersuchen lassen. Danach werde ich mich gegebenenfalls einer Entzugsklinik in die Hände geben. Ich versuche seit neun Tagen davon loszukommen, habe allerdings Anfälle, schmerzhafte Krämpfe im Körper und Gefühlsschwankungen, die nicht schön sind. Dann halte ich es nicht mehr aus, stehe verschwitzt auf und nehme wieder welche. Tagsüber habe ich sie sowieso genommen, um einigermaßen fit zu bleiben.«

»Du meinst, die haben dir Drogen verkauft? Von wo hast du die Dinger?«
»Dreimal darfst du raten.«
»Oh Gott, komm Mom, so einfältig konntest du doch nicht gewesen sein.« Ich war außer mir, wurde richtig zornig, überraschte damit mich und sie »Von diesen Spinnern? Du hast sie von deinen Sektenfreunden? Wieso hast du sie genommen oder besser, wieso hast du sie genommen, nachdem du weg von denen warst? Spätestens als sie deinen Firmenwagen in die Luft jagten, hätte dir doch wohl ein Kronleuchter aufgehen sollen.«
»Hey! Langsam mein Freund!« Ich nahm Sie als Antidepressiva und sie haben geholfen. Als ich sie von ihnen angenommen hatte, hegte ich noch keinen Verdacht auf illegale Machenschaften. Später merkte ich, dass es mir wieder schlechter ging, wenn ich die Tabletten nicht nahm, also nahm ich sie. Sie hatten mich mit einer riesigen Menge versorgt, als ich ihr Mutterhaus verließ. Vielleicht hofften Sie da schon, dass ich mich mit einer Überdosis selbst aus dem Weg schaffte, oder so. Jedenfalls nahm ich sie weiter und redete mir ein, dass die Passionisten*heinis* mir zu Anfang vielleicht wirklich nur helfen wollten. Selbstbetrug und Verdrängung, können sehr wirksam sein, weißt du. Aber hier, die Zeit mit dir, zeigte mir, dass ich keinen Grund für Schwermut habe, schon gar nicht dieser Größenordnung. Also begann ich die Wirkung dieser Pastillen doch noch zu hinterfragen. Und jetzt heißt es einfach ein wenig *damage control* ausüben. Vertrau mir, ich versuche nicht noch mehr solcher Fehler zu machen. Hilfst du mir dabei? Ohne dich schaffe ich das nicht.«
»Natürlich helfe ich dir. Hast du das mit den Drogen der Polizei erzählt?«
»Nein, noch nicht und ich weiß nicht, ob das so klug wäre. Vor Gericht könnte die Verteidigung das benutzen, um mich als unzurechnungsfähig hinzustellen.«
»Ja, dennoch solltest du es erzählen. Rauskommen wird es am Ende sowieso, da ist es doch ein Pluspunkt, wenn du von vorneherein die Wahrheit gesagt hast. Es war dir eben nur bisher nicht klar gewesen.«
»Stimmt. Was täte ich nur ohne mein intelligentes und moralisch gefestigtes Kind?«
»Vor die Hunde gehen, eindeutig.«
Sie schmunzelte und begann zu lachen, was mich irgendwann ansteckte. Die Leute auf der Terrasse begannen sich nach uns umzusehen. In bester Laune checkten wir heute früh um elf schließlich aus und ließen uns zum

Flughafen fahren. Gegen halb Zwei hoben die Räder der Maschine vom Boden ab. Mom schläft neben mir und da es unter uns nur noch Wolken zu sehen gibt, schreibe ich mal wieder ein bisschen in mein langsam voll werdendes Büchlein. Mein Name ist Seduco Timid, heute ist der achtzehnte März, Amadeo habe ich seit einundzwanzig Tagen nicht mehr gesehen und meine Welt war zu aufregend, als das ich hätte in seine fliehen wollen. Damit *salut.*

Seduco Timid, Tagebuch – 21. März 1999

Unser Briefkasten brach förmlich zusammen unter der Last an Eingeworfenem und zum Teil wieder Ausgespucktem. Unter den zahlreichen Werbeblättern, Wochenzeitungen und Rechnungen befanden sich auch zwei Briefe von höchstem Interesse. Der eine enthielt ein Abfindungsangebot für meine Mom - in akzeptabler Höhe, der andere war dieser hier:

Dir Seduco.
Ohne Dich damit schockieren zu wollen, lass Dir gesagt sein, dass Du uns hier auf der Zweiundzwanzig sehr fehlst. Sowohl als Patient, als auch als helfende Hand. Doch es steht kein nostalgischer Gedanke hinter diesem Schreiben, sondern eine persönliche Entschuldigung. Wisse, dass ein Doktortitel nicht vor Narrentum schützt.
Wie Du weißt, bin ich leitende Ärztin auf der Schädelhirn und damit hat mein Wort, bei Entscheidungen über Patientenschicksale meiner Station, auch besonderes Gewicht. Das Du so lange Patient bei uns warst, ist damit nicht zuletzt meine Schuld und eigentlich nur meine Schuld, seitens des Krankenhauses, wenn Du folgende Informationen erhältst.
Wie du weißt, ist mein Name Aliqua. Wie du nicht weißt, habe ich eine Schwester, die vor ihrer Trauung mit einem gewissen Emanuel Smiet genauso hieß. Sie hat sechs Kinder geboren, darunter vier Söhne. Einen von ihnen gab sie den Namen Roland. Ganz Recht, Dein Ex-Stiefvater in Spe ist mein Neffe.
Dein »Doc John«, erzählte mir, dass Du das Gefühl hattest, Roland habe etwas mit Deinem Aufenthalt bei uns zu schaffen. Ich bin nun die Bestätigung Deiner Hypothesen. Ich mag eine kompetente Ärztin sein,

aber auch eine Tante, die sich leicht beeinflussen und ausnutzen lässt. In diesem Fall überschritt ich damit eine Grenze.
Als ich von den Machenschaften meines Neffen innerhalb Eurer kleinen Familie hörte, brach für mich das gute Bild, das ich von Roland hatte zusammen. Damit verlor sich allerdings auch meine Hörigkeit ihm gegenüber. Damals unterschrieb ich umgehend Deine Entlassungspapiere. Dennoch fühle ich mich sehr schuldig für Dein Leiden bei uns, ich glaube zwar die Geschichte über Amadeo nicht so ganz, welche Du uns beim Abschied erzähltest, halte Dich aber auch nicht für so gemeingefährlich wie es zeitweise von Roland vermittelt wurde. In der Hoffnung, Dir in Deiner Sache noch etwas Licht gegeben zu haben und dass Du mir vielleicht sogar irgendwann vergibst, verbleibe ich mit besten Wünschen und mit freundlichen Grüßen
Deine Dr. Helga Aliqua

Mmmh, *ich glaube zwar die Geschichte über Amadeo nicht so ganz.* Voltaire sagte angeblich, dass nur Lügen die Schlechtes bewirken, von schlechter Natur sind. Aber hingegen Lügen, denen die edelsten Absichten zu Grunde liegen und aus denen Gutes keimt, von reinster Moral sind. Gutes ist für mich aus meiner Lüge erwachsen, auch wenn sie scheinbar recht durchsichtig war. Doch trifft Voltaires Sichtweise auch zu, wenn es eigennützig ist, doch trotz des Eigennutzes kein Schaden anderer entsteht? Keine Ahnung. Fakt ist, das ich bei dieser Zeile ein wenig Gewissensbisse bekam.
Mit hämmernder, gerunzelter Stirn und nicht minder pochender Aufregung, hatte ich die krakelige Frauenhandschrift entziffert, dann Mom überreicht. Als sie ihn gelesen hatte, fragte sie mich, ob es darüber noch etwas zu sagen gäbe. Nein. Gab es nicht. Ich schickte Helga eine der Fotographien aus unserem Urlaub. Auf die Rückseite schrieb ich:
Es ist Dir vergeben. Danke.
Als ich den Füller ansetzte, wollte ich zunächst *sei Ihnen* schreiben. Doch dann entschied ich mich um. Nur der Professor hatte mich gesiezt und nur sein *Sie* habe ich erwidert. Die anderen hatten alle auf *Du* bestanden. So konnte ich ihr zeigen, dass ich es ernst meinte. Die Sache war vorbei. Hätte sie mir vor meiner Entlassung oder vielleicht auch vor dem Urlaub dies alles gesagt, wäre ich vermutlich die Wände hoch gegangen. Ich hoffe, damit waren wir Roland Smiet und seine Anhänger auf immer los, Constance hatte dafür immerhin mit einem hohen Preis bezahlt.

Mom war gestern bei der Polizei gewesen und hat die Tablettensache ihrem Bericht ergänzend beigefügt. Am Dienstag dem Dreiundzwanzigsten, erhalten wir den toxilogischen Befund aus der Uni. Das die Pastillen suchtfördernde Substanzen enthalten, steht allerdings eigentlich schon fest. Der Polizei wurde von ihren Zeugen im Fall *Passionisten* ähnliches erzählt. Warum sie uns darüber nicht in Kenntnis gesetzt haben, kann ich nicht nachvollziehen. Für den Vierundzwanzigsten ist meine Mutter in einer renommierten Entzugklinik vorgemeldet, Opa bringt sie dort hin und kommt anschließend her und will über den Zeitraum des Entzugs bei uns einziehen, vielleicht auch für immer. Er erwägt seine Wohnung zu verkaufen und auf sein Töchterchen wieder besser aufzupassen. Wäre wohl besser.
Für mich soll am Dreiundzwanzigsten wieder die Schule beginnen. Dafür habe ich Panik am Abend des Zweiundzwanzigsten eingeplant. Es ist also alles am Laufen. Mein Name ist Seduco Timid.

Seduco Timid, Tagebuch – 23. März 1999

Jeder kennt dieses seltsame Gefühl aus Übelkeit und Düsenjets im Magen, welches einen am ersten Tag eines neuen Arbeitsplatzes, einer neuen Schule, Klasse oder bei Ereignissen ereilt, bei denen man das Gefühl hat geprüft zu werden. Bei denen man glaubt jede Bewegung, jeder Satz wird analysiert und egal was man sagt oder tut, es hundertzehnprozentig das Falsche sein wird. Wer dieses Empfinden schon aus tiefsten Abgründen hasst, hätte wohl nicht den heutigen Tag mit mir tauschen wollen.
Der erste Tag in der Schule, nachdem ich aus der Klinik entlassen worden und wieder hier in Deutschland war.
Meine Mom brachte mich mit Opas Wagen dort hin und das ohnehin nicht sehr ansehnliche Schulgebäude war hässlicher, monströser und beängstigender denn je. Es war ein riesiger Schlund, ein Moloch der alle Schüler die fröhlich und nichtsahnend darauf zu eilten, zu verschlingen gedachte. Vor meinem inneren Auge entstanden Szenen des Grauens. Untote Eltern und zombieartige Lehrer, welche unter der willentlichen Beeinflussung dieses Dämons standen und ihre Kinder über den flammenspuckenden, schwefeligen Boden Richtung Maul zerrten und den Moloch nährten; Fürst der Tränen, thronend auf dem besudelten Lehrgebäude, feixend und mit ...

»Alles okay, Schatz?« die fürsorgliche Mütterlichkeit holte mich zurück, wie ärgerlich. Ich war noch gar nicht fertig mit der Illustrierung meiner Panik. Die war zwar für gestern Abend geplant, doch Amadeo war wieder da und lenkte mich ab.
»Ja, alles in Ordnung, es ist nur ... ich war noch nie so spät da. Früher war ich der Erste morgens in der Schule und konnte mich an die Atmosphäre des Gebäudes gewöhnen, heute werden schon alle in der Klasse sitzen und mich anstarren und ich werde nicht wissen, wie ich mich verhalten soll.«
»Es wäre Quatsch gewesen früher aufzubrechen, bis zu meinem, hoffentlich letzten, Termin in meiner Ex-Firma, ist es ohnehin noch fast eine Stunde. Du wolltest doch, dass ich dich mitnehme, wenn ich zur Arbeit fahre.«
»Ja, natürlich!«, sagte ich fast etwas zu energisch, »Und ich bin dir auch unendlich dankbar. Ich weiß eben nur nicht mehr, ob das so eine gute Idee war.« Eigentlich war ich mir nur nicht sicher, ob die Idee *Schule*, so gut war. »Na ja, was soll's. Tschüß.«
»Tschüß, schönen Tag und viel Glück. Ich drücke dir die Daumen, wann immer ich sie nicht brauche.«
Noch einmal ein kleinlautes »Danke«, und dann auf den Weg gemacht, Richtung zermürbender Peinlichkeiten, Freakdasein und Erniedrigung – Haus des Fehlschlags ich komme!
Das gewünschte Glück, konnte ich sehr gut gebrauchen, denn das benannte Gefühl – die Düsenjets und die Übelkeit – wabberten, von meinem Magen ausgehend, nun in den ganzen Körper und erreichte nach jeder Treppenstufe einen neuen Höhepunkt des Abartigen. Aber die absolute Klimax war dann vor der Klassenzimmertür erreicht, welche *Gott sei Dank* auch noch sperrangelweit offen stand.
Vielleicht habe ich ja die Möglichkeit mich irgendwie hinein zu mogeln, dachte ich. Allerdings wäre dann immer noch das Problem, dass ich am ersten Schultag des Jahres, damals im September, auch etwas später dran war und daher weiß, dass nur noch der Platz in der aller ersten Reihe Mitte frei ist. Mein alter Platz. Jenen, welchen ich vor scheinbar Äonen nur hatte ergattern können. Und diesen Platz wollte keiner, folglich würde er also noch frei sein.
Nun ja, schließlich kam der Punkt, dass ich nicht mehr länger vor der Tür rumlungern konnte und ich mich daher tatkräftig dazu entschied, einfach wieder nach Hause zu gehen und dieses Schuljahr ohne mich

auslaufen zu lassen. Mit dem Rucksack fest am Rücken und mich selbst beglückwünschend, für diesen weisen Entschluss machte ich auf dem Absatz kehrt und

... erstarrte in der Bewegung, weil, wie sollte es auch anders sein, Herr Vermont mein Klassleiter direkt vor mir stand und mich mit einer höflichen, allerdings auch zweifelsfreien und sehr autoritären Handbewegung meines Platzes verwies. Das Gewittergrollen in meinem Inneren, welches im Äußeren als ein unüberhörbares Stöhnen entwich, schien nur das Erste einer langen Reihe an Verzweiflungslauten zu sein, welche ich für den Tag parat hatte.

Die nächsten anderthalb Stunden verliefen mit einem Unterricht, auf den ich mich zu konzentrieren versuchte, um einerseits festzustellen, dass ich nach so langer Zwangspause überfordert war und andererseits um mich an einem Wasserfleck an der Tafel *festzustarren,* um meine subversiven Gedanken von der Klasse abzulenken. Denn ich spürte ihre Blicke und noch weit schlimmer: ich hörte es tuscheln.

»Wo kommt *der* denn jetzt her?«

»War er nicht in einer Entzugsklinik?«

»Nein, ich glaube er hatte einen Autounfall.«

»Ist doch egal, haltet doch mal die Klappe da vorn!«

»Warum kommt er mitten im Jahr wieder?«

»Er sieht gar nicht so gestört aus. Fand ich damals schon.«

»Wieso? Warum denn gestört?«

»Na weißt du das nicht, es hat doch geheißen, er wäre auf einer Schädel-Hirn-Station gewesen.«

»Woher hast du das denn?«

»Das hat mir jemand erzählt, der kennt jemand, dessen Freund dort ein Praktikum gemacht hat, oder so.«

»Das glaub ich nicht.«

»Was haltet ihr davon, ihn später zu fragen und jetzt nicht alle mit eurem Gelaber zu langweilen«, und so weiter und so fort, immer mal mit unterbrechenden Mahnrufen seitens der jeweiligen Lehrkraft. Damit waren Mathe und Geographie vorübergegangen, blieben ja nur noch vier weitere entsetzliche Stunden. Doch ich war schon dankbar, dass kein Lehrer eine große Sache aus meiner *Rückkehr* gemacht hatte – bis zur Englischstunde.

Madam Cœur, eine Schwäbin, die eine zeitlang am Mississippi gewohnt hatte und sich dort mit einem Mann französischer Herkunft vermählt

hatte und wieder nach Deutschland gekommen war, konnte es nicht lassen, mich eine halbe Stunde lang auszufragen, wie es mir ergangen war. Ich mochte sie eigentlich ganz gern, aber ...
»Hanoi. Joa Sedyco, wie ischisn dir ergange? Wir haben disch, hier alle sehr vermischt. Du hascht mir im Unterischt scho' gefehl(e)t, du haschst wenigschsd'ns gelächelt – immer eigentlisch –, selbscht wennschst nix gewuscht haschst. Joa erzähl' doch mal, kannschst vielleicht sogoar auf Englisch sage?«
... heute, hätte ich sie gerne meinem imaginären Moloch zum Fraß vorgeworfen. Unweigerlich. Aber was soll's ...
Ich erzählte ihr nicht viel, ein Unfall, eine Verletzung, ein bösartiger Verdacht (Hirnblutung), Wartezeiten auf Ergebnisse, Therapie ohne Grund, Entlassung. Langer Urlaub in Europa und Nordafrika. Und doch hingen alle an meinen Lippen und ich hätte im Erdboden versinken mögen. Super, dachte ich, normalerweise stellte sich dieses Gefühl nur im Sport ein, in Mathe waren wenigstens mehr von Niederlagen betroffen. Wie dem auch sei, nach dem Englischverhör klaubte ich in Turbogeschwindigkeit meine Sachen zusammen und war als Erster aus dem Zimmer verschwunden, mit dem Plan, mich während der Pause irgendwo zu verkriechen und dann in einer angemessenen Zeit, zwischen dem Aufsperren des Biosaals und Unterrichtsbeginn, in eben diesen zu stürmen um Konfrontationen mit Mitschülern aus dem Weg zu gehen. Dieser Plan ging auch ganz gut auf, die Schulbibliothek war nämlich entweder so schlecht besucht, weil sie schlecht sortiert war und im eigentlichen Sinne nichts hatte oder sie war so schlecht sortiert, weil sie nicht besucht wurde. Egal, dort stand ein Sofa, es war warm und ich war allein mit einem Dach über dem Kopf. Sprich, fünfzehn göttliche Minuten lang Ruhe, nur ich und meine Welt.

Die Biostunde. Auch hier wieder Desinteresse seitens des Lehrers, nur ein »Hallo« und »Sieh zu, dass du schnell aufholst.« Dann Sexualkunde. Während ich irgendwo zwischen den Augenbrauen des Lehrers ein Luftloch starrte, überlegte ich mir welche Affen diesen Lehrplan zusammengestellt hatten. Denn wie konnte man in der achten Klasse Sexualkunde unterrichten? In jeder Jahrgangstufe davor oder danach wäre es nur halb so idiotisch und für den Lehrer anstrengend abgelaufen, wie in der Hochphase der Hormonexplosionen der Schüler. Gerade als Biolehrer sollte man das doch wissen.

Während ich gelangweilt zuhörte und den Zeigefinger der rechten Hand periodisch mit einem dumpfen *tock* auf die Tischplatte rauschen ließ, kam mir wieder in den Sinn, warum man als Heranwachsender unter anderen Halbwüchsigen so genervt ist. Ich hatte das, glaube ich an meinem vierzehnten Geburtstag in mein Tagebuch geschrieben und im Krankenhaus fast vergessen, vor Sehnsucht nach Abwechslung, Freiheit und Freundschaft. Damals stellte ich fest, dass pubertierende Jugendliche einfachste Dinge von der großen, problematischen Welt verlangen. Sie soll sie nichts weiter, als verdammt noch mal in Ruhe lassen, sehen und bemuttern. Und zwar gleichzeitig. Genau, so hatte ich das formuliert. – Ist das zu viel verlangt? Offensichtlich. An dieser Stelle entledigt man sich, für gewöhnlich dann seinem Ärger, durch Augenrollen und einem Schnalzgeräusch. Etwas Ähnliches möchte man auch permanent machen, wenn man seinen Mitschülern tatsächlich mal zuhört. Das heißt, wenn man irgendwann mal jemanden zuhört, außer sich selbst. Ja, man ist als Teenie von den Teenagern genervt. Bis man dann dieses genervte, picklige Gesicht der anderen im Spiegel sieht und unter Schock daran erinnert wird, dass der Spiegel einen selbst zeigt, man damit *dazu* gehört und man sich für neunzig Prozent der Dinge die man tags wie nachts sagt, denkt oder *vollbringt* ohrfeigen will. Meine Beobachtungen des ersten Schultages, können also die meines fast letzten bestätigen.

Bio und noch drei weitere Fächer gingen zu Ende, ohne dass ich zwischendurch gestorben wäre. Leise hegte ich auch schon Hoffnung, dass *sie* – meine Klassenkameraden – gar nicht erst versuchen mit mir zu reden, immerhin war ich von September bis November ja auch nicht besonders gesprächig gewesen.

Aber bevor ich abschließe mit meinem »erster Tag nach ...«-Bericht, noch eine kleine erfreuliche Sache, die für den Vormittag entschädigte. Meine persönliche Gratifikation, sozusagen.

Jasmin und Alex, natürlich im Doppelpack, schlenderten mit vier Anderen, die ich nicht wirklich kannte, aus dem Hauptgebäude in Richtung Bus. Ich selbst stürmte aus einem der Nebenausgänge in Richtung Parkplatz, wo meine Mom wartete, um mich abzuholen. Unsere Wege kreuzten sich und die Zwei schenkten mir ein Grinsen – welches hätte von Amadeo sein können – winkten kurz zu und fügten ein »Na, wieder fit?« an, was ich mit einem Nicken und einem knallroten Kopf –, warum auch immer – beantwortete.

Das war also der erste Tag, und es werden noch *viele* folgen. Da kann ich nur laut Ein- und wieder Ausschnaufen. Eine andere Reaktion, würde bei weitem nicht so viel beinhalten. Große, problematische Welt der Kleinstadtteenies. Oh, mein Gott. Mein Name ist Seduco Timid, heute ist Dienstag der dreiundzwanzigste März neunzehnhundertneunundneunzig. Es ist sechszehn Uhr dreiundfünfzig, und es stellt sich so eben das schülertypische »Ach-wär-doch-bloß-schon-Wochenende«-Denken bei mir ein.

Seduco Timid, Tagebuch – 17. April 1999

Oh ja! Aufwachen, auf die Uhr sehen – vierzehn Uhr zwei – sich freuen, dass der Film in nur drei Stunden anfängt, es danach schon wieder Abend und noch dunkler ist, und man damit wieder ins Bett gehen kann, um gemütlich weiter zu schlafen. Herrlich. – Was mit mir los ist? Nichts. Ich bin nur wieder Schüler und es regnet. Ich sag ja: herrlich.
Mein Name ist Seduco Timid, heute ist Samstag der siebzehnte April. Ein kuscheliger Regentag.

Seduco Timid, Tagebuch – 08. Mai 1999

Heute haben wir die Zeremonie, zur Aufnahme in die Erwachsenenwelt mit einem überteuerten Essen gefeiert. Unter dem Banner *Juko,* versammelten sich sogar recht viele Verwandte, wohl weil es für sie umsonst Speisen gab. Okay, das war böse, sie beschenkten mich schließlich auch mit nicht wenig Zaster.
Es ist erstaunlich, wie schnell die Zeit vergeht, wenn man Beschäftigung erfährt. Wenn ich daran denke, dass ich insgesamt achtundachtzig Tage Patient war und nun bereits seit siebenundvierzig Tagen wieder Schüler bin, so erscheinen mir die gleiche Anzahl an Tagen im Krankenhaus, wie das Doppelte.

Auf dieses Ergebnis komme ich auch, wenn ich mir mein Tagebuch durchblättere. Meine zwei Tagebücher, um genau zu sein – das von Momi Elisabeth ist voll. So habe ich in der gleichen Zeit an Tagen, doch

wesentlich mehr über das Krankenhaus zu erzählen gehabt, als jetzt von der Schule, obgleich ich wesentlich geschäftiger bin.
Mit Ausnahme einiger Seiten im April, habe ich generell nicht viel geschrieben. Höchstens über Schulgejammer, schlechte Noten und dergleichen. Auch bin ich nicht mehr in mein *inneres Imperium* versunken. Amadeo kam höchstens zu mir und das auch nicht so häufig wie früher. Gut, wenn ich nach Doc John gehe, so bin ich ja dennoch versunken, allerdings eben in einer exakten Kopie meiner Umgebung zuzüglich Amadeo.
Mom ist inzwischen zum festen Bestandteil des Entzugsklinikums geworden. Die Uni hatte bestätigt, was sie bereits vermutete. Natürlich hat die Polizei noch keine der Aktionäre der *Passionisten* erwischt, so kam es auch noch zu keinem Prozess. Im Gegensatz zu früher, bin ich jetzt so gut wie nie mehr allein zu Haus. Wenn die Wohnung doch mal leer ist, dann buddelt mein Opa im Gemeinschaftsgarten. So fügt sich ein Tag an den anderen, der Alltag hat mich quasi wieder. In meiner Freizeit bin ich zu meinen früheren Lieblingsbeschäftigungen zurückgekehrt: Lesen, Fernsehen und Independentmovies ausleihen, Junkfood und Süßigkeiten essen bis der Arzt kommt (Gottlob, hatte ich nie eine Veranlagung dazu, auch nur ein Gramm zu zunehmen von so'nem Zeug). Sprich es ist alles wie es immer war und es sein sollte, nur zwischendurch, tauchen immer wieder Gesichter vor meinen Augen auf, die mir leichte Stiche versetzen, von denen allerdings nicht zu behaupten ist, dass sie unangenehmer Natur sind. Wo dies alles hinführen wird? Nun, dies wird sich zeigen. Mein Name ist Seduco Timid.

Seduco Timid, Tagebuch – 30. Juli 1999

»Schatz, wo bist du?«
»Ich bin hier Mom, in meinem Zimmer.«
»Hey ... Was machst du da? Willst du das Fenster nicht lieber zu machen?«
»Ich höre dem Regen zu.«
»Oh Seduco, du solltest aufpassen, dass du nicht eines Tages aus deiner Traumwelt erwachst und feststellst, dass du ganz allein auf der Welt bist.«
»Das bin ich schon.« erzählte ich dem Regen. Sie schnaufte genervt.

»Götter in der Hölle, bewahrt mich vor einem verknallten Jugendlichen mit Hang zur Theatralik«, darauf drehte ich mich zu ihr um. Sie hielt mein Zeugnis in der Hand.
»Ich wollte mit dir reden, kann ich das jetzt oder unterbreche ich damit wichtige Wetterkonversationen?« der Zynismus blieb nicht ungehört.
»Was gibt's denn?«
»Was ist das hier?« dabei wedelte sie mit dem weißblauen Jahreszeugnis.
»Mein Zeugnis.« Das war immerhin eine Tatsache. Sie schien das nicht so zu sehen. Las stattdessen vor »›*Der Schüler beteiligte sich* zwar meist *aufmerksam und interessiert, aber* leider viel zu passiv *am Unterrichtsgeschehen. Sein Verhalten war stets sehr lobenswert. Die Erlaubnis zum Vorrücken in die nächsthöhere Jahrgangsstufe hat* er nicht *erhalten.‹* Hast du etwas zu deiner Verteidigung zu sagen?« fragte sie nach einem auffälligen Räuspern und sah mich an.
»Ja. Das letzte dreiviertel Jahr!«
»Du hättest es schaffen können. Wenn du nicht immer mit deinem Kopf in Regenwolken hängen würdest. Mal abgesehen davon, hätte ich davon nicht schon vorher erfahren sollen? Normalerweise bekommt man doch als Eltern ein paar Wochen vorher ein Schreiben. Hast du die Unterschrift gefälscht, gehst du wieder deiner kriminellen Ader nach?« ihr Ton war meiner Meinung nach übertrieben scharf.
»Meiner was? Das mit dem Klauen ist fast zwei Jahre her und ich weiß selbst noch nicht, was mich damals geritten hat. Und ja, du hast ein solches Schreiben bekommen, Opa hat es stellvertretend für dich unterschrieben. Du warst ja nicht da. Dad weiß es auch schon, er hat sich verständlicher gezeigt als du. Du warst doch dabei und beteiligt an dem ganzen Horror seit letztem November, drogenabhängige Sektenmutter mit Hang zu kranken Liebhabern. Außerdem bin ich nur knapp vorbei geschlittert, ist ja nicht so, als wären alle Fächer Katastrophe.«
»Na ja, aber über mittelprächtig kommst du, außer in Kunst nicht drüber. Nicht mal in Deutsch. Ich dachte du schreibst so viel, manisch depressiver Sohn mit Hang zu imaginären Freunden.«
Das Gespräch endete mit zornigem Gefunkel und gemeinsamen Lachausbruch. Schließlich, unter Tränen des Vergnügens, unterschrieb Constance das furchtbare Zeugnis und sagte so etwas wie: »Na gut, einmal darfst du. Sogar Einstein ist durchgefallen.« – und ich hatte immer geglaubt, das wäre die Ausrede, die Schüler ihren Eltern schüchtern-

trotzig unter die Nase rieben. In der Hoffnung, dies fadenscheinige Argument würde Sanftmut erzeugen. Nun ja, mein Name ist Seduco Timid, heute regnet es.

Seduco Timid, Tagebuch – 22. August 1999

Ein geschwätziges Zirpen umgibt mich und Hitze steigt von den hohen Gräsern empor. Ich sitze hinter dem kleinen Häuschen im Garten, am Tisch direkt unter dem Apfelbaum, dessen Blätter mir wohltuenden Schatten spenden. Mom und ich entschieden uns für ein Wochenende am See, sie wollte mal wieder etwas anderes sehen, ist nicht mehr dauerhaft in der Klinik, sondern im zwei Wochentakt, dennoch bleiben Zimmer voller Erinnerung, eben immer Zimmer voller Erinnerungen. Sie ist vor einer Stunde aufgestanden und in den Wald gegangen, um mit den Bäumen zu reden. Ich würde mir Sorgen machen über sie und ihre seltsame Angewohnheiten seit damals, wenn ich nicht zu opportunistisch wäre und Angst hätte, damit die gute Stimmung zwischen uns hier draußen zu gefährden.
Wir sind irgendwo auf dem Land, an einem See der trotz des heißen Wetters verdammt kühl ist. Von unserem finnisch anmutenden Holzhaus, führt ein Steg auf das Wasser hinaus, dessen Oberfläche durch zahllose, schnappende Fische, nachts niemals glatt ist.
Und hier sitze ich, bin allein mit mir und meinen Gedanken, wie immer. Sinne einem Traum hinterher. Als ich heute Morgen aufgewacht bin, hielt ich ihn noch für den Realistischsten aller Zeiten und für wichtiger als, als, ... ach keine Ahnung, eben für wichtig.
Jetzt überlege ich allerdings, ob ich ihn überhaupt eintragen sollte, in dieses Tagebuch. Aber warum nicht? Außer mir wird es hoffentlich ohnehin niemand mehr lesen und wenn ich nicht will, muss ich es selber auch nicht. Ich werde also die Augen schließen und das im Schlaf gesehene noch einmal Revue passieren lassen:
Ich treffe Jasmin in einer Art Disco und nach den Leuten zu urteilen, handelt es sich wohl um einen Schulausflug und gleicht der Szene einer Alkopopwerbung. Muss so sein, sonst wäre ich mit Sicherheit nicht hier. Sie war da, mit ihm, ihrem Freund. Er hatte schwarze Haare, obwohl ich ihn – nach meiner prähospitalen Recherche – nur mit Blonden kenne. Wie

hieß er doch gleich? Ah ja, Thomas irgendwie. Sie küssten sich gerade, in einer dunklen Ecke zwischen Bühne und Sofagarnituren. Jasmin trug gar keine Brille. Ich hustete, diese verdammten Nebelmaschinen! Licht, Gekreisch und laute Musik. Warum war ich hier? Alkohol, welch scheußliche Erinnerung an Roland. Da, er ist sogar hier. Er arbeitet hinter der Bar. Wie lächerlich. Nun ich ging zu Jas hinüber, stahl mir von einem der Couchtische ein Glas und stellte mich genau vor sie. Den Rücken ihr zugewandt tat ich so, als würde ich mich umsehen, nach jemanden suchen oder mich zu der Musik bewegen. Etwas was ich ungefähr genauso gut konnte wie singen, fechten oder Stepptanz. Als sie bei einer Umarmung von *Thommy* die Augen aufschlug, sah sie mich. Sie stöhnte, ich drehte mich um, sie verdrehte die Augen. Sie hatte einen zwanziger Jahre Haarschnitt, dazu das passende Kleid in Creme und lange Perlenketten um den Hals. Sie aschte ihre Zigarillo so ab, dass die Flöckchen auf meinen Chucks landeten und meinte: »Oh nein, jetzt ist Schluss.« Sie ließ ihren Freund stehen, packte meinen Ärmel und zog mich weg. Sie zerrte mich über die Tanzfläche, durch das gesichterlose Gedränge hindurch, zu einer Treppe. Eine Eisenkonstruktion, hässlich und offensichtlich Requisite eines Alcatrazthrillers. Wir gingen nach oben, dabei rief sie mir zu, dass ich aufhören müsse sie zu verfolgen und sie als *Freundin* zu sehen, sie habe mir doch gesagt, dass ...

»Aber das mache ich doch gar nicht! Ich will doch bloß, dass wir etwas unternehmen. Gemeinsam. Als Kumpels sozusagen. Eben wie du es meintest«, unterbrach ich sie. Wir waren oben angekommen und durch eine alte Holztür mit eingesetzten Glasfensterchen gegangen und Jasmin sah mich wütend an, in ihren Augen flammte kalter Abscheu auf.

»Und was bitte, willst du *unternehmen*?« Ich schlang – meinem realen Ich vollkommen untypisch – meine Arme um ihre Taille und raunte ihr ins Ohr, dass ich keine Ahnung habe. Sie stieß mich fort von sich, sah mich erbost an und ich blickte vom Boden herauf und erwiderte nur ein geflüstertes *Pardon*.

Wir waren im Flur der Wohnung in welcher ich lebe. Jasmin sah sich um und obwohl sie noch nie hier war, wusste sie, wo dieses hier war.

»Was soll das hier, ist das ein Spiel? Du bist doch wahnsinnig!« spuckte sie mir die Worte ins Gesicht und rannte hinaus, die Holztreppe, welche wirklich zu dem Wohnhaus gehörte, hinunter. Ich folgte ihr, rief ihr freundliche, aufdringliche Dinge hinterher, rannte und rannte, holte sie

allerdings nicht ein. Das Treppenhaus war viel größer als das Echte, man hätte meinen können man liefe das Treppenhaus des Berliner Fernsehturms hinunter. Schließlich erreichte ich die Haustür doch noch und dort stand sie. Ihre linke Hand lag auf der Klinke, die Rechte ruhte am Türrahmen und sie sah mich, über die Schulter, aus leeren Augen an, als ob sie versteinert wäre.
»Lass uns als Freunde auseinander gehen, bitte Jasmin« bat ich. Ihr Gesicht verzerrte sich zu einer hässlichen, dämonischen Fratze voller Ekel, sie öffnete ihren Mund und die Antwort auf meine Bitte war ...

Da, erwachte ich. Wobei ich glaube, sollte die Antwort eines Traumes eine Rolle spielen, dass ich diese durchaus von diesem kenne. Auch in der Wirklichkeit haben Jassy und ich ewig nicht mehr miteinander geredet, weder in der Schule noch privat. Vermutlich ist dieser Traum nur der endgültige Schlussstrich unter diesem schwachsinngetränktem Szenario einer Tragödie, dessen Autor entweder das Schicksal oder ich selbst war. Nur meine Gefühle müssen noch kapieren, dass der Verstand wieder Herr der Lage ist und diese emotionale Hirnlosigkeit ein Ende finden sollte. Wenn ich allein bin, sind sie noch stark.
Aber ich schaffe es inzwischen, mich auf andere, friedvollere Dinge zu konzentrieren. Der Wind rauscht in den Blättern und irgendwo singt eine Frau, die ich mal als meine der Wirklichkeit verwurzelte Mutter kannte, ein Lied für die Bäume. Mein Name ist Seduco Timid, heute ist Sonntag der zweiundzwanzigste August neunzehnhundertneunundneunzig, irgendwo an einem See.

Seduco Timid, Tagebuch – 13. September 1999

Lange habe ich nichts mehr geschrieben, wagte es nicht, wage es noch kaum. Zu peinlich ist das im Schuljahr Vorgefallene. Ich war verliebt, gab mich einer schrecklich *hirnlosen Emotionalität* hin, flog durch die achte Klasse und muss diese nun wiederholen.
Nun ja, eigentlich war dies ja von vorne herein klar, in schulischen Dingen, war ich schon immer faul. Tat nur das Allernötigste. Würde ich mehr machen, könnte ich vermutlich ein richtig, richtig guter Schüler sein und nicht zwischen gut, mittelmäßig und Fiasko hin- und herschlittern.

Manch einer hätte vermutlich, die ganze Krankenhaussache dafür genutzt, für das restlich verbliebene Schuljahr zu Hause zu bleiben. Schicksal als Freibrief. Doch, das bin ich dann auch wieder nicht. Ich bin der Ordnungsfanatiker, der nachts um Drei aufsteht und sein Zimmer saugt, wenn ihm danach ist oder der eben jedes Jahr versucht, alle Schulämter zu belegen, die es gibt, aber noch nie zum Klassensprecher gewählt wurde. Ich bin der, der immer überpünktlich ist, immerhin die Hälfte der Hausaufgaben auf den Busfahrten zur Schule oder nach Hause erledigt und sich wenigstens die Stunden innerhalb der Lehranstalt mit voller Aufmerksamkeit reinhaut – für gewöhnlich. Darüber hinaus allerdings, herrscht frei. Auf Arbeiten wird frühestens den Vorabend gelernt, was meistens nicht mehr als eine halbe Stunde beinhaltet. So gesehen, wäre ich wohl doch der Kandidat, der zu Hause geblieben wäre. Allerdings hätte mein Pflichtbewusstsein mir Löcher in die Ruhe gebissen und mit Schuldgefühlen gefüllt, zudem fällt mir zu Hause die Decke oft auf den Kopf und ich wollte immerhin jemanden nahe sein.

Im Sanatorium musste ich die ganze Zeit an *sie* denken, besonders nachdem ich damals nie tatsächlich den Mut gefunden hatte, sie anzurufen. Und nun war es so weit. Ja, ich kam ihr sogar näher als ich zu hoffen gewagt hatte. Denn es war bereits meine zweite Schulwoche. In welcher die achten Klassen, jetzt im April, in den am Jahresbeginn angekündigten Skiurlaub fuhren. Eine Woche lang im Schullandheim verbringen und Skifahren oder sich dies von den Sportlehrern beibringen lassen. Ganz klar! Nichts für mich! Ich liebe Schnee, solange ich hinter dickem Glas in einem beheizten Raum bin, mit einer Tasse heißer Schokolade in der Hand und dem Wissen, dass der Schnee bald wieder verschwunden ist. Aber sonst bin ich froh, wenn ich mit dem weißen, kalten Zeug nicht in Berührung komme. Außerdem bin ich der Überzeugung, zur Ausbildung eines Sportlehrers gehört das Fach Sadismus.

Wenn auch Alex mit ins Skilager gefahren ist, so empfand Jasmin doch ganz ähnlich wie ich. Für alle die, die nicht mitfahren wollten, ist eine *Restklasse* eingerichtet worden. Denn Schulpflicht bestand nun einmal. Nun in dieser Woche waren, wie gesagt, verschiedenste Schüler aus den sieben Parallelklassen in eine Klasse gepfercht worden und so waren Jasmin und ich zusammen. Sie setzte sich, da sie mit den anderen Klassen noch weit weniger zu tun hatte als mit unserer, zu unserem Grüppchen. Und wie es der *Zufall* so will, saß ich alleine und neben mir war noch ein freier Platz – jetzt nicht mehr.

In dieser Woche redeten wir viel, zeichneten und sahen Filme, denn eigentlich wusste keiner der Vertretungslehrer etwas mit uns anzufangen. Sie erzählte mir zum Beispiel, dass Alex und sie schon befreundet sind, seit sie ganz kleine Kinder waren. Sie wohnten im selben Dorf, ein Stück außerhalb der Stadt. Oder sie erzählte davon, dass sie diesen Skikurs schon im vergangenen Jahr machte, da sie ja die achte Klasse so schön fand, meinen zu müssen, sie zu wiederholen, etc. Kurz um, nach dieser Woche war mir einmal mehr klar, dass ich mich verliebt hatte. Wie sollte ich auch nicht? Sie war nicht nur hübsch und sehr beliebt, sie war auch der erste Mensch meines eigenen Alters, der sich ganz normal mit mir unterhielt. Es ist durchaus möglich, dass dies nur ein grausamer Akt des Mitleids war, immerhin hatten wir uns ja in der *Hohen Genesung* getroffen. Erschwerend kommt zu dieser Vermutung hinzu, dass ihre Mutter mit geistig Beeinträchtigten arbeitet. Das alles war mir allerdings ziemlich gleichgültig, Hauptsache, sie war bei mir. Irgendwann dann in dieser Woche setzte mein Hirn gänzlich aus. Ich redete nur noch Schwachsinn und jubelte, wenn sie mir mehr von Alex und sich erzählte, da ich mich dann mit ihm identifizieren konnte. Schließlich kam der Augenblick meines Untergangs. Ich rief sie an.
Ja, ich habe sie angerufen! In früheren Vorstellungen vom Verliebtsein habe ich geglaubt, man wäre dann romantisch, würde poetische Adern entdecken, Gedichte schreiben und alles wäre fröhlich, leicht und beschwingt. Nun, ich wurde desillusioniert. Die Wahrheit ist für mich eines der höchsten Güter, davon ausgehend und von der Meinung, es wäre nur fair, dass sie es wüsste, da es sie ja immerhin betrifft, rief ich sie an und erzählte ihr, dass ich mich in sie verliebt habe. Das war etwa drei Wochen nach *unserer gemeinsamen Zeit.*

Man stelle sich diesen Schock vor: Man geht irgendeiner Tätigkeit nach im Frieden seines Heims, dann kommt die Mutter herein und reicht einem das Telefon. Man freut sich, glaubt, es wäre einer der zahlreichen Freunde oder Freundinnen. Man geht ran, meldet sich fröhlich und hört die Stimme von einem Niemand. Man überlegt und erinnert sich an diese unscheinbare Person. Man hatte sich eigentlich noch nicht wirklich mit ihm beschäftigt, ein-, zweimal vielleicht miteinander geredet, nett, aber eigentlich nicht von Interesse. In der Skikurswoche hatte man ein wenig mehr geredet, zwischendrin andere kennen gelernt, einem Skate-Typen sogar die Haare geschnitten. Aber jetzt ist diese unwichtige Person am anderen Ende des Telefons und

sagt, er habe sich in einen verliebt und fände es richtig, dass man selbst es erführe. Gut, das empfinde man zwar nicht so, aber wir sind höflich und sagen, man könne die Gefühle zwar nicht erwidern, fänden es aber super mutig, dass er es einem eingesteht. Man rede von Freundschaft und der Gleichen, da man ihn nicht mehr verletzten will als er es schon ist, hat aber eigentlich so gar kein Interesse daran.
Nun diesen Schock tat ich ihr an und sie dankte es mir mit dem scheinbaren Angebot der Freundschaft. Und ich? Ich war glücklich damit. Es war etwas Neues. Etwas, dass sich gut und normal anfühlte.
Nun sind es mehr als fünf Monate, dass ich mit ihr zu Gange bin. Zwei Peinlichkeiten erlaubte ich mir noch. Am achten Mai wollte ich eine Kombi aus Jugendweihe und Konfirmation feiern. Genannt: *Juko*. Nun eigentlich hatte ich schon im Krankenhaus geplant, dass ich mit einer Auswahl an Familienmitgliedern in ein ganz tolles, super nobles Restaurant gehe, dass dazu einlädt, den gesamten Tag dort zu verbringen. Ein altes Jagdschloss außerhalb der Stadt bietet Raum für solche Anlässe. Allerdings durch meine Verliebtheit in das Alter eines sabbernden Kindes zurückgeworfen, schrieb ich ihr einen Brief und lud sie zu meiner *Juko* in einen Erlebnispark ein. Hätte mir je jemand erzählt, dass ich so etwas tun würde, ich wäre in einen Lachkrampf versunken und hätte drei Tage nicht mehr aufhören mögen. Jetzt weiß ich, ich tat so etwas und es ist mir unendlich peinlich. Immerhin ist sie auch noch ein Jahr älter. Gut was ist schon ein Jahr. Gar nichts, aber die Entwicklungsspanne zwischen einem fünfzehnjährigen Mädchen und einem Jungen, der dieses Alter erst im November erreicht, ist unendlich.
Die zweite Peinlichkeit war, dass ich, nachdem sie diesen Brief nicht sofort beantwortete, via Zug zu ihr fuhr und das unmittelbar vor einem Test in Haushalt und Ernährung, ohne genaue Kenntnis, wo sie wohnte. Aber irgendwie fand ich dann doch zu ihr. Es war ein heißer Maitag und ich war schon einige Kilometer gelaufen, da ich durch meine Unkenntnis am falschen Bahnhof ausgestiegen war. Mein Herz hatte so gerast und immer wieder hatte ich mir vorgestellt wie sie wohnt, was sie sagen würde, was ich sagen würde, ... Wir unterhielten uns kurz und sie versuchte mir noch einmal klar zu machen: *Freunde ja, sonst nichts*. Dies kam allerdings nicht wirklich bei mir an.
Die *Juko* verlief wie ursprünglich geplant, worum ich sehr froh bin, da ich mir meine verwitwete Oma der väterlichen Seite und den ebenfalls,

noch fast frisch verwitweten Opa Bernhard, nicht in irgendeiner idiotischen Achterbahn vorstellen könnte. Nicht einmal ich, das heißt schon was.
Dem allen nicht genug, habe ich mich noch einmal zu ihr aufgemacht und nochmals einen Brief geschrieben, allerdings drehte ich wieder um, bevor es zu spät war und schickte den Brief niemals ab. Jasmin redete mit mir danach eigentlich kein Wort mehr, nur einmal kam sie und sagte ironischer Weise, dass es sehr traurig sei, dass wir jetzt gar nicht mehr miteinander redeten. Nun ja. Doch nichts geschieht, ohne dass ein Vorteil zurückbleibt. Es gibt nicht wenige auf der Schule, die mich im letzten Jahr als *Schwuchtel* bezeichneten, immer dann, wenn *Freak* zu ausgelutscht klang. Doch da diese peinliche Geschichte recht schnell publik wurde, dank eines Mitschülers in Jasmins Klasse, der die sieben Jahre zuvor in meiner eigenen war, blieb dies erstmal für eine ganze Weile aus, denn jemand der sich in die glorreiche Jasmin verliebte, kann ja nicht schwul sein.
Allerdings bleiben solche Geschichten auch nicht ohne Nachteil. Man denke daran, dass ich mein Dasein bisher im Schatten gefristet hatte und es nie wollte, doch irgendwann akzeptierte. Nun war ich ungewollt ein wenig mehr in Richtung Mitte der Aufmerksamkeit gedrängt worden, was mal wieder das paradoxe Denken eines Halbwüchsigen aufzeigt. Zudem grinst Alex seit dem Drama immer irgendwie komisch, wenn er mich ansieht, so ein herablassendes, joviales Lächeln. Ich würde es ihm am liebsten aus dem Gesicht schneiden. Amadeo streckt ihm immer die Zunge raus, wenn er ihn sieht, nur kann Alex das ja nicht sehen und es ist wohl ein erneuter Anflug postpubertären Kinderverhaltens. Was mich allerdings faszinierte war, dass Amadeo nie zugegen war, an den Tagen, an welchen ich mit meiner Verliebtheit glücklich war, ich allerdings zu seiner Welt wieder verstärkt Zugang gewann. Dafür aber erschien er und begleitete mich häufig, wenn es mir schlecht ging. Kurz, die Gefühle fuhren Achterbahn und ich fuhr mit und morgen geht es noch einmal los. Jasmin und Alexander sind dann in der Neunten und mein Name bleibt der eines Achtklässlers Seduco Timid.

<u>2000</u>

Was säuselt der Wind? Ein Jahr vergangen?
Ein alter Weg, erneut begangen.
Manche Pfade blieben unbeschritten.
Neues zu altem, altes zur Gewohnheit entglitten.

Monate flogen dahin, Sekunden verweilten.
Einiges was geschah, blieb unbeschrieben,
anderes geschah nie und wurde doch gelebt.
Einer besuchte mich weniger häufig,
als meine Erinnerung an einen.

Was säuselt der Wind?
Still ist im letzten Jahr mein Buch geworden.
Wie seltsam.
Und doch, könnte es nicht besser sein.
Denn wer nichts zu berichten weiß,
bedarf keiner Geschichten mehr, um sich selbst zu begreifen
und ist wohl wahrhaft glücklich. Oder?

Nun, das Philanthropinum war nicht mehr so subversiv
wie es die Vorjahre war. Hatte Erfolge, wurde gesehen, war
Schülervertreter und involviert. War also glücklich.

Doch, sub rosa: Keine Freunde, liege in Ketten.
Sie ziehen an allen Extremitäten und ich drohe zu
zerreißen. Zerren an inneren Gebäuden und äußeren Empfinden.
Unwissenheit, Unkenntnis und Umbruch sind Geißeln und Kerker.
Möglichkeiten wurden zu Ahnungen, Wissen wird daraus erwachsen,
doch noch, sind diese Früchte unreif.

Betreten wir ein neues Jahr. Millennium kam,
Welt blieb. Vielleicht ja nächstes Jahr.

Seduco Timid, Tagebuch – 06. August 2000

Klatsch. Klatsch. Es war so unglaublich laut. Laut und dumpf erreichte der Schall das Ohr. Ganz so, als ob nichts auf dieser Welt ein Geräusch machen würde, mit Ausnahme der Wassertropfen, die von den nassen Haaren hinunter auf den Boden der Badewanne tropften. Und es hallte wieder. Im Keramik der Wanne, im Badezimmer, hinaus durch die offene Badtür und durch die gesamte Wohnung zurück zu dem Tropfen, der es ausgelöst hatte, der trotz Zeitdehnung schon längst vergangen und durch einen identischen Bruder ersetzt worden war.
Durch das monotone Rauschen, des aus dem Duschkopf prasselnden Wassers, hatte ich über eine sehr lang gedehnte Stunde vergessen können. Einer Stunde, die mir jetzt im Nachhinein, wie verflogen scheint. Nun gut, sie ist es ja nun auch. Vergessen können.
Klatsch. Der nächste Tropfen. Ich saß da, wie ich jetzt da sitze. Auf den Abfluss starrend, welcher unersättlich das Wasser verschluckte. Die Beine angewinkelt und die Arme um die Knie geschlungen, so eng, dass sich die Finger der Hände unter die Fußsohlen gruben. Das Wasser regnete einfach herab. Hinunter auf einen Körper, der die jämmerliche Hülle einer gebrochenen Seele darzustellen gesuchte. Mal war es kochendheiß, dann wieder schlagartig schockierend kalt. Je nachdem, wie es unsere alte Gastherme für richtig befand. Und ich saß einfach nur da. Verbrühte mich, fror, starrte in die Stille des monotonen Rauschens und bildete mir ein, Ruhe zu finden.

Eine spröde Landschaft. Lehmiger Boden, der vor Trockenheit überall aufgerissen war. Blaugrau. Ein knorriger, blätterloser alter Stamm eines Gebüschs reckte seine Ästchen in das dunkelblaue Wolkenmeer. Endlose Weite und nichts zu sehen, kein zweiter Strauch, kein Berg, kein Horizont. Irgendwo in der Ferne verschmolz der Himmel mit der Erde. Ich saß am Boden, nackt und wie ich in der Badewanne gesessen war. Direkt über mir, und ausschließlich über mir begann es zu regnen. Wie im Badezimmer prasselte das Wasser herab. In unmittelbarer Nähe bewegte sich etwas. Ein Chamäleon, vorher dem Hintergrund so gut angepasst, dass ich es nicht habe ausmachen können, kam es von den freiliegenden Wurzeln des Busches hergelaufen. Schwerfällig. Als es über meine Füße kroch und damit in den Regen kam verwandelte es sich in ein Gürteltier, welches sich langsam zusammen- und einen halben Meter davon rollte.

Als es zum fußen kam, war es eine große eierschalenfarbene Perle.
Die Erde um mich herum nahm das Wasser begierig auf, der Lehm wurde weich und schlammig. Ich blieb sitzen. Amadeo erschien an dem dorren Gehölz. Sah aus, wie er immer aussieht, mit schwarzen Augen und lächelndem Gesicht. Ich hatte ihn so lang nicht gesehen, so lang hat er mich allein gelassen.
Die Erde begann abzusacken. Ich fuhr zusammen, blieb aber sitzen und vertiefte mich in Amadeos Gestalt. Ein leichter, köstlicher Schauer kroch mir den Rücken hinunter. Angenehm, lustvoll, erregend, orgastisch. Hände waren es, sie massierten mir den Rücken, streichelten mir den Nacken, Lippen küssten ihn und bliesen kühle Luft auf die Haut, welche sofort eine Gänsehaut bildeten. Als ich mich umdrehte, war niemand da. Oder jemand, war schon wieder verschwunden. Wieder Amadeos Augen. Der Lehm unter mir brach plötzlich auf, ich versank. Machte ein verzweifeltes Gesicht, blickte Hilfe suchend zu Amadeo. Doch er blieb stehen, lächelte liebevoll. Nun bewegte ich mich doch, versuchte meine Finger im Lehm zu vergraben, mich festzukrallen. Bis zur Brust war ich schon versunken. Ich kämpfte und schnaufte. Wollte schreien, doch keinen Ton konnte ich meinen Stimmbändern entlocken. Amadeo löste sich in ein Dutzend Raben auf und flog davon. Wie in Zeitlupe. Das Wasser hörte auf herabzuregnen und Amadeos Flügelschläge dröhnten laut und gedehnt in meinen Ohren.
Die Erde war fest. Trockner Lehm, verkrustet an meinen Fingern. Staubig vom hoffnungsvollen Graben. Die Wolken lösten sich auf und zwei Sonnen blechten herab. Versenkten alles. Zwischen meinen Fingern waren Schwimmhäute gewachsen und an meinem Hals spürte ich Kiemen nach Luft ringen. Eine weiße Taube saß nun auf dem Gesträuch und die trockene Erde um mich herum, in meiner Versenkung, sprang auf, und mit urknallgleichem Getöse brach ich hindurch. Stürzte in die Tiefe. Tiefe Dunkelheit. Ich fiel, lange Zeit und hatte Angst. Fiel in die Schwärze, hinein in die alles verschlingende Dunkelheit. Gern hätte ich geschrieen, doch meine Lippen waren fest aufeinander gepresst, fest versiegelt. Ruhe umgab mich und irgendwann, kroch die Ruhe auch in mich hinein. Umfing mich. Und obgleich ich immer noch fiel, hatte ich keine Angst mehr. Lächelte und genoss diese Stille, welche an manch anderen Tagen, in manch anderen Stunden so eine unerträgliche Beklemmung in einem hätte auslösen können, dass man nur noch ein Licht hätte entzünden mögen, nur um zu sehen, dass es dadurch nur noch

schlimmer wird. Kein Ton, kein Licht. Nur unendliche Finsternis. Auf wunderbare Art und Weise erinnerte sie mich an den Anfang aller Dinge. Am Anfang ist es immer dunkel. Und dann, *Fiat Lux*, kommt das Licht. Ich fiel in dieses Licht hinein, durch es hindurch und war mit einem Mal wieder im Regen. In der Badewanne.

Irgendwann entschied ich, den Wasserhahn zu zudrehen. Und irgendwann, nach einer dritten Endlosigkeit, stand ich schwerfällig mit wackeligen Beinen auf, griff mir das vorher bereitgelegte Handtuch und begann, mit der zähfließenden Geschwindigkeit erkalteter Lava, mich trocken zu rubbeln. Es war erst sechzehn Uhr, später Nachmittag, als ich vor über einer Stunde ins Badezimmer geschlichen bin.

In meinem Zimmer angekommen, zog ich Shorts an und streifte mir meinen weißen Pulli über. Schließlich fand auch noch meine graublaue, dunkle, abgetragene und zerschlissene Lieblingsjeans ihren Platz. Die Kleidungsstücke engten ein und streichelten die Haut mit Sandpapierzärte. Ich setzte mich auf mein Bett, blickte zum Fenster hinaus in den blauen Himmel und wartete auf das, was da kommen möge. Und dann kam es und es wurde wieder laut und dunkel. Angst, Zweifel und Panik. Es sind feine Fäden, ein Spinnennetz dem ich scheinbar nie entrinne, seidene Schwermut. Gedanken.

Sie alle drehen sich um Geheimnisse. Lange schon habe ich darüber nachgedacht und ich habe festgestellt, dass, wenn man Geheimnisse hat, wenn *jemand* Geheimnisse hat, dass es immer jemand anderen gibt, der versucht, diese zu erforschen und somit das Zusammengehörigkeitsgefühl zerstört wird. So geben Geheimnisse einem oft das Gefühl von Einsamkeit. Dies offenbart sich auf verschiedene Weise; findet diese Geheimniskrämerei und deren Ergründung auf den verschiedenen Bewusstseinebenen der eigenen Psyche statt, so fühlt man sich entzwei gerissen, die Einheit von einem selbst wurde zerschlagen, und Gefühle lassen sich nicht in Worte fassen, da sie Angst machen und Offenheit wird zum Werk des Teufels, denn es verletzt immer zuerst einen selbst und demgemäß verharrt man lieber in Schweigen mit sich selbst, als sich der Gefahr zu stellen und wird zum Eremiten des eigenen Bewusstseins.

Offenbart sich dieses Gefühl der Einsamkeit allerdings außerhalb freudscher Sphären, so ist dies der Fall, wenn man weiß, dass man keine wahre Freundschaft pflegt, da man sich nicht dem *Freund* öffnet und man ist gleichsam in steter Angst davor, was passiert, wenn man es nun doch macht. Wird man dann verlassen wegen der Sache selbst oder wegen

der Tatsache des langen Schweigens? Doch wenn man verlassen wird, so war es dann wirklich ein Freund? Oder nicht eher nur ein Bekannter? Eine Begegnung?
Aber trotz dieses Tumults in mir, mit all diesen Fragen, auf welche nur die Zeit und ich selbst eine Antwort kennen, habe ich gemerkt, dass Geheimnisse manchmal doch einem ein Gefühl von Solidarität geben können. Ja, vielleicht auf Grund der Andersartigkeit von Erfahrungen und Wissen, einem mit Stolz erfüllen können, trotz das die Angst vor der Reaktion von einem selbst, sollte dieses Dunkel je ans Licht gelangen, beharrlich verweilt.
Doch die Tatsache bleibt, dass ich Seduco Timid ein unscheinbarer Kleinstadtjugendlicher, mit einem doch eher unbedeutendem Leben, nun erneut etwas zu verbergen habe. Und es mir Angst macht, dass ich nicht zu sagen vermag. ob mich das wirklich so mit Gram erfüllt. Vielmehr ärgere ich mich darüber, dass ich mich davor ängstige und das sich meine Gedanken hinter der Stirn überschlagen und das Herz zuweilen vor Erschöpfung aussetzt.
Aber der Sommer steht vor der Tür, was zu wiederholen war, wurde wiederholt. Möge die Lebensfreude der heiteren Monate meine opake Psyche doch noch durchdringen und Licht in finstre Räume leiten. Mein Name ist Seduco Timid, Hoffnung ist mein Phönix – sie wird stets in mir neugeboren und verliert sich nie.

Seduco Timid, Tagebuch – 27. Oktober 2000

Ich glaube fest daran, dass hinter allem ein Sinn steckt und doch, an manchen Tagen kommt mir mein ganzes Sein und Tun, alles was ich mache, denke, ja sogar fühle, so sinnlos vor.
So unsinnig, dass ich in Melancholie nur so schwimme und am Rande einer Senkung stehe. Schwarz und Dunkel. Eingang zum Pandämonium. Welches eine Anziehungskraft auf mich ausübt, dass ich mich nicht mehr halten kann, derer ich mich nicht entziehen kann, mit scheinbar keiner Macht der Welt. Dann ist mir der Sinn allem entwischt. Von dem, was ich in der Schule lerne, meine Apperzeptionen, mein Leben. So fremd, dass sich mir sogar der Sinn dieses Buch hier, mein Buch der Gedanken, meiner Schatten, der Weisheiten, Lehren und Gefühle

entzieht. In solchen Momenten breitet sich eine Leere in mir aus, so dass ich vergesse, wer ich eigentlich bin. Weiß nicht mehr, wer zu sein ich glaubte. So ausdruckslos.

Doch tief in mir verborgen, weiß ich dann auch, dass dies nicht wahr ist, dass das nicht stimmt. Dass ich sehr wohl eine Ahnung von mir habe und alles einen Sinn hat. Und ich weiß dann auch, dass es sehr schön sein kann, mal einen Tag lang in Melancholie und Selbstmitleid zu versinken, selbst wenn es dafür eigentlich selten einen Grund gibt. Es ist schön in diesem Grau zu schweben, diesem unfassbaren Grau, einer Regenwand gleich. Aber natürlich nur solange, dass ich mich wieder fangen kann. Manchmal sind es nur ein paar Minuten. Manchmal kann es Tage dauern, wenn nicht sogar Monate und bei manchen Menschen Jahre. Irgendwie, obwohl ich darum weiß, wie sehr dieser Zustand den Mitmenschen auf die Nerven fällt, bin ich der Überzeugung, dass solche Zeiten helfen, zu sich selbst zu finden. Denn dieses Gefühl stammt vom gleichen Ort, wie das Weinen. Man fühlt sich stets besser danach. Für mich ist es dann immer wichtig, so etwas aufzuschreiben. So hat man eine Reflexion seiner Selbst, auf welche man zurückblicken kann, wie in ein Fotoalbum für die Seele. Man sieht darin mehr als in allem anderen, den Verlauf seiner Entwicklung, denn wie die Fotografien von der körperlichen Entwicklung zeugen, zeigt so etwas die des Charakters. Wenn man genau nachdenkt, erkennt man das auch an dem hier Geschriebenen.

Heute ist ein grauer Oktoberabend, der Tag hat mich in diese schöne Stimmung gezogen und ich begann es aufzuschreiben. Doch ich bin kein Mensch der so eine Stimmung lange durchhält, ganz ehrlich, manchmal bekomm ich selbst Kopfschmerzen davon. Die Niederschrift lässt dies auch ersehen, zu Anfang noch behauptend, man erspähe keinen Sinn mehr, steht schon im nächsten Absatz das Gegenteil. Das Schreiben kann einen wirklich erheitern und einen hermeneutisch belehren. Ein Beispiel: Ich habe in ein Buch, ein paar wenige Gedanken, Träume und so etwas aufgeschrieben und zwar bereits vor meinen eigentlichen Selbststudien. Damals, das war neunzehnhundertfünfundneunzig im Sommer, war ich davon überzeugt, dies alles wäre so grundlegend und wichtig, wie die Stützpfeiler der Erde. Notizen aus einer *Zeit der Gefühle*. Doch Zeiten sind immer voll Gefühl und wenn ich sie mir heute durchlese, fasse ich mir schmunzelnd an den Kopf und sage: »So ein Blödsinn«. Doch damals waren diese Gedanken wichtig für mich und haben, wenn ich es mir recht überlege, meinen Charakter mit gebildet. Es waren meine

kleinen Wendepunkte, die ich in diesem langen, langweiligen Sommer der Gefühlsverwirrtheit und Sehnsucht nach meinem leiblichen Vater niedergeschrieben habe. Und so ist es doch immer, in jedem Alter ist man der Meinung, den absoluten Durchblick zu haben und alles sei von einer dramatischen Wichtigkeit begleitet. Man zeigt sich empört, nicht wie ein erwachsener Mensch von denen, die es wirklich sind, behandelt zu werden. Ja, eigentlich ist man sich auch auf ziemlich arrogante Weise sicher, dass alle Menschen über dem eigenen Alter einfach dumm sind, vielleicht auf Grund der Körpergröße zu wenig Sauerstoff durchs Blut bekommen oder so in der Art. Lächerlich, die amüsante Überheblichkeit eines Kindes!
Nun ein Schlussgedanke?
Ich sollte mir merken, niemals die Gefühle zu unterschätzen und zu ignorieren, doch überbewertet sollten sie auch nicht werden. Denn sie kommen aus dem Herzen, dem vermutlich schizophrensten und masochistischsten Organ der Welt. Das Herz kann mir Schmerz vermitteln, aber auch Freude. Es kann lieben und gleichsam hassen. Es kann sogar glücklich, traurig und wütend mit einemmal sein und es kann verzweifeln. Doch das zeigt, dass ich ein lebender Mensch bin, oder? Also sollte ich es nicht verschließen, es offen halten, auch wenn der Schmerz unerträglich wird, denn die einzige Linderung dieses Schmerzes erfolgt erneut durch das Liebesorgan. Ich weiß noch nicht, ob es wirklich stimmt, doch im Augenblick bin ich der Überzeugung, genau zu wissen wie schwer das ist, doch man kann es schaffen und das nennt sich dann, so glaube ich, Charakterstärke.
Das neue Schuljahr hat begonnen. Die neunte Klasse. Ich habe mich etwas verändert. Habe die Haare nicht mehr schwarz, sondern wieder mein natürliches dunkelblond und ich habe entdeckt, dass es in unserer Stadt der Musik Geschäfte gibt, in denen Jugendliche modische Kleidung kaufen können. Faszinierend. Ich kann zwar noch niemanden als Freund oder Freundin bezeichnen, aber jetzt reden die Leute mit mir. Liegt vermutlich daran, dass ich auch nicht mehr schweigend vor mich hin grummle. Sollte ich tatsächlich entdecken, dass ich in allem nur ein Spätzünder war und die große Welt, gar nicht so gemein zu mir ist? Schockierend, wenn der nach außen so fröhliche und gutgelaunte Seduco Timid, dies nun auch in seinem Inneren wird. Eine Extinktion alter Verhaltensmuster im Gewebe des noumenonischen Imperiums? Da kann ich nur unter Lachen mit einem Zitat von Robert Burton enden, um den Kreis zum Anfang des Eintrags zu schließen. Mein Name ist Seduco Timid.

»Sie ist der Ozean des Leidens und der Gipfel
allen menschlichen Missgeschicks.
Keine körperliche Qual kommt ihrer gleich, keine Folter, keine heißen Eisen.
Keine je von Tyrannen erdachte Marter reicht an die Schmerzen und Torturen heran, die sie verursacht.
Die Rede ist von der ersten Zivilisationskrankheit Europas: der Melancholie«

(Robert Burton: Die Anatomie der Melancholie, 1621)

2002

»Mom, kann mein Freund mit reinkommen?«
»Seduco jederzeit. Aber muss das heute sein? Schau' dein Dad ist da. Er ist extra gekommen um mit dir den Tag zu verbringen.«
»Papa?«
»Hey Großer.«
»Daddy! Kann mein Freund mitkommen?«
»Kompromiss, okay? Er kann reinkommen und ihr spielt noch eine Stunde, danach fahren wir zwei los. Das heißt, wenn die Mama nichts dagegen hat.«
»Selbstverständlich kannst du noch eine Stunde bleiben, David.«
»Amadeo, Amadeo! Du kannst reinkommen«
»Seit wann hat er denn diesen Freund Constance?«
»Keine Ahnung, den Namen habe ich schon mal von ihm gehört, aber gesehen habe ich den Kleinen noch nicht.«
»Mom, Dad. Das ist Amadeo. Bis später. Komm Amadeo, wir gehen in mein Zimmer.«
»David. Hast du jemanden gesehen?«
»Nein. Sollten wir ihn danach fragen? Oder uns Sorgen machen?«
»Nee, lass sie ... ihn, spielen. Imaginäre Freunde sind nicht so extrem seltsam. Das ist doch meistens nur eine Phase. Wenn es Seduco hilft, damit klar zu kommen, was zwischen uns los ist oder damit, dass er mit niemanden in der Schule Kontakt hat, ist das in Ordnung, denke ich. Schau', er wird doch erst acht.«
»Solange es nicht bei imaginären Freunden bleibt.«

Seduco Timid. Eine Erinnerung.

»Mom, kannst du Cassy und mich zu Steven fahren? Wir wollen Mathe pauken.«
»Logisch. Entwickelt sich da eine richtige Freundschaft zwischen euch?«
»Ich denke schon. Habe ein gutes Gefühl.«
»Du kannst dir nicht vorstellen, wie glücklich mich das macht.«
»Doch, ich denke schon.«

Seduco Timid, Ausschnitt aus dem Tagebucheintrag vom 15. Mai 2002

Erinnerung. Sie tritt plötzlich ein, tritt plötzlich hervor. Durchströmt die Gedanken und Gefühle, kann sehr angenehm oder äußerst niederschmetternd sein. Ein Sinnesreiz löst sie aus. Heute ist der siebte März zweitausendzwei, mein Name ist Seduco Timid und heute habe ich mich erinnert, dass ich einstmals Kind war und Amadeo nicht so gegenwärtig und seine Welten fröhlicher.
Nach der Grundschule, passierte es mir nur noch sehr selten, dass ich während des Unterrichts wegdämmerte, im Sinne von sinken lassen in spirituellere Welten. Man sagt, wenn man jünger ist, sei diese Fähigkeit am stärksten ausgeprägt. Doch, bei mir stimmt das nicht – so weit ich weiß. Wenn ich heute reise, dann bin ich manchmal so real darin gefangen, dass ich es nicht nur sehe, sondern spüre und rieche und höre. Mit der Entwicklung von mir, hat sich natürlich auch die *Tagträumerei* entwickelt. Statt allerdings schwächer zu werden oder gar ganz zu verschwinden, nahm meine Begabung in dieser Richtung zu. Früher blieb die *wirkliche Welt* vorhanden und die surreale ein Gedankenkonstrukt. Heute ist das allerhöchstens umgekehrt der Fall.
In der Schule, wir hatten Erziehungskunde – ein Fach, in dem ich sehr gut bin – sahen wir uns einen Film an, der mich nicht interessierte. Die Aussagen, die getroffen wurden, plätscherten in mich hinein, dass war alles was ich brauchte, um bei einem möglichen Test wieder gut abzuschneiden, die Bilder benötigte ich dazu nicht. So holte ich mein Buch aus dem Rucksack, Peter Pan von James Matthew Barrie. Ich nahm den Geruch der Schwarte wahr, kannte es aus Kindertagen und nach einem kurzen Absatz, geschah es. Buchstaben verschwammen, Fernsehstimmen und Klassenlaute verwandelten sich in Nebel... Der *Traum* umfing mich von Neuem.
In diesem bin ich von meinem Platz im Klassenzimmer aufgestanden und durch die leeren Gänge der Schule gelaufen. Das Klassenzimmer hatte keine Tür, keine Fenster. Es befand sich einfach auf dem Gang. Als ich das Schulgebäude verließ, befand ich mich in einer Felseneinöde. Der Haupteingang war verschwunden und einem Felsenportal gewichen. Ich stand einfach da und wartete, bis ein Schatten sich über das Gelände legte. Ein gewaltiges Schiff, eine alte Galeone schwebte drei Meter über meinem Kopf vorbei und folgte seinem Ziel. Aber es war kaputt und alt. Keine Menschenseele war darauf. Es erinnerte an den fliegenden

Holländer, doch noch im Flug löste es sich in Staub auf und verschwand. Als ich meinen Blick wieder gen Boden richtete, wachte ich kurz auf, nur um wieder zu verschwinden. So entschied ich mich, durch das Portal zu gehen. Hindurchgeschlüpft entdeckte ich eine Bühne – ohne Auditorium, ohne Gebäude.
»Amadeo? Komm schon. Die Stunde ist bald vorbei, ich bin in dem Jahr endlich kein Freak mehr und würde dir danken, wenn ich nicht als sabbernder Idiot von Steven wachgerüttelt werden müsste.«
Das Licht oder besser ein Licht ging an. Damit war die Bühne belebt mit Kindern verschiedenen Alters, alle waren sie ich. Blondschopfig, zierlich, fast dürr, grünäugig und nicht wenige auch unbeholfen bei den Dingen, die sie taten. Der Schauplatz befand sich irgendwo in einer spärlich beleuchteten Dunkelheit. Nicht einmal das Portal war mehr zu finden. Einen Clown, mit grünem Plastikhut, einer Rot-Weiß-karrierten Tischdecke als Jacke umgenäht, mit silbernen Pappknöpfen, roten Wollhaaren und ebenso roter Nase, der versuchte zu jonglieren, sprach ich an.
»Hey Kleiner, was machst du da?«
»Üben. Für meinen Auftritt.«
»Auftritt? Wie alt bist du denn?«
»So alt wie du. Schon fast dreieinhalb.«
»Stimmt, ich kenne dich, ich war beim Fasching, Stadtwettbewerb der Kinderkrippen. Ich habe gewonnen, weil ich der traurigste Clown auf dem ganzen Fest war. Ich war damals eigentlich schon wieder dabei, eine Krankheit auszubrüten. Es gibt ein Foto von dir in meinem Fotoalbum, sogar in Farbe.«
Mein dreijähriges *Ich* sah mich mit großen Augen an. Erst jetzt sah ich, dass er blass war und Augenringe hatte. Dann drehte er sich um und verschwand irgendwo in der Menge von *Michs.* In manchen Ecken saßen auch ältere Erinnerungen, die ich noch nicht kannte, die noch geboren werden mussten. Ich ging weiter, kämpfte mich vorwärts, durch dieses Theater der Augenblicke. Bis ich zu einem erwachsenen Mann, in klassisch französischem Pantomimekostüm und weißer Maske kam, der um die Kinder herumtanzte. Ich hatte darauf keine Lust, *wach auf, wach auf, wach auf...*
Es klappte nicht. So sah ich hinaus in die Dunkelheit, dorthin, wo die Zuschauer hätten sitzen müssen. Einen Sitzplatz gab es. In dem grünsamtenen Sessel saß ein erschreckendes Wesen. Es war nicht

hässlich oder grausam, allein die Unbestimmtheit der Erscheinung rief ein beklemmendes Gefühl in einem aus. Die Kreatur die dort weilte, war alterslos, geschlechtslos. Absolut unbestimmbar. Allein die Art, wie es auf bestimmte Vorgänge seitens der Bühne reagierte, entschied, wie alt oder jung, männlich oder weiblich, tierisch oder menschlich dies Kind aus heller Dunkelheit aussah. Es rief solche Bange in mir hervor, dass es mir unmöglich schien, dies Ätherwesen anzureden. Und obgleich mich der Anblick in seiner schreckenden Schönheit fesselte, sah ich mich doch gezwungen fort zusehen, denn je länger ich es ansah, desto mehr verlor ich mich in es und erblindete. Schließlich wandte ich den Blick mit einem heftigen Ruck ab und entschied mich der Blindheit vorzugreifen und richtete meine Augen zurück in die Dunkelheit, hinter dem Wesen, im Versuch sie zu durchstechen. Und es gelang. Sie wurde heller und das Podium, samt seiner Zeitzeugen und absonderlichen Kreaturen verschwand. Ich blickte über einen gewaltigen Schrottplatz, die Sonnenstrahlen, welche durch die Wolkenschwaden brachen, verliehen, tausendfach an Dingen reflektiert, dem ganzen Ort eine skurrile Schönheit. Vor mir führte die Treppe einer Zikkurat nach unten und ich folgte ihr. Manchmal steckten nur Spiegel im Boden, aber meistens bestanden die Müllberge aus Gegenständen alter Erinnerungen, alter Spiele oder Spielsachen, Gemälden oder Wachspuppen von Menschen, welche ich irgendwo einst traf. Die Dimension dieses Schlachtfeldes des Vergangenen, kannte wie üblich keine Ausmaße.

Aus einem der Berge holte ich einen Plüschfuchs heraus.

»Hey, was soll das? Den habe ich noch. Du Ignorant.« sagte ich indigniert ins Nichts hinein. »Das war mein erstes Spielzeug hier in der BRD. Ich habe es im Bundesgrenzschutz geschenkt bekommen. Wenn du nicht aufgetaucht wärst, hätte vermutlich *Füchsi* hier das sprechen gelernt! Immerhin war er hier, mein erster Freund.«

Ich zupfte dem entstellten Stofftier den Dreck vom Fell und sah mir das beschädigte Auge an, als ich heftig nach vorn gestoßen wurde und sicher auf meinem Stuhl landete, gerade rechtzeitig zum Gong.

»Na, hat dich ja wahnsinnig interessiert, he?« das breite Gesicht von Steven wirkte, durch die eine hochgezogene Augenbraue, welche seinen sarkastischen Ton unterstrich, noch größer als sonst.

»Ja, absolut. Konnte mich kaum halten vor Begeisterung.«

»Kaum wach halten, trifft es wohl eher.«

»Was haben wir jetzt?«

»Mann, du musst echt weg gewesen sein, wenn Mister *›ich kenne den Stundenplan gleich am ersten Tag auswendig und weiß noch genau wann ich was in welchem Jahr hatte‹* nicht mal rafft, dass wir jetzt Kunst haben. Im Übrigen dein Lieblingsfach.«
»Danke«, ironischer Ton »Das habe ich allerdings nie behauptet, dass mit dem Stundenplan.«
»Nein, ist aber eine Tatsache. Das und der Fakt, dass sich ständig alle Leute was von dir borgten, Geld, Taschentücher, Kleber, es augenscheinlich bei dir alles gab, haben mich dazu veranlasst, mich dieses Jahr neben dich zu setzen.«
»Schmeichelnd, Gott sei Dank bist du nicht oberflächlich oder materialistisch.«
»Ja, bloß gut.«
Lachend machten wir uns auf den Weg zu den Kunsträumen.
Während des Zeichnens wurde ich nachdenklich. Eine Einöde, ein Schrottplatz. Tristes. Schon wieder. Im gesamten letzten Jahr sind, wann immer ich mich dieser Welt hingab, die Länderein zwischen Ödnis und Leben hin und her gesprungen. Ich habe nichts davon aufgeschrieben. Ich hatte ein schönes Jahr, es gab keinen Grund für mich zum Stift zu greifen. Ja, ich hatte von bestimmten Gefühlen ein Summen gehört, wie ein Flüstern von weit hergetragen, aus den unliebsamen, verdrängten Gebieten meiner Seele. Ein Sirenengesang einer Furcht, die noch reifte, mal fern mal nah. Nichts, dem ich die Aufmerksamkeit meiner Schrift zugedacht hätte. Doch nun komm ich ins Grübeln. Der kleine Funke Unbehaglichkeit, greift über. Lassen wir kein Feuer daraus werden.
Ich erinnerte mich, wie es früher war. Entsann mich der Zeit, in welcher ich Peter Pan war, in welcher ich fliegen konnte. Früher waren die Welten bunt und fröhlich, aber es kam auch viel seltener vor, dass ich so intensiv verschwand. Nun ja, ich war Kind, konnte also auch ohne Amadeos Hilfe fliegen. Man vergisst seine Kindheit, beziehungsweise das, was wesentlich ist an der Kindheit, sehr schnell. Nun mir ist klar, dass ich mich mit meinen Siebzehn noch nicht so ganz zu den Erwachsenen zählen kann, aber dennoch. Als ich Kind war, habe ich mir damals geschworen, dass ich es niemals vergesse. Dass ich meine Reisen ins *Große Tal*, nach *Nimmerland*, *Oz, Arkadien* und *Phantasién*, ... und all die anderen Abenteuerländer aus Filmen, Büchern und Geschichten, niemals vergessen werde.

Ich will und habe sie auch nicht vergessen. Doch man kann es noch so sehr versuchen, man kann sich dem Erwachsenwerden nicht entziehen und die Erlebnisse von damals beginnen zu verblassen, unwirklich zu erscheinen. Sogar mir, wo ich heute noch Reisen ins Unterbewusstsein, in die Fantasie unternehme. Auch ich bin tagelang in *Phantasién* gewesen, auch ich bin nächtelang am Himmel entlang geflogen, habe mit verschiedenen fremden Bosheiten gekämpft, und habe im Sonnenschein des Glücks gebadet.

Auch wenn ich nicht sagen kann, eine erfüllte Kindheit gehabt zu haben. Vielleicht wollte Amadeo dies nur mal wieder festhalten, denn mit Sicherheit werde ich noch Vieles vergessen und Anderes abändern, an den Abenteuern die ich damals erlebt habe. Vieles habe ich schon aus dem bewussten Gedächtnis gelöscht, und Anderes wird nur noch ein dumpfer Hauch sein, von dem was mal gewesen war.

Doch indem ich diese Trümmer sah und Ereignisse dieser Art auf Papier banne, möchte ich erreichen, dass ich mich besser daran erinnere, wie schön es trotz aller Probleme war. Trotz all der Dinge, die man mir nahm und mir dadurch gab. Wie schön es war, *Peter Pan* zu sein.

Ja, früher haben Amadeo und ich, uns immer in irgendwelchen Abenteuern getroffen, die entweder meiner eigenen Fantasie oder die der Autoren von Romanen, Kinder- und Drehbüchern entsprungen waren. So reisten wir nach *Tir Nan Og*, auf die Insel der Jugend und besuchten die *Tuatha de Danan*, die Kinder Danus, aus den irisch-keltischen Sagen.

Oder wir fochten an der Seite von *Disneyhelden* gegen das Böse. Will sagen, unsere Welten waren voller Leben, voller Freude und in der Luft lag Geschwätz und Geplapper. Und heute? Heute bin ich zumeist allein, in nahezu toten Landschaften. So ist meine Welt klein geworden! Sie schrumpft und wird doch realistischer. Es wäre gelogen, wenn ich behaupten würde, dass mir dies keine Angst machte. Denn, auch wenn ich es als Kind nicht verstanden habe, so bin ich nicht dumm und weiß, dass diese Welten keine Zaubertricks Amadeos sind, was immer er eigentlich ist. Diese Vorstellungen kommen nicht von ihm, sondern von mir. Er sagt es mir oft genug. Es ist eine wirre Verschmelzung von real Erlebtem, Fantasie und eventuell Unterbewusstem. Deshalb haben diese Bühnen der Seele auch immer irgendetwas mit dem zu tun, was gerade geschieht, auch wenn sich dies mir selbst – meinem bewussten Ich – häufig entzieht.

Auch ist es periodisch. Es gibt Monate, in denen ich weder Amadeo sehe oder höre, noch einen dieser Träume habe. Dann gibt es wieder Monate oder auch nur ein paar Tage, in denen die Präsenz dieser Dinge unglaublich ansteigt. Nun ja, Marcel Proust drückte es in seiner *À la recherche du temps perdu* im ersten Viertel des zwanzigsten Jahrhunderts, etwa so aus:

»[...] Erinnerung. Sie passiert zufällig, tritt plötzlich ein, ohne dass man es vorher wissen kann. Ein Sinnesreiz löst sie aus: der Geschmack eines Kuchens oder der Geruch von Flieder. Die Empfindung setzt eine Kette von Assoziationen in Gang und eröffnet ungeahnte Horizonte des Inneren. Sie versetzt den, der sie durchlebt, in Ekstase. Sie ist eine Qualität der Psyche, die in seltenen Momenten aufleuchtet. Sie bedeutet nicht weniger als Glück, Schönheit und künstlerische Inspiration. [...]«

Das Bild, welches Amadeo für mich und die Erinnerungen an meine Kindheit malte, ist anders geworden, als ich es gewollt hätte. Es war zu brutal, zu *anders* und ich hätte es vermutlich eigenmächtig übermalen können, um den *Fehler* zu beheben. Am Ende jedoch entschied ich mich dazu, es so zu lassen. Warum?

Eine leichte und unbeschwerte Kindheit gibt es glaube ich nicht. Auch als Kinder sind wir Menschen und haben eben unsere kleinen-großen Probleme. Aber es gibt wohl dennoch eine schöne Kindheit und diese verdanken wir dann doch meist unseren Eltern. So wird eine Erinnerung an Kindsein oft in sonnigen Farben gemalt – gleich, ob auf Malgrund oder im Geist. Dies wäre wohl auch mein Ansatz gewesen. Heraus kam dies. Aber die Erinnerung blieb im Licht, nicht wahr? Und der Erwachsene versteckt sich dahinter, spielt Peter Pan – niemals erwachsen werden, niemals die Welt vergrößern, denn eine größere Welt, bedeutet zumeist größere Probleme – an welchen wir üblicherweise reifen. Doch wer reift und wächst, braucht mehr Raum und manchmal möchte man sich gerade davor verstecken.

Es ist krankhaft, dies länger als Augenblicke zu machen – sich in Kindseinwollen verstecken, das Nichtwachsen, das Fliehen. Daher die Farben am Schrottplatz und das Zwielicht.

Als mir dies heute klar wurde, erkannte ich, dass das Bild, das ich in der Schule im Geiste zu sehen bekam, durch die getroffene Aussage besser in den Kontext passte, als alles, was ich selbst gezeichnet hätte. Auch, wenn möglicherweise nicht die Ästhetik verkörpert wird, welche man lieber in Verbindung mit Kindern sieht.

Doch das, was man sehen will, liegt nicht selten entfernt von dem, was man sehen sollte.
Mein Name ist Seduco Timid, heute ist der siebte März zweitausendzwei, und wir werden sehen, wo uns diese Welt noch hinträgt.

Seduco Timid, Tagebuch – 25. Juni 2002

Heute ist der fünfundzwanzigste Juni, ich bin Seduco Timid und nicht nur mir, sondern auch allen anderen, macht die Hitze dieser Tage schwer zu schaffen. Alle scheinen irgendwie verrückt. Da stelle ich mir die Frage, was Hitze eigentlich ist. Also, was ist Hitze?
Hitze dehnt aus, entzündet Leben, lässt Dinge schmelzen, bringt sie zum kochen, oder setzt sie in Flammen. Es bewirkt eine Veränderung der Materie und wird in der Sprache gerne als Synonym für Fieber oder den Gefühlszustand der Aufregung verwendet.
Aufregung und Veränderung, genau darum geht es. Das macht allesamt hier zurzeit so verrückt und mich mit ihnen. Denn trotz, dass ich *mit*brenne, schon seit vielen, vielen Monaten in verschiedener Hinsicht in Flammen stehe, dehnt mein Leben sich nicht aus. Veränderung zieht an mir vorüber und ich sitze fest. Dies wird mir durch die heißen Sommertage auf so unerträglich eklatante Weise vor Augen geführt. Immer dann, wenn ich sehe wie der glühende Hauch alles um mich herum beeinflusst, wie Blut in Körpern kocht und in der Umarmung zweier Menschen überschäumt oder wie die Hitze in die Köpfe schießt und Panik verursacht vor dem, was da bald kommt.
So gleichen die Gänge der Schule denen einer Irrenanstalt. Und ich? Ich schreibe in nur zwei Tagen, die erste von vier schriftlichen Abschlussprüfungen, stehe also kurz vor einer entscheidenden Umgestaltung meines Lebens und sehe sie doch nicht. Man sollte doch eigentlich meinen, dass man den persönlichen Fortschritt, den Lauf der Dinge in diesen Tagen spürt, ja ihn förmlich greifen, riechen und sehen kann. Aber ich nicht.
Eine innere Barriere schützt mich davor oder hält mich davon ab. Denn noch viel zu sehr bin ich mit all dem hier, mit dem Gemäuer, diesem Ort, diesen Gängen und Menschen, verbunden. Verankert, ja verschmolzen mit den Wänden in einer Hoffnung, welche nur noch durch die Erinnerung

aufrecht gehalten wird. Welche die helle Farbe der sonnengrellen Gänge trübt und mich selbst trübt. Ich fühle ein Wallen von Energien in Form von so unglaublich starken Gefühlen in mir, dass ich kaum atmen kann – und gleichzeitig bin ich nie gelähmter gewesen. Viele um mich herum heben kaum mehr die Köpfe aus den Büchern oder haben die Aussicht auf einen guten Abschluss schon fallen gelassen. Aber mir macht das Lernen Spaß, denn obgleich ich den Prüfungen mit einem wechselnden Gefühl von Gleichgültigkeit und diesem Angstvirus – der alle erfasst hat – begegne, haben sie dazu geführt, dass Cassy und ich mehr Zeit miteinander verbringen. Ja, man möchte sagen, dass der Odem von Freundschaft in der Luft liegt.

Wir lernen zusammen, immerhin wohnt sie seit einigen Monaten, wie noch nie erwähnt, neben mir. Daraus ergibt sich weiteres Frohlocken und Aufblühen, wie ich es in den vergangenen drei Jahren schon tat. Wenn wir *Listenig Tests* für Englisch machen, essen wir nebenbei immer ganz viele Waffeln, bestrichen mit Creme fraîche und Zucker. Nach Matheübungen gehen wir ins überfüllte Freibad und schwimmen oder liegen auf der Wiese und lernen Vokabeln, fragen sie uns ab und haben Spaß, vergessen, warum wir dies tun, vergessen den Zusammenhang mit der Prüfung und es lernt sich leicht. Es ist eine schöne Zeit, vielleicht gerade, weil man irgendwo fühlt, dass etwas zu Ende geht, auch wenn einen Selbst die Vorgänge der Veränderung noch nicht vollends gepackt haben.

Es ist wie bei diesen Fernsehserien, wenn es auf das Staffelende oder noch schlimmer auf das Ende der finalen Staffel zugeht und die Episoden dramatischer werden und man sich freut und diesen Kloß im Hals zu spüren beginnt, vielleicht fast zu Tränen gerührt ist, schwerer atmet, denn jetzt kommt *es* raus oder jetzt wird *das Böse* vernichtet. Und dann ist die letzte Episode vorbei und man ist noch voller Freude und schon im nächsten Moment wird einem klar, dass man dieses Gefühl, für genau diese eine Sache, nie wieder haben wird und die ausgefüllten Abende nun wieder leer sind. Aber beim Fernsehen oder bei Büchern kommt immer wieder etwas Neues nach, welches Gefühle dieser Art, neu heraufbeschwört. Aber hier, im Leben bleibt das Gefühl der Leere und man weiß, dass man zwar etwas gewinnt, seinen Abschluss, aber der Verlust weit höher ist. Ich verliere die Menschen, die nach so viel Investition doch zu freudigen Begleitern wurden, die Gewohnheit entschwindet einem und man steht da, wie man früher da stand. Allein und ohne Aussicht.

Schlimmer noch, als etwas nie gehabt zu haben ist, in den Genuss gekommen zu sein und wieder darauf verzichten zu müssen. Aber noch bleibt mir die Zeit, dies zu genießen. Von Steven und Cassy weiß ich, dass ich mit dieser Ansicht sehr alleine da stehe – das dies eine Zeit ist, die man genießen kann. Doch so ist es. Für mich.

Bekanntermaßen gehörten zu meinem Leben wenig Freunde. Als Steven in unsere neunte Klasse wechselte und in der Zehnten entdeckte, dass wir manche Dinge gemeinsam hatten, entstand der erste Funke von Freundschaft in meinem Leben. Steven Meran ist ein fünfundachtziger Jahrgang und damit ein Jahr jünger als ich. Er ist ein Pfundskerl von beleibter Form, derzeit einsneunundsiebzig groß – wie ich – und wiegt das Doppelte. Zudem ist er destruktiv, lustig immer dann, wenn er es nicht sein will, Computerfreak und Rollenspieler, hasst alle seines Alters außer sich selbst und hat morbide Vorstellungen von Dingen, die angeblich Spaß machen würden. Dennoch sorgt er sich stets um die, die er mag und jene die ihn begleiten und umgeben. Er hat ein großes Herz. Das kann man schnell entdecken, hinter seiner Fassade aus Scharfzüngigkeit. Er ist eine Vollwaise, schon seitdem er ganz klein war. Sein Pflegevater sagt nie etwas, seine Pflegemutter – die er sich weigert, als Mutter zu betrachten und daher mit ›Tante‹ anredet – brüllt dafür für zwei und hat das eigene Kind – wie so häufig – lieber als Steven. Er kocht gern, grillt lieber und interessiert sich für professionelle Fotographie. Er trägt Hawaiihemden in kreischenden Farben, darüber eine Allzweckweste und kurze Kakikosen. Verrückt, aber toll. Kurz, er ist ein wenig durchgedreht, kommt aus einer kaputten Familie und passt damit perfekt in meinen Durchschnitt.

Cassandra. Cassy kam ursprünglich aus Alexander Villes und Jasmin Lords Klasse, beide oft genannt – musste allerdings die achte – so wie wir fast alle – wiederholen und begegnete damit mir. Wir wurden beide Klassensprecher unserer Klasse, sie erster, ich zweiter. Sie ist dieses Jahr und damit sehr früh, von zu Hause ausgezogen, trotz guter Verhältnisse zur Familie. Sie kifft gern, ist ein wahres Mathegenie – gab Steven und mir Nachhilfe, bei ihm brachte es was, bei mir nicht – und hält mich auf Distanz. Sie findet mich nett, aber hat offenbar den Hang dazu, Freunde nur als Freunde zu betrachten, wenn ihr danach ist und diese nur willkommen zu heißen, wann sie will. Ein paar Videoabende und das Lernen auf die Abschlussprüfung wird wohl alles sein, was wir je gemeinsam unternehmen werden. Gespräche offener oder tiefsinniger Art bleiben zu meinem Bedauern außen vor, denn sie hat nur Lust darauf,

wenn sie *stoned* ist und ich niemals, wenn sie eben dieses ist. Aber sie hat auch Kunst in der Achten gewählt, nahm aber beim zweiten Mal Werken dazu, was ich niemals täte.
Ich bin zwar kein Fan von *Haushalt und Ernährung*, aber jemand der in Werkräumen plötzlich zwei linke Hände hat. Schraubstock und Hobelbank, dies sind meine Dämonen. Vielleicht Rolands Schuld, dass ich solche Abscheu dagegen habe, dass ich allerdings mit so wenig Talent in dieser Hinsicht gesegnet bin, kann man wohl nicht ihm in die Schuhe schieben. Leider.
Tja, damit zurück zur heißen Atmosphäre und meinem Stillstand: Meine Zukunft lag klar vor mir und sah sehr viel versprechend aus. Ich wollte auf die *Berufsfachschule für Medizinisch-Technische-Laboratoriums-Assistenten*, also ein Studium der Molekularbiologie. Das sieht doch viel versprechend aus, oder? Das dachte ich auch, doch leider wurde ich nicht auf die Schule aufgenommen, habe wohl beim Bewerbungsgespräch etwas versagt. Traurig, etwas niedergeschmettert war ich schon, doch andererseits will ich diese Zukunft gar nicht, will hier verweilen bei den Menschen die vier, fünf Jahre meine täglichen Begleiter waren. Ein Gedanke der aus der globalen Nostalgie geboren wurde, welche hier in den kosmischen Nebeln der Schule festhängt.
Aber dann wieder, um den Irrsinn neue Höhen zu weisen, möchte ich davon eilen, alles nur schnell hinter mich bringen, um dem Ganzen hier und mir und meiner Gedankenwelt schnellst möglich entfliehen zu können. Denn es wird nicht mehr lange währen, ehe es mich zerreißt. Dinge ausgesprochen werden, die bisher nur angedeutet wurden.
Aber Ehrgeiz und Cassandra halten mich, zwingen mich zum Lernen, will es schaffen wie meine Sehnsucht es schaffte, eifere nach wie ich es all die Jahre machte. Somit heißt es nun: Zurück zur Kunst. Ein klarer Weg vor mir? Wer hätte schon damit gerechnet, dass es wirklich Kreuzungen auf ihm gibt?
Mmmh, Gedankensprung, Frohmut wandelt sich in Grübelei. Ein Jahr sah ich die Zwei nun nicht mehr und doch stehe ich noch immer in Flammen und mit der Hitze dieser Tage umso mehr. Ist es nicht seltsam, kaum mehr als drei Sätze in vier, fünf Jahren der Begegnung gesprochen und mindestens eine der zwei Personen bedeutet mir die Welt. Und ich erschauere bei dem Gedanken, welche der beiden. Meine neue Selbstsicherheit erfährt damit die Bedeutung des Wortes rachitisch. Doch nun weiß ich, was Orpheus fühlte, als Eurydike ihn beim Aufstieg aus

dem Hades berührte und er sich umsah und sie damit für immer verlor. Weiß, wie Prometheus sich fühlen musste, nachdem er das Feuer an sich nahm und zur Strafe an den Kaukasus geschmiedet worden war, wo ihm ein Adler jeden Tag die immer wieder nachwachsende Leber entriss und fraß. Weiß nun darum.

Mein Name ist Seduco Timid und ich stehe auf einer Kreuzung voller Wege und sehe doch keine Möglichkeit mein Ziel zu erreichen, wie in einem alten Traum, dessen Erinnerung mich ereilt, wann immer Amadeo an meiner Seite weilt.

Seduco Timid, Tagebuch – 11. Juli 2002

Es ist Donnerstag neun Uhr siebenunddreißig, normaler Weise hätte ich jetzt Englisch bei Madame Cœur. Allerdings haben wir seit dem Dritten keinen Unterricht mehr, denn an besagtem Tag schrieben wir unsere letzte Abschlussprüfung. Die mit dem praktischen Teil, mein Lieblingshassfach – was bedeutet, dass ich es nicht leiden kann, es aber nicht in die gleiche Schublade des Grauens fällt, in der Sport oder Mathematik vergammeln – *Haushalt und Ernährung*, es hieß mal Hauswirtschaft. Nun, ich musste kochen. Es schmeckte gut, sah scheußlich aus, was von der Bewertung her etwa gleich kommt mit: Es sieht gut aus, schmeckt aber entsetzlich. Dann der schriftliche Teil. Hauswirtschaft war das einzige Fach der Abschlussprüfungen, für das ich mich weigerte etwas zu lernen. Wir hatten so etwa eine Million Arbeitsblätter über Irrsinnigkeiten in den letzten Jahren erhalten und sollten deren Inhalt komplett kennen. Da entschied ich mich lieber, der Meinung zu sein, dass ich unmöglich alles wissen konnte – da es zum Großteil einfach kleinkarriert und unlogisch war – und demnach genau das gefragt wird, was man nicht lernte. Also lernte ich gar nichts, das sparte Zeit und der Ärger blieb der gleiche. Jetzt allerdings frage ich mich, ob das so klug war. Heute ist der Tag der Tage, denn heute ist Bekanntgabe der Noten der schriftlichen Prüfungen.
»Was machst du da, führst du Tagebuch?« das war Steven.
»Hast du gerade aufgeschrieben, was ich vor `ner Sekunde sagte?« das war er auch.

»Yeap! Die Übersetzung davon lautet: Nerv mich nicht, dass ist zur Beruhigung vor dem großen Notenknall«, das war ich.
»Du hast echt einen an der Waffel. Aber ganz gewaltig. Mann, Kerl.« Das, war wieder er. Damit beenden wir die Werbeunterbrechung und fahren fort. Morgen, in dreiundzwanzig Minuten wird die Anmeldefrist für die mündlichen Prüfungen ablaufen. Dort muss jeder rein, dessen Note in der schriftlichen Leistung wesentlich besser oder schlechter war, als die Vorzensur. Wenn man das zweifelhafte Vergnügen hat in eine solche zu müssen, bedeutet das: Noch mal Lernen. Die Prüfungen finden am Fünfzehnten und Sechzehnten statt, Bücherabgabe ist am Siebzehnten und ab Achtzehnten sind alle Zehntklässler beurlaubt. Oh, oje, es geht tatsächlich los. ...
... ich muss zur mündlichen Matheprüfung. Jippijuchhe.
Mein Name ist Seduco *Looser* Timid.

Seduco Timid, Tagebuch – 28. Oktober 2002

Die Welt ist in güldenes Licht getaucht
Mabon liegt schon hinter uns
und Flora übt sich als Künstlerin,
denn in sanfte Schönheit, durch gesättigte Farben
taucht sie - unübertroffen, ihre
Blätter und Haine.
Der Herbst ist gekommen.

Luzifer erstrahlt mit letzter Wärme
und der Nordwind erzählt zur Morgenstund'
schon die Geschichte vom Hauch des
Winters im Nebel der Zeiten.

Die Göttin ruhte letzte Nacht in der Pracht
ihrer Dunkelheit und Osiris wandert durch
die Unterwelt, und erreicht in Kürze
des Meeres Ufer
zum Land der Jugend, Tir Nan Og.

Bald schon reichen sich Tod und Leben
die Hände und aus Samhain geboren,
entspringt der Anfang unser aller.
Ich begrüße Dich, Herbst.

Yeap, der Herbst ist da, lädt wieder zum Schreiben ein. Der Sommer war traumhaft, nicht nur wegen des herrlichen Sonnenwetters, sondern auch, weil ich ihn zum ersten Mal mit anderen Teenies verbrachte. Okay, wie vorausgesagt, ist Cassy jetzt wieder mehr auf Abstand. Doch ich weiß wo sie wohnt – Muhaha! Scherz.
Steven und ich verbrachten fast die gesamte Zeit am See oder abends im Kino. Er hat jetzt allerdings keine Zeit mehr, er startet eine Ausbildung als Systemelektroniker. Nachdem ich das Dasein als Privatié friste, versuche ich es zu genießen. Gleich nach der Schule habe ich mir einen Aushilfsjob gesucht. Leben könnte man davon nicht, aber durch *Hotel Constance* geht das sehr gut. Morgen fahren Dad und ich bis zu meinem achtzehnten Geburtstag runter nach *Pula*. Freue mich schon total, in Kroatien war ich bisher nicht gewesen. Mal sehen, ob es da noch warm genug zum Baden ist.
Mein Name ist Seduco Timid. *Á bientôt.*

Seduco Timid, Brief an sich selbst – 17. November 2002

Gedanken über Gedanken, Tosen, Brüllen, Gefühl, Erinnerung, Empfindung, Vergangenes, Gedanke, Nichts, Chaos, Erinnerung an eine Filmszene, Grausen, ...
Sieht es in mir wirklich so aus? - Ja, zumindest lässt der Augenblick es so erscheinen. Ein Brief wurde geschrieben, in der Trunkenheit später Stunden, nach dem durchblättern alter Jahrbücher und dem neuesten. In welchem – endlich – mein Name so oft zu finden war, zusammen mit Seiten voller Unterschriften und Glückwünschen. Mein Name ist Seduco Timid, heute ist der siebzehnte November zweitausendzwei, Null Uhr achtzehn, zwei Tage, nach meinem achtzehnten Geburtstag.

[...]

Affekte und Geistesgut. Das was das Wort Menschsein *verkörpert. Manchmal sind sie schön. Doch in letzter Zeit, verspüre ich das dringende Bedürfnis, das alles einfach auszuschalten. Ruhe. Stille. Und doch, der Schmerz würde bleiben. Manch bittersüße Sekunden lass ich mich einfach fallen, lasse mich hineinsinken ins Selbstmitleid. Etwas, was ich eigentlich sehr abstoßend finde und doch eröffnet es zuweilen, Balsam gleich, Geborgenheit, auch wenn sie erlogen ist. Doch dann erwache ich wieder und belfere mich einen Tor, weil ich wegen der paar kleinen Problemchen, die meine Welt in sich birgt, herumjaule wie ein geschlagener Hund. Es gibt doch so viel Schrecklicheres auf der Welt. – Doch warum? Ich bin es müde stark zu sein. Fühle mich abgelebt. Alle verspüren ständig den Drang sich wiederum alles von der Seele zu weinen, als ob das der Weg zur Ataraxie wäre. Welcher Grund klingt plausibel, dass ich nicht auch berechtigt bin, so zu handeln? Vielleicht jener, weil ich die Sünde des Hochmuts stets auf meinen Schultern trage und der Meinung bin, mich von allen anderen abheben zu wollen, nicht auf dieser Ebene zu verweilen. Weil ich stärker, klüger, erwachsener sein wollte? Wurzelt hier, in dieser Anstrengung die Müdigkeit, jetzt da diese Zeit vorbei scheint? Müde. Trostlos. – Ja, ich habe derzeit das Gefühl, als spürte ich den Zahn der Zeit so an mir nagen, dass ich es wage zu behaupten, zu glauben: So fühlt sich ein Mensch in einem Alter, welches das Ableben eher zu zeichnen vermag, als das Leben. So muss sich das anfühlen. Und diese Empfindung begleitet mich auf Schreckensschwingen, schon seit ein paar Jahren, und jetzt, da niemand meines Alters mehr da ist, noch extremer. Doch muss ich warnen, mich nicht falsch zu verstehen! Nie war ich ein Wunderkind oder dergleichen. Und doch wussten mir einige zu schmeicheln, wenn sie mich lobten oder schalten, schon sehr reif für mein Alter zu sein. Ja, ohne der Überheblichkeit neue Höhen zeigen zu wollen, ich war reifer. Älter? Und wenn ich mir es recht betrachte, bedeutete das, dass ich die ganze Zeit vor mich hin verstaubte. Nur ab und zu, so zwischendrin, drang das Leben mal zu mir durch, die Jugend. »Du bist so erstaunlich lebensfroh!« sagten meine Lehrer, »immer fröhlich und verschenkst dein Lächeln.« Und innen? Kummer und Furcht. Wie gern würde ich mit jemanden reden, ihm oder ihr zu verstehen geben, wie es in mir tobt, wie meine Probleme aussehen. Ich liebe meine Mutter und redete stets über fast alles mit ihr, was mich bewegte und bewegt; und doch wünsch ich mir mal jemand anderen, mit dem ich mich austauschen kann. Doch wenn ich jemanden hätte, könnt ich es? Hab ich*

gar jemanden und verfalle in die typische Blindheit, jener die Haben und stets mehr begehren?
Meine liebe Mom, manchmal frag ich mich, ob es nicht ein Fehler war, dass wir so ein offenes Verhältnis pflegten, dass ich auf mentaler Ebene schon seit so vielen Jahren ihren Ersatzehemann *spiele. Doch was rede ich da, ich war stets mit Stolz erfüllt und bin es noch, ja es macht sogar Spaß zu wissen, dass ich ihr Gesprächspartner Nummer eins war und bin.*
Aber eine Person meines Alters, die mir zuhört, die diskret ist und mit dem, was ich zu sagen habe, umgehen kann. Es hört sich so ... ja affig *an, wenn ich sage, ich fühle mich schon wie ein Veteran seit ich in die Pubertät fiel, so sagt es mir zumindest meine Erinnerung, auch wenn ich nicht töricht bin und weiß, dass der Blick zurück die Dinge verändern kann. Nun wie erwähnt, teilte ich meine Sorgen stets mit meiner Mutter, so wie sie die ihren mit mir. Klar ist selbstverständlich, da bin ich mir sicher, dass wir uns niemals gegenseitig alles Preis gaben. Die Dinge, die ich ihr nicht anvertraute, beseitigte oder analysierte ich schriftlich. ... Pläne. Ich habe schon alles geplant, Kinder will ich haben, zwei. Navráyù Timid und Vergénie Timid. Das Haus, nichts besonderes aber schön, auch wenn ich seit Jahren ein Traumschloss baue, welches von Jahr zu Jahr schöner wird. Ich habe Vorstellungen davon, wie ich die Kinder erziehe. Nach meiner molekularbiologischen Ausbildung wollte ich vielleicht Chemie oder Physik, vielleicht sogar Astrophysik studieren und Erklärungen für die Dinge finden, die heute noch im Bereich der Metaphysik liegen; usw. usf. Hat diese Planerei einen Nutzen oder ist sie wenigstens gut? – Diese Frage kann ich selbst beantworten: Nein, sie ist es nicht. Doch warte Seduco, der Absonderlichkeiten sind damit noch nicht genug. Sieh her:*
Meine Abschlussklasse, meine Klasse, *betrachtete ich besonders stark im Nachhinein, nicht als meine Kameraden, sondern als meine Kinder. Ich wollte ihnen Weisheit mit auf den Weg geben. Ist das nicht krank? Sie waren teilweise älter als ich es jetzt bin. Mich drängte der Wunsch, dass ich ihnen unvergesslich bliebe, als der, mit dem man über alles reden konnte, der immer Rat wusste. Der, mit dem man auch Lachen und Spaß haben konnte, der, der immer da war und half, ...*
Wenn das etwas war, was ich mir zum Vorsatz gemacht habe, so habe ich - fürchte ich - versagt. Denn ich komm nicht umhin, mir vorzustellen, dass ich, trotz vieler wundervoller Eintragungen in mein Jahrbuch, nur in

Erinnerung bleibe als der Nette, der Lustige *und* Sarkastische, *vielleicht* der Idiot, der Besserwisser *und* der Langweiler, ... die Schwuchtel.
Denn zweifelsohne bin ich schwul, - der Beweis liegt hier auf der Hand, sieh nur wie sie zitterte, als ich das schrieb, und noch immer zittert - und zweifellos wussten es fast alle, und zweifellos wussten sie es vor mir, und auch ohne jeden Zweifel, komme ich damit überhaupt nicht zurecht. Zeichen nannte ich selbst genug. Sirenengeflüster im letzten Jahr durchschrie meine Gedanken, das Unaussprechliche war es davor, die Hitze die mich trieb und doch an Ort und Stelle band.
Es ist wie eine Krankheit. Eine Krankheit, die sich Schritt für Schritt in meine Psyche einnistet und sie auffrisst, verschlingt mit einem Gänsehaut erregenden Schmatzen, etwas was an mir zehret und sich von mir nähret.
Und ich fürchte mich davor, zerreißen, verbrennen möchte ich dieses Blatt, nur weil es darauf notiert ist, Angst davor dass ... ja wovor? Niemand gab mir bisher einen Grund dafür, ja im Gegenteil, meine Mom ist die Toleranz in Person, was scheue ich, es ihr zu sagen? Aber was ist mit denen meinen Alters? Was ist mit ... mir? *Wenn ich es mir eingestehe - und das tat ich heut schon beinahe mehr als jemals zuvor - wenn ich es mir eingestehe, dann ist es so, dann ist es wahr und unwiderruflich. Ich bemühte mich, tagein, tagaus ein Schwert aus Missachtung zu schmieden, welches als drohende Waffe gegen diese Gedankenfragmente gerichtet werden sollte. Gott, ich ahne es doch schon so lange. Doch es schmerzt und peinigt. Die Gedanken kreisen Geiern gleich durch meinen Kopf, wohl darauf wartend, dass dies schleppende Tier mit dem Missachtungsdolch zusammenbricht und gesteht. Doch das wird es nicht, denn ich komme damit nicht zurecht, es ist unnormal und abstoßend ... und doch ist die Vorstellung daran, so wie des Teufels Sünden, so anziehend, so berauschend .... Aber die Lippen bleiben versiegelt, brüchige Stimme schweigt. Obgleich ich der Richter bin, der mir dies Urteil des Stillschweigens auferlegt, macht es mich doch selbst kirre. Und mit dem, kommt ein ganz anderes Problem über den Tellerrand gekrochen. Ich bin jetzt achtzehn, seit zwei Tagen nun schon schreckliche achtzehn, und doch reichen meine Erfahrungen, nirgendwo hin. An Kopulation ist nicht mal zu denken, nicht einmal geküsst habe ich schon, nicht einmal geliebt, wenn ich von selbiger Person auch geliebt wurde. Ich sehne mich nach Zuneigung und Liebe und doch habe ich zu viel Furcht davor, denn es heißt, das führt wieder zu .... Wenn ich mir meine sexuelle Orientierung*

eingestehe, ist sie auch wahr. Das heißt: aus der Traum vom Kind. Der Gedanke erfüllt mich mit einer unglaublichen Leere und Nutzlosigkeit, wie können nur manche selbst den Gedanken an Kinder, so verachten. Wer bleibt denn nach uns?
[...]
Spät ist die Stunde in dieser Nacht, und mehr öffnete ich mich als je zuvor. Wahrheit geboren aus Erinnerung, in Stunden des Alleinseins. Versteckt muss der Brief werden, versteckt oder vernichtet... überschrieben mit einer neuen Geschichte. Ein Brief der zum Palimpset wird. ...
Ich legte den Brief in eine Schachtel und schob diese in die hinterste Ecke meines Kleiderschrankes. Doch ich sehe ganz klar, es hilft wie es immer hilft, zwar war es mir längst nicht möglich, meine komplette gegenwärtige Psyche niederzulegen, doch die Dinge, die erwähnt wurden, halfen das entsprechende Gedankenpendant zum Schweigen oder wenigstens nur noch zum Flüstern zu bringen.
Aber das Geschriebene führt mir auch sternenhell vor Augen, dass ich irgendwo zwischen Vergangenheit und einer ungewissen Zukunft herumirre, die Gegenwart ist es gewiss nicht.
Ich habe das Gefühl, langsam dahin zu vegetieren, zu verdummen, wenn man so will. So seltsam es aus dem Mund eines Jugendlichen klingen mag, ich sehne mich nach der Schule oder wenigstens einen Ort, dem ich Ehrgeiz entgegenbringen kann. In dem bescheidenen Bekleidungsgeschäft, in welchem ich seit dem Sommer arbeite, kann ich es nicht. Auch wenn es mir hilft dort zu arbeiten, es rettet mich vor dem Dahinstagnieren und erlaubt mir inzwischen einen Lebensstandard, von dem manch einer träumen mag, so viel ist gewiss, auch wenn ich einen Teil meiner Einkünfte meiner Mutter gebe. Sie hat Zweitausend ein Geschäft eröffnet. Es läuft allerdings eigentlich nicht so, dass man davon leben könnte. Was an Ersparnissen da war, war ja nach unserer Tour neunundneunzig schon fast weg. Wir haben unsere Putzfrau entlassen müssen und gehen jetzt eben nicht mehr alle zwei Tage ins Restaurant essen. Opa Bernhard hilft auch aus, damit schaffen wir es eigentlich sehr gut, über Wasser zu bleiben. Mein Einkommen wird nur dann beansprucht, wenn mal wieder die Schwanzfedern brennen.
Für mich heißt es jetzt erst einmal auf das Ergebnis des Antrag auf Kriegsdienstverweigerung zu warten, erneut spür ich Furcht säuerlich an meinen Gaumen kitzeln.

Ehrgeiz. Noch während der Schulzeit glaubte ich, ich würde ihn nach dieser in meinen unstillbaren Durst nach Wissen und seine Mysterien stecken. Glaubte dann ganz schnell weiser, erfolgreicher in der altehrwürdigen Philosophie zu werden. Doch selbst dafür bin ich zu müde, ja ich bin es regelrecht leid. Manchmal frag ich mich, ob ich an das alles noch glaube, obwohl es mich in den letzten Jahren über Wasser hielt. Alles zerbrochen. Als ich die Schule verließ, wusste ich, dass ich die meisten von ihnen, meinen Mitschülern, vermutlich niemals wieder sehen werde und dem Rest nur ab und an auf der Straße einen Gruß zuwerfe, bis auch das vergeht, weil sie mich nicht mehr erkennen. So war es zumindest mit den früheren Klassen und ich glaube nicht, dass es diesmal anders wird. Zieh ich die Tragödie an? Bin ich dramatisch? Wachse ich zu einen jener Männer heran, die ewig das Kreuz tragen? Ewig sich in ihrer Opferrolle suhlen?

Nun, ich bin müde, ich brauche Schlaf und ich werde gut schlafen diese Nacht, da ich wenigstens einen ganz kleinen Teil meiner selbst von der Seele geredet habe, gelöst sind die Probleme nicht, aber ich fühle mich besser, wieder stärker. Und in wenigen Stunden wartet schon wieder ein neuer Tag, den es gilt zu ergründen, ... und zu überstehen. Gute Nacht. Mein Name ist Seduco Timid.

Seduco Timid, Tagebuch – 28. November 2002

Mein Problem, bestehend aus der Verzweiflung gepaart mit der Möglichkeit von Gefühlen, welche ich gerne mit sexueller Unentschlossenheit umschreibe, rief mich kürzlich in meine Gedankenwelt, um dort davon verfolgt zu werden:

Als ich in diese Welt, sagen wir mal entschlafen war, befand ich mich in einem großen Wald. Genauer gesagt, stand ich auf der spiegelglatten Oberfläche eines Waldsees, dessen Ausläufe von nicht gerade unbeträchtlicher Größe waren. Ich stand auf dem Wasser und nichts bewegte sich, mit Ausnahme der konzentrischen Wellenkreise die sich unter meinen Füßen bildeten und langsam nach außen schwemmten; und dem zarten Wind, der kaum stark genug war, das Wasser zum Kräuseln zu bringen, welcher aber den tiefen, harzigen Duft der Nadelbäume zu mir auf den See trug. Die Luft war erfüllt vom

Geruch und den Geräuschen des Waldes, der die fernen Kesselwände hinaufwucherte, ebenso, wie die mit Blumen überfüllten Wiesen. Ein klarer Himmel stand unter einer warmen Sonne und es war friedliebend und gut. Ganz klar, dies war *Elysion*. Aus dem Wasser ragten die cremefarbenen Ruinen eines Renaissancesakralbaus und da Neugier in meinem Naturell liegt, ging ich darauf zu, umrundete diese Säule und ging durch jenen Bogen, berührte dieses Relief, besah jenes zerlaufene Fresko und versuchte an einer Stelle, durch intensives ins Wasser starren, weitere Ruinenteile in den Tiefen des Sees ausfindig zu machen. Als mir dies misslang, setzte ich meinen Streifzug über das Wasser fort, bis ich einen Spiegel fand. Form- und rahmenlos war er mit dem Gestein einer antiken Wand verschmolzen. Die Mauer war nicht viel mehr noch, als ein weißer Felsen, der aus dem Wasser ragte. Ich betrachtete mein verzerrtes Spiegelbild kurz und argwöhnisch, doch als ich schon weiter wollte, ging es nicht mehr. Denn unter meinen Füßen hatte sich das Wasser zu teilen begonnen und ich stürzte *mal wieder* in die Tiefe. Allerdings nicht weit, denn erstaunlich sanft landete ich auf der Plattform eines Tempels den ich kannte. Es war eine detailgetreue Kopie des Kailasha-Tempels aus Ellora. Dabei handelt es sich um einen indischen Höhlentempel, der vor langer Zeit aus dem Fels gehauen wurde und als Sitz der Gottheit Shiva, dem Weltenschützer und Zerstörer verehrt wurde. Die Plattform war quadratisch, in deren Zentrum sich drei Kreise nach oben hin aufbauten und bildete den Abschluss eines großen turmartigen Bauwerks. Auf der zweiten Stufe, beziehungsweise dem mittleren Kreis, war ich gelandet, direkt vor einem, der vier in die Himmelsrichtungen weisenden, steinernen Elefanten. Vor mir baute sich der zweite hohe Turm, stufenförmig auf. Welcher mit meinem durch Brücke und Tor verbunden war. Etwas, bei dem ich mir sicher schien, dass es in der Wirklichkeit nicht so sei. Dort wo in Ellora die Felswände den Tempel umschließen, brach hier nun das Wasser des Sees tosend herab, in Sturzbächen hinunter in eine unsichtbare Tiefe. Doch, wenn ich nach oben sah, brach sich noch immer die Sonne auf einer dünnen Wasseroberfläche, die über der Lücke zu schweben schien. Es roch nach Moos, das an den glitschigen Felswänden versuchte zu leben und sich auch auf den ohnehin schon dunklen Wänden des Tempels angesiedelt hatte. Vier weibliche Gestalten in wehenden, farbintensiven Gewändern – in Rot, Indigo, Gelbgold und Türkisgrün – in meiner Vorstellung die vier Winde, schwebten herab und blieben um mich herum stehen. Sie

sagten nichts und ihre Augen blieben leer, lediglich den Arm hoben sie und wiesen mir den Weg über die Brücke und das Tor, welches in den Tempel führte.
Da ich nicht wusste, was ich sonst tun sollte, zog ich die Stirn kraus und durchschritt das, mit Hindukunst reich verzierte Portal. Umso überraschter war ich, als ich im Inneren nicht etwa das Interiors einer antiken Kultstätte vorfand, nachdem sich meine Augen an die Lichtveränderung gewöhnt hatten, sondern ich in einem U-Bahnschacht stand, der mit smaragdfarbenen Fließen ausgekleidet war. Selbstredend, hielt unverzüglich eine solche Bahn vor meiner Nase und als die Türen aufsprangen und die Bahn ihre Massen an geschäftigen Menschen ausgespuckt hatte und diese über diverse Treppen ans Tageslicht geeilt waren, stand ich allein da und war ebenso allein in der Untergrundbahn, die in rasender Geschwindigkeit, mit mir im Bauch davonbrauste. Eigentlich war ich immer noch am überlegen, ob die Menschen, die vorhin ausgestiegen waren, tatsächlich alle in venezianischer Karnevalskleidung gesteckt hatten oder ob dies ein Trugbild war, denn so schien es mir. Wir machten an einer weiteren Station halt. Diese schien sehr viel größer als die erste und war in Pastell gehalten. Dort wo sonst Fahrinformationen, Ticketautomaten und Bänke zu finden wären, befand sich hier ein gläserner Kubus, der auf einer seiner Ecken zu stehen schien. Eine Person befand sich in seiner Mitte. Für Augenblicke nur, war ich diese Person. War nackt und versuchte aus dem Ding herauszukommen. Hunderte Menschen mit Masken, aufgemalt oder tatsächlich getragen, allesamt wunderschön, umtanzten den Würfel und starrten mich an. Dann saß ich auch schon wieder sicher in meinem Fahrabteil. Ein letztes Mal, sah ich noch zur offenen Zugtür hinaus, zu der menschenleeren Station mit dem gläsernen Gebilde und seinem Gefangenen.
Ohne erkennbares Ziel flog die Bahn über die quietschenden Schienen, bis sie sich zu meinem Entsetzen in der Mitte teilte. Nein, eher träfe es zu, wenn ich sagte, sie dehnte sich aus. Der Fahrgastraum wurde immer breiter und breiter und höher obendrein. Die Sitze verschwanden in dieser Dehnung, alles wurde langsam und war schließlich zum Stillstand gekommen, als aus dem Transportmittel ein großer, runder Raum geworden war, der in der Höhe gut zwanzig Meter maß, ehe die teilweise zerstörte Kassettendecke ihr abruptes Ende fand und in einer Felsenpartie verschmolz, die zu einer Art Brunnenschacht auslief. Die

metallenen Stäbe, an denen sich die Fahrgäste hätten festhalten können, hatten sich zu dorischen Säulen gewandelt, die einen Vorsprung trugen, an dessen glatte Kante sich ein Friesband entlang zog, dessen Bildinhalt immer wieder das Uroboros zeigte. Die sich selbstverschlingende Schlange, ein altes Zeichen des Kreislaufs der Zeit. Die Fenster des Wagons waren zu Spiegeln geworden, die schon blinde Flecken hatten und der Boden war nicht mehr aus Linoleum sondern aus Steinplatten, in die, mit schwungvoller Handschrift, ein durch den Raum gehender Text eingeritzt worden war. Teilweise hatten sich heruntergefallene Felsbrocken und abgeplatztes Schmuckwerk zu schmutzigen Stillleben auf dem Boden arrangiert. Kaltes Tageslicht fiel durch den Schacht und tauchte den Raum in eine düstere Dämmerung.

Ein Schauer lief mir den Rücken hinunter, gerade so, wie wenn man weiß, dass einen jemand beobachtet, folglich drehte ich mich um. Doch war da niemand, außer meinem Spiegelbild, wie es eben an allen Wänden war, teils ganz klar, teils durch eine Säule meinem Blickfeld entzogen. Doch einer inneren Stimme folgend, dass etwas nicht richtig hier war, ging ich näher zum Spiegel hin und besah mir dieses Abbild meiner selbst.

Es war in allem wie ich. Trug dieselbe Kleidung, hatte dieselben Augen, Gesichtszüge und Haare und doch ... . Der Gedanke war nicht einmal ausgedacht, als das Bild anfing sich zu bewegen, ein zu Schrecken verzerrtes Grinsen, die Augen nach oben hin, zu flackernden Lidern verdreht, begann der Seduco im Spiegel, sich unter Extase zu bewegen, wie in einer VooDoo-Zeremonie und sich lasziv zu berühren. Fuhr mit seinen Händen am Oberkörper entlang, tastete sich abwärts, leckte mit der Zunge über seine-meine Lippen, besah sich dabei mein entsetztes und zutiefst angeekeltes Gesicht. Als er seine Hand frenetisch in die Hose schob, um was weiß ich zu tun, drehte ich mich um. Blieb allerdings stehen und sah, dass alle anderen Spiegelbilder ebenfalls angefangen hatten, sich selbst zu liebkosen, gar zu masturbieren. Einige hatten sogar ihre spiegelnden Grenzen verlassen und andere Spiegelbilder besucht, um Dinge anzustellen, die in mir den bittren Geschmack von Erbrochenem hinterließen. Wenngleich ich meinen Blick, zutiefst beschämt, nicht abzuwenden vermochte und eine gewisse Röte in Gesicht und Ohren, durch die empfundene Hitze zu verspüren meinte. Die alberne Musik von Zirkusaufführungen, deren Ursprung ich nicht fand, hielt ihre Töne im Spiel mit den lechzenden

Spiegeln. Bis ich ein seltsames Sirrgeräusch aus dem Pool an Klängen herauszufiltern vermochte, welche jäh in diesem Augenblick verklungen waren und damit das Sirren in eine weit furchtsamere Lautstärke empor hoben.
Amadeo saß, mit dunkler Aura, im Lichtkegel des Schachtes am Boden im Schneidersitz, und spielte mit einem alten Brummkreisel, offenbar Ursprung des Sirrens und der Manegenmelodie. Ein Blechspielzeug, das ich als Kind in der DDR mal besessen hatte, allerdings ohne diesen Soundeffekt.
Immer wieder drückte er den Knauf nach unten und ließ den Kreisel sich drehen und lachte dabei glücklich.
»Dann kommst du also diesmal ohne Verkleidung zu mir?« sprach ich ihn an, denn seitdem wir uns seit geraumer Zeit wieder öfter sahen, erlaubte er sich, mich durch Kostümierungen jeder Art, an der Nase herumzuführen.
»Nun, ich dachte die Spiegelbilder würden genügen, um dich zu erfreuen«, war seine Antwort ohne von seinem Spiel abzulassen oder aufzublicken.
»Erfreuen? Ich ekele mich gerade zutiefst vor mir selbst.« Jetzt, sah er auf.
»Ekel? Ist es nicht das, was du willst, was du begehrst? Dies nahm ich an, nach dem Brief, den du an mich schicktest.«
»Was für ein Brief?«
»›*Gedanken über Gedanken ... es ist wie eine Krankheit die sich in mir einnistet ... die Vorstellung* daran *ist so anziehend wie des Teufels Sünden ...*‹ oder so ähnlich. Hättest du deine Kinder wirklich Navráyù und Vergénie getauft? War das dein Ernst? Die Ärmsten.«
»Das war ein Brief an mich, den ich versteckte, er war sehr persönlich und nicht für neugierige Rezipienten metaphysischer Dimensionen gedacht. Und außerdem habe ich von der Angst und dem Grauen geredet, welche sich da in mir breit machen und davon, dass etwas, was ich hier nicht auszusprechen gedenke, wahrhaft wahr sein könnte und mich schockiert. Das geht dich nichts an!«
Er schien unbeeindruckt von meiner Rede und sah an mir vorbei zu den Spiegelbildern, die nun zu allem Überfluss auch noch Stöhngeräusche von sich gaben.
»Mhmm.«
»Was *mhmm*?« wollte ich von ihm wissen.

»Was ist es, was euch Menschen verleitet Dinge zu tun, die ihr eigentlich selbst so seltsam oder eben ekelhaft findet, dass ihr in klaren Augenblicken nur den Kopf darüber schütteln könnt?«
»Was? Hormone schätze ich mal.«
»Da haltet ihr euch für so sensibel, möglicherweise sogar romantisch, wenn ihr einsam durch die Felder lauft und in Gedanken versunken an Zweisamkeit, die Hitze aus eurem Inneren zu spüren glaubt. Es doch aber nur die aufgeheizten Gräser sind, deren schwüler Gestank zu euch emporsteigt. Doch dann, seid ihr zu zweit oder nur in Gedanken, und etwas geschieht, das Verlangen in euch weckt und alles Rationelle auszuschalten scheint und damit auch alles, das ihr glaubt wirklich zu sein, alles von dem ihr denkt, es würde ausmachen, was *wir* sind und zurück bleibt etwas dämonisch animalisches.«
»Trotzdem ich deine Ausführung nicht so ganz als richtig auffasse, denke ich, dass es etwas Körperliches ist. Ein gewisses Begehren erfüllt dann die Menschen und sie brechen aus in eine Art Freude«, antwortete ich ihm und erwog dabei etwas ganz anderes. Er stand auf Messerschneide. Mal *Ihr,* mal *Wir.* Im Augenblick hatte er keine Ahnung wo er hingehört. Und egal wohin, im Moment, war er etwas Dunkles noch, und ängstigte mich. Derweil fuhr er unbeirrt fort, wohl selbst nichts ahnend.
»Wie der sterbende Tiger, der in seinem Käfig nun endlich die Freiheit wittert.«
»Wenn du es so umschreiben willst. Allerdings ist der Tiger allein und der Mensch teilt dann seine Freude mit einem Zweiten.«
»Oder Dritten, wie es deine sodomitischen Spiegelbilder dort hinten gerade beweisen«, frotzelte er mit bösem Grienen.
»Was?!« entfuhr es mir fast hysterisch. Das war zu viel! Vielleicht hätte ich es ignorieren können, wenn es nicht ich gewesen wäre, der in den Bildern diese Dinge tat. Selbstverständlich hatte ich keine Abneigung gegen körperliche Nähe und allem, was dazu gehört, dies allerdings, oder vielmehr die gesamte Komposition dieser in bewegten Bildern wiedergegebene und homosexuelle Version des Kamasutra, ging für mich ein wenig unter die Gürtellinie, im wahrsten Sinne. Vermutlich bin ich einfach zu verklemmt, oder so. Wie dem auch sei, Wut kochte in mir hoch und eine tiefe, vielleicht irrationale Enttäuschung. So nahm ich Amadeo mein Kinderspielzeug weg und schleuderte es im Rennen in den erstbesten Spiegel. Als dieser zerbarst, tat ich es mit allen anderen gleich.
»Ist dir dein eigenes Verlangen so peinlich, dass du es nicht erträgst, es

anzusehen? Eure Verhaltensmuster sind nur dann gesellschaftstuntauglich, wenn ihr sie dazu macht, indem ihr euch selbst derart runterrationalisiert«, flötete er neunmalklug, fast stimmlos.
Unter den körperlichen Anstrengungen brüllte ich zurück: »Dieses irrsinnige Geschwafel kann ja nur von so einem unrealen Geschöpf kommen wie dir, sind wir froh, dass du nicht existierst und sich niemand außer mir deine Idiotie anhören muss!«
Amadeo, der nun ebenfalls erzürnt aufgesprungen war, begann in einem fledermausähnlich hohen Ton zu kreischen und nahm mir damit die Möglichkeit mich abzureagieren, denn darauf hin zersplitterte einfach alles, was irgendwie mit Glas zu tun hatte, sogar die Steine begannen zu krachen. Mein Zorn auf meine Spiegelbilder war verflogen, allerdings der auf Amadeo wollte noch nicht so recht weichen.
»Was soll das, was spielst du wieder für ein trotziges Kind? Man könnte meinen, mit deinem Metallspielzeug und dem Gebrüll möchtest du dem Balg aus Günther Grass′ *Blechtrommel* Konkurrenz machen«, keuchte ich vollkommen außer Atem und ließ mich auf die Knie fallen, dass es nur so schepperte und das Kind, nun voller Kraft, sprang mich an. Amadeo schleuderte mich hart gegen eine der Säulen. Mein Rücken jaulte in krachendem Tonfall laut auf und ich sank erneut hernieder. Das Zwielicht schien nicht mehr bläulich durch die Öffnung, sondern fad und farblos. Mein Zorn hatte die Welt wieder grau gefärbt. Amadeo, der unlängst zu Schmollen begonnen hatte, als ich losgestürmt war und ihm damit seinen Kreisel entwendete, hatte mir mit verschränkten Armen zugesehen, nun, bis zu seinem Schrei und dem donnernden Schlag. In gleichem Maße wie er vorhin noch Kind war, schritt er nun erwachsen durch die Halle, in welcher es zu schneien und frieren begonnen hatte. Weißer Dampf bildete verträumte Nebelgemälde bei jedem Atemzug. Zunehmend hob sich Amadeos schwarze Gestalt im entstehenden Kontrast ab. Unsere Rollen hatten sich getauscht. Er ging zu den Feuerschalen, die mir vorher gar nicht aufgefallen waren, von denen einige auch umgefallen sein mussten, als die Spiegel zerschellten. Er öffnete seine Hand und brachte mit einer einzigen fächernden Bewegung die Lampe zum Leuchten, entfachte in jeder von ihnen ein gelbes Feuer, die umgefallenen ließ er allerdings liegen, auch blieb die Umgebung dennoch grau. Mit jeder neu entzundenen Lampe schien es mir, als brächte er mit dieser simplen Bewegung auch mein Herz für ihn wieder zum Leuchten. Jedes Mal wenn er eine Ölschale erreichte, wandelte er sich von Mann zu Frau, wieder zu Mann und wieder zu Frau, und so weiter.

»Willst du mit dieser schwachsinnigen Verwandlung auf meine Unentschlossenheit hindeuten, dann kannst du das auch gut und gerne bleiben lassen, Amadeo«, meinte ich noch etwas genervt, aber kraftlos und keuchend, mit einem ihn verfolgenden Blick.
»Eines musst du noch erkennen Seduco, in jedem Grau steckt die Farbe tausendfach«, singsangte er und seine Kleidung wechselte und brach in einen Sturm aus bunten, kräftigen und leuchtenden Farben aus, wie sie schöner und in dieser Fülle kitschiger nicht hätten sein können. Seine Haare waren knallrot und hatten blaue Paradiesvogelfedern hie und da stecken und der runde Tempelraum war erhellt durch den Lichtstrahl aus dem Schacht, welcher nun den warmen, duftenden Segen der Sonne mit sich brachte und alles war wieder ohne Eis und in kräftigeren Farben als zuvor.
»Was meinst du damit, Amadeo?«
»Manchmal hält man den Schlüssel schon in Händen, lange bevor man die Türe mit dem passenden Schloss sieht, obgleich sie einem schon längst vor Augen ist. Wichtig ist nur im entscheidenden Moment, sich an den Schlüssel in der Hand zu entsinnen und sich daran zu erinnern, wie man diesen gebraucht. Hast du aber Angst vor etwas, was sein könnte, also vor der Illusion deines Verstandes, den du als Zukunft zu kennen glaubst, wirst du vergessen wie man einen Schlüssel betätigt. Ebenso, wirst du nie voranschreiten, wenn du dich weiterhin davor fürchtest, auf die Menschen zuzugehen, und stattdessen lieber in deinem gläsernen Gefängnis entblößt die Welt ängstigst. Wie vorhin, im Kubus.«
Seine Ausstrahlung hatte sich gewandelt, seine dunkle Aura und bösartige Stimme und Mimik war der gewichen, welche ich gern mochte und von ihm kannte.
»Woher hast du das?«
»Von dir.«
Ich zog die Stirn in Falten und versuchte zu verstehen oder wenigstens mich zu erinnern, wann ich je so etwas gesagt oder gedacht hatte.
»Du hast es noch immer nicht begriffen. Veränderung ist es, vor der du dich fürchtest. Doch Veränderung ist genauso berauschend und inexistent wie alles andere in dieser illusionistischen Variante des Lebens.«
»Ich glaube Amadeo, du hast keine Vorstellung davon, wie verrückt das klingt.«
»Das sagst du jetzt, doch es ist *deiner* geistigen Feder entsprungen. Es dauert nur bis du das erkennst. Und gut, Erkenntnis und Umbruch bringen eben immer etwas Beängstigendes mit sich, denn die Menschen werden

aus ihrer Gewohnheit gerissen und müssen sich dem überraschenden Augenblicklichen stellen und versuchen anzupassen.«
»Du widersprichst dir. Denn, wenn ich es jetzt noch nicht verstehe und man sich Unerwartetem fügen muss, gibt es ja doch Veränderungen! Früher oder Später.«
»Im Kleinen wohl. Wir sehen sie jeden Tag unseres Seins. Aber letztlich ist es eine Kette wiederkehrender Wiederholungen im Spiel des großen Ganzen, deren Spieler, Regelwerk und Spielfiguren wir selbst sind. Jeden Tag.«
Okay, das war genug.
»Aufwiedersehen Amadeo«, und ich wandte mich dem Gehen zu.
»Warte Seduco, ... sei nicht blöd und kapier es doch. Du weißt, dass ich recht habe.«
Darauf drehte ich mich zu dem, nun wieder Kindlichen, um und entgegnete trocken:
»Nettes Aperçu. Deine Fassade eines erleuchteten Mentors bröckelt grad ein wenig, mein Freund.«
Er murrte daraufhin und ich war wiederum bereits dabei, den Ausgang des Tempels zu finden, als er erneut das Wort erhob.
»Sieh dich doch um, der Tempel beinhaltet alles, was du wissen musst.«
»Oh, komm schon, reicht es nicht langsam? Was soll das nun wieder, was willst du von mir Amadeo? Was ist mit dir los? Wo ist der schwachsinnige Geist, der um die Notwendigkeit von Schranken oder fleischlichen Körpern nichts weiß und es nicht begreift. Dein neues Ich, ist nicht so angenehm wie du zu glauben denkst. Es ist anstrengend.« Er ignorierte die Spitze und fuhr mit seinem Vortrag unbeirrt fort.
»Das Uroboros, das Symbol das du gleich erkanntest. Die sich in den Schwanz beißende Schlange. Weißt du, was es darstellt?«
Eigentlich hatte ich nicht antworten wollen, doch mein Ego konnte nicht die Klappe halten, wenn man ihm eine Frage stellte, auf die es die Antwort kannte. So ...
»Ehmm ja, Uroboros war schon im alten Ägypten, in China der Chou-Dynastie, in Griechenland und weiß der Teufel wann und wo sonst noch das Zeichen für den Kreislauf der Zeit.« Ich kam mir vor, als wäre ich wieder in der Schule. Moment! Hatte ich nicht in dem blöden Brief genau das gefordert?
»Nun, es ist weit mehr, es ist die Verkörperung der ewigen Wiederkehr und deutet an, dass jedes Ende einem neuen, sich ständig wiederholenden

Anfang entspricht. Das der Abschluss eines Weges oder Prozesses, wie eben deiner Entwicklung, einen Neubeginn bedeutet. Der Zirkelschluss des Tieres ist eine aussagekräftige Metapher einer zyklischen Wiederholung, etwa der des Zeitverlaufs oder der Untergänge und Neuschöpfungen der Welt, des Sterbens und der Neugeburt, im abgeleiteten Sinn auch der Ewigkeit. Und warum? Weil es keinen Tod gibt. Jeder umgestürzte Baum ist Wirt neuen Lebens, das aus ihm entspringt, der Tod ist nur die Metamorphose von Lebensformen, das L...«

»... das Leben ist keine Antithese des Todes, sondern die Geburt und alles Leben ist ein Gefäß, für das Herz allen Lebens, der Wahrheit. Danke Amadeo, ich kenne diese Philosophie selbst gut genug, denn es entspringt dem Wissen von Menschen, die wussten ihren Menschenverstand und ihre Beobachtungsgabe zu gebrauchen. Was zum Henker hat das nun alles mit mir zu tun oder worauf willst du hinaus?«

»Kennen. Ja, kennen magst du es vielleicht, verstanden und integriert hast du es jedoch nicht. Sonst gäbe es mich vermutlich gar nicht mehr.« Das Letzte, war kaum verständlich genuschelt.

»Stimmt. Ich verstehe nicht, warum ich dir eigentlich noch immer zuhöre.«

»Sei doch stur Seduco, wenn du unbedingt stur sein willst. Aber ...«

»Aber? Bist du also ebenso stur wie ich?«

»Wir sind eins. Selbstverständlich übertreffe ich dich in deiner Sturheit noch!«

»Du selbstverliebter Kotzbrocken!« giftete ich dem nun wieder Kind entgegen.

»Besser als ein verklemmter, neurotischer, kleiner Junge, der mit sich selbst Versteck spielt!« funkelte er zurück.

Beide waren wir nun wieder zornig, sahen uns zänkisch mit zusammengezogenen Augenbrauen an und mussten schließlich zu Lachen anfangen und aufgeben. Wie so oft bei unseren Streitigkeiten, waren die Waffen durch das Gelächter über die Absurdität des Streits an sich, stumpf geworden. Als wir uns wieder beruhigt hatten, sammelte ich mich und versuchte mich so zu artikulieren, dass Amadeo mich verstehen und gehen lassen würde.

»Lass mir meinen Weg, Amadeo. Bitte. Ich muss von selbst erkennen, dass sich in Wahrheit nichts ändern würde, wenn ich mir und anderen meine Gefühle eingestünde. Ich brauche Zeit dafür, verstehst du das nicht?«

»Du machst es dir unnötig schwer, Seduco. Ich war doch immer für dich da. Ich will dir helfen. Du bist jetzt kein Kind mehr, und mir fällt es schwer, diesen Sprung mitzumachen.«
»Mag sein. Ich danke dafür auch, dass weißt du. Doch du solltest froh darum sein, dass ich so eine masochistische Ader habe. Ich glaube, dass gerade dies deine Existenz sichert. Wie viele Varianten der Offenbarung solcher Gefühle gibt es? Tausend? Zehntausend? Manche, die diesen dornigen Weg gehen mussten, hatten jahrelang Beziehungen mit Frauen, vielleicht sogar schon Familie. Beide Partner waren glücklich und waren es doch nicht. Jemand anderes kam, jemand Drittes, der vielleicht mutig, aufdringlich oder gar zwanghaft genug war, den Bruch zu vollziehen. Oder es fand der Betroffene, jener Eine unter so vielen, den Mut selbst bei sich und wagte etwas. Vielleicht aus Verzweiflung, Angst, Freude oder Tollkühnheit. Begehren? Ebenso wahrscheinlich ist auch, dass die oder eine Freundin es erst wahrhaft aus dem Dunkel zu fördern wusste. Jede einzelne dieser wenigen Möglichkeiten birgt tausend weitere Wege in sich, welche alle irgendwo und von irgendwem begangen werden. Doch es ist nicht meiner. Mein Herz weiß schon etwas, was der Verstand noch nicht begriffen hat. Und dennoch fass ich die Warnung auf und lass ab von aller ... Weiberei. Das muss fürs Erste genügen. Du weißt, ich habe mich doch irgendwie verändert, für das da draußen scheinbar positiv, es gibt ein Mädchen, dass sich in mich verguckt hat und ich versuche es ihr nicht noch schwerer zu machen oder so zu machen, wie Jasmin es ihrer Zeit mit mir machte. Dies hier ist das Leben Amadeo, keiner dieser realitätsfremden Filme, in denen man immer bekommt, was man sich erhofft. Es ist nicht so, dass zwei sich gleich begegnen, erahnen, öffnen und nach langem Hin und Her begreifen, was mit ihnen los ist und zusammen sind auf ewig. Und verzeih, wenn, so weise sie auch sein mögen, es mir schwer fällt, Ratschläge von einem Wesen meiner Gedankenwelt anzunehmen, das für gewöhnlich zur dunkelsten Stunde erscheint und zwar Licht bringt, aber auch stets danach trachtet, selbst am Leben zu bleiben und dies nur allzu oft durch neue schmerzhafte Erfahrungen erreicht, welche ich erleben muss.«
»Das siehst du falsch! Alles siehst du falsch! Wie immer!«, zischte er durch die Zähne hindurch und löste sich in Blitz und Rauch auf und ich wusste mich bestätigt. Mit seinem Verschwinden war ein Tor in der runden Wand erschienen, das den freien Blick auf die Plattform

des Tempels bot. Nun ja, keine U-Bahn mehr, so war wohl auch kein Bahnhof mehr nötig. Nach dem Durchschreiten des Portals, war ich auch wieder erwacht, aus meinem Tagtraum.
Eingestehen musste ich Amadeo allerdings, dass er es vermochte, durch andere Gedanken, von meiner Angst und deren schwerem Gebrüll abzulenken. Wenn mir auch unklar ist, wie er dies alles sammeln und so wissend rüber bringen konnte. Nun gut, Startschwierigkeiten hatte er ja gehabt. Wir beide. Mein Name ist Seduco Timid, heute ist der achtundzwanzigste November zweitausendzwei.

Seduco Timid, Beitrag in der letzten Schülerzeitung des Jahres 2001/2002, erschienen am Freitag, dem 05. Juli 2002

Scripy 07-2002

»Es wird weitergehen, ...«
»Es wird weitergehen, nur eben nicht gemeinsam oder hier. Aber es wird weitergehen.«
Dies ist der Satz, den ich mir immer wieder sagen muss, den wir alle uns immer wieder sagen, wenn unsere Klasse beisammen sitzt in unserer coolen Cafeteria, in der es endlich alte Sofas und Sessel gibt, um die wir so hart gekämpft haben. Lungern dort rum in jeder unterrichtsfreien Minute, gerade so wie man es von »den Jugendlichen« zu verlangen scheint. Wir machen letzte Arbeiten, manche schauen plötzlich in ihre Bücher, obwohl sie es all die Jahre nie taten und auf fragende Blicke antworten sie Dinge wie: »Na ja, zum Abschied. So kann ich später mal sagen, dass ich doch in die Bücher gesehen habe.« Wir grinsen dann gemeinsam auf solche Aussagen, denn wir wissen, ihm oder ihr geht es genauso wie uns auch. Plötzlich übermannt einen ein Gefühl des Zusammenhalts, des Schulpatriotismus und der Nostalgie, obgleich es noch nicht zu Ende ist und weil es eben bald enden wird.
Die großartige Ära unserer Zeit an dieser Schule ist im Spätherbst. Und wir sind gerührt, trotz, dass jeder Tag verhasst war, jede Stunde benörgelt wurde, jede Lehrererscheinung nervte, jeder Unterrichtsbaustein kritisiert wurde und selbst, wenn man es gerade mal nicht so empfand, lobte man nicht, um nicht aus dem unsichtbaren Schülerkollektiv herauszufallen, ob man nun Teil dieses Ensembles war oder nicht. Jeder Schultag war eine Herausforderung. Für manche mehr, für andere weniger. Mal waren es eher die Mitschüler, die diese Herausforderungen verkörperten, mal die Leistungserwartungen.
Doch was ist nun? Plötzlich gehe ich durch die Gänge und die Luft ist ganz anders um die Zehntklässler herum. Und auch die jüngeren Jahrgänge spüren es, die »Großen« sind mit einem Mal weit weniger gemein, sie haben verklärte Gesichter und scheinen die Schule erstmals wahr zu nehmen. Ich muss immer lachen, wenn mich so ein Lüftchen der Genugtuung und Wertschätzung umweht, denn schließlich hat sich rein gar nichts geändert. Nichts, mit Ausnahme, dass dort eine neue Stimme in unseren Hinterköpfen ist, welche uns auf die Endlichkeit hinweist.

Die, die sich noch Gedanken um solche Dinge machen, begreifen jetzt, was die Kunstlehrer mit *Vanitas* meinten.
Die Redaktion bat mich in meine Kolumne einen Jahresrückblick mit einzubauen. Doch glaube ich, dass dies gar nicht notwendig ist. Die Absolventen machen dies ohnehin schon die ganze Zeit, besonders die, die noch keine Pläne für das große Danach haben. Zudem bestand für sie das Jahr eigentlich nur aus Lernen. Und die Jüngeren unter uns, haben dafür nicht nur kein Interesse, sondern waren froh vergessen zu haben, wie X ihre Sportsachen versteckte, Y ihn herumstieß, XY sie oder ihn hänselte; waren ebenso froh, die trägen Schulveranstaltungen überstanden zu haben, welche durch den Jahresbericht ohnehin noch einmal heraufbeschwört werden. Der elfte September und die Ereignisse in Erfurt sind noch in allen Nachrichten und die Vizeweltmeisterschaft muss wohl nicht noch mal gefeiert werden. Die Schülergedanken am Anfang des Jahres sind immer gleich: »Oh (Platz für ein Schimpfwort), die Sommerferien sind schon wieder um, habe das Gefühl, als wäre ich gestern erst raus hier. Mann, ob ich das dies Jahr pack?« – Also was soll die ganze Reflexion einer Rückbesinnung?
Ich würde hingegen viel lieber dazu ermuntern, dass sich die jüngeren Jahrgangstufen von dem *Gott,IchWerdeDasAllesHierSoVermissen-Wahn* der Älteren anstecken lassen und auch den *»Lasst uns Freunde sein und uns alle lieb haben«*-achtundsechziger Virus entdecken, den wir gerade ausgegraben haben. Vielleicht könnt ihr dann in Zukunft dieses angenehme Schulgefühl schon das ganze Jahr über versprühen und vielleicht werden es ein paar weniger Narben auf Unterarmen, die ich auch schon bei Sechsklässlern mit Schrecken gesehen habe. Denn, *es gibt nur eine Zeit in der es wesentlich ist, aufzuwachen.* Diese Zeit ist jetzt! Unser Freund Buddah sagte dies und damit wären wir wieder bei den Hippies. Na dann, Friede, Liebe, Regenbogen, Sonnenschein. ... Wenn das kein schönes Schlusswort ist.
Ich wünsche den Fünften bis Neunten noch viel Erfolg und auch jede Menge Spaß hier, den Lehrern weiterhin die Nerven, diesen Spaß zu ertragen, dem Hausmeister weniger oft brennende Toiletten und den Zehnten ... ja den Zehnten sage ich Adieu und Aufwiedersehen. Ich drück‘ Euch allen die Daumen, dass ihr weiter gut voran kommt, Traumjobs, Haus und Familie findet, Erfahrungen macht und dass es euch nie an Zeiten voll Höhen und Tiefen fehlt, eben wie ihr sie hier hattet. Damit, alles Gute.

Seduco Timid, 10 G

2003

Jene Gedanken, derer ich mich nicht mächtig fühle, sie niederzuschreiben und ihnen somit gestatten würde, in die Existenz der Materie zu treten, bleiben verboten – weiterhin.
Noch hat es Zeit, noch bin ich nicht bereit dazu, diesen Sturm in mir zu entfesseln. Noch dehne ich die Ruhe aus und verharre in Schweigen. Bis die Asche verbrannter Gefühle mich ersticken mag und Luft schreiend, ich erwache aus einer Welt, die düster geworden – nicht länger bereit dazu, dies Kreuz zu tragen.

Seduco Timid, Tagebuch 29. Juli 2002

Amadeo, hast du jemals die Schönheit der Nacht betrachtet, sie bewundert und erlebt?
Sie trägt etwas Schweres und Melancholisches in sich. Mein Name ist Seduco Timid, heute ist der zweite Mai zweitausenddrei.
Melancholie, die gerade in Jugend- und Pubertätsjahren zu einer Begleiterscheinung verkommt, muss nicht zwangsläufig schlecht sein. Ja, sie vermag Herz und Sinne zu vernebeln, zu betrüben und Gefühle zu verstärken und andere abzuschwächen, ähnlich wie es manch unheilvolles Gesöff vermag, in dessen Arme sich Hunderte fliehen. Und doch, hat sie auch etwas Klärendes in sich, etwas Reinigendes; etwas was einen häufig die Augen öffnet, Sinn und Hintergrund des Ganzen erkennen lässt, die dessen Vollkommenheit begreifen lässt.
Diese tiefe Melancholie, durch schwarze Romantik entzündet, kann der, der Willens ist, in jeder Nacht erleben. Mir sind die Sommernächte am liebsten. Wie schön es auch sein mag, sie von Stube oder Terrasse zu genießen, so ist doch nichts vergleichbar mit dem Erleben in der freien Natur oder in den grünen Lungen unserer ach so modernen Großstädte. Angelegte Gärten, als sinnbildlicher, obsessiver Abklatsch des Wahren. Man kann behaupten, es ist eine Reinigung der Affekte, wie es die Griechen durch die Dramen Dionysos erreichten, wenn alles so deutlich wahrzunehmen, so deutlich spürbar ist. Die schwüle, drückende Luft, der intensive Geruch regenfeuchter Erde, der Duft des Wassers und der Blütenkelche, deren Schönheit des nächtens im Verborgenen weilt.
Und die Stille. Stille, die nicht still ist, denn das Musizieren von Flora und Fauna ist in der Nacht ubiquitär, mehr noch als zur Regentschaft der Sonne. Das Zirpen der Grillen, das Rascheln der Blätter in den Baumkronen, das Geräusch, welches das Wasser durch das leise Schlagen an sein künstliches Bett verursacht und Mysterien erzählt. Dies alles wirkt fast meditativ, beruhigend und zeigt einem unmissverständlich, dass es noch Leben und ein Fortschreiten im Dunklen gibt. Es geht immer fort. Weiter, immer weiter.
Doch auch hat der Winter seinen Reiz, wenn die Nächte heller scheinen als die Tage, da sich das Mondlicht mit dem frisch gefallenen Schnee vermählt und eine knackende Kälte gebiert. Wenn unter jeden Schritt das eisgefrorene Wasser knirscht, Spiegel der Welt und die Luft zerreißt. Doch wie gesagt, alle Jahreszeiten sind von einmaliger und doch stets

wiederkehrender Schönheit, aber meine Liebe hat der Sommer mit seinen kurzen Nächten.
Die Farben, die am Tag so grell sind, nicht weniger schön, nicht weniger berauschend und vielleicht auch nicht weniger traumhaft, sind bei weitem doch nicht so geheimnisvoll wie die matten, dunklen und mit Grau durchflochtenen Farben der Nacht.
Die Welt offenbart sich in dunkelstem Blau, Schwarz und Lila, bis hin zu zehntausend Abstufungen von Grau und man selbst ist nur ein wandelnder Schatten in der samtenen Umarmung der Mutter Nacht. Einsam läuft sich's auf den Pfaden und die Zeit ist der stille Wegbegleiter, welche einem ferne Ausschweifungen in sein eigen Seelenheim erlaubt. Nachdenken und sich vom Erfassten, von Gefühl und Sinneseindrücken treiben lassen in die Dunkelheit des Seins.
Nichts denken, Gedanken schlummern in grundloser Tiefe. Hier und da stehen bleiben, das ein oder andere sehen, für einem Auffallendes, Faszinierendes ...
Und manch ein Herz sieht vielleicht auch mal nach oben, zu des Windes Wolkenspiel oder der endlosen Tiefe des dunklen, blauen Himmels, mit Sternen geschmückt, die uns den Weg auf übernatürliche Art weisen, mit einem Licht, welches vielleicht schon längst nicht mehr ist, längst verloschen ward.
In solchen Momenten, wenn einem die Welt vorkommt wie ein Traum, wenn Totes lebend und Lebendiges tot erscheint, bin ich am Geburtsort der Gedanken. Und dort liegt die Lösung eines jeden Problems. Ganz plötzlich wird man aus dem aus Melancholie überspannten Empfinden gerissen, es zuckt ein Blitz ohne Donner hell und deutlich, noch ein wenig träge von dem plötzlichen Riss, wird einem alles klar vor Augen geführt und die Nacht ist eine ganz andere, schön noch immer und doch von einer ganz anderen Art des Schönen, denn das Herz rast und man kann entweder unruhig schlafen gehen, oder man stürzt unlängst an die Arbeit.
Andere erkennen wiederum große Zusammenhänge, in den kleinen Dingen philosophischer Natur. Und wieder andere finden schlicht das Glück, auch wenn es nur einen Wimpernschlag überdauern mag. Dieser Mensch wäre dann reich geworden, beneidenswert, und gleichzeitig eine der ärmsten Kreaturen auf dieser wunderbaren Erde. Denn nur sehr wenige schaffen es, festzuhalten das Glück. Dem armen Teufel dem es dann entwischt, glimmt nur noch die Erinnerung im Herzen, welche einen

Durst nach mehr heraufbeschwört, eine unstillbare Gier, die vielfach stärker ist, als alles, was vor diesem erleuchteten Augenblick war. Und er wird danach trachten, von Neuem zu suchen, denn wie Madame Colette es schon so treffend ausdrückte, sind wir auf der Erde, um das Glück zu suchen, nicht um es zu finden.

Der Grund, der tiefere Sinn hinter diesem Federzug? Vielleicht um zu zeigen, das Melancholie es auch vermag, ein wenig die Augen zu öffnen, für das so Offensichtliche. Vielleicht um mir selbst die Augen zu öffnen, mir zu beweisen, dass die Welt auch ohne Amadeo ihren Zauber hätte. Um mich selbst zu verankern.

Schönheit ist in unserer Welt allgegenwärtig, man muss sie nur erkennen. Denn oft steckt sie in sehr abschreckenden Dingen; denn Hässlichkeit gibt es eigentlich nicht, die beklemmende Zahnräderfabrik hinter menschlicher Stirn, macht die Dinge erst hässlich. Wenn man richtig an diese Welt herantritt, entdeckt man, dass alles eine anziehende Schönheit und Faszination ausstrahlt.

Ein Schlusswort? Nun, vielleicht dieses: Des Lebens kurze Spanne verbietet uns, auf zu ferne Zukunft zu hoffen. Ich sollte dies lernen zu achten. Meine Hoffnungen sind Illusionen, den Gezeiten der Vergänglichkeit und Unbeständigkeit auf ewig unterworfen.

Deswegen denke ich, sollte es genossen werden, das Leben. Um das Beste daraus zu machen und Emotionen zu zulassen und auszuleben. Sowie auch in der größten Not, Faszination und Wunder für sich zu entdecken, welche einem verhelfen, zu hoffen. Amadeo, hatte damals in dem indischen Tempel recht. Ich sollte anfangen, mich an meine eigenen Predigten zu halten und Dinge zu zulassen, die unabwendbar sind und offen vor mir stehen.

Vita summa brevis spem nos vetat incohare longam.
... Bald.

Seduco Timid, Tagebuch – 04. Mai 2003/ auf der original Seite, war eine Blume eingeklebt.

Diese Blume, soll anstatt derer wohlklingende Worte stehen,
die ich, der Sprache gewählter Worte erhaben,
flüsternd im Mondenschein,
auf des Weges zu ihrer Blütenpracht
sprach und mir erdacht.
Denn was ich sagen wollt
ist beinahe schon fort und vergessen,
denn die Inspiration ist vergangen,
so wie alles vergeht.

Mein Name ist Seduco Timid, heute ist der vierte Mai zweitausenddrei, inzwischen ist es ein Uhr dreiunddreißig. Ich beschäftige mich zurzeit mit Rousseau und frönte so heute Abend, wohl nicht ganz uninspiriert, eines alten Traumes, nämlich jenen, einfach loszulaufen. In irgendeine Richtung, fort ins Unbekannte, in die Wildnis. Wie Gulliver, sich auf eine Reise in eine unbekannte und faszinierende Welt begeben. Doch trieb mich nicht ein Schiffsunglück voran, sondern der Sonnenuntergang, so war Apoll mein Wegweiser. Will sagen, ich ging kräftigen Schrittes gen Westen, stets meiner geliebten Sonne hinterher, den Tag verlängernd. Wanderte durch die Straßen der Stadt, stets bemüht die Sonne einzuholen, bis da keine Straßen mehr waren, nur noch Wald und Wiese. Bis da kein elektrisches Licht mehr war, nur noch der sanfte Schein der untergehenden Sonne und des gerade aus dem Neu erwachenden Mondes.
Schon früh auf dieser Odyssee, dachte ich daran, diese Quelle der Inspiration aufzuschreiben, ja, ich redete mal laut, mal in Gedanken, schon die Worte vor mich hin, webte einen Zauberteppich aus Worten um mich und ohrfeigte mich gedanklich, das Buch nicht gleich mitgenommen zu haben. Aber wer weiß, vielleicht hätte ich dann überhaupt nichts zum Schreiben gehabt oder es wäre ein endloser Text über die Schönheit des Nichts. Auf einer Wiese angekommen, legte ich mich nieder und ruhte und wartete auf das Erscheinen der Sterne, unseren himmlischen Eltern. Denn aus dieser Materie sind wir erschaffen, wie alles. Ohne sie gäbe es – laut einem Artikel, den ich neulich las – nur Wasserstoff im Universum und so würde all das, was wir kennen, nicht existieren. Aber eigentlich ist das gar nicht wichtig. Wahrlich wichtig ist nur, dass man auch in

der Stadt, wenn man seinem Schatten nur lange genug davonläuft, die Natur finden kann und dass man seltsam befreit von allem ist, was einen bedrängt, wenn man den richtigen Augenblick erwischt. Ich sage nicht, dass man vor irgendwelchen Problemen davonlaufen soll, welcher Art auch immer. Ich sage nur, dass man auch seinen Gedanken manchmal eine Ruhepause oder eine Ablenkung gönnen soll und zwar so eine, die einem neue Eindrücke liefert und trotz allem, das geistige Gut fördert. Nicht immer nur berauschen lassen von Fernsehen oder Zwangsablenkungen, ich glaube das hilft weit weniger, eine Lösung zu finden. Außerdem, habe ich zumindest an solche Abenteuerausflüge gleich eine ganz andere, traumartigere und schöne Erinnerung. Und mit diesen Worten, lege ich die Feder beiseite, schließe das Buch und wünsche Gute Nacht ... oder vielleicht *eine gute Reise?*

Seduco Timid, Tagebuch – 08. September 2003

Das waren die tollsten dreizehn Monate meines bisherigen Lebens. Amadeo habe ich zwar etwas vermisst, wir haben uns kaum gesehen, dafür hatte das Jahr Klasse. Meine Erinnerung daran, ist eigentlich nur ein einziger Sommer. Ich habe Geld verdient und es aus dem Fenster geworfen und habe sehr viel Zeit für mich gehabt und es eigentlich nicht als sehr unangenehm empfunden, mal abgesehen von den Startschwierigkeiten im November. Ich habe meinen Führerschein gemacht und durch meine Arbeit, selbst bezahlen können. Großer Pluspunkt. Steven hatte durch seine Ausbildung auch nicht schlecht Kohle zum Verschleudern, so sind wir permanent im Kino gewesen oder Essen gegangen. Weihnachten fiel unnormal üppig aus. So habe ich Mom, Opa und mir Musicalkarten gekauft und wir fuhren zusammen nach Berlin zu *Cats*. Das war damit mein fünftes Live-Musical. Nebenbei habe ich es nach dem vierten Antrag geschafft, dass ich nicht zum Bund muss, sondern Zivildienstleistender werden kann. Eins steht allerdings fest, kein Krankenhaus! Achtundneunzig, Neunundneunzig hängen noch nach. Ich versuchte es erneut mit der Molekularbiologie-Sache. Diesmal mit Erfolg. Doch lehnte ich ab. Es ergab sich, dass ich plötzlich keine Lust mehr darauf hatte. Ich liebte die Chemie an der Schule, aber privat und auch sonst, interessierte ich mich doch weit eher für die Kunst. So rannte ich am letztmöglichen

Anmeldetag an die *Fachschule der feinen Künste* und schrieb mich, nachdem ich kurz mit mir gerungen hatte, ob ich nicht *Literatur und kreatives Schreiben* wählen sollte und entschieden hatte, dass mir dies womöglich den Spaß am Schreiben kosten könnte, zur Aufnahmeprüfung für *Kunst* ein, die ich bestand. Das war am zweiten April, zwanzigster März war der letzte Anmeldetag. Am zwanzigsten April sollten Steven und ich überraschend zu einer Party eingeladen werden, die jemand aus unsere Abschlussklasse bei sich auf dem Grundstück gab. Wir überlegten kurz, beschlossen aber hinzufahren und hatten phänomenalen Spaß und das, *obwohl* wir alle anderen wieder sahen. Cassandra kam auch hin, von ihr hörten Steven und ich aber kaum mehr was. Ganz selten trafen wir uns auf einen Kaffee. Sie war in diesem Jahr schon an der Fachschule tätig. Im Bereich der darstellenden Künste. Was hieß, dass sie nicht sehr viel Zeit hatte. Als der Sommer so richtig kam, fuhren wir noch einmal zu dem Haus am See, dort wo ich mit Mom gewesen war. Schließlich, nach ein paar Tagen Besuch bei Dad, buchte ich am einundzwanzigsten Juli spontan eine Reise nach Ägypten. Steven wollte unbedingt mit. So flogen wir genau einen Monat später nach Hurghada und verbrachten dort eine traumhafte Woche. Tausend Fotos wurden gemacht, keines ist etwas geworden. Der Apparat den Bernhard mir gegeben hatte, war defekt. Was wir erst zum Ende der Woche merkten. Als wir wieder kamen, waren es noch genau elf Tage bis zu meinem neuerlichen Schulanfang. Morgen ist es soweit. Meinen Job habe ich gekündigt, die Sachen sind gepackt und ich freu mich schon. Mit meinen Gefühlen gehe ich inzwischen sehr ehrlich um. Zwar noch mit niemand anderen als mit mir – oder Amadeo – aber immerhin habe ich keine Angst mehr, mich einer neuen Klasse zu stellen. Wir werden im ersten der zwei Jahre sehr viele Praktika haben und es besteht die Möglichkeit, eines davon im Ausland zu machen. Bei der Anmeldung habe ich mich für Irland eingetragen und in mir brodelt ein Gefühl von Juchhu!!!
Mein Name ist Seduco Timid.

Seduco Timid, Tagebuch – 10. September 2003

Alex.

2004

Es gibt Momente im Leben, nur wenige Minuten, in denen sich die ganze nackte Wahrheit vor deinem Auge eröffnet und du erkennst, dass du in jedweder Hinsicht, gescheitert bist. Du erkennst, dass keine richtigen Freunde dir zur Seite stehen, du bemerkst, dass du es zu nichts gebracht hast, du nichts erreicht hast und alles, woran du festhältst, Illusion ist.

So schmerzhaft diese Augenblicke auch sein mögen, sie sind manchmal nötig, damit einem neue Perspektiven klar vor Augen treten und diese erkannt werden können. Gefahr besteht nur, dass man sich in diesen Pessimismus hineinfallen lässt und verbittert.
Mein Name ist Seduco Timid.

Seduco Timid, Tagebuch – 09. März 2003

Ich kroch hindurch, durch diese rautenförmige Felsöffnung, die kunstfertig mit so glatten Wänden in die schroffen Klippen hineingearbeitet worden war. Wo genau ich eigentlich hergekommen bin, weiß ich nicht, aber im Inneren erwartete mich Dunkelheit. Mein Atem rauschte laut an meinem Ohr, es musste sich um einen längeren Tunnel handeln. Immer noch auf allen Vieren kroch ich weiter in das unergründliche Schwarz hinein, bis mein Rücken, die Handgelenke und Kniescheiben mit Schmerz laut Protest übten. Allmählich begann der Boden abzufallen und schließlich wagte ich den Versuch mich aufrecht hinzustellen. Doch es kam wie es kommen musste, trotz äußerster Vorsicht schlug ich mir prompt den Schädel an der Decke an. Durch diesen Schmerz drang mir die ungeheure Realität dieser Scheinwelt erneut ins Bewusstsein.

Wieder einmal wandelte ich durch Amadeos Welt, welche gleichsam meine eigene ist. Nur, wer würde glauben, einmal in seinem eigenen Unterbewusstsein herumwandern zu können, wo es doch normalerweise so unergründlich in einem verborgen liegt? Beim nächsten Versuch mich aufzurichten, gelang es ohne nachfolgenden Brummschädel. Mit ausgestreckten Armen, in der Finsternis herumtastend, bewegte ich mich vorwärts, bis meine Finger Stoff berührten. Waren das Spinnweben? Nein, wohl kaum. Es war nicht fein genug dafür und es fühlte sich an, als wäre dieser Stoff straff gespannt. Und dennoch, nach kurzer Befühlung glitten meine Finger hindurch, der Stoff dehnte sich, legte sich hauteng um meine Finger, Hand, Arm, hinauf zum Ellbogen. In den Fingerspitzen war es mir, als wäre der seltsame Stoff verschwunden, also ging ich weiter, ganz hindurch. Der Raum hinter dem Tunnel war dunstig, irgendwie unwirklich. Gebrochen. Ich sah mich um, ich war aus einer Leinwand geschlüpft, aus einem Ölgemälde das so stark verdunkelt war, dass man das einstige Stillleben nur noch erahnen konnte. Das Bild, rechteckig, war in einen matten, goldenen Rahmen gefasst, welcher auf der Spitze einer seiner vier Ecken stand und damit diese Art Raute bildete, die auch der Gang aufgewiesen hatte. Es lehnte an den Kanten zweier, aufeinander treffender Wände.

Ich sah mich um. Dieser Raum konnte sich unmöglich innerhalb oder hinter den Klippen befinden, von denen ich gekommen war. Denn er hatte nicht nur glatte und meterhohe Wände, sondern auch riesige romanische Fenster. Sie waren stark verschmutzt und ein grauer Hauch von einem

Vorhang, hing in Fetzen davor, hindurch war draußen ein bleiernes Meer zu erkennen, welches sich von Horizont zu Horizont erstreckte.
Ich stehe mit einem Mal am Ufer dieses Meeres, trostlos am Strand der ungezählten Möglichkeiten, verharre ich dumpf in Entscheidungslosigkeit und lähmender Ungewissheit. Wie *Friedrichs* Mönch. Trübsal herrscht in meiner Seele vor und Eiskristalle wuchsen an meinen Händen und ich denke: *Eis im September?* Der Himmel ist verhangen, und die Wolken bewegen sich ruhig und teilnahmslos weiter auf dem Weg, der ihnen vorbestimmt scheint. Doch etwas regt sich, das vom Sand halb verschüttete, eiserne Schiffswrack knarrte und eine plötzliche Windbö ergriff mich und ich stand wieder hinter Glas. Blicke hinaus aus dem Zimmer, in das ich eben durch den Tunnel eingetreten war.
Die Vision war zu Ende und ich wusste, dass sich kein Gebäude hinter mir befunden hatte, als ich dort am Strand stand, von welchem jemand, aus diesem Fenster hier, mich hätte beobachten können. Ich beschloss nicht weiter darüber nachzudenken, da mir klar war, dass in dieser Welt die physikalischen Gesetze der Realität keine Rolle spielten. Ferner beschloss ich, mir den Raum näher anzusehen.
Ich stand vor einer geraden Wand, in welche fünf Fenster mit Rundbogen und gut sechs Meter Höhe, akkurat nebeneinander und symmetrisch eingearbeitet worden waren. Diese Wand bildete die Basis eines gleichschenkligen Dreiecks, dessen Form der Raum aus der Vogelperspektive haben würde, dem Boden nach folgernd. Die Spitze des Deltas fehlte, stattdessen ging es, nach entsprechender Verjüngung in ein weiteres, gespiegeltes Dreieck, sprich einen weiteren Raum über. Von mir aus gesehen auf der rechten Seite, stand das Gemälde, durch welches ich hineingekommen war, am oberen Ende des rechten Schenkels, an welchem eben das besagte zweite Dreieck anschloss. Man konnte durch den Raum somit sowohl eine horizontale, als auch eine vertikale Symmetrieachse ziehen. Ein Stundenglas, welches jemand umgelegt hatte. Indes gab es von der Einrichtung her große Unterschiede. In meinem Dreieck befand sich ein großer Flügel, der allerdings keine Saiten mehr hatte, welche mit den vergilbten Tasten hätten angeschlagen werden können. Er stand offen und in seinem Inneren stapelten sich Bücher, scheinbar aus allen Jahrhunderten. Einige zerfielen schon zu Staub. Überhaupt war der Raum vollgestopft mit Büchern. Sie quollen aus dem herrlich verzierten Kamin an der linken Schenkelseite, aus den Bücherregalen, die bis unter die Decke reichten – ebenfalls links –, sie thronten auf diversen Tischchen,

auf dem verschlissenen Klavierbänkchen mit dem abgewetzten Leder und stapelten sich auf dem Boden. Ein alter Globus stand da, wie er in jede Bibliothek gehörte und zahlreiche Kandelaber standen herum. Darunter mannsgroße und kleine Kerzen, welche meist auf den Büchern abgestellt worden waren. Nicht selten waren die Kerzen auch direkt auf die Lederumschläge festgewachst worden. An der Wand, vor welchem der Flügel mit seiner Klavierbank und seiner sonderbaren Füllung stand, waren Gemälde angebracht worden. Vom Boden bis zur Decke Gemälde, in allen Größen und Formen. Der Besitzer scheute sich auch nicht, einfach kleinere Werke in den Bildflächen der großen zu befestigen. Doch das war ohnehin schon gleichgültig, da man auf kaum einem Bild noch irgendetwas erkannte. Entweder malte die Zeit mit dickem Schwarz darüber, oder das Öl war so gebrochen, das man beim besten Willen hätte alles darin erkennen können, wenn man nur seine Fantasie einsetzte. Ein einziger Gegenstand in diesem kühlen Raum war nicht mit Büchern oder Kerzenstummeln übersäht. Ein zierlicher Chippendale-Sessel mit aufgerissenem Stoff von einer beige-grauen Farbigkeit. Überhaupt konnte ich keine der vermeintlichen Farben richtig ausmachen. Es sah einfach alles irgendwie grau und matt aus, auch wenn es durchaus gewisse Farbnuancen gab. Ausnahme bildete der Strand draußen, der im Vergleich mit seinem gebrochenen Ocker richtiggehend grell wirkte. Es war diesig, irgendwie neblig, ohne dass die Sichtverhältnisse eingeschränkt worden wären. Der Boden war eine Ansammlung von Teppichen, dem zerfallen begriffenem Laub und durch ein paar freie Stellen durchblitzende Fließen. An der engsten Stelle des Raumes, der Schnittstelle der Dreiecke hing ein großer Lüster mit Spinnweben und Staub überzogen, matt und seiner vormaligen Pracht beraubt. Wie alles hier. Die Decke war einmal aufwendig mit Stuck verziert worden, der inzwischen ebenso herunterbröckelte, wie das ergraute Weiß der Wände. In der Mitte der dreieckigen Decke war eine große Glaskuppel, welche sich nach innen wölbte. Das verdreckte, aber einstmals klare Tiffanyglas, bot den Blick in eine Art Aquarium frei, in welchem nicht einmal mehr die Algen Interesse am Überleben zeigten, und Fische, tot, direkt unter der Wasseroberfläche schwammen, die Bäuche nach oben weisend. Das in Blei gefasste, zu kunstvollen Mustern verarbeitete Glas dieser Kuppel, war hier und da bereits gesprungen, und übel riechendes Wasser tropfte heraus und landete in einer angelaufenen Silberschale, die am Boden stand und bereits übervoll war. Ich durchquerte den Raum von neuem, strich hier und da über die Wände oder über die Rücken der Bücher, welche mir aus den Regalen entgegen gestreckt wurden. Nur um feststellen zu müssen, dass alles zerfiel sobald ich es zu berühren wagte. Der Putz glitt in feinem Staub durch die Finger und Bücher zerfielen in schwarzes, rostiges Pulver. Also ließ ich das lieber und sah mir den hinteren Raum, dass zweite Dreieck an.

Trotz einer anderer, so unterschied sich dieser, vom Zustand der Einrichtung, nur unwesentlich vom ersten Zimmer. Eine Ansammlung von Gerümpel und Büchern, alles zerschlissen und von dickem Staub überzogen. Allerdings befand sich hier die Fensterfront leicht erhöht, über ein zweistufiges Podest erreichbar, an der linken Schenkelseite. Auf der Erhöhung, direkt vor dem mittleren Fenster, stand ein steinerner Tisch, mit Rokoko anmutenden Verzierungen. Auf diesem lag eine graue Katze, mit großen, blauen Augen. Sie gähnte mich an und schlief dann weiter. Ich ging zu ihr, kraulte ihren Kopf, streichelte sie. Doch nachdem sie sich, nicht desinteressierter hätte geben können, ließ ich von ihr ab und blickte erneut durch eines der hohen Fenster. Wie fast schon erwartet, da ich inzwischen mit der Konstruktion dieser Welt recht vertraut war, fand ich dort draußen den selben Strand, das selbe Wrack, die selben Wolken, wie auf der anderen Seite des Gebäudes. Doch diesmal stand jemand da und blickte hinaus. Als er sich umdrehte, bestätigte sich meine Vermutung, ich selbst war es und nach dem kurzen, leeren Blickkontakt war ich auch schon verschwunden. Die Katze stand auf, sprang vom Tisch, nur um wieder auf der Tischplatte zu landen ohne den Boden je berührt zu haben. Trostlos ließ sie sich wieder auf ihren Tisch nieder und döste erneut in ihrem unsichtbaren Käfig.

An der gegenüberliegenden Seite des Durchganges zwischen den beiden Zimmern, stand ein Bett, das leicht gekippt war, da auf der linken Seite beide Füße fehlten. Ein riesiger, aber natürlich ebenfalls zerfetzter Baldachin spannte sich über den ganzen Raum, und ein zweiter direkt darunter nochmals über das Bett. Der Eindruck des Schmuddeligen haftete einfach an allem. Ich wusste ehrlich gesagt nicht was ich hier sollte, wie so häufig, wenn Amadeo nicht gleich von Anfang an da war und ich mich nicht habe absichtlich fallen lassen. So entschied ich mich kurzer Hand, wieder durch das Gemälde hindurch zu steigen und einen anderen Ort aufzusuchen. Doch dieses Unternehmen scheiterte, denn offenbar war das Stillleben zwar ein Eingang, aber kein Ausgang. Etwas missmutig ließ ich mich in den Chippendale-Sessel fallen.

»Raus aus dem Sessel, das ist meiner!« radebrechte eine dunkle, kratzige Stimme. Die von einem keuchenden Husten, der tief aus der Lunge zu kommen schien, begleitet wurde. Sofort stand ich wieder, wie eine Eins. Und sah mich um. Graue Augen aus tiefen Höhlen, in einem hageren, faltenschweren Gesicht. Der halbe Kopf kahl und mit braunen Altersflecken übersät vom Rest, fiel dreckig-weißes, schütteres Haar rückenlang in fettigen Strähnen herab. Ein enger Mund, den keine Lachfalten zierten, unter einer großen, knöcherigen Nase hatte diese Worte gespuckt. Pantoffeln, graue natürlich; ausgebeulte Hosen und ein beflecktes, ausgeleiertes Hemd, scheinbar von einem baumwollenen Pyjama, unter grauem, weit geschnittenen Pullover mit teils offenen Maschen, bedeckte die hagere Gestalt des Mannes, der auf den Sessel zuschlurfte und sich darin fallen ließ. Eine alles umfassende Hommage an den Verfall.
Ich stotterte ein »tschuldigung« zusammen und starrte etwas verlegen dieses Gerippe an. Unter Keuchen und mit viel Aufwand, meinte er: »Macht nichts, wollte nur nicht, dass du dich darin verlierst, wie ich mich verlor.« Schweigen.
»Das sind sehr viele Bücher« - ein etwas unbeholfener Anfang für ein Gespräch, ich weiß, allerdings wollte ich dringend aus dieser beklemmenden Situation herauskommen. Doch er schwieg weiterhin.
»Es tut mir Leid, ich wusste nicht, wo mich der Tunnel hinführen würde und der Durchgang ist nun verschlossen. Ich wollte nicht unerlaubt eindringen«, versuchte ich es aufs Neue.
»Ich habe sie alle gelesen, diese Bücher«, meinte er mit einer Geste seiner knorrigen Hand, die auf die Bücher um ihn herum wies. Es schien mir, als habe er mir nicht ansatzweise zugehört.
»Wie ich es liebte, dies Gefühl beendeter Bücher. Die Geschichte, noch in frischer Erinnerung, den Staub der beschriebenen Straßen noch auf der Haut, die Gesichter der Figuren noch vor Augen, das Herz noch rasend vom finalen Erguss erlesener Worte, die es schafften, die Welt zu umfangen, aufzunehmen und neu zu gebären. Nichts ist mit diesem Gefühl zu vergleichen und dabei spielt es keine Rolle, ob die geschilderten Ereignisse nun wahr waren oder nicht, ob von fremder oder eigener Hand geschrieben. Letztendlich ist es immer echt und man spürt die Rundung der Ereignisse, wenn einem klar wird, dass ein Buch nicht mit dem Lesen dessen beginnt, sondern mit dem Augenblick der ersten Annäherung, der ersten Berührung, welches vielleicht noch nicht einmal der Beginn des Besitzens war.

Weißt du Junge, ein gutes Buch flüstert einen seinen Gehalt bereits in einer noch wortlosen Stille zu und diese Zusprachen werden zum freundschaftlichen Geheimnis zwischen Werk und Rezipienten. Du musst nur hinhören ...«, er seufzte schwer und fügte mit traurigem Schimmer in der fernen Leere seines Blickes, wieder mehr zu sich sprechend als mich bemerkend, hinzu: »Die ältesten von ihnen, meinen Büchern, zerfallen zu Staub. Dann kann ich sie nicht mehr lesen. Sie zerfallen einem zwischen den Fingern, an der selben Stelle, an der die Zeit durch sie hindurch rinnt.«
Das Reden kostete ihm größte Mühe, das sah ich und so hörte ich aufmerksam hin, in der Hoffnung, dass dies nicht das wirre Gerede eines alten, kranken und offensichtlich einsamen Mannes wird. Doch irgendwie, selbst wenn es darauf hinaus laufen sollte, hegte ich Mitgefühl für ihn, während ich angeekelt dabei zusah, wie er Schleim hoch hustete und in einen bereitgestellten Messingtopf entließ.
»Mir schien es, als würde die Zeit an diesem Ort gar nicht wirklich vergehen, als würde sie nur versuchen sich vorwärts zu bewegen, so wie ihre Katze dort hinten.«
Er sah mich mit verständnislosen Blick an, und fuhr fort: » ... Sie zerfallen. Alles verloren. Ich saß hier und habe sie gesucht. Zwischen all den Büchern suchte ich sie.«
»Wen?« fragte ich, nun langsam ehrlicher interessiert.
»Die Liebe, die Liebe«, wiederholte er schwermütig.
»In den Büchern?« das erstaunte mich nun doch. Der hier war so eine Art Don Quixote. Der hat auch irgendwann die Dinge in seinen Büchern für bare Münze genommen. Die Titel sind kaum noch lesbar, wenn das hier alles Liebesromane waren ...
»Ja, zwischen den Buchdeckeln befand sich meine Welt.« – Nun das kannte ich allerdings irgendwo her. – »Meine Leidenschaft, sprach stets nur aus Gedichten. Doch diese Glut reichte nicht, um das nötige Feuer zu entfachen. Und jetzt ist selbst dies bisschen Eifer gänzlich erkaltet. Nun ist es zu spät. Doch die Ketten haben es mir gezeigt.«
Ich war irritiert, welche Ketten? – fragte ich mich. Aber in diesem Moment, wohl meine Frage schon im Ausdruck meines Gesichtes erahnt, hob er die Hände. Schwere Ketten befanden sich an seinen dürren Handgelenken und reichten zum Boden und waren dort verankert und reichten zur Decke und waren dort verankert wie sie es im Boden waren. Die Glieder der Ketten schlugen klirrend aneinander und Putz regnete von der Decke. Er sprach leise weiter:

»Sie zeigten es mir, offenbarten mir meinen Fehler. Ich habe ihn erkannt, zu spät, aber ich habe ihn erkannt. Man kann im Leben nicht auf die Liebe warten, man muss auf sie zugehen. Tausend Jahre lang, wanderte ich durch die Träume fremder Dichter und suchte nach dem Weg zu ihr, doch dies ist eine Epiphania, die einem nur das Leben schenken kann und nicht etwa das gedruckte Wort. Ich habe dies zu spät erkannt, geh und suche sie im Leben. Nicht in den Büchern, nicht in deinen Gedanken,...«

Und plötzlich war der Mann nicht mehr alt, nicht mehr in Ketten. Amadeo saß vor mir im Sessel, die rechte Hand auf die Lehne gelegt, starrte mich beschwörend aus seinen schwarzen Augen an. Er war so stofflich, so real, selbst für diesen surrealen Raum absolut deplatziert. Ich wich einen Schritt zurück und stieß mich am Flügel. Eine Kerze die vorher nicht brannte, viel zu Boden und brannte mit blauer Flamme die sich rot in Amadeos Augen spiegelte, der unbeirrt fort fuhr »... nicht in dir und nicht hier. Sei kein Narr und geh' hinaus in die Welt und öffne dich ihr endlich, bei allem was dir lieb und teuer ist.«

Und dann war er verschwunden und im nächsten Augenblick zerstob das Glas der Aquariumskuppel und entleerte sich mit einem Zug. Glas und Wasser fielen herunter, doch als es auf dem Boden aufkam, war es nur wie eine Mischung aus Asche und Sand. Ich sah hinauf und konnte noch gerade weghuschen, ehe die nächste Ladung Sand herunterkam. Und dieser Strom hörte nicht auf herunterzurinnen. Alle Bücher, Gemälde, Kandelaber und alles Mobiliar verwandelte sich allmählich in Staub und füllte den Raum zusammen mit dem Sand. Die Katze kam angelaufen, ihr Tisch war zerfallen und der Bann gebrochen, schmiegte sich um meine Beine, die schon knietief im Sand steckten. Wundersamerweise blieb die Katze immer oben auf, nur ich sank ein, immer tiefer, konnte mich nicht bewegen, nicht atmen und schwitzte voller Panik klebrigen Angstschweiß, den das Kätzchen mit der rauen Zunge ableckte. Bis zuletzt nur noch ein kleiner Teil meines Kopfes aus dem Sand ragte und sie leckte weiter meine Augenlieder und ich öffnete sie ohne das mir bewusst war, sie geschlossen gehabt zu haben und ...

... war erwacht. Opa Bernhards schwarze, weißpfotige, gelbäugige Katze, lag schwer auf meinem Brustkorb und hatte aufgehört meine Augen wach zu lecken. Ich lag in meinem Bett, war zurück von meiner Reise. Sehr schwach, kaum wahrnehmbar saß Amadeo am Fußende des Bettes. Seine Anwesenheit spürte ich sofort. Auch er öffnete die Augen und sah mich

an. Er lächelte und in meinem Kopf hörte ich seine Stimme: *Begreife doch, du musst deinen Mut finden.*
Danach verschwand er, sprich, ich erreichte nun erst wirklich die wahre Welt und machte mich, noch etwas fröstelnd auf in einen neuen Tag. Als ich mein Bett machte, fand ich Sand darin. Aber mein Verstand, nun wieder verstärkt an meiner Seite, schob es auf die Katze. Immerhin, durfte ich mich selbst nicht verrückt machen, sonst lande ich irgendwann wieder in einer medizinischen Einrichtung. Aus dieser käme ich dann allerdings noch weniger schnell wieder heraus, als aus der Letzten. Heute ist Samstag, der einunddreißigste Januar zweitausendvier, mein Name ist Seduco Timid.

Seduco Timid, Tagebuch – 1. Februar 2004

Oh, es war ein fröhlicher Tag. Doch unerwartet riss der rote Faden, der sich durch diese Stunden zog und ich sah mich in einem meiner zahlreichen Seelenspiegel, sah die unaussprechliche Leere der Sehnsucht in meinem Brustkorb. Sah die Lücke. Sah das klaffende Loch mit dem schwachen Herzen, welches nicht schlug, sondern verschwand und wieder auftauchte und verschwand und wieder auftauchte ... wie ich entschwinde und auftauche, aus unendlichen Geschichten. Mein Name ist Seduco Timid, heute ist der erste Februar.

Seduco Timid, Tagebuch – 2. Februar 2004

Heute war wieder ein solcher *noch*-Wintertag, der einem eigentlich verbietet rauszugehen. Es ist kalt, nass und matschig, eisig und unangenehm. Der Wind lässt alle freiliegenden Körperstellen, wie etwa Ohren und Nase einfrieren und sich schmerzhaft röten.
An solchen Februartagen erscheint der Heimweg weit länger als gewöhnlich und ist unerträglich, statt erfreulich. Somit macht man das Einzige, was man in einer solchen Situation korrektes tun kann. Man checked sein Kleingeld und setzt sich ins nächstgelegene Café. In meinem Fall war es sogar mein Lieblingscafé, da dies ohnehin nach einem *kurzen* Umweg, *nahezu direkt* auf dem Heimweg lag.

Es ist ein italienisches, recht nobel ausgestattetes Café, was fantastischer Weise auch noch auf dem, nach unserer italienischen Partnerstadt benannten *Plaza de Venice* seinen Sitz hat. Dieser Platz ist aufgerissen und ein künstlicher *Canale Grande* wurde erschaffen, wenn auch so winzig und unbedeutend, dass kaum jemand die Anspielung wahr nimmt. Wie dem auch sei, ich stürzte vor Vorfreude auf meine heiße Schokolade in das warme Dunkel des Cafés hinein, suchte mir einen Platz an einem der kleinen Bistrotische an den großen Fenstern, die zum Kanal und auf den Platz zeigen und bestellte meinen Kakao. Draußen hatte es angefangen zu hageln und der Himmel war so finster geworden, dass man meinen könnte, es wäre später Abend und nicht gerade erst vier Uhr nachmittags. Ich begann mich gerade aus meinem fast zwei Meter langen Schal zu wickeln, als mir die Schokolade serviert wurde. Lechzend nach der Wärme umklammerte ich mit den Fingern die Porzellantasse mit ihrem köstlichen, heißen Inhalt. Ich nahm einen Schluck des herrlichen Getränks und ließ es langsam meine Kehle hinunterrinnen, nach dem Geschmack suchend, ihn findend und aufnehmend. Mir war es gleich, dass meine Zunge halb verbrannte und sich etwas pelzig anfühlen würde, wenn ich die Tasse wieder abgesetzt hätte. Denn kein Gefühl schien mir im Augenblick köstlicher als dieses brennend heiße und so lecker süße Gebräu, welches meinen Körper von innen heraus auftaute und rote Farbe und Hitze in meine Wangen und die ohnehin schon glühenden Ohren schießen ließ. Doch diese umfangende Wärme war mir nur rechtens und sehr willkommen. Selbst mein *must-have* dieses Winters, den glänzenden Trenchcoat, der genauso wie das restliche Outfit aus gestreiftem Hemd und schwarzem Kaschmirpulli, außergewöhnlich gut geschnitten war, hatte ich noch nicht auszuziehen gewagt. Im Gegenteil, ich kuschelte mich erst jetzt richtig hinein, wohl wissend, dass ich für diese Klamotten alles Geld ausgegeben hatte, welches ich nach Weihnachten noch besaß. Aber ich war in den Ferien zu meiner Cousine nach Berlin gefahren und konnte nicht widerstehen.

Ich nahm den nächsten Schluck, schloss dabei kurz die Augen und ließ ihn seine Wirkung tun. Dachte dabei daran, wie schön es wäre, so etwas einmal mit einem anderen Menschen genießen zu können. Aber ich bin immer allein hier. Genauso wie ich immer allein im Museum bin, außer Steven keine Begleitung fürs Kino habe und selbst niemanden begleite. Alleine durch den städtischen Park flaniere, einsam in der Mitte der alten Kopfsteinpflasterstraßen laufe und mich gedankenverloren an Zeiten erinnere, die ich nie erlebt habe. Ich dachte, dass ich es eigentlich häufig ganz schön finde, so allein zu sein. Allerdings gibt es auch Momente, in denen mir klar vor Augen tritt, wie einsam ich eigentlich wirklich bin und wie ungewöhnlich für mein Alter.

Dann öffnete ich sie - meine Augen - wieder und blickte nach rechts zum Fenster hinaus. Das Bild draußen hatte sich verändert. Zwielicht und ein grauer Nebeldunst stieg vom Wasser auf. Vom Wasser? Ein Kanal, nicht der kleine, künstliche des *Plaza de Venice*, sondern, ein zwar auch nicht sehr großer aber dennoch beträchtlicher, zog seine Bahn ins Café hinein. Doch war da kein Café mehr. Ich befand mich in einem Schwarz-Weiß Film, saß auf einer kleinen Terrasse mit Blick auf eine kleine Brücke, die zwei Häuser miteinander verband. Es war neblig und kühl. Hinter mir und auch zur linken und rechten Seite erstreckten sich die Fassaden mehrerer Bauten. Sie waren alt aber sehr hübsch. Auch auf der mir gegenüberliegenden Seite waren Häuschen, die direkt aus dem Wasser des Kanals emporzuwachsen schienen. Vor ein, zwei Haustüren waren kleine Ruderboote befestigt worden. Meine Terrasse wurde zu beiden Seiten mit einem Geländer aus Schmiedeeisen begrenzt. Vor mir befand sich allerdings keine Begrenzung, da dies nicht nur die Terrasse des kleinen Bistros hinter mir war, sondern auch als Bootsanlegestelle diente. Ich saß mit Jeans und Kapuzenpulli an einem französisch anmutenden Bistrotisch. Auf diesem stand meine Kakaotasse. Ein Baum reckte seine blätterschweren Äste über eine Gartenmauer, an der mir gegenüberliegenden Häuserfront. Dies konnte so ziemlich jeder kleine Kanal in Venedig sein. Architektur der Häuser und nicht zuletzt das Wasser bekräftigten diesen Gedanken ziemlich stark. Allerdings war ich selbst bis Dato noch nie in Venedig gewesen. Kannte es nur aus Büchern und wollte immer mal her. Eine führerlose Gondel bahnte sich ihren Weg durch den Nebel und schwamm, das Ruder auf die entsprechenden Halterungen an der Seite abgelegt, an mir vorbei. Vom Kanal stieg der Geruch von salzigem Meereswasser in meine Nase. Ich drehte mich um, ging durch die mit Fensterläden bestückte Terrassentür in das kleine Bistro hinein. Nur sechs Tische und eine Theke fanden im engen Raum darin Platz. Auf allen Tischen war eine karierte Decke gelegt worden, sowie ein gläserner Aschenbecher. In einem lag noch eine Zigarette, welche munter vor sich hin qualmte und dies offenbar auch noch eine ganze Weile tun würde. Die Theke war wundervoll geschnitzt. Etwas zu Barock für meinen Geschmack, aber schwer und schön. Passend zu diesem schwermütigen, kleinen Café irgendwo in Venedig. Aber es war leer. Kein Kellner, keine Gäste, keine Musik.

»Amadeo, was willst du mir zeigen?« flüsterte ich in den Raum hinein, meinen Schatten lockend. Meine eigene Stimme, obgleich ich nur murmelte, klang erschreckend laut, hier in der stillen Einsamkeit dieser verblassten Welt, die selbstbewusst der Farbe und des Frohsinns entsagte. Eine Traumlandschaft, die in ihrer Düsternis die eigene Wirklichkeit verlor. In der man nichts weiter vernahm, als das Klatschen des Wassers, welches in leichtem Seegang an die Mauern des Gebäudes schlugen. Ich wartete sein Erscheinen ab, eine Antwort. Als sie ausblieb, ging ich auf die Veranda zurück, setzte mich und trank einen Schluck von der inzwischen erkalteten Schokolade. Eine Haut hatte sich gebildet, welche ich mit verzerrtem Gesicht hinunterwürgte.

Berechnend, auf die Tränendrüse drückend, versuchte ich es erneut.

»Komm gib mir einen Hinweis. Willst du meine, ohnehin schon geschundene Seele schänden, indem mich das Monstrum mit Namen Einsamkeit selbst am Hort meiner Zuflucht umfängt? Mich hier erreicht, wo ich früher einmal die Freude fand, die mir sonst verwehrt geblieben war? Ich will dies Grau in Grau nicht länger ertragen müssen, Amadeo. Schon zu viele deiner Welten, die du mir letztens schenktest, waren derart verunstaltet.« Es blieb weiterhin ruhig, wieder keine Antwort und ich begann gedankenverloren aufs Wasser zu starren. Bis ich jäh heraus gerissen wurde.

»Signore, darf ich stören. Der Kellner sagte, dies wäre der einzig noch freie Platz. Dürfte ich mich wohl zu ihnen setzen.«

Gestehen muss ich, dass ich etwas zusammengezuckt bin, durch das unerwartete Vernehmen einer anderen Stimme. Zumal es nicht Amadeos war. Es war Alexander. Etwas verdattert, stotterte ich ein »Aber bitte, setz dich doch.« heraus.

Er setzte sich und umgehend verlor ich mich in seinem Wuschelkopf, seinem dunklen Haaransatz und die hellauslaufenden Locken, die ein paar wenige Zentimeter von der Kopfhaut wegstanden. Auch er trug Jeans, hatte die Beinenden hochgekrempelt, welche somit nicht auf der Erde schliffen, sondern nur ein Stück über die Turnschuhe fielen, sogar noch im Sitzen. Helles Sweatshirt wie häufig, die Ärmel bis zu den Ellbogen hochgeschoben. Dunkle Augen und ein stets schmunzelnder Mund, wie bei Amadeo so oft. Er sah mich an, wie es in meinen Träumen stand.

»Wo man sich so überall trifft«, sagte er und zündete sich dabei eine

Zigarette an. Das stand ihm nicht, aber ich wusste, dass er rauchte.
»Wie sehr man es sich manchmal wünscht«, meinte ich, ohne die typische Spur der Verlegenheit in der Stimme, welche sich normalerweise nun zu Wort melden würde.
»Weißt du Seduco, mir ist aufgefallen, dass ich eigentlich nichts über dich weiß. Ich meine, von allen anderen in der Schule bekommt man irgendwie mal etwas mit oder zu hören. Doch du bist wie ein wandelnder Schatten. Aber du lächelst immer, auch wenn deine großen Augen nur von Traurigkeiten zu berichten wissen«, begann er nachdenklich von neuem und zog dabei die Stirn ein wenig kraus. Leichte Augenränder hatte er wohl immer, genau wie ich. Nur hier in dieser farblosen Welt, wurde die Wirkung dieser noch verstärkt. Es erregte mich, ihn in *meiner* Welt wieder zu sehen, nach scheinbar so langer Zeit.
»Ich kam damals in der Schule erst richtig aus dem Schatten, nachdem du gegangen warst. Aber was du sagtest, das meinen viele, zumindest jene wenigen, die sich tatsächlich mit mir beschäftigen, doch es wundert mich, dass es gerade dir auffällt, Alex.« Es überraschte mich wirklich.
»Nun, ich denke, wir verschätzen uns beide ein wenig im Anderen. Mich faszinieren beeindruckende Persönlichkeiten. Sie wecken mein Interesse. Leider gab es davon nicht viele auf unserer Schule. Auch diesmal nicht. Und nicht in unserer Stadt.«
»Das ist nicht wahr, Alexander. Dann siehst du nicht richtig hin. Jeder von uns hat seine Geschichte und jede einzelne wäre es Wert gehört zu werden. Wir tragen alle unsere Freuden und Dämonen in uns. Manche verbergen es hinter Masken, andere verstecken sich im Dunkeln. Diese interessanten Persönlichkeiten, wie du es nennst, sind ganz gewöhnlich. Jeder von uns ist es. In der Schule sehen wir es nur nicht so schnell, da dies alles hinter Teenietratsch verborgen bleibt.« Es entstand eine kurze Pause.
Dann fragte er: »Darf ich hinter deine Maske sehen?« und ohne auf eine Antwort zu warten, griff er an meine Schläfen – elektrischer Schlag – und zog eine Maske herunter, von deren Vorhandensein ich nichts gewusst hatte. Augenblicklich war die Welt in leuchtender Farbe. Der Nebel war verschwunden und die Sonne stand hoch und schien hell und warm. Und Venedig war nicht mehr beängstigend, sondern wunderschön und voller Leben. Vom inneren des Bistros hörte ich Musik und Stimmen, die in aller Herrenländer Sprachen miteinander plapperten. Eine Frau auf dem Balkon am Gebäude gegenüber, hängte ihre Wäsche auf und

ich war mir sicher, die herrenlose Zigarette von vorhin hatte seinen Besitzer gefunden. Alex, nun auch in Farbe, spielte mit der langnasigen, venezianischen Maske herum, welche cremefarbene, weinrote und schwarze Rauten hatte, die mit Goldfarbe umrandet waren. Dann gab er sie mir in die Hand und ich sah durch die leeren Augen hindurch und legte sie auf mein Knie. Als ob Alexander selbst nichts von der veränderten Welt mitbekommen hätte, fuhr er fort:
»Und? Darf ich? Ich meinte damit, dass ich gerne etwas über dich erfahren will. Dich irgendwie näher kennen lernen will.«
»*Du* willst etwas über *mich* erfahren?« platzte es aus mir heraus.
»Ja.«
»Das letzte Mal, als wir uns in meinem Refugium trafen, schien es, als wüsstest du alles über mich. Immerhin zeigtest du mir meine Säule des Lebens.«
»Ich weiß nicht, was du meinst. Wir sind uns außer in der Schule noch nie begegnet.« erwiderte er etwas verwirrt.
»Aha. Also gut, dann mache ich dir einen Vorschlag. Wir machen ein Spiel daraus, damit weißt du schon einmal, dass ich sehr verspielt bin. Du sorgst dafür, dass wir uns nun öfter begegnen und jedes Mal wenn wir uns treffen, ob zufällig oder geplant, darfst du eine Eigenschaft von mir erraten. Beziehungsweise etwas, was mir gefällt oder nicht, erfragen. Die Fragen müssen aber so gestellt sein, dass ich nur mit Ja oder Nein antworten muss. Sollte dies nicht so sein, erhältst du keine Informationen über deine neue Persönlichkeit, die es für dich zu erforschen gilt.« Ein etwas verschmitztes Grinsen, welches um meine Lippen spielte, kann ich nicht leugnen, da ich es in Alex´ Augen genau sehen konnte.
»Okay, aber nach jedem Raten enthüllst du mir etwas von dir. Eine weitere Eigenschaft, oder du erzählst mir etwas aus deinem Leben.« Darauf ließ ich mich gern ein, Vorfreude wallte irgendwo in meiner Magengegend. Doch eine Bedingung hatte ich noch:
»Aber danach reden wir über etwas anderes oder trennen uns. Das Raten dürfte dir ohnehin nicht schwer fallen, da dir die Orte unserer Treffen sicher schon Aufschluss gewähren.« Das war damit abgemacht. Jetzt war er es, der in Spiellaune kam.
»Gut, dann fangen wir doch gleich an. Du erlaubst sicher, dass ich mir es erst einmal einfach mache.«
»Nur zu!« Doch ich freute mich, ihm etwas über mich preiszugeben, auch wenn es sicher nur Kleinigkeiten sind. Aber es ist nun mal so, dass

gerade diese besonders ins Gewicht fallen. Alex sah sich um. Dann sagte er: »Du magst Cafés und Reisen!«
Oh, ich fand ihn mutig, er fragte gleich zwei Dinge auf einmal, wenn eines davon falsch wäre, müsste ich mit *›Nein‹* antworten, dann wüsste er eigentlich wieder nichts über mich. Aber: »Ja«
»Das freut mich, du bist dran«, erwiderte er.
»Ich mag es, mir Wasserspiegelungen anzusehen und Unterschiede zum Original zu entdecken.« sagte ich.
»Aha! Geht das denn? Wenn sich etwas spiegelt, so ...«
»... Ist es eine Spiegelung und nicht das Original«, fing ich seine Frage ab. Ich trank meinen Kakao aus, der nun gänzlich kalt war, aber mit dem heißen Wetter nun wieder wunderbar harmonierte. Aber was war das? - ich verzog den Mund.
»Was ist?« Die *Ratte* lachte über mein Gesicht. Sofort musste ich wieder lächeln, ich mochte ihn wirklich.
»Nichts besonderes, ich mag es nur nicht, wenn sich die ganze Schokolade vom Kakao am Boden sammelt.«
Plötzlich stand er auf, legte Geld für sein Getränk auf den Tisch und sah in mein fragendes Gesicht.
»Man soll gehen, wenn es am schönsten ist, Seduco. Und das war sehr schön. Nach unseren Spielregeln hätte ich nur zwei Dinge heut erfahren dürfen. Aber sieh an, es wurden schon vier daraus. Mehr will ich mir nicht erhoffen, dann verliert das Spiel seinen Reiz. Schönen Tag noch, wir werden uns wieder begegnen. In dieser oder einer anderen Welt.«
Damit war er verschwunden und ich wieder allein. An einem Ort ohne Farbe, die hatte er mitgenommen. Nach einer Weile stand ich auf und schlenderte durch Venedig. Gelangte aus einer Gasse hinaus auf eine große Promenade, an deren Kante lauter Schiffe ankerten und ging über einige Brücken. Die Stadt war wieder leer. Als ich auf einer der zahlreichen Brücken kurz verweilte und meinen Blick nach links wandte, erkannte ich die berühmte Seufzerbrücke. Aus einem Reiseführer wusste ich, dass damit der Markusplatz mit seinem Dogenpalast nicht mehr weit sein konnte. Und das war er auch nicht. Ich setzte die Maske, welche ich immer noch in Händen hielt wieder auf und hüpfte wie ein Kind in die mir erwählte Richtung weiter. Als ich am Markusplatz ankam, verschwanden alle Tauben, flogen fort ins Nirgendwo und aus den Abflussgittern trat Meereswasser empor und überschwemmte in wenigen Sekunden den ganzen Platz und ich lief im Grau mitten hindurch. Alles spiegelte sich

in dem trüben Wasser, nur ich nicht. Venedig war wieder gespenstisch und die einzige Gotik auf dieser Welt, die nicht schwer wirkt, da sie nur Schmuckwerk auf romanischer Architektur war, erdrückte mich mit einem Mal. Wie schön sah diese Stadt doch noch vor wenigen Minuten aus. Aber fern flammte noch ein lichter Punkt, dort, wo die Erinnerung an eine kurze Begegnung noch hell brannte, in Wärme und Farbe. Ich ging darauf zu. Es war ein Café, wie heute so oft gesehen. Ich ging hinein und setzte mich mit meinem Schal und den schwarzen Trenchcoat hin und blickte nach rechts aus dem Fenster, auf den verhagelten *Plaza de Venice*, in einer Stadt im Süden Deutschlands. Ein Blick auf die Uhr, siebzehn Uhr dreißig. Zeit zu bezahlen und sich wieder auf den strapaziösen Heimweg zu begeben, mit einem leicht beschwingtem Gefühl im Magen, von einer netten Begegnung in einer anderen Welt und einer Serviette in der Hand, mit der Zeichnung einer venezianischen Maske mit langer Nase und Rautenmuster.
Mein Name ist Seduco Timid, heute ist Montag der zweite Februar zweitausendvier.

Seduco Timid, Tagebuch – 10. März 2004

Begegnung. Doch ich sehe mich nicht im Spiegel seiner Augenteiche.
Alex. Es ist Donnerstag. Sirenensummen und fast ein Blick, wie damals, auf der Treppe mit Jasmin. Lange her.

Seduco Timid, Tagebuch - 27. März 2004

Amadeo hatte es also wirklich gewagt. Nach einem Filmabend mit Rachel Weisz und Brendan Fraser in *The Mummy*, entführte mich Amadeo in ein Ägypten meiner Träume. Es war die Kopie des Pharaonenlandes der neunzehnzwanziger Jahre und unter der heißen Sonne reiste ich auf einem der Dahabijehs an der großen Nilbrücke in Kairo los, flussaufwärts nach Oberägypten. Die Reise ging nach Theben, in das antike Waset und in der heutigen Wirklichkeit, die als Luxor bezeichnete Hauptstadt.
Ich reiste über den Nil in einem Land das stets in skurriler Schönheit

glänzt und von Gegensätzen überhäuft ist. Aber das Schiff brachte mich nicht bis Theben, sondern es gab eine Verschiebung der Ereignisse wie sie nur in Träumen vorkommt und so saß ich mit einem Mal auf einem Dromedar, trug Tuaregkleidung und trabte durch die Wüste, kam durch dieses tödliche und steinerne Gefilde, auf deren Rücken nimmermehr der Ozean liegt sondern *Re* entlang wandelt, nach Luxor. Sie, die Wüste, die der Tod allen Lebens zu bedeuten scheint, bot mir schon von fern den freien Blick auf den grünen Streifen dort am Horizont, der unfehlbar hieß, dass dort der Nil seine Windungen hatte und als Lebensader das tote Land wieder zum Leben erweckte. Und als ich in der Stadt war, war mit einem Mal alle Ruhe der Wüste gewichen. Zum Teil schon motorisierter Verkehr, aber viel Vieh und Menschen und die Touristendampfer auf dem Nil schwängerten die Luft mit einem anhaltenden Beweis für Leben. Ich kam von Osten her, vom roten Meer und sah hoch oben im Westen der Stadt, noch ein beträchtliches Stück von den Memnonkolossen entfernt, in der steilen Felswand, welche die Stadt vom Tal der Könige trennte, den Tempel *Dêr el-Bahri* liegen. Den Grabestempel der legendären Königin Hatschepsut, der aber in dieser Version des Ägyptens noch nicht wieder restauriert war und noch brach da lag, zerstört durch Tuthmosis III. und der Zeit. Am Ufer des Nils, unter schattenspendenden Dattelpalmen pausierte ich und trennte mich schließlich von meinem Reittier. Wie schon bei meiner Urlaubsreise mit Steven, beeindruckte mich, dass keine Schwüle in der Luft lag, nichts was einem den Schweiß aus den Poren trieb. Es war einfach nur heiß und trocken, jedes Quäntchen Wasser, das möglicherweise hätte aus dem Körper treten können, wurde umgehend von der Luft absorbiert. Mit freudiger Erregung besah ich mir die Stadt, begrüßte sie als alte Bekannte, berührte die Steine der Tempel, ließ meine Fingerkuppen die aalglatten Kanten der Hieroglyphenreliefs entlangfahren und vor meinen Augen entstand eine Vorstellung davon, wie es war, dieses antike Ägypten, was Jahrtausende in Tradition überdauerte, nachdem die ersten Menschen von dem Dschungel, der einst die Sahara war, wegen der klimatischen Verschiebung an den Nil zogen und dort sesshaft wurden.

Ein lotusfarbenes Tuch riss mich aus den Vorstellungen. Ich sehe die Lotusblüte vor mir und in meinen Kopf toben die Gedanken um das heiligste Chakra. Violett ist seine Farbe. Und im sanften Frühlingswind fliegen die Blüten und der Geruch von Flieder und Lavendel mir entgegen. Es heißt Violett wäre die Farbe der geistigen Höhe, der spirituellen

Erleuchtung. Und Visionen überschlagen sich in meinem Kopf, davon, dass Violett ein im Wind wehendes Tuch ist und die Welt umhüllt, in sanfter Berührung sich mit Rot und Blau vermählt. *Nefertum*, Lotusblüte auf der Nase des *Re*, die Ägypter hatten einen eigenen Gott für diese Farbe. Ist es da ein Wunder, dass viele sich der Schönheit dieser Farbe nicht entziehen können. Welch hässliche Schwester der Neuzeit ist da das bittere Pink?

Die Farbe Lila berührt die Emotionen, ist sie doch die Harmonie aus dem tosenden Rot und dem sanften Blau. Das Tuch war tatsächlich da, insofern in einem Traum wirklich etwas irgendwo ist. Ein kleines Mädchen, ein Kind noch, in zartesten weißem Leinen gekleidet und Augen und Haar so schwarz wie die dunkelste Nacht, schwenkte mit ernstem Gesicht, aber ohne die Spur von Anstrengung oder Knechtschaft, dass an einem langen und verzierten Mahagonistab befestige Tuch. Immer wieder und wieder in der Form der liegenden Acht, so dass das Tuch unablässig und unendlich, sich im aus sich selbst erzeugten Wind aufblies und Wellen von fesselnder Schönheit schlug.

Sie war weit entfernt, unbeachtet von allen anderen Menschen um sie herum. Weder die britischen Offiziere noch die Anthropologen der Deutschen und erst recht nicht die einheimischen Händler schenkten ihr auch nur den Hauch der Spur von Aufmerksamkeit. Sie sah mich direkt an, und doch zeigte ich mit fragendem Blick auf mich und als sie die Flagge sinken ließ und das Tuch sich ebenso langsam auf sie niederfallen ließ wie sie nickte, drehte ich mich, um jedes Missverständnis aus der Welt zu räumen, noch einmal nach hinten um. Doch es gab keinen Zweifel, ich war gemeint mit diesem Signalgewinke und als ich auf sie zuging und die Hälfte der Strecke hinter mich gebracht hatte, rannte sie auch schon mit erneut wehendem Tuche los, kreuz und quer durch den Souk und mit Mühe folgte ich ihr.

Sie war immer grade so schnell, dass ich den hintersten Zipfel des kräftig gefärbten Leinens noch sah und dann war sie verschwunden und ich stand in einem Hinterhof. Es gab nur den Zugang zum Hof, durch welchen ich gekommen war und auch nur eine Tür zu einer bescheidenen Behausung. Die Fenster bestanden lediglich aus rechteckigen Löchern in denen, als der Lehm noch feucht gewesen war, drei hölzerne Ästchen, vollkommen unbehandelt, quer hineingesetzt worden waren. Auf die hölzerne Tür, die mit etlichen metallenen Nieten verziert war, war unter dem Türstock mit Holzkohle das Ankh und die geflügelte Sonnenscheibe des Horus von Edfu angebracht worden, um den darin wohnenden wohl Schutz und Überleben zu sichern. Ferner war neben dem Türgriff aus Messing, der mit arabischen Motiven übersäht war, eine aus gleichem Material gefertigte Hand der Fatima als Klopfer angebracht worden. Dies islamische Zeichen gegen den Bösen Blick war allerdings mit dem altägyptischen Udjat, dem Auge Horus bestückt worden, dem ähnliche Schutzeigenschaften zugeschrieben wurde. Das Vordach, das sich über die Tür hinausstreckte war eine simple Konstruktion aus Holzrahmen und Strohgeflecht.

Ich betätigte den Klopfer.

Ein Mann in ägyptischer Beduinenkleidung öffnete mir. Er hatte eine nussbraune Haut, war schon älter, möglicherweise sogar alt. Doch mit Ausnahme der in Falten gezogenen Stirn, sah sein Gesicht aus, als wäre es aus Marmor gehauen. Dennoch, war es trotz scheinbarer Härte überaus freundlich und herzensgut. Wie die Felachen, die ägyptischen Kleinbauern, trug er einen weißen Turban, der seinen ebenso weißen und strohigen Vollbart hervorhob. Seine Augenbrauen waren allerdings wie seine Augen, gleich denen des Mädchens mit dem violetten Tuch, tief schwarz und unergründlich. Des Weiteren trug er ein Tuch über Kopf und Schultern geworfen, eine Tunika darunter und eine Mischung zwischen Mantel und Umhang aus groben, rostfarbenen Leinen darüber. An den Füssen trug er nichts, aber er stützte sein Gewicht auf einen Stock der kürzer war als der Flaggenstab, aber von selber Beschaffenheit wie dieser.

Die Miene des Mannes veränderte sich kein bisschen, als er mich sah. Die Stirn blieb kraus, die Lippen aufeinander gepresst und der Blick durchdringend aber freundlich. Die einzige Reaktion war ein Nicken und sein Verschwinden ins Innere des Hauses. Als ich nicht folgte, kam er zurück und winkte mich zu sich. Das Interiors war schon ungleich weniger bescheiden als das Äußere vermuten ließ. Es war mit vielen Polstern, niedrigen Sitzmöbeln und Decken, Kissen, Teppichen und Stoffen ausstaffiert. Es gab zahlreiche Bücherregale, die sich an die Wände schmiegten, die voll waren mit Schriften und Büchern in sämtlichen Sprachen und sortiert von Homer und Cicero bis Goethe, Jane Austen, Charles Dickens und Choderlos de Laclos. Alles in der jeweiligen Originalsprache.

Auf niedrigen, silbernen und messingfarbenen Tabletttischchen stand allerlei Krimskrams. Flaschen und Dolche aus Marokko, Schnitzereien aus Indien, Parfüme aus dem französischen Grasse, kleine Automodelle aus Deutschland, Jadedrachen aus China, eine kleine Freiheitsstatue aus Amerika und, und, und. Der Alte wuselte irgendwo herum, hatte sich eine lederne Tasche geholt und öffnete nun diese Truhe, jenes Kästchen und jenen Schupp, holte aus allem irgendwelchen Krempel heraus, stopfte diesen in die Tasche und verschloss alles, einschließlich Tasche wieder sorgfältig.

»Komm wir gehen ein Stück, ich war den ganzen Tag hier drin und meine alten Knochen brauchen Bewegung. Aber zunächst lass uns einen Schluck Tee trinken.«

Nicht nur, dass er meine Sprache sprach, sondern auch, dass er so redete, als kannten wir uns schon ewig, war mir von früheren Begegnungen des Surrealen schon vertraut. Auch entsprach diese offene, direkte aber freundliche Art meiner Erfahrung, die Steven und ich, von den Menschen Ägyptens und ihrem Wesen, gemacht hatten.

Alles wiederzugeben, was wir dann im Nachhinein besprachen, über was wir redeten während wir kreuz und quer durch Theben liefen, mal hier rasteten, dann dies kauften und dort eine Wasserpfeife pafften, ist mir schier nicht möglich, auch wenn ich es gerne täte. Genau genommen ist es auch unwichtig, da ich das meiste vergessen habe, bis auf diese Fetzen, die ich nun versuche so genau wie irgend möglich niederzulegen. Leider kenne ich nicht den Namen des Alten, als ich ihn danach fragte, war seine Antwort, ich möge ihn nennen wie es mir beliebt, ganz gleich ob Greis, Alter oder Meister, denn Namen seien wie die Form eines jeden Dinges absolut ohne Belang für das Fortbestehen aller Dinge. Hier nun das letzte Fragment unseres langen Gespräches:

»Ihr habt mich vieles gelehrt und von ferner Zukunft erzählt, doch was ist mit meiner eigenen Zukunft. Mit der nahen Zukunft, davon wusstest Ihr nichts zu berichten. Könnt Ihr es nicht sehen?« wollte ich von ihm wissen.

»Wohl kann ich es sehen Seduco. Doch ich bin in erster Linie ein Wissender und kein Seher. Und ich weiß, durch die Erfahrungen die mich das Leben lehrte, dass es für keinen Menschen gut ist, seine eigene Zukunft zu kennen. Und auch ich erliege nur noch sehr selten der Versuchung, in die meine zu blicken.«

»Warum schreibt Ihr Eure Prophezeiungen nicht auf? Ihr seid doch ein weiser Mann und des Schreibens mächtig. Warum lasst Ihr die Leute nicht teilhaben an Eurem Wissen? In jedem Jahrhundert wäret Ihr berühmt und geliebt, kommt es darauf nicht an?«

»Nein. Sie würden mir nicht glauben, bis es dann zu spät ist, bis die schrecklichen Dinge, die ich versucht hätte aufzuhalten noch ehe sie beginnen, bereits geschehen wären. Wahrscheinlich würden – nachdem Einiges eingetroffen ist, was ich geschrieben hätte – ein paar Menschen mir glauben. Doch nicht die Richtigen. Jene, die im Stande wären, zu verhindern was geschehen wird, würden mir nie glauben. Und wer kann schon sagen, was geschehen würde, wenn das, was ich gesehen, nicht geschehen wäre. Mit der Zukunft ist das so eine Sache Seduco, sie ist noch nicht geschrieben. Und das ist gut so. Es gibt nur das Jetzt und Hier. Alles andere ist nur eine Vorstellung, von etwas was nicht existiert und wir geben dieser Idee soviel Aufmerksamkeit, die wir auf die Gegenwart hätten richten sollen, dass es uns zerstört. *Was wäre wenn?* Das ist die große und dümmste Frage, denn sie macht Angst, nicht Angst davor was passiert, sondern was eintreten *könnte*. Ist es klug sich damit den Tag zu verunstalten? Was das Weissagen betrifft, das ist wieder so ein Moment. Denn jedes Schicksal eines jeden Menschen hier auf der Welt, ist miteinander verbunden. Und bereits die kleinste Abweichung, kann das Leben Vieler verändern. Nur zum Guten oder zum Schlechten, das kann niemand sagen. Was die Sache mit dem Berühmtsein angeht, berühmt wäre ich erst, wenn ich schon viele Jahrhunderte tot wäre, wenn überhaupt jemand meine Niederschrift in Erinnerung hätte. Und wenn ich tot bin, ist es mir egal! Dann nützt es mir genauso wenig, wie es mir jetzt nützen würde. Seduco ich bin zufrieden, mit dem was ich habe, bin mit allem im reinen, wer kann das schon von sich behaupten? Du sicher nicht.«

»Was meint Ihr damit, jedes Schicksal ist miteinander verbunden?«

»Nun, stelle dir vor, ich wäre dein Meister und würde dich heute auf den Markt schicken. Du gehst zum Basar um Töpferware zu kaufen. Du gehst zu dem Stand und kaufst deine Sachen. Dabei beobachtet dich eine arme Künstlerin. Du merkst das überhaupt nicht, doch sie wird von dir zu einem wunderschönen Gemälde inspiriert. Sie malt es und wird dadurch reich und berühmt. Denn ein Herrscher kauft es für ein Vermögen, denn dieses Bild, rettet ihn vielleicht aus einer Depression und daraufhin, stoppt er seine Truppen und zieht nicht aus Kummer in den Krieg und tötet zahlreiche Menschen.

Nun stelle dir vor, was geschehen wäre, wenn jemand das Schicksal eines der Beteiligten verändert. Zum Beispiel das des Händlers, auf dem

Bazar. Stelle dir vor, ich hätte vorausgesehen, dass er an jenem Tag nur ein einziges Gefäß verkauft, nämlich an dich. Er denkt sich: ›Auf diese eine Münze kann ich dann auch verzichten‹. So entschließt er sich seinen Stand heute nicht aufzubauen und macht einfach an diesem Tag frei. Was hätte sich dann alles verändert?«
Ich überlegte kurz.
»Ich hätte gesehen, dass der Stand nicht da ist und wäre gleich wieder nach Hause gegangen. ... Möglicherweise, hätte mich die Künstlerin nicht zu Gesicht bekommen und nie ihr Bild gemalt. Sie wäre niemals reich geworden, denn der Herrscher konnte es ja nicht kaufen. ... Dieser wird seine Depressionen nicht los und zieht in den Krieg, in dem Hunderte sterben. ... Nun hab ich verstanden, was Ihr meintet.«
»Und so ist es mit allem und jedem. Jede Handlung, die du vollziehst hat ihre Folgen. Selbst wenn sie dich gar nicht mehr betreffen. Du setzt mit deinem Handeln eine Reihe von Ereignissen in Gang. Irgendwann, in Tagen oder erst in Jahrzehnten, vielleicht sogar erst in einem anderen Leben, endet diese Mechanik, dieses Fortschreiten wieder bei seinem Ursprungspunkt, nämlich bei dir.«
»Das ist ja furchtbar, dann hätte ja jede Handlung, und sei sie noch so nichtig, eine schwere Bedeutung.«
»So ist es ja auch Seduco. Doch furchtbar ist es nicht. Denn meistens, so lehrt es das Leben, kommt zu Menschen, die Gutes aussenden auch Gutes zurück, selbst wenn du es zu Anfang nicht als solches erkennst. Und letztlich sind wir nur Teil eines großen Ganzen, deren Absichten weise sind und häufig nicht erkennbar.«
»Ihr meint, tue Gutes und Gutes wird dir widerfahren? Die goldene Regel, die so viele Lücken hat? Der kategorische Imperativ?«
»Du hast es begriffen, lebe danach, und du wirst am Ende deiner Tage glücklich sein und das ist weit mehr wert, als du im Augenblick glauben magst. Behandle deinen Nächsten so, wie er behandelt werden will.« damit entstand eine Pause und wir kauften türkischen Honig, setzten uns an den Rand eines Brunnens und naschten. Ich fühlte mich im Augenblick, neben seiner Größe an Erfahrung, wieder wie ein kleines Kind, die Süßigkeiten verstärkten dieses Gefühl. Schließlich wurde das Gespräch von ihm wieder aufgegriffen.
»Seduco, darf ich nun dich mal etwas fragen?«
»Nur zu.«
»Was willst du eigentlich?«

»Wie meint Ihr das?«
»Was verlangst du vom Leben? Jetzt in diesem Augenblick?«
»Ich glaube, ich wäre gerne ein Lehrer, ein Mentor. So wie Ihr. Jemand der immer mit weisen Ratschlägen zur Seite steht und ein immenses Wissen hat.«
»Warum willst du das?«
»Ich verstehe die Frage nicht.«
»Was empfindest du bei dem Gedanken Mentor zu sein?«
»Anerkennung, Respekt, Ehre. Vielleicht Erfüllung.«
»Also Dinge die du erhältst, die von Außen kommen?«
»Ähm, ja.«
»Nun, Weisheit hat schon mal nichts mit Wissen zu tun. Sondern Weisheit ist das Widmen der vollen Aufmerksamkeit einer Sache oder Jemanden. Das Zuhören und Hinsehen, das Lösen von begrifflichen Denkstrukturen und keiner Angst vor Unwissenheit.
Der von dir beschriebene Wunsch, ist nicht das was du wirklich willst, sondern das, was dein egozentrisches Selbst gern hätte. Also erneut die Frage: Was will das Bewusstsein, dessen Person du bist und welche hinter den Ansprüchen deines denkenden Verstandes steht, wirklich von der es umgebenden Welt empfangen, oder in dieser erreichen?«
Dort musste ich eine Pause machen, ich stand da, im heißen Sand, in der warmen Luft und war ein wenig vor den Kopf geschlagen. Was wollte ich? Das war eine Frage, die ich sonst Amadeo stellte, wenn er mit mir wieder Versteck spielte. *Was willst Du? Was will ich?* Tief horchte ich in mich hinein. Ich fand einen Duft und wusste es plötzlich. Nichts hätte wahrscheinlicher sein können, kein Wunsch größer. Nicht mein Verstand hatte es herausgefunden, nicht mein Herz, sondern irgendetwas, das wirklich *ich* war. Und ohne Umschweife, wandelte sich das Gefühl des Wunsches und das Wissen um diesen, in ein Wort und bahnte sich den Weg nach oben und gelangte klar und fest und so sanft wie die Sache selbst, an die Oberfläche:
»... Liebe«, flüsterte ich.
Lächelnd nickte er zustimmend. Setzte jedoch an, um weiter zu bohren.
»Liebe in welcher Hinsicht?«
»Geliebt werden. Endlich lieben dürfen. Ich fühle mich immer schuldig, wenn ich liebe, diese aber nicht erwidert wird. Ich werde ausgebremst oder allein gelassen. Das will ich nicht mehr. Aber mehr als dies, ist es mein Wunsch, geliebt zu werden.«

»Du wirst bereits geliebt. Viele Menschen lieben dich. Die Welt liebt dich, wenn sie in Stille verharrt und sich dich betrachtet, wenn du in Stille verharrst und sie betrachtest.«
»Damit sollte man sich zufrieden geben, nicht wahr? Wie kann *ich* es wagen, jemand der doch augenscheinlich mehr Liebe empfängt als manch anderer Mensch, wie kann ausgerechnet *ich* es wagen nach mehr zu dürsten.«
»Weil es in unserer Natur liegt. Nicht das Nachmehrdürsten, dass dies ein menschliches Naturell und Makel ist, ist ein von der Menschheit als Wahrhaftigkeit aufgenommener Irrglaube. Nein, es liegt in deiner Natur, sich nach Liebe zu sehnen und wiege dich nicht in falscher Zurückhaltung. Es gibt viele Menschen auf dieser Welt und jeder trägt sein Schicksal. Zum Einen gehört darin mehr, zum Anderen eben weniger Liebe. Und jeder einzelne, so auch du, erhält eben so viel wie es für dich und deinen Weg, den du beschreitest, angebracht ist. Um welchen Reichtum hast du dich beschenkt, indem dein tiefstes und innerstes Verlangen zum Einen nicht durch falsch gedachtes Blendwerk überschattet wurde und zum Anderen so etwas Bescheidenes und doch kolossal Wichtiges ist, wie Liebe. Denn wo, wenn nicht in der Umarmung einer geliebten und wahrlich liebenden Person, steckt die Geburtstätte von Glück, Hoffnung und wärmster Geborgenheit?«
»Aber wie kann ich es erreichen? Es scheint mir dieser Hafen ist zu weit und der Hoffnungsproviant neigt sich auf meinem Schiff dem Ende. Solange segle ich nun schon brennend auf Wasser, die nicht löschen.«
»So etwas wie Entfernung gibt es nicht Seduco. Schon gar nicht in Angelegenheiten des Bewusstseins. Versteh' doch, all deine Gefühle entspringen einer Quelle, so auch die Gefühle aller anderen. Wir alle und alle Dinge sind miteinander verbunden, entspringen dem Horn der gleichen Hebe. Du kannst deinem Ziel nicht näher sein, einfach aus dem Grund, da du ihm niemals fern warst. Erkenne die Kraft, welche die Einheit des Seins mit sich bringt und auch in dir verankert ist.«
»Aber ich fühle mich nicht eins mit allen Dingen, ganz im Gegenteil.«
»Nein, dass bist du nicht, du bist nicht uneins mit den Dingen. Das einzige, mit dem du uneins bist, das bist du selbst. Der Zwiespalt der dich von Innen heraus beherrscht.«
Gut, nach einer Weile in dieser Welt war es schon seltsam in einem ägyptischen Abklatsch der Zwanziger, einen Beduinen oder was auch immer von Psyche reden zu hören. Doch Traum bleibt Traum. Zudem wurde ich durch die Blitze des Kognitiven langsam etwas gereizt. Wenn

das denn alles so einfach war, warum fällt es dann so schwer? ...

»Und wie kann ich bitte dem entfliehen? Meinem Zwiespalt? Meiner Welt? Dem was ich bin?«

»Nun, fliehen ist einer der vielen Wege, die zwar sicher irgendwann zum großen Ziel führen können, wie eben alle, der aber letzten Endes einer der am wenigsten klügste wäre. Genau genommen kannst du deinem Selbst gar nicht entfliehen, wobei dein Zwiespalt nicht das ist, was dich ausmacht, etwas, das du noch immer zu glauben scheinst. Der für dich einzig denkbare Weg, denn jeder geht seinen Pfad der Kreuzigung, ist Hingabe.«

»Hingabe?«

»Gebe dich deinen Gefühlen, jeder Handelsfähig- oder –unfähigkeit, jedem Wissen oder Unwissen, jedem Gespür oder dessen Abwesenheit mit gleicher Inbrunst und Liebe hin, wie du es erwartest, dass es jemand für dich tut, wie du es bei jeder deiner Welten zu machen pflegst. Dann wird sich dein Weg ebnen und du wirst erkennen, was sich nie in deinen, von dir so hoch geschätzten Worten oder Formen offenbaren kann. Doch hüte dich davor darauf zu warten, ja zu erwarten, dass dich all die hemmenden und einengenden Gefühle verlassen, nur weil du dich eben mal kurz ihnen mit Aufmerksamkeit fügst. Dies wäre doch wohl weit entfernt von wahrer Hingabe, nicht wahr? Verharre vielmehr in Schweigen und Ruhe. In Stille, die nichts erwartet. In einer Gedankenlosigkeit und Befreiung, die hinter den Gedanken steht. Und gib dich deinem Gefühl, deinen Ängsten und allem anderen hin, erspüre in dir das Leben und das Sein an sich und werde gewahr, dass ganz gleich welche Schatten dich belagern, es gut ist.«

»Das heißt, ich muss wieder zurückweichen. Wieder bin ich es, der ein Schritt zurücktreten soll, nur weil *er* mich nicht wahrnimmt, mich nicht sieht, nicht liebt und in jeglicher Art blind und stumpf für jeden Hauch schöner Gefühle ist?«

»Welch törichter Verstand bedient sich da des Mundes deines beleidigten Egos? Wann war der Weg zum inneren Frieden je einen Schritt zurück? Und auf welch brutale Weise verurteilst du einen Menschen, den du zwar zu lieben glaubst, jedoch im eigentlichen Sinne gar nicht kennst. Deine voreingenommene und gekränkte Haltung gegenüber eines anderen Menschen, ist ein brutaler Akt der Gewalt und Zerstörung an diesen, wenn du es wagst sein ganzes Sein, alles was er im Leben und davor war und ist, in deine verschrobene Vorstellungswelt hineinzupressen.

Du solltest ihn für die Blindheit, die er dir gegenüber scheinbar zeigt, nicht verurteilen. Denke vielmehr an das Offensichtliche: Stündest du an seiner Stelle, hättest du die Erlebnisse hinter dir, die er erlebt hat, wärst so gut oder schlecht aufgezogen worden wie er, wärst so aufgewachsen und hättest all seine Erfahrungen geteilt, hättest jede Eventualität seines Lebens so wie er durchlebt, wärst also von Kopf bis Fuß eben er und an seiner Stelle in gegenwärtiger Situation, würdest du diesem Seduco Timid, der du ja nicht sein würdest, eben jene Blindheit auch entgegen bringen, würdest genauso handeln und es würde dir richtig erscheinen. Denn ohne es zu wissen, handelt er nach bestem Wissen und Gewissen, folgt ohne sich dessen wahrlich bewusst zu sein, seinen wahren Absichten. Ganz genau wie du und jedes andere Wesen in diesem Kosmos.«

»Ja, aber das kann kein Mensch. Niemand steht auf des anderen Berges Erfahrungen.«

»Eben. Und wenn du dies weißt, wie kannst du da verlangen, dass er dich verstehen soll, so fühlen oder denken soll wie du es für dich entschiedest? Zumal du dich ja nicht einmal mit ihm außerhalb deiner Traumwelt unterhalten hast. Ich warne dich Seduco, gib acht davor, die Wirklichkeit mit deinen träumerischen Augen zu betrachten und die Dinge zwischen Dort und Hier zu vermischen. Dies gäbe ein Beben, vor dessen verhängnisvoller Gewalt wir uns nicht erretten könnten.«

»Woher kommen diese neunmalklugen Binsenweisheiten? Solche Ratschläge kenne ich nicht und benutze ich nicht. Ich soll klar sehen, gut! Dann betrachte ich die Sache mal vollkommen klar und nüchtern analytisch. Meine Traumwelten sind stets ein verzerrtes Spiegelbild der Wirklichkeit und es können derer tausende Räume sein und doch nur Dinge, die mir begegneten oder welche ich schon kenne. Nämlich jene, die ich in der Wirklichkeit erfahren habe, aufschnappte oder einfach mitbekam. Woher kommt dann dieser ganze Erleuchtungsmüll? Schon wieder!« mir war längst klar, dass dieser scheinbare Greis in Wahrheit Amedeo war, somit war ich etwas unbeherrschter, als ich es wohl bei dem Alten gewesen wäre.

»Wahrlich. Doch wie jeder Tropfen Wasser sich bei der Berührung mit anderen seines Gleichen zu einem neuen, viel größeren, ins sich gleichen und doch vollkommen anderen Tropfen verändert, ist die Welt in welche du dich so oft begibst, eine Komposition aus vielen verschiedenen Dingen, die vorher vielleicht in keiner Verbindung zu einander standen.

Und manchmal eröffnet einem die Betrachtungsweise eines Gleichen, schon gesehenem, von anderer Sicht aus, völlig neue Perspektiven des Seins und dessen Zusammenhänge.« Ich tat so, als würde ich nicht mehr zuhören.
»Auch irrst du im Glauben, dir sei alles hier bekannt aus dem Quell, den dir die kreative Verwendung bereits real empfundenen spendet. Denn ist es wahrlich Traum, sprich die Verarbeitung von Geschehenem, was du in dieser Welt erfährst? Oder sind es viel mehr die Dinge, die du tief im Inneren schon immer wusstest und sich hier zu neuer Form erheben? Das Verständnis, welches du schon lange vor deiner Geburt um das komplexe Gewebe der Welt hattest, und deren du dich jetzt nur stückweise öffnetest, da du um die verheerende Wirkung des Ganzen, deren Unbegreiflichkeit und Umbruch aller Dogmen, längst tief in dir Selbst weißt. Jenem tiefen Inneren, das du stets bereist und welches doch eigentlich für die Menschheit am unerreichbarsten scheint. Ignoriere es nicht.« Noch während er, stets die Hände nutzend um seine Worte zu unterstreichen und die Mimik ebenso in jeder Pause gebrauchend, auf das seine Worte Wirkung fänden, geredet hatte, war er gleichsam in einer Metamorphose gefangen, die ihn wieder zu Amadeo werden ließ und andererseits auch verschwinden machte.
Als er gegangen war, stand ich allein im Dunkel. Kein maurisches Café war da mehr, auch kein Platz in der Nähe des Karnak Tempels. Nur Raumlosigkeit.
»Was heißt das? Amadeo! Heißt das, ... du und diese Welt entspringen nicht meiner Fantasie und der Art, wie ich mit den Dingen umgehe? Heißt das, es ist..., diese Welt ist ... der Schlüssel zum Unterbewusstsein? Noch tiefer als bisher geahnt?«

Er hatte es wieder geschafft. Er hatte mich durch neue Weisheit neu überrascht und Ruhe im stürmischen Herzen entfacht. In mancher Hinsicht zumindest. Damit war mein Ausflug in das Ägypten der zwanziger Jahre abrupt beendet und ich war wieder in meinem Zimmer, saß vor dem rauschenden Fernseher und dem Videorekorder, der trotzig schon selbst das Band zurückgespult und sich auf *Standby* geschalten hatte. Mein Name ist Seduco Timid, heute ist Samstag der siebenundzwanzigste März zweitausendvier, draußen regnet es und ist inzwischen finster. Eine nächtliche Welt mit leeren Straßen, die alle verborgenen Pfade dieser Welt in sich bergen, erstreckt sich unter mir, neben mir, hinter mir, wenn ich zum Fenster hinausdenke.

Doch was soll dieses Palaver von Wegen deren Ziele in ihrer Unklarheit so vollkommen pervers vor einem liegen und man dennoch genau weiß, dass keines von diesen auch nur ansatzweise dem eigenen entspricht oder gar eigenen Wünschen und Vorstellungen vor diesem Stand hielte?

Seduco Timid, Tagebuch – 22. April 2004

Coming Out. Wo fange ich an? Eigentlich ein blöder Begriff, es sollte *coming in* heißen, schließlich geht es genau darum, man findet endlich zu sich selbst. Das Rauskommen ist eigentlich nur ein Nebeneffekt. Doch egal, noch einmal die Frage: Wo beginne ich?
Heute ist der zweiundzwanzigste April zweitausendvier, mein Name ist Seduco Timid. Ich sitze auf dem Bett, in dem winzigen Zimmer, welches die irische Gastfamilie Hassem und mir zur Verfügung stellt. Wir sind am achtzehnten aus dem grünen Air Lingus Flieger in Cork ausgestiegen und hatten damit irischen Boden unter den Füßen. Wir, das sind fünf Musiker – darunter Hassem –, zwei Tänzerinnen, ein Literat und drei durchgeknallte Gestalter aus der bildenden Kunst, die zusammen mit einem rundlichen Dozent, der Monty Python Filme liebt, von der Fachschule auserkoren wurden, um unseren Ausbildungszweig, unsere Schule, unser Land ... etc zu vertreten. In Wirklichkeit geht es allerdings darum, jede Menge Spaß zu haben und Arbeitserfahrungen im Auslandpraktikum zu sammeln. Hassem ist von seinem Orchester noch nicht zurück und mein Tag im Theater – ich arbeite dort mit Bühnenbildnern – war nicht sehr lang, so will ich mal das Schreiben anfangen. Nur wie?

Okay, immer der Zeitachse entlang. Zehnter September zweitausenddrei, Mittwoch, zweiter Schultag, Mittagspause. Ich schlendere in den Cafeteriabereich, sehe Cassy an der Kasse stehen, will ihr winken und zu ihr gehen, da schnall ich erst, dass sie sich unterhält. Mit Alexander Ville. Sie sind beide im gleichen Jahrgang, gleiche Gruppe. Was er das Jahr zwischen der Sekundarschule und hier machte, weiß ich nicht. Zu diesem Zeitpunkt, war ich auch eher damit beschäftigt, meine Kinnlade zu suchen, die irgendwo Richtung Boden gerauscht war. Cassandra hatte in keinem unserer Gespräche je erwähnt, dass sie mit Ville zusammen in einer Klasse ist, geschweige denn, dass er überhaupt hier ist. Danach, kam Amadeo aus seinem Sommerurlaub wieder, will sagen, wir sahen uns von da an öfter, im steigenden Maße.

Freitag, sechster Februar zweitausendvier, Kaffeeklatsch bei Cassandra in ihrer neuen Wohnung. Wie üblich redeten wir über sehr viele verschiedene Dinge und schließlich kamen wir irgendwann auf Alexander zu sprechen. Noch einmal zur Erinnerung, Alex ging mit Cassy, Steven und Jasmin Lord zusammen auf die Realschule, zunächst in meine Parallelklasse und dann, als ich die Achte wiederholte, logischer Weise eine Klasse höher als Cassy und ich. Ich selbst hatte und habe nicht besonders viel mit ihm zu tun, außer, dass wir ein Jahr zusammen Kunst und Hauswirtschaft hatten, wo wir allerdings kaum miteinander redeten. Dennoch hatte ich in Bezug auf ihn immer das Gefühl einer gewissen Verbundenheit und ich sehnte mich nach einer Freundschaft mit ihm, in jedem Schuljahr aufs Neue, schaffte dies allerdings nie. Nun wie dem auch sei, unser Gesangstalent hatte bei Cassandra, nur wenige Tage zuvor sein *Coming Out*. Alex war schwul. Etwas, was mich nicht sonderlich überraschte, da ich meistens weiß, wenn jemand schwul ist, schon seit der fünften Klasse. Und doch traf mich der Schlag. Mit diesem war plötzlich wieder Sonntag der zwölfte September neunzehnhundertneunundneunzig:

Panik, wie wahnsinnig, drehe ich mich im Kreis, blicke in fremde Gesichter, sehe mich suchend um. Mir ist schlecht, ich rieche den Gestank meines eigenen Schweißes. Die Mitte eines gigantischen, eiförmigen Saales, schmucklos aber mit tausend Türen rund um die Seite des Ovals. Plötzlich weiß ich, was das für Türen sind. Jede ist der Eintritt in ein Leben oder Lebensabschnitt, welches man führen könnte, wenn man wollte. Die Menschen, die in dem vollen Saal standen und sich unterhielten, schweben in gespenstischer Manier auf die von ihnen erwählte Tür zu. Manche gingen zusammen, manche alleine. Manche Tür wurde von vielen erwählt, manche von niemanden. Ich stehe in der Mitte, blicke mich um, unschlüssig wie ich bin. Schließlich gehe ich auf eine zu, von der ich weiß, dass sie Luxus und das freie Leben eines gutbemittelten Künstlers bedeutet. Eben, in jenem Augenblick als ich durchgehen will, schließen sich alle Türen und sie tragen alle die Aufschrift: Höre! Bedenke!

Rechts von mir öffnet sich eine, ich seh' den Lichtschein im Augenwinkel, ich drehe mich um und blicke in das Gesicht von Jasmin Lord. Ich glaube mich in sie verliebt, bin es vielleicht sogar. Doch sie ist ja vergeben. Schritte hallen an mein Ohr, ich drehe mich um. Aus dem Nichts erscheint ihr Freund, ich glaube mich an seinen Namen zu erinnern. Thomas. Er, noch ein Stück hinter mir, beginnt zu rennen, ich will es ebenfalls, will als Erster die Tür mit Jasmin erreichen, doch ... ich komme nicht vom Fleck, etwas hält mich. Thomas erreicht die Tür, küsst Jassy und sie schließt sich. Verzweifelt sehe ich nach, was mich da hielt, wer meinen Arm festhielt, als ich rennen wollte. Und ich sehe in Alexanders Augen, wortlos gab er mir einen Schlüssel, auf dem stand: Erkenne dich und begreife. *Damit wachte ich auf, allein und in größter Sorge.*

Wieder Freitag sechster Februar zweitausendvier, immer noch bei Cassandra. Ein alter Traum, längst vergessen, längst vergessen, dass ich ihn aufschrieb, brach sich einen Weg in meinen Kopf. Irgendwas redete ich, vermutlich etwas törichtes. Doch verstand ich meine eigenen Worte nicht, zu laut dröhnte das Klopfen meines Herzen in den Ohren. Es raste, und ich hörte jeden Schlag dumpf gegen meinen Kopf pochen. Alexander? Ich wusste es, jetzt, da ich selbst soweit war, mich selbst soweit gebracht hatte, dass ich es sagen wollte. Jetzt, hast du dein *Outing*? Wieder greifst du mir vor? Machst alles besser? Wieder kann ich dir nur nacheifern? Gott wie ich dich hasse! Wie verzweifelt ich mich plötzlich, mehr denn je, nach dir sehne. Wie kann das sein? All die Jahre in meinen Träumen hab ich es gewusst, und dennoch ...
Das Gespräch ging weiter, über etwas Anderes. Doch nicht lange. Nach einer fadenscheinigen Entschuldigung, wie sie sonst nur von Cassy kommt, ging ich und hoffte, mich wo anders beruhigen zu können und sagte Cassandra nicht, dass ich ihr fast etwas in ähnlicher Richtung, wie Alex, anvertraut hätte. So ging ich aus ihrer Wohnung und rannte dann nach Hause, setzte mich ins Auto und raste erstmal eine Stunde lang durch die sonnenüberflutete Frühjahrslandschaft.

Achter Februar zweitausendvier, Sonntag. Zwei Nächte konnte ich jetzt schon nicht schlafen, das Herz schlägt immer noch irgendwo im Hals. Dieses erstickende Gefühl, das mir meine leise Verliebtheit, das stille Konkurrenzspielchen, das ich mit ihm trieb, über den Kopf hinauswächst, wurde ich einfach nicht los. Habe ich mich etwa mal wieder richtig verliebt? Großer Gott! Aber kann das sein, ich sehe doch auch seine Fehler, seine inzwischen alles überragende Arroganz, seine Selbstverliebtheit, ... sein, verdammt, ich habe mich verliebt. Ich kann ja kaum meine Tasse halten, so zittere ich. Jetzt reicht es!

Ich erinnere mich, dass ich mich auf den Boden in mein Zimmer legte und es aus mir herausplatzte. Meine Seele schrie nach meiner Mom, ich musste es unbedingt jemanden erzählen. Meine Seele rief, und sie kam, verließ ihr gemütliches Bett. Und ich erzählte nichts, außer dass ich schwul bin. Der Augenblick war endlos und er sollte nicht der einzige endlose an diesem Tag bleiben. Ich glaubte die Worte gar nicht hören zu können, da ihre Bedeutung mir ein Vakuum im Kopf bildeten. Doch als ich es sagte, war es ganz still und Sekunden schienen Jahre zu dauern. Sie sagte nicht viel, nur dass sie es eigentlich nicht glaube, aber es akzeptiert. Und nun musste ich es der ganzen Welt erzählen, wollte mich befreien. Ich fuhr zu meinem langjährigen Freund Steven Meran. Und auch ihm erzählte ich es, erneut unter Herzklopfen, bleich und zitternd, er sagte erst einmal ein ganzes Jahrhundert an Sekunden gar nichts, dann, dass es ihm egal sei. Schließlich hatten wir das Gespräch, das ich mir eigentlich schon bei meiner Mutter erhofft hatte. Ein erlösendes Gespräch. Bis heute habe ich ihm das mit Alex, meinen Traumsequenzen und das ganze Drumherum und alles was mit Amadeo zu tun hat vorenthalten. Es war nur wichtig, dass er mit dieser einen Sache umgehen konnte und das konnte er, besser als ich. Aber er stellte damals alle möglichen Fragen und aus ihren Schranken befreit, antwortete meine losgelöste Zunge auf alles, was ich trotz mangelnder Erfahrung wissen konnte.
In den nachfolgenden Tagen und Wochen wollte ich, dass es alle wussten, doch ich hielt mich zurück, denn eigentlich ist es doch uninteressant. Wenn mich jemand fragte, würde ich wahrheitsgetreu antworten, so war der Deal mit mir. Ich brach ihn, auch heut noch, immer dann, wenn mich Leute fragten, mit denen ich eigentlich nichts näher zu tun hatte. Wenn sie mich nach einer Freundin fragten, antwortete ich, dass ich im Augenblick keine hätte. Das war wenigstens nicht gelogen. Was meine Verwandtschaft anging, die nicht hier lebte – also eigentlich alle, meinen Vater mit eingeschlossen – so beschloss ich, ihnen mein Outing erst anzutun, wenn ich einen festen Freund hätte. Es ist nicht so, dass ich an seiner Toleranz oder Liebe zu mir zweifeln würde, ich weiß nur, das es ihm sehr weh tun würde und das will ich nicht.

Natürlich glaubte ich, dass durch die neue Ehrlichkeit alles anders werden würde, alle Selbstzweifel verschwinden und im Allgemeinen der Umgang mit anderen, gleichaltrigen leichter werden würde. Das stimmt auch, es wird jeden Tag leichter. Doch der große Erlösungsknall kam nicht. Nur weil auf dem Pinsel Farbe ist, ist die Leinwand noch nicht bemalt. Wäre es tatsächlich sofort leichter, würde mich diese Bürde nicht länger zerdrücken. Leider weit gefehlt, denn ich habe mir eine neue Last auf die Schultern geladen. Irgendwie habe ich jetzt die Ansicht, dass ich nun für Steven den Berater in jeder Situation, mit der immer richtigen Antwort sein muss. Den Zusammenhang dazu, kann ich mir selbst nicht recht erschließen, aber ich würde es gerne sein, so wie ich es dem ägyptischen Amadeo gesagt hatte. Doch ich glaube, dass ich das nicht schaffe. Überhaupt habe ich das Gefühl ausgelaugt zu sein, nicht mehr so stark zu sein, wie ich es glaube, mal gewesen zu sein, wie andere und ich selbst es gerne hätten. Ich denke, ich habe nie bemerkt wie viel Kraft es kostet, sich selbst etwas vor zu lügen und gegen Amadeos Art, mir die Wahrheit vors Gesicht zu knallen, anzukommen.
Dabei hatte er mir es so oft gezeigt, durch das Auftreten als Mentor, durch Weisheiten einer Philosophie der Menschlichkeit, durch tausend Symbole. Zuletzt wohl noch als ich es schon wusste, in dem kleinen Bistro in Venedig, in welchem ich eine Maske trug, die mir die Schönheit der Welt verschleierte.
Masken. Erst jetzt habe ich ihre Bedeutung wirklich verstanden. Nicht nur in der Karnevalszeit oder zu Halloween neigen wir Menschen dazu, Masken zu tragen. Viele von uns nutzen alle ihnen zur Verfügung stehenden Möglichkeiten, um ihr wahres Ich im Alltag zu verbergen, um uns anders zu präsentieren als wir sind.
Was ist mein wahres Ich? Die wenigsten Menschen wissen das so genau. Heute habe ich eine ziemlich klare Vorstellung davon, welche ich als Wissen bezeichne. Noch vor kurzem allerdings, gehörte ich definitiv zu den Menschen, die Masken tragen und manchmal es nicht verkraften allein zu sein. Denn, sich vor sich selbst zu maskieren, ist noch weit schwieriger und gefährlicher, als jede andere Maske. Ich wollte mich bisher unangreifbar machen, doch letztlich bin ich genau aus diesem Grund angreifbar gewesen.
Die Psychologie unterscheidet im wesentlichen drei Formen von Masken: Das Selbstbild oder die Summe dessen, was ich glaube zu sein, die Fremdbilder oder die Auffassungen meiner Freunde, Bekannte, Kollegen

über mich, beziehungsweise das Bild, welches ich ihnen von mir liefere. Und zuletzt das eigene Idealbild. Dieses enthält die Wünsche darüber, wie ich selbst gerne sein würde.
Einer der größten Schritte eines Maskenträgers ist, diese eines Tages abzunehmen, die Angst davor zu überwinden. Oft geschieht dies erst, wenn man von innerem Schmerz so geschlagen ist, dass einem schlicht die Kraft fehlt, welche notwendig ist, eine Maske weiterhin zu tragen. Nicht selten ist man überrascht, wie die Welt aussieht, wenn man sie nicht durch die eigene Fassade wahrnimmt. Die Luft ist klarer und leichter zu atmen und alte Ängste werden als unbegründet entlarvt. Veränderung und Reife gehen viel schneller vor sich. Aber meine Maske wurde nicht plötzlich im Februar heruntergerissen, sondern sie wurde zunächst langsam durchsichtiger. Dies verdankte ich Amadeo und seiner brutalen Art. Die Maske zeigt einem eine verkehrte Welt. Man glaubt sich dahinter zu verstecken, doch in Wahrheit versteckt sich die Wirklichkeit vor deiner scheußlichen Fratze. So empfand ich zwar einen gewissen Reiz an den Gedanken des Homosexuellen, doch zu gleich, Abscheu. Dies ist nun verschwunden. Danke, Amadeo. Mein Name ist Seduco Timid.

Seduco Timid, Tagebuch – 01. Mai 2004

Alex.

Seduco Timid, Tagebuch – 15. Mai 2004

Ein schwerer Duft von Styrax und Zeder lag im Raum, schwer wie es der ganze Raum war. Ein Raum, orientalisch wie es der Duft war. Doch dieses Mal war ich nur Beobachter. Ich – und doch nicht ich, denn es war nicht jenes betrachtende Bewusstsein, welches dies aufschreibt – saß an einer Staffelei und malte. Das Leinen zeigte ein Auge, doch rechts davon am Boden lagen Dutzende, schon fertige Gemälde. Jedes einzelne bot dem Betrachter nur Farbe oder ein Ohr, ein Nasenflügel, Auszüge des Mundes, doch zusammen war es ein Gesicht, dem noch ein Auge

fehlte. Eben jenes Gesicht, das ich so oft vor mir sehe, wenn ich meine Augen schließe. Eben jenes Gesicht, welches dem Recken gehörte, der mir Modell saß. Auf dem Diwan drapiert, sah er entzückend aus wie ein junger Gott, doch auch so süffisant und lethargisch, als würde ihn seine Schöpfung jetzt schon langweilen. Keine Frage, er war schon ein Bohème, ein exaltierter Dorian Gray. Und wenn er mein Spiegelbild wäre, so wäre ich Narziss, unfähig mich davon zu lösen und würde vergehen, wie ich ohne es vergehen würde.
»Wollen wir morgen schwimmen gehen?« war seine Frage an mein malendes Ich.
»Gern, so will ich dir die Farbe des Wassers schon jetzt in die Augen geben.« Die Antwort des verträumten Malers. Ich befand mich in einer dunklen Ecke des engen Zimmers und da die zwei nun über Nichtigkeiten redeten, begann ich durch den Raum zu laufen und ihn mir genauer anzusehen. Hinter dem Diwan war eine mit morgenländischer Ornamentik reich verzierte, geflieste Wand. Die sich nach einer Nische, in welcher eine Pflanze stand, nach oben hin in einer Holzschnitzerei verlor, die der Sonne erlaubte, in den Raum einzudringen. Ihre Strahlen wurden von der Räucherung hundertfach gebrochen. Der Diwan selbst war mit schweren, aber scheinbar weichen Kissen und Decken aller Art bestückt und lud zum Verweilen ein. Es reichte um die Ecke und schmiegte sich damit auch an die rechte Wand, welche den Raum begrenzte und mit Teppichen geschmückt war. Von der Decke hingen die Weihrauchschwenker, aus denen unaufhörlich der süße Duft qualmte, sowie Laternen und ein dunkelgrüner Samtvorhang, dessen Ende schwer zur Linken des Diwans fiel. Direkt neben ein achteckiges Tischchen mit Intarsien aus Horn und Onyx. Auf diesem stand eine Flasche Absinth, Laudanum, eine Sheesha, Zuckerwürfel, eine Karaffe mit Wasser und eine fast herunter gebrannte Kerze. Beide Gläser enthielten bereits die gelbgrüne Flüssigkeit, auf die eine war Wasser aufgefüllt worden, auf der anderen nicht. Erneut links von dem Tischchen, Träger der verbotenen Freuden, befand sich eine Einbuchtung. Sie hatte einen Rundbogen und führte durch eine durchbrochen geschnitzte, hölzerne Tür auf einen kleinen Balkon mit Blick aufs goldene Horn. In der Ausbuchtung waren verzierte Regale angebracht worden, sie trugen weitere Pflanzen, Karaffen, Flakons und immer wieder auch Rollen aus Leinen und Papier, Farbtuben, Gefäße, die Pinsel aufbewahrten und Ähnliches. Vor der Terrassentür saß mein Ich auf einem

filigranen Hocker an seiner Staffelei, ich sah ihm über die Schulter. Nur wenige Schritte hinter mir befand sich die zweiflüglige Eingangstür, ebenfalls mit reichem Schnitzwerk versehen. Zudem wieder Pflanzen, eine Säule drehte sich rechts neben der Tür vom Boden zur Decke und ein rachitischer, blauer Holzstuhl, der mit seiner Schmucklosigkeit nicht passen wollte, direkt daneben. Das war's. Groß war der Salon wirklich nicht. Die Plauderei der Beiden schien zu Ende, denn der Maler ging zu dem Tischchen und nahm einen kräftigen Schluck aus dem Glas, dessen Inhalt unverdünnt war. Dann ging er zurück, nahm Palette und Pinsel wieder auf, stieg über Alex drüber und kniete sich über seinen Bauch. Er begann sein Gesicht weiß anzumalen, dann ein roter Streifen über Nase und kalkfarbene Lippen, mit blauen Ranken auf einer Gesichtshälfte, stilisiert und schön. Alex begann Seducos Hände von sich zu schieben und seine nackte Brust zu küssen. Denn der Maler trug nur Pluderhosen mit Schärpe und einen weinroten Mantel mit Nerz umsäumt. Ich wandte mich ab, lehnte mich an die Terrassentür und sah hinaus auf Konstantinopel. Unter mir fuhren Droschken, und vor mir lag die Galata-Brücke und ihr anderes Ufer. Die Fenster des gegenüberliegenden Hauses hatten Spitzbögen und im Erdgeschoss befanden sich Geschäfte, deren Waren weit verteilt auf der gepflasterten Straße lagen. Rechts von der Brücke schien eine Art Werft zu sein, jedenfalls waren sehr viele, kleine Boote geankert, manche mit Segel. Ich spürte ihn, ehe er etwas sagte, Amadeo war gekommen.

»Wo sind wir?«

»In Istanbul«, antwortete ich ihm. »Allerdings ein gutes Stück vor der Griechenvertreibung.«

»Wann sah es da ungefähr so aus wie jetzt hier? Es ist schön, dass warme Sonnenlicht macht immer alles schön.«

»Da hast du recht, ich schätze, es ist eine Version des späten neunzehnten Jahrhunderts. Vielleicht in den Achtzehnsiebzigern.«

»Was hattest du hier vor?« fragte er mich.

»Einfach ein bisschen träumen denke ich.« Ich war mir selbst nicht sicher. Es war diesmal kein Entträumen, dass überraschend von Amadeo kam, sondern ganz bewusst von mir.

»Du bist zweimal hier. Warum nimmst du nicht teil an deinen Fantasien? Warum grenzt du dich selber aus? Gefällt dir nicht, was die Zwei darin machen?« Er setzte sich aufs Geländer vor mir und sah mich mit großen, fragenden Augen an. Er war im Augenblick nicht erwachsen.

Allerhöchstens halbwüchsig, noch versehen mit den weichen Zügen eines Kindes. Eines Kindes mit weißer Haut, schwarzen Augen und wild abstehenden Haaren, die hie und da einer Feder glichen. Ein Kind mit ein paar meiner seelischen Narben im Gesicht.
»Doch es würde mir schon gefallen. Aber ich denke, ich will das Alex nicht antun, dem Echten meine ich. Es ist ja ganz okay, sich Gespräche mit ihm vorzustellen, doch körperlicher Kontakt geht zu weit. Ich hätte das Gefühl, ihn zu beschmutzen und meiner Aufrichtigkeit ihm gegenüber zu entweihen.«
»Du relegierst dich selbst in deinem Wunschdenken zur Abstinenz? Du spinnst ja. Daher der Alkohol und die Drogen da drin, ich hatte mich schon gewundert. Hatte mich schon auf eine neue Seite an dir gefreut, die weniger verklemmt ist.«
»Vernünftig. Vernunft war das Wort, was du suchtest.«
»Nein, eigentlich meinte ich ›verklemmt‹, aber Danke. Du siehst doch hoffentlich im Sex nicht wirklich Sünde oder? Ich meine ja nur, da drin setzt du es nämlich gerade mit allem gleich, was dir zuwider ist, durch die Geschichten von früher.«
»Nein, ich erachte Sex nicht als Sünde. Eigentlich glaube ich nicht einmal an Sünden, höchstens an unkluge Entscheidungen. Du weißt doch, dass ich das da drin nicht bewusst entworfen habe. Ich schließe meine Augen und sehe was kommt, fertig. Ich denke, es waren alles nur Metaphern für Rausch und ephemeres Glück. Ich glaube nicht, dass Eindrücke von Roland oder den *Passionisten* hier eine Rolle spielen.«
»Du solltest zusehen, dass du das bald in deiner Welt bekommst, sonst werde ich noch eifersüchtig. Auch wenn mich interessieren würde, was passiert, wenn du hier Rauschmittel zu dir nimmst. Wachst du dann wieder auf, verändert sich die Welt um uns herum oder sinkst du noch tiefer ein ins Unbekannte?« er sah nachdenklich aus, kam aber scheinbar zu dem Schluss, dass es egal sei, und feixte mich dann jedoch mit glitzernden Augen an. Ich wusste was das hieß und begann lachend abzuwehren.
»Nein, kommt nicht in Frage, das probieren wir lieber nicht aus. Zumindest heute nicht. Bleibst du noch ein bisschen? Ich will noch nicht wieder heim. Hier ist es sonnig, schön und warm. Zudem habe ich Gesellschaft. Mom ist auf Messe gefahren und Bernhard besucht alte Bekannte in Sussex. Steven hat keine Zeit und Tyana ist heute in die Familie eingebunden, die lassen sie kaum mehr los. Die müssen wohl die vier Wochen Irland nachholen, in denen ihr Sonnenscheinchen ja nicht zu Hause war.«

»Klar bleib ich, wenn du willst. Wollen wir runter in die Stadt und uns umsehen?«
»Ich kann aber nicht garantieren, dass es dem Original ähnlich bleibt, ich kenne nur ein paar Stiche aus dieser Zeit, einige Bilder der Hagia Sophia aus unserem Kunstgeschichtsbuch und das war es. Als ich damals Dreiundneunzig in der Türkei war, sind wir nie nach Istanbul gefahren.«
»Ist doch egal, dann verändert es sich eben zu irgendetwas anderem. Es ist doch schön und wenn nicht, laufen wir einfach zu dieser Ecke zurück und gehen irgendwo Eis essen«, sagte er lächelnd und gut gelaunt, bis ihm etwas Sorgen machte.
»Hier gibt's doch Eiscreme oder? Ich weiß nicht, wurde es schon erfunden?« fragte er schüchtern.
»Keine Ahnung, ich weiß nur, dass es früher eine Winterspezialität war. Aber Amadeo, dass hier ist dein Spielplatz. Ich bin mir sicher, dass du hinbekommst, dass es hier irgendwo Eis gibt. Immerhin hast du ganze Tempel aus U-Bahnen errichtet.«
»Oh Mann, den Ausflug nimmst du mir echt übel, oder?«...
... so verstrich der Tag, wir quatschten und lästerten, staunten und verbrachten einen Tag, wie Touristen in einem Urlaubsland. Ganz normal, mal abgesehen von dem Jahrhundert. Es gab keine tief greifenden, verletzenden Gespräche, keine Anschuldigungen oder ähnliches. Keinen Alexander. Es war wie früher, nur ohne Piraten und dergleichen. Die ganze Situation war zum genießen und tat gut, ich glaube nicht nur mir. Mein Name ist Seduco Timid, heute ist der fünfzehnte Mai zweitausendvier.

Seduco Timid, Tagebuch – 18. Mai 2004

Er stöhnte.
»Tut mir Leid, ich habe immer kalte Hände. Das war noch nie anders. Vielleicht sollte ich...«
»Vielleicht solltest du hinnehmen, dass dies auch sehr erregend sein kann.« Flüsterte er in mein Ohr und zeigte dann sein umwerfendes Lächeln, welches meine gesamten Selbstzweifel zunichte machte. Wenigstens für die Dauer von ein paar Wimpernschläge.

Ich musste schmunzeln, als ich an diese kleine Szene, aus meinem mir eigenen Theater dachte.
Die Landschaft huschte schnell vorbei, noch eine Viertelstunde und wir waren zu Hause. Steven schlief mir gegenüber. Meine Führung durch die Kunsthallen von N. haben ihn wohl ziemlich geschafft. Wir hatten uns am Nachmittag kurzfristig dazu entschieden in die Nachbarstadt zu fahren, um mal etwas anderes zu sehen. Einfach ein kleiner Tapetenwechsel für ein paar Stunden. Mir fällt so etwas ja leicht, ich brauche nur die Augen zu schließen. Andere haben es da schwerer. Steven wollte erst mit dem Auto fahren, aber der Zug ist einfach schneller und so hatten wir mehr von unserem Ausflugsziel.

»Du hast schöne Hände. Schlank, kalt wie Marmor, aber ganz weich und zärtlich.«
Wieder eine Erinnerung, an etwas Ungeschehenes. Ich sah hinunter auf meine Hände.
»Lügner.« Flüsterte ich. Ob zu ihm oder zu mir, weiß ich nicht. Beides wäre ja zutreffend.
Als ich so da saß und meine Hände betrachtete, spürte ich ein Verlangen, eine Sehnsucht, seine warme Hand in meiner zu wissen. Jede Sekunde, in der er sie nicht hält, war vergeudet. Jeder Augenblick ohne eine kleine elektrische Berührung seinerseits, unvollständig.
»Etwas zu missen, im Glauben, dass man es hatte und dabei zu wissen, dass dies nie der Fall war, ist mehr als verwirrend. Schmerzhaft und absolut verrückt.« Wieder wisperte ich zu mir selbst und legte meinen schwindelnden Kopf an die kalte Fensterscheibe.
»Es kann nicht so falsch sein, wenn es sich so gut anfühlt und dir das Gefühl gibt zu leben und vollständig zu sein, oder?« Ich sah Amadeo an. Er zwinkerte mir zu und hielt meine Hand. Ich spürte es nicht, sah es nur. Amadeos Hand war so falsch wie *seine* und doch wirkte Amadeos unechter. Vielleicht, weil ich nicht ganz *dort* war.
»Gut, dass es dich gibt, Amadeo.« Meine Stimme hörte sich matt und glanzlos an, hinter dem Gefühl.
»Danke. ... Aber irgendwann wirst du die Tür zu mir öffnen und das Zimmer dahinter leer vorfinden. Und ich ... ich werde nicht mehr da sein. Irgendwann werden die Räume leer sein. Weiße verlassene Gebäude, voller Erinnerung.« Es lag eine tiefe Traurigkeit in seinen Augen, verborgen hinter einer Fassade aus Ernsthaftigkeit, die mich ohne Frage

hätte täuschen sollen. Ich schauderte bei dem Gedanken, seine Augen nicht wieder finden zu können. Versuchte aber darüber hinweg zu spielen.
»Das hast du schon einmal gesagt. Vielleicht schon öfter. Beim ersten Mal waren wir noch Kinder.« Er sah mich fragend an.
»Deine Welt war konstanter, als sie es jetzt ist. Eine große Insel in einem unbekannten Ozean voller Geheimnisse. Eine überwucherte, lebendige Felslandschaft, die keine war. Denn in ihrem scheinbar massiven Stein und zwischen jedem kantigen Berg, wucherte neben den Pflanzen ein großer Palast aus Glas. Ein Palast nur für uns, vollgestopft mit Sonderbarkeiten jeder Art. Mit Tieren aus Granit, die zum Leben erwachten, wenn man ihnen Zitronensaft auf die Nase träufelte und Schaukeln aus gemalten Ranken, die aus aufgeschlagenen Büchern wuchsen, welche unter der gläsernen Decke schwebten. Räume, die ihre Größe und Einrichtung änderten. Elefanten, die Zuckerdosen entstiegen und nach Blumen rochen und Früchte, die man aus dem Teppichmuster nehmen und essen konnte. Wir hatten so viel Spaß und waren so oft dort. Erinnerst du dich?«
»Klar!« sagte er lässig und konnte wieder lächeln.
»Ich war elf oder so. Damals hast du zum ersten Mal gesagt, dass du gehen wirst. Ganz plötzlich. Ich habe dich nie gefragt warum. Du warst nur ganz kurz ernst, dann war alles wieder normal. So als hättest du dich nur verschluckt.«
»Ich hatte mich dünn gefühlt. So plötzlich wie du es wahrgenommen hast. Doch dann hattest du Angst bekommen, durch meine Warnung und es ging mir wieder gut und ich hatte alle Kraft um dich zu trösten.«
Was sollte ich darauf sagen? Ich sah ihn an und versuchte meine Gedanken zu ordnen. Hatte aber Grausen vor den Schlüssen, die sie ziehen konnten. Plötzlich fuchtelte eine Hand wild vor meinen Augen rum.
»Hey, schläfst du? Jemand drin?« Steven war aufgewacht. Ich blinzelte in seine Richtung.
»Mann, du schläfst ja wie ne Schlange. Machst du nachts die Augen zu?«
»Ja, denn da hänge ich kopfüber von der Decke und verlasse mich auf meine Ohren« erwiderte ich. »Komm lass uns zusammenpacken, wir sind gleich da.«
Daraufhin rafften wir unseren, über den kleinen Tisch verteilten Proviant zusammen, verstauten, was noch zu gebrauchen war in den Rucksäcken und kämpften uns zum Ausgang des Zugabteils. Am Bahnsteig sah ich noch einmal kurz auf meine Hand, die leicht kitzelte und ich lächelte in Erwartung und konnte mit einem Mal kaum schnell genug zu Hause

ankommen. Alles in allem ein schöner Tag, trotz eines etwas zu ernsten Amadeos.
Mein Name ist Seduco Timid, heute war Dienstag der achtzehnte Mai Zweitausendvier.

Seduco Timid, Tagebuch – 20. Mai 2004

Abgerutscht, und zwar heftig. Unter meinen Füßen roter Sand, vor mir gelber. Zwei Bäume, Geschwister wohl, Arme und Stamm wie von Öl recken ihr flaches Geäst, Adern gleich, dem roten Himmel empor. Blätter von der Farbigkeit schuppiger Reptilienhaut, in dunkelnden Grün – Geheimnisträger. Ein Ring umgab den Ort, ein Ring aus einzelnen Seidenschals, die im immer gleichen Abstand vom Himmel auf die Erde hingen, durchscheinend, kaum wahrnehmbar, trennten sie diesen Platz von der restlichen Steppe. Ich saß auf dem Boden, gelehnt an einen Stein, betrachtete die Bäume. *Siehe Amadeo, da bin ich erneut in deiner Welt. Ich sehe dem Baumpaar zu - Ort zum Nachdenken - sehe die Leinwand meines Lebens.*
Warum zögere ich so? Warum zweifele ich so?
Ein warmer Wind, da ist er, mein Engel des Unterbewussten.
»Was ist los? Warum bist du hier? Ist heute nicht das Frühjahrsfest?« fragte er.
»Ja, von dort komme ich ja, besser gesagt, dort sitze ich im Spülraum.« meine flüsternde Antwort. Er kniete sich nieder, mir gegenüber.
»Im Spülraum? Komisches Fest, du musst gestehen, da sind unsere besser.«
Ich musste lächeln.
»Ja, da hast du recht. Aber ich bin Mitwirkender. Das erste Fest nach Weihnachten wird traditionell vom ersten Jahrgang der Schule ausgerichtet und nachdem ich Studierendenvertreter der elften Klasse bin, dem ersten Jahrgang, helfe ich natürlich. Da wir keine Pappbecher verwendet haben, müssen die Gläser gespült werden und zwar über die ganze Party hinweg, denn wir haben dummerweise nicht genug.«
»Und weil du abwaschen neuerdings hasst, so wie es jeder normale Mensch tun würde, bist du hier, verstehe«, erwiderte er hämisch ungläubig. »Was ist wirklich los Seduco?«

»Ist bei dir etwas seltsames passiert, bevor ich kam?«
»So eine Frage hast du mir ja noch nie gestellt. Ich dachte immer, du glaubst, ich existiere nur dann, wenn du mich siehst.«
»Ist es so?«
»Nein, ich existiere dann nur anders. Etwas merkwürdiges, ja? Eigentlich nicht, es gab einen kurzen Moment – und der passt sogar zu dem Gespräch – in dem ich das Gefühl hatte, nicht mehr da zu sein. Ich fühlte mich leer. Warum fragst du so etwas?«
»*Siehe Er!*« ich hielt ihm einen Handspiegel vor die Nase.
»Was ist damit?«
»Kannst du dich darin sehen?«
»Ja logisch. Hey ist das ein neuer Kratzer da am Hals? Okay, ich habe das Gefühl den verdanke ich dir, noch einmal: Was ist passiert?«
Ich nahm den Spiegel von seinem Gesicht fort und hielt ihn so, dass wir uns beide darin spiegeln konnten. Nur fehlte mein Bild in dem Glas.
»Alles klar«, sagte er und zog eine Augenbraue hoch »Identitätskrise? Vampir?«
»Nein, den Kratzer hast du von Alex, denn ich war unsichtbar.«
»Oh komm Sed, heute bist du der, der anstrengend ist, lass dir nicht alles aus der Nase ziehen. Erzähl endlich.«
»*Sed?* Zu faul meinen Namen ganz auszusprechen, he? Aber du hast recht *Deo.* Wie gesagt, ich arbeitete da und wie in letzter Zeit ständig, hoffte ich Alex dort zu treffen und wie ebenfalls in letzter Zeit ständig, wenn die Möglichkeit besteht, habe ich mich ein wenig herausgeputzt. Bisher hat das zwar nichts gebracht, aber gute Klamotten können das Selbstbewusstsein steigern...«
»Aber auch schmälern, wenn man sich nicht wohl fühlt!« warf er ein.
»Willst du das jetzt hören oder nicht?«
»Du möchtest es doch unbedingt erzählen, sonst wärst du nicht hier, also klar. Weiter«
»Ich trug gerade einen Korb geputzten Geschirrs rein zum Verkauf. In der Tür begegneten wir uns. Er mit einer Phalanx aus Freunden, ich mit meinen Gläsern und Billigporzellan. Da geschah es!«
»Er hat sich auf dich gestürzt und geküsst?«
»Nein, er sah durch mich durch. Ich war nicht da. Dass er mich nicht gerade groß beachtet, bin ich ja schon langsam gewöhnt. Smalltalk ist das Beste was ich bisher habe und meine einzigen Glücksmomente und selbst die finden nur statt, wenn ich sie mit idiotischem Zeug erzwinge.

Ignorieren ist ja auch okay, bedeutet wenigstens, dass er mich wahrnimmt. Aber durch mich durchsehen, mich sprichwörtlich unsichtbar machen! *Das* war ein Schlag ins Gesicht! Das tat weh!«

»Denkst du nicht, er hat dich nur nicht gesehen, weil er in Gedanken war?«

»Nein Amadeo, er hat irgendwas hinter mir fixiert. Nur ging das gar nicht, denn ich versperrte ihm eigentlich das Sichtfeld. Zuletzt bin ich zur Seite gegangen, damit er und seine erlauchte Gesellschaft durch können, statt umgekehrt, immerhin hatte ich was zum schleppen.«

»Mein Gott, du bist ja richtig zickig. Wir werden doch nicht etwa vom Schwulen in guter Tarnung zur zickigen Tuntendiva.«

»Was? Haha.«

Amadeo, sah kurz zur Seite und runzelte die Stirn. Ich folgte seinem Blick, mehr aus Gewohnheit, als aus ehrlichem Interesse. Alex war erschienen.

»Also hassen wir uns jetzt?« fragte er zögernd.

»Ich weiß nicht. Nein. Doch das wäre doch gar nicht so schlecht oder? Dann würdest du wenigstens etwas für mich empfinden. Das ist immerhin besser als Gleichgültigkeit. Alles ist besser als das.«

»Ich mag dich sehr gerne. Reicht das nicht?«

»Verschwinde Alex, bitte. Ich kann ... Ich kann jetzt nicht.«

Der Alexander, der mich liebte, der Alexander, den ich mir selbst erschaffen hatte, verblasste und war schließlich weg.

»Ich hasse ihn«, sagte das trotzige Kind in mir.

»Nein, du liebst ihn. Da liegt ja das Problem. Hast du schon einmal überlegt, mit ihm über eure spezielle Gemeinsamkeit zu reden? Das ergäbe bestimmt ein längeres Gesprächsthema.«

»Habe ich schon, aber irgendwie finde ich das doof, es muss doch andere Gesprächsthemen geben. Außerdem sehen wir uns doch kaum, also gibt es fast keine potentiellen Möglichkeiten ...« Er unterbrach mich.

»Jetzt hör aber auf, ihr geht auf die gleiche Schule. Trotz deiner Praktika und Werkstattphasen gibt es mit Sicherheit genügend *potentielle Möglichkeiten*.«

»Du bist heute wieder so besonnen und äffst mich nach. Seltsam, das häuft sich!«

»Irgendjemand muss ja zu deinem weinerlichen Selbstverzweifeltrip den Ausgleich schaffen. Was hältst du eigentlich davon, ihn dir hier zu schnappen und zu üben.«

»Das wäre eine gute Idee, bloß spricht er *mich* hier immer an. Ich weiß nie vorher, wann er auftaucht oder wann ich ihn sehe. Es gibt keine Vorwarnung so wie bei dir. Da weiß ich es immer kurz vorher.«
»Das ist natürlich blöd, vielleicht ...«
»Warte mal kurz, Amadeo.« Daraufhin hing ich für einen Moment zwischen beiden Welten. In der Einen mit Augen offen und scheinbar ganz wach, die Andere bot sich mir nur noch als durchscheinendes Etwas, so wie die Vorstellung eines Bildes, welches man gleich malen möchte. Dann kehrte ich zurück.
»Was war das denn? Du bist kurz verschwunden. Heute ist Einiges anders als sonst.« meinte Amadeo etwas erschrocken.
»Wir reden ein andermal weiter ja, dank dir für alles. Aber Tyana kommt. Tschüß«, damit verabschiedete ich mich ganz und kam beruhigter und wach zurück. Ich war vorhin durch den Schock, der Ähnlichkeit mit damals hatte, als ich Alex zum ersten mal hier wieder sah, richtig in die Steppe mit den Bäumen hinein geschleudert worden, habe aber offenbar dennoch die Fähigkeit beibehalten, auf die äußeren Einflüsse zu reagieren. Wenn das Doc John erfahren würde, der würde Luftsprünge machen.
Tyana kam mit einem weiteren Korb voll dreckigem Geschirr zum Spülbecken.
»Uff. Hey was machst du da? Gönnt sich Mister Studierendenvertreter eine kleine Pause ohne mir Bescheid zu sagen?« neckte sie los, nachdem sie den Korb ins Becken hat fallen lassen. »Tut mir Leid, Nissy, war kurz in Gedanken. Ist draußen noch mehr?«
»Erstens: Nein, draußen ist nicht noch mehr. Zweitens: *Nissy* kommt nicht in Frage.«
»Mmmh, hatte es gerade irgendwie mit blöden Spitznamen«, sagte ich.
»Yana, Anna, Ty, Amy, etc. das war ja alles schon unerträglich, aber Nissy ist böse. Sag das lieber auch gleich Steven, sollte das von ihm kommen.«
»Geht klar, aber hey, du hattest dich beschwert, dass du nie einen blöden Spitznamen hattest, als du jünger warst. Steven und ich wollten dir nur geben, was du *so* vermisstest.«
»Danke, aber ich bleibe gerne einfach nur Tyana Amnis und werde in Zukunft darauf achten, was ich euch beiden erzähle.«
Wir plauschten weiter und spülten noch bis halb Zwei früh. Dann wurde der Hahn abgedreht, in jeder Hinsicht. Musik aus, Essen weg, Getränke weg, Gäste raus.

Tyana und ich waren das perfekte Team. Als wir das Jahr begonnen hatten, wurden wir sogar mal für Geschwister gehalten. Wir sahen uns schon irgendwie ähnlich, aber an dem Tag, lag es mehr daran, dass wir beide in dunkelblauen Jeans und rotem Pulli gekommen waren. Beide hatten wir diese Sachen seither nicht mehr in der Schule an.
Sie und ich waren uns in Irland sehr nahe gekommen und daraus wurde ganz rasant eine Freundschaft. Sie hängt noch ihrem Ex nach, den sie von sich gewiesen hat, als er sie mit einer Anderen betrog, ich hing Alex nach. Perfekt. Über die Sache mit mir und Frauen oder besser gesagt Männern, haben wir so noch nie geredet. Kann sein, dass sie etwas ahnt. Aber ich habe mir fest vorgenommen, ihr subtile Hinweise zu geben, damit wir nicht in etwas Peinliches hineingeraten. Immerhin können Männer und Frauen doch nicht nur befreundet sein, dass halte ich zwar für Schwachsinn, scheint aber oft noch landläufige Meinung zu sein. Deshalb haben wir das Gerücht, Geschwister zu sein auch nicht zerschlagen, eher eigentlich bestätigt. Mein Name ist Seduco Timid, inzwischen ist schon morgen, damit ist heute der einundzwanzigste Mai zweitausendvier.

Seduco Timid, Tagebuch –22. Mai 2004

Er ist hier! Hier in unserem Garten. Habe ihn gesehen, erspäht, erspürt noch bevor ich ihn erspäht. Nur wenige Meter entfernt, Treppenstufen nur. Das Herz hüpft vor Freude. Habe mich schnell umgezogen, zwei, drei, vierhundert Blicke in den Spiegel getan, ein letzter Blick vom Balkon, ob er auch wirklich noch auf der Gartenparty vom Nachbarn ist. Tausend Leute da, wenn ich als Bewohner des Hauses einfach hinunter gehe, den Garten benutzte wie es mein Recht ist, so ist dies der perfekte Ort, für den nicht so zufälligen Zufall einer Begegnung, eines Wortwechsels, eines Erkennens und Registrierens meiner Existenz. Ich werde mich unwohl fühlen, ich weiß, doch es ist *die* Möglichkeit ... aber, warum sitze ich nur hier und schreibe? Gerade jetzt? Warum gehe ich nur nicht hinaus, aus der Türe und die Treppen hinunter? Warum schwelge ich in zig Varianten einer Begegnung hier im Garten und nehme nicht die Möglichkeit einer einzigen wahr? Warum rannte ich zur Wohnungstür, riss sie auf und wollte hinausstürmen und knallte auf eine unsichtbare

Wand? Stand wie angewurzelt in der Tür. Warum kann ich nicht ...? Warum nur? Warum nur? Als ob es für mein Herz zu viel wäre, dass wir uns tatsächlich unterhielten, wo es sich doch nur über die Kenntnis dessen, dass er hier ist, schon überschlägt, in freudigen Luftsprüngen. Warum nur? Könnte ich doch nur ein wenig vom Mut des Irrsinns finden, den ich fand, als es scheinbar für Jasmin schlug.
Aber ich weiß, ich werde hier einfach sitzen bleiben. Ohne es zu wollen oder auch nur Einfluss darauf zu haben, werde ich hier so lange in meinem Zimmer sitzen, ohne etwas zu tun, außer vor mich her zu starren, bis die letzten Töne der Gartenmusik verklungen sein mögen. Wenn der Blues nicht mehr spielt, nur noch gelebt wird und einer Hochzeit nachtrauert, die es nie gab, und ich im Gedenken an meine großen Erwartungen in Stillstand verharre. Mein Name ist Seduco Timid.

Seduco Timid, Tagebuch - 27. Mai 2004

Badespaß am See. Tyana und ich waren heute Anbaden. Das Wasser war noch verdammt kalt, aber die Sonne machte dies an Land wieder wett. Und darüber ließ sich glatt die ganze Alexsache ein wenig vergessen. Schulhoffeierlichkeiten und Gartenfestivals. Wir hatten irre viel Spaß, überlegten uns die seltsamsten Theorien über die Welt, nach welcher diese eine Banane war, montiert auf einer höhenverstellbaren Säule, befestigt mittels eines Bananenankers. Oben auf der Banane befanden wir uns, auf einer Wiese, mit einem Schaf, am See mit Pfahlbauten, unter der Banane, waren alle Anderen. Als wir davon sogar eine Zeichnung machten, begannen wir das Weltbild auszuweiten, teilten das Jahr in dreizehn Baummonaten ein, wobei einer von diesen für den neunundzwanzigsten bis einunddreißigsten Februar stand, fanden damit Erklärungen, warum Schwarze Löcher nicht Schweizer Löcher hießen, immer nur eine Socke von Waschmaschinen gefressen werden und wo diese landen, wenn sie verschluckt wurden. Stellten Pläne für andere Dimensionen, erreichbar durch Zwischenwände auf, und erfanden Wesen wie den Staubster, was eine Mischung zwischen einem Hamster und einem Staubsauger war. Und so ging es weiter und weiter und weiter. Sprich, wir waren total bescheuert, absolut durchgeknallt, krankhaft kreativ, extrem gut drauf und ich hatte den Spaß meines Lebens. Irgendwo dazwischen kam auch

raus, dass ich Männer gegenüber Frauen bevorzugte und Tyana und ich uns schon seit dem Grundschulalter kannten.
Beide besuchten wir damals einen Schwimmverein und hatten uns vermutlich auf dem einen oder anderen Zeltlager schon einmal getroffen. Für mich waren diese Ausflüge immer entsetzlich gewesen. Theaterstücke, bei denen einen immer alle anstarrten, Spiele, bei denen ich ungeschickt war, Zeltpartner, die nicht mit einem redeten und Schwimmen, was zu achtzig Prozent nicht aus Freude am Wasser geschah, sondern auf Lebensrettungstraining hinaus lief. Nach sieben Jahren hatte ich dem Verein gekündigt. Tyana schon etwas früher, sie widmete sich danach mehr ihrem Reitsport.
Okay, wer ist dieses reizende Geschöpf eigentlich? Tyana Amnis ist fast drei Jahre jünger als ich. Sie wurde im März neunzehnhundertsiebenundachtzig hier in der Stadt der Musik geboren. Sie hat einen älteren Bruder und eine bäuerliche Abstammung. Verarmter Landadel so zusagen. Sie ist etwa einssiebzig groß, sehr schlank, hat lange rotbraune Haare und blaue Augen. Sie hat eine Hautfarbe, mit der sie sich vor einer weißen Wand tarnen könnte und verträgt die Sonne nicht besonders gut, liebt sie allerdings zu sehr, um ihr fern zu bleiben, etwas, was sie an Sonnentagen stets in einen ironischen Zwiespalt mit sich selbst lockt. Sie ist schön und damit hätten wir das Klischee, dass Schwule nur von gutaussehenden Mädels umgeben sind, auch gekauft. Tyana hat ihre mittlere Reife in Kunstgeschichte abgeschlossen, mit einem Durchschnitt, der sie in die regionale Zeitung beförderte, sie liebt Tim Burton Filme und alte Hollywoodstreifen, am liebsten noch in schwarzweiß. Die ungewöhnlichste Eigenschaft an ihr, und zu gleich die sympathischste, ist Ty's Essverhalten. Sie kombiniert Lebensmittel zu Kunstwerken, dass diese stets sowohl süß, als auch pikant bis scharf schmecken. Daraus ergeben sich gerne mal Kreationen wie: Mandelbutterkuchen mit Pesto und Brie, Chilibratkartoffeln mit Schokoladensoße, Butterkäse mit Honig, Curry-Reis-Pfanne mit Orangenmarmelade, Marmeladen-Tacco-Sandwiches oder das *Breakfast Club* – Sandwich mit Chips, Zucker und Butter. Ein Klassiker in mehr als einer Hinsicht.
Ihr musikalisches Interesse ist sehr breit und es gibt kaum eine Frage in dieser Branche, auf die sie keine Antwort wüsste und zwar nicht nur aus ihrer Generation. Ihr schriller und oft morbider Humor macht sie zur idealen Schlagabtauschpartnerin für Steven. Mit Deutsch steht sie, trotz dass es ihre Muttersprache ist, auf dem Kriegsfuß, ist aber in Englisch

und Französisch sehr bewandert. Schattenseiten kennt sie durch ihr Familienleben. Seitdem der Vater sie allein gelassen hatte, fühlt sie sich für Mutter und Bruder verantwortlich und legt daher eine, für ihr Alter untypische Reife an den Tag, wenn es um ernste oder organisatorische Dinge geht. Aber ihre Mom ist sehr nett und arbeitet viel, um ihren Kindern nur das Beste bieten zu können. Nachdem ich dies alles weiß, ergibt sich daraus noch ein Pluspunkt für mich. Denn Tyana vertraut mir und liebt es, mit mir Gespräche jeder Art zu führen.
In meiner seelischen Realität war es für mich nie schwer, Kontakt zu den Menschen aufzubauen oder zu halten. Letztlich wurde ich ja stets von Amadeo ermutigt, voran gestoßen oder beschützt. Aber auf den Straßen der wirklichen Welt, der Welt der Lebenden, fühlte ich mich verletzt und unsicher, stand nicht auf eigenen Füßen in Sachen Redegewandtheit oder *socialising* und wollte eigentlich keine Leute um mich herum. Das Leuchten meines selbsterwählten Exils wurde allerdings matt, wenn Steven und Tyana mich griffen und dafür sorgten, dass das Gefühl der Freundschaft mich wärmte. Ich glaube, sie wissen gar nicht, dass es mir so seltsam schwer fällt und ich zugleich so unglaublich dankbar bin, dass es sie gibt.

Wir drei – Steven, Tyana und ich – sind zu so einer Art Clique geworden. Damit hat sich ein lang ersehnter Wunsch von mir erfüllt. Wenn ich jetzt noch die Sache mit Alex überstehe, oder ihn sogar für mich gewinnen kann, könnte das Leben gar nicht noch schöner werden. Beide, weder Stev noch Ty wissen etwas von meinen Leidenschaften oder von Amadeo. Das bringe ich einfach nicht über die Lippen und koste es noch aus. Ich mache kaum noch etwas für die Schule. In der Freizeit bin ich mit den Beiden zusammen oder ich verkrieche mich, da ich das Gefühl habe, zu aufdringlich zu werden, zum Klammeraffen zu mutieren. Versuche meine Freunde vor meiner eigenen Intensität zu bewahren.
Immer dann falle ich ins Traumland zurück. Seit das mit Alex angefangen hat, ist es schon fast so ausgeartet wie zu Krankenhauszeiten. Bin ständig weg, ständig ist *er* bei mir. Es hat sich viel verändert in letzter Zeit und das sehr schnell. Mit Spannung erwarte ich den Showdown, mein Name ist Seduco Timid.

Seduco Timid, Tagebuch - Freitag 28. Mai 2004 etwa 16 Uhr; verfasst am 30. Mai 2004 (Montagabend)

»Oh zarte Sehnsucht, süßes Hoffen,
der ersten Liebe goldner Zeit!
Das Auge sieht den Himmel offen,
es schwelgt das Herz in Seligkeit;
...«

(F. v. Schiller „Lied von der Glocke")

Desiderium. Sehnsucht, wir alle verspüren sie tagein, tagaus und zwar ständig. Seit dem Tage da Prometheus dem Menschen das Feuer schenkte, sehnen wir uns nach der Sättigung dieses Molochs, welches gleichwohl die Vernichtung der menschlichen Existenz wäre.

Mein Name ist Seduco Timid und mein persönliches, stärkstes Verlangen gegenwärtig ist die Wärme. Wärme in Form des Sommers, freundliche Strahlen Apolls, Re's Finger, die samten über die Oberfläche der Welt streicheln und alles zum Leben erwecken, wie es Ptah mit der irdenen Menschenrasse tat.

Und Wärme in Form von Liebe, Erfüllung. Nicht länger einsam, nicht länger allein. Ein Leben in lieben, ein Leben zu zwei`n. Endlich von der Ganzheit kosten, davon geliebt zu werden und gleichsam zu lieben, vielleicht in einer Partnerschaft. Das wäre möglicherweise so etwas wie Erfüllung. Nichts für die Ewigkeit, würde ich verlangen, doch das Gefühl, ganz zu sein, ganz da zu sein, in dieser Welt und die notwendigen Erfahrungen dazu zu sammeln, ob gut oder schlecht, das wäre schon mal etwas. Selbst wenn diese Ganzheit nur kurz währen würde. Denn der Gedanke ängstigt mich, dass, wenn mein Herz nicht bald diese Erfahrungen errafft, es verbittert und einsam stirbt. Und ich wäre nur eine Marionette, deren Fäden an die Grenzen des zur Gewohnheit verkommenen hängen, umherwandelnd auf der Suche nach Erfüllung in der winterkalten, bleigrauen Welt der Abwesenheit von Liebe.

Nur in meinen Träumen ist der Teller des Sokrates nicht mehr länger zerbrochen und die Scherben fanden sich. Meine Seele erhört das Flehen des Körpers, der Haut, das Lechzen nach Berührung von liebender Hand. Eine Umarmung, ein Kuss ...

Ich lag in der Badewanne, vermutlich schon seit einer kleinen Endlosigkeit, doch heute muss ich nicht darauf achten, nicht all zu lange im feuchten Element zu verharren. Meine Mutter ist bei einem Treffen des Einzelhandelverbands und Bernhard ist immer noch in England, um seinen letzten noch lebenden Verwandten den Hof zu machen. Also wird die nächsten drei Tage niemand an der Badezimmertür klopfen und fragen, wie lange ich noch gedenke darin zu verweilen. Kann mich also ganz meiner Welt hingeben.
Es ist eine geheime, intime und doch wohlgenährte Leidenschaft von mir, ein kochendheißes Bad zu nehmen, so heiß, dass das Wasser schwer auf der Brust ruht und wenn man aus der Wanne steigen will, die Beine wegknicken und der Kreislauf verrückt spielt. So heiß, dass man vor Übelkeit und des nahen Hyperventilierens wegen, nichts weiter tun kann, als sich auf den Boden zu setzen und die brennende Haut an die kalte Wand der Badewanne zu pressen, was einem einen köstlichen, kurzen Schauder über den Körper fahren lässt, hier in diesem wundervollen Raum. Die Wände sind absichtlich fleckig rot gestrichen, ein rostiger Doppel-T-Träger zieht unter der vanillefarbigen Decke mit dem falschen Stuck quer durchs hintere Eck. Scheinbar rostiges Accessoires der orientalischen Lande, eierschalenfarbene Fließen noch aus Art Nouveau Zeiten, Efeu, goldene Kerzenleuchter auf cremefarbenen Holzschrank mit abplatzender Farbe und fleckiger, goldener Ornamentik, Messing und Kerzen, eine Lampe, die ich letztes Jahr aus Ägypten mitbrachte... all dies und noch mehr, machen vergessen, dass dies nur ein Wohnraum, nur ein Badezimmer ist, in welchem Geschäfte erledigt werden, Wäsche und Körper gereinigt wird. Und es bildet die perfekte Kulisse für Träume jeder Art...

»Egal wo ich bin, in welchem Land, in welcher Zeit oder welcher Welt, welchen Traumes, immer bist du schon da. Wartest hier auf mein Kommen und auf mein Gefühl. Mein Stratege. Mein König. *Mein Alexander der Große.*«
Es überkam mich einfach, als ich ihn sah, dies zu sagen. Ich weiß noch, dass ich eine Treppe oder wenigstens Stufen heruntergekommen war und ihn habe auf einem Bett sitzen sehen. Doch wo dies alles nun war, Portal, Stufen oder Bett, weiß ich nicht. Denn als ich ihn erreichte, war die Umgebung um mich herum nur rot. Bestand einfach nur aus einem pulsierenden und atmenden und unglaublich erregenden Rot.

Man konnte keine Form ausmachen, keinen Gegenstand nichts als die Wärme und das Gefühl was einem umgab. Aber man konnte sich mit diesem Rot zudecken, darin baden, sich darin verkriechen und einhüllen und versinken, wie ich es so oft in Farben oder Mustern oder Bildern zu tun gedenke. Und ich war in diese Farbe schon eingetaucht, verloren, noch bevor ich einen klaren Gedanken fassen konnte.
»Was soll die Maskerade, Seduco? Ich dachte, du wolltest keine Masken mehr tragen? Oder willst du mich nicht richtig sehen, nach neulich. Willst mir noch nicht verzeihen?« fragte er in leicht verunsichertem Ton.
»Maskerade? Welche Maskerade?«
»Die der Unschuld. Du siehst aus wie wandelndes Mondlicht.« Und er berührte das Rot, das ihn halb zudeckte und es war wie flüssiges Spiegelglas. Ich blickte hinein und betrachtete mich. Meine Haare stoben wild, wie bei Amadeo in alle Richtungen, waren nur etwas kürzer und fast weiß, nur ein paar wenige blonde Strähnen wiesen sie auf. Das Gesicht war weiß geschminkt worden und die Oberlippe Aquamarin so wie die Ornamente, die das rechte Auge umrankten und mit rot unterstützt, groß und traurig aussehen ließen. Und ich trug eine weite, weiße Hose, deren Beine an den Knöcheln wieder eng anlagen und in ebenso stoffartige Stiefel flossen. Die Hose sah aus wie jene, die man sich im Orient vorstellt, jedes Bein tropfenartig. Das Oberteil, ein langärmliges Shirt saß wie eine zweite Haut. Die Ärmel liefen spitz zu den Fingern aus und die Zunge aus Stoff umfasste den Mittelfinger. Wie bei dem kindlichen Amadeo, wirkte es als, hätte man verschiedene Stoffe, in verschiedenen Farbtönen mit extra wulstiger Naht, kurzen Fransen und einigen Falten aneinander gestückelt. Dieser Stoff, dieses Kleidungsstück war wie ein Organ, ein Teil von mir, welches ebenso lebte und Bedürfnisse hatte wie ich selbst. Der flüssige Spiegel verschwand und es war wieder da, dies Rot.
»Lass ab von vergangenen Gefühlen und Ängsten. Komm zu mir Seduco, ich habe Schokolade und Honig für uns, hier probiere.« Alex reichte mir ein silbernes Tablett mit Pralinen und glasierten Früchten und Schälchen mit Honig. Er steckte Zeige- und Mittelfinger in ein Glas und ließ mich den Blütennektar probieren, von seiner Hand. Es war köstlich.
»Mmmh, das ist gut.« Ich war gar nicht richtig bei mir, ein Teil von mir genoss nämlich noch das Eintreten in diesen Raum meines Seins. Ihn hier zu sehen, näher als jemals zuvor und damit ist nicht die räumliche

Distanz gemeint, war für mich ein sublimer Augenblick.
»Du magst gutes Essen und liebst es, viele süße Sachen zu genießen, hab ich recht?«
»Dies willst du heute also über mich herausfinden? Ja, ich mag süße Sachen und gutes Essen. Aber darauf bräuchte ich dir keine Antwort geben, das weißt du ja schon längst.« Ein Grinsen und ein Augenzwinkern war die Reaktion. Auffressen hätte ich ihn mögen.
»Ich mag es auch, mir die Musik, die ich liebe nur ganz selten anzuhören, damit die freudige Faszination nicht vergeht.« War meine Offenbarung, wie es unser Spiel verlangte.
»Gib mir mehr.«
»Das ist gegen unsere Vereinbarung«, meinte ich gespielt entrüstet und hoffte, ihm dabei einen Blick zu schenken, der ihn hätte umhauen müssen. Seiner tat es, denn er durchdrang mich fordernd und listig. So war ich es, der zuerst schwächelte.
»Du Fuchs, du weißt genau, dass ich deinem Blick nicht widerstehen kann. Gut, etwas gebe ich dir noch: Ich mag es, den Kopf unter Wasser zu tauchen und wenn die Haare so lang sind, das man ihnen beim schwimmen zusehen kann und ich mag es nicht, wenn ich nicht schlafen kann, aber zu müde bin aufzustehen.«
»Das wird dir heute nicht passieren.« Ich musste lachen, weil er es so drollig geraunt hatte, erfasst von neuem Übermut.
»Warum?« fragte ich schmunzelnd.
»Weil ich mehr will, heute will ich alles von dir.« Er kroch näher zu mir und mein Herz tobte wie ein zu Tode gehetztes Tier in der Falle. Das Licht ging aus und es wurde dunkel und Lippen berührten meine und eine Zunge die meine und ein langer Kuss folgte und mit Sehnsucht erwartete Berührungen wurden getan.
Alles war in Bewegung, wie das langsame Wogen der Wellen, ein auf und ab, und ebenso kam das Licht und das Kribbeln und das Gefühl. Glühende, wohlduftende und verschwitzte Körper. Vibrierender Raum, pulsierende Haut, wallendes Gefühl. Und jede Berührung war intensiver als die zuvor.
Ekstase und zwei rote Schlangen aus Feuer auf schwarzem Grund, wild verschlungen und laut atmend und glücklich. Rauschendes Gefühl, angespannte Muskeln im entspannenden Körper. Herzschläge und Verbundenheit. Und die samtene Dunkelheit, die jene Heimlichkeit des Geschehens umfängt und behütet.

Streichelnde Hände. Ich konnte nicht mehr denken, es war einfach nur noch da, jener instinktive, animalische Trieb, und so weiß ich nicht mehr viel, außer das es Euphorie war. Ataraxie. Und, das wir eins waren und schwebten.
Ich erlebte es, als sei es real.
Obwohl. So stimmt dies nicht. Es war real. Mein Geist wusste zu welchen Gefühlen, welchen Arten von Stimulationen mein Körper im Stande war, obgleich es dieser noch nicht wusste. In dieser Welt hätte vermutlich alles passieren können, doch ich schlief mit Alex auf eine Weise, die an die Gesetze der Wirklichkeit gebunden waren und stieß damit, tief in mir ertrunken, an die Grenzen meiner Welt. Darum war es doppelt fantastisch. Ich zitterte in seinen Armen und fand doch durch seine Worte die Selbstsicherheit wieder, die ich nur aus dieser Welt kannte.
Irgendwann nach einer zeitlosen Empfindsamkeit, saßen wir mal da und tranken Milch und aßen Süßigkeiten. Saßen auf einem schmiedeeisernen Bett im blauen Nirgendwo.
Aber es war nicht wichtig, denn erneut war das Zimmer rot und wir umschlungen, in der Badewanne, auf dem Bett und im Garten. Wir umarmten die Welt mit unserer Liebe und schwammen im Gespür für den jeweils anderen. Es war ein Rausch, eine Droge. Und ich hoffte, deren Wirkung würde noch lange anhalten.
Wir sahen die Sonne unter- und wieder auf- und erneut untergehen.

»Was wünscht du dir Seduco? Ich selbst wollte, ich könnte dir alles geben, wonach du dich sehnst. Also?«, es war eine dieser Pausen, in denen wir von unserer körperlichen Sprache abwichen und kurz Worte benutzten, derer es eigentlich nicht bedurfte.
»Nichts Alex, nur mit dir hier sein, zusammen sein, in deiner Nähe, das ist alles, was ich mir wünsche.« Und die Empfindungen hielten an, bis sie sich schlafen legten.

Meinen wirklichen Körper schleppte ich aus dem Badezimmer hinaus und ließ ihn vor mein Bett fallen, die Augen in die Leere gerichtet, den nur von einem großen Badetuch umhüllten Rücken gegen die Seite des Bettgestells gedrückt. Aber von alldem bekam mein Geist nichts mit. Denn in mir tat sich ein sündiges, wohltuendes Eden auf, wie ich es nie zuvor zu träumen wagte.

Eigentlich döste ich noch, doch es war warm und kuschelig und ungeheuer angenehm, soviel wusste ich bereits. Auch, dass ich in einem Bett lag, unter mehreren Decken begraben, leichte und schwere, grad so wie ich es mag. Dies alles erreichte mich, ohne dass ich die Augen hätte aufschlagen müssen, nach dieser wunderbaren, aufwühlenden und glücklichen, endlosen roten Nacht. Und nichts auf dieser Welt hätte mich dazu bewegen können, die Augen zu öffnen und dieses angenehme Gefühl durch das Wahrnehmen der Umgebung aus welchem es geboren wurde, zu vertreiben. Weit weniger noch hätte mich zwingen können aufzustehen und dieses gemütliche Nest der Geborgenheit zu verlassen. So glaubte ich. Doch meine Sinne rebellierten, sie waren dem Erwachen begriffen und so wurde irgendwann meinem trägen Geist auch gewahr, dass da ein Arm zu viel war und Erinnerungsschübe an vergangene Nacht kamen blitzartig und ungreifbar in mein Gedächtnis gestürmt. Aber dennoch, so richtig zur Bewegung konnte ich mich nicht überreden.
Ich lag in einer entspannten Fötushaltung im Bett. Beine leicht angewinkelt, Rücken etwas gekrümmt, beide Hände ineinander und leicht unter das Gesicht geschoben. Und ein Arm war über die Hüfte gelegt worden, dessen dazugehörige Hand zwischen Brustkorb und Bauch ruhte. Ein sanfter und heißer Atem in meinem Nacken, der anschwoll und wieder abklang und wieder anschwoll...
Langsam öffnete ich die vom Schlaf verklebten Augen und sah in die verschwommene Welt hinaus. Ohne etwas richtig wahrzunehmen, drehte ich mich zum Ursprung des Atems und zum Besitzer des Armes um, um mich zu vergewissern, wem dies alles gehörte.
Lippen, eine wohlgeformte Nase, geschlossene Augen, ein zufriedenes Lächeln, aber die Stirn leicht in Falten gezogen.
Er schlief noch und lächelte dabei, natürlich, wie sollte es auch anders sein. Endymion.
Wir lagen in einem schmiedeeisernen, großen und prächtigen Bett, welches mit weicher Matratze ausgestattet und mit Decken und Kissen schönster Art überhäuft worden war. Diese Heimstatt des Schlafes stand in der Mitte eines französisch-barocken Saales, möglicherweise ein Ballsaal. Dieser war in seiner Farbe recht kühl gehalten, ganz so wie der Morgen eines jeden Tages. Aber dennoch wies alles seinen nötigen Prunk auf. Der Grundriss dieses Gebäudes war rechteckig. Die beiden langen Seiten, links und rechts vom Bett hatten große Fenster mit Rundbögen die in beiden Richtungen zu einem Garten hinaus zeigten.

Die kurze Seite, die parallel zum Fußende des Bettes verlief, wies eine geschwungene Treppe auf, welche den Saal mit dem Eingang, zwei Flügeltüren jeweils links und rechts verband. In der Seite, welche hinter dem Kopfende des Bettes lag, war in der Mitte ein Portal, hinter welchem sich die sündige Badewanne befand. Zwischen den einzelnen Fenstern, die bis zum Boden reichten, waren Spiegel in verzierten Rahmen angebracht worden, die allerdings alle schon fast blind waren. Die Decke war gerade, machte keinen Bogen oder Kuppel, gerade mal leicht abgerundete Übergänge an den Ausläufen der Wand zur Decke. Sie hatte wohl Gemälde, die ich aber bei dem Zwielicht kaum ausmachen konnte. Ein Schachbrettmuster aus kühlen, marmornen Fließen, das durch Kreise und andere verrankte Ornamente stets unterbrochen wurde, bildete den Boden dieses stattlichen Gehäuses. Durch die Fenster rechter Hand drang das morgendliche Licht und durch die offenen Gartentüren, flog einem der Gesang der Vögel und ein fernes Wellenrauschen entgegen. All dies wirkte einladend, erweckend und frisch und fern blieb das kitschige und überschwängliche oder erdrückende Unbeschreibbare, welches sonst in solchen Bauten nur all zu oft vorherrscht.

Die Luft, welche durch die offenen Fenster hereinwehte und die dünnen, seidenen Vorhänge zum Tanzen einlud, war mild und angenehm und das Licht des Morgens drang durch den Garten zu den Fenstern und schlich sich schließlich in den Saal und in dies Bett herein und umfing alles mit der genannten Frische, wie es nur der Morgen in warmen Ländern vermag. Ich stütze mich auf meinen Ellenbogen, nahm seinen Arm und legte diesen neben ihn, setzte mich aufrecht hin und sah ihn an, und sah ihn an, und sah ihn an und hoffte, dass dieser Augenblick niemals verstreichen möge.

Andererseits hoffte ich natürlich, dass er, Alexander aufwache, mich liebte. Doch glaubte ich, dass dies schon das höchste Maß an Glück war, dass zu erhalten ich erwarten konnte und jede Abweichung es vernichten würde. Er schlief ganz ruhig neben mir und ich beobachtete ihn dabei. Doch Glück ist Glück, da es flüchtig ist wie schwebende Seifenblasen und so legte ich mich wieder hin, kuschelte mich ganz nah an ihn und seinen sonnigen Körper und ließ seinen Arm mich erneut umfangen. Und mit einem letzten Blick in den Garten des erwachenden Tages schloss ich die Augen und versank wieder in traumlosen Schlaf, geschmiedet aus Glückseligkeit.

Eigentlich döste ich noch, doch es war warm und kuschelig und ungeheuer angenehm, soviel wusste ich bereits, auch, dass ich in einem Bett lag, unter mehreren Decken begraben, leichte und schwere, grade so wie ich es mag. Dies alles erreichte mich, ohne dass ich die Augen hätte aufschlagen müssen, nach dieser wunderbaren, aufwühlenden und glücklichen, endlosen, roten Nacht. Und nichts auf dieser Welt hätte mich dazu bewegen können, die Augen zu öffnen und dieses angenehme Gefühl durch das Wahrnehmen der Umgebung aus welchem es geboren wurde, zu vertreiben. Weit weniger noch hätte mich zwingen können aufzustehen und dieses gemütliche Nest der Geborgenheit zu verlassen. So glaubte ich. Doch meine Sinne rebellierten, sie waren dem Erwachen begriffen und so wurde irgendwann meinem trägen Geist auch gewahr, dass da ein Arm zu viel war und Erinnerungsschübe an etwas, was schon einmal geschehen zu sein schien, kamen blitzartig und ungreifbar in mein Gedächtnis gestürmt. Déjà-vu? Aber ich wollte nicht darüber nachdenken und so richtig zur Bewegung konnte ich mich auch nicht überreden. Ich lag in einer entspannten fötusartigen Haltung im Bett. Der fremde Arm war über die Hüfte gelegt worden, dessen dazugehörige Hand zwischen Brustkorb und Bauch ruhte. Ein sanfter und heißer Atem in meinem Nacken, der anschwoll und wieder abklang und wieder anschwoll...
Langsam öffnete ich die vom Schlaf verklebten Augen und sah in die verschwommene Welt hinaus. Ohne etwas richtig wahrzunehmen, drehte ich mich zum Ursprung des Atems und zum Besitzer des Armes um, um mich zu vergewissern das dies alles ihm gehörte.
Lippen, eine wohlgeformte Nase, geschlossene Augen, ein zufriedenes Lächeln, aber die Stirn leicht in Falten gezogen.
Er schlief noch und lächelte dabei, natürlich, wie sollte es auch anders sein. Wir lagen in einem schmiedeeisernen, großen und prächtigen Bett, welches mit weicher Matratze ausgestattet und mit Decken und Kissen schönster Art überhäuft worden war, in einem herrlichen barocken Saal mit marmorkühlen Farben.
Die Luft, welche durch die offenen Fenster hereinwehte und die dünnen, seidenen Vorhänge in ständiger, sanfter Bewegung hielt, war mild und angenehm. Das morgendliche Licht drang durch den Garten zu den Fenstern und schlich sich schließlich in den Saal und in dies Bett hinein und umfing alles mit der genannten Frische, wie es nur ein solcher Morgen vermag. Ich stützte mich auf meinen Ellenbogen, nahm seinen Arm und legte diesen neben ihn, setzte mich aufrecht hin und sah ihn an und sah ihn

an und sah ihn an und hoffte, dass dieser Augenblick niemals verstreichen möge. Aber ich legte mich wieder hin, kuschelte mich ganz nah an ihn und ließ seinen Arm mich erneut umfangen. Und mit einem letzten Blick in den Garten des erwachenden Tages schloss ich die Augen und versank wieder in traumlosen Schlaf, geschmiedet aus Glückseligkeit.
Eigentlich döste ich noch, doch es war warm und kuschelig ...
... und es geschah von vorn, und von vorn und wieder und wieder. Ganz so, wie ich es mir in meinem tiefsten Inneren gewünscht hatte, wiederholten sich die Augenblicke des Erwachens bis zum Einschlummern tausendfach. Irgendwann merkte ich es, doch es war mir egal. Nichts in dieser Welt, weder in meiner, noch in der wirklichen, was immer das war, hätte mir dieses Gefühl der Liebe und Geborgenheit geben können, wie dieser Augenblick, in dem Alex mir all sein Vertrauen schenkte und neben mir schlief, wie ein kleines Kind sicher in den Armen seiner Mutter schläft und ich wusste, dass er mich liebt. Die Panik, die ich auf Grund dieses surrealen Gefängnisses hätte empfinden müssen, drückte sich nur in zwei Dingen aus. Zum Einen wurde das Licht unangenehmer. Im Saal wurde es immer dunkler und die Umrisse verloren ihre Form und der Garten und die Sonne draußen wurden greller, gleißender und schmerzten von mal zu mal mehr in den Augen. Es war eine wahrhafte Extinktion. Des Weiteren erschien Amadeo einmal, machte ein angstverzerrtes Gesicht, riss sich Büschel schwarzer Haare und Federn aus und trug eine Narbe mehr im Gesicht. Doch als ich nicht reagierte und seine Stimme in diesem Saal keinen Ton fand, glühte er kalt, verschwand in blauen Flammen aufgehend und besuchte uns in unserer Höhle nicht noch einmal. Und die Dinge wiederholten sich, wie sie beim ersten Mal waren und es ging immer so fort und kein Ende war absehbar, und es würde auch keines geben, wenn ich es nicht wollte und einleiten würde. So wusste ich. Und so ging es fort ... *bis etwas anders war*.

Eigentlich döste ich noch, doch es war warm und kuschelig und ungeheuer angenehm, soviel wusste ich bereits, auch dass ich in einem Bett lag, unter mehreren Decken begraben, leichte und schwere, grade so wie ich es mag. Und etwas Kaltes war über die Hüfte gelegt worden und ein ebensolches Etwas ruhte zwischen Brustkorb und Bauch. Ein sanfter und heißer Atem in meinem Nacken, der anschwoll und wieder abklang und vormals immer da gewesen war, blieb plötzlich aus. Noch im halben Delirium wunderte ich mich, stutze und zwang mich der Sache auf den Grund zu gehen.

Langsam öffnete ich die vom Schlaf verklebten Augen und sah in die verschwommene, graublaue Welt hinaus. Drehte mich um und sah Alex, wie ich ihn nie zuvor sah. Sein Lächeln war verschwunden, auch sein Atmen und die rhythmische Bewegung seines Brustkorbs und ich wusste, dass, wenn ich ihn berührte, er kalt wäre, dass, wenn ich ihn anspräche, er nicht reagieren würde, dass er ... tot war. Ich starrte meiner eigenen Sterblichkeit ins Gesicht, eine graue Miene, die so gar nichts mehr mit dem vormaligen Menschen gemein hatte.

Übelkeit und ein gequälter Schrei irgendwo in meiner Brust. Hinaus. Raus will ich. Und ich stürzte aus dem Bett und rannte, unbekleidet wie ich war, über den kalten Marmorboden hinaus, vorbei an dem quadratischen Wasserbecken mit der Merkurstatur im Mittelpunkt des Atrium, weiter durch Gartensaal und Säulenhof auf eine offene Plattform, bis mich eine eingrenzende Mauer zwang stehen zubleiben und ich hinaus auf das tief unter mir liegende Meer blicken konnte, unter einem impertinent klaren und grellen Himmelsgewölbe und der beißenden Sonne, die dies Gebäude in der hohen Klamm versengte. Ich ließ mich auf die Knie fallen und suchte nach Atemluft. Die Beine schmerzten vor Anstrengung nach dem langen liegen und ein dunkler Schatten lag lauernd wie die Raubkatze im Grase, mit schwerer Pranke auf den Flügeln der Lunge, dass der Atem nur so rasselte. Selbst der Kiefer rebellierte und im Mundraum sammelte sich Speichel mit eisernem Geschmack. Ein Sturm zog auf, und der Gefallene spuckte rotes Blut auf den steinernen Boden. Kummer und Klage, dunkle blutige Wolken und alles Leben war tot und wie Stein. Der Aufschrei der Welt war ein Klagelied, gesungen von den Wellen, ehe sie erstarrten: *»Ich warne dich Seduco, gib acht davor, die Wirklichkeit mit deinen träumerischen Augen zu betrachten und die Dinge zwischen Dort und Hier zu vermischen. Dies gäbe ein Beben, vor dessen verhängnisvoller Gewalt wir uns nicht erretten könnten.«*

Das Ende

Ich fühle mich wie Atlantis,
wie Pompeji sich fühlte – Untergang!
Doch überdaure ich im Geiste meines Selbst.

Stets vertraute ich nur meinem Gefühl – was bin ich ohne es?
Selbst das Brüllen meiner Gedanken ist erkaltet und das Rasen der Gefühle Sorgen, Hammerschlägen gleich in meinem Kopf, scheint träge geworden.
Doch sie überdauern auch des kalten Todeshauchs.

Wenn erwacht die Sonne von neuem,
verschlingt der Löwe mit Brüllen, den nun träge und blass, dahinsiechenden Fisch der Nacht, in der Dunkelheit meines Gedankenmeeres.
Bleich und fad und Eisblumen in den öden Augen.

Wo ist all dies geblieben, was mich einst ausmachte?
Ich fühle mich, trotz zerreißender Fülle, so leer. Wo ist es? Ist es noch da?
Warum kann ich es nicht finden?

Ich Seduco, schwebe irgendwo zwischen Furcht und Hoffnung
und dennoch wage ich es, das Wort an die Mächte zu richten,
brülle meinen Befehl in die Nacht hinaus:
Zurück soll kommen, was man mir genommen!
Tiefes Schweigen sei Eure Antwort? - Altum Silentium? Nun denn,
Flectere si nequeo superos, Acheronta movebo!
Wenn ich die himmlischen nicht bewege, rufe ich die Hölle zur Hilfe!

Ich bin zu lange auf! Die Dunkelheit der Nacht umfängt mein Gemüht und sie tröstet mich nicht. Lösch das Licht, sagt die Stimme der Dunkelheit. Kehre zurück in den Wahn, denn das Delirium enthüllt einem manchmal Wahrheit. Tristis est voluptatum exitus – Traurig ist der Ausgang aller Leidenschaft.
Unter Verwendung geflügelter Worte, Seduco Timid.

Tagebuch – drei Uhr einundzwanzig am Morgen des 05. Juni 2004

Es war früher Morgen, etwa sechs Uhr, als ich mich jäh aus meiner Traumwelt riss. Ich hatte den blutbesudelten Boden gesehen und mich zu den ebenfalls blutigen Wolken abgestoßen und strebte empor, von Raben begleitet.
Nie zuvor war ich so lange in einem Gefühlskonstrukt gefangen gewesen wie dieses Mal, auch wenn ich mich nicht mehr so ganz an die Dauer der Trips am Gesundheitsberg erinnere. Ich war so viele Stunden geblieben, den kompletten Freitagnachmittag, vom Baden an, bis ... ja bis?
Gut in Amadeos Sphären waren ja auch Stunden, vielleicht Tage vergangen, doch die Zeit läuft dort ohnehin nicht immer proportional zu den tatsächlichen Stunden, daran war ich gewöhnt. Aber, dass ich so lange weggetreten war, das war neu. Doch ich leugne nicht, dass ich, trotz eines kleinen Schocks nach dem Einfinden in der Realität, nicht das geringste Interesse an dieser verlorenen Zeit hatte. Ich bereute es nicht im Mindesten. Bis auf das grauenvolle Ende, waren dies die erfülltesten Stunden meines Lebens, bis zu meiner Wiederkehr.
Danach hatte es gedauert, bis ich mich wieder, hier in der wirklichen Welt zurechtgefunden hatte und das Übelkeitsgefühl verschwunden war und ersetzt wurde durch den Wunsch, dies alles wieder zu erleben. Sofort. Ihn wieder zu sehen, wie er vorher war. Auch entsann ich mich nicht mehr daran, dass ich meine Zimmertür, nachdem ich das Badezimmer verlassen hatte, absperrte. War dementsprechend überrascht, als ich die Klinke drückte und die Tür sich nicht gleich öffnen ließ. Nun, es wäre auch töricht gewesen, sie offen zu lassen, denn wer möchte schon erleben, dass sein Sohn wie im Wachkoma am Boden sitzt, mit Handtuch um den Körper gewickelt am Bett lehnt und zeitweise mit Sicherheit recht erregt war.

Wo war Mom eigentlich? Oder Opa?
Geistesabwesend, noch immer im Rausch, trapste ich durch die Wohnung. Als ich im Ankleidezimmer meiner Mutter stand, wusste ich nicht mehr, was ich dort gewollte hatte. Ähnliches widerfuhr mir in der Speisekammer. Dort griff ich mir die Cornflakes und bereitete mir Frühstück, welches ich in ein paar Stunden unberührt wegschütten würde, trotzdem ich seit langem nichts mehr Vernünftiges gegessen hatte. Eine Stunde lang stand ich ohne mich zu rühren mitten im Wohnzimmer und hielt das trockene Badetuch fest. Es fanden keine Aufzeichnungen des Geistes statt. Ich

war nicht weggetreten, wie ich es sonst war, sondern stand einfach nur da und glotzte, ohne etwas zu begreifen.

Als ich mich wieder in Bewegung setzte, wachte ich langsam auf. Vermutlich nur wegen dem ätzenden Kribbeln des rebellisch zirkulierenden Blutes in meinen Extremitäten. Ich schaffte es, mir Klamotten anzuziehen und die Zähne zu putzen. Zunächst setzten keine Geistesblitze ein, jedoch, als meine Zähne schon durchsichtig geputzt waren, erinnerte ich mich plötzlich, warum niemand außer mir zu Hause war. Zähflüssig sickerte diese Information in meine Hirnwindungen, während ich untätig auf der Kloschüssel verstaubte.

In einem Anflug von Orientierung suchte ich nach meinem Handy und stellte fest, dass es Montag war und ich eigentlich Schule gehabt hätte und das Mom demnächst hier hereinschneien müsste. Es waren ein paar Nachrichten von ihr, Steven und Tyana auf dem Display vermerkt, die ich alle einstweilen unbeantwortet ließ. Stattdessen setzte ich mich auf mein Bett.

Was war da eigentlich passiert? Die Nacht flammte noch einmal auf. Nie zuvor hatte ich mir derart erotische Gedanken um Alex gemacht, empfand es als beschmutzend und kränkend ihm gegenüber, da er ja von all diesen Gedanken nichts weiß. Und warum brach er die Zeitschleife durch seinen Tod? Oder steckt in meiner Frage schon die Antwort? Wollte er mich zwingen, wieder an der Realität teilzunehmen? War es vielleicht Amadeo gewesen, der eifersüchtig wurde? Ich erinnere mich, dass er kurz aufgetaucht war um *Siegfried & Roy* mäßig wieder zu verschwinden.

Erstmal aufstehen.

Ich zog mir Sachen an, bis ich merkte, dass ich schon welche trug und schon einmal auf war. Nun fütterte ich endlich Bernhards Katze, die Ärmste hatte vorgestern Abend zuletzt bekommen. Das Bewegen fiel schwer. Es tat weh, ich hatte mich offenbar abermals die ganze Zeit über nicht gerührt. Wenn es vorhin auch geschmerzt hatte, so war es mir nicht aufgefallen. Alles war eingeschlafen, einschließlich meines Steißbeines, welches blaue Flecken auf der Haut hinterlassen hatte. Zunächst war ich der Länge nach hin geklatscht, als ich den tollkühnen Versuch startete, ohne Gespür in den Gliedern aufzustehen. Auch beim zweiten Versuch diesen Tag zu beginnen und den Körper in Bewegung zu versetzen, atmete mein Blutkreislauf schmerzend ein und begann nur langsam seine Runde.

Nachdem Kitty sich schnurrend und umschmiegend bei mir für das Futter bedankt hatte, verschwand sie durch die Katzenklappe nach draußen. Und ich selbst erwog ebenfalls wieder zu verschwinden. Ich musste der Sache auf den Grund gehen. Alexander war tot. Ich hatte nichts machen können, es war zu real gewesen, ich war kurz davor gewesen, zu vergessen, dass es eben dies nicht war. Beinahe hätte ich dies alles hier, Mom, Bernhard, Tyana, Steven, Dad, ... einfach vergessen. Er hatte mir vollkommen gereicht. Amadeo muss mir helfen, zu verstehen, was da geschehen war. *Gott, Alex ist tot!*

Ich versuchte es, konzentrierte mich, gab den stillen Befehl, mich selbst noch einmal dort hin zu führen, doch es geschah nichts. Das Wochenende hatte alles gekostet, was ich gehabt hatte. Ausgelaugt und kraftlos kuschelte ich mich wieder in meine Kissen und versuchte wenigstens übers Grübeln einzuschlafen. Aber auch dies blieb mir verwehrt.
Das Handy begann zu summen und suchte meine Aufmerksamkeit. Verdammt. Ich würde heute keine Zeit haben, es nochmals zu versuchen. Jeremias und Peter, Flüchtig-Bekanntschaften, wollen heute kommen und mich auf irgendeinen Geburtstag entführen. Peter geht in meine Klasse und Jeremias ist sein bester Freund, den ich eigentlich noch weit weniger leiden kann als Pet, wenn Jeremy dabei ist. Dennoch willigte ich ein, um dies als Ablenkung zu nutzen, die mich davon abhalten sollte, ständig in irgendwelchen Welten herumzugeistern und mir hoffentlich half, mich zu orientieren und an die Wirklichkeit zu ketten. Und morgen, wenn Opa zurückkommt, wollen wir es tatsächlich mal schaffen, einen Familienausflug zu machen, Mom und Bernhard und meine Wenigkeit. Wir werden sehen ob dies klappt. Das bedeutet allerdings, dass die Alexsache noch warten muss.
Ich versuche es noch einmal. Mein Name ist Seduco Timid, heute ist der dreißigste Mai zweitausendvier.

Seduco Timid, Tagebuch – 02. Juni 2004

Es ist Viertel nach Fünf in der morgendlichen Dämmerung des zweiten Junis und ich bin soeben aus einem merkwürdigen Traum erwacht. Gut, zugegeben so ungewöhnlich ist das für mich nicht, allerdings schlafe

ich sonst in der Regel bei meinen Illusionen nicht. Es war auch nur ein Fetzen, der nicht sehr lange angedauert hatte. Aber damit klappte, was ich am Montag noch so krampfhaft versucht hatte und gescheitert war.
Ich war ein Vogel und flog durch blutrote Wolken, senkte dann meinen Flug und kam aus dem Wolkennebel heraus, überflog eine Terrasse, die mit Gebäuden in einer Klamm, hoch oben über den preschenden Wellen des Meeres lag, deren Gischt sich an den Klippen tausendfach brach. Sah einen Garten in einem Atrium mit einem Wasserbecken darin und landete vor den Glastüren, die vom Säulenhof in einen großen Saal führten, dem einzigen Gebäude, das mit einem Raum versehen war. Als ich meinen Blick über die Pflanzen und die Säulengänge schweifen ließ, fiel mir auf, dass alles aus Stein war, jeder Baum und Strauch, ja sogar die Vögel in den Wipfeln und das heruntergefallene Laub bestand aus dieser festen und unumstößlichen Materie. Ich berührte, nun im gewohnten menschlichen Körper, eines der Blätter eines Orangenbaumes, spürte die raue Oberfläche, als wäre es verwitterter Sandstein. Unter normalen Umständen liebte ich es, unebene Oberflächen zu berühren, doch hier...
Ich ging hinein in den Saal, der mir so vertraut war. Alex lag noch da, ebenso wie ich ihn zuletzt gesehen hatte und ich setzte mich aufs Bett und umfasste sein Gesicht, berührte seine Wange und presste meine Stirn gegen die seine.
»Sieh mich an, oh bitte sieh mich noch einmal an!« flüsterte ich tonlos zu dem Leichnam, bis ein Wehklagen mir entglitt, der die Steine zum schmelzen verführte und die Tropfen des Lüsters in Tränen verwandelte. Möge er mich doch nur noch einmal ansehen, hier, bei mir, wenn er es schon in der Wirklichkeit nie tat.
»Ich sehe dich an, Seduco«, die Stimme durchfuhr mich wie eine frostige Klinge und ein schwerer, steinerner Brocken hatte sich von meinem Herzen gelöst und war sofort in meinen Hals hinaufgeschossen. Unwillkürlich war ich zurückgewichen und sah ihn an. Dicke, hässliche, blaue Adern hatten sich gebildet und hielten sein weißes Fleisch umklammert. Die Augen milchig, grau und tot, wie sie hätten sein sollen. Ein kalter Schauer lief mir den Rücken hinunter und fühlte sich an, als hätte man mir die Haut vom Fleisch gezogen und mich eisigen Winden ausgesetzt.
»Und willst du wissen, was ich sehe?« wieder diese eisige Stimme. Ich schluckte den Kloß hinunter und flüsterte erneut:
»Ja, was siehst du?«

»Ich sehe einen wunderhübschen jungen Prinzen am Tag da er erkennt, dass sein Unverstand Schmerz bedeutet. Oh Seduco, du dummer Junge, deine Jagd nach dem Leben, wird im Tod enden« , war die Antwort.
»Was? ...«
»Du wolltest doch, als du im Bett erwachtest, nach jener Nacht, dass der Moment nie vergeht. Hier ist das *Nievergehen*. Bist du gekommen, um dem Tod einen Besuch abzustatten? Ihm den Hof zu machen?« säuselte er in bodenloser Gehässigkeit.
Ich verstand nicht und wich weiter zurück, verkrampft im Versuch eine Antwort zu finden oder eine Reaktion zu erzwingen. Aus Alex' Körper stoben Dornen wie Schwerter und zerstörte bei dieser monströsen Metamorphose das Bett.
»Das meinte ich nicht so Alex, das *Nievergehen*. Die Schönheit des Augenblicks sollte bewahrt werden«, entgegnete ich mit neuem Mut, etwas kühl.
Er schwebte, von den Stacheln gehalten, die im Marmorboden staken, in der Luft und schwang dann die Beine auf die Erde und machte sich somit vom steinernen Grund los. Auch wirkte er nicht mehr so zierlich, sondern aufgepumpt und gefährlich.
»Es ist wie eine Melodie, ein Musikstück. Was wäre es mehr als Krach, wenn man einen Ton ewig hielte? Was Kinderlachen, wenn es nie verstummte?« krächzte er, zu nah an meinem Gesicht, mir entgegen.
Seine schönen Wuschelhaare waren verschwunden, nichts bedeckte mehr seine geäderte Kopfhaut und schweren Schrittes und sardonisch lachend kam er auf mich zu. Alles was er berührte, zerfiel. Jedes Mal wenn er den Fuß aufsetzte, zerbarst die Welt um uns mehr. Sie zerbrach und löste sich auf in der Stille, die dieser seltsame Stein ausspie. Dann, in seinem Stampfen nur noch eine handbreit von mir entfernt, sah er durch mich durch, ging durch mich durch, als wäre ich nie da gewesen und etwas geschah und ich drehte mich um und sah ihm hinterher. Sein Lachen war zum lauten Brüllen mutiert und wie er ging, so zerstörte sich der Garten und die Gebäude auf seiner Höhe wie von selbst und alles ohne auch nur einen Ton von sich zu geben. Wäre sein Tosen nicht gewesen, wäre die unheilsschwangere Luft ruhig und drückend wie ein schwüler Sommertag nach dem Regen. In Schall und Rauch war er mit einem Mal verschwunden und ich stand allein in den Ruinen eines schönen Traumes und war verwirrter denn je, denn wie war dies hier möglich? Nachdem er gegangen war, weinte der Himmel blutige Tränen und ich, befleckt wie

die Welt um mich herum, hätte mitweinen mögen. Doch herrschte Leere in mir. Eine Leere, die nicht still war.
Die Decke des Gemachs war eingestürzt und hatte die rudimentären Reste des Bettes unter sich begraben. Kaum eine Wand stand noch vollständig da und alles zerfiel weiter. Einer der Spiegel, welche an der Stirnseite des Raums angebracht waren, schien noch unbeschädigt. Ich ging darauf zu, beachtete die subversiven Vorgänge nicht. Blitzartig, mit lauten Farben, kamen die Bilder in den Spiegel. Bilder eines Mordes. Zwei Schlafende, einer davon ich selbst, der andere der baldig Tote. Ein irrer kleiner Geist, mit Narben im Gesicht und ohne Bewusstsein über körperliche Existenz, erscheint. Er weiß von Eifersucht und Neid und von dem Umgang mit einem Dolch. Keine Wunde, kein Blut und doch ist er dahin. *Oh Amadeo*. Kaum gedacht, war seine Klinge, schnell wie der Biss einer Schlange in meinem leuchtenden Herzen und ich erwachte.
Im Moment habe ich noch keine vernünftige Erklärung für das was da vor sich ging, mir fiel nur auf, dass ich abgesehen von dem anfänglichen Schock, weder wirklich geängstigt noch traurig war oder bin, was die Mutation Alexanders angeht. Eine seltsame Belanglosigkeit überwucherte meinen Gefühlsgarten. Ich versuche es zu erklären mit Beschwichtigungen aus Zuckerglas: *Ich meine, er ist ja nicht der echte Alexander und wenn, ... dann wäre es inzwischen wohl auch schon egal ...* Mein Name ist Seduco Timid. Heute ist der zweite Juni zweitausendvier.

Seduco Timid, Tagebuch - 03. Juni 2004

Heute ist Donnerstag der dritte Juni zweitausendvier, mein Name ist Seduco Timid und ich bin ein Selbstbetrüger! Heute ist der dritte Juni zweitausendvier und es war nun schon der vierte schöne Tag. Doch mein Innerstes weiß zu berichten, dass diese Schönheit objektiv betrachtet, nicht existent war, sondern eine Einbildung. Eine Illusion, von meinem Bewusstsein in meinen Kopf projiziert. *Eigenbetrug!* Ständig verspüre ich das mir sonst so widerstrebende Gefühl, mich unter Leute stürzen zu müssen. Wobei ich mir nach Möglichkeit Menschen erwähle, die mir nichts bedeuten, nur nicht allein sein, dies ist das einzige Gesetzt nach welchem ich handle.

Denn meine neue, innere Gleichgültigkeit gegenüber der Welt ist die beste Voraussetzung dafür, dass die atmosphärischen Störungen, die im nebulösen Nichts rauschender Gefühle, dominant und beängstigend werden. Das unsichtbare Dasein erlebter und gleichwohl surrealer Impressionen führt dazu, dass meine Aufmerksamkeit für das Tatsächliche beständig schwindet. Dies navigiert mich immer tiefer in die Weltentfremdung, durch düstere Orte des Makaberen, in meinem Gefängnis aus Traumglas. Ich schwinde hin und her, unfähig zu bestimmen, welche Welt furchtsamer oder erlösender ist. Bin ich in der einen, so sehne ich mich nach der anderen und umgekehrt. Amadeo, bleibt oft verschwunden und existiert nur durch Landschaften der Fantasie und Gemäuer des Ingeniums.

In der Welt der Erdenbewohner schmiede ich lieber flüchtige Kontakte und gebe das Geld der Maßlosigkeit aus, als dies zu ertragen. So bin ich unter Menschen allein mit meinen brüllenden Gedanken, deren Wirkungsfeld ich zu entfliehen gesuche.

Gedanken, rasend und an Kräften zehrend drehen sich, trotz des Coming Outs immer noch nur um dieses eine Thema. Doch hat sich der Inhalt gewandelt.

Was ich vormals verdrängte und hasste, rufe ich nun. Um das, was ich nicht wollte, bettle ich nun. Bete darum. Denn ich fühle nichts mehr. *Nichts!* Und das macht mir Angst. Wem nicht?

So möchte ich nun das mit einem Mal sein, vor dem ich mich früher ängstigte – schwul. Denn der Gedanke, dass ich nun, nachdem alle Welt um meine Gesinnung weiß, doch nicht bin, was zu sein ich glaubte, dieser Gedanke zerstört mich, darin sehe ich den Schatten.

Denn so drängt sich mir die Frage auf, warum dann all die Jahre des Zweifelns, des Schmerzes, der Angst und der Pein? Ich könnte mir eine höhere Fügung zusammenreimen, doch ich will nicht. Und letztlich ist zu bedenken, ich fühle nichts. Gar *nichts*! Und andererseits, hat sich eine andere Sache wieder eingefunden.

Jedes Jahr freue ich mich auf den Sommer. Meinen geliebten Sommer. Und jedes Jahr wird es die Hölle und ich verbrenne mich. Wie kann ich mich dem bloß endlich entziehen? Oder würde ich das auch missen? Ich bin ein fröhlicher, glücklicher Mensch. Doch in meinem Ich kämpfen die Paradoxen um die gegenseitige Absolution und ich frage mich: Können Liebe und Hass gemeinsam regieren? Ich denke schon. Ich war verliebt in einen Menschen, den ich zur gleichen Zeit hasste. Doch war

es keine Hassliebe. Denn ich zürnte diesem Menschen, da er mich nicht hasste. An manchem Tage wünschte ich mir nichts mehr, als dass er mich verachten würde. Warum? Weil er mir trotz gleicher Gesinnung, weder wohlwollend noch missgünstig gegenübertrat. Ich war ihm in jeder Hinsicht egal. *Das* ist furchtbar!
Er ignorierte mich und ich war unsichtbar – somit wäre Hass immerhin eine Reaktion. In fünf Jahren redeten wir wenige kurze Sätze miteinander. Und natürlich war er nur zugegen, wenn mir etwas Peinliches widerfuhr. Wie das eben so ist. Kann man also lieben und hassen zugleich? Ja, ich konnte es. Aber übrig blieb davon nichts. Nichts als Zweifel, kein Glücksgefühl. Gar nichts. Es ist, als wäre es wieder November vor zwei Jahren, ich in Selbstzweifel und die Welt dunkel und wenn ich aus dem Zimmer trete, hat niemand eine Ahnung wie es darin aussieht, und der gellende Alltag überdeckt alles, nur nicht die Leere. Aber ich will mich damit nicht auseinandersetzen. Gut, mag Alex tot sein, Amadeo ein Mörder und ich wieder ein jämmerlicher kleiner Junge, der Jeremias und Peter und sogar Steven und Tyana als Ablenkung benutzt, um mit mir selbst Versteck zu spielen. Mein Name ist Seduco Timid.

Seduco Timid, Tagebuch – 04. Juni 2004

Meine Umwelt, der Fixpunkt meiner sozialen Existenz, zerfloss allmählich, wurde unscharf, schwand, zerbrach und löste sich in Mangel an allem auf. Sie war das Wachs und Amadeo die Flamme, sie schmolz dahin ohne Erinnerung an die Form, die sie einst hatte. So wie ich mich kaum erinnere an die Vorgänge außen und nur durch das trübe Fenster meines Tagebuchs, und unter größter Anstrengung, die genauen Daten zu rekonstruieren weiß. Beide Welten waren wieder zum Niemandsland verkommen, und in aufrichtigen Minuten sehe ich darin einen Rückfall in meine Sucht nach Realitätsflucht. So führen mich meine verschwommenen Gefühlsumrisse, wie Verlustangst und Selbstzweifel, fetzenartig zurück in eine fragmentierte Version des Gesundheitsberges, derer ich oft nur entfliehen kann, indem ich die realistische Erscheinung als fragil und unwürdig beschimpfe. Ich nehme die Bilder und verwandle sie – ganz nach Manier aus Kindertagen – in etwas anderes, schöneres. Dies unternehme ich hauptsächlich aus der Angst heraus, dass, sollte ich sie als das annehmen, als was sie sich präsentieren, ich den Verstand verlöre. Manchmal offenbart sich die Bilderfolge allerdings als Palindrom; egal wie ich es betrachte, der vormalige Sinn bleibt gleich. Wenn ich mich dann verschwunden glaube, rettet mich oft Amadeo und zerrt mich in eine Welt, die näher an der Oberfläche zur Wirklichkeit schwimmt. In purem Unverständnis über mich selbst, bedanke ich mich bei meinem Engel oft durch Beschimpfungen. Verbale Ausbrüche, wie ich sie in der *anderen* Existenz nie ausspräche. All der Zorn, der durch Verstand oder Verständnis ungefiltert hinuntergeschluckt wird, überflutet dann Amadeos Gemälde.

So irrte ich über verschlungene Pfade durch eine Welt der immer untergehenden Sonne. Oxidierende Eisennadeln entwuchsen, den Bäumen verwandt, dem Grund der Welt. Sie schwangen. Jede hatte ihren eigenen Klang. Zusammen bildeten sie das Orchester des Unheimlichen. Ich wusste, dass am Ende des Weges der Schatten auf mich warten würde. Jenes düstere Monstrum, das mich aus dem Schlaf schrecken lässt, sobald nervöse Holzdielen vor meiner Tür knacken und damit den Gang von Nachtschwärmern musizierend untermalen.

Nach einer Weile des Wanderns war ich zurückgekehrt, zu den beiden Geschwisterbäumen in der roten Steppe, am Ort zum Nachdenken, beschützt durch einen Kreis aus Seide.

Und ich dachte nach. Könnte es sein, dass Amadeo mein personifiziertes Gefühl war? Aber warum brachte er Alexander um? Aus Eifersucht, aus Wut? Empfinde ich daher diese Wut? Warum nur? Und warum zweifle ich jetzt daran, dass ich ihn je liebte? Warum fühle ich mich so leer?

»Ist es denn wahrlich Liebe, wenn du ihn dir so sehr an deine Seite wünscht, dass du dir als Grund eines Treffens auch ein Gebrechen seinerseits, ein Leid seinerseits vorstellen kannst?« fragte mich mein Dämon. »Ist dies nicht ein willentliches in Besitz nehmen? Besessenheit? Ist es nicht erst wahre Liebe, wenn du sagen kannst: *›Ohne Rücksicht auf mein eigenes Empfinden, wünsche ich dir das, was dich selbst am glücklichsten macht, aus vollem Herzen‹*, und dies auch so meinst?«

»Verschwinde Amadeo, ich will dich nicht sehen«, schnauzte ich ihn an ohne auch nur zu ihm zu blicken.

»Dein Herz sagt mir da etwas anderes.«

»Ich spüre mein Herz nicht mehr. Und ich habe mir nie für Alexander Leid gewünscht, nicht mal, als ich ihn hasste.«

»Nein, dafür aber, als du ihn liebtest. Seduco, ich bin es, ich bin immer da, wenn du hier bist. Sei ehrlich zu dir, denk nach.« Er klang wieder nach einem Oberlehrer. Sanftmütig ja, aber auch nachdrücklich und jeden Zweifels erhaben. Ich musste ihn nicht ansehen, um zu wissen, dass er diesmal kein Kind war, sondern jemand Erwachsenes. Aber wie stets, drangen seine Worte in mich ein und erzeugten Bilder, die tief begrabene Erinnerungen aufweckten.

»Tausend mal durchlebte ich zehntausend Begegnungen mit Alexander. Tausendmal brachte ich ihn um. Die Pest des zwanzigsten Jahrhunderts hetzte ich ihm an den Hals, nur um als jovialer Freund mit Dämonenfratze ihm beizustehen, in seiner Einsamkeit seines Niedergangs und Todeskampfes. Welch Ungeheuer schlummert dort in mir? Gibt es einen Dämon namens Liebe?« – spuckte ich in die Welt hinaus und damit in mich hinein.

»Ja, vielleicht. Aber sieh, es ist doch nur hier, in dieser Welt gewesen. Du wolltest nichts weiter, als ihm zeigen, dass du immer für ihn da wärst und das du dies ernst meinen würdest«, versuchte er mich zu beruhigen.

»Ich weiß nicht. Nicht nur in dieser Welt, sondern auch in der anderen wollte ich, dass er verschwindet.«

»Seduco, das stimmt doch gar nicht. Du verzehrst dich nach ihm, auch jetzt noch.«

»Nein. In letzter Zeit wünschte ich mir zu jedem Augenblick nichts sehnlicher als einen liebevollen Partner an meiner Seite – Alex oder eben jemanden, der mich von ihm befreite – und doch, so tritt mir just klarer denn je vor Augen, hatte ich bei jeder Imaginierung einer möglichen Zweisamkeit, eine Enttäuschung, ein ›*bitte geh*‹, einen Streit, Krankheit oder Tod vor meinem szenischen Auge. Wenn ich allerdings doch glücklich war, wir glücklich waren, im Sonnenschein und Lachen, war ich es der starb, der ging. Eben weil es schön und glücklich war. Amadeo sage mir, wie soll er je kommen, wenn ich ihn schon zum Gehen auffordere, bevor er hier ist? Lasse ich ihn nicht los oder er mich nicht?«

Wie Tränen flossen die Worte aus mir heraus, perlten in den vorherigen Zorn und löschten seine Flamme.

»Vielleicht bist du ihn ja los? Jetzt da er tot ist. Vielleicht war das ja dein Befreiungsakt. Vielleicht ist die Leere, die du empfindest, so etwas wie ein Durchatmen. Nur erkennst du es noch nicht als solches.«

Es kommt immer der Augenblick, in dem sich alles in rasanter Geschwindigkeit vermehrt, steigert und danach kommt der tiefe Fall, der Erlösung heißen kann. In jenem stillen Augenblick, auf dieser an Farbe so reichen Stelle im Nirgendwo, war es mein Zweifel dem eine Steigerung widerfuhr. Zuerst in Trauer und dann wieder in Wut, über alles, einschließlich der vorherigen Trauer und der Tatsache, dass ich mit dem Mörder geredet hatte. Meine Erbostheit ließ den roten Himmel zu düsterem Violett und schließlich schwarz werden und die Bäume, die sich nun aus einer Kraterlandschaft erhoben, fingen nach einem jähen Blitz Feuer – und ich sah zu, wusste, dass ich dies war, wusste, dass ich es so wollte. Und Amadeo neben mir, jetzt wieder ein kleiner Junge, sah zu und freute sich. Er lachte, wollte seinen Arm um mich legen damit wir uns gemeinsam über dieses Werk freuen können, doch ich fauchte:
»Rühr mich nicht an!«
Er sah mich finster an und verschwand. Kurz darauf kam er wieder, wieder so groß wie ich selbst. Drahtig und mit finsterem Blick.
»Was sollte das bitte gerade?«
»Wieso, schien dir doch zu gefallen!« schrie ich ihm entgegen.
»Ich glaubte, du hättest ein Ventil gefunden, um dich wieder einzukriegen. Welten können wir erschaffen genug, dies hier war nicht wichtig.«
»Warum hast du ihn umgebracht? Du *Mörder*!«
»Ich habe ihn nicht ermordet. Wie kommst du darauf? Auch, wenn ich es nicht für so furchtbar halte, wie du.«
»Ich habe dich gesehen! Im Spiegel, mit dem Dolch!«
»Das war deine eigene Lüge, nur damit du dir nicht eingestehen musst, dass du ihn durch deine Zeitschleife erstickt hast. Dass du wütend warst, weil du genau weißt, dass er sich in Wirklichkeit einen Dreck für dich interessiert und du aufhören musst, ihm nachzuheulen. Du vergötterst ihn ja regelrecht«, brüllte er zurück.
Daraufhin erschoss ich ihn. Als ich wieder zu mir kam und mich daran machte dies aufzuschreiben, war der Ärger verpufft und ich frage mich, was das sollte. War selbst vor mir erschrocken, vor mir und meiner Kaltblütigkeit und habe Angst, dass Amadeo nun auch verschwunden ist. Sind es pubertäre Nachwehen, dass ich so labil bin?
Aber du hattest es verdient, Amadeo. Mein Name ist Seduco Timid.

Seduco Timid, Tagebuch - 06. Juni 2004

»Wie mit den Lebenszeiten, so ist es auch mit den Tagen, keiner ist uns gut genug, keiner ist ganz schön, jeder hat, wo nicht seine Plage, doch seine Unvollkommenheiten, [...]«

Friedrich Hölderlin

Es ist Juni und wie nahezu jedes Jahr zu dieser Zeit, sperre ich mich des Nächtens wieder vermehrt in meinem Zimmer ein. Ich habe heute Abend über Gefühle nachgedacht. Steven war heute mit ein paar Freunden und mir beim Bowling, so konnte ich ihnen für ein paar Stunden entfliehen. Jedoch, mit der Sekunde des Alleinseins, durchströmten sie meine Gedanken. Den Kopf, nicht das Herz.
Gefühle. Sie sind das lebende Paradoxon. Sie sind das unbeständigste der Welt und zu gleich, im Strom der Zeit ewig an deiner Seite.
Doch warum sind sie selbst für den scharfsinnigen Eigenbeobachter so schwer zu begreifen? So schwer zu fassen? Einem Nebelhauch gleich.
Ich habe mir heute Abend meine Niederschriften durchgelesen. Alle! Sowohl die, welche nur symbolisch, nur verborgen von mir berichten, sowie auch die, die ganz offen zu mir sind. Und gerade bei diesen wenigen sehr persönlichen, musste ich feststellen, dass ich mich als Fremder für eine seelisch sehr kranke Person halten würde. Aber vermutlich geht das jedem so, wenn man die heftigsten Emotionen, von einem Zeitrahmen mehrerer Jahre, auf einmal liest. Freud sagte einmal, nicht das was wir über uns wissen macht uns zu dem was wir sind, sondern das was wir über uns nicht wissen.
Es heißt, die Zeit sei im Stande alle Wunden zu heilen. Doch der Mensch, der diesen Satz einst sagte, beachtete nicht, dass sie auch immer wieder neue Wunden schlägt. Er müsse sich nur einmal Amadeos Gesicht betrachten, dann würde jener leichtsinnige Mensch vielleicht anders denken. Warum vergeht der schmerzende Zweifel in mir nicht endlich? Warum ist das Herz noch immer wankelmütig oder erst jetzt geworden? Sechs Jahre, währte eine heimliche, innere, belustigende, teils auch beschämende Verliebtheit in meiner Brust. In der Wirklichkeit bei weitem nichts Ernstes und durchaus lenkbar.
Doch dann, beim Erhalt einer einzigen, bestätigenden Information über diese Person, entflammte mein Herz zu einem unkontrollierbaren

Vulkan. Nur, um nach wenigen Wochen der Selbstoffenbarung in Eis zu erstarren. Ich beschäme mich selbst und spiele ebenso mit den Gefühlen anderer, ohne es zu wollen. Ich will meinen Freunden nicht wehtun und doch nutze ich sie in meiner Flucht halbherzig aus.
Warum nehmen diese Gefühle immer die versengende Glut des beginnenden Sommers an und verbrennen mich schließlich?
Jedes Mal offenbart mir die Sonne der wärmenden Jahreszeit auf die übliche Art und Weise, dass ich mich im Wesentlichen betrachtet, immer noch nicht weiterentwickelt habe. Das ich festsitze. Dasselbe schrieb ich am fünfundzwanzigsten Juni zweitausendzwei und am achtzehnten Juni zweitausenddrei.
Verlange ich nur zu viel? Verstehe ich in Wirklichkeit unter *Entwicklung* eine Metamorphose des gesamten Charakters? Ist es Selbstverleumdung, die ich anzustreben gedenke und vor welcher mich meine emotionale Seite zu schützen versucht?
Der Nordwind hat sich gelegt, er schiebt mich nicht mehr voran. Es muss wohl der Westwind sein, der nun befiehlt, denn unruhig ist mein Seelenheim und der Südwind macht sich bereit und schürt die Feuer. Mit kalter Leidenschaft stürze ich mich ins Vergnügen und spüre doch den Frost in jeder Flamme.
Ich spüre die Anwesenheit meines Engels genau, doch verharrt er trotzig in schrecklichem Schweigen. Leblose Statue, die mich wie eine Ikone begleitet und selbst nur Beobachter ist, dessen was ich zu beobachten gedenke – Mich! Mein Name ist Seduco Timid, heute ist der sechste Juni zweitausendvier, dreiundzwanzig Uhr einundvierzig.

Seduco Timid, Tagebuch - 07. Juni 2004

Opa Bernhard aß mit uns zu Mittag. Jemand der ihn nicht kannte, hätte wohl an seiner Erscheinung nichts zu bemängeln gehabt. Er sah gepflegt aus, wirkte gesund, aß genug, beteiligte sich sinnvoll am Gespräch ohne sich aufzudrängen oder gedrängt werden zu müssen, er war mit dem Weltgeschehen vertraut. Kurz: Er schien gut in Schuss.
Doch, dass stimmt so nicht. Er hat sich seit Momis Ableben verändert. Zu ordentlich war seine Kleidung, zu gestochen scharf seine Argumente, zu vorbildlich sein Auftritt, zu elegant der Scheitel, einfach zu, zu, zu.

Meine Großeltern wohnten in einem Haus im Grünen, in der Vorstadt. Ein kleines Haus, mit einer hellblauen, klassizistischen Seitenwand aus dem Jahr 1874 (wie es der Schriftsatz „anno 1874 für Louise und Paul Burgstätt“ verlauten ließ), mit weißen Fensterumrandungen, Pilastern und Zierrat. Eben der Teil des Hauses, der sich dem Besucher imposant entgegen reckte und von einem viel stattlicheren Anwesen schwärmte, als von dem kleinen Häuschen, welches sich stattdessen an den alten Schmuck schmiegte. Aber für mich war es immer das schönste Haus der Welt, als ich noch klein war, und umso furchtbarer fand ich es, als Opa es, nach unseren Katastrophen verkaufte.
Die Räume nicht besonders groß, der Vorgarten für die Nachbarn gepflegt mit lustig bunten Blümchen bestückt, der Garten hinten verwildert, exotisch und überwuchert. Das Haus versteckt zwischen Kastanien, Blutbuchen und Eichen, welche ihr Sekret in den Wind versprühten, das silbern am Boden klebte und dem Licht glänzend entgegen lächelte. Dies war der behütete Ort, der dazu auserkoren war, meinen Großvater in sich aufzunehmen wie er war, lange nach dessen Kindheit in Sussex, als Momis Uhren noch nicht stillstanden.
Das letzte Mal, als ich ihn dort besuchte, ist lange her. Ich war glaube ich zwölf, Amadeo existierte schon in meiner Welt, doch es war eine Zeit, die noch nichts von dem brennenden Hades meiner Liebe für Alex wähnte. Es war im Mai, die Welt roch nach einer frischen Blumenwiese, der Flieder blühte und die lang ersehnten Sonnentage beglückten endlich unser winterlich, blasses Erscheinen mit ein wenig Farbe.
Opa, damals schon klein und kauzig, eine Bilderbuchphantasie eines Großvaters, mit Brille und Schlappen (die so ausgelatscht waren, dass Oma ihm ständig neue Schuhe kaufte, die er nie anzuziehen gedachte), konfus und vertüdelt in seinem Chaos, dessen Struktur nur er erkennen konnte, saß auf seinem Klappstuhl im Garten unter dem gläsernen Dachausläufern einer Scheune. Diese war zur Unkenntlichkeit zugewuchert, windschief und baufällig, ein Schrotthaufen, der für Opa zum Elfenbeinturm wurde, sobald er mit den Füßen den Rasen des Gartens streichelte. Hier durfte er basteln, bauen, herumexperimentieren, seine Spieluhren reparieren, schnitzen und Streiche vorbereiten. Eben all das, was Momi in ihrem hellen, gepflegten Haus nicht so einfach zuließ. Das war er, ein lustiger Professor, ein tierlieber Detektiv der Feinmotorik, der den Menschen durch einen gewitzten Blick verschleierter Philosophie begegnete, in einem grauen Land Palmen pflanzte, Nachbars bekifften Halbstarken über

den Gartenzaun Kürbissuppe ausschöpfte und mit Fillou anredete, nur weil er fand, dies sei ein schöner Name, der zu dessen Wesen passte.

Die Bilder der Vergangenheit verebbten und ich wusste, dass mein Großvater in meinen Augen seine Brüchigkeit sah, sein zu perfektes Spiel eines Mannes, der Manns genug ist, den Tod seiner Liebsten zu überwinden. Seinen weisen Felsen in der Brandung, der nie über das Alter von Zwanzig zu reifen schien. Er kann es nicht und wird es nie können. Da war ich mir sicher. Ich ließ meinen Blick über diese konkrete, visuelle Wirklichkeit wandern, als Amadeo sich endlich wieder einen Weg in meinen Kopf bahnte. Etwas zerbrach in dem Gemälde meines Großvaters, das ich von Kindheit an malte und zwangsläufig musste ich an den Schatten denken, an den Leichnam, diesen riesigen, in meinen Träumen begrabenen Magneten, der mich stets zu ihm zerrte und allen unschuldigen Welten den Klang nahm, Farben dumpf werden ließ und den Tod brachte. So erkannte ich, nur für mich, dass, wenngleich der Schatten bei mir aus einer anderen Quelle entstieg, er doch auch in anderen Menschen quoll und sie quälte, bis sie ihre Würde nur noch spielen und zerbrechen. Ich wünschte, ich hätte die Kraft, Großvater zu helfen, ich wünschte, ich hätte die Fähigkeit ihn zu erhalten und seine Last zu mindern ... ich wünschte, ich hätte den Mut ihm zu erzählen, wer ich bin, in der Hoffnung ihn zu retten und nicht neue Dämonen in ihm zu beschwören. Ich wünschte, ich wäre für ihn mit mir selbst mehr im reinen. Ich wünschte ... er würde noch immer seine Geschichten erzählen, in unserem Verschwörereck, unter dem großen Tisch im Gewächshaus, auf dem sich gläserne Wunderdinge mit Gartenarbeitsgeräten vermischten.

Heißer Staub streichelte die Füße der beiden kleinen Jungen, im Abendrot. Einer von ihnen war ich. Die Augen geschlossen und wieder in Afrika. Genauer gesagt in Marokko. In Marrakesch. Mitten auf dem Gauklerplatz drängelten wir uns durch die Marktdecken in Richtung einer der großen Stadtportale, welche im gleichmäßigen Abstand in die meterdicke Stadtmauer eingelassen waren. Vorbei an Schlangenbeschwörern und Okkultisten, an Frauen, die Mandeln verkauften, und an Männern in roter Tracht, die Wasser anboten. Während ich so durch die Gassen lief, blickte ich in einige Hinterhöfe und dort fand ich, der Hitze trotzend, prachtvolle Gärten, voller blühender Pflanzen und Brunnen, und Vogeltränken, offene, unverschließbare Vogelkäfige und wunderhübsche sternenförmige Laternen mit buntem Glas, Tische, Stühle, Polster und Kissen, Teiche und Figuren.

Ich musste schmunzeln, als ich schon, aus einiger Ferne das Stadttor sah, auf dessen oberem Sims die Störche nisteten. Ich ging durch das Portal hindurch und da war Wüste. Keine Straßen, keine Autos, kein Lärm der Neuzeit. Daran erkannte man, dass dies nicht das echte Marrakesch sein konnte. Ich kniete nieder, vergrub meine Hände in dem heißen Sand. Ich wandte meinen Blick ab von dem unendlichen Meer der Wüste und blickte in Richtung Stadt.

»Weißt du Amadeo, das wirkliche Marokko ist keine Sandwüste wie die Sahara. Es ist trocken, ja. Aber auch steinig und es wachsen Pflanzen dort und alles ist voller Leben, Palmen und Mandelbäume, die es nur in Marokko oder Mexiko gibt. Es gibt Gebirge, den Atlas oder den Antiatlas zum Beispiel. Gebirge aus Granit. Angeblich hat Perseus das Gebirge erschaffen, in dem er den Riesen Atlas mit dem Haupt der Medusa verwandelte, weil er ihm die Gastfreundschaft verwehrte. Seither musste Atlas das Himmelsgewölbe tragen. Auch findet die Stadt heute eigentlich nicht mehr hier ihr Ende, sondern geht weiter in die moderneren Gebiete hinein, zu den Prachtpromenaden, welche die Franzosen errichtet haben«, meinte ich und sah dem anderen Jungen in die Augen, welcher erwiderte:

»Ich habe dieses Bild nicht erschaffen. Es entspricht deinen Wünschen, wie immer. Ein längst vergangenes Bild und eine Wüste vor der Haustür.« Er lächelte, wie er es immer tat. So setzte ich mich auf den warmen Boden, er tat es mir gleich. Wir sahen auf die Wüste hinaus.

Immer habe ich ein Meer vor Augen, dachte ich bei dem Anblick. Erst ein Meer der Verzweiflung und des Schmerzes, dann ein Meer aus Angst, einen Ozean des Glücks und schließlich wieder einen aus Zweifel und nun ein Meer aus Sand. Die Worte kamen laut aus meinen Gedanken. Ich hatte den Mund nicht geöffnet und doch waren sie gesprochen worden. Amadeo hielt zwei Glas Tee in den Händen, Minztee, in dem noch die großen Blätter steckten. Er reichte mir eines. Ich dankte ihm und nahm einen Schluck aus dem schönen kleinen Gläschen, das so aufwendig mit Grün und Goldfarbe verziert worden war. Seine schwarzen Augen suchten meinen Blick.

»Warum träumen die Menschen, Amadeo?«

»Ich weiß nicht, vielleicht weil sie in den Träumen manche Dinge besser verstehen lernen.« erwiderte er auf meine Frage.

»Warum ist Alex gestorben?« stellte ich die Nächste, ganz ruhig. Hier gab es das Machtspiel meines Inneren nicht, dies spielte auf anderen Wiesen dieser Welt. Orte die ich jetzt auf keinen Fall sehen wollte, Orte an denen Amadeo wohnt, wenn wir nicht beisammen sind. So antwortete auch er in die Stille:
»Weil es Erfüllung war, die du gespürt hast. Erfüllung und Glück.«
»Was ist daran so schlimm?«
»Dass ich darin keinen Platz mehr habe.«
»Heißt das, du hast ihn mir doch genommen?«
»Wärst du böse deswegen?«
»Nein, denn ich empfinde nichts mehr für ihn, ich will nur dies Rätsel lösen.«
»Nein. Ich war es nicht, sondern du selbst. Um genau zu sein, der Teil von dir, der mit der wirklichen Welt noch so weit verhaftet war, dass er sich ängstigte, dich an deine Scheinwelt zu verlieren, dich an mich zu verlieren.«
»Es tut mir Leid, dass ich so ausgerastet bin und dich erschossen habe.« meinte ich aufrichtig und sah ihm in die Augen.
»Ist schon gut. Mir kann ja nichts passieren. Aber es war interessant. Es war neu. Du warst scheinbar wirklich außer dir. Du hast eine Waffe materialisiert. Du hast noch nie Dinge bewusst erschaffen, nachdem du hier warst.«
»Danke« sagte ich, ich war froh, dass er es mir nicht übel nahm. »Es war nicht bewusst. Ich habe die Waffe nicht bewusst gerufen, ich konnte gar nicht mehr denken.«
»Aha.« war seine einzige Reaktion und es entstand eine Pause. Ich dachte immer noch irgendwo in meinem Kopf an Opa und es fiel mir etwas ein, was mich vielleicht wieder glücklich machen konnte.
»Erzähl mir eine Geschichte. Eine wahre Geschichte. So wie du es früher getan hast, als wir noch Kinder waren«, bat ich Amadeo.
»Welche denn?«
»Wie die Welt entstand und wie es kam, dass die Menschen kamen.«
»Du kennst doch die Geschichte und sie wurde schon viele Male erzählt. Und in allen findet sich ein Quäntchen Wahrheit.« Er sah mich an. Dann schüttelte er den Kopf, schmunzelte und setzte sich, nun etwas älter und größer als ich, neben mich. Ich legte meinen Kopf in seinen Schoß und sah ihn gebannt an und er erwiderte diesen Blick.
»Nun gut. Die Menschen haben die Welt erschaffen. Allerdings waren

sie damals noch nicht die Menschheit, sondern nur eine omnipotente Energieform. Man könnte sagen, dies war die erste Flamme. Wer weiß schon, ob sie sich ihrer Macht bewusst war, aber eines Tages, obwohl Zeit bis dahin ja eigentlich nicht existierte, zapfte sie etwas von ihrer Energie ab und erschuf Raum. Und beobachtete diesen Raum, welcher wuchs, und wuchs. Wer weiß schon, ob dieser Urenergie, diesem Urgeist langweilig war, aber wir wissen, was dann geschah. Er erschuf Materie. Und mit der Kraft, die dieser Flamme innewohnte, ließ sie die Dinge Prozesse durchlaufen, und wachsen und sich ausweiten. Irgendwann kam der Zeitpunkt, denn nun existierte Zeit, an dem dieses Urbewusstsein wissen wollte, was es erschaffen hatte, wollte sich selbst dadurch kennen lernen. So erschuf es Leben. Auf verschiedenen Welten und in verschiedenen Formen und auf verschiedenen Ebenen der Existenz. Doch es reichte nicht ganz, die Erfahrungen, welche dieses Urbewusstsein in Pflanzen und Steinen, in Tieren und unsichtbaren Wesen erlangt hatte, war erschöpft. Jede sich wiederholende Eventualität war nach einem Zeitraum von Milliarden Jahren durchlebt worden. Also teilte sich diese Energie erneut auf und erschuf sich Lichtkörper. Die Abzweigungen des Urgeistes, diese Lichtkörper, erhielten eigene Bewusstseinsformen. Und eben diese neuen Geister erschufen sich Körper, die der Materie verhafteten waren. Der Mensch war geboren. Damit begann ein großes Spiel. Sie schlüpften in einen Körper und nahmen die Welt wahr und Urgeist lernte dadurch. Wenn es langweilig wurde, verließen sie den Körper wieder und schlüpften in einen neuen, mit anderen Eigenschaften, in einem anderen Leben. Doch irgendwann vergaßen sie, dass sie diese göttlichen Gaben besaßen, und verließen den Körper erst wieder, als er krank, alt und schwach war und es nicht mehr schaffte, diesen kräftigen Geist zu halten. Die Geburt des Todes. Aber das waren neue Erfahrungen, damit kam Angst ins Spiel. Und wegen Erfahrungen und Selbsterkenntnis hatte Geist ja dieses Spiel begonnen. Damit begann der Lauf des Karma. Das Bewusstsein eines jeden lebte ein Leben und vergaß darin alles was vorher war, nur im schlummernden Bereich, im Unterbewussten verweilten Teile der Erinnerung. Dann begannen die Menschen nach dem Ursprung zu suchen, entwickelten viele Religionen und Methoden. Doch nur wenige konnten die Geister, ihre Brüder und Schwestern, noch hören, welche ihnen halfen, sich zu erinnern. Aber diese wenigen stiegen im Laufe ihres Lebens wieder auf, zurück zu der einen Flamme, zu der Göttlichkeit. Sie begannen den Rest der Menschheit wieder zum Aufstieg zu verhelfen. Sie lehrten, dass sich die Seele der Menschen auflöst und wieder mit allen Dingen vereint, ihr Licht setzt sich neu zusammen, zu einem neuen Stern, der in einem Wesen aus Materie geboren werden kann. Doch bleibt jede gelebte Existenz in Geist erinnert und wird damit geehrt. Damit ist die Antwort auf die Frage, was unsere Welt ist: Eine von den Menschen erschaffene Illusion. Die irrationale Angst, die die jungen Menschen erlebten, manifestierte sich in so vielen Formen des Schmerzes, dass daraus jede Krankheit, jeder Krieg, jede Not geboren wurde, die wir heute kennen. So war es.«

»Fällt schwer das zu glauben«, meinte ich. »Woher weißt du das?«

»Weil du es weißt. Weil es zurzeit irgendwo in dir deine Wahrheit ist, deine Geschichte, von der es dir eigentlich egal ist, ob sie wahr ist, solang es nur romantischer ist, als die Erklärungen der Wissenschaft. Und letztlich, wirst du es nach dem Tod erfahren.«

»Danke, Amadeo.« Mein Trick, mir selbst wieder Freude zu bereiten, hatte nicht gewirkt und er wusste es. Eine Welle der Enttäuschung huschte über sein Gesicht.

»Willst du mir noch etwas erzählen?« fragte er.

»Ach, es ist nichts weiter. Tyana und ich, wir haben uns heute nach der Schule gestritten. Sie meinte, ich soll mich wieder einkriegen und ihr endlich erzählen, was mit mir in letzter Zeit los ist oder es langsam bewältigen. Sie hat es gemerkt, trotz meiner lachenden Maske. Und Steven auch, er ist wohl ähnlicher Meinung.«

»Verbringst du deshalb so viel Zeit mit den zwei Spinnern? Jeremias und Peter? Weil sie dich nicht kennen und keine Fragen stellen?«

»Vermutlich, ja. Doch die nerven mich ganz schön. Ich sollte aufhören mit ihnen mitzufahren und den Tag mit Schwachsinnigkeiten zu verplempern. Ich fühle mich seit gestern eh nicht so gut.«

»Das geht ja wohl schon länger so!«

»Körperlich meinte ich.«

»Ach so, gut. Davon habe ich keine Ahnung«, sagte er. Und dann: »Machs gut, Seduco.« – »Machs besser, Amadeo«, und ich brachte mich zum Erwachen.

Mein Name ist Seduco Timid, heute ist der siebte Juni zweitausendvier.

Seduco Timid, Tagebuch - 08. Juni 2004

...Ich rannte den Gang entlang, was ich eben gesehen hatte, war einfach zu viel. Menschen, die ich meine Freunde nannte, unter Folter, im nächsten Moment ich unter Folter von den Menschen, die ich meine Freunde nannte. Nächste Tür. Einer reitet mich, einer beglückt mich mit der Zunge, ich beglücke einen Weiteren. Beißendes Grinsen und die Tür wird vor mir, dem Voyeur verschlossen, die teuflisch lüsterne Szene vor mir verborgen. Sturz in die Tiefe und relativ weiche Landung auf einem Papierberg. Raum ohne Maß. Ich stand vor einem fetten Gesicht, welches Bergen von Briefen entwuchs und dessen Materie und Nahrung ebenfalls diese Briefe zu sein schienen.

Eine gigantische Visage, die mich überragte und deren Mimik sich der Sprache hängender Wangen bediente, die ein Trauerspiel des Leids aufführten. Die kleinen, durch die dicken Gesichtsbacken zusammengekniffenen Augen, glitzerten mit argwöhnischem Sarkasmus. Funkelten mich mit falscher Träne an, mich, der ich winzig war – umgeben von Abermillionen feiger Liebesbriefe an Alex, die sich in der Vergangenheit zitternd dem Abschicken entzogen haben.

Höhnisch und zutiefst verächtlich warfen sie mir nun, mit brennenden Worten, in Form dies Gesichts mein Verhalten vor. Sangen ein Lied der Feigheit, welches in der Tinte ihrer bedeutungsschweren Worte noch immer gefangen ist und mir selbst zu Grunde liegt. Wieder rannte ich weg, entfloh der unerträglichen Debatte. Dann, ein dunkler, runder Raum, Inneres eines Schneckenhauses, rotes Licht, Ketten von der Decke mit bösen Haken. In der Mitte eine Skulptur aus schwarzem Metall. Ich war es, nackt in der Hocke, hielt übergroße Hände an dürren Armen über den Kopf, das Gesicht verborgen. Gehetzt blieb ich davor stehen und spürte es plötzlich. Dies war das Bild der Verzweiflung. Und dann kam es...

...mit einem Mal zerschmetterte es meine Beine und Schultern, zerfetzte meine Kleidung, Körper wie aus Kohle und sie brannte auf mir und ich wurde erdrückt. Alles, was mich in den letzten Jahren belastet hatte, alles seit ich mich erinnerte, stürzte sich auf mich. Ich trug diesen Berg aus Verzweiflung, das war es, die blanke Verzweiflung *Desperatio.* In ihrer Verzweiflung erstarrte Niobe nach dem Kindertod und Götter verwandelten sie in Stein. Wenn es dadurch leichter wäre zu tragen, so sollten sie es auch mit mir machen. Doch ich konnte nicht denken, es waren zu große Schmerzen, Schürhacken in meinem Körper, brodelndes

Blut wie Lava floss aus den Wunden, tausend Nadeln, fingerdick im Schädel, das Gesicht verzerrt zu einer Fratze des Pein, und als ich es nicht mehr ertrug, als ich das Kreuz spürte, kam er. Der Schrei. Ein Schrei, der nie geschrieen, in der Hitze, die das Fieber mit sich bringt. Dieser Schrei war lebenswichtig, er beinhaltete alles. Durch ihn entwich aller Argwohn, aller Hass, alle Wut, jedes Gefühl des Schmerzes. Der Berg bohrte sich mit eisernen Fingern durch meinen Rücken, rammte durch die Eingeweide, bahnte sich einen Weg durch meinen Mund und kam als Gebrüll heraus, tropfte als schwarzes Blut mir aus dem Schlund, bis die Spitzen mir die Stimmbänder zerrissen und den Kiefer brachen ..., verschwitzt, völlig außer Atem lag ich erwacht in den Armen meiner Mutter. Ort der Geborgenheit. Der eine Punkt, an den man stets zurückkehrt und dessen Zauber nie schwindet. Unendliche Male wurde dieses Gefühl in der Kunst behandelt. Unzählbare Male war es eine Frau in blauem Gewand vor güldenem Grund, mit einem Kind im Arm. Hände, die einen halten, ein Moment der Wärme wird zum hoffenden Schmunzeln in einer über Sehnsucht hinausgehenden Trauer.
Ich hatte Fieber, war schon seit gestern Abend im Bett und hatte Wadenwickel bekommen. Doch was mich jetzt in Constances Armen so zittern ließ, dass sie mit wackelte, war nicht der Schüttelfrost, sondern der Schock.
»...man schwebt mit blutleeren Knochen aus Blei, der Körper brennt, er brennt. Das Herz rast wie bei der Hatz. Ekstase gefangen in Eis...«, hechelte ich wispernd unter vor- und zurückwippen, in ihrer Umarmung. Sie saß auf meinem Bett, war ins Zimmer gestürzt gekommen.
»Beruhige dich Schatz, beruhige dich. Schschschh.« Sie war selbst ganz aufgelöst, redete mit mir, als wäre ich wieder klein. Als ich nicht zur Ruhe kam, war sie den Tränen schon nahe.
»Oh Gott bitte! Hilf! Seduco was ist denn nur los, was ist denn passiert.«
Sie wusste, dass es Fieberhalluzinationen sein konnten oder nur ein Albtraum. Allerdings kannte sie ja auch mich und wusste sicher noch, warum ich so lang im Krankenhaus gewesen war. Irgendwann war ich einfach wieder weggedämmert, in ihren Armen. Ich hoffe, ich hatte die Augen zu, sonst ist Mom wohl traumatisiert.

Diesen Ort kannte ich. Vor Jahren war ich schon einmal hier. Dem Säulenwald, der für die Menschheit stand. Hier ist Alexander das aller

erste Mal in meiner Welt aufgetaucht. Damals hatte er mir meine Säule gezeigt, auf der Amadeo auch verzeichnet gewesen war. Heute kannte ich den Namen von diesem Ort, Conúpaxeiá. Er hatte sich verändert. Einst war hier alles unerträglich hell und weiß. Nicht so jetzt. Es war warm und dunkel. Ein tiefes, berauschendes Blauviolett, das sich im Schwarz verlor. Über mir das Himmelsgewölbe mit seinen Rundbögen, die Milchstraße und glitzernder Sternenstaub funkelte im ganzen beleuchteten Raum, flog langsam zum Boden, unablässig. Es spielte eine sanfte Musik, welche die Seele beruhigte und liebkoste und doch entschieden die Heiligkeit all dessen hier erklärte. Der Boden der Halle war flüssig geworden. Und in eben dieser Flüssigkeit, die leuchtete und die einzige Lichtquelle war, saß ich nun und badete. Obwohl ich keine zehn Zentimeter in die bläulich glühende Flüssigkeit eingetaucht war, war es mir nicht kalt. Körperliches Empfinden dieser Art gab es nicht. Der Wasserspiegel verriet mir, dass meine Haare strubbelig und lausbübisch waren und ich in meiner ganzen Erscheinung wieder ein Kind war, aus einer Zeit vor Amadeo. Die Augen blickten hell und meine Haut leuchtete weiß wie Schnee, wie es Conúpaxeiá früher tat. Ich wusch mich mit einer Seife die nach Lavendel roch, und freute mich und lachte. Es war unbeschwert. Ich war wieder ein kleines Kind, das noch nichts von der äußeren Welt wusste, hatte alles vergessen und planschte überglücklich. Versuchte den glimmenden Sternenstaub zu fangen und tobte mich aus, bis ich müde wurde. Eine Frau lief über das Wasser zu mir und reichte mir ein Handtuch. Ich stieg aus dem Wasser und trocknete mich ab, zog mir die Kleidung an, die sie mir gab.
»Wer bist du?« fragte ich sie.
»Mein Name ist Lethe, Tochter der Eirs. Und wer bist du?«
»Ich bin ... ein Junge?« argwöhnte ich.
»Ja, das stimmt wohl, aber hast du auch einen Namen?« kicherte sie.
»Das habe ich, aber der ist nicht wichtig«, erwiderte ich.
»So, der ist also nicht wichtig, was ist denn wichtig?« fragte sie mich erneut.
»Dass ich irgend etwas erledigen musste«, sagte ich und wurde wieder älter und war wieder ich. Nur war immer noch alles leicht und absolut ausgeglichen. Ich war eine Feder, die im Weltraum tanzte. So fühlte ich mich zumindest.
»Lethe. Den Namen kenne ich. Er bedeutet Vergessen, richtig? Du bist eine Göttin der griechischen Sagenwelt. Du bist eine Tochter aus Elysion.

Dort lässt du den Quell des Vergessens entspringen und all jene, denen der Zugang zu Elysion gewährt wird, können von diesem Quell trinken und werden von den Erinnerungen an Schmerz und Leid befreit«, besann ich mich plötzlich. »Bist du es Amadeo?«
»Nein, ich bin Lethe. Geh jetzt Seduco. Es ist Zeit.«
»Wofür?«
»Dich nicht mehr unter der Bettdecke zu verstecken und dich zu erlösen«, flüsterte sie, als dies alles schon verblasste, sah ich sie noch zum Abschied winken und sah auch, dass sie von einem Schatten durchdrungen wurde und starb und mein leuchtendes Wasser rot wurde und schwarze Dornen erblühen ließ. Was sonst noch alles unheilvolles mit dem Raum geschah, hatte ich nicht mehr sehen können. Wusste aber, dass dieser Schatten der Alex-Mutant gewesen war, dieses untote Wesen, dass mir nicht nur diesen Traum zerstört hatte.
Als ich wieder zurück war, befand ich mich immer noch in Constances Armen. Sie sah mich an und hatte hundert Fragen in den Augen.
»Du sahst so friedlich aus. Dein Fieber ist runter gegangen in den letzten zwanzig Minuten. Hoffen wir mal, dass es so bleibt«, meinte sie.
»Ich denke schon. Ich fühle mich schon viel besser.« Das stimmte.
»Erinnerst du dich an vorhin, was da los war? Dass du geschrieen hattest?« fragte sie mich. Ich erwiderte überrascht, dass ich gar nicht gemerkt hatte, dass ich auch hier in der Wirklichkeit gebrüllt hatte.
»Wie am Spieß.« sagte sie.
»Es geht mir wieder gut. Denke ich.« Fern von Lethe, war die ganze Erinnerung an den Schmerz wieder zurück gekommen, der wie ein Stein auf der Brust lag und das Atmen erschwerte.
»Wann lässt du mich wieder an deinem Leben teilhaben Seduco?« fragte Mom plötzlich. »Du entziehst dich mir völlig. Ist das eine Art Abnabelungsprozess? Deswegen könntest du doch trotzdem mit mir reden. Das letzte Mal, als wir das taten, erwähntest du deine sexuelle Orientierung und das war es. Danach herrschte weitgehend Funkstille. Und ich weiß nicht warum.«
»Ich auch nicht mehr so wirklich. Aber trotzdem werde ich es dir noch nicht erzählen. Okay? Ich will erst selbst mit alledem klar kommen. Es dauert nicht mehr lange.« Davon war ich wirklich überzeugt. Etwas sagt mir, dass sich bald alles ändern wird. Mein Name ist Seduco Timid.

Seduco Timid, Tagebuch - 03. Juli 2004

Dieser Schatten, immer wieder diese monströse Schattenfigur, dieses untote Etwas, was mal mein Prinz war. Was will es von mir, wer schuf es? Und warum? Kein Traum, weder meine noumenonischen Reisen, noch meine Träume im Schlaf, blieben in letzter Zeit von ihm unberührt. Betrüblicherweise muss ich sogar sagen, dieses süffisante Wesen zerreißt die feinstoffliche Welt von mir buchstäblich in ein Nichtvorhandensein. Amadeo weiß dazu nichts oder schweigt. Mein schönes Reich wird zu Albträumen, die mich jagen. Wie bedauerlich. Eine Zufluchtsstätte nach der anderen vergeht. Meines Engels einziger Rat: *Bau neue, solche die Bestand haben.* Mein Name ist Seduco Timid, heute ist der dritte Juli zweitausendvier.

Seduco Timid, Tagebuch – 11. Juli 2004

Ein Schleier aus Regen und Nebel zieht über die vereinsamten Wege hinweg und schleicht tanzend zu den Wipfeln der Bäume empor, welche uralt und knorrig, sich gegen jedes getane Leid erwehrten und standhalten bis in alle Ewigkeit, in den menschenleeren Parks im Zentrum des Geschehens aller Dinge. Und das Wasser floss. Nur noch ein Rinnsal erinnert an den sturzbachartigen Wolkenbruch in der Mitte der Nacht, nur unter den Bäumen tropft es noch, zu einer Zeit, in welcher die Pfade längst trocknen unter einem strahlenden Firmament. – Der Himmel weinte Freudentränen. Ach, wie hab ich geweint, Seele wie weinst du noch, vor Glück und Erlösung.
Gestern war der zehnte Juli und einer dieser total verregneten Tage, in diesem total verregneten Sommer. Aber seltsamerweise entführte mich gerade dieses Wetter, welches so viele andere Menschen in Depression und Schmach versetzt, in Gefilde des Glücks. Alles begann, durch etwas, was an einem Badetag am See seinen Lauf genommen hatte – durch eine Frage von Tyana:
»Du bist also schwul, ja?« Wobei sie das Wort *schwul* fast flüsterte, eigentlich süß und interessant, wie es auch bei Nichtbetroffenen ein Gefühl der Beklemmung verursacht.
»Das merkt man dir gar nicht an.«

»Danke, aber dafür haben es viele unaufgefordert auf den Punkt gebracht.« sagte ich, in Erinnerung an peinliche Augenblicke und Reaktionen von Mitschülern.

»Dann sagen wir eben, dass du dezent schwul bist, sehr gut getarnt. Bei manchen wäre eine rote Leuchtreklame subtiler und das, obwohl sie nicht auffallen wollen«, erwiderte sie. Das war böse, aber sie hatte recht.

Gestern verbrachten wir wieder einen gemeinsamen Tag, ich musste mich ja etwas ins Zeug schmeißen nach unserem Streit, danach war ich krank gewesen und wir hatten keine Möglichkeiten gehabt, außer am Telefon miteinander zu sprechen. So waren wir heute im Kino gewesen, zusammen mit Steven, und danach etwas essen. Es war wie früher. Steven hatte am Abend leider noch eine andere Verabredung, so blieben wir zu zweit in Tyanas großem, alten Haus, zehn Minuten von der Stadt entfernt. Es sollte sich zeigen, dass Schweigen nicht immer golden war.

»Und? Was wünscht du dir von `nem Kerl? Wie müsste ein Mann für dich sein? Äh, ... wenn ich dich fragen darf, tut mir Leid, es interessiert mich einfach.«

Die Frage kam etwas ohne Zusammenhang und plötzlich, aber klar durfte sie fragen, das hilft, sich an die neue Offenheit zu gewöhnen.

»Er müsste er selbst sein und das ist schon das Schwerste. Ich war es nie. Er müsste wenigstens versuchen, wahrhaft er selbst zu sein. Und wenn ich dann sehe wie er ist, entscheide ich mich, ob es mir gefällt, was ich sah. Doch Menschen, die sie selbst sind, gefallen zumeist, denn sie strahlen eine Wärme aus, die jener entspricht, nach der wir uns sehnen. Diese Wärme und Liebe, würde ich mir von einem Mann wünschen«, sagte ich und hing dabei ein wenig in Gedanken, als ich sie wieder ansah, guckte sie mit großen Augen zurück.

»Boah! Ich meine na klar, es wäre die Wahrhaftigkeit eines Charakters, aber ich muss gestehen, dass ich mich jetzt etwas oberflächlich fühle, denn ich habe ehrlich gesagt an körperliche Eigenschaften gedacht, die dann, wenn man sich verliebt hat, eigentlich nie eine Rolle spielen. Aber ... trotzdem ...«

Ich musste lachen, denn eigentlich wusste ich, worauf sie angespielt hatte, nur habe ich mir darüber eigentlich nie Gedanken gemacht, denn es gab da nur Alex und alles andere wäre zum einen ein Affront gegen ihn gewesen oder ein Eingeständnis mir gegenüber. Beides undenkbar.

»Körper? Nun Menschen, die man mag, sind für einen ja meist schön oder das Körperliche ist dann zweitrangig. Ich kann nicht behaupten, dass ich von einer Vorliebe meinerseits, bezüglich Augen-, Haut- oder Haarfarbe wüsste. Aber klar, wenn ich's mir recht überlege, gibt es schon Wunschvorstellungen von Schönheit, Dinge, die sexy sind oder einen in den Bann des Unwiderstehlichen schlagen. Gut, ich denke mal an den Idealfall. Schwul sollte er sein, logisch. Dann wäre neben Charakter auch eine schöne, schlanke Figur, straffe, feste Haut und wunderbar zartgliedrige lange Finger sehr toll. Hervortretende Adern an männlichen Unterarmen gefallen mir besonders. Aber mein Ideal wäre, so glaube ich, maskulin ja, aber von androgyner Schönheit und eben jener Grazie, die wir so oft haben.«

»Wer wir?« funkelte sie mich lächelnd an.

»Wir Schwuchteln«, meinte ich lachend und gab ihr damit den eindeutigen Hinweis, dass es mich wahrlich nicht mehr kränkt, wenn man so etwas zu mir sagt.

Kurz drauf erkundigte sie sich, ob sie mir noch mehr eher intime Fragen stellen dürfe. Ich hatte es sogar gehofft. Die ganze Materie hatte sich über die Jahre so in mir angesammelt und zusammengestaut, dass ich nun darauf brannte, es los zu werden, es mit jemanden zu teilen. Und so gestattete ich es ihr mit überschäumender Freude und wartete geduldig auf die Fragen, während ich dem Regen zusah, wie er Tropfen auf der Verandatür hinterließ. Es war ein berauschendes Gefühl, mit soviel Wahrheit auf jede ihrer neugierigen Fragen zu antworten. Es waren Fragen wie:

»Was ist Sex für dich?«, also Fragen die im eigentlichen Sinne nichts mit der Homosexualität als solche zu tun hatten, und ich beantwortete sie ihr.

»Du weißt, dass ich auf dem Gebiet genauso wenig Erfahrung habe wie du, meine Süße. Aber ich denke, Sex ist etwas Eigenständiges und doch ein Parasit. Wenn man gewillt ist den Akt, der in aller Munde und Gedanken scheint, zu personifizieren. Denn Sex ist, so glaube ich, immer Teil von einem Gefühl. Er kann etwas wunderbares, wie Liebe, zu einem sprichwörtlichen Höhepunkt durch deren Vervollkommnung führen, dann ist er Teil der Liebe und die Zwei können nicht voneinander getrennt werden. Doch an sich, ursprünglich ist er es eben nicht – Teil von etwas Schönem. Ich glaube Sex ist immer inbrünstig, allerdings nur basierend auf den Gefühlen, derer er sich bedient. Vollkommen gleich, ob es nun Liebe, Rache, Angst, Hass, Trauer, Hingabe, Zorn, Trost oder schlicht Kälte und Berechnung ist. Er ist immer so fantastisch, wie er es im Zusammenhang mit dem Gefühl der zwei Liebenden möglich ist.

Wären wir nicht, mit samt unserer Empfindungswelt, wäre Kopulation nicht mehr, als eine barbarische, fleischliche Verschmelzung, die nicht selten brutal wäre.«
Neben diesen Teenagerfragen gab es auch andere. Solche ob ich schon Anzeichen für meine Orientierung in früheren Altersstadien bemerkt hatte, wie ich es empfunden habe, wie ich es durchlebt habe ...
»Hast du schon mal jemanden so geliebt, dass es schmerzt, weh tut und Liebe Schmerz bedeutet und man sich gleichzeitig nach diesem Schmerz sehnt?«
Und so kam der Augenblick, da es mir die Kehle zuschnürte und ich nicht gleich antworten konnte, nur dem Regen zuzusehen vermochte, wie er draußen alles in Tyanas Garten flutete. Nichts tun konnte, außer mich in den Sessel zu schmiegen und die Wärme des Kachelofens zu genießen. Durch dieses Verhalten kam natürlich eine seltsame Spannung auf, die ich nicht beabsichtigt hatte, und damit kam auch Tyanas etwas hilflose Frage, was denn sei, in der die Furcht, etwas falsch gemacht zu haben, mitschmeckte.
»Nichts, es ist nur ..., da ist dieser Typ, den ich wirklich gern noch einmal sehen würde. Er war eigentlich schon für ein paar Jahre in meinem Herzen, hat es besessen. Sechs Jahre um genau zu sein. Ich kann dieses Gefühl nicht ziehen lassen, glaube tief im Herzen, dann wäre ich nicht mehr ich selbst. Ich wünschte, ich könnte ihm zeigen, wer ich bin. Aber ich sollte wirklich aufhören Tagträumen nachzuhängen, das mach ich ohnehin schon viel zu viel. Diese Vergangenheit existierte nie wirklich, der wirkliche Er lief noch vor ein paar Tagen direkt vor meiner Nase und war nicht mehr der, in den ich mich vor Jahren verliebte, aber für mich noch genauso anziehend. Und nun ist er bald fort und hinterlässt nichts mit Ausnahme von meinem gebrochenem Herzen und tausend ungesprochener Worte.«
»Ist die Liebe nicht immer so? Ich glaube nicht sagen zu können, mich schon so heftig verliebt zu haben, aber ich denke, jede Sehnsucht, die unerfüllt bleibt, ist eine Liebe die unerwidert ist und paradoxerweise, ist diese auch die furchtbarste aller Sehnsüchte und bildet eine Wunde, die nur schwer vernarbt«, erwiderte sie.
»Liebe ist entweder ein Kuchen, der für jeden anders schmeckt und den jeder mit anderen Zutaten bäckt oder sie ist der *Zufall,* dass zwei Menschen kurz fast das Gleiche fühlen und wollen. Alles andere, was sonst als *Liebe* bezeichnet wird, sind die Zutaten dieses Gebäcks und Qualitäten, die schon

andere Namen tragen: Sehnsucht, Freude, sich einander wünschen, sich mehr wünschen, hoffen, verzeihen, identifizieren, verbinden, Schönheit sehen, sich hingeben, et cetera.«
»Ein Kuchen?« sie lachte »Denkst du eigentlich jemals nicht ans Essen? Du kannst froh sein, das du trotzdem so einen knochigen Arsch hast.« Ich lachte auf.
»Aber, du hast mit Sicherheit recht. Doch verstehe, Liebe und Wirklichkeit sind für mich inzwischen wie ein Widerspruch. Es ist, als hätte ich alle Liebe, die ich besaß, in diese eine unwirkliche Nacht in meiner Traumwelt gesteckt und wäre jetzt leer, unfähig etwas zu empfinden. Ich bin innen abgestorben und dabei empfinde ich eigentlich viel zu viel. Es schwankt alles. Zwischen etlichen Gefühlen, die rasen und die ich im nächsten Moment der Gleichgültigkeit wieder verloren glaube. Ich fühle dann weder echten Schmerz noch Freude, nicht einmal Verbitterung, nur jede Farbe des Zweifels, der mich zerfrisst und mir unbeschreiblich ist.
Ich habe dutzende Varianten eines Gemeinsamseins mit Alex durchspielt. Alle endeten tragisch, aber in jeder liebte ich ihn, als gäbe es keinen Morgen.«
»Alex? Alexander Ville doch nicht etwa? Der aus der Zwölften? Guter Geschmack. Magst du mir davon erzählen? Was für eine Nacht war das? Hast du mit ihm geschlafen? ... Schon gut, ich werde dir zuhören. Bin schließlich neugierig«, sagte sie.
Und dann brach es aus mir heraus, meine ach so gehaltene Statur war verschwunden und auch wenn ich nicht wirklich weinte, so regnete es doch in meinem Inneren.
»Die Welt schwebte und ich in ihr. Nur ein paar dunkle Gedanken um ein selbstzweifelndes Thema zogen mich in die Hölle zurück, die da die Empfindung meiner Welt war. Immer fröhlich und selbst das Lichte im Dunkeln oder Beängstigenden sehend, ging ich durch den wilden Garten unseres Kosmos. Und doch war ich mit Menschen meines eigenen Alters zusammen, war ich nicht ich, und Glück ward Finsternis.
Ich habe solche Dinge oft beschrieben, was ähnliche oder gleiche Thematik hatte, doch spielt das alles zusammen. Ich führe seit einigen Jahren Tagebuch und jeder Eintrag, mochte nun der Gedanke dahinter von mir stammen oder der Geisteserguss eines anderen sein, all jene bilden etwas. Ein Thema, ein Baustein meiner selbst. Ein Puzzelstück zu dem komplexen Gebilde, das da heißt Amadeo.«
»Amadeo?« versuchte sie mir zu folgen.

»Amadeo, ist vielleicht der Name, den mein Unterbewusstsein mir gab. Für alle Menschen bin ich Seduco Timid. Doch diese Menschen wissen nichts über mich. Oder im Zusammenhang mit dieser einen speziellen Thematik, die da immer wieder auftaucht, muss ich wohl sagen – wussten – nichts über mich.

Weißt du, die Philosophie und auch die Psychologie und Humanistik gehen von der Hypothese aus, dass ein Mensch niemals einen anderen kennen wird. Und das nicht zuletzt, weil wir mit Masken durch unsere Welt laufen oder unsere Sprachgewalt zu schwach ist, um das ganze komplexe Pensum an Emotionen und Informationen, welche bestimmte Gefühlsregungen in uns hervorrufen, zu beschreiben - und die Gefühle selbst zu beschreiben.«

Ich machte eine kurze Pause und sie sah mich an und wartete.

»Ty, ich bin kurz davor, dir etwas zu erzählen, was ich bisher noch nie jemanden so komplex erzählte. Nie präsentierte ich mich jemanden so wie dir, stets tropfte Blut aus den Seiten, als sie von fremder Hand berührt wurden. Ich sah Amadeo sterben, zerrissen durch Worte des Hohns. Du musst dir das nicht anhören, Tyana. Das kann ich nicht verlangen.« Es bebte in mir, ich wollte ihr alles erzählen, doch hatte ich auch Angst, dass sie danach nichts mehr mit mir zu tun haben wollte. Wir hatten uns doch erst gefunden.

»Nein, bitte erzähle es mir. Wenn du jetzt aufhörst, könnte ich tagelang nicht schlafen, wehe, du tust mir das an, also weiter«, sagte sie ernst, aber mit einem Augenzwinkern.

»Weißt du, in letzter Zeit war ich viel mit Jeremy und Pet zusammen.«

»Pet? Unser Peter aus der Schule? Das ist hingegen eine seltsame Wahl. Wer ist Jeremy?« fragte sie.

»Er heißt eigentlich Jeremias und ist Pet's bester Kumpel. Auf unseren Ausflügen bezichtigte ich sie des Spotts, doch im Fieber erkannte ich, dass hauptsächlich Hohn und Spott über meine Lippen kommen und nicht über die ihre und eines Feiglings nicht mal würdig, hatte ich Angst, selbst zum Opfer des Spotts zu werden. Wer bin ich geworden in den letzten Jahren?

Fremde Gesichter blicken mich aus dem Spiegel an. Jetzt, da ich die Masken fort glaube. Einst setzte ich mir zum Schutz Masken auf und bekam sie nur schwer wieder herunter. Doch möglicherweise habe ich mich im Lauf der Jahre nur zu dem entwickelt, was ich jetzt bin, und habe es selbst durch die Masken nicht mehr bemerkt. Und nun, da sie weg sind, erkenne ich, dass ich selbst so geworden bin wie sie.

Ich glaube inzwischen zu wissen, dass Amadeo eine Selbstreflexion meines Ichs ist. Er ist mein Pseudonym. Er ist Athene in der Verkleidung des Mentor auf Ithaka, welcher Telemachos sagt, wie er Odysseus finden und helfen kann. Und ich bin Odysseus selbst, auf einer Odyssee, und bin sein Sohn Telemachos, der mich sucht und zu finden gedenkt. Finden ist das Schlüsselwort. Selbstfindung des Selbstbeobachters, so das Selbstakzeptanz und Toleranz der anderen daraus resultiert.
Man sagte mir in den letzten zwei Jahren, ich besäße einen gesunden Egoismus, eine gesunde Dekadenz und ein hohes Maß an Selbstvertrauen. Geschmeichelt durch diese Worte bemerkte ich nur nicht, dass niemand mehr sagte, ich besäße ein großes Einfühlungsvermögen, eine gute Menschenkenntnis und Erkenntnis der Situationen dieser. Niemand sagte mehr, ich sei sehr reif für mein Alter und würde zuhören können wie kein Zweiter. Im Gegenteil, erst gestern musste ich mir vorwerfen lassen, dass ich nie richtig zuhören würde. Sie haben recht. Und noch etwas fiel mir auf. Ich bin zum Nörgler geworden. Früher erkannte ich die Schönheit der Welt und die Freude daran in jedem Winkel. Ich konnte allem seine individuelle Schönheit absehen. Auch wenn es noch so abartig war. Wenn ich das heute sagen würde, dann wären das nur noch leere Worte. Leere Räume, dunkel und verfallen und Bäume die im Sterben liegen, denn die güldenen Früchte sind verdorrt und selbst die Dunkelheit erfreut sich nicht an ihrem Anblick. Es ist schwer geworden mich zu beeindrucken, ich habe Freude an den Ausflügen, die wir unternehmen, mit wem auch immer. Zweifellos bin ich nie mit Gleichaltrigen so viel unterwegs gewesen, wie in dem letzten halben Jahr. Doch es fällt mir schwer, mich dafür zu bedanken, ich zeige diese Freude nicht und so richtig aus dem Häuschen hat mich schon lange nichts mehr gebracht. Freude ist nur gespielt, denn in meinem Geist tobten die Gedanken um eine Sache, ...« da unterbrach sie mich.
»Seduco, offenbar fällt es dir sehr schwer zu sagen, was du mir erzählen willst. Aber so kann ich dir nicht folgen. Du sprichst in Rätseln zu mir und schließt mich damit aus. Komm raus damit, lass das ganze Geschwafel weg. Was für Masken? Wer ist Amadeo, was verwirrt dich so?« mahnte sie mich.
»Du hast recht, ich habe mich wohl auf einen Exkurs eingelassen. Aber es ist schwer. Erst aus Erinnerung an des Schmerzes Pfade wegen und dann aus Glück, weint es in mir«, meinte ich.
Denn ich hatte mein Herz wieder gefunden und die Gefühle kehrten zu

mir zurück und ich erzählte ihr alles. Von der ersten Begegnung Amadeos, von meinem Leben, meinen Traumwelten und Reisen, von der Sache mit meinen Eltern, meinem Aufenthalt in der Heilanstalt, der Sekte und dem Anschlag auf meine Mutter, von Roland, von Jasmin und Alexander, von dieser einen Nacht in dem Ballsaal und seinem Tod, meinen Zweifeln und der Abwesenheit meines Gefühls.

Und es fiel mir wie Schuppen von den Augen, als ich mich erinnerte, mich noch einmal durch die Trümmer des Traumes bewegte. Er hatte mir das Herz entrissen ... *Dann, in seinem Stampfen nur noch eine handbreit von mir entfernt, sah er durch mich durch, ging durch mich durch, als wäre ich nie da gewesen und etwas geschah ...* - genau da, als er durch mich hindurch schritt, riss er mir das Herz aus der Brust. Und auch wenn das wirkliche, physische Herz noch an seinem Platz war, so schlug doch das symbolische nicht mehr und der Wirkungskreis dieses Verlustes reichte weit. Während ich sprach und gleichwohl ihren Worten lauschte, wurde mir dies alles Schritt für Schritt klar, drang immer durchsichtiger in mein Bewusstsein und ich entwirrte die Fäden. Und sie? Sie hörte zu, war ganz still und schenkte mir damit viel. Lange dauerten unsere Gespräche, bis tief in die Nacht.

»Wie fühlt es sich an, wenn man schwul ist? Mache Tabula rasa mit deinem Schmerz, Seduco. Ich höre zu, lass mich dies für dich tun. Bevor du lebenslang ein Jammerlappen bleibst.« Meine Sternenkönigin hatte schon Tränen in den Augen und ich dankte ihr und erzählte.

»Ja, Tabula rasa. Bevor ich es unerzählt vergesse, so wie ich die vielen Jahre, in der meine Mom mit Roland zusammen war, aus dem bewussten Gedächtnis gelöscht habe. Ich kann mich nur noch an Bruchstücke erinnern, wenn ich mich ganz darauf konzentriere. Manchmal bereue ich es, dass ich nicht früher Tagebuch führte. Und damit kommen wir wieder zurück zu Amadeo. Warum führte ich kein Tagebuch? – Weil es *schwul* war, eines zu führen.

Mein Leben und der Umgang mit der sexuellen Unentschlossenheit, bestand aus kopieren. Ich kopierte Hobbys, Verhaltensweisen, Umgangstöne und Kleidungsstile, Auftritt und Bewegung, Vorlieben und Abscheu, alles. Nur um als Hetero gesehen zu werden, von meinen Mitmenschen und vor meinem Spiegel. Gelang es mir? Wohl kaum, aber ich konnte mir selbst etwas vorspielen. Und hier sind wieder die Masken. Nicht nur, dass ich mir welche aufsetzte, ich umringte mich auch mit diesen. Wenn ich in der Mitte meines Wohnraumes stehe und mich dreh

und die Welt mit den Augen eines Menschen sehe, der nicht ich bin, starren mich Fratzen an, aus Holz und Ton. Man könnte sagen, die Erde blickt von meinen Wänden und starrt mich an. Ich habe mir von all meinen Reisen Dinge mitgebracht, oft waren es Figuren oder Masken.«
»Ich weiß, ich kenne dein tolles Zimmer, aber so habe ich es noch nie gesehen.«
»Sieben lange Jahre dauerte die Entwicklung von dem erwachsenem Kind mit großen Geheimnissen zu dem kindischen Erwachsenen, der keine mehr hat. Sieben Jahre, in denen das Wispern und Flüstern meiner Gedanken schleichend anschwoll und die Stille voll durchbrachen und in einem Sturm tosenden Gebrülls ausartete. Sieben Jahre lang Verdrängung, Zweifel, Ekel vor mir selbst und Angst etwas zu sein, worum ich nie gebeten habe.
In Kindheitstagen wurde ich schon immer als Mädchen bezeichnet und dafür gehalten. Was mich damals schon ärgerte und auch erschütterte. Später dann, etwa mit dem Beginn der fünften und sechsten Klasse, merkte ich, dass ich nicht das in Mädels und Frauen sah, was meine Mitschüler darin sahen. Doch ich hielt das damals nicht für relevant. Ich redete mir ein, dass ich nur ein Spätzünder bin oder einfach von anderer Gemütsart, so dass ich mich an so etwas wie der physische Entwicklungen unser Mitschülerinnen nicht hochziehen und Witze darüber machen konnte. Doch begann ich bereits Ende der sechsten und Anfang der siebten Klasse über eine eventuelle Homosexualität ernsthaft nachzudenken. Doch ich verdrängte den Gedanken immer wieder. Man muss dazu erwähnen, dass dies immer schwieriger wurde, denn wie du weißt, sind *Schwuchtel* und *schwul* immer mehr zu beliebten Schimpfwörter und Floskeln geworden, für etwas. was jemanden nicht gefällt oder irgendwie anders ist. Jedesmal wenn so ein Begriff fiel, zuckte es bei mir in der Magengegend und damit auch ich, zusammen. Ich konnte das einfach nicht hören und wollte auch nicht glauben, dass ich schwul bin, verdrängte jeden Gedanken daran. Und sagte mir: Das sind nur die Hormone im Zusammenhang mit der Pubertät.
In der achten Klasse wirkte das langsam, ich glaubte es fast. Dann verliebte ich mich wie erwähnt in ein Mädchen und war der Überzeugung, sie wäre der rettende Strohhalm vor der Homosexualität. Doch wie wir ja wissen, war dem nicht so, ich sah sie, weil ich Alexander gesehen hatte. Damals ereignete sich ein Wendepunkt. Dieser Moment, dieser Augenblick in meinem Leben, liegt schon ,ahre zurück und dennoch ist

mir die Bedeutung von diesem erst jetzt vor Augen getreten. Warum? So viel ist in der verstrichenen Zeit geschehen und doch, trotz der Schwere all jener Augenblicke, die aneinandergereiht wohl endlos scheinen, war keiner dabei, der in seiner unscheinbaren Winzigkeit und Abstraktion so bedeutsam war wie jener.
Es war im April anno neunzehnneunundneunzig, morgens kurz vor Acht in einer Klasse aus zusammengewürfelten Schülern, im dritten Stock unserer damaligen Schule. Genau hier, zu diesem Zeitpunk veränderte die Handlung einer einzigen Person eben alles danach folgende. Du weißt, was dann geschah. Jasmin setzte sich für eine Woche zu mir und war freundlich, ganz aus sich heraus. Das war es gewesen. Das hatte die Sicherungen in meinem Schädel durchbrennen lassen. Nicht zuletzt deswegen wiederholte ich die achte Klasse. Meine Mom hatte recht, ich hätte sie trotz des Krankenhausaufenthaltes schaffen können. Aber es war wichtig, denn das Wissen, welches ich gegenüber meiner neuen Klasse hatte, verschaffte mir schließlich Selbstvertrauen. Endlich begann ich mit den Leuten zu reden. So dann auch später mit Steven.
In der folgenden achten, neunten und zehnten Klasse war ich mir eigentlich sicher, dass ich schwul bin, konnte aber weder daran denken, noch es aussprechen. Einmal fragte mich eine Mitschülerin direkt. Sie meinte, ein guter Freund von ihr, der bei uns in die Schule ging, wollte es gerne wissen. In einem Anflug an Panik verneinte ich ziemlich heftig. Nicht zuletzt in dem Glauben, dass es sich bei diesem so genannten Freund, um eine Lüge handelte. Später habe ich mich oft gefragt, ob es dies tatsächlich war. Machte mir stille Vorstellungen, dass es vielleicht sogar Alex gewesen war.
Zum Ende der Zehnten, machte ich einen gewissen Fortschritt, ich konnte das Wort aufschreiben, sogar in Bezug auf mich selbst, aber ich zerriss den Zettel und verbrannte ihn. Soviel dazu, dass ich damit umgehen konnte. Allerdings verfasste ich im November einen Brief an mich selbst, in dem dieses auch stand. Und diesen verbrannte ich nicht. All das war von extremen Selbstzweifel begleitet. Ich spürte einen Druck auf meinen Schultern, eine Last, die ich zu tragen hatte, welche ich aber nicht zu ertragen bereit war. Ich fühlte mich wie Atlas, der das Himmelsgewölbe trug, es allerdings gegen die Stützpfeiler der Hölle getauscht hatte.
Ich fand meine Gefühle für Männer abartig und abnorm. Ich widerte mich selbst an. Konnte meinen Anblick im Spiegel in keiner Weise

mehr ertragen, und ich zerschlug in Amadeos Welt alle Spiegel und spiegelnden Flächen. Das war die Geschichte in dem indischen Tempel, von der ich dir erzählte.«

»Ach ja, die U-Bahn Story. Verrückt. Weiter.«

»Im Jahr danach hatte ich dann mein Coming Out, damit meine ich nicht, dass ich es jemanden anderen mitteilte, sondern dass ich es vor mir selbst endgültig eingestand. Und das, weil ich nicht mehr schlafen konnte, meine Gedanken drehten sich pausenlos um dieses Thema. Ich hörte nicht mehr was andere sagten und stagnierte vor mich hin. Bis ich es schließlich im Februar des folgenden Jahres auch meinen Freunden und meiner Familie mitteilen konnte.

Ich hasste den Anblick von Homosexuellen im Fernseher und auf der Straße, weil ich mich selbst darin sah, mich immer wieder daran erinnert fühlte. Obgleich diese Offenheit der Anderen mir mit Sicherheit auch Kraft gab. Schließlich änderten sich diese Gefühle, ich empfand das Verhalten und mich selbst nicht mehr als Perversion und begann wieder damit umzugehen, wie ich früher mit Problemen umzugehen gepflegt hatte. Ich analysierte es, eignete mir alles Wissen darüber an, was ich finden konnte. Historische Homosexualität, Homosexualität in der Genetik, Homosexualität in der Tierwelt, in der Politik, in der Kunst, ... Und ich begann, meinen Gedankenbüchern etwas ehrlicher gegenüberzustehen. Eines Morgens sah ich mein Spiegelbild an und sagte ihm, dass ich bereit bin, es zu akzeptieren. Niemand in meiner Familie oder Bekanntschaft stand diesem Thema feindlich gegenüber. Masochistisch veranlagt bin ich auch nicht und ich akzeptierte stets alle anderen Menschen. Warum sollte ich da nicht fähig sein, mich selbst zu akzeptieren. Die Angst vor der Offenheit war nicht die, was die Anderen sagen würden, was die Anderen von mir dächten. Das spielte sicher eine untergeordnete Rolle, aber vornehmlich galt meiner Sorge, wenn ich sage: *›Ich bin schwul‹*, dann bin ich es auch wirklich und unwiderruflich. Doch wie du weißt, tat ich es.

Die ganze Entwicklung hat etwas mit Selbstakzeptanz zu tun. Auch wenn ich Blut und Wasser schwitzte, wenn ich auf Partys war oder vor der Klasse stand. Immer mit dem Gedanken, ob die Anderen etwas merkten, ob mein vorgetäuschtes Verhalten auch wirklich hetero-like ist oder doch eher tuntig. Im Endeffekt wollte ich die ganze Zeit über nur mir selbst etwas vormachen, mich vor mir selbst verstecken. Zusätzlich war da ja immer noch die Sache mit Amadeo und Alex. Das eine hieß, dass man

mich für verrückt halten konnte, das andere, dass ich nicht klar denken konnte. Beides läuft aufs gleiche raus.«
»Wie kann ich mir Amadeos Welt vorstellen? Ist sie so real wie unsere? Ohne Unterschied?« suchte sie zu erfahren.
»Doch. Unterschiede gibt es schon. Du gehst zum Beispiel durch Wüstensand, eine Düne entlang und sinkst fast knietief in den Sand ein, hast aber niemals welchen in den Schuhen. Du fühlst die heißen Körner, aber sie berühren dich nie richtig. Erst wenn dir dies plötzlich auffällt, dann ändert sich das. Dann ändert Amadeo sein Konzept von der Welt. Diese Details, ob er sie nun vergisst oder nicht, sind ihm sehr wichtig. So surreal manche Ebenen auch sein mögen, sie sollen in ihrer Nichtexistenz so wirklichkeitsgetreu sein, wie nur irgend möglich. Dies ist die Äußerung seines Bestrebens, in diese Welt zu kommen, wirklich zu sein. Zu existieren. Er verleumdet dies oft. Immer dann, wenn er behauptet auf diese Traumwelten keinen Einfluss zu haben, immer dann, wenn er sagt, all dies entspringt nur mir.
Amadeo unternahm manchen Versuch in der Vergangenheit, dies zu bewerkstelligen, in die Existenz zu gelangen. Natürlich würde das nie funktionieren, aber solche Experimente gefährden uns beide, können uns verletzten, vielleicht töten. Inzwischen macht er das nicht mehr, wir waren beide noch Kinder und es waren immer diese Momente, die mich vor Amadeo fürchten machten.«, erklärte ich ihr.
»Aber Angst hattest du nie vor ihm, oder?«
»Nein, nicht wirklich. Dafür war er zu oft mein Beschützer, derjenige der mich die Dinge verstehen lehrte. Der mir half zu mir selbst zu finden. Der mich schließlich zur Erlösung trieb.« sann ich nach.
»Was änderte sich, nach dem großen Tag?« fragte sie.
»Puh! Das Leben folgt einer bestimmten Linie und es bleibt dieser treu, auch nach Momenten, die wir als einschneidende Ereignisse bezeichnen. Rückblickend muss ich sagen, trotz großer Erwartungen, änderte sich gar nichts. Es wurde kurz geredet, das war's. Es blieben die gleichen Beklemmungen wie vorher auch. Na ja, so ganz stimmt das allerdings auch nicht. Mit nötigem Abstand, fällt mir auf, dass ich lockerer geworden bin und nicht mehr so angreifbar. Zumindest nach außen. Man wartet eben angespannt, dass es passiert, dass der Hase aus dem Zylinder hüpft und alles Sonnenschein ist.
Es war ein Wechselbad der Gefühle und ist es noch, denn das ist es doch, was das Menschsein mit ausmacht, oder? Es hat etwas mit Leidenschaft

zu tun. Sie erwacht irgendwann, bricht hervor und scheint uns zu verschlingen. Aber eigentlich leitet sie uns, von einem Punkt zum nächsten. Prägt insgeheim, was wir sind und werden.
Und ich widme diesen kurzen Auszug aus meinem Leben der Leidenschaft, die in uns allen wohnt. Denn ich spüre einen neuen Wendepunkt, Tyana. Noch während ich rede, spüre ich den Wandel. Es ist vorbei. Es ist endlich vorbei, du bist gekommen.«
Anfangs zögernd, schüchtern wie Kinder vor dem Weihnachtsmann, umarmten wir uns schließlich lange.
Ganz kurz nur, sah ich meine zwei Bäume vor mir. Sie hatten sich von ihren Verbrennungen erholt und einander stärker zugeneigt und es schneite. Die Luft war weder feucht noch kalt und der Boden blieb vom Schnee unberührt. Nur die Blätter der Bäume waren aus Eis und fielen ohne Unterlass zu Boden, nur um sich dort in Blumen aus Kristall zu verwandeln. Es hatte etwas Freies und in dieser unwirklichen Welt gelang es mir, endlich frei zu atmen. Sie trug Heilung in der Luft. Und ich sah die zerstörte Welt von Conúpaxeia, wieder in Weiß und die doppelte Säule war zu einer geworden.

Durch den Regen zu laufen und trotz Schirm unglaublich nass zu werden, kann einen glücklicher machen als manch sonniger Tag in welchem alles so fad und unwirklich erscheint. Warum ist das so? Warum bin ich mit einem Mal so leichtmütig, beschwingt und frei als wäre ich verliebt, ohne dass ich einen Menschen habe, in den ich hätte verliebt sein können? Ja, glücklich, obwohl sich keiner meiner Wunschvorstellungen erfüllt hat? Ich glaube, dieses besondere Gefühl kommt von der schwerelosen Freiheit die mich umgibt. Keine Zwänge mehr, nichts, nur dieser Augenblick, der mich einhüllt, mehr zählt nicht. Und meine Seele weinte vor Glück, dafür, dass die Last genommen ward, das sich die erlauchte Person fand, der ich dies alles erzählen konnte. Mein Herz sah ich wieder schlagen und die Sonne aufgehen in meinem Reich der Fantasie. In diesem stillen Heulkrampf mit dem sonnigen Ende, legte ich erstmals vor einem anderen Menschen mein Selbst in aller Offenheit dar und er glaubte an mich. Und Poesie liegt mir auf den Lippen, denn der Schmerz war die Seeschlange gewesen, ich Andromeda und Tyana mein mich rettender Perseus.

Licht dringt in die dunklen Räume der Einsamkeit, deren Hallen, gestützt von Säulen aus Eis vor des Betrachters Auge, sich in die schiere Endlosigkeit erstrecken. Wenngleich dies schwarze Eis noch den wehklagenden Hauch einer vergangenen und doch nie erreichten Wärme ausstrahlt, genannt Liebe, ist die Kälte dieser Welt so klar vor mir, dass das Bewegen nicht möglich scheint und Eis mein Herz umfasst. Doch die Tore zu dieser unwirklichen Sphäre wurden einen Spalt breit geöffnet und die Götter ließen ein Licht herein, gekommen im Körper einer jungen Frau. La Pucelle. Und das Eis begann zu klirren und Schwarz sei nicht mehr schwarz, sondern glänzend hell im warmen Licht dieser Blüte. Leidenschaft und die Hitze und das Glück einer liebenden Berührung können wir uns nicht schenken, doch wir schweigen und verstehen ohne Worte.
Und Schönheit entlocken wir der eisgefrorenen Welt unseres Seelenheims.
Ein Band, das Hoffnung verspricht, verbindet uns und verhilft zu neuer Stärke, auf dass wir gemeinsam das Tor zu den kommenden Hallen des Schicksals erreichen und in platonischer und liebend inniger Umarmung die Pforten des noch bevor stehenden durchschreiten. Sei unsere Zeit zusammen vielleicht auch begrenzt, ich danke den Mächten für ihr Geschenk; ich danke dir Jungfrau, Sternenkönigin für deine Wärme. Hab Dank Tyana.

Mein Herz hat sich durch dieses Gespräch entkrampft, ich spür es in meiner Brust und sehe das Leuchten meiner Augen im Spiegelbild. Ich glaube, ich bin erst jetzt richtig fähig dazu, diese Gefühle zu zulassen. Auch verstehe ich nun, warum es in Amadeos Reich mir so oft passierte, dass ich in letzter Zeit irgendwo versunken bin; in Zeitschleifen, in der Erde, im Wasser, ... Alles Gefühl, das in mir war, und all dies, was ich über die Jahre in mich hineingeschlungen habe, ist zu einem unsichtbaren Berg angeschwollen, der mich schier übermannte, ich konnte dem nicht länger alleine herr werden und versank dadurch darin. Und ich spüre den Abschied. Amadeo ist eine Kreatur, die aus meinem Schmerz geboren wurde, seit dem Tage, an dem mein Vater uns verließ, war er immer da, wenn mir Leid ein Begleiter war. Das ist mir gestern klar geworden, als ich mein gesamtes Leben vor Tyana ausbreitete und sie mir das Ihrige.

Er ist wie mein dunkler Engel der dunklen Stunden, der an sich ebenso zweifelt, wie ich es tat. Er ist mein projiziertes Gefühl. Aber Glück versteht er nicht. Amadeo wird verschwinden, sich auflösen, wenn ich erkenne, dass es keine Furcht für mich mehr gibt.
Es ist spät an diesem sich neigenden Sonntag und morgen wird der Regen verstummt sein und eine neue Welt vor meiner Tür stehen, die auf mich wartet. Hab Dank Tyana für deine Freundschaft. Möge dich im Leben das Glück an Schönem im gleichen Maß ereilen wie das der Erfahrung. Hab Dank, dass es dich gibt. Mein Name ist Seduco Timid.

Seduco Timid, Tagebuch – 12. Juli 2004

Zwei Füße bahnten sich bedächtig ihren Weg durch das hohe Gras, an deren Grün sich Perlen gleich, die Tropfen des erst kürzlich verklungenen Sommerschauers abzeichneten. Ein Schritt nach dem anderen, weder langsam noch schnell, schritten die Füße voran. Dann verging das Gras, die Erde war feucht und dennoch sah die Landschaft aus, als hätte es lange keinen Regen mehr gegeben. Kaum Gräser waren noch zu sehen und wenn, waren sie dornig und brüchig. Stein war das Element dieser Landschaften, welche sich von bezaubernden Tälern in die Höhe schwangen und sich in fast zwei Kilometer Höhe an den Himmel schmiegten. Vereinzelt wuchsen Bäume aus dem Boden, nicht sehr viel größer, als ein ausgewachsener Mann, und doch knorrig und alt. Ihre Rinde war so tief und oft gebrochen, in nahezu hexagonaler Form, dass es von weitem den Anschein hatte, dass es sich bei deren Beschaffenheit um die Haut einer Schlange handle. Die Füße schritten weiter, unbeirrt und unermüdlich durch diese Landschaft, die so grell ins Licht getaucht war. Keine Wolke am Himmel, nur die Sonne heiß und glühend, und immer weiter, Berg um Berg, Talsohle um Talsohle, dieses steinernen Gebirges mit dem vereinzelten und doch scheinbar nach System wuchernden Buschwerks. Einem wortlosen Ruf folgend. Die Füße erreichten aufs Neue die Hochebene eines Berges und die Augen erblickten dem Gipfel gegenüber einen weiteren. Die Berge waren durch ein Plateau verbunden und auf halber Strecke, die Ebene durchquerend, war mir gewahr, wer ich war. Das mir die Füße und die Augen gehörten, welche ich die ganze Zeit über, ohne mich meiner bewusst zu sein, beobachtete,

verfolgte. Und mit einem Mal war ich wieder ich, Seduco Timid. Ich sah an mir herunter. Ja, die dunkelblaue Jeans, die grauen, ausgetretenen Chucks gehörten mir. Auch die Hände mit dem silbernen Ring an der rechten und den Lederbändchen am linken Handgelenk, waren meine. Traumverloren befingerte ich das Kleidungsstück, welches meinen Oberkörper bedeckte. Das kannte ich nicht. Es war aus weißem Leinen, mit weiten Ärmeln, welche aber nicht mal bis zu den Handgelenken reichten. Der Halsausschnitt war mit orientalischen Mustern bestickt, auch in dreckigem Weiß. Sonst war es schmucklos. Nur um meinen Hals hing eng die lederne Kette mit dem Jaspis, wie ich sie immer trug und nie ablegte. Warum ging ich hier durch die Einöde? Wohin wollte ich? War da nicht dieser Ruf, dem ich folgte? Ich versank in Schweigen, suchte im Dunkel meiner Gedanken nach dem Ruf. Erwachte aus der Stille, als ich merkte, dass ich mich bereits wieder bewegte. Im Gehen blicke ich nach oben, zu dem Gipfel, welchen ich ansteuerte. Dort hinauf muss ich, wusste ich. Etwas oder jemand wartete dort. Nun denn, ich ging, erklomm den Gipfel aus heißem, sandigen Gestein, in selbem Schritt, weder langsam noch schnell, aber bedächtig. Eine heiße Briese kam auf, ebenso ruhig wie alles hier.
Oben angekommen, sah ich ihn. Er kauerte am Boden. Seine übliche Kleidung war zu einem schwarzen Kaftan und einem indigoblauen Turban, wie ihn die Tuareg trugen, zerschmolzen. Aber auch dieser konnte seine wilden Haare nicht bändigen und biss in die gebrochenen Farben der Landschaft, so es schmerzte. In allen Richtungen stoben seine Strähnen auseinander und lugten unter dem stechenden Blau hervor.
»Was machst du hier, Amadeo?« fragte ich.
»Ich weinte, damit du mich hörst. Doch nur Tod bringen meine schwarzen Tränen. Zu viel Dunkelheit ist in mir«, entgegnete er und sah mir dabei tief in die Augen. Die seinen, schwarz wie je, hatten rot unterlaufene Ränder und Tränenspuren wie zerronnene Tinte, die im Begriff war, zu rosten. Sie zeichneten sich auf seinen hübschen, narbigen Wangen ab. Auf meinen fragenden Blick antwortend, zog er den Stoff seines Kaftans beiseite und bot die Ansicht frei auf einen toten Hasen, dessen Augen nach oben verdreht waren und dessen Fell von Blut verklebt war. In den Wunden staken die zu schwarzem Glas gewordenen Tränen Amadeos, welcher fortfuhr:
»Ich habe geschrieen, wollte weinen um das Leben dieses Hasen, doch es ging nicht, es tat weh. Und dann schrie ich von neuem und ein Gewitter

brach aus und meine Tränen tränkten dieses Land. Doch, auch dies ist fast tot und auch mein salziges Wasser kann daran nichts ändern.«
»Wo ist der Hase hergekommen, Amadeo?«
»Das weiß ich nicht. Das hier ist meine Welt, vermutlich habe ich ihn selbst heraufbeschworen«, meinte er mit tonloser Stimme.
»Warum wolltest du weinen?« wollte ich wissen.
»Weil du willst, dass ich sterbe.« Ich stutzte, das war mir bis eben nicht bewusst gewesen. »Weil ich dir zeigen wollte, das ich so schlecht nicht bin!« meinte er.
Es wäre eine Lüge gewesen, hätte ich gesagt, dass er mir nicht unendlich Leid tat und dass ich wirklich wollte, dass er starb. Und so verharrten wir dort, wo wir waren, in der Glut der Mittagssonne, irgendwo in der Welt von Amadeo, auf einem der höchsten Gipfel dieses Gebirges, im heißen Wind, der an Amadeos spärlicher Kleidung riss und sie langsam zerfledderte. Er sitzend, am Boden kauernd, und ich stehend, mit wehendem Hemd und Haar, wieder lang und dunkel, wie es früher mal eine zeitlang war. Draußen, in der Wirklichkeit hatte mein Blondschopf wieder die Oberhand auf sehr viel kürzeren Strähnen. So verweilten wir also dort, beide irgendeinen Punkt am Horizont fixierend, in der Ferne. Bis ich die Stille durchbrach, mich abwandte, mich zu ihm umdrehte und sagte, als der Wind jäh innehielt:
»Du hast recht, mein Engel, dies ist er, Amadeo, der Augenblick des Lebewohl. Ich werde jetzt gehen.« Ich machte eine Pause, nicht um meine Worte wirken zu lassen, sondern weil es mir selbst sehr schwer fiel. »Ich hab dich lieb und danke dir. Alles Gute.« Ich wollte weg, aus der falschen Annahme heraus, dass, wenn es schnell ginge, es auch weniger weh tun würde. Töricht.
Schon im Erwachen begriffen, rief er mich zurück und fragte:
»Seduco, erinnerst du dich an den Augenblick, an den Wimpernschlag der Zeit, in welchem du dich damals verliebtest?«
Es ist immer schmeichelnd, wegen der Seltenheit, wenn jemand jemanden anderes mit dessen Namen anspricht und dies so liebevoll und schwermütig geschehen lässt, wie es Amadeo eben tat. So drehte ich mich um und gab zur Antwort:
»Den exakten Moment? Nein.«
»Ich schon. Zumindest daran, was du exakt zu diesem Zeitpunkt gefühlt hast. Wenn ich vergehe, wirst du die Erinnerung daran für immer verlieren. Ist das nicht schade?«

»Ja, das ist schade. Doch es wird mir nicht der größte aller Verluste sein, die dein Entschwinden mit sich bringen wird.« Ich war den Tränen näher als ich das selbst begriffen hätte, dieser Blick ... diese Frage!
»Warum muss ich sterben?«
und ich antwortete:
»Weil jeder es einmal muss und deine Zeit gekommen ist. ... Amadeo versteh' doch, du existiertest durch mich. Und nun brauche ich dich nicht mehr, selbst wenn ich wollte, könnte ich dich nicht mehr nähren mit dem was du brauchst, mit dem, aus dem du bestehst, woher du deine Kraft beziehst. Wenn du überleben würdest, wäre das mein Tod und über kurz oder lang auch der deine, denn ohne mich bist du nicht. So wie ich lange ohne dich nichts war. Ich war dem Feuer zu nah, Amadeo, ich wäre fast verbrannt. Doch deine Tränen waren es, die mich retteten. So hast du mich gerettet, indem du das Sinnbild meiner Feigheit, durch deine Tränen vernichtetest. Doch mein Glück ist es, was deinen Tod bedeutet. Dir diesen beschert. Willst du nicht, dass ich glücklich bin?«
Er war schwach, das konnte man sehen. Dürr und bleich wie er war, der Kaftan konnte darüber nicht mehr hinwegtäuschen. Nichts mehr, als ein Häuflein Elend, dem langsam die Farbe entwich und ergraute. Er schien unter meinen Worten erdrückt. Ich schob seinen Turban in den Nacken, von wo er auf den Boden rutschte und zerfiel, als wäre er tausende Jahre alt. Ich küsste ihn auf seinen Kopf, ließ mein Gesicht in seinen schwarzen Haaren mit den grauen Federn versinken, atmete seinen Duft ein letztes Mal ein und so kauerten wir da, saßen am Boden und umarmten uns.
Flüsternd versuchte ich, seinem Tod einen Sinn zu geben, wie sein Leben einen hatte.
»Wenn ich könnte, würde ich hier bleiben. Bei dir. Um endlos in deinen Augen zu versinken, für immer mit meinen Gefühlen mich in deinen Haaren zu verfangen. Aber sieh, Schmerz war es, der dich gebar. Dafür warst du da, bei mir, mein Engel.«
Ich hatte einen Kloß im Hals.
»Ich lebte immer in einem Blendwerk, einer Scheinwelt, die mich vor dem großen Bösen da draußen beschützen sollte. Doch dies Bollwerk ist aus Glas. Es bricht leicht und die Splitter bohren sich durch meine Haut, bahnen sich blutige Wege zu meiner Seele. Das hast du mir selbst gezeigt. Entstanden aus meinem unterdrückten Leid, ernährtest du dich davon auch später noch. Doch sieh, ich habe die Scheidung meiner Eltern überwunden, den Verlust meines Vaters akzeptiert. Mein Vertrauen in die

Familie ist durch das Vertrauen in meine Freunde – welche ich endlich gefunden – erneuert. Roland kann mir keine Schmerzen mehr zufügen, meine Mom ist in Sicherheit, ich bin nicht mehr einsam und Angst vor Andersartigkeit ist der Gewissheit dieser gewichen und ich empfinde es nicht mehr als schlimm, sondern als Freude und Herausforderung. Ich rede nicht mehr nur mit den Büchern, sondern auch mit den Menschen, die ich liebe. Ich habe allen verziehen. Verstehst du das nicht? Ich liebe dich, über alles. Du warst es, dem ich dies verdanke, du hast mich gerettet, beschützt, mir die Welt offenbart, mich erzogen und geliebt. Du bist ein Teil meiner Seele, der sich von mir löste im Zeichen des Schmerzes. Du bist meine Identifikation mit allem, was mich verletzt. Dein Tod bedeutet nicht, dass du verschwindest, sondern dass du heimkehrst. Du bist ›der von Gott geliebte‹, schon vergessen? Und ich, ich habe den Schmerz überwunden, als ich begann, ihn zu akzeptieren und ihn nicht mehr als mich Selbst zu betrachten. Damit verwelkt deine körperliche Erscheinung und du verbindest dich wieder mit meiner Seele, mit mir. Du wirst dem was ich bin, näher sein als je zuvor. Ich liebe dich, Amadeo, ...« – und unter Tränen, in Worten ohne Stimme, nichts mehr als ein Hauch – »... doch nun wirst du nur noch meine schönste Erinnerung sein. Dort werde ich deinen Namen immer hören und in der Erinnerung werden wir uns erneut begegnen. Und nun gehe ich mit erhobenen Hauptes, damit meine Tränen dich nicht berühren und deiner Schönheit berauben.«
Ich löste mich. Eine klare, echte und reine Träne rann ihm über das Gesicht und fiel zu Boden. Seine erste wahre und seine letzte. Aber er lächelte und ich tat es ihm gleich.
Dann drehte ich mich um, ging und war verschwunden. Als ich aus meinem Tagtraum erwachte, wusste ich, dass dies das letzte Mal war, dass ich Amadeo oder seine bizarre Welt zu Gesicht bekommen hatte. Alles was davon übrig blieb, war Erinnerung und eine getrocknete Träne.

Heute war der zwölfte Juli zweitausendvier, mein Name ist Seduco Timid.

Hier. Dies Buch ist für Dich,
für Freud und Leid bestimmt.
Geduldiges Papier ist hinein genäht,
glaube mir, ich habe es gefragt.
Beginne mit dem Schreiben,
wenn Dich die Muse küsst,
nicht weil ich es Dir schenkte.
Es ist als Dankeschön gemeint,
dafür das Du mir immer so schöne
Geschichten erzählst.

Für Dich und Amadeo,
möget ihr zu zweit das Licht des Lebens finden.

In Liebe und steter Erinnerung
Deine Oma Elisabeth

24. August 1998

Erste Seite im ersten Tagebuch.

Seduco Timid, Tagebuch – 26. Juli 2004

Das Leben in seinen verschiedenen Epochen
ist eine Schatzkammer.
Wir werden reich in jedem Gewölbe;
wie reich, das erkennen wir erst
bei Eintritt in das nächste Gewölbe.

Friedrich Hebbel

Ich lebe wieder!
Auf eine vollkommen neue Art und Weise, die aufregend und schön ist und mir gefällt.
Die Zeit des im dunklem Dämmernden ist möglicherweise endgültig vorüber.
Und selbst wenn nicht, wenn dies nur ein kurzer Augenblick ist, was ich nicht glaube, so bin ich dankbar dafür. Das Überwältigende ist nicht, dass ich auf diese neue, alles mitnehmende Art, wieder lebe, sondern dass es mir gefällt.
Was Hebbel sagt stimmt, jetzt da es vorbei ist, erkenne ich, dass selbst diese vitiöse Zeit des im *Dunklen dämmern* etwas für sich hatte. Diese Zeit, obgleich ich es hier auf einigen Seiten versuchte, hat etwas in sich, das ich nicht mit Worten wiedergeben kann. Doch schlecht ist es nicht. Ich habe um Amadeo noch lange geweint, für ihn eine Kerze entzündet und all das. Aber trotz des scheinbaren Verlustes, so habe ich doch nichts verloren. Nicht, im eigentlichen Sinne. Er war stets ein Teil von mir und wird es immer sein. Dem ungeachtet schenkte er mir mit seinem Tod die Freude. Einmal mehr. Dies war irgendwie immer seine Aufgabe. Für den letzten großen Akt, verschenkte er damit sich selbst. Tyana sagte, ich sehe aus, als wolle ich *›Pferde ausreißen und Bäume stehlen‹*. Sie hat sich für mich gefreut und versteht, dass ich Amadeo immer lieben und missen werde. Wie reich wurde ich doch beschenkt.

Mein Name ist Seduco Timid, heute ist der sechsundzwanzigste Juli zweitausendvier. Am achtzehnten vor genau einem Monat feierten die Zwölfklässler der Fachschule das Ende ihrer Abiturprüfungen.

Es gibt Tage, an denen nichts zu stimmen scheint, an denen einem kleine Dinge ohne Grund nerven und es gibt Tage wie damals, an denen einem die ganze Welt etwas vorzusingen schien, genau wie heute. Tage, die einfach stimmen, passen so wie sie sind, von dem Moment, an dem man die Augen öffnet, bis zu dem, in welchen man sie wieder schließt. Tage, an denen es sogar Spaß macht, endlich seine Tonplastik fertig zu stellen. Man sagt sich, dass, egal was jetzt noch passiert, es nichts gibt, was das Glück dieses Tages wieder nehmen kann.

Damals allerdings, passierte es doch. Schuld war natürlich Alex oder besser, dass er mir so viel bedeutet. Ich redete mir ein, dass ich inzwischen soweit war, dass ich ihn gar nicht mehr unbedingt haben wollte und ich auch auf diesen einen, einzigen Kuss von dem ich seit Jahren heimlich träumte und den mir zu holen ich bei seinem Realschulabgang nicht wagte, an Bedeutung verloren hat. Doch ein Gespräch, ein kurzes Kennenlernen, ein einziges Gespräch, das wünschte ich mir nach wie vor. Das stimmt natürlich auch jetzt noch, allerdings war der Rest schlichtweg Blödsinn. Selbstverständlich will ich noch immer, dass er mich sieht, in den Arm nimmt und wir zwei sind und ich nicht mehr nur eins.
Dann kam er mit allen anderen aus der letzten Prüfung heraus, und als mir endlich, wenigstens der Hauch einer Chance ihn anzusprechen gewährt wurde, ... konnte ich es nicht. Mir fehlte der Mut. Warum? Sonst habe ich so etwas, trotz größter Aufregung doch auch geschafft. Warum diesmal nicht?
Das war noch nicht mal alles, inzwischen behandelt nicht nur er mich – wie gewohnt – wie Luft, sondern Cassy noch dazu. Was war in meiner Abwesenheit von allen Dingen passiert?
Ich hatte Alex einen Zettel unter seine Kostüme geschoben, in der Hoffnung, dass er diese irgendwann einmal abhole. Nach ein paar Tagen bin ich runter in die Räume der darstellenden Kunst gestürzt und habe den Zettel in einem Anflug von Verstand wieder entfernt. Hielt es dann doch für eine dumme Idee.
Verrückt, wie ein Augenblick alles so radikal verändern konnte. So wie eine Entscheidung, der man dann nicht nachging und die dafür sorgte, dass man unsichtbar blieb.
Und ich brauchte jetzt noch einen Augenblick, noch eine Chance, nachdem meine Scheinwelt für mich nun nicht mehr existierte, einen Moment um endlich auch von Alex los zu kommen oder etwas bei ihm zu erreichen, eine Möglichkeit, um Cassandra wieder für mich zu gewinnen. Ich will das unbedingt schaffen, dazu musste ich nur endlich

meine Klappe aufmachen. – So damals.
Doch wie gesagt, heute ist ein glücklicher Tag. Es regnet zwar, doch ich schaffte es endlich, mir ein Herz zu fassen und ihn anzusprechen, hat ja auch lang genug gedauert. Natürlich fragte ich ihn vollkommenen Mist, was mich eigentlich gar nicht interessierte. Nämlich, da er schon etwas länger geoutet ist, ob er weiß, ob es hier in der Stadt eine *Szene* gibt und wo er seinen Freund kennen gelernt hat, etc. Es war ein sehr kurzes Gespräch, doch intensiver und offener als jemals zuvor, logisch. Somit habe ich meine letzte Chance erhalten. Er war nämlich nur ganz kurz in der Schule, um noch ein paar letzte Sachen zu holen. Zudem erfuhr ich, nicht ganz ungewollt, dass er mit niemanden liiert ist.
So erhielt ich meine Chance und schlug zwei Fliegen mit einer Klappe, denn ich müsste mich schon sehr irren, wenn Cassandra durch ihn nichts von meinem Outing erfahren würde. Damit wurde von ihm, mein Name ihr gegenüber genannt und sorgte für Gesprächsstoff. Meine Rechnung ging auch prompt auf, Tyana war bei mir und da klingelte nur vier Stunden nach meinem Treffen mit Alex das Telefon. Cassandra war dran, gratulierte mir und meinte, wir müssen unbedingt reden. Daraufhin lud sie mich aufs Sommerfest ein, welches die Stadt jährlich in einer der Parkanlagen ausrichtet. Nun, ich fand meinen Mut und lebte einen winzigen Augenblick meinen Traum. Heute, ist das Leben schön.

Seduco Timid, Tagebuch - 13. August 2004

Heute erzähle ich von damals, so ist der einunddreißigste Juli zweitausendvier, mein Name ist Seduco Timid und heute war das Sommerfest ein Sommernachtstraum.
Sechs Jahre! Alexander hatte mich durch die Hölle geschickt, auf eine sonderbare Art und Weise. Indem er mich ignorierte. Indem ich für ihn auf erschreckend reale Weise unsichtbar war. Indem ich für ihn so gleichgültig war, wie sonst nur wenig. *Weder wohlwollend noch missgünstig.*
Doch gleichwohl hat er mich aus dieser Hölle auch wieder befreit. Und zwar heute.
In lautes Schweigen und einer bewegten Starre verharrend, brachte ich in seiner Gegenwart erneut kaum ein Wort heraus. Ich hatte den einen

Augenblick, die ultimative Chance ihm zu zeigen, dass sein Eindruck von mir nicht der Richtige ist. Ich hätte ihm zeigen können, dass er mich in dem halben Jahr kennen lernte, da ich der *hirnlosen Emotionalität* anheim gefallen war; und ich nicht ich war und nie ich war, wenn er, er war.
Doch wie gesagt, von Gedanken getrieben, vermasselte ich mir erneut die Möglichkeit. Doch nicht ganz. Denn er rettete sie für mich – ein wenig.
Es ergab sich, dass ich sie alle traf, wie erhofft. Mehr als ich es mir erwünschte, mehr als ich es erhofft hatte, ergab es sich, dass ich ihn nach Hause fuhr. Und auf dem Weg zum Auto und dem Heim, redeten wir tatsächlich. Ich habe natürlich längst nicht das erreicht, was ich mir innigst wünschte, aber möglicherweise habe ich es geschafft, einen kleinen, winzigen Schritt in die richtige Richtung zu machen. Möglicherweise habe ich sogar einen Fuß in der Tür zu ihrer Clique. Dazu trägt auch ein anderer Umstand bei. Cassandra war schließlich auch da und vielleicht entdeckte sie den Draht zu mir neu. Es ergab sich in einem Augenblick, als Alex natürlich nicht zugegen war, dass sich eine Diskussion entflammte. Und in dieser Debatte konnte ich zeigen, dass ich tatsächlich der Sprache mächtig und gar nicht so auf den Kopf gefallen war. Das schönste daran war allerdings, dass Cassy und ich endlich mal wieder auf derselben Wellenlänge lagen. Das glückliche daran? Es erfreute nicht nur mich.
Zudem ist es jetzt leichter, denn nicht nur sie, sondern auch alle anderen wissen um meine Gesinnung Bescheid, ohne das ich mich habe selbst offenbaren müssen, auch dies hatte Alexander längst für mich getan, vermutlich mit Freude. Natürlich ist es nicht schwer in einer Gemeinschaft offen zu sein, deren größter Prozentsatz aus inzwischen geouteten gleichgeschlechtlichen Paaren besteht. Mit Ausnahme von Cassandra und ihrem Freund.

Nächtliches Sommerfest. Ich kam, um zu jagen, und war doch ein schwarzes Schaf unter weißen Wölfen. Die ersten Stunden, etwa bis halb zehn, waren fürchterlich langweilig, denn meine zweite Karte blieb unbenutzt und ich war allein auf dem Fest – zum Glück! Ich hatte gewusst, dass ich diese Erfahrung allein machen musste und hörte nicht auf mich, denn ich hatte Tyana eingeladen. Die mir am Handy schließlich sagte, dass, wenn ich etwas zu erreichen gedenke, ich dies gefälligst allein machen musste. Sie hatte natürlich recht. Muss es denn immer so schwer sein?

Etwa um einundzwanzig Uhr dreißig fand Cassandra mich und holte mich zu ihrer Gruppe. Perfekt. Dieses Mal war nicht ich derjenige, der sich ihr aufdrängte. Wenngleich sie eine der imaginären Wölfe war. Es wäre das perfekte Ambiente für angenehme, tiefsinnige oder ernste, sicher auch lustige Gespräche gewesen, die ich so liebe. Aber die blieben aus, es waren eben nicht meine Gefährten und ich fühlte mich unbeholfen. Denn, wenn ich nicht mitreden kann, komme ich mir nun mal immer so dumm und unbedeutend vor, wie es jedem erginge.
Nun, aber ich war der Clique und damit Alexander real näher als jemals zuvor und konnte mich am gebotenem Spektakel des Abends erfreuen.
Und wer weiß, vielleicht hat dieses kurze Gespräch mit Alex auch schon gereicht, um nach sechs Jahren endlich mit ihm abschließen zu können. Denn ich bin mir sicher, dass es niemals so lange gewährt hätte, wäre es je zu *Liaison dangereuses* gekommen.
Er hat vermutlich immer noch ein gänzlich falsches Bild von mir und schuld daran bin selbstverständlich nur ich selbst. Denn immerhin setzte ich nichts von der Kraft ein, die mir innewohnt. Setzte nichts von den Fähigkeiten ein, die ich durch Amadeo erlernt hatte.
Aber vielleicht, möglicherweise, erhalte ich ja noch einen weiteren Augênblick, die Dinge zu ändern. Vielleicht ist es mir ja jetzt sogar vergönnt *Freund* zu sein, nicht Lebensgefährte oder festes Bestandteil ihrer Gemeinschaft, so etwas erwarte ich nicht. Aber Freund, das wäre ich gerne und das ist auch mehr als genug. Es sind eben die kleinen Dinge die zählen, wie Rainer Maria Rilke sagen würde.
Nicht jeder würde es als das bezeichnen, aber heute ist das Leben schön. Aber letztlich sind meine Hoffnungen noch immer Illusion. Denn tief im Inneren weiß ich, dass es nie dazu kommen wird, dass Alex und ich Freunde oder dergleichen werden. Ich weiß, dass dies vorerst das letzte Mal war, dass ich Alex gesehen habe.

Denn heute – zwei Wochen später – weiß ich, dass danach alle gegangen waren. Alexander eröffnete Cassy, dass er und ihr Bruder ein Verhältnis hatten und gerne dafür ihren Segen hätte. Die Zwei sind dann nach Berlin gegangen. Cassandra und ihr Freund sind in den Norden gezogen und werden studieren. Der Rest von den Leuten, die an dem Abend da waren, interessieren mich nicht. Aber ich weiß, dass die wenigsten hier geblieben sind.

Alexander Ville. Vergessen könnte ich ihn nie, dafür ist er mir, obgleich wir uns nicht kannten, über die Jahre zu wichtig geworden. Doch es ist nun mal eine erste Verliebtheit, wie jede andere. Er war immerhin der erste Mann, in den ich mich verliebte. Und mit der Zeit wächst das sprichwörtliche Gras über die Sache. Ich habe ihn sicherlich nicht vollkommen zum letzten Mal gesehen, das fühle ich, doch fühle ich auch, dass wir uns niemals näher kommen werden. Dafür leben wir nun mal in zwei vollkommen unterschiedlichen Welten. Doch das ist auch gut so. Denn so hüte ich die Erinnerung an unsere imaginäre, gemeinsame Zeit in meinem Herzen wie einen Schatz, der ein paar dunkle Stellen hat. Ich hatte mich in Alex verknallt, aber wirklich geliebt, aus meinem tiefsten Inneren heraus, habe ich eine idealisierte Vorstellung von ihm. Ohne auch nur einen Anhaltspunkt dafür zu haben, ob irgendetwas davon tatsächlich auf ihn zutrifft. Ich weiß das und doch könnte ich dahin schmelzen, nur wenn ich ihn sehe.

Aber ich weiß auch, dass zumindest er mir das Herz gebrochen hätte, wenn wir uns jemals näher gekommen wären, es heißt, es gibt immer einen der *mehr* liebt in einer Beziehung. Dieser Jemand, wäre immer ich.

Nun, wir werden sehen, wie dies alles seinen Lauf nehmen wird. An diesem Abend endete ein wichtiger Abschnitt meines Lebens und damit war die letzte Seite meines Gedankenbuches Nummer drei voll geschrieben. Mit Cassandra werde ich wahrscheinlich weiterhin noch flüchtige Kontakte pflegen, doch eine Freundin, wie ich sie mir ein paar Jahre lang erhofft hatte, wird sie mir nie werden, da bin ich mir sicher. Dafür hat mein Schicksal eine ganz andere Person gefunden, die dafür weit besser geeignet ist. Doch Tyana Amnis wird vermutlich erst in Zukunft ein paar mehr Seiten füllen.

Und so ließ ich meine Vergangenheit und auch meine Liebe ziehen, ließ sie gehen und räumte damit uns beiden die Möglichkeit ein, neue Horizonte zu erreichen.

Und der Gefallene mit der neu gewonnenen Freiheit, der ich war, öffnet seine Handfläche und entließ seinen geheimen Schatz in eben jene grenzenlose Freiheit. Der leere, rechte Handteller begann zu glühen, wie von Feuer erhellt, und es tanzten aus dem Inneren dieses mechanischen Meisterwerkes der Natur leuchtende Lichtfäden in die Luft, welche ein Feuer in dieser entzündete, dass sich sogleich den langsamen

Bewegungen der Nacht anpasste. Es wurde zum Vogel mit langem Schweif verwandelt, der zum Himmel emporstrebte. Ich ließ den Phönix frei und flüsterte während dieser Imagination: *Ich liebe dich Alex*. Es schien mir der einzige Satz in dieser Welt, der alle Vorkommnisse und den Akt des Ziehenlassens beinhaltete, als ich dort unter dem Blauregen in den großen Gärten jenes Geländes stand, in welchem das Fest seine Ausläufe hatte und ich darauf wartete, das Alex kam, damit ich ihn heimfuhr und wusste, dass dies ein symbolischer Akt des Abschieds werden würde.
Mein Name ist Seduco Timid. Ich wünsche eine gute Nacht.

Seduco Timid, Tagebuch, eingeklebte Seite - 14. August 2004

»Hi, komm doch rein.«
»Danke.«
Damit stand Ty in meinem Flur, entledigte sich wie gewohnt im Gästezimmer ihrer Straßenbekleidung und wechselte nur Sekunden später hinüber in meinen kleinen Salon.
»Und? Was machen wir? Weshalb sollte ich kommen?« fragte sie.
»Du musst mir bei etwas helfen! Setz dich bitte auf mein Bett«, entgegnete ich.
»Okaaayyy!?!« Sie sah mich skeptisch an, kam allerdings meiner Bitte ohne Umschweife nach.
»Pass auf, manchmal schließe ich die Augen und beginne wieder zu träumen. Doch bleibe ich in dieser Welt. Kann nicht mehr riechen, was ich sehe, kann die Geräusche meiner Umwelt nicht abschalten und sehe durch die Bilder des Geistes stets noch die Dunkelheit der geschlossenen Lider.«
Verwirrter Blick ihrerseits.
»In letzter Zeit habe ich noch einmal versucht in meine Welt zurückzukehren, nicht zuletzt um den Schatten los zu werden, der vom imaginären Alexleichnam geblieben war, der mich noch aus einer Zeit vor dem Sommernachtstraum von gestern peinigt. Ich zündete Räucherstäbchen an und schaltete Meditationsmusik ein und versuchte eben alles, was die Handbücher rieten, um in den Thetazustand zu gelangen. Doch es klappte nicht. Die Szenen die ich sah, waren nichts weiter, als vom Kopf gesteuerte Vorstellungen.« Ich hatte mich ebenfalls

auf das Bett gesetzt und sah sie verschwörerisch an. So saßen wir beide im Schneidersitz dort, uns gegenüber, umgeben von zweidutzend Kissen.
»Was habe *ich* jetzt damit zu tun?«
»Du warst meine Erlösung, auch wenn du das nicht hören willst. Nach unserem Gespräch starb Amadeo und damit seine Welt. Ich hatte gehofft, auch wenn es Irrsinn ist, dass ich es mit deiner Hilfe vielleicht eher schaffe, die richtigen Bilder heraufzubeschwören, die von der Seele, nicht die vom Kopf. Hilfst du mir dabei?«
»Was genau soll ich denn machen?« fragte sie neugierig, aber auch noch immer nicht besonders angetan von der Idee.
»Ich weiß nicht, ich dachte mir, wenn ich dich ansehe, würde es mir einfallen.«
»Aber dir ist nichts eingefallen«, erkannte sie mit einem zarten Schimmer der Enttäuschung in ihren blauen Augen. *Ihre blaue Augen* ... das war es.
»Bleib einfach so sitzen und sieh mich an«, flüsterte ich ihr zu. ›Blau ...
... Ich blickte in ihre schönen Augen und ihr entwuchsen der Himmel und die Erde und die Vegetation und das Leben. Es überraschte mich allerdings trotzdem, als ich dieses Reich nun wieder erreichte, es nicht dunkel und tot oder öde vorzufinden, sondern voller Leben, wie ich selbst. Zunächst ging ich eine Straße entlang, eigentlich nicht mehr als ein Gebirgspfad. Grüne Auen erstreckten sich im Tal und ein breiter Fluss schlängelte sich durch die Vegetation. In der Luft zwitscherten Vögel und ein blauer Schmetterling wies mir den Weg. In der Ferne konnte man Berge ausmachen, wie es sie in ihrer Eierform nur in China gibt. Ein großer, alter und knorriger Baum in voller Pracht rahmte den Weg, der sich durch seinen mächtigen Stamm hindurch schlängelte. Der Pfad lag an einem Hang und war durch Gesteinsbrocken befestigt. Hier konnte ich nicht finden, was ich suchte. Ich verließ diesen wunderschönen Ort wieder, stieg hoch in die Luft, war nicht mehr körperlich dort, nicht so wie früher. Konnte auch die Dinge nicht mehr so spüren und intensiv riechen wie vormals. Ägyptische Barken mit güldenen Segeln schwammen durch die Lüfte auf die Sonne zu und die Mannschaften grüßten mich beim Vorbeiflug. Der Schmetterling war noch immer da, verwandelte sich in einen kleinen, blauen Origamidrachen und schoss in die Tiefe und ich tat es ihm gleich. Wir überflogen die chinesischen Berge und erreichten das Meer. Wie der kleine Drache ließ auch ich mich in die ruhige See fallen und sank tiefer und tiefer in die blaue Dunkelheit. Wieder Tyanas Augen.

Wieder Blau. Wieder tiefe Schönheit, die einem das Atmen leicht und schwer gleichzeitig machte. Blau, für mich eine der schönsten Farben und von mir meist als eine sehr warme Farbe empfunden, umfing uns. Der Drache war nicht mehr auszumachen, doch ich wusste, er war noch da. Hatte sich, wie ich selbst in diesem tiefen Blau verloren. Eine warme Farbe, die in ihrer schier endlosen Tiefe die Weisheit von Himmel und Ozean hütet, wie einen verborgenen Schatz. In ihr flutet die sanfte Stärke und verborgene Kraft der liedlosen Ruhe.

Es ist ein Fließen aller Dinge, und selbst in der Kälte noch einzigartig schön. Blau ist in der Kühle, eine gläserne Stadt, die sich kunstvoll in den fantastischen Formen spiegelt, die das Eis uns schmiedet. Blau beruhigt und heilt die Seele, wenn man durch die Klänge des Walgesanges im Geiste das Bild des gewaltigen Blauwals vor Augen trägt, wie er sanft wie eine Feder durch das Dunkel der Tiefe gleitet. Blau hat ebenso etwas Reinigendes, Regeneratives wie das Element, dem es zugeschrieben ist. Sei es nun das Wasser oder die Luft.

Ebenso empfinde ich Blau als eine Farbe der Geborgenheit und des Schutzes, das tiefe, dunkle und warme Blau umhüllt einen wie ein Mantel, welcher der Kälte der Welt verbietet, uns zu berühren. Im Buddhismus glaubt man, dass das fünfte Chakra unseres Körpers, jenes, das im Hals, im Zentrum des Kehlkopfes ruht, blau ist und es reinigende Kräfte hat.

Blau ist eine königliche Farbe ebenso wie seine Vertreter aus dem Reich der Steine, Saphir und Lapislazuli. In dunklen Tönen und endloser Tiefe hebt es die Schönheit der Gestirne empor, die des Nächtens der Menschen Herzen zum Leuchten bringen.

Blau im Hintergrund und in der Ruhe verharrend, treibt den Fluss der Zeit voran und durch das Verweilen im Hinten offenbart es uns die Schönheit und leuchtende Kraft der anderen Farben. Bis dass unsere geblendeten Augen erkennen mögen, dass nicht das Gold des Mosaiks in der frühbyzantinischen Basilika das Heilige hervorhebt, und uns so beeindruckt, sondern die Unergründlichkeit in der Ewigkeit des im Hintergrund ruhenden Blaus dies verursacht, denn ohne das Blau wäre Gold nur Gold und unser Blick würde ohne es einzufangen darüber hinweg fliegen. So wie wir flogen. Wir glitten durch das Wasser hindurch, durch silberne Fischschwärme und bunte, wogende Korallenriffe hinein und immer tiefer und tiefer ins Dunkel. Bis das dunkle Wasser nicht mehr Wasser war, sondern Rauch und ich, mit mächtigen Schwingen, auf einer Landzunge landete und den dunklen Rauch über mir ließ.

Ohne einen Laut zu von mir zu geben, war ich gelandet. Die Fäuste ruhten noch am Boden, neben meinem rechten Fuß und dem linken Knie, welche die warme Erde berührten. Ich wartete, bis die weißen Schwingen sich nebulös auflösten. Der Drache war nicht mehr aus Papier, saß neben mir. Reichte gerade mal bis zu meinem Knie und hatte sehr weiche und liebe Züge. Wies mit einem Fingerchen seines rechten Flügels geradeaus und sah mich dabei aus großen braunen Augen an. Er war inzwischen rot, im nächsten Augenblick aus Stein. Mein Blick folgte seinem Finger und ich stand auf. Ich befand mich wohl in einer Art Höhle. Meine Landzunge, auf welcher ich stand, erwies sich als ein Plateau, die einzige Plattform, auf der ich hätte landen können. Denn im Rücken hatte ich eine hohe Felsenwand und auch zu den Seiten ragten hohe Klippen empor. Vor mir lag ein schwarzer See und die Höhlendecke wurde von einem düsteren Himmel verdeckt. In der Dunkelheit sind alle Wasser schwarz, nur das Licht vermag es, die Wasser zu färben, in jedwedem Ton, welchem dem Licht beliebt.

Aus der Mitte des Sees ragten viereckige Pfeiler in den Himmel in schattenhafter Farbigkeit und enormer Größe. Ich hatte schon beinahe die Dimensionen vergessen gehabt, die mein inneres Imperium so häufig anzunehmen gedachte. Das Wasser war ganz glatt, so dass sich die Pfeiler spiegelten und es so wirkte, als würden sie in doppelter Größe in der Luft hängen. Es waren sechzehn an der Zahl. Sie trugen weder Decke noch konnte man einen Boden unter ihnen ausmachen. Zwischen jedem Pfeiler war derselbe Abstand, jeder von ihnen hatte dieselbe Höhe. Vier in der Front und jeweils vier in der Reihe bildeten sie so eine Art Kubus. Die Wände waren glatt, ohne Zeichen oder Spuren vom Zahn der Zeit oder mutwilliger Zerstörung oder Verzierung. Etwa auf halber Höhe spiegelte sich ein Lichtschein an ihren Seiten, der von einem rot-gelben Lichtpunkt – einer untergehenden Sonne gleich – ausging. Um diese Sonne hatten sich goldene Wolken gebildet, die, sobald der Schein sie nicht mehr erreichte in dunkelblau, tiefviolett und schließlich Schwarz überging. Dies war die einzige Lichtquelle in dieser dunklen Höhle. Und nur dadurch, dass sich ihr Licht an die glatten Wände der Pfeiler schmiegte, konnte man diese von der Dunkelheit unterscheiden. Hier war ich richtig. Hier würde ich finden, was ich suchte. Die Sonne stand in der mittleren der drei Lücken zwischen den vier Säulen, so wie ich selbst. In der rechten Lücke, etwa auf Höhe des dritten Pfeilers der rechten äußeren Reihe und der zweiten Stütze in der ersten der rechten Reihe folgenden Linie, befand sich ein weit kleinerer Pfeiler, der umgestürzt und irgendwie deformiert schien. Allerdings bewegte sich diese Deformation in einem Dreiecksmuster und somit in einem geordneten Chaos. Ich watete durch das seichte Wasser und nahm den mittleren Gang. Ging damit direkt auf den Lichtschein zu. Als ich bei der vierten Säule angekommen war, erkannte ich, dass dieses Licht von einem Glasfenster ausging, dessen eiserner Rahmen die ellipsenartige Form eines senkrecht stehenden Auges hatte und die Sonne in einem kreisrunden Fenster, mit entsprechenden Rahmen saß, welches in das äußere eingepasst worden war. Dies ganze Gebilde ruhte auf einer Stange, gebogen, als wäre sie eine Ranke, die im Wasser verschwand. Lichtquelle schien das Glas selbst zu sein. Dahinter befand sich nichts weiter als Felsen und Klippen, ebenso wie auf der anderen Seite, von welcher ich gekommen war. Hier irgendwo, in dieser Dunkelheit musste es sein. Das Wesen, was entstanden war, als mein imaginärer Alexander dieser Welt verstarb und zum unkontrollierbaren Ungeheuer wurde, welches untot diese Welt durchgrub. In meinen Träumen war er ein Schatten, der stets eine andere Form annahm und mit jedem Erscheinen schrecklicher aussah, grauenhafter entstellt war. Zunächst sah er nur aus wie eine tote Version von Alex, doch dann wich immer mehr das Fleisch von seinen Knochen, die Haare wuchsen wieder auf der geäderten Kopfhaut und er wurde dünner, anders als damals im Ballsaal. Die Augen lagen tiefer in den Höhlen. Der Schädelknochen trat durch die Haut durch und Maden bedienten sich seiner. Kleidung hing ihm in Fetzen herunter, er wurde düsterer und erschreckender. Die Arme nur noch ein Gemisch aus Knochen und Adern. Sein Rückgrat bildeten wilde Knochenkämme und viehisch griff er mich in meinen Träumen an, bis ich immer schweißgebadet aufwachte. Mal verzerrte sich sein Gesicht zu einem hässlichen mit spitzen Zähnen bewaffneten Maul, dann sah er wieder relativ friedlich aus. Doch eines blieb immer. Ein hämisches Grinsen, das einen erschauern ließ, ganz gleich, welcher Gestalt der dunklen Fantasien er sich bediente. Wollte es etwa ›Das Böse‹ sein? Wie lächerlich.

Fast fünftausend Jahre menschliche Zivilisation und mehr als fünfhunderttausend Jahre Evolution des Vormenschen zum Homo Sapiens und eine Menge Kunst und Fantasie. In all dieser Zeit gab es viele Menschen, die versucht waren, sich das Böse ebenso wie das Gute als eine körperliche Instanz auszumalen. Und was kam dabei heraus? Bizarre, dämonische Gestalten, mit Zähnen bewaffnete Mäuler, anatomische

Unmöglichkeiten, Mischwesen aus verschiedensten Mensch- und Tierleibern, riesige Geschlechtsorganen und scharfen Waffen. Dies auf der Seite des Bösen und verkitschte Engelsfiguren und Heilige mit ideal errechneten Gesichtszügen, die durch ihre Surrealität und Entrücktheit mindestens ebenso erschrecken, wie die Wesenheiten der Hölle, auf der Seite des Guten.

Doch heute nicht mehr. Heute ist man nämlich, außer zu Unterhaltungszwecken, gar nicht mehr gewillt, dem Bösen und Guten Körper zu verleihen und sie Schwarz und Weiß anzupinseln. Mit Entdeckung der menschlichen Psyche war es spätestens soweit, die klaren Vorstellungen von Gutem und Bösen zu zerschmettern und zu einem Chaos aus Intelligenz und Narrentum zu verstricken. Jahrhunderte alte Götter, Engel und Teufel waren plötzlich gestalt-, seelen- und formlos, nur noch Schatten ihrer selbst und dennoch bei weitem mächtiger als jemals zuvor. Denn sie waren nicht mehr greifbar. Das Böse ist kein umherlaufender, geistesgestörter Dämon, der alles abschlachtet was sich ihm in den Weg stellt, sondern nur eine Note, eine winzige Essenz der Polarität in jedem bösen Gedanken und feindlichen Worten, in finsteren Träumen, schlechten Taten, in der Eitelkeit und Lüge.

Und wie mächtig ist das Böse damit geworden! Wie ubiquitär. Und auch Michael ließ sein Schwert fallen und wurde zu Licht, welches in guten Taten und lieben Gedanken verwebt wurde. Laut der christlich-biblischen Vorstellung, kämpft das Gute gegen das Böse seit etwa sechs Jahrtausenden. Doch nun kann es das nicht mehr! Die Weisen schlagen die Bücher zu, und zerbrechen die Stäbe, denn die Magie des Lebens ist nicht mehr schwarz oder weiß, sie ist beides, weil die Natur beides ist.

Meine Gedanken wurden von einem knorrigen Geäst abgelenkt und kehrten damit wieder in Stille zu den Bildern zurück, die meinen Geist umnebelten, aufgewirbelt aus zwanzig Jahre altem Sternenstaub. So ging ich im Geiste auf dies Geäst zu. Als ich es erreicht hatte, sah ich, dass es sich um Eisen handelte. Eisen das sich in scharfkantigen, langem Blattwerk in die Höhe und zu Seiten streckte, dass es von weitem aussah wie ein überdimensionales Stück Wiese. Ja, es war Gras über die Sache gewachsen und es bewegte sich. Ein weißer knochiger Arm mit langen Spinnenfingern kam unter dem Eisengebilde hervor und griff nach mir. Als es mich nicht erwischte, stützte sich die Hand auf dem Seeboden auf, und das Wesen erhob sich. Das eiserne Gebilde war der Rücken eines Monstrums, das die ganze Zeit über nur im seichten Wasser gekauert hatte. Weiße Augäpfel ohne Pupillen saßen im Schädel. Echsenartig lief Nase in Maul über, bildete eine runde Schnauze, mit gefährlichem Gebiss. Doch genau kann ich das eigentlich nicht sagen, da es sich die ganze Zeit über veränderte, ein Fließen ging durch dies Geschöpf, eine ständige Veränderung der äußeren Erscheinung, nur grinsend wie je, war es. Überall aus dem dünnen Gerippe von Körper, der die Farbe von verfaultem Fleisch hatte, brach das rostige Eisen durch, welches hie und da tatsächlich nach Wurzeln und Holz aussah und verdorrte Blätter trug. Die riesige, dünngliedrige Hand mit den messerscharfen Fingerknochen holte erneut nach mir aus und war sehr schnell. Ich konnte nur mit Mühe ausweichen und fiel dabei zu Boden.

Er holte wieder aus und hätte mich getroffen, wenn nicht ein Laut zwischen uns geglitten wäre. Alex war erschienen. Nun war ich restlos verwirrt. Klar es war ein Traum, aber trotzdem ... ich hatte angenommen, das Wesen wäre Alex gewesen.

»Hör auf damit, er hat uns ziehen lassen. Es gibt nicht länger Grund für Argwohn.« Alex Stimme durchschnitt diese Welt wie ein scharfer Geruch milden Duft durchschneidet. Es hatte den Anschein, das Wesen wolle sprechen, konnte es aber nicht mehr. Hass war es, der es am Leben hielt, und Hass braucht nicht zu reden.

»Reden kann Hass nicht? Du Narr!« Es war mehr ein Zischlaut, ein schauriger Hauch an Stelle einer Stimme.

»Glaubst du dieser dumme Zaubertrick wirkt ewig? Du selbst hast mich so stark gemacht. Erschaffst mich hier in dieser, deiner Welt so realistisch wie nichts anderes und lässt mich dann einfach sterben, verenden, nur weil du glaubst, dies alles hier nun nicht mehr zu benötigen. Und meine Unbedeutsamkeit unterstreichst du mit einem sich gegen mich wehrenden Abbild meiner Selbst? Ha! Oh Seduco, das die Zeit alle Wunden heilt, ist eine Lüge! Durch das bloße Missachten einer Situation und Abwarten, kann etwas allerhöchstens vernarben. Aber Genesung kann die verstreichende Zeit nicht herbeiführen, sondern nur wir selbst – dann, wenn wir uns den Dingen stellen. Denn jedwedes Unausgesprochene, ist auch eine Ungewissheit, die jedes Mal aufs Neue den Schorf von der Wunde kratzt. Dass solltest du doch wissen, weißt es und missachtest es, immer.« Sein Reden war ein Wechselspiel zwischen Zischen und Brüllen, unglücklich betonten Konsonanten und gespuckten Worten.

Noch einmal holte er aus, durchbrach Alex Verteidigung, schnappte mich und schleuderte mich in hohem Bogen gegen die Klippen. Mein Schädel

dröhnte und ich blutete am Kopf. Etwas benommen stand ich wieder auf. Ging mutig auf ihn zu, hatte begriffen, dass dies beides Alexander war.
»Es ist vorbei Alex. Das weißt du. Ich habe meine heimliche und unglückliche Liebe ziehen lassen. Alles was noch bleibt,bist du. Es wird Zeit, dass du gehst. Genug habe ich von all jenen dunklen Flecken im Herzen meiner Seele, die mir das Atmen erschweren.« Er keuchte vor Zorn.
»Du weißt selbst, genauso gut wie ich, dass es in dieser Welt nur nach *meinen* Spielregeln geht, jetzt da ich sie in ihrer Vollkommenheit begriffen habe.«
Wieder ein Schlag seinerseits, doch er traf mich nicht. Es ging glatt durch mich durch.
»Du vergehst«, sagte ich und ehe man sich's versah, verschluckte der See schwarzes Blut, welches aus der Brust des Alex-Dämons ran. Mir war plötzlich klar geworden, dass ich ihn lächerlich fand. Lange hatte er mich aufschrecken lassen und geängstigt, hatte meine Welten zerstört. Doch diese Welten gab es nicht mehr. Dies würde das letzte Mal sein, dass ich in der Art einer Erinnerung hier war.
»Du wolltest mich mit der Erinnerung verwurzeln, sieh an, was du aus mir gemacht hast«, stammelte das sterbende Wesen, dessen Körper Wurzeln schlug, mit Blick zu der wolkenverhangenen Decke.
»Natürlich wollte ich das, ich liebte Alex. Ich liebte die Vorstellung. Ich liebte dich. Wie sollte ich da wollen, dass du in die Vergessenheit fällst. Meine Liebe werde ich niemals vergessen, wenn dies deine Absicht war, dafür zu kämpfen, dass alles Leid und jede Freude, die ich litt, jetzt, da sich meine Welt gewandelt hat, nicht in Vergessenheit gerät, so kämpftest du ohne Grund. Denn vergessen werde ich nie, sondern ehren. Weißt du, durch die Liebe lernt man, die Dinge wertschätzen. Und nur, wenn man sich ihrer erinnert, erhält man eine erleuchtende Einsicht in die Geschehnisse. Und die Schönheit des Gesehenen wäre schon vergessen, wenn man es noch betrachtete, wäre meine Erinnerung nicht ans Herz gebunden. Doch so brennt es sich ein, in unseren Geist, und bleibt uns als leuchtender Schatz erhalten. So wie auch du, mein Herz.« Ich hatte mich nieder gekniet und sein hässlicher Kopf lag auf meinen Knien und während ich noch sprach und wir uns in die Augen sahen, verwandelte er sich langsam zurück in meinen schönen Prinzen. Der Alex, der so aussah wie der wirkliche, war zergangen, als ich begonnen hatte, mit dem Wesen zu reden.

»Es ist Zeit, sich auf neue Pfade zu begeben Alex. Wir werden uns wieder sehen, aber in einer Zeit anderer Gefühle. Diese Tage sind voller Abschied, weißt du. Du hast Amadeo getötet, dadurch, dass du mir mein Herz nahmst und in mir damit den größten aller Schmerz ausgelöst hast. Dieser trug dazu bei, dass ich zusammenbrach und die Stille fand. Das erlöste mich und forderte Amadeos Tod. Du bist das letzte Glied dieser Kette. ... Geh!« und er löste sich auf in tausende Lichtpunkte, die zum Himmel empor glitten. Und das feurige Rot der gläsernen Sonne wurde zu einem hellen und reinigenden Weiß und es zeigte sich, dass auch die Pfeiler in stärkerem Licht weiß waren und der See war klar und blau und die schroffen Felsen der Höhle waren erstrahlt vom Licht und Blau wie der Ozean. Die Lichter Alex` flogen durch die Pfeiler hindurch und fügten sich zu leuchtenden Meeresschildkröten zusammen, die aus Licht bestehend durch die Pfeiler der Höhle flogen, langsam durch die Lüfte schwammen. Und ein kleines, altersloses Wesen, das ich zuletzt in einem Auditorium sah, stand zwischen den hohen Zylindern und war plötzlich ein Kind, das mir zuwinkte und mir Kinderlachen entgegnete. Mein sechsjähriges Selbst war es, wie ich war, bevor ich Amadeo traf und bevor das Lied des Leidens seine ersten Töne erklingen ließ, welche ich in der Zukunft verdrängen würde. Jene Wellen der Verzweiflung, die über mein kurzes Leben hereingebrochen waren. Dieses helle Kinderlachen kam aus der Zeit, bevor mein Vater uns verlassen hatte, bevor Roland kam und uns tyrannisierte und gefangen hielt, bevor ich mich verliebte und erkannte, was wirklich los ist mit mir, aus einer Zeit, bevor mir liebe Menschen starben oder sich ins Unglück stürzten. Aus einer Zeit, in der meine Mutter noch für mich da gewesen war, bevor auch sie die Kämpfe gegen die Menschen verlor. Aber auch aus einer Zeit, in welcher ich trotz Joe keine Freunde hatte, wo schon Einiges in mir lauerte. Doch in diesem Augenblick, der wieder nur durch Tyana möglich geworden war, vergab ich mir. Vergab mir meine Selbstzweifel und Ängste und Pein. Es war zu Ende. Und jeder weiß, das jedes Ende, ein neuer Anfang ist. Und sie war mein Anker zur Wirklichkeit, sie strich mir eine Träne aus den Augen und küsste ihre Spur hinfort und ich war wieder ganz bei ihr. Im Hier. Noch ein wenig neben der Kappe sagte ich ihr, dass ich wusste, dass nun auch der letzte Schatten, der noch in einer Welt, die es fortan für mich nicht mehr geben wird, existiert hatte, verschwunden war. Ich war glücklich. Mein Name ist Seduco Timid.

Ich füge diese Seite dem letzten Buch hinzu, denn sie gehört noch dort hinein. Dann werde ich es zuklappen und damit besiegeln. *Salut*.

2005

Das Meer hat sich in den Wipfeln der Bäume verfangen
und rauscht in ihnen wie an fernen Stränden.
Vögel werden zu Fischen
und der Wald zur Unterwasserwelt.
Wesen aus Feengeschichten tummeln sich mit allerlei Getier
durchs Unterholz des falschen Ozeans
und ich wandere mit großen Augen und rotem Haar
durch smaragdgrüne Wälder.
Kinder der Elemente sind wir,
gefeiert und geehrt von der alten Welt,
vom blinden Klerus verschmäht, der Bäume fällt.
Und in Zauberkreisen tanzen wir durch unsichtbare Musik
in unhörbaren Welten, schwimmen durch Gebirge und erklimmen Wasserfälle.
Aus Märchenfäden werden wir Wahrheiten weben.
Götter unserer heilen Welt - Amadeo und ich.
Es war einmal...

Seduco Timid, Tagebuch – 26. November 1998
Im Krankenhaus

Seduco Timid, Worddatei im Ordner »Privates« vom Dezember 2005, ins neue Tagebuch übernommen

Zweitausendfünf. Beflügelt wie ich durch die neue Freiheit war, fühlte ich mich dazu gedrängt, die Stadt der Musik so schnell wie möglich zu verlassen. Nachdem mir meine geistige Realität nicht mehr zur Verfügung stand, gab es nur zwei Möglichkeiten, dies zu bewerkstelligen. Zum einen Bücher, zum anderen Reisen. Die erste Methode, Literatur, war ein Mittel, welches mir immer schon geholfen hatte, etwas oder jemandem zu entfliehen. Ich wartete einfach, bis mir eines aus den Regalen zuflüsterte und schmiegte mich dann arglos, in die mich umfangenden Buchstabengeflechte.
Um das Reisen – der zweite Weg – zu finanzieren, jobbte ich in unterschiedlichsten Läden. In Esoterikläden, Kleidungsgeschäften, Supermärkten. Füllte Verkaufsflächen und Präsentationstischchen auf, half bei Inventuren, führte Kundengespräche und belegte fetttriefende Sandwichs im mit Kronen gesäumten Burgerrestaurant.
Geriet mein Konto der Freizeit ins Plus, verließ ich die Stadt. Oft nur um in eine andere zu fahren um dort dann, an sich nichts spannenderes zu unternehmen, als zu Hause auch. Ein Billigflug nach dem anderen, ließ mich durch Europa jagen, so weit es die Leine meiner Stadt, an die ich gekettet schien, zuließ.
Die Straßen und Plätze von München, Bremen, Paris, Berlin, Hannover, London, Hamburg, Brighton, Krakau und Barcelona genossen es, von meinen Füßen getreten zu werden. Ich saß in Cafés, in Parkanlagen, auf Treppen zu Museen und Bibliotheken. Begleitet von Straßenjazz und Eckenklassik, wurde die Welt zu einem brausenden Gemälde und ich schwamm in ihr, berauscht von Kunstwerken und Eindrücken unterschiedlichster Art. Stets auf der Suche nach neuen Empfindungen, war ich neben dieser Besuche zeitgeschichtlicher Monumente, auch unentwegt auf der Suche nach Büchern. Oft tauschte ich sie in Antiquariaten und Second Hand Bookstores nur gegen andere ein. Neue Zeilen, die mir halfen, die Welt als traumhaft zu sehen und mir in meiner Entzugsphase halfen, die reelle Welt nicht zu sehen.

Früher – lange bevor ich vom Blutkreislauf wusste, glaubte ich immer, das rauschende Gefühl in den Ohren und der Schwindel vor den Augen käme daher, dass man das Buch gerade beiseite gelegt hatte. Dass die

Geschichte der Toner geschwärzten Lebewesen, ihre Umarmung erst lösen musste, bevor man sich wieder seinem Tag-um-Tag-Schaffen stellte. Heute weiß ich, dass es daher gekommen war, dass ich stets ganz plötzlich aufgesprungen war. Aber lieber habe ich noch immer die Vorstellung aus Kindertagen.

Die Wintermonate blieb ich zu Hause. Betrank mich, wann immer ich nicht arbeitete mit Worten fast bis zur Bewusstlosigkeit. Dreihundert, vierhundert Seiten am Tag. Oft vergaß ich das Essen. Bis Ty kam und mich zu ihr holte. Zu Hause war bei Tyana, die zu meiner wahren Familie wurde, so sehr es auch Constance und den vergreisten Bernhard befremdete und schmerzte. Tatsache war, das Ty mein neuer Amadeo war, mir Halt gab und die einzige Person war, die ich um mich herum ertrug. Ich war abhängig von ihr. Und sie war es von mir, wenn es mir auch ein Rätsel ist warum und wie, da ich es ihr nicht einfach machte. Anstrengend wie ich war, in meiner Hetzjagd durch die nahe Welt, in der, durch Nachholbedarf getriebenen Sucht nach Leben. Ich wollte vom Honig der Welt kosten. So schwärmte ich für Kellner, flirtete mit Latinos, blinzelte zu englischen Mauerblümchen und ahmte arrogante Blicke der schwulen Franzosen nach, stets bemüht dies vor einer passenden, von Büchern gut beschriebenen Kulisse von statten gehen zu lassen. Schöne Augen, für schöne Plätze und schöne Menschen, bei denen mein rosaroter Radar unweigerlich zu piepsen begann.
Ich sah die Bienen, aber nicht den Honig, schmeckte ihn nicht und blieb meinem, inzwischen so alten Alex krankhaft treu. Wenn ich ehrlich sein soll, war er es auch, den ich versuchte in den Büchern, Statuen, Gemälden und Plätzen wieder zu finden. Das ich mich von ihm gelöst hatte, war letztendlich eine Lüge. Ich weinte nicht mehr um ihn, sondern beklagte den Verlust einer konstanten Hoffnung. Er hatte damals, in Amadeos Welt, das Loch des Gefühls der Liebenswertlosigkeit mit bittersüßen Tränen gefüllt, und *danach* suchte ich nun wieder. Ich suchte ihn und fand ihn nirgends, was letztlich dazu führte, dass keine Begegnung, mit jemand anderem als ihm, einen Wortwechsel oder mehr, wert gewesen wäre. Und ich somit weiter irrte. Dies ging stets so lange, bis ich erschöpft in Hotels, Jugendherbergen oder zu Hause – wo auch immer Tyana eben auf mich wartete – ankam, um mit ihr erneut und anders die uns umgebende Welt zu erfahren. Bis die Ketten der Stadt der Musik endlich so abgenutzt waren, dass sie rissen und ich Ty anflehte mit mir nach

Berlin zu ziehen. Das Gefühl in die Großstadt und ihre wohlduftende Anonymität zu ziehen, übermannte mich schon seit längerem. Dorthin wo es niemanden interessiert was geschehen ist, mit mir und um mich herum. Dorthin wo niemand ahnt was mit mir war, wo nicht jeder Zweite meine Geschichte der *Geistesgestörtheit* kennt. Dorthin, wo sich auch niemand für meine Anschlagmutter interessiert, die mit Bäumen mehr zu reden scheint, als mit ihrem Sohn. Obwohl dieser versuchte, ihr alles Vorgefallene zu berichten.
Weg. Dies war der Gedanke, dem ich erlaubte zu bestehen. Weg. An einen Ort, an welchem einen die Passanten nicht noch immer mit diesen wehleidigen Blick ansehen und dir an Straßenecken in stiller Hoffnung ihre für dich *noch unbekannten* Töchter anbieten. Diese Art und Weise kann einem nicht mal gefallen, wenn man hetero ist. Immer gleiche Gesichter, die Hochmut und Hohn und Spott zeigen, wo keiner sein dürfte.
Was soll ich sagen? Ich liebe diese Stadt, weil ich in ihr aufgewachsen bin, doch sie umklammert mich mit eiserner Zange, ich habe mich überall im Land an Akademien beworben und komme doch nicht vom Fleck. Manchmal fällt mir das Atmen schwer, wenn ich zulange hier bin und nicht wieder in irgendeinen Urlaub aufbreche, welchen ich mir zusammenkratze nur um hier weg zukommen. Raus aus der Stadt der Musik, in welcher die Töne so lang gespielt werden, dass sie schmerzen. Wie gesagt, es ruft der Wind. Ich muss weg, in die Hauptstadt. Wo ich möglicherweise jemanden finde, der mich liebt, wie ich es mir so lange wünschte. Und tausendmal hoffe ich, Tyana begleitet mich. Mein Name war Seduco Timid.
Lebe die Anonymität – für einen kurzen Augenblick.

Seduco Timid, Worddatei – Silvester 2005

Was ist das für ein Gefühl? So plötzlich. So überraschend düster nach dem wundervollen Jahr. Fast wie früher.
Dieses dunkel wuchernde Geäst der Vorahnung, welches sich flau durch meine Viszera windet und langsam einen Kloß in meinem Hals formt und in der Magengegend die Larven schlüpfen lässt, die wild mit Mottenflügeln in der Grube flattern und wühlen? Meine Intuition

hinterlässt den Geschmack von Abschied im Gaumen und gleichwohl breitet sich ein dunkler Schatten der Sorge, dass sich möglicherweise nichts ändern wird, über mein Gemüt aus. Dennoch drängt sich die Frage auf: Warum?

Nun aber diese mögliche Interpretation des Gefühlsgewächses, kann auch vollkommen falsch sein. Was kommt dann in Frage? Die Liebe ist es nicht! Denn dann müsste mein Gespür schon weit reichen, da niemand Neues ins Leben trat, und niemand altes, verbliebenes von Interesse oder in Reichweite ist. Dennoch sehne ich mich wie je, nach der Wärme die mir noch nie zuteil wurde. Aber dieses andere, dieses Ding in mir, vielleicht ist sein Name doch wieder ängstlich? Zukunftsangst? Aber auch hier: Warum? Dafür besteht kein Grund. Kleine Schritte sind zu machen, und darauf zu achten, dass man nicht stolpert. Die Zeit öffnet und schließt die richtigen Türen wenn sie meint, dass hierfür die richtige Stunde angebrochen ist; in stiller Beratung mit dem Schicksal. Mehr als einmal trat mir diese grundlegende Wahrheit schon vor Augen. Habe ich das Bewusstsein davon noch immer nicht überzeugen können? Oder ist es gar etwas Anderes eine Vorahnung dunkel oder hell, deren Bedeutung noch nicht entschlüsselbar ist, noch nicht entschlüsselt werden kann und soll?

Epilog

2006

Betrunken, in vollem Glück
dem Verstand vollkommen entrückt,
- entstand ein ephemeres Spiel, im heißen Dunst
verzückt durch Noviluniums Gunst.
Zwei Vögel sich kreisend umwinden
in jeder Sekunde im Anderen entschwinden.

In Gedanken ein Meer aus Versprechungen,
- alle gebrochen, im Herzen Liebe unangefochten.
Dann, ein eruptiver Akt, der orgastischen Intervention
- Wird zur Erfüllung eines alten Ondits.
Zwei, die sich einen,
unisono auch im Chor noch weinen,
Glück und Freude nicht dahin,
es erhebt zwei, - bringt Gewinn.

So ist's, dies ist's -
Das platonische für Augenblicke nur vergessen,
umwarb der Eine, den Andern – total besessen.
So gingen Leben und Tod, Hand in Hand,
auf, in Fortuna sakrosankt.

Seduco Timid, Tagebuch am 27. August 2006

Seduco Timid, Tagebuch – 12. Mai 2006

Es ist nun schon viele Monate her, dass ich meiner *Stadt der Musik* und deren kleinen, dunklen Welt den Rücken kehrte, und damit auch den Geschehnissen, die geschahen, und den Erinnerungen der geschehenen Ereignisse. Am Donnerstag, dem einundzwanzigsten Juli zweitausendfünf, hatten wir es geschafft. Wir hielten unsere Abschlusszeugnisse in den Händen, so hielt uns nichts mehr auf, nach den erschreckend realitätsfremden Ansprachen der Lehrer, uns nun tatsächlich in die exzentrische Charakterverschlampung arbeitsloser Künstler ohne Perspektive hineinfallen zu lassen. Sprich, ich unterbrach meine einsamen Reisen durch Europa und wir fuhren etwa zu zwanzigst nach Italien und ließen die sprichwörtliche Sau raus. Nachdem wir zurück waren, hatte ich schon wieder das Gefühl, aufbrechen zu müssen, und hoffte Tyana begleitete mich. Sie tat es.
Am Ende des Jahres bereiteten wir alles vor, um nach Berlin zu ziehen. Ich machte meinen Zivildienst, dessen Anträge und Verfahren ich ja schon nach der Realschule eingeleitet hatte und sie suchte sich etwas in einem Fast-Food-Schuppen. Das klingt nicht toll, ich weiß. Aber wir hatten unglaublich viel Spaß und mit der Wohnung ein echtes Schnäppchen geschlagen. Wir vertrauen einander und sind glücklich.
Doch heute bin ich wieder hier, zurück in dem Ort mit den trügerisch hübschen Fassaden von Haus und Mensch – nahm den Bus hierher, als Überraschung zum Muttertag, diesen Sonntag. Zudem will ich Steven besuchen, der sonst nur immer zu uns kommt. Nahm frei vom Kinderladen, frei für einen Kurzbesuch in der Vergangenheit, kaufte mir dafür dieses neue Tagebuch.
– Wer sagt, Zeitreisen wären nicht möglich? Oh, Physiker, ihr irrt!
Bin seit etwa einer Stunde hier. Doch noch weiß niemand etwas davon.
Ein Schluck heiße, schaumige Milch und im Kopf die wieder auflebende Ankunftsszene:

Ein dunkelgrüner, doppelstöckiger Bus mit matt goldener Beschriftung hält am örtlichen Hauptbahnhof. Es regnet auf bunte Schirme, graues Pflaster und rote Radfahrwege. Einige steigen aus, erleichtert, die Fahrt hinter sich lassen zu können, atmen die drückende Luft ein, als wäre es befreiender Frühlingswind. Der Busfahrer – mollig, aber nicht zu dick,

roter Kopf, große Brille, schütteres, silbriges Haar, dunkelblaue Hose, Krawatte in gleicher Farbe auf hellblauem Hemd – wühlt im Gepäckfach nach den richtigen Koffern und händigt diese den Passagieren aus, welche plötzlich keine Zeit mehr zu haben scheinen. Ich selbst steige aus, würdige der ganzen Gepäckaktion nur einen kurzen Blick und mache mich auf den Weg in die Innenstadt, zu Fuß, mit schwarzem Schirm, den ich mir damals in Irland kaufte, und meiner Umhängetasche, die ich als Handgepäck dabei habe. Ich brauche ja hier nicht viel. Laufe bergab in die Stadt und bekomme Heißhunger auf meinen früher so sporadischen *Alle-zwei-Tage-muss-er-sein-Brownie.*
Sitze nun also im Café, genieße den tiefen Schokolade-Mandelgeschmack meines Brownies und sehe in die regennasse Welt hinaus.

Der Laden ist immer noch erfüllt von einem hauchfeinen, kaum wahrnehmbaren Geruch nach schwerem Parfüm, ein Geruch, der aus zerflossenen Tagen herüberweht, als in diesen Räumlichkeiten noch eine elitäre städtische Parfümerie war, die schon lange bestand, bevor die großen Duftmarktketten kamen, die heute das Bild einer jeden deutschen Stadt neben den immer gleichen Einkaufsvariationen prägen.
Musik im Laden. Das Radio quält meine so leicht zu rührende Seele mit *Candle in the Wind* von Elton John und mein Geist malt sich aus, wie exquisit der Moment sein wird, wenn ich den Store verlasse und draußen im Regen feststelle, dass der Song hier nicht mehr spielt, dass nur noch das vielstimmige Lied von abermillionen Tropfen einen jeden Schritt, der getan, untermalt.
Kaum eine Stunde hier, – ein Bühnenbild, das ich in Berlin zwar wahrnehmen aber nicht eindringen lassen würde, eines, das mir in Berlin doch Lachen versprechen kann – doch hier, wo Lachen obsolet, ereilt mich nur die Vergangenheit, bis sie mich schließlich einholen würde, daher laufe ich nicht, halte inne, verweile erwartend in aufrechter, doch gespannter Haltung. Wohl wissend, dass der Räuber bereit zum Sprung, im wogenden Gräsermeer der Zwischenwelt lauert.
Und da ist sie.
Kam leise mit dem grauen Schleier der Müdigkeit solch träger Tage, in denen es selbst den Stunden schwer fällt, sich voran zu schleppen, in denen, wenn man innehält und still stehen bleibt, die Welt mit allen Gedanken und Tätigkeiten selbst auch stehen bleibt.

Und während meine Hand langsam die Kuchengabel mit dem köstlichen schwarzen Gebäck zu meiner gierigen Zunge führt, bleibt ein Gedanke bei mir stehen: *Amadeo hätte dieses Wetter gefallen.*
Die Hand, welche die Gabel führt, hält inne und zum Leidwesen der Zunge weicht das schokoladige Gut vor den Lippen, die es aufnehmen wollten, zurück und das silberne Metall des zackenbewaffneten Bestecks klappert leise, als es seine stets zurückhaltende Beziehung zum weißen Porzellan wieder aufnimmt. Warum diese Unterbrechung?
Weil der sinnverhaftete Verstand, der, vor Augenblicken nur, sich ausschließlich auf jede Nuance des Geschmacks konzentrierte, nun wie schreckensstarr in die vergeistigte Welt der plötzlich aufkommenden Erinnerung starrt, und Amadeo tanzen sieht. Jenen, der über die Schönheit des Regens schwarze Tränen weinte und mit jedem einzelnen Tropfen seine aufregenden Kreise und Muster des ergriffenen Glückes zog. Zirkel eines verschnörkelten Tanzes, der befähigt schien, jeden aus Emotion entstandenen und bestehenden Dämon zu bannen, dessen metaphysische Zusammensetzung Schwermut schreit.
Ein Wimpernschlag. Ein Zulassen der tief empfundenen Trauer eines Verlustes.
Das Zulassen der Erinnerung und des Schuldgefühls, das sich-nicht-sträuben, nicht dagegen ankämpfen, nicht erneut Pfade des Kreuzes wählen. Alles in einem Wimpernschlag.
Kurz ein sich verflogener Schmetterling der Alex hieß, im Bauch. Ein Einatmen. Ein Loslassen. Ein Ausatmen – und der Regen ist nur noch Regen, der beim Fallen das von Arbeit ermüdete Gesicht eines längst entflohenen Einheimischen, durch das hell erleuchtete Schaufenster eines Selbstbedienungscafés beobachtet und weint. An einem Freitag um achtzehn Uhr sieben, am zwölften Mai zweitausendsechs.
Einmal, schon in Berlin, glaubte ich Amadeos Silhouette am Fenster stehen zu sehen, wie er hinunter auf die Straße blickte, von welcher aus ich nach oben sah. Doch ich musste feststellen, dass dies nur ein tatsächlicher Traum war, der mir erst Mitte des Tages beim Überqueren eben dieser Straße wieder eingefallen war, als ich instinktiv nach oben zu unserer schönen Wohnung sah und Tyana erblickte, die hinunter winkte. Und in diesem Augenblick wurde mir neuerlich gewahr, warum ich Amadeo nie wieder sehen würde. Ich hatte jemanden, der mir Trost, Liebe, Hoffnung und viel Freude schenkte, und jede Sehnsucht etwas zu schmälern wusste. Und wenn ich schon in nostalgischen Häfen

angekommen bin, so möchte ich auch aufschreiben, wann ich Alex zuletzt gesehen habe. Obgleich er auch in Berlin wohnt, war es hier gewesen.

Tyana und ich waren noch in der Schule. Am vierten März im letzten Jahr veranstalteten wir eine Schulfeier in der einzigen Disko hier in der Stadt. Ich, gerade mit Ruhe aufgetankt durch meinen Kurztrip nach Barcelona und die stets ausgeglichene Tyana arbeiteten als Mitglieder des Veranstaltungskomitees und Schülersprecher hinter der Bar. Überraschend kamen Cassandra und ihr Bruder und Alexander auch dorthin. Wir hätten unmöglich miteinander reden können, es war zu laut, zu voll und für mich zu viel zu tun. Aber alle grüßten sie mich, sahen mich. Dies war ein überaus glücklicher Augenblick für mich gewesen. Dann später, ich hatte Pause und stand draußen, frische Luft schnappen, sah ich ihn gehen, zusammen mit Cassy. Sie gingen an mir vorbei und verabschiedeten sich nach kurzem Small Talk. Als sie schon am Ende vom Diskogelände waren, flüsterte ich noch einmal *Auf Wiedersehen.* Ich habe beide nie wieder gesehen. Sie hatten sich nicht umgedreht, dass war damals schon das Zeichen gewesen. Hätten sie sich umgedreht, hieße das, dass sie entweder zu mir oder diesem Ort noch einmal zurückkehren würden. Sie taten es nicht und es war gut so. Ich weiß noch, ich zuckte mit den Schultern, lächelte glücklich mit Herzklopfen und bin wieder hineingegangen. Das war es gewesen.
Lange nach diesem Tag, als ich schon einmal glaubte, mit ihm abgeschlossen zu haben, setzte ich einen Brief an ihn auf. Diesen warf ich in den Müll. Dann setzte ich einen neuen auf. Er teilte das Schicksal seines Vorgängers. So erging es etlichen. Andere Scheiben, mit anderen Anreden und anderen Absichten. Doch alle beendeten ihre kurze Existenz in meinem Papierkorb. Schließlich stand der Text. Jener, dessen Wortlaut an jeden folgenden Tag geändert wurde, welche ich damit zubrachte, seine gegenwärtige Adresse herauszufinden.
Dann lag er tatsächlich bereit, der finale Brief, sicher versiegelt in der linken Schublade meines Schreibtisches. An dem Tag, da ich die Anschrift in Händen hielt, wurde er seiner Verwahrung entnommen und ich eilte zur Post. Dort frankierte ich ihn, versah ihn mit Namen und Anschrift, verließ das Amt und ging, wie selbstverständlich zum Fluss, warf den Brief hinein, den Zettel mit einem letzten Blick hinterher. In Gedanken die Worte: Möge das Wasser mich von meiner Besessenheit

befreien, wenn ich es schon nicht konnte. ... – Ich hatte also gekniffen, mich umentschieden oder versagt, was den Mut ihn zu kontaktieren, anging. Oder hatte in der letzten Sekunde noch aufgegeben. Was auch immer.

Die Handlung wurde damit gerechtfertigt, dass ich seine Welt nicht erschüttern durfte. War das nobel? Nein. Denn Tatsache ist, ich wollte meine nicht zerstören. Dies und meine Panik, waren der wirkliche Grund. Ich war feige und heuchlerisch. Das war es. Habe ich bis heute daran etwas geändert? – Selbstredend nicht ... doch, ich wünschte es.

Aber irgendwann werde auch ich nicht mehr zurücksehen, das weiß ich und ich wünschte, er hätte den Bilderbogen der Freude von sich aus sehen können, den ich empfand und wüsste, dass ich ihn unsichtbar begleitet hatte. Immer. Und so wünsche ich ihm und allen anderen, einschließlich Amadeo und meiner Vergangenheit, Frieden und tausend Momente Glück in einer Zeit, in deren subtile Schönheit es einfach ist, zu leben. Mein Name ist Seduco Timid, heute ist der zwölfte Mai zweitausendsechs. Erster Eintrag.

2007

Tyana Amnis an den Leser – 22. November 2007

Es klingelte. Achtzehnter August.
Ich stand von meinem Notebook auf und ging zur Tür, öffnete diese, nahm das Paket entgegen, welches mir der Kurier entgegenstreckte. Widerwillig, aus reinem Höflichkeitsgebaren heraus, gab ich dem jungen, sehr unfreundlich wirkenden Mann noch ein kleines Trinkgeld und ließ dann die Tür leise ins Schloss fallen.
Der Absender verriet mir, dass der Inhalt der Sendung aus meiner Geburtsstadt kam, von Constance Timid. Was mich doch sehr in freudige Aufregung versetzte. Ich öffnete das Paket. Vielerlei Dinge fanden sich darin. Zum einen eine Sammlung Tagebücher, Zeitplaner, Briefe und alte Schülerzeitungen und zum anderen eine Diskette mit der Aufschrift: *Amadeos Rettung vor dem vergessen werden*. Mein Herz schlug irgendwo im Hals, auf eine solche Sendung und damit die Einverständniserklärung, hatte ich lange gewartet.
Wärme dringt wieder in unsere Welt, die Schatten beginnen sich aufzulösen und mit ihnen vergehen langsam Schwermut und Trauer. Das Leben verläuft wieder in gewohnte Bahnen und es kommt die Zeit, welche ihre erlösende Hand des Vergessens über eines jeden Hauptes hält. Doch bevor es so weit ist, bevor die Dinge verblassen, soll geschehen wie es der Wunsch verlauten ließ. Es soll erzählt werden, weitergegeben werden, damit meine Seele Ruhe findet. Damit sie loslässt und ich mein Leben wieder leben kann, mit einem schweigenden Gewissen. Denn es ist alles hier vorhanden, aufgeschrieben für die Menschen, für die Ewigkeit. Die Rede ist von einem Leben, an welchem ich teilhaben durfte, welchem ich über eine kurze Zeit teilhaftig wurde.
Ich heiße Tyana Amnis, heute ist der zweiundzwanzigste November Zweitausendsieben. Draußen ist ein herrlicher Morgen, der Himmel spielt mit kalten Sonnenstrahlen und bunten Wolkenfetzen und ich sitze hier und weiß nicht recht, wo ich beginnen soll. So viel muss erzählt werden, soviel geschah...

... Noch einmal sehe ich mich durch die Straßen Berlins gehen.
Seduco zog zusammen mit mir dorthin, er absolvierte hier in einem der

zahlreichen Kinderläden seinen Zivildienst in der Thomasiusstaße in Berlin-Tiergarten und ich erhoffte mir von der Hauptstadt mehr Chancen und besuchte dort bald die Kunstakademie und jobbte nebenbei.
Mit dem Tag, da wir in Berlin wohnten, war eigentlich ständig Besuch da, manchmal wohl eher wegen der Stadt als wegen uns. So auch an jenem Oktobertag und somit ist noch einmal der sechzehnte Oktober zweitausendsechs.
Steven war gekommen, nicht wegen der Stadt, sondern um uns endlich mal wieder zu sehen. Seduco und ich waren erst kurz aus Paris zurück, sind ein wenig vor den Nachwehen der Fußball WM geflohen, die bis zum neunten Juli bei uns ausgetragen wurde. Laut dem Kalender hätte man am nächtlichen Himmel jenes Sonntags das große, runde Gesicht des Vorvollmondes sehen müssen, allerdings war schon am Nachmittag klar, dass dieses uns wohl verwehrt bleiben würde, da es unablässig in Strömen goss.
Kennen Sie das? Dieses Zwielicht bei Sommergewitter, wenn es trotz der Wolken nicht richtig dunkel wird und alles in ein seltsam gelbes Licht getaucht wird, das von solcher Farbigkeit ist, dass alle anderen Farben ermatten und man glaubt, durch alte, vergilbte oder nachkolorierte Fotographien zu laufen, wie sie die Großmütter stets in ihren Alben aufbewahren. Nun es war Oktober und somit kann wohl kaum von einem Sommergewitter die Rede sein, denn unser Atem bildete in der Luft schon weißen Dampft und dennoch, in eben solcher Atmosphäre, begleitet von einem unsichtbaren Orchester, bewegten wir uns und hatten Spaß wie so oft. Wir waren so ausgelassen und durch die kleine Gruppe die wir bildeten, so aufgedreht, dass uns der Regen nicht störte und wir durch die Straßen schlenderten und tanzten und alberten, als ob uns nichts auf dieser Welt etwas anhaben könnte.
Doch dann, dicht vor unserer Haustür, wendete sich das Blatt, wie es sich immer wendet im Flug im Wind und die einfache Struktur und Blindheit vollkommen fremder Leute zerstörte uns alles.
Es war Kitzing- Ecke Boxhagenerstraße in Friedrichshain, Berlin, in welcher Seduco Alexander wieder begegnete. Unser aller Lachen verstarb augenblicklich. Allerdings nicht wegen Alex´ Person als solcher, sondern vielmehr wegen des Umstands, dass er am Boden kauerte. Den Rücken gepresst, an die Mauer eines der Plattenbaumietshäuser der Siedlung, hielt er sich den Magen umklammert. Sein Widersacher holte bereits erneut zum Tritt aus. Wenn ich mich jetzt zurückerinnere, erscheint alles wie

in Zeitlupe. Mit seiner blühenden Fantasie hat Seduco möglicherweise alles in schwarzweiß gesehen oder so. Keine Ahnung. Denn über die Sichtweise der Dinge, die Seduco eigen sind, kann ich nur spekulieren und sollte mich nicht dazu hinreißen lassen.
Fünf waren es, fünf Männer und eine grünhaarige Frau, die diese Farbe vermutlich zum vollen Hohn der Punkbewegung erwählte.
Teilweise mit Messern bewaffnet umzingelten sie Alex und unter Brüllen von *›Schwuchtel, Schwanzlutscher, ...‹* und anderer scheußlicher Namen schlugen sie abwechselnd auf ihn ein. Noch bevor uns die ersten Gesprächsfetzen erreicht hatten, war Seduco losgesprungen und Steven, noch mit einem Verbot für mich, hinterdrein.
Ich weiß bis heut nicht, ob Seduco registriert hatte, dass es Neonazis waren. Im letzten Jahr hatte das Bundesamt für Verfassungsschutz viertausendeinhundert von diesen registriert. Auf welche von ihnen zu treffen, war also gerade in einer Stadt wie Berlin gar nicht so abwegig. Wie gesagt, ob Sed das geschnallt hatte, bezweifle ich, denn schon am Boden kniend und nach Alex´ Bewusstsein suchend, versuchte er mit diesen Menschen zu reden. Dabei muss wohl herausgekommen sein, dass dies ein grausamer Akt der Rache war. Angeblich habe *Ville* – wie sie Alex, wenn überhaupt, namentlich bei seinen Familiennamen nannten – den Cousin der Grünhaarigen ohne Kenntnisse über dessen rechtsextremer Verwandtschaft, zu homosexuellen Ausschweifungen verführt. Völlig ungeachtet dessen, dass dazu stets Gefühle und zwei Personen gehören, ist dies wohl nun die gerechte Strafe für Alexander. Zumindest in diesen Swastika verblendeten Augen seines Strafgerichts. Wie das Techtelmechtel überhaupt ans Licht gekommen war, kann ich auch nur erahnen. Persönlich tipp ich auf die Grünhaarige. Wie dem auch sei, dies war der signifikante Grund dafür, dass Alex ins Krankenhaus manövriert werden sollte und zwar am besten so schmerzhaft verletzt wie irgend möglich. Ich stand hilflos und zu weit entfernt, als dass ich die Gespräche wirklich hätte verstehen können. Aber Steven hatte mich mit einem Blick auf meinen Bauch gewarnt, nicht näher zu kommen. Immerhin war es nun schon zwei Monate her. Und doch, als der Kampf zwischen den neun begann, – eigentlich acht, da Alex wirklich nicht mehr zu gebrauchen war, der gerade mal so weit noch vorhanden war, dass er einigermaßen mitbekam, was vor sich ging und warum er nicht mehr getreten wurde – stürzte ich dennoch hin und mischte mich mit ein. Wir schlugen uns, prügelten uns erst mit Worten und Argumenten,

doch dann wahrlich mit Fäusten. Keiner von uns Dreien hatte dies jemals zuvor getan oder auch nur vorgehabt, in eine solche Situation zu geraten. Doch es hatte auch etwas Berauschendes, man spürte den Schmerz mit einem Mal nicht mehr, vielleicht waren die Körperteile auch nur schon taub, denn man hatte das Gefühl, zurückversetzt in der Zeit für eine gerechte Sache, für die Freiheit zu kämpfen. Und eigentlich sahen wir schon den Delacroix hinter uns hängen. Bis, ... bis der Schuss durch das Viertel hallte ...

... und wir von Schlägen befreit waren, und sechs Beinpaare rannten, als wäre der Leibhaftige hinter ihnen und ... Seduco fiel.

Die Ballade, die in solchen Fällen sonst immer anfängt zu spielen, um dem Auditorium die Trauer in die Seele zu schnitzen, blieb aus. Da waren nur noch wir. Geschockt, außer Atem und blutend und das Geräusch des obligatorischen Regens.
Wir konnten nichts mehr für ihn tun. Man sagte später der Polizei, er wäre mit der Sekunde tot gewesen. Doch selbst der Bruchteil einer Sekunde hat manchmal die zeitgedehnte Kraft einer Ewigkeit. Wenn dies nur ein Augenblick war, nicht mehr als der bloße Schlag der Wimpern und das erneute Öffnen der Augen, so war er unendlich lang. Der Schütze musste ein Meister oder von schicksalhafter Fügung gewesen sein. Trotz des Gefechts war es ein Schuss genau ins Herz. So typisch für Sed. Sogar Alex raffte sich auf und stürzte zu ihm hin, der Kampf war so plötzlich vorbei, wie jene sechs verschwunden, die ihn begannen. Eiserner Geschmack im Mund, als Zeugnis unserer Verteidigung der Freiheit und das Martyrium zwischen uns. Alle drei blickten wir im Regen in Seducos verlöschendes Gesicht.
Diese Millisekunde, in der er uns ansah, bevor sein Licht für immer erlosch, war etwas Unglaubliches. In diesem Moment strahlten seine Augen alles Wissen, jede Empfindung aus, mehr als jemals zuvor möglich, und dennoch unbeschreiblich. Und als er in unsere entsetzten Gesichter blickte, lächelte er. Nur ein bisschen, ein solch zartes Schmunzeln, dass es außer uns Dreien, niemand wahrgenommen hätte.
Ich glaube er wollte lachen. Lachen über die Tatsache, dass er sich geschlagen hatte und über unsere seltsamen Gesichter. Als wollte er sagen: »Hey, was guckt ihr denn so, dass ist doch nur ein Kratzer. War das nicht irre?«

Vielleicht macht er es noch, wo immer er ist. Vielleicht lacht er noch immer.

Seduco glaubte fest daran, dass er sich mit der ersten Flamme wieder vereinen würde, wenn er stirbt. Dass der Tod nicht das Ende ist, sondern nur ein weiteres Ereignis im Leben und er danach einfach nur noch er sei, in einer Wärme, in der Namen und Formen keine Rolle mehr spielen.
Oh, ich wünsch ihm so sehr, dass er recht hatte.

Die Schuldigen konnten trotz Alexanders Aussage über das vorherige Ereignis und der Preisgabe des Namens des Cousins und auch dessen Verhör bis Dato nicht gefasst werden. Man vermutet, die sechs werden von einer größeren, rechtsextremistischen Organisation, als Nachwuchs geschützt.
Alex erholte sich im Krankenhaus, mit Ausnahme des Schocks und der ihn zermarternden Schuldgefühle, wieder vollkommen. Die inneren Blutungen hatten gestoppt werden können, Schwellungen gingen mit der Zeit zurück und Medizin und Körper heilten ihn. Eine Zeit lang hatte man ihn unter seinen Verbänden kaum sehen können, doch irgendwann reduzierte es sich auf einen Gipsarm, bis auch der befreit wurde. Seine Nerven beruhigten wir allerdings nicht gerade, als er mitbekam, was Seduco dereinst für ihn empfunden hatte. Nun, er war schier überwältigt und auch schamerfüllt, als ihm klar wurde, dass er einst wahrhaft geliebt worden war, ohne dass er von alledem etwas gewusst hatte. Ohne, dass er ihn je wahrgenommen hatte. Ob es etwas geändert hätte? Wer weiß?

Ich stand noch oft und lange Zeit in Seducos Zimmer. Immer wieder, allein und am liebsten bei Regen. Bis ich eines Tages bereit war, ihm Lebewohl zu sagen.
Verliebt war ich selbst ja auch gewesen und habe mit Umwegen schließlich doch noch zu dieser Person gefunden.
Liam und ich sind in eine neue Wohnung gezogen, am Prenzlauer Berg, und leben jetzt hier in Berlin. Etwas, was ich mir noch vor zwanzig Monaten nicht im Traum hätte vorstellen können.
Seducos Asche wurde von den Menschen, die ihn liebten, auf dem Meer verstreut und wir halfen uns gegenseitig, über den Verlust hinwegzukommen. Erstaunlicherweise war es wieder Seduco, der uns dabei half. Denn Constance war es, die seine Tagebücher zum ersten

Mal öffnete und uns, noch ohne ein Wort gelesen zu haben, über die Sichtweisen Seducos im Zusammenhang Tod aufklärte. Offenbar hatte sie doch etwas von ihrem Sohn mitbekommen.

Wir vier, Constance, Alex, Steven und ich blieben lange Zeit zusammen hier in Berlin, bis jeder bereit war, sich wieder seiner eigenen leeren Wohnung zu stellen.

Ich wollte den Menschen unsere Freundschaft nahe bringen, da sie mich doch so unendlich berührt hatte, unsere gemeinsamen Erinnerungen waren so voller goldenem Lachen und ich wollte sie konservieren und in Ehren halten. So entschied ich mich dazu, eine Vernissage zu geben. Eine Bilderausstellung, die Seduco gewidmet sein sollte. Aber ich war nicht fähig dazu. Jedes Bild zeigte nur meine Trauer, mein Innenleben. Dort war er als Sonnenkind nicht zu finden und ich glaubte ihn verloren und stürzte in ein tiefes, unkreatives und depressives Loch.

Doch dann, fielen mir wieder seine Tagebücher ein, in welchen ein Seduco bewahrt wird, der in so manchen Dingen ganz anders ist, durch welche so ein ganz anderes Bild derselben Person vermittelt wird, als die, die ich kannte. Ja, im Prinzip irgendwo die Essenz dessen, was er war ist, der Kern, wenn alles andere hinfort ist. Und ich entschied mich, nicht unsere Erinnerungen für uns zu bewahren, sondern Seducos und diese der Welt zu zeigen.

Seduco hatte immer davon geträumt, mal ein Buch zu veröffentlichen. Ein Grund mehr für mich, es an seiner statt zu machen. Auch wollte ich damit die Frage an den Rest der Menschheit weiter geben, die so in mir tobt, in der Hoffnung ich erhalte eine Antwort. Nämlich habe ich mich lange nach dem Sinn gefragt, der hinter Seducos baldigen Ableben stehen könnte, welches stattfand, ohne dass er wenigstens einmal das erfüllende Gefühl von Verliebtsein und wahrhaft Geliebtwerden verspürte, wo er doch, wie ich jetzt mehr denn je weiß, dieses so sehr gesucht hatte. Am Ende erlag er dieser Suche, erlag seinen Verletzungen. Jenen, welche die äußere Welt ihm schlug, schon lange vor dem tödlichen Abend in Berlin, und jene Wunden, welche in seiner inneren Welt bluteten. Stets aufgerissen durch die Ereignisse der Äußeren. So glaube ich heute zu verstehen, dass er letztendlich wegen seines unausgeglichenen Verhältnisses von Traum und Wirklichkeit, von Wunsch und Wahrheit und der unterschätzten Macht einer verdrängten, unbewältigten Aufgabe, eines Blindwerdens für das, was entscheidend ist, sterben musste.

Es ist wohl kaum ein Geheimnis für jemanden, der seine Geschichte kennt, dass er sich diese Blindheit auf dem Gesundheitsberg zuzog. Als ihm die Welt, einmal mehr, nichts Schönes zu sehen gab und er sich, Kind wie er war, nicht anders zu helfen wusste, als die Augen davor zu verschließen ... und in einer anderen Welt zu leben.
Diese Welt ist es, von der ich nun erzählen möchte. Und somit besteht mein Referenzmaterial aus diesem hier: aus vier Tagebüchern, zwei Zeitplanern mit Aufzeichnungen und einer Diskette mit elektronischen Dokumenten, Briefen die nie versendet wurden, unter anderem ein weiterer an Alex, Schülerzeitungen und Fotos. Nicht wenige davon, von Steven gemacht. Dies alles stapelt sich vor mir und gehörte einmal Seduco Timid. Solange ich Sed kannte, hatte er immer geschrieben. Was es damit wirklich auf sich hatte, habe ich erst sehr viel später erfahren. Bis Dato, war er für mich nur eine sehr nachdenkliche Person, die immer alles hinterfragte und immer die richtigen Worte im entscheidenden Augenblick kannte und zu verkünden wusste. Er war die Person, die sich auch gern Kinderfilme ansah und Geschichten über Geisterhäuser liebte, da sie wie er meinte, die Fantasie anregten. Er war der, der stundenlang durch die Gegend laufen konnte, nur um zu sehen, wo ihn seine Schritte hintrugen. Er war der, der es liebte an Blumen zu riechen, schöne Plätze und Häuser zu bewundern, den Wind zu spüren und Herbstblätter regnen zu sehen. Er war die Person, die es mochte, auch mal böse über andere zu lästern, obwohl es ihm hinterher immer Leid tat. Er liebte es, zartgliedrige Dinge zu bewundern, zu kaufen und irgendwo hinzustellen, wo er sich jeden Tag daran erfreuen konnte. Er liebte es Zigarettenrauch zu beobachten, auch wenn er fand, dass dieser stinkt. Er liebte es mit den Fingerkuppen über raue Oberflächen zu streicheln, Wolkenbilder zu erfinden, auf der Mitte der Straße zu laufen und kaltes Wasser über die Unterarme rinnen zu lassen. Und ich sitze nun vor diesem Berg an Texten, die er sein ganzes Leben lang geschrieben haben musste, welche chronologisch geordnet sind und welche sich nicht alle zum Verwenden eignen. Sitze hier mit einer Tasse *Barries Tea*, unseren Lieblingstee aus Irland, habe Tränen in den Augen und will Ordnung in mein inneres Durcheinander bringen und denke nur die ganze Zeit: *Ach Seduco, wärst du doch hier, um mir zu helfen. Wie du mir immer geholfen hast.*

Der Gedanke ist klar, ich habe vor, Ihnen ein Leben nahe zu bringen. Ein Leben, das von so erstaunlicher Fülle ist, dass ich mich frage, wie es zwischen die zwei Deckel eines Buches passen kann. Ein Roman soll es werden, den ich mit der Hilfe von Seduco, durch eben die genannten Tagebuchaufzeichnungen, zu einem geschlossenen Ganzen zusammenfügen will. Und was liegt dann am Ende vor? Eine Geschichte, wie sie in tausend Variationen schon tausendmal erzählt wurde, und dennoch lohnt es sich, jede einzelne und eben auch diese hier von neuem zu hören. Sie erzählt vom Leben und der Liebe ... und Isolation. Denn das ist es wohl, was letztlich sein behüteter Kern war, oder? Beim Lesen seiner Arbeiten habe ich seine außergewöhnliche Isolierung erfahren, die nicht nur durch das Reisen in Traumwelten erscheint, sondern auch durch den niemals anklagenden, liebevollen und oft weisheitsvollem Abstand, den er in seinen Beschreibungen gegenüber Menschen hält, die eher zu seinem Leid beitrugen als ihn davor behüteten. Trügerisch wird diese Abgeschiedenheit aufgehoben, durch eine ebenso trügerische Annäherung an seine Liebe. Und dies ist der Punkt. Die Antwort auf die Frage des *Warum*. Seine Einigelung, seine sich selbst auferlegte Isolation, die nicht nur dadurch Bestand hatte, dass er eine künstlerische Natur war oder von sexueller Andersartigkeit. Sein Entschlafen, ist die vielleicht unvermeidliche Katastrophe, die seiner Entscheidung stets zu fliehen, folgen musste. Er hat sich seiner Sache nie gestellt. Keiner. Die für ihn größte Angelegenheit, holte ihn schließlich ein und schlug ihn vernichtend. – Ich weiß, ein ‚*warum*' kann immer noch bleiben. Doch dies ist die Antwort, die – mal wieder –Seduco für mich kannte.

Oh Gott, ich vermisse ihn so. Sein aschblondes Haar, seine grünen Augen ... die Art wie er sprach und immer die richtigen Worte fand. Er war so hübsch, in seiner unscheinbaren und zierlichen Art. Ein schöner Engel, zerbrechlich und gefallen, aber immer froh gesinnt. Er war befähigt mit nur einem Blick alles auszusagen, Zorn, Lachen, Freude, Ernst und vor allem Trauer. Manchmal frag ich mich, ob er überhaupt wusste, dass er unter seinem Lächeln diese herzzerreißende Miene trug. Wenn sein lebensbejahendes Lächeln allerdings doch mal verschwand, wurde sein Gesicht hart, dass es einem das Blut in den Adern gefrieren ließ. Ich bin dankbar dafür, dass dies so gut wie nie geschah. Doch wer es einmal sah, dem wird es sicher im Gedächtnis bleiben, obwohl es flüchtigen Begegnungen stets schwer fiel, sich an ihn überhaupt zu erinnern, genau wie an seine Schönheit, von der er nichts zu wissen schien. Sie erinnerten sich wohl nur daran, etwas Schönes gesehen zu haben, eine Ikone dessen, was Menschen sein können.

Gut, er war kein Adonis, war eigentlich sogar nur dünn. Seine Nase war im Profil ein bisschen zu groß und er hatte fast immer Augenringe, auch Akne verschonte ihn in der Schulzeit so wenig wie uns alle. Und doch, er war einfach schön. Alles redete leiser, wenn er den Raum betrat, atmete langsamer, wirkte gedämpfter ... jedenfalls für mich. Ich habe ihm das nie gesagt.

Am zweiten Mai zweitausendsieben kam mein Sohn gesund zur Welt. Er ist von Seduco. Entstanden in einer Augustnacht, in der wir beide die melancholische Einsamkeit der neuen Umgebung, dieser riesigen, hektischen Stadt teilen mussten, um sie zu ertragen. Wir hatten unsere Beklommenheit in Wein ertränkt und waren unachtsam, bei der im Scherz entstandenen Idee. Immerhin war Seduco weder hetero noch bi und ich selbst hatte das Gefühl, an eine Freundin meine Jungfräulichkeit zu verlieren. Allerdings, als uns am nächstfolgenden Tag klar wurde, was geschehen war, und wir nach der peinlichen Berührung herzhaft über unsere *soaphafte* Idiotie gelacht hatten und dann rauskam, dass da in der Zärtlichkeit noch mehr passiert ist und eigentlich erst richtig anfängt, waren wir wahnsinnig glücklich. Eigentlich war es natürlich in unserer Situation absolut unpassend, doch wir liebten einander, wenngleich auch nicht wie Mann und Frau, und beide hatten wir uns für die Zukunft Kinder gewünscht. Auch muss ich gestehen, dass ich glücklich bin, an ihn meine etwas lang gehegte Unschuld verloren zu haben. Dafür gibt es zwar keinen rationellen Grund, aber so bin ich eben.
Liam, wie erwähnt mein Freund, wird für unser Kind ein Vater sein, wie du es gewollt hättest Seduco, das verspreche ich dir. Auch wenn der kleine Mann bald verstehen lernen wird, dass Papa Seduco, den er nie kennen lernte, nicht nur nicht da ist, sondern auch niemals wieder kommen wird.
Ich glaube, ich hätte ihn noch einmal ganz anders wahrgenommen, wenn ich damals gewusst hätte, dass somit *ich* die einzige Person sein würde, mit der Seduco je in der Wirklichkeit in biologischen Kontakt treten sollte. Wenn ich falsch liege, und er doch irgendwann einmal mit jemanden Zufälligen geschlafen hat, dann war es für ihn so unbedeutend, dass er nie ein gesprochenes oder geschriebenes Wort darüber verloren hat. Denn trotz seines Charmes, seiner Freude und entdeckten Eloquenz und Redseligkeit hatte er nie jemanden gefunden. Als wir uns in Berlin etwas eingelebt hatten, ging er ab und zu an Szenetreffpunkte, doch es

blieb immer erfolglos für ihn. Entweder wurde er übersehen, war dann selbst zu schüchtern um sich zu behaupten, oder er fand die Anwesenden einfach ... sagen wir mal, er blieb dennoch wählerisch.

Ich erinnere mich gern an ihn, auch wenn es immer Schmerz für mich bedeutet, erst so erfahre ich wirklich, wie es ihm mit Alex ergangen sein muss, als er ihn liebte, als gäbe es kein danach. Bis zum Schluss, denn sein Name war Seduco Timid.

Unser aller Leben geht weiter, und jedes einzelne birgt seine Dramen und seine Komödien und es kommt eigentlich nur darauf an, dass man das Jetzt in vollem Bewusstsein auslebt. In seinen letzten zwei Jahren hatte es Seduco versucht und er war glücklich und erfolgreich gewesen. Er studierte Kunsttherapie und wollte es schaffen, daraus etwas Großes zu machen. Ich will es ihm gleichtun und danke ihm für alles, was er mir durch sein Leben gegeben hat, danke ihm für den Sohn, den er mir schenkte, durch den er immer gegenwärtig sein wird, denn ich nannte ihn: ... Amadeo.

Tyana Amnis am 22. 11. 2007, 18:05 Uhr

Ende

2007-03-17, 23:13 Uhr

Die Macht des Wortes ist ebenso enorm,
wie die, des Gefühls oder der Leidenschaft.
Und zwar besonders dann,
wenn der Schweigsame sie gebraucht,
und damit seine eigene Stille durchbricht.
Eine Weisheit, die mich das Leben lehrte.

Und zum Ende, die Frage vom Anfang:
Wer bin ich?
Hier die Antwort:

Ich bin ich. Ich bin lebendig. Ich bin das Leben selbst.

Ich bin der Raum, in dem alles geschieht.

Ich bin jetzt und immer. Immer gewesen, werde immer sein.

Ich bin das Sein.
Ich bin alle, alle sind ich.
Ich bin das Wir sind
Ich bin ...
Ich bin.

Christoph Hinkel

Danksagung

Ich danke der Baroness Eloquenzia out of Ordia Nina Kraus, unserer Managerin Tina Strömsdörfer, meinem launischen Don Stefan(o) Mayer, unserer Rechtsabteilung Doris Nicklis und meiner Mom Birgit Hinkel für ihre immerwährende Unterstützung. In diesem Zusammenhang danke ich besonders meinen Großeltern Margit und Rudi Mathiebe, die für uns alle so oft die rettenden Engel in der Not waren und sind.
Ich danke Euch für Euren Beistand und Eure Freundschaft, für den Blödsinn, den wir zusammen anstellen und für Eure konstruktive Kritik am entstandenen Werk.

Des Weiteren danke ich *meinem* Alexander Ville, tausendmal getroffen und doch nie begegnet, danke ich Dir für die Inspiration.

Unerwähnt darf keines Falls Frau U. Löblein und ihr Spitzenteam bleiben, welches mich mit so vielen Eindrücken beschenkte und in mir ein Wissensrepertoire anlegte, von dem ich heute noch oft zehre. Vielen Dank.

Und einen letzten, speziellen Dank möchte ich an Norbert Schmolke, Evelyne Kern, dem ganzen Verlagsteam und meiner Kollegin Melanie Burghardt aussprechen, ohne deren Einsatz dieses Projekt nicht zur Verwirklichung gekommen wäre.

Vielen Dank Euch allen.

Christoph Hinkel

Anhang
Koma

- Eine Kurzgeschichte in fünf Akten von Seduco Timid –
Tagebuch 09. Dezember 1998

Ann Kathrin Meyer – Krankenhaus Schädelhirnpatientin

Wo bin ich? Es ist kalt und dunkel und seltsam. *Ich* fühle mich seltsam an. Als hätte ich einen Körper und dann doch wieder nicht. Spüre meine weibliche Hülle über mir in den Schatten gemeißelt, und zugleich an mir, in Nebel gehüllt. Wo bin ich nur? Ist dies ein Traum? *Hallo!* Ein Echo aus Schweigen antwortet meinem Ruf.
Ich schließe die Augen und doch bleibt alles wie es ist. Betaste mein Gesicht, spüre es nicht. In Gedanken sehe ich ein Zimmer. Könnte das eines Krankenhauses sein. Weiße Betttücher. Spüre irgendwo einen Schlauch durch mein Geschlecht gehen, einen durch meine Bauchdecke, einen weiteren durch meine Vene. Aber es fühlt sich nicht real an und sieht komisch aus. Die Füße sind viel zu überdehnt, *dass schafft doch kein Mensch!* Komische Gedanken.
Aufstehen, voran gehen. Etwas finden, vielleicht erinnern.
Da! Ein Lichtspalt. Sieht aus wie von einer Tür. Gehe darauf zu und öffne sie. Ein Zimmer. Mein Zimmer. Erinnerung an zu Hause. Bilder an der Wand von einer Straße, von Autoteilen – wieder seltsam. Die Dinge sind wirklich und doch wieder nicht.
Mein Name. Wie war mein Name? *Ann*. Genau, *Ann Kathrin Meyer*.
Ich gehe durch das Zimmer, sehe mir die Fotos am Spiegel an. Oh, stimmt, dass war an meinem achtzehnten Geburtstag. Mann, war ich voll! Mein Bett. Ich kuschle mich darin ein, ziehe die Decke über den dröhnenden Kopf. Nichts mehr sehen.

Mir ist kalt. Ich wache auf. Liege in einer Bushaltestelle oder so etwas. Eine alte, noch aus Betonteilen, nicht aus Kunststoff und Metall wie heute. Sie ist von innen bemalt, mit Kindern die komisch gucken. Fremdartiges Licht hier. Alles so graugrün und verzerrt, nebulös und zwielichtig. Nur die Straßenlaterne und der Fahrplan leuchten gelborange aus der Dunkelheit, bringen aber kaum Helligkeit in die Welt. Ah, der Bus kommt. Schnell

die Tasche gegriffen, das Ticket parat und eingestiegen. Auch er ist grün und strahlt von innen dieses Orange aus. Macht damit allerdings einen wärmeren Eindruck als der Rest hier. Auf der Anzeigetafel steht *Kew Gardens*. Moment, das ist doch in England. Bin ich in England?
Noch ehe ich einsteigen kann, kommt ein Auto aus dem Nichts und rammt den Bus. Alles kaputt, alles laut und tot. Bleibe unbeteiligt in den Trümmern mitten auf der Straße stehen. Wie bin ich hier her gekommen? Plötzlich erst, fällt mir der gerade geschehene Unfall ein. Es hämmert hinter meiner Stirn: *Such nach Überlebenden! Ruf einen Rettungswagen und die Polizei!* Mit einem Mal gar nicht mehr so unbeteiligt, stürze ich zu den kaputten Fahrzeugen. Doch da ist niemand. Kein Busfahrer, niemand der das Auto hätte lenken können. Fahrgasträume leer. Auf der Straße ist auch keiner zu sehen. Nebel steigt auf und wird zu einer dicken breiigen Suppe. Man kann die Hand nicht mehr vor Augen sehen.
Da steht ein Kind an dem Krankenhausbett von vorhin. Unterhält sich mit jemand unsichtbaren.
»Meinst du Amadeo, der Körper versucht mit dieser Überdehnung der Glieder den Geist durch Schmerz zurück zu gewinnen?«
Die Antwort höre ich nicht. Er sieht mich mit so komisch mitleidvollem Blick an. Doch sehe ich alles verschwommen. Kann ihn nicht fixieren. Ah, diese Gedanken sind so wirr in meinen Kopf.
Ich steige in das Wrack des Busses. Gehe die Sitzreihen entlang und komme in einen langen Gang, der gemauert ist und aus grauem Beton wie es die Bushaltestelle war. Rechts ein Ausgang aus dem Tunnel, die Wand Rot und Gelb bemalt. Eine große Sechs in Schwarz darauf gepinselt. Der Ausgang aus dem Tunnel ist Eingang in den Wald. Vor mir schwillt dieser zu einem Hang in die Höhe. Es blitzt. Ich sehe einen PKW vor meinem geistigen Auge, der an einen Baum gefahren ist. Dann ist die Vision vorbei, stehe verständnislos neben mir. Es macht mir Angst und ich bin verwirrt. Ist denn hier nirgends jemand? Bin ich ganz alleine?
Über den Schmerz schlief ich ein.
Von Musik wurde ich geweckt. Kurzes Aufblitzen des Krankenhauszimmers. Ein Mann, alles schwarzweiß, ist über mich gebeugt. Redet, ohne dass der Ton mich erreicht. Sein Gesicht ein halber Schatten, Brille die ohne Rahmen ist, Augen die Beschwörungen schreien und die Nase eines Vogels. Dieser Vogel verleiht mir Flügel, strebe in seine Richtung, komme dem weißen Raum näher. Vernehme nun die Stimme des grauen Mannes:

»Gefällt dir die Musik, Ann? Ja? Versuch eine kleine Reaktion, okay. Ein Blinzeln vielleicht.«
Ich sage ihm, dass die Melodien schön, aber sehr traurig seien. Doch meine Antwort erreicht ihn nicht. Ich bleibe stumm, so laut ich auch schreien mag. Angestrengt blinzle ich in das durch Trübe gefilterte Licht. Doch meine Lider bewegen sich nicht.
Die Musik wechselt, die Szene mit ihr. Es wird lustiger. Ich sitze im Rollstuhl, bin eine alte Frau. Vor mir eine junge, die ich als mich selbst erkenne. Sie trägt einen albernen Hut mit Krempe und großer Blume, hat eine Clownsnase auf und redet mit mir betagten Frau, als wäre ich drei. Was mache ich da mit mir?
Ein Automobil unbestimmter Farbe und Marke donnert in den Raum des Geschehens und zerschmettert auf der Motorhaube mein Harlekin-Ich zu tausend Scherben aus Porzellan. Ich, die alte Frau, wieder zwanzig wie ich bin, blicke erschrocken zu dem weißen Staub hinab. Ein paradoxes Wesen entsteigt dem zerstörerischen Gefährt. Weiblicher Körper, hartes Gesicht. Augenblicklich riecht es nach zerrauchtem Tabak und alter Frau, welche konserviert in Alkohol und Selbstmitleid zielsicher auf mich zu steuert. Rotes Haar, rote Lippen, rotes, hautenges, ledernes Kleid, hochgeschlossen mit Rollkragen, tief hinab fließend zu hochhakigen, roten Stiefeln. Die Augen grün umschminkt, die Krallen rot wie die ganze Erscheinung. Erkenne sie als meine versoffene Tante. Tante Isabelle. Längst tot. Ertrunken in ihrer Leberzirrhose. Als Kind mein Schrecken. Schrecken aller Kinder unserer Familie. Und alle mussten wir früher oder später einmal unter ihrer Obhut verweilen. Mein Gedächtnis tritt klar zurück. Zusammen mit meiner Schwester Linette sitzen wir bei ihr, einem Wohnzimmer, wie das Foyer eines Bordells. Liny ist zehn, ich selbst zwölf. Vor jeder vor uns steht ein Glas mit klarer, aber hochprozentiger Flüssigkeit. Beide erhalten wir Anweisungen, wie man Mann und Frau zu befriedigen hat. Eine Vielzahl an Fotographien, Gemälden und Skulpturen, alle entstanden aus der Hand dieser verschrobenen Kreatur, verdeutlichen den Zerfall unserer kindlichen Unschuld. Keiner weinte als Tante Isabelle dahinschied. Und eben diese Person baut sich nun vor mir auf, entzündet sich eine Zigarette – ein Wunder, dass sie mit ihrem Alkoholdunst nicht komplett in Flammen aufgeht – und sieht mich mit vernichtendem Blick an.
»Da siehst du's Kind. Ich hab's dir immer gesagt. Mit deiner prüden Haltung kommst du genau hierher. Ab in die Hölle, der Himmel ist Wollust! Hast es deinem Freund nicht ordentlich besorgt, he? Hast nichts

gefordert, was deiner Lippen Durst stillt. Deine Blüte war schon welk, bevor du sie das erste Mal benutztest. Hat dich ja weit gebracht.«
Lallend träufelte sie ihr Gift in meine Seele, brav schluckte ich jeden Tropfen und ergab mich in meinen Tränen. Sehe Chris mit verächtlichem Mundwinkeln sich abwenden, verschluckt von neuer Dunkelheit. Zurück bleibe ich, sitze in einer leeren Baracke auf einem kaputten Stuhl, um mich herum der See aus Tränen, den ich geboren und verliere mich erneut in eine namenlose Dunkelheit aus negativen Räumen und entschlafe in das Krankenzimmer, bin auch dort allein.

Wasserrauschen und Walgesang. Sehe ein Vögelchen aus einem Brunnen trinken, groß genug, dass Menschenkinder darin schwimmen mögen. Spüre wie mein Körper gedreht wird, gewaschen wird, rieche, wie er stinkt, fühle wie abstoßend ich aussehe, erschrecke vor meinem Anblick, den ich erkenne ohne mich zu sehen. Erfahre erneut, dass keine Reaktion, die beschrieben, von der Seelenhülle übermittelt wird. Weiß noch immer nicht, was wirklich und was geistig. Weiß noch nicht, was Unterschied ist, kann keinen berichten. Welle um Welle schwingt der hoffnungslose Ton der Pflege und Ärzte zu mir, Wort um Wort will ich mich dem Schrecken dieser Szene entziehen, wünsche mir sogar Tante Isabelle als Ersatz. Sehne mich von klinischer Berührung zu medizinischem Betasten mehr in die behütenden Arme meines Freundes, ohne Erinnerung, ob er sich abwandte oder nicht. Das kalte Wasser aus silbernen Waschschüsseln versetzt mich fröstelnd in einen Waldsee aus Eis. In einem Gehölz aus Autowracks und Schrott. Bäumen aus Metall, an deren Geäst die Leichen meiner Freundinnen hängen, die aus Augen mit kaltem Feuer mir entgegen starren.
Dunkle Töne dringen aus der anderen Welt, der Krankenhauswelt, herüber zu meinem Verstand. Wo auch immer dieser sein mag. Ob er noch ist? Die Augen meiner Freunde schrecken mich. Ich friere Tränen der Angst. Im seichten Wasser, welches unablässig meinen Schmutz aufnimmt, schwimmt eine Postkarte, die, mit zitternden Fingern ich ergreife. Sie zeigt das viktorianische Palmenhaus der königlichen Gärten von Kew. Die verwaschene Tinte auf der Rückseite, gibt keine Auskunft mehr. Nur am untersten Ende, lässt ein Name sich erahnen. Und als dieser entziffert geglaubt, wird der Horrorwald durch warme Sonnenstrahlen geadelt. Ein C seh' ich und ein H noch dazu. Am Ende lässt die Schlange eines Es's sich erkennen. Die Mitte bleibt unklar, doch durch die süße Zuckerwatte,

verklebter Herzensschwüle, springt die kribbelnde Leichtigkeit mir in die Kehle und entlässt ein Flüstern, dass da hieß: »Chris«. Und wiederholt soll es sein und wiederholt soll es sein. Für immer, so lange dies schöne Gefühl nur nie weichen möge, die Sonne nicht erblinden mag und auch nicht versengend verglüht, ohne das sie mir erlaubt mit zu verbrennen. Wald sei verschwunden, einem Steg am See gewichen, auf welchem ich fröhlich der spielenden Morgenröte entgegen winke, als käme mein Freund, dem Gott im Wagen der Gestirne gleich, mir mit Eros Pfeilen entgegen geflogen. Mit jeder Sekunde Licht, eröffnet mir Musik aus der Ferne, ein Eldorado an wohltuenden Gefühlen und verscheucht sind Gedanken an die Gehängten, mit den schmerzenden Augen. Schmerzende Augen, wie meine schmerzen, geblendet durch dies grelle Licht und entrissen meiner Freudenstunden, zurück im Krankenzimmer, funzelt jemand in meine Augen und formt mit schönen Lippen, hässliche Worte wie: »Nur eine schwache Reaktion auf Lichtveränderung. Aber an sich ist sie wie blind, fixiert nichts und niemanden. Wer weiß, ob sie wirklich noch irgendwo da drin ist. Wir lassen uns möglicherweise nur durch die geöffneten Augen zu falscher Hoffnung verführen. Ich bin mir nicht sicher, ob diese Musiktherapie tatsächlich irgendetwas bringt.«
Jedes Wort scharf wie ein Messer, ritzt es mehr und mehr, mir die schaurige Szene dieses Theaters ins Mark. Mein strahlendes Sonnenlicht ist erloschen und wie Leander, dessen wegweisende Leuchte im Sturm ausgeblasen, verirre ich mich im Meer meiner Dunkelheit. Und Chris, der wie meine Hero für mich, kann mich nicht mehr finden und alle Wonne, die eben noch so nah und greifbar, ist vergangen und entfernt durch ein kleines elektrisches Licht. Wie seltsam. Licht, das vermag Licht zu töten. Möge doch nur die Musik noch einmal diese Klänge malen, vielleicht wäre es mir möglich, durch den verborgenen Wald, über neblige Pfade dem Licht entgegen zu schwimmen.

Wie viel Zeit wohl vergangen ist? Ich gehe durch die leeren Straßen meiner Vergangenheit und finde nur Symbole, die ich nicht versteh. Laufe durch Tunnel, die ich vorher nie betreten. Ein ums andere Mal, liegt hinter dieser Biegung und jener Tür, der erste Raum, den ich hier sah. Mein Zimmer. Nicht jenes groteske, klinikweiße Zimmer voll hilfloser Ärzte, sondern mein Domizil, mein Heim. Oder so etwas Ähnliches. Der Ort ist erfüllt von Hinweisen, Erinnerungen die dieses Rätsel zu entschlüsseln wüssten. Doch kann ich die meisten Fotos nicht erkennen, sehe mich

selbst nicht, wenn ich in den Spiegel sehe, dort wo das Bad sein müsste, ist keines, Briefe, Tagebuch, Postkarten, Schulhefte, jegliches schriftliche Zeugnis zu mir, kann ich nicht lesen. Wörter ergeben keinen Sinn, sind in fremden Schriftzeichen geschrieben oder zerlaufen. Auf den Lichtbildern sehe ich nur mich – verschwommen – meine Freundinnen Sarah und Anya, beide als Gehängte erschienen. Chris, kann ich nur erahnen, weiß oft nicht, ob er wirklich auf dem Bild ist.
Ein Ruck. Sehe weißen Boden und grelle Farben. Erahne Füße und Beine, die an mir vorbeifliegen. Mein Schädel dröhnt. Der dort oben und der hier unten. Und um. Keine Beinpaare sausen mehr an mir vorbei.
Mmmh. Mal sehen was im Fernseher läuft. Ich setze mich einfach hier in den Sessel. Oh, seltsam. Ein weißer Boden und grelle Farben. Füße mit dazugehörigen Beinen, in Jeans und Schuhen und anderen Stoffen flitzen vorüber. Seltsames Programm. Welcher Sender ist dies denn? Huch, jemand hat den Hörer nicht aufgelegt. Das ist ja interessant, ich höre Stimmen. Passen die etwa zu dem Fernsehprogramm? Mal hören:
»Hey, wo bringt ihr Ann denn hin? Ich brauche sie, gleich kommt die Visite zu ihr.«
»Ja, aber die muss warten. Der Oberarzt hat noch mal Aufnahmen von ihrem Gehirn verlangt und das CT ist gerade frei. Dauert ja nur ein paar Minuten.«
»Schaffst du es sie alleine auf die CT-Liege rüber zu rollen? Oder soll ich schnell mitkommen?«
»Wenn du Zeit hast.«
Der weiße Boden auf dem Fernsehbildschirm ändert sich in den metallenen eines Aufzugs. Jetzt sieht man nur noch ein Fußpaar und das Bild steht für ein paar Sekunden, bis der Boden abermals die Farbe wechselt. Zu Spinatgrün.
Kurz bin ich wieder im Fernsehprogramm, dann zurück im Sessel als die Person, die gebannt durch den Hörer die Szene verfolgt. Was trage ich hier eigentlich? Ich lege den Hörer auf das Telefon und sehe an mir hinunter. »Gott, ich sehe ja aus wie ein Sahnebisee. Lauter Gardinen zu einem Kleid zusammengerissen. Und diese Klunker. Wäh! Vielleicht finde ich einen Kleiderschrank.« Darauf gehe ich aus dem Zimmer. Mit dem Wechsel des Raumes, hat sich die Suche erübrigt, ich trage wieder meine eigene, normale, blutbesudelte Alltagskleidung. Frisch von der Schule. Unter meinen Füßen, brennender Asphalt.
Dann kam er.

Der Schrei aus der Stille. Die Wände und Szenen und Akte und Farben und Postkarten und Musik zersplitterte in handgroße Scherben und durchbohrten mich, verbrannte mich, ich ertrank in den spiegelnden Flächen der Scherben, sie zerschnitten mich, zerhämmerten mir die Knochen, zerspalteten meinen Schädel, durchstachen meine Viszera, das Geäst der Vorahnung keimte in meinem Rachen und ein Baum aus Draht entwuchs meinem Mund dessen kreischende Wurzeln sich durch meinen Hirnbrei wanden. Und nichts geschah. Weder Schmerz noch Tod ereilten mich. Dieser Augenblick sagt mir etwas, wie ich hier liege, gebrochen und zerschmettert. Was sagt er? Dies ... ist ... . Dies ist ... nicht, nicht ... real. Genau. Das andere. Die Krankenhauswelt ist die wirkliche. Warum habe ich das nicht gesehen? Es ist doch logisch. Oh Ann Kathrin Meyer, verliere dich nur nicht. Steh auf und finde heraus wie du es schaffst ins Krankenzimmer zu gelangen. Steh auf!
Und da stehe ich, sehe die Scherben im schwarzen Boden stecken, hier in der Raumlosigkeit, als ob sie mich nie durchbohrt hätten. Bleibt nur noch eines zu tun. Finde den Ausgang.

Seit jenem Augenblick der Erkenntnis, wie ich ihn für mich nenne, ist Zeit vergangen. Das weiß ich sicher. Nicht sicher dagegen, weiß ich, wie viel davon verflossen ist. Tage? Wochen? Monate? Selbst Jahre scheinen mir möglich. Wenn ich das Krankenzimmer wahrnahm, so war es mir nie möglich dort Einzug zu halten. Entdeckt habe ich, dass oft, wenn der Musiktherapeut – der Mann mit der Brille, den beschwörenden Augen und der Vogelnase – da ist, sich ein weißer Vogel zu mir verfliegt und ich ihm folgen kann und nicht selten in schönere Säle dieses Imperiums des Schreckens gelange. Manches ist als Erinnerung erkannt. Doch von den Myriaden an Konstrukten der Seele die ich nun schon durchwandert, blieben mir die meisten verschlüsselt. Symbolträchtige Puzzlestücke, zu einem Gemälde, dessen Bild ich nicht kenne. Auf einem Gebäude, welches ganz aus Automobilen und Reisebussen gebaut war, habe ich mal ein Wandgemälde gesehen, welches die Bushaltestelle abbildete, die ich ganz zu Anfang fand. Ein andermal zog ich aus einem Kaugummiautomaten ein Foto von mir, Sarah und Anya wie wir im Auto sitzen und uns unterhalten. Ich hatte gefühlt, dass das Rätsel ganz einfach ist, dass mir dies alles hier klar sein müsste. Und eben als ich glaubte die Antwort auf der Zunge zu fühlen, kam der weiße Vogel. Seit dem folge ich ihm. Doch ich bin müde. Muss mich ausruhen. Kann nicht mehr

weitergehen. Höre keine Musik mehr. Schlafe ein.
Ich bin nackt und aus Stein. Meine Blöße nur bedeckt durch ein dünnes Tuch. Auch aus Stein. Staub liegt auf meiner Nase, auf meinen Lippen, meinem blanken Busen. Der Nacken steif, das Haupt geneigt. Bedeckt von weiß gepuderten Locken, in deren Windungen hundert fleißige Spinnen sich verfingen. Sie weben mich ein. Konservieren meine Jungend, erhalten meine Schönheit, zerfressen meinen Geist. Ich bin die marmorne Statue auf meinem eigenen Sarkophag. Bewache mein Grab, damit nicht ein anderes Schneewittchen sich dieses Bettes bemächtigt. Pusteblumen hängen in der Luft, atmen nicht, wie ich es nie tu.
Eine Berührung?
Habe ich seinen Atem gespürt?
»Kathy. Wach auf. Bitte.«
Kathy? Nur er nennt mich so. Chris. Bist du hier? Musik ertönt. Haydn ist's. Langsam taue ich aus dem Stein hervor. Es rieselt der Staub. Der Atem schwillt neu in der Brust. Wärme zirkuliert durch die rußigen Adern. Die Pusteblumen, beginnen hernieder zu schweben. Spinnen hören auf zu weben. Er ist hier. Mein Chris. Hier bei mir. Neues Leben flammt jäh in mir auf und eine selige Umarmung wird getan. Kein Wort gesprochen. In seinem Geschmack verliere ich mich. Und der Tanz beginnt. Wir tanzen zu der Musik, hören nicht auf. Nie wieder. Tanzen und tanzen. Lieben uns und lieben uns. Der Boden leuchtet blau und die Dunkelheit ist weniger dunkel. Für einen Augenblick, erlaube ich mir die Wirrheiten meiner Welt zu vergessen und bin glücklich. Doch dann schmecke ich etwas. Die dunkle Blume, schwarze Rose des Abschieds, liegt mir auf meinen Lippen. Entsprungen seines letzten Kusses Glut. Klarheit bringen die Dornen dieser Blüte in mein Bewusstsein. Dies ist ein Abschiedstanz. Und ich sehe ihn, wie er am Krankenbett sitzt und weiß er kam schon oft, nie sah ich ihn. Und weiß, er kam dieses Mal, zum letzten Mal. Plötzlich steh ich allein, halte nur eine Postkarte von Kew Gardens in der Hand. Lese die Rückseite, kann Banalitäten entziffern und dechiffriere nun auch die wichtigen Dinge: ein *›ich freu mich auf Dich‹*, ein *›ich vermisse Dich‹, ein ›ich liebe Dich‹*. Der Tanzraum ist einem Feld gewichen. Links der Wald, vor mir der Blick zur Straße, mit der Bushaltestelle, hinter mir ein Feld. Wieder sehe ich den gemalten Kindern in die Augen. Wie meine Großmutter, die stets auf eine Wanduhr sah, die seit Jahren schon die gleiche Zeit anzeigte, seit Jahren schon keine neuen Batterien erhalten hatte. Und so wie sie nie die wirkliche Zeit erfuhr, erschließt sich auch

mir nichts Neues. So drehe ich mich um und blicke auf das Feld und noch während meine Träne die Wange entlang kriecht, kündigt mir das Wogen der Gräser an, dass sogleich ein heftiger Wind mich ereile und zum Kampf auffordert. So komm Welle, ergreife mich. Da ist sie.
Ich sitze im Auto, neben mir Anya, auf dem Rücksitz Sarah. Wir fahren den täglichen Weg von der Schule heim. Bekannte Gegend, bekannte Straße. Ich erzähle von der Karte, die Chris mir aus London geschickt hatte, dass ihm sein Praktikum dort gefällt, er mich aber vermisst, wie ich ihn vermisse. Er ist schon ganze sechs Tage weg. Wir lachen, sind glücklich. Meine Freundinnen freuen sich für mich. Dass ich ihn kennen gelernt habe, dass wir uns so mögen. Dass alles so gut zur Zeit für mich läuft. Wir scherzen über junge Liebe, wie es alte Menschen oft zu tun pflegen. Ich schau zu Anya, wir lachen. Sarah schreit eine Warnung aus. Ich blicke erschrocken zur Straße, sehe den Reisebus, sehe, dass ich zu weit auf der anderen Fahrbahn bin. Habe Angst vor einer Kollision. Reagiere zu hektisch. Das Auto bricht aus. Zerschmettert die Leitplanke, rollt den Hang in den Wald hinab. Sehe den Baum auf mich zurasen. Sehe den Ast sich durch die Windschutzscheibe bohren. Sehe nichts mehr. Höre das Auto an den Stamm krachen. Stehe wieder auf dem Feld. Habe die ganze Szene beobachtet. Sehe nun wie der Bus anhält. Der Busfahrer an der Haltestelle vorbei rennt, den Reifenspuren folgt und hysterisch in den Wald hinunter starrt. Er telefoniert schon mit Rettungswagen und Polizei.

Nun ergeben die Puzzlestücke endlich Sinn. Ich bin nicht tot. Ich liege im Wachkoma. Wer weiß wie lange schon? Ich atme freie Luft. Das Rätsel ist gelöst. Mit jedem Gedanken erklimme ich mehr die Oberfläche. Spüre den Schmerz meiner überdehnten Gelenke. Nehme mich mehr und mehr in meinem Körper wahr.

Tausend Stimmen schlagen wie Peitschenhiebe auf mich ein. Zerschneiden meine Ohren. Doch weiß ich nun, dass diese Geräusche wichtig sind. Sie sind die Wirklichkeit. Die Erinnerung. Das Jetzt und Hier. Eine dieser Stimmen ist sehr kalt. Sehr nah. Ich bin fast da.

»... Du hast das Auto gefahren. Wieso bekommst du die Chance weiter zu leben und meine Tochter ist tot. Durch deine Hand ermordet...«
Ich erkenne Anyas Vater aus der Stimme heraus. Anya ist tot? Oh mein Gott.

»... Sarahs Eltern scheinen ihren Verlust ja gut hinzunehmen. Doch so herzlos bin ich nicht. Weißt du, meine Ehe war nicht besonders toll. Die Liebe hört mit der Ehe auf. So ist dies wohl. Aber Anya war damals unser Kitt, der Leim der uns zusammenhielt. Bis es wieder schrecklich wurde. Doch Anya war mein Sternchen. Wegen ihr stand ich jeden Morgen auf, wegen ihr...«

Ich höre ihm traurig zu. Doch die Nähe schwindet. Ich verliere mich wieder. Zu sehr bin ich mir meiner Schuld bewusst. Zu sehr zieht dieser Schmerz mich in die Tiefe. Anya tot. Sahra tot. Wir kannten uns schon ewig. Nein, nicht ertrinken. Lebe Ann. Lebe! Sag etwas! Reg dich!

»...es ist deine Schuld. Deine! – verdammt noch mal.«

Jetzt. Sag jetzt etwas.

»Es ... es tut ... mir Leid.«

Es war nur der Hauch einer Stimme. Vermutlich hatte er es gar nicht gehört. Die Stimmbänder wehrten sich gegen den ungewohnten Gebrauch. Es biss und schmerzte.

»Was? Hast du gerade gesprochen? Bist du jetzt auch noch aufgewacht aus deinem grenzenlosen Gefängnis. Du Miststück. Verhöhnst du mich etwa?«

Abscheu und Hass zerfraßen seine Züge. Ich kannte diesen Mann schon so lange. Er hat uns Zuckerstangen am Weihnachtsmarkt gekauft und uns zum Ballett gefahren. So hatte ich ihn allerdings noch nie gesehen. Denn ich sehe ihn. Fixiere ihn mit meinem Blick. Die unsichtbaren Ketten liegen noch auf meiner Brust. Blei verweilt noch in meinen Gliedern. Der Gipfel ist noch nicht erklommen, aber durch die Wolkendecke bereits zu erahnen.

»Das wirst du nicht. Das machst du nicht!« waren seine Reden.

Und er nimmt eines der vielen Kissen, die meine Liegeposition erhalten sollen und drückt es mir mit aller Gewalt auf das Gesicht. Mein Nasenbein kracht. Klingt eklig in den Ohren. Will schreien, doch hört man mich nicht. Höre mich selbst nicht. Sinke zurück in die Trümmer meines Autos. Sitze neben den Leichen meiner Freundinnen. Wehre dich! Brüllt es in meinem Schädel. Erwache ganz und stoße ihn von dir. Die Blätter der mich umgebenden Bäume werden rot und zerfließen in Blut. Mit wenig Kraft versuche ich nochmals den Aufstieg ins Leben. Doch ich falle hart zurück zu Boden. Blicke in die weißen Augen, gerahmt durch graue Haut. Augen und Haut, die nicht mehr von Anya und Sarah berichten. Mit einem letzten Gedanken an Chris, meinen Eltern und

Freunden, meinem Leben, der Welt und dem Sonnenschein. Einem letzten Versuch zu atmen, verabschiede ich mich von der Erde und ihrer brutalen, materiellen Erscheinung und ergebe mich in wohltuende Erlösung. Vergebe Anyas Vater, vergebe mir selbst und verlösche wie der Tag durch den Mond erlischt.

Seduco Timid.

ROMANE UND ERZÄHLUNGEN – wie sie spannender und schöner nicht sein könnten.

Evelyne Kern - ISBN 978-3-939478-03-4

Atemlos ins Nichts

Hier ist die bittersüße Liebesgeschichte Julias, die alles verliert, was sie liebt. Tapfer erträgt sie alle Schicksalsschläge, bis sie eines Tages völlig ausrastet ...
Dieser Roman geht durch Mark und Bein. Ungemein romantisch, aber auch unendlich traurig spricht er all die Personen an, die gerne mal ihren Tränen freien Lauf lassen. Zum Heulen schön, aber auch irre romantisch und zugleich anregend spannend verspricht diese Geschichte eine außergewöhnliche Unterhaltung ...

Evelyne Kern - ISBN 978-3-939478-09-6

Inzu und das Gold der Inkas

Unmittelbar nach der dramatischen Notlandung im schier undurchdringbaren Dschungel gerät eine kleine Gruppe amerikanischer Geschäftsleute in ein ungewolltes Abenteuer, das keine noch so erschreckende Überraschung auslässt. Nach der Begegnung mit einem furchterregenden Kopfjäger-Stamm erfahren sie durch Zufall von einer alten Inka-Kultstätte. Beseelt von dem Glauben an das Inka-Gold, das dort verborgen liegen soll, lassen Sie sich auf das Wagnis ein …

Monika Mahler - ISBN 978-3-939478-06-5

Die Gutsherrin Anna

So manch einer mag sich das Leben auf einem Gutshof romantisch und gleichzeitig feudal vorstellen. Auch heute noch wird in gewissen Adelskreisen der Standesdünkel höher als die Liebe bewertet. So auch bei der Protagonistin dieser Geschichte, der Gutsherrin Anna. Dieser Roman zeigt einmal mehr, dass dabei viele junge Menschen aus diesen Kreisen ihre Gefühle unterdrücken müssen ...

Dieter Janz - ISBN 978-3-939478-14-0

Schatten über Adlig-Linkunen

Die ländliche Idylle und der Frieden auf Adlig-Linkunen, dem herrlichen Gutshof in den Masuren, wird Ende des 19. Jahrhunderts von gnadenlosen Verbrechen überschattet. Eine Entführung und drei brutale Morde versetzen die Bewohner in Angst und Schrecken. Jeder könnte der Mörder sein. Die Spannung erreicht ihren Höhepunkt, als dem jungen Kommissar ein erschütternder Verdacht kommt …

www.verlag-kern.de

VERLAG KERN